Luigi Natoli

In den Katakomben von Palermo

Luigi Natoli

In den Katakomben von Palermo

Der Roman der Beati Paoli

Aus dem Italienischen von Monika Lustig

Aufbau-Verlag

Titel der Originalausgabe
I Beati Paoli

Die Vorgeschichte dieses Romans ist unter dem Titel
»Der Bastard von Palermo« erschienen

ISBN 3-351-02381-2

1. Auflage 1998

Einbandgestaltung Ute Henkel/Torsten Lemme
Satz LVD GmbH, Berlin
Druck und Binden Clausen & Bosse, Leck
Printed in Germany

Erster Teil

I

Am Nachmittag jenes 24. Oktobers 1714 bot das Heilige Offizium der Stadt Palermo seinen Festumzug. Tags zuvor hatte eine Prozession vom Palazzo dello Steri aus die Zeremonie des Glaubensaktes eröffnet. Angeführt wurde der Zug von einer Reitergarde, ihr folgte der Principe della Cattolica, der die rote Standarte des Heiligen Glaubens trug; dahinter schritten mit brennenden Fackeln die Compagnia dell' Assunta, die Abordnung der Armenhäuser der verlorenen Knaben und Waisen, die Patres, die Pfarrgemeinden, die Glaubensbrüderschaft der Pescagione, deren Banner der Fürst von Montevago in die Höhe hielt, schließlich der Ritter Filingeri mit dem weißen Kreuz. Es folgten die Gerichtsdiener des Inquisitionsgerichts, die gesamte Beamtenschaft, die Musikanten und das grüne Kreuz, das von einem Priester im feierlichen Meßgewand, umringt von Trägern mit brennenden Fackeln, getragen wurde.

Die Prozession zog langsam die Cassaro-Allee hinauf bis zur Kathedrale, wo auf einer Bühne, ungefähr acht Handbreit über dem Erdboden, die Loggien und die Bänke für die Zelebrierung des Aktes aufgestellt waren, auf der einen Seite, alle anderen überragend, die Loggia der Inquisitionsrichter, ihr gegenüber die des Senats. In der Mitte zwischen beiden befand sich die Bank der Angeklagten. Auf dem Freiplatz standen der Altar und die Kanzel. Weitere Loggien waren für die hohen Beamten des Königreichs bestimmt.

Die Prozession stieg auf die Bühne hinauf, vollführte dort eine Wendung, damit der Priester das grüne Kreuz auf dem Altar abstellen konnte, und schritt auf dem gleichen Weg wieder zurück.

Das war der erste Akt der Zeremonie, mit dem die Bühne

gleichsam Gott geweiht und von ihr Besitz genommen wurde.

Am eigentlichen Tag des Schauumzugs wurde die Prozession in etwas abgeänderter Form wiederholt. Die Compagnia dell' Assunta ging nun ohne Fackeln voraus, ebenso die Klosterbrüder und die Patres. Hinter ihnen ritt der Alkalde zu Pferd. Die Ordensbrüder trugen nun Waffen statt der Fackeln, und mitten unter ihnen gingen auch die zwanzig Angeklagten. Ganz am Ende des Zuges ritten in majestätischer und feierlicher Haltung die drei Inquisitoren auf ihren Mauleseln, begleitet von Adligen und Senatoren zu Pferde.

Die ganze Cassaro-Allee entlang drängten sich die Neugierigen, armes, unwissendes und abergläubisches Volk, das erregt danach gierte, die Angeklagten zu Gesicht zu bekommen. Auch auf dem Platz der Kathedrale wogte eine Menge, die sich zur Cassaro-Allee hin verdichtete. Auf den Balkonen und an den Fenstern der Palazzi mit Blick auf den Platz glänzten die Seidenstoffe und die Edelsteine noch anderer Zuschauer: auch der Adel, »angetan mit Galaanzügen, die zu den erlesensten zählten«, wie die Chronisten jener Zeit schreiben, hatte sich eingestellt, um den Sieg des Glaubens zu feiern.

Der nahe gelegene Platz des Königspalastes und die Straße hinter dem Dom standen voller Kutschen und Sänften.

Als die Prozession den Platz der Kathedrale erreichte und auf die Bühne stieg, bot sich dem Auge ein wahrlich beeindruckendes Bild. Von der Höhe ihrer Loggia herab, die wie ein Thron wirkte, beherrschten die drei Inquisitoren die Menschenmenge. Es sah in der Tat so aus, als läge die höchste Gewalt in ihren Händen. Angstvoll senkten sich die Häupter in ihrer Umgebung. Selbst der Senat, der es manchmal wagte, sich der Macht des Vizekönigs zu widersetzen, verneigte sich ergeben vor der schrecklichen Obrigkeit dieses finsteren Gerichts. Die Angeklagten nahmen ihren Platz auf den Stufen gegenüber der Kanzel ein; erstaunt oder verstört schauten sie um sich, manch einer auch beschämt. Alle aber verspürten ein gewisses Bangen angesichts eines so großen Pomps.

Als erstes setzten sich die männlichen Angeklagten, zwei oder drei von ihnen trugen das Mönchsgewand. Danach erst kamen die Frauen: eine Terziarin des Franziskanerordens, eine Ordensschwester, vier Bäuerinnen. Als letzte wurde eine Bürgersfrau herbeigeführt, die ganz in Schwarz gekleidet und sehr blaß war; sie hielt ihren Kopf tief gesenkt und ihr Gesicht verborgen. Erst als sie Platz nahm, ging ihr Blick über die Menge, als suche sie nach einem bekannten Gesicht, und mit Tränen in den Augen neigte sie erneut ihr Haupt. Es war Frau Francesca.

Die ersten Worte der Predigt waren zu hören. Ein Bruder des Dominikanerordens sprach eindringlich, mit lebhaften Bewegungen, nach einer feierlichen Lobrede auf die Hoheit des Gerichts und einem Lob auf die »allerhöchste Ehrfurcht und Vorbildlichkeit des versammelten Adels«, über den christlichen Glauben und die göttliche Barmherzigkeit, an die sich das Heilige Gericht halte, das nur für den hartnäckigen, ketzerischen Frevel ein Schreckgespenst darstelle. In diesem Ton ging es ungefähr eine Stunde fort. Der Prediger wetterte wortgewaltig gegen die Angeklagten und gab tiefe Ergriffenheit vor. Manche von ihnen brachen bei der Beschreibung der im Fegefeuer zu erwartenden Strafen erschüttert in Tränen aus. Frau Francesca war vor Schmerz wie versteinert und gab kein Lebenszeichen von sich. Es schien, als frage sie sich nach dem Grund ihrer Anwesenheit auf dieser Bühne und was diese heftigen Worte wohl mit ihr zu tun hatten.

Am Ende der Predigt verlas ein anderer Klosterbruder die Anklageschriften und rief die Täter unter die Kanzel, die am Schluß der Verlesung ihre Unterwerfung unter das Gerichtsurteil bestätigten. Vier der unglückseligen Angeklagten wurden als Gotteslästerer, die mit öffentlichem Schwur ihre Vergehen zu widerrufen hatten, dazu verurteilt, mit dem Maulkorb durch die Straßen geführt und jeweils für zwei oder drei Jahre aus ihren Dörfern und den Nachbargütern verbannt zu sein. Das Urteil für den fünften Angeklagten, einen Bruder des Augustinerordens aus Caltagirone, dem Hexerei und Gotteslästerei vorgeworfen wurde, hieß Zwangsverwahrung auf Lebenszeit in einem Kloster. Danach kamen zwei Ehebrecher, sie wurden zur öffentlichen Auspeitschung in den Straßen und zu drei Jahren Rudern auf Galeeren verurteilt. Die anderen Klosterbrüder und Diakone, die sich der Hexerei und des Verkehrs mit dem Teufel sowie ketzerischer Behauptungen schuldig gemacht hatten, verurteilte das Heilige Offizium zu fünf Jahren Haft, die einen im Kloster, die anderen in den Kerkern des Heiligen Offiziums. Danach waren die Frauen an der Reihe. Es waren alte, unwissende Weiber, die sich des Verkehrs mit dem Teufel und der Hexerei schuldig gemacht hatten und zur öffentlichen Auspeitschung und zu Gefängnis verurteilt wurden.

Die Prozeßakten und die Urteilssprüche wurden mit eisiger und erdrückend gleichförmiger Stimme verlesen. Die Verurteilungen zum Pranger oder das öffentliche Auspeitschen riefen in den Köpfen der Leute Bilder trauriger Schauspiele wach, die in jenen Zeiten nicht selten waren und in dem Menschen, der sie über sich ergehen lassen mußte, eine unauslöschliche Demütigung hinterließen. Manche Gemüter, die an so etwas gewöhnt waren, blickten ungerührt und voll aufdringlicher Neugierde. Vielleicht bedauerte manch anderer sogar die Opfer im stillen, doch aus Furcht, nicht als eifriger Katholik zu gelten, wagte er es nicht, seine wahren Gefühle zu zeigen.

Als Frau Francesca an der Reihe war, kam in der Zuschauermenge eine gewisse Bewegung auf: der Nachname des Ammirata, der aufgrund der Anklage, Mitglied der Sekte der Beati Paoli zu sein, als »Verfolgter« galt, machte aus der Ehefrau eine Person, die große Aufmerksamkeit auf sich zog. Man starrte sie an, um zu sehen, ob die Ehefrauen der Beati Paoli irgendein Erkennungszeichen, ein Mal an sich trügen, das Siegel des Geheimnisses sein könnte, von der die Sekte umgeben war.

Frau Francesca erhob sich wankend und ließ die Verlesung der Prozeßakten über sich ergehen. Mit lateinischen Formeln, einer Mischung aus religiösen Anrufungen und undurchschaubaren juristischen Sätzen, wurde dargelegt, daß die genannte Francesca, gebürtige Palermitanerin, aufgrund eindeutiger Beweise der Gotteslästerung und Ketzerei angeklagt sei, weiter, daß sie während des Prozesses weit davon entfernt gewesen sei, die göttliche Gerechtigkeit und Heiligkeit des Inquisitionsgerichts anzuerkennen; daß sie hartnäckig beleidigende Worte ausgestoßen und den Beweis dafür erbracht habe, wie sehr ihre Seele zum Frevel neige; daß sie schließlich stichhaltige Gründe geliefert habe, die glauben machten, daß sie zur Sekte der Beati Paoli gehöre, die sich widerrechtlich einen Namen anmaße, der allein der Katholischen Kirche zustünde. Nichtsdestoweniger habe Frau Francesca Ammirata sich von der Beredsamkeit der Geistlichen, die zu ihrer Bekehrung abgeordnet waren, überzeugen lassen und für ihre Verfehlungen Abbitte geleistet. Das Heilige Tribunal habe sie folglich zu fünfzig Peitschenhieben und zu drei Jahren Haft im Kerker des Heiligen Offiziums verurteilt.

Bei der Verlesung des grausamen Urteils fiel Frau Francesca auf die Knie und rief, die Hände zum Himmel gestreckt:

»Ich schwöre vor Gott, dem Allmächtigen, dessen Auge auf uns ruht, daß ich unschuldig bin! Unschuldig bin ich!«

Aus einer Ecke des Platzes rief jemand: »Das ist eine schändliche Verleumdung!«

Der Ausruf wurde zwar von den Umstehenden gehört, doch rief er in jener Ecke nur ein wenig Verwirrung hervor, und die nächststehenden Gerichtsdiener des Heiligen Offiziums setzten sich in Bewegung, empört, wie jemand wagen konnte, frevlerisch diesen feierlichen Augenblick zu stören.

Inzwischen war die Verkündung der Gerichtsurteile abgeschlossen, die Täter wurden dem Hauptmann des Strafvollzugskommandos übergeben, und die Prozession setzte sich wieder in Richtung zum Palazzo dello Steri in Bewegung, wo sie sich auflöste.

Es war gegen vier Uhr nachmittags, und der Vollzug der Strafen nahm seinen Anfang. Die Täter wurden auf zweirädrige Karren gesetzt, mit nackten Schultern, die Arme auf dem Rücken gefesselt, und vom Henker und seinen Gehilfen ausgepeitscht. Der Wagen machte jeweils vor dem Bischofssitz, auf der Piazza dei Bologna, auf der Piazza dei Quattro

Canti, vor dem Vicaria-Gefängnis und vor dem Palast des Heiligen Offiziums halt, wohinein die Verurteilten dann abgeführt wurden. Bei jedem Halt ertönte die Trompete, und der Henker ließ seine Peitschenhiebe auf den Leib des Verurteilten niedergehen. Eine Schar von Neugierigen, zum großen Teil junge Leute, in denen das Schauspiel die niedersten Triebe weckte, folgte dem Wagen. Schlammbrocken, Krautstrünke, Abfälle aller Art flogen den Unglückseligen auf den Körper oder mitten ins Gesicht, unter höhnischem Gelächter des Pöbels, der es besonders auf die alten Frauen abgesehen hatte.

Langsam brach der Abend an, und die letzte Angeklagte, die diesen Leidensweg zurücklegen mußte, war Frau Francesca. Sie wurde aufrecht auf einen der zweirädrigen Karren gestellt; ihre Augen blickten ausdruckslos und glänzten wie im Fieber. Hin und wieder irrte ihr Blick über die Menge, als suche sie jemanden. Der erste Trompetenstoß erklang an der Ecke des Bischofspalastes. Die ersten Peitschenschläge gingen auf die Schultern der armen Frau nieder, und der Karren setzte sich in Richtung auf die Piazza dei Bologna in Bewegung. Doch kaum hatte er die Ecke des Klosters der Settangeli hinter sich gelassen, stürzten die Ochsen, die den Wagen zogen, wie vom Blitz getroffen zu Boden. Frau Francesca und der Henker schwankten und fielen auf den Wagenboden mitten in einen Strohhaufen. Einen Augenblick lang herrschte helles Durcheinander. Die Gerichtsdiener und die Wächter des Heiligen Offiziums stürzten auf den Wagen zu, kreisten ihn ein und gingen in Verteidigungsstellung, als wollten sie die Verurteilte sicherstellen. Inmitten dieser Aufregung schlüpfte ein Mann unbemerkt zwischen den Rädern des Wagens hindurch und verschwand in der Menge.

Die Fuhrleute bemühten sich mit aller Kraft, die Tiere wieder auf die Beine zu bringen, aber sie mußten feststellen, daß ihnen die Sehnen an den Fersen durchtrennt waren. Das Staunen über diese Entdeckung ließ die Verwirrung nur um so größer werden. Einige Leute versuchten, sich dem Karren zu nähern, streckten ihre Hände aus, aber die Spitzen der

Hellebarden fuhren funkelnd durch die Luft. Hilferufe ertönten von allen Seiten. Da eilte der Hauptmann zu Pferd mit einigen Rittern herbei; auch die Stadtwachen des nahen Prätorenpalastes rückten an. Die Menge wurde gewaltsam zurückgedrängt. Frau Francesca wurde gepackt, vom Wagen gehoben und auf den Rücken eines Pferdes geworfen, während die Wachmänner einen engen Kreis um sie bildeten. Auf diese Weise wurde sie, ohne ausgepeitscht zu werden, zum Palazzo dello Steri geschafft. Und es sah nicht so aus, als würde da eine Verurteilte ins Gefängnis gebracht, vielmehr, als wäre die Entführung einer adligen Dame im Gange.

Im Palast des Inquisitionsgerichts herrschte nicht wenig Überraschung über dieses unerwartete Ereignis, das in den Annalen der Inquisition in Sizilien noch nie vorgekommen war. Es war offensichtlich, daß jemand versucht hatte, Frau Francesca der Bestrafung durch Auspeitschen und öffentliche Schande zu entziehen: und die Urheber des Anschlags, der als schwere und gotteslästerliche Beleidigung der Würde des Heiligen Tribunals galt, konnten keine anderen als die Helfershelfer des Ehemanns, die Sektenmitglieder, kurz, die Beati Paoli sein, die erneut ihre Dreistigkeit unter Beweis stellten.

Doch das rettete Frau Francesca nicht. Das Urteil erreichte erst durch den Vollzug der Strafe volle Wirksamkeit. Die Inquisitoren schickten sie am darauffolgenden Tag an den Pranger, wobei sie sich auf die öffentliche Zurschaustellung auf der Piazza Marina beschränkten. Bei der Auspeitschung und öffentlichen Verhöhnung war die Verurteilte von einem wahren Heer von Wächtern umgeben.

Der Henker zählte die Peitschenhiebe auf ihrem Rücken. Doch die Neugierigen, die nach tragischen Schauspielen geradezu gierten, bemerkten, wie er hin und wieder argwöhnisch, ja angstvoll in die Menge blickte, als suche er jemanden. In der Tat gab es Augen in der Menge, die sein Treiben drohend und voll Düsternis verfolgten.

II

Die Ordensschwestern von Montevergini und die Klosterschülerinnen hatten, wie die Zöglinge sämtlicher anderer Klöster auch, von ihren bedeckten Loggien aus den Prozessionen beigewohnt und waren jetzt auf dem Weg zum Abendessen und in den Chor.

Die schöne Violante stand noch immer unter dem heftigen Eindruck des Schauspiels. Von den Verurteilten flößten ihr in erster Linie die, die des Umgangs mit dem Teufel angeklagt waren, Furcht und Schrecken ein und machten sie frösteln. Tausende von Geschichten über Teufelserscheinungen, die Beschreibungen der bösen Geister in den Predigten oder in den Erzählungen der alten Ordensschwestern kamen ihr in Erinnerung. Und die Mädchen schauten um sich, als könne jeden Augenblick ein Ziegelstein beiseite rutschen und die Hörner und die glühenden Augen entsetzlicher Höllenwesen zum Vorschein kommen lassen.

Ihre Ängste vermehrten sich in der Dunkelheit, die nur schwach vom Schein einer Lampe erhellt wurde. Nachts wirkten die Gänge des Klosters grauenerregend wie aufgesperrte Rachen, die in den Abgrund führten, und ihre Schritte hallten erschreckend wider wie auch ihre Stimmen in der dunklen und verlassenen Kirche. Die Mädchen gingen dicht aneinandergedrängt und hielten sich bei den Händen. Die Wagemutigsten unter ihnen aber sprachen mit lauter Stimme:

»Ich bin eine Tochter der Heiligen Maria und habe keine Angst vor dem Satan.«

Sie bekreuzigten sich. Der Teufel floh immer beim Kreuzzeichen.

Der eine Teil des Klosters grenzte an die Vorderfront und die Seitenschiffe der Kirche; der andere Teil stand als einzelnes Gebäude auf der gegenüberliegenden Straßenseite und war mit dem ersten durch eine breite Galerie verbunden. Die Klosterschule war in einem Flügel dieses Gebäudes untergebracht, in dem anderen befand sich das Noviziat. Zwischen beiden Häusern gab es einen Garten.

Wie in allen Klöstern zu jener Zeit und auch in den heutigen Erziehungsheimen waren die Mädchen nach Altersgruppen getrennt; da gab es die Kleinen und die Großen. Violante gehörte zu den Älteren. Sie schlief mit drei Altersgenossinnen und einer Ordensschwester in einem Raum. Jede von ihnen hatte ihr schmales, von hellen Vorhängen verdecktes Bett. Violantes Bett stand in der Nähe des Fensters, das auf den Garten ging und ohne Eisenvergitterung war. Das Zimmer roch nach frischem Kalk, denn an diesem Tag waren die Maurer dagewesen, die der Klosterverwalter für einige Ausbesserungsarbeiten hergeschickt hatte. Die Arbeiten hatten fast bis zur Abendandacht gedauert. Die Zöglinge bemerkten den unangenehmen Geruch und verzogen das Gesicht.

»Schwester«, sagten sie bittend, »können wir heute nacht die Fenster offenlassen? Dieser Geruch da steigt uns zu Kopf...«

Obwohl schon Oktober, war es noch warm genug, um eine solche Bitte zu rechtfertigen. In ganz heißen Nächten, in denen schier die Luft zum Atmen fehlte, wurden die Fenster der Schlafsäle manchmal offengelassen. Doch die Ordensschwester war nicht so leicht zu überzeugen. »Nein, nein. Nachts wird es jetzt schon recht kühl, und ich habe Angst, daß sich eine von euch erkältet.«

Auf die Einwände der Mädchen hin ließ sie sich schließlich doch überreden, das Fenster einen Spaltbreit zu öffnen.

»Laßt uns jetzt das Abendgebet sprechen: Im Namen des Vaters, des Sohnes und des Heiligen Geistes...«

Sie kniete nieder und begann lateinische Gebetsformeln aufzusagen, die in ihrem Munde lustige und eigentümliche Veränderungen erfuhren, derer sich weder die gute Schwester noch die Klosterschülerinnen bewußt waren. Die Mädchen knieten vor der Schwester nieder und wiederholten mit dem gleichen eintönigen Singsang jene Gebete, auf die Anrufungen und Gebetsreime in sizilianischem Dialekt folgten:

»Ich leg' mich in dieses Bett
mit Jesus Christus im Herzen

ich schlafe, und er wacht über mich
wenn etwas mich bedroht . . .
Mit Jesus geh ich zu Bett
mit Jesus leg ich mich nieder
zusammen mit Jesus
habe ich keine Angst:
und wenn keine treuen Freunde bei mir sind
mach ich das Kreuz
und geh schlafen.«

Darauf folgten endlose Anrufungen der Heiligen Jungfrau, des heiligen Joseph, des Erzengels Michael, der heiligen Rosalia und des heiligen Dominikus sowie des heiligen Franziskus. Einige Klosterschülerinnen murmelten die Gebete im halbwachen Zustand vor sich hin; andere wiederum verschluckten die letzte Silbe eines jeden Wortes. Und endlich ertönte laut vernehmlich, alle anderen Worte in sich einschließend, das »Amen«. Es war wie eine Erlösung. Die Klosterschülerinnen erhoben sich, küßten der Ordensschwester die Hand und schlüpften hinter die Vorhänge ihrer Betten.

Für einige Minuten ging noch aufgeregtes Geflüster hin und her. Dann verstummte ein Mund nach dem anderen, und in der Stille des Schlafsaals war bald nur noch der regelmäßige Atem der schlafenden Mädchen zu hören, wie ein leichter Windhauch zwischen den Zweigen.

Das Zimmer war recht geräumig, und die fünf Betten waren symmetrisch rechts und links angeordnet. Alles war in Dunkelheit gehüllt. Zwischen den beiden Fenstern, die auf den Garten gingen, brannte vor einem Madonnenbildnis eine kleine Öllampe, deren rotes Flämmchen gerade noch das blasse Antlitz der Jungfrau Maria auf einer schwarzen Leinwand erkennen ließ.

Es schlug Mitternacht.

Da ging ganz langsam, ohne das mindeste Geräusch zu verursachen, ein Fenster auf: Ein schwarzes Schattenwesen beugte sich in den Raum hinein und hielt für eine Weile inne, um die Lage zu prüfen. Alle schliefen, es herrschte tiefes

Schweigen. Da drückte die Gestalt das Fenster ganz auf und glitt in den Raum hinein.

Ihr folgte ein weiteres Schattenwesen. Beide waren schwarz, und ihre Gesichter schienen ohne Farbe; auf bloßen Füßen schlichen sie unhörbar durch das Zimmer.

Sie näherten sich einem Bett, lüpften sachte die Vorhänge und schauten prüfend hinein. Aber es war wohl nicht die Person, die sie suchten. Sie gingen zum nächsten Bett, in welchem Violante schlief. Sie beugten sich herab, betrachteten das Mädchen und machten dann ein Zeichen, was soviel bedeutete wie: Das ist sie!

Eine der Gestalten zog aus der Brusttasche eine Art Schal und ein großes Tuch. Der andere packte blitzschnell das Mädchen mit sämtlichen Decken und hob es in die Höhe. Auf derart rauhe Art geweckt, wollte Violante schreien, doch ihr Schrei wurde von einem Knebel in ihrem Mund erstickt. Sie riß die Augen auf und konnte doch nichts sehen, da ihr Kopf unter den Decken steckte; auch ihre Hände konnte sie nicht bewegen, sie waren von den zwei Armen wie in einem Schraubstock festgeklemmt.

Das arme Mädchen war von blankem Entsetzen gepackt. Bestimmt waren das die Teufel, die gekommen waren, sie zu holen. Ihr Schrecken war so groß, daß sie ohnmächtig wurde.

Die zwei dunklen Gestalten schlichen zum Fenster. Zuerst stieg die eine über das Fensterbrett und fing, unten angelangt, den reglosen Körper des Mädchens auf, der vom Dunkel verschluckt wurde; hinter ihm verschwand auch die andere Gestalt.

Obwohl sie nicht das leiseste Geräusch verursacht hatten und alles in Windeseile und mit außerordentlicher Genauigkeit vor sich gegangen war, erwachte eine der Klosterschülerinnen wie von einer Sinneswahrnehmung ihres Unterbewußtseins und schob die Vorhänge ihres Bettes beiseite. Sie sah jenen schwarzen Schatten neben dem Fenster, und ein abergläubischer Schrecken durchfuhr sie, der sie erstarren ließ. Kein Wort brachte sie mehr hervor. Zitternd, weinend und von Entsetzen gepackt, brachte sie mit halberstickter Stimme schließlich hervor: »Schwester! ... Schwester! Jesusmaria! Schwester!«

Die Nonne erhob sich und fragte stotternd: »Was? Was ist denn?«

Doch das Mädchen, das nach ihr gerufen hatte, war wieder verstummt, als hätte sie einen Knoten im Hals. Mit fahrigen Bewegungen deutete sie auf das Fenster und bekreuzigte sich.

»Der Teufel! ... Der Teufel!« stammelte sie.

Die Schwester bekam es mit der Angst zu tun. Sie schlug die Augen auf, schaute um sich, sah aber nichts. Sie gewahrte nur ein schwarzes Viereck an der Wand, doch in der allgemeinen Verwirrung, die durch die Schreckensrufe des Mädchens entstanden war, erkannte sie nicht, daß es sich um das offenstehende Fenster handelte. Unter Aufbietung all ihrer Kräfte, das Kruzifix, das sie von der Wand genommen hatte, in die Höhe haltend, um gegebenenfalls dem Geist des Bösen angst zu machen, und sich Gott empfehlend, stieg sie Gebetsformeln murmelnd aus dem Bett.

»Was ist denn los?« fragte sie sie mit bebender Stimme.

»Dort ... dort ... der Teufel ... ich habe ihn gesehen!«

Die Schwester sah entsetzt in jene Richtung.

»Wo ist er? ... Wie sieht er aus?«

Sie wagte nicht, sich dem Fenster zu nähern. Die anderen Klosterschülerinnen waren erwacht und blickten fassungslos um sich, ohne zu begreifen, was vor sich ging, doch spürten sie deutlich, daß es etwas Schreckliches sein mußte. Keine wagte sich zu rühren, und einige flüsterten: »Jesus! Jesus! ... Was ist passiert?«

Mit weit aufgerissenen Augen und wie in schrecklicher Erwartung starrten alle auf einen bestimmten Punkt.

»Was hast du gesehen? ... Sag!«

Vor lauter Aufregung klapperte die Klosterschülerin nur mit den Zähnen und brachte kein Wort heraus. Ihre Augen waren starr auf das offene Fenster gerichtet. Wer nur hatte es geöffnet? Ein Windstoß war ausgeschlossen, da völlige Windstille herrschte. Da endlich bemerkten sie das Durcheinander in Violantes Bett, und zu ihrem Entsetzen kam noch ungläubiges Staunen hinzu. Wo war Violante?

»Violante! Violante, wo bist du?«

Doch Violante konnte nicht antworten. Ihr Bett war leer, die Decken waren fortgerissen. Verblüfft und mit zugeschnürten Kehlen schauten sich die Mädchen an.

»Violante! ... Violante! ... Violante!«

»Die Dämonen haben sie geholt ...«, sagte zitternd die Klosterschülerin.

Da erhoben sich Schreie des Entsetzens, und alle brachen in Tränen aus. Die Schwester ergriff eine Glocke und läutete verzweifelt. Sie stürzte in den Gang hinaus, und die Klosterschülerinnen ihr nach. Die gesamte Klosterschule wurde wach. Der Gang füllte sich im Nu mit Mädchen in Nachthemden und mit bloßen Füßen, die mit ängstlichen Stimmen fragten: »Was gibt es denn? Was ist nur geschehen?«

Sie meinten, ein Brand oder ein Erdbeben sei ausgebrochen. Als sich aber das Gerücht verbreitete, daß Violante von den Teufeln geraubt worden sei, brachen alle in Tränen aus, und das Grauen stand in ihren Gesichtern. Sie eilten ins Kloster hinüber, weckten die Äbtissin und die anderen Schwestern.

»Die Reliquie! ... Nehmen wir die Reliquie.«

Die Äbtissin nahm eine Reliquie der Santa Rosalia, ein kleines, hauchzartes Knöchelchen, das an einem Stückchen karmesinrotem Stoff befestigt und in einer kostbaren Schatulle aus Goldfiligran eingeschlossen war. Die Nonnen zündeten kleine Fackeln an, stellten sich in einer Reihe auf und gingen laut betend vor der Äbtissin her durch die Galerie, zurück in das Zimmer.

Eine der Schwestern, die mutiger als die anderen war, sah zum Fenster und entdeckte das Ende einer Leiter. Sie schaute hinaus und rief: »Da ist eine Leiter!«

»Eine Leiter! Eine Leiter!«

Sämtliche Nonnen und Klosterschülerinnen eilten herbei. Diese Entdeckung machte sie betroffen, und ihre Gedanken gerieten durcheinander. Zweifel schlichen sich in ihr Herz. Eine Leiter? Aber der Teufel braucht doch keine Leitern, der hat doch Flügel wie eine Fledermaus. Nur Menschenwesen brauchen Leitern. Dann war Violante also geflohen! ...

Alle fühlten sich mit einem Mal erleichtert. Ihr abergläubischer Schrecken war wie durch ein Wunder von ihnen gefallen. Was für ein Teufel denn! ... Das Mädchen hatte sich getäuscht ... Was für schwarze Schatten denn! Violante war geflohen, das war es! Ein neues, andersartiges, aber noch immer heftiges Erstaunen folgte auf den Schrecken. Alle wollten jetzt die Leiter sehen.

Die Äbtissin befahl: »Läutet die Glocken!«

Kurz darauf begannen die Klosterglocken in der nächtlichen Stille Sturm zu läuten. Die Nachbarschaft erwachte, Balkone und Fenster gingen auf, beunruhigte Gesichter zeigten sich, und argwöhnisch fragten sich die Leute:

»Was ist nur los? Woher kommt das Läuten?«

»Das sind die Glocken von Montevergini.«

»Einbrecher?«

»Feuer?«

Die Nonnen der angrenzenden Klöster von Salvatore und Cancelliere, nicht wissend, was wirklich geschehen war, begannen ebenfalls Sturm zu läuten. Das ganze Viertel schreckte verwundert aus dem Schlaf. Bewaffnete, nur notdürftig bekleidete Bürger und Stadtwächter eilten herbei. Der kleine Platz von Montevergini füllte sich mit einer Menschenmenge, die gegen die Kirchentüren und zu den Beichtstühlen drängte. Eine Stimme kam aus dem Kloster: »Zum Garten! ... Da steht eine Leiter im Garten!«

Die Menschenmenge strömte in das Gäßchen neben der Kirche, von wo ein kleiner Pfad zum Klostergebäude von Montevergini führte. Die Waffen gezückt und mit erhobenen Laternen wagten sich die Beherzteren unter den Männern aus dem Volk voran und gelangten schließlich in den Klostergarten. Ja, hier war tatsächlich jemand eingedrungen. Auf die ersten Neugierigen folgten andere. Bald war der Garten voller Menschen, die überall herumwühlten und Büsche, Bäume, sämtliche Winkel absuchten. So gelangten sie zu der an die Hauswand gelehnten Leiter, die Violantes Entführer benutzt hatten.

Am Fuß der Leiter lagen Bettdecken.

Diese Entdeckung war so eindeutig, daß alle diese Leute,

die sich eben noch auf den Spuren bewaffneter Männer wähnten, arg enttäuscht waren. Böse Bemerkungen wurden laut, denen es an Spott nicht fehlte.

»Eine Nonne ist geflohen!«

»Sie ist mit dem Gevatter Mönch geflohen.«

»Gevatterin Nonne und Gevatter Mönch!«

»Und deshalb haben sie uns geweckt?«

»Der Teufel soll sie holen!«

Heftige Worte flogen hin und her. Der erste Pfiff ertönte, ein weiterer folgte, schlagartig wurde es ohrenbetäubend laut. Schreie, Pfiffe und Verspottungen ließen das Gebäude erzittern. Die Nonnen und die Klosterschülerinnen bekamen es mit der Angst, sie versperrten die Türen. Das brave Volk, das ursprünglich zur Verteidigung des Klosters herbeigeeilt war, hatte sich in eine wildgewordene, bösartige Horde verwandelt.

Zum Glück waren die Verwandten einiger Nonnen und Klosterschülerinnen, ebenfalls von den Glocken wachgerufen, im Gefolge ihrer Dienstleute und der Nachbarn besorgt herbeigeeilt und befreiten nicht ohne Mühe und mit etwas Gewalt das Kloster von jenem Mob, der schon begann, Geschmack an dem Treiben zu finden.

III

Die zwei dunklen Schatten ließen sich vorsichtig die Sprossen der Leiter hinunter. Einer der Männer trug die ohnmächtige Violante. Am Boden angelangt, befreiten sie das Mädchen von den Decken, aus Angst, es könnte ersticken. Geräuschlos durchquerten sie den Garten. Draußen warteten schon andere, ebenfalls schwarzgekleidete und unkenntlich gemachte Männer an einer Sänfte. Einer von ihnen deckte einen Mantel über das Mädchen, legte es in die Sänfte und band es mit einem Ledergurt fest, so wie man es gewöhnlich mit Leichnamen macht. Vorsorglich fesselten sie ihr die Hände und steckten ihr einen Knebel in den Mund.

Die Sänfte wurde angehoben, und der Zug setzte sich rasch in Bewegung. Über einige dunkle und verwinkelte Gassen gelangten die Männer auf den Cancelliere-Platz. Kurz darauf erklangen schon die ersten Glocken.

»Auf, beeilt euch! Diese blöden Nonnen machen einen Lärm, daß die ganze Stadt wach wird!«

Im Nu hatten sie den Platz überquert, liefen die Via del Celso entlang und die Steigung Sant'Agata hinauf und gelangten über weitere Gassen schließlich in die Straße dell'Incoronata, seitlich der Kathedrale. Dort hielten sie für einen Augenblick inne. Violante war nach und nach wieder zu sich gekommen. Entsetzt schlug sie die Augen auf und glaubte, jeden Augenblick müßten Teufelswesen, Flammen und schreckliche Gespenster vor ihren Augen auftauchen. Statt dessen saß sie allein und gefesselt in einem großen Kasten, den sie im ersten Augenblick gar nicht als Sänfte erkannte. Da bemerkte sie den gleichmäßigen Schritt der Sänftenträger, und eine neue Angst überfiel sie. Ihr Mund war mit etwas verschlossen. Vergeblich versuchte sie sich zu erheben. Heftig und mit zitternden Gliedern wand sie sich hin und her, um sich von all diesen Fesseln zu befreien. Wo war sie? Wer war da draußen? War das die Hölle? Wohin brachten die Teufel sie?

Eine bedrohliche Stimme sprach vom Sänftenschlag zu ihr:

»Hüte dich ja! Wenn du dich bewegst und schreist, bringen wir dich um.«

Tatsächlich sah sie etwas aufblitzen, das leicht die Schneide eines Dolches oder der Lauf einer Pistole sein konnte. Da begann sie zu weinen. Warum wollten sie sie töten? Was hatte sie nur getan? Wohin brachten sie sie? Es waren also keine Teufel, aber vielleicht waren es Hexer? Sie kannte doch jede Menge von Geschichten über Zaubermeister, die junge Mädchen entführten, sie dann in Stücke schnitten und in Fässern einlegten. Die Stimme hatte sie in die Wirklichkeit zurückgeholt, und vor Entsetzen war sie wie versteinert. Was konnte sie nur tun? Wie sich wehren? Wie sich befreien? Sie war in einer Sänfte festgebunden und wurde von zahlreichen Männern getragen. Waren es Hexenmeister? Waren es die bar-

barischen Freibeuter, die Kinder raubten und sie Mohammed als Sklaven zuführten?

Im Geist begann sie Gebete aufzusagen und sich der Muttergottes zu empfehlen. Nach und nach löste sich ihr Herz vor Rührung, Schluchzer füllten ihren Mund und brachen sich in erstickten Schreien.

Die gleiche Stimme wie zuvor versuchte sie zu beruhigen, doch in einem so bedrohlichen Ton, daß sie sich durchaus nicht beruhigte.

»Sei still, wir werden dir nichts tun! Sei ruhig, hab keine Angst!«

Aber in Wirklichkeit starb sie vor Angst!

Die Sänfte setzte ihren Weg wieder fort und erreichte bald den Platz vor dem düsteren, schweigenden Königspalast, in dessen tiefem Schatten sie verschwand.

Was war das Ziel ihrer Reise? Jetzt führte der Weg über Straßen, auf deren Pflaster die Schritte der Träger nicht mehr so hallten und wo der Klang der Glocken schon schwächer wurde. Plötzlich schlug ihr kalte Luft ins Gesicht und an die Beine. Sie drohte an dem Knebel zu ersticken, ach, wenn sie sie wenigstens von dieser Qual befreien würden! Sie jammerte lauter und drehte sich und zuckte in der Sänfte hin und her. Dieselbe Stimme sagte in scharfem Ton: »Du willst also nicht begreifen, daß wir dir nichts tun wollen?«

Doch Violante stöhnte nur um so lauter, sie bäumte sich auf und hämmerte mit den Füßen auf den Boden der Sänfte.

Die Stimme befahl: »Haltet an.«

Violante sah, wie die Vorhänge aufgezogen wurden, ein maskierter Mann schaute zu ihr herein und hielt ihr eine Laterne über den Kopf.

»Was hast du? Warum kannst du nicht still sein? Paß bloß auf!«

Doch das Mädchen sah so zum Erbarmen aus, mit ihrem verzerrten und hochroten Gesicht, daß der Mann begriff, was mit ihr los war.

»Der Knebel stört dich? Nun gut, ich werde ihn dir rausnehmen, aber hüte dich! Wenn du schreist, werde ich dir damit die Kehle durchbohren.«

Und bei diesen Worten berührte er mit der blitzenden Spitze seines Dolches ihren Hals.

»Versprichst du, still zu sein?« fragte sie der Mann.

Violante nickte, und die Männer nahmen ihr den Knebel aus dem Mund. Endlich konnte sie tief durchatmen, und ihre Schluchzer brachen in unaufhaltsamen Zuckungen aus ihrer Brust.

»Zum Teufel noch mal, hab doch keine Angst! Wir werden dich schon nicht fressen!«

Die Sänfte setzte sich wieder in Bewegung. Jedesmal, wenn durch den Luftzug der Vorhang aufging, erhaschte Violante im Lichtschein der Laterne einen Blick auf eine Mauer mit herabhängenden Zweigen. Sie waren also auf dem Land. Da glaubte sie zu begreifen, was geschehen war, und vor Schreck klapperte sie mit den Zähnen und zitterte am ganzen Leib. In jenen Tagen machten zahlreiche Geschichten von Bösewichtern die Runde, die Menschen entführten und große Summen Lösegeld für ihre Freilassung forderten. Violante glaubte Opfer eines solchen hinterhältigen Verbrechens geworden zu sein. »Oh, Herr im Himmel, helft mir!« – Aber warum hatten sie ausgerechnet sie geraubt, sie, ein armes, hilfloses Mädchen? Wohin brachten sie sie? Vielleicht in eine Höhle? In eine jener schrecklichen Grotten, in die Wölfe und Schlangen eindrangen. Oh, da wollte sie lieber sterben! Lieber sterben!

Sie versuchte, das Mitleid der Männer zu erwecken.

»Oh, Herr, guter Herr . . .«, flüsterte sie mit tränenerstickter Stimme.

»Was willst du?«

»Habt doch Erbarmen mit mir! . . . Bringt mich nach Hause! Ich beschwöre Euch! Ich habe doch nichts getan . . . Warum wollt Ihr mich umbringen?«

»Red kein dummes Zeug!«

»Wenn ich Euch beleidigt habe, bitte ich Euch inständig um Verzeihung. Auf den Knien bitte ich Euch um Verzeihung . . . ich küsse Euch die Füße! . . . Aber laßt mich gehen!«

»Laß den Unsinn!«

»Ich kenne Euch nicht, ich weiß nicht, wer Ihr seid ... aber ich weiß, daß Ihr Kinder habt ... und wenn ich eine Eurer Töchter wäre ...«

»Hör auf mit diesem Blödsinn!« entgegnete der Maskierte zum dritten Mal in scharfem Ton.

»Oh, Gott, mein Gott! ... Habt doch Erbarmen mit mir!«

Sie weinte voller Verzweiflung, aber der Mann ließ sich von ihren Tränen nicht erweichen. Plötzlich riß er den Vorhang beiseite, steckte den Kopf ins Innere der Sänfte und zischte zwischen den Zähnen hervor: »Sei still, um Himmelswillen, sonst schneide ich dir den Hals durch!« Vor Schreck unterdrückte sie einen Schluchzer. In diesem Augenblick vernahm man auf dem Pflaster das Getrappel von Pferdehufen, und Hoffnung keimte in ihrem Herzen auf. Sie spürte, daß die Sänfte haltgemacht hatte und zur Seite wich, so als wolle sie Platz machen oder einen Zusammenstoß vermeiden. Die Pferdehufe kamen näher, jetzt waren sie ganz dicht bei ihr. Das Pferd wieherte und schnaubte. Da nahm Violante all ihre Kräfte zusammen und schrie: »Hilfe!«

Aber der Mann stürzte an den Wagenschlag, steckte den Arm hinein und hielt ihr fluchend den Mund zu.

»Oho!« rief eine kräftige Männerstimme. »Wer ist denn da drin?«

Die Sänfte hatte durch die Porta di Montalto die Stadt verlassen und war über Landstraßen zur Brücke des Ammiraglio gelangt, wo von der anderen Seite her ein Mann zu Pferde den Scheitelpunkt gerade überschritten hatte und unmittelbar auf sie zusteuerte. Neugierig hatte er in der Dunkelheit der Nacht jenen seltsamen Zug, vier Männer und zwei Sänften, bestaunt, dem er zu so später Stunde und an einem solchen Ort begegnete. Da Fackeln und Laternen fehlten, konnte es sich nicht um das Gefährt eines Geistlichen handeln, der zu einem Sterbenden unterwegs war. Auch konnte es weder ein Arzt noch eine Hebamme sein, dafür waren es einfach zu viele Personen. Andererseits wurde bestimmt auch kein Häftling abgeführt, denn der Zug war stadtauswärts und nicht umgekehrt unterwegs; auf dem Land gab es keine Gefängnisse. Also war es entweder ein vornehmer Herr, der zu dieser Stunde und in einer solchen Aufmachung zu seinen Landgütern unterwegs war, und das mußte ein Verrückter sein, oder es steckte etwas Verdächtiges und Gesetzwidriges dahinter. Der Hilfeschrei, von einer schwachen Frauenstimme ausgestoßen, ließ den berittenen Herrn anhalten. Unwirsch fuhr er die Männer an:

»Wer ist da drin?« wiederholte er und drängte sein Pferd vorwärts.

Doch die Männer versperrten ihm den Weg und zogen bis dahin unsichtbare Karabiner unter ihren Mänteln hervor. Einer von ihnen drohte ihm: »Kümmert Euch um Eure eigenen Angelegenheiten, oder, bei der Heiligen Jungfrau . . .!«

»Oho! Oho!« antwortete die Männerstimme, »meine Herren Schufte, Ihr macht Euch viel zu große Umstände . . . und Ihr wißt obendrein nicht, mit wem Ihr es zu tun habt, wenn Ihr glaubt, daß mir diese Dinger da Angst einjagen könnten!«

Violante bäumte sich gegen den Mann auf, der ihr den Mund zuhielt. Sie wollte schreien. Der Mann fauchte sie böse an: »Sei ruhig, sei bloß ruhig, sonst bringe ich dich um!«

Die Sänfte erbebte. Der Ritter war keine zehn Handbreit von der Gruppe entfernt. Was aber machte er? Sein Pferd schäumte und zitterte vor Erregung. Es schien, als wolle er verhandeln, denn er fuhr fort:

»Meine Frage kann Euch zwar aufdringlich vorkommen, ist aber bestimmt keine Beleidigung.«

»Schluß damit! Geht jetzt!« schrie einer der Maskierten.

Der Mann, der Violante den Mund zuhielt, rief: »Beeilt Euch doch, zum Teufel noch mal! . . . Jagt ihn weg!«

Kaum hatte er den Mund wieder zugemacht, war das Pferd mit einem Satz auf den Männern drauf, die entsetzt zur Seite wichen, um sich vor der plötzlichen Raserei in Sicherheit zu bringen. Und sie hatten sich von dem Schreck noch nicht erholt, als mächtige Stockschläge auf sie niedergingen. Der Ritter hatte sein Gewehr, das er quer über dem Sattel trug, ergriffen und schwenkte es wie eine Kriegskeule.

Zwei Schüsse fuhren blitzend aus den Gewehrmündungen: Eine Kugel fegte die Kopfbedeckung des Ritters hinweg, die andere schlug gegen die Metallplatte des Wehrgehänges, an welcher er seine Patronentasche aufgehängt hatte. All das geschah mit einer solchen Geschwindigkeit, daß der Mann, der Violante festhielt, nicht sofort begriff, was vor sich ging. Doch als er sah, daß zwei seiner Männer auf dem Boden lagen und der Ritter mit gezücktem Degen sich auf die anderen drei stürzte, löste er die Riemen, mit denen das Mädchen festgebunden war, hob sie hoch, schrie: »Zu mir, Andrea!« und stürzte in Richtung Fluß davon.

Einer der Männer rannte ihm nach.

»Hilfe! Hilfe!« schrie Violante.

Der Ritter hörte den Schrei, sah die Flüchtenden; nachdem er es den beiden, die er noch vor sich hatte, nach Leibeskräften gegeben und sie in die Flucht geschlagen hatte, setzte er den Entführern des Mädchens nach, die mittlerweile im Flußbett gingen.

Der Oreto war an jener Stelle recht niedrig, und ein Mann von normaler Statur konnte mühelos zum anderen Ufer waten; außerdem hatte es noch nicht geregnet, und das Wasser floß ruhig dahin. Die zwei Männer, die das Mädchen auf ihren Schultern trugen, durchquerten mit halsbrecherischer Geschwindigkeit den Fluß, um rasch auf die andere Seite zu gelangen. Doch der Ritter auf dem Pferd war schneller.

»Teufel noch mal! Ihr werdet mir nicht entkommen!« schrie er, als er sie fast schon erreicht hatte.

Da hielt einer der Männer seinen Dolch in die Höhe, richtete ihn gegen das Mädchen und drohte: »Noch einen Schritt, und ich werde sie hier vor Euren Augen abstechen wie ein Lamm!«

Seine Worte waren noch nicht ganz verklungen, als der Ritter sich über den gestreckten Hals seines Pferdes nach vorne gebeugt und ihm auch schon einen heftigen Schlag mit dem Degen auf die Faust versetzt hatte, so daß ihm der Dolch aus der Hand flog.

»Verflucht noch mal!« schrie der Getroffene, während er sich nach etwas umsah, womit er sich hätte verteidigen können.

Sein Begleiter befahl ihm schnell: »Bringt das Mädchen weg, ich werde schon allein mit dem hier fertig.«

Bei diesen Worten zückte er die Pistole, und der andere

lud sich das Mädchen auf die Schulter. Doch Violante, die durch die unerwartete Hilfe an Hoffnung und Mut gewonnen hatte, schlug heftig um sich, um freizukommen. Damit behinderte sie ihren Entführer und hemmte seine Bewegungen. Die Pistole, vermutlich war sie naß geworden, zündete nicht. Da zerrte der Mann an den Zügeln des Pferdes und bot all seine Kräfte auf, um den Kopf des Tieres unter Wasser zu drücken, doch der Ritter verabreichte ihm eine ganze Reihe von Schlägen auf die Finger. Einige der Schläge gingen ins Wasser, andere trafen und verletzten den Mann. So war er gezwungen, unter Flüchen die Zügel loszulassen. Der Ritter machte sich diesen Augenblick zunutze, zog ihn am Wams zu sich heran, schüttelte ihn aufs heftigste und stieß ihn weg. Der Mann verlor das Gleichgewicht, stürzte ins Wasser und verschwand.

»Hü, Blondschopf!« schrie der Ritter und trieb sein Pferd auf den Mann zu, der mit Violante floh.

Er konnte sich den beiden soweit nähern, daß er das Mädchen an den wirr herunterhängenden Haaren packte, während er ihrem Entführer einen Degenstoß verpaßte, so daß dieser vor Schmerz und Verzweiflung aufschrie und seine Last fallen ließ. Dem Ritter gelang es rechtzeitig, das Mädchen aufzufangen und auf seinen Sattel zu ziehen. Sein Pferd schlug kräftig aus, als hätte es von selbst begriffen, daß Eile geboten war, und erreichte rasch das andere Ufer.

»Auf, weiter!« trieb der Ritter es an.

Das Pferd schüttelte sich das Wasser von der Kruppe, wieherte und erklomm das grasbewachsene Gestade. In Violantes Augen standen Tränen, sie war sprachlos. Der Ritter wußte noch immer nicht, wie das Mädchen eigentlich aussah, denn er hatte sich umgewandt, um nach den zwei Banditen zu schauen, die, wieder zu Kräften gekommen, ihnen nachsetzten. Er trieb sein Tier nach allen Regeln der Kunst an, und kaum hatten sie die Höhe der Uferböschung erreicht, ritt das Pferd in schnellem Trab davon.

»Ha! Endlich sind wir sie los!« sagte der Ritter und sah zum ersten Mal das Mädchen an. Trotz der Tränen und der Spuren des Schreckens in ihrem Gesicht war sie wunderschön.

Er befreite ihre Arme und setzte sie in eine bequemere Stellung vor sich auf den Sattel und fügte hinzu: »Wir sind bis auf die Knochen durchnäßt! Wir müssen eine Stelle finden, wo wir unsere Kleidung trocknen können.«

Da bemerkte er, daß das Mädchen nur dürftig mit einem Umhang bedeckt und daß ihre Füße nackt waren, und er sagte: »Aber . . . wie kommt es, daß Ihr fast nackt seid?«

Neugierig und mit immer größerer Verwunderung sah er sie an.

Auch Violante blickte zu ihm auf, und über ihr Gesicht glitt große Freude. Dann flüsterte sie kaum vernehmlich: »Der Herr Don Blasco!«

Der junge Mann zuckte zusammen; dann sah er erneut das Mädchen an und sagte tief bewegt: »Das sind ja diese Augen wieder! . . . Wer seid Ihr? Woher kennt Ihr mich?«

»Ich bin Violante . . . Violante della Motta . . . Ich habe Euch schon öfters beim Kloster gesehen.«

»Ihr seid das? . . . Die junge Nonne, die Klosterschülerin? Ihr seid das! Und jene Männer? Wer sind die?«

Mit einemmal hatte er die Wahrheit erfaßt, und eine fast abergläubische Angst überfiel ihn; er drückte dem Pferd die Sporen in die Seite und trieb es zum Galopp an.

»Haltet Euch an mir fest und habt keine Angst«, gebot er dem Mädchen.

Sie schlang ihre Arme um seinen Hals, drückte sich in unschuldigem Vertrauen an seine Brust und spürte die Wellen der Erregung nicht, die den Leib des Ritters durchliefen. Voller Überzeugung murmelte sie: »Oh, nein, jetzt habe ich keine Angst mehr!«

Sie kamen durch elende und zerfallene Ortschaften, auf die der Mond sein gnädiges Licht warf, schreckten Hunde auf, deren Gebell sich, schwächer werdend, von einer Villa zur nächsten fortsetzte. Einsam und allein ritten Blasco und Violante in der Finsternis über dieses Land, an einem düster in die Höhe ragenden Berg entlang, dessen hervorspringende Felsen riesige Schatten, schwarz wie Abgründe, über die Ebene warfen. Der Berg, der so finster und voller Geheimnisse war, flößte heiligen Schauder und fromme Ergriffenheit ein.

Die beiden sprachen kein Wort. Das Pferd ging jetzt im Schritt, da sie ihre Verfolger nicht mehr zu fürchten brauchten. Wohin aber führte sie ihr Weg?

Blasco wußte es nicht. Jetzt, da sie in Sicherheit waren, suchte er ein Haus, einen Unterschlupf. Das Mädchen brauchte eine Unterkunft, wo sie sich erfrischen konnte. Wo aber sollten sie in dieser Gegend eine menschliche Behausung finden?

Da erblickte er im Mondlicht zwischen den Bäumen eines jener ländlichen Gebäude, eine Mischung aus Wohnhaus und Turm, wie sie noch heutzutage auf den Landbesitzen der alten Adelsfamilien zu finden sind. Da wohnte wohl der Aufseher, der ihnen seine Gastfreundschaft bestimmt nicht verweigern würde. Gewiß ließe sich dort ein Zimmer finden, das den Ansprüchen des Mädchens gerecht wurde. Er ließ das Pferd wenden und jagte über einen Weg, an dessen Ende sich zwischen zwei grobbehauenen Pfeilern ein schmiedeeisernes Tor befand. Blasco rückte Violante auf dem Sattel zurecht und sprang vom Pferd. Das Tor war geschlossen. Er steckte die Hand zwischen den Querstangen hindurch, nach dem Riegel suchend, und zog daran. Wild bellende Hunde rasten über die Allee auf das Tor zu. Blasco drohte ihnen, aber um mit den Zähnen dieser eifrigen Wächter nicht in Berührung zu kommen, hob er einen Stein in die Höhe und schlug gegen das Tor.

»He, ist da wer?!«

Nach einer Weile antwortete eine Stimme vom Ende der Allee: »Wer ist da?«

»Ruft die Hunde zurück . . . ich bin ein Freund!«

»Was für ein Freund?«

»Ich bin ein Ritter . . . Ich muß Euch um einen Gefallen bitten, seid so gut und laßt mich herein!«

Blasco sah ein schaukelndes Laternenlicht näher kommen. Ein mit einer Arkebuse bewaffneter Mann schälte sich aus der Dunkelheit. In einiger Entfernung vom Tor hielt er an, hob die Laterne, um Blascos Gesicht zu beleuchten, stellte sie wieder auf dem Boden ab und fragte: »Was wollen Sie?«

»Nichts weiter als Euch um den Gefallen bitten, uns für

wenige Stunden, das heißt bis morgen früh, Unterkunft zu gewähren. Ich werde es Euch vergelten ... Seid Ihr hier der Aufseher?«

»Ja, mein Herr.« Und damit scheuchte er die knurrenden und kläffenden Hunde weg und näherte sich dem Tor, um Blasco noch genauer in Augenschein zu nehmen, denn sein Mißtrauen hatte sich noch nicht gelegt.

»Hört zu, mein Freund«, sagte Blasco zu ihm: »wenn Ihr irgendeinen Zweifel habt, dann sagt es ruhig. Ich werde Euch dann nicht zur Last fallen und eine andere gute Seele hier in der Nähe finden. Ich habe an dieses Tor geklopft, weil ich ein Wohnhaus gesehen habe, das mir angemessen erschien, um dieses vornehme Fräulein hier ausruhen zu lassen ... Ihr seht doch, daß wir tropfnaß sind ... ich nehme an, Ihr seid ein Christenmensch?«

Der Aufseher sah das Pferd und das Mädchen, erkannte, daß er es mit vornehmen Herrschaften zu tun hatte, öffnete das Tor und sagte: »Bitte sehr, Euer Wohlgeboren. Dieses Gut gehört dem Fürsten von Trabia ...«

»Don Ottavio?« erwiderte Blasco. »Um so besser, wir sind nämlich Freunde.«

Blasco nahm das Pferd an den Zügeln und führte es über die Allee. Er half Violante beim Absteigen, nahm sie auf die Arme, wickelte sie, so gut es ging, in den Umhang und trug sie ins Haus hinein.

»Jetzt, mein Freund«, sagte er zu dem Aufseher, »muß man sich um dieses arme Mädchen kümmern, deren Rettung ein Wunder Gottes ist. Wie Ihr seht, ist sie barfuß und durchnäßt.«

Er erzählte in Kürze, was sich zugetragen hatte, verschwieg aber seinen Namen als auch den des Mädchens. Der Wächter hörte voller Staunen zu, doch ein hinterhältiger kleiner Verdacht kam in ihm hoch.

»Es tut mir leid«, sprach er, »daß keine Frauen hier im Hause sind. Aber wir werden es schon bequem richten. Im oberen Stockwerk befindet sich das Zimmer, in dem Seine Hoheit der Fürst schläft, wenn er über Nacht auf dem Gut bleibt ... und dort steht ein gutes Bett.«

Er begleitete die zwei jungen Leute mit der Laterne in ein schönes Zimmer. Aus einer geschnitzten Truhe zog er Bettwäsche hervor und machte das Bett zurecht, das mit schmiedeeisernen Blättern geschmückt und rot und türkis bemalt und vergoldet war. Es war eines jener großartigen, nach ländlicher, längst ausgestorbener Handwerkskunst angefertigten Bauernbetten. In einigen Museen in Deutschland und England rufen diese Stücke wegen der Feinheit ihrer Verarbeitung noch immer Bewunderung hervor.

»Legt Euch zu Bett und ruht Euch aus«, sagte Blasco zu dem Mädchen, das schüchtern und verschämt dastand, »ich werde dort im anderen Zimmer sein.«

Doch plötzlich befiel Violante ein heftiger Schrecken, sie klammerte sich an Blascos Hals und flehte: »Nein, nein, lassen Sie mich nicht allein, Don Blasco! Nein, bitte nicht, ich habe Angst ... ich will nicht allein bleiben!«

Blasco meinte, die Sinne würden ihm schwinden, und stotternd sagte er: »Aber ja, mein Töchterchen. Ich werde Euch nicht verlassen ... Nur, solange Ihr Euch zu Bett begebt, gehe ich hinaus ... Ihr müßt auch Euer Untergewand trocknen.«

Der Aufseher war verlegen.

»Und wo soll ich ein Untergewand für eine Frau hernehmen?«

»Es ist nicht notwendig, daß es ein Frauenhemd ist, es wird doch wohl ein Männerhemd aufzutreiben sein ...«

Kurz darauf schlüpfte Violante, in ein grobes, aber frisch gewaschenes Leinengewand verpackt, unter die Decken. Sie lächelte ob der ungewöhnlichen Kleidung und rief: »Herr Don Blasco, Herr Don Blasco!«

IV

Blasco verbrachte den Rest der Nacht an der Schlafstatt des Mädchens und hielt ihr die Hand. Ihr Wunsch war es gewesen, daß ihr Retter an ihrer Seite bliebe. Sie hatte seine

Hände genommen und sich so im Bett zusammengerollt, daß ihr Kopf beinahe Blascos Schulter berührte. In dieser Stellung war sie eingeschlafen. Die Müdigkeit und die schrecklichen Aufregungen der Nacht hatten sie ermattet niedergestreckt. Jetzt im Schlaf erglühte ein heftiges Fieber in ihren Adern. Mehrfach hatte Blasco den Versuch gemacht, das Zimmer zu verlassen, doch Violante war jedesmal aufgeschreckt, hatte nach seinen Händen gegriffen und gemurmelt:

»Nein ... nein ... ich habe Angst!«

Ihre Angst war deutlich zu erkennen. Im Schlaf liefen heftige Zuckungen über ihren Leib und ließen sie auffahren, während unverständliche Worte über ihre Lippen kamen. Blasco wachte über sie, betrachtete sie mit liebevoller Besorgnis, und seine Augen füllten sich mit Tränen. Jetzt erkannte er sie wieder und erinnerte sich an jenen Nachmittag, an dem er sie in der Nähe derselben Brücke, wo er sie gerettet hatte, in ihrem schwarzen Klosterschülerinnengewand hatte vorbeifahren sehen. Ihre großen dunklen Augen und ihr lachender Mund waren unauslöschlich in seinem Gedächtnis geblieben. Und doch wußte er nicht, wer sie war. So allein und so nah bei ihm, Hand in Hand, war sie ihm jetzt vollständig ausgeliefert. Seine Augen glitten über das reine, elfenbeinfarbene Oval ihres Gesichts, das eine Spur von Leiden verriet, was einem schönen Antlitz immer einen überirdischen Glanz verleiht. Das viel zu große Hemd ließ ihren Hals frei, er sah die Einbuchtung der Kehle und das Pulsieren ihres Bluts.

Das waren Launen des Schicksals! Die Vision eines Augenblicks lag in Fleisch und Blut neben ihm, er brauchte sich nur niederzubeugen, und sie wäre sein. Wie von selbst neigte sich sein Haupt bis kurz vor den flammendroten Mund des Mädchens. Gerade wollte er ihre Lippen mit den seinen berühren, als ihn ein Zittern überkam und ein Gewissensbiß ihn innehalten ließ. Es war ihm, als hätte er jene noch unreifen und unwissenden Lippen schänden wollen, als hätte er, was die Unschuld und die Zartheit des Alters noch unberührbar machte, verletzen wollen, als hätte er es an der

Ehrerbietung fehlen lassen, wie sie ihm seine Stellung gegenüber einer Person auferlegte, die sich mit unschuldiger Ahnungslosigkeit ihm anvertraut hatte. Bei diesen Gedanken errötete er vor Scham, und seine wahre Natur offenbarte sich ihm. Bestürzt stellte er sich die Frage: Sollte ich dieses junge Mädchen lieben?

Violante erschien ihm jetzt unter einem ganz anderen Licht. Unzählige neue Gefühle bahnten sich ungestüm ihren Weg, wie eine Herde junger Fohlen, denen mit einem Mal der Stall geöffnet wird und die nun nach draußen galoppieren und sich in der freien Wildnis verlieren. Die Freveltaten des Herzogs, die Rechtmäßigkeit der Sache, für die die Beati Paoli kämpften, all das verschwand aus seiner Seele und ließ Raum für eine einzige Überlegung: Warum wollten sie dieses unschuldige Wesen treffen? Und ein einziges Gefühl nahm von ihm Besitz, und das hieß Haß. Den Grund für den unaufhörlichen, heftigen, grausamen Krieg der Beati Paoli gegen Don Raimondo konnte er begreifen. Aber er wollte nicht einsehen, daß dieses unschuldige und schutzlose Geschöpf in des Vaters Namen geopfert werden sollte, nur weil es ihnen nicht gelang, ihn persönlich zu treffen.

Schutzlos? Ja, war denn jetzt nicht er da? Hatte Gott, die göttliche Fürsorge, hatte das Schicksal ihn denn in dieser Nacht, zu dieser Stunde nicht genau auf diese Straße geführt, um das Mädchen aus wer weiß welch schrecklichen Rächerhänden zu befreien?

Um der Verhaftung zu entgehen, irrte er nun schon seit drei Monaten durch die Berge und versteckte sich, so gut es ging. Seine Flucht hatte zu großes Aufsehen erregt, als daß er hätte in Vergessenheit geraten können. Der Marchese von San Tommaso hatte strengen Befehl zu Blascos Verhaftung erteilt. Ganze Heerscharen von Polizisten und Fußsoldaten und Fähnlein von Kavalleristen und Landwehr waren in alle Richtungen ausgeschickt worden, um den jungen Ritter zu jagen, der durch die Ereignisse zu einer gefährlichen Person geworden war. Er war nicht das, wofür der Marchese ihn hielt, doch verspürte dieser eine dumpfe Eifersucht auf den jungen Mann, dem wahrscheinlich die ganze Leidenschaft Donna Gabriellas gegolten hatte und der vielleicht noch immer ihr Herz besaß. Donna Gabriella war insgeheim froh über Blascos Flucht, aber sie hatte nicht gewagt, offen gegen die Härte des Gesetzes vorzugehen, um keinen Verdacht zu erregen und ihre Rolle weiterspielen zu können. Doch es schmerzte sie und bereitete ihr beinahe Gewissensbisse.

Die Leibwächter waren ob der Härte der Maßnahmen gegen Blasco sehr aufgebracht und hatten beim Marchese von Tournon, ihrem Vorgesetzten, Beschwerde eingelegt, doch vergeblich. Der Marchese von San Tommaso ließ ihrem Hauptmann mitteilen, die Herren Leibwächter hätten in den Angelegenheiten der Justizverwaltung Seiner Majestät, des Königs, nichts zu sagen. Diese Antwort verärgerte die Leibwächter. Und Champ-aux-arbres, der leidenschaftliche Befürworter Blascos, schwor: »Mein Ehrenwort, jetzt werde ich mich erst recht für ihn einsetzen!«

Er begab sich zu der Fuhrmannskneipe, wo Blasco ein Zimmer gemietet hatte, und fand dort auch tatsächlich sein Pferd und sein Gepäck vor. Der Gastwirt jammerte über die Unkosten, die ihm entstanden waren, und bot dem Edelmann Blascos Pferd zur Auslösung an; wortlos bezahlte Champ-aux-arbres, nahm das Pferd und Blascos Habe, denn jener Stall erschien ihm eines so schönen und kräftigen Tieres nicht würdig. Zum Wirt sagte er: »Falls der Herr und Besitzer des Pferdes je zurückkehren sollte, um es abzuholen, sagt ihm, daß ich, der Vicomte de Champ-aux-arbres, es ausgelöst habe und es ihm dahin bringen werde, wo er wünscht.«

Diese Dinge erfuhr Blasco vom Kneipenwirt zwei Tage später. Mitten in der Nacht hatte er sich zu ihm geschlichen, um sein Pferd abzuholen. Er verstand die Worte des Visconte als eine Herausforderung zum Duell. Argwöhnisch vermutete er eine Falle, doch verscheuchte er diesen Verdacht wieder. Ohne dem Wirt etwas zu erwidern, überlegte er, daß er sich doch irgendeines der Hirten bedienen könnte, die am Morgen ihre Ziegen für den Milchverkauf in die Stadt trieben. Und so erhielt Champ-aux-arbres tags darauf ein Schreiben, in dem ihm Ort und Zeit für das Duell genannt wurden: »*Hinter dem Schloß von Bauso, morgen früh um sieben Uhr.*«

Blasco begab sich etwas früher als zur festgesetzten Zeit an den genannten Ort. Kurz nach sieben sah er einen Ritter im Galopp auf sich zukommen, der ein zweites Pferd hinter sich führte: es war seines.

Ihm war, als sähe er einen Freund wieder. Ohne abzusteigen, reichte der Visconte Blasco die Zügel des anderen Pferdes mit den Worten: »Mein Herr, ich und meine Kameraden sind tief betrübt über das, was Euch widerfahren ist, und hätten uns gerne nützlich erwiesen, denn bei Rittern Euresgleichen lassen sich die Angelegenheiten nicht durch Herren in Richterroben bereinigen. Es wird uns gewiß nicht an Gelegenheiten mangeln, einander die Gurgel durchzuschneiden, wenn wir es erst in aller Freiheit tun können. Jetzt aber will ich Euch nur warnen, daß Ihr Euch nirgendwo sehen laßt und Euch in Sicherheit bringt, denn es wird nach Euch gefahndet. Ich habe es als meine Pflicht angesehen, mich um Euer Pferd zu kümmern und es Euch zuzuführen. Lebt wohl.«

Überrascht und tief bewegt hielt Blasco den Visconte zurück und streckte ihm die Hand entgegen.

»Ihr habt ein gütiges Herz, ich schulde Euch meinen Dank. Gestattet mir, daß ich Euch umarme.«

Der Visconte runzelte die Brauen, verharrte eine Weile unentschlossen und sagte dann: »Sicherlich sagt Ihr das nicht aus Angst . . . Ihr seid ein Held aus alten Zeiten.«

Er stieg vom Pferd, umarmte ihn voller Herzlichkeit und stieß ihn dann von sich.

»Auf, steigt in den Sattel und macht Euch auf den Weg. Wenn Euch Eure Reise einmal durch Savoyen führt und mich in der Zwischenzeit keiner umgebracht haben sollte, kommt mich auf Schloß Champ-aux-arbres besuchen!«

Damit sprang er in den Sattel, machte ihm ein Zeichen zum Abschied und war wie der Blitz davon. Blasco sah ihm nach, bis er ganz verschwunden war, mit feuchten Augen und tiefer Ergriffenheit im Herzen. Nachdem er sein Pferd gestreichelt und voller Freude festgestellt hatte, daß die Satteltaschen seine sämtliche Habe und obendrein Munition enthielten und die Gewehre und die Pistolen geladen waren, bestieg er sein Pferd und schlug den Weg in Richtung der Berge ein. Von jenem Tag an führte er ein unstetes Leben, zog querfeldein über die Besitzungen des Adels und sammelte Nachrichten, die ihn wiederum zwangen, nach neuen Verstecken Ausschau zu halten und sich von Städten unter Staatsverwaltung und großen Gütern fernzuhalten. Die vier Waffenbrüder waren gefunden worden, und die zwei, die noch am Leben waren, erzählten ihre Version der Dinge, nämlich daß ihre beiden Gefährten von einem Ritter und einem Abate ermordet worden seien, die auf dem Weg nach Messina waren und die sie begleiteten. Es war nicht schwierig, die zwei vermeintlichen Täter herauszufinden. Blasco spürte, wie der Kreis sich immer enger um ihn schloß. Zur Sicherheit bat er stets erst nachts in den Klöstern, sofern welche auf seinem Weg lagen, um eine Bleibe. Als heilige Stätten waren sie unangreifbar und genossen Asylrecht. Oder er schlief auf dem freien Land in den Hütten der Schäfer oder in einem verlassenen Bauernhof irgendwo auf den einsamen, brachliegenden Ländereien.

Bei seinem ziellosen Herumwandern erfuhr er fünfzehn oder zwanzig Tage später, daß der König abgereist war, und meinte, daß damit die größte Gefahr aus dem Weg geschafft sei; denn da auch der Marchese von San Tommaso, sein Hauptfeind, sich mit ihm entfernt hatte, würde nun der entsprechende Stachel fehlen und die Justizverwaltung wieder in ihren trägen und harmlosen Trott zurückfallen.

Auf seiner Wanderschaft von einem Ort zum nächsten war er schließlich nach Caccamo gekommen. Wo hätte er sich sicherer fühlen können als bei dem guten Pater Bonaventura? Der Pater war schwer krank, und die Ärzte waren verzweifelt. Vor Besorgnis hielt das ganze Kloster den Atem an. Blasco kam genau zum richtigen Zeitpunkt, um die Stimmung etwas anzuheben. Er ließ sich an der Krankenstatt nieder, um dem guten Klosterbruder beizustehen, denn so glaubte er wiedergutmachen zu können, was der Frater für ihn in seiner Kindheit getan hatte. Mehr als zwanzigTage verbrachte Blasco im Kloster von Caccamo, und er konnte das fromme Werk vollbringen und dem Klosterbruder die Augen schließen. Pater Bonaventura starb am 18. Oktober friedlich und ohne einen einzigen Klagelaut auf den Lippen.

Er küßte und segnete Blasco, dem die Tränen über die Wangen liefen, und sprach zu ihm: »Erinnere dich an das, was ich dir gesagt habe . . .«

Blasco wohnte den Exequien und der Beerdigung bei. Danach blieb er noch einige Tage im Kloster, bevor er nach Palermo aufbrach. Er ritt in kleinen Abschnitten und vorzugsweise auf Feldwegen und nur in der Nacht, um weder Wächtern noch Landmilizen zu begegnen. Just so hatte er in jener Nacht beim Überqueren der Brücke dell'Ammiraglio die Entführung Violantes verhindern und sie befreien können.

Diese ganze Geschichte ging ihm rasch durch den Kopf, ein Bild folgte dem anderen, während er das Mädchen betrachtete, das der Zufall ihm in die Arme gespielt hatte. Dann überkam auch ihn langsam der Schlaf. Sein Kopf sank auf das Kissen, seine Haare flossen mit denen Violantes zusammen, und seine Wange spürte die fiebrige Hitze, die dem Gesicht des Mädchens entströmte. So schlummerte er süß ein.

Er wurde von den Sonnenstrahlen geweckt, die auf seine geschlossenen Lider fielen. Als er die Augen aufschlug, sah er geradewegs in die großen, glänzenden Augen Violantes. Das Mädchen war, ein wenig fiebernd, schon früher erwacht, hatte sich im Bett aufgesetzt und betrachtete mit lebhafter Freude den schlafenden jungen Mann. Trost erfüllte ihre Seele. Oh, wie war er schön! Und so tapfer! . . . Doch genau in dem Augenblick schlug Blasco die Augen auf, und sie errötete vor Scham. Sie schlüpfte unter die Decken und wagte nicht wieder hervorzukommen. Blasco lächelte, doch er wollte sie nicht mit verwirrenden Fragen bedrängen.

»Jetzt werden wir jemanden zur Frau Herzogin schicken, damit man Euch mit einer Sänfte abholen kommt. Seid Ihr damit zufrieden?«

Violante nickte. Doch sogleich dachte sie nicht ohne Bitterkeit, daß, wenn sie mit der Stiefmutter zurückginge, sie ja

Blasco nicht mehr sehen würde ... Jetzt, da sie doch so glücklich war, ihn zu sehen und so nahe bei sich zu spüren.

Nach einer Weile schob sie den Kopf unter den Decken hervor. Blasco war von tiefer Trübsal befallen und hielt die Augen starr auf den Boden gerichtet, ohne etwas wahrzunehmen. Violante rief ihn schüchtern, mit einem Zittern in der Stimme: »Herr Blasco ... ich habe Durst ...«

Da zuckte er zusammen. Er ging einen Krug Wasser holen und reichte ihn Violante, die gierig trank.

»Danke, Herr Blasco! ... Oh, wie tief stehe ich doch in Eurer Schuld ... so tief!«

»Was sagt Ihr da bloß! Vielleicht bin ich es, der ...«

Er wagte den Satz nicht zu beenden. Das Blut schoß ihm ins Gesicht, und sein Herz begann heftiger zu schlagen. Violante wartete immer noch, daß Blasco den Satz beende, doch er schüttelte nur den Kopf und fügte hinzu: »Ich bin ein Dummkopf, verzeiht. Doch was Euch angeht, so seid Ihr mir in keiner Weise etwas schuldig, mein Kind! ... Laßt uns jetzt an Euch denken. Ich glaube, Ihr habt ein wenig Fieber ... Laßt mich Euren Puls befühlen.«

Sie zog einen Arm unter der Decke hervor, den Blasco, die Schläge zählend, mit großer Besorgnis befühlte.

»Ja, ja, wie ich gesagt habe, Ihr habt ein wenig Fieber, aber nichts Schlimmes. Das kommt sicher von dem Schrecken ... Ihr habt Euch doch erschreckt, oder nicht?«

»Und wie! Ich bin bald gestorben vor Schreck! Euch hat der Herr im Himmel geschickt! ... Wie wäre es mir ohne Euch nur ergangen?«

Nicht nur das Mädchen, auch Blasco erschauerte bei dem Gedanken, was alles hätte geschehen können.

»Armes Mädchen«, murmelte er. »Doch habt jetzt keine Angst mehr. Ich werde Euch beschützen.«

»Oh, wie bin ich glücklich!«

Doch plötzlich erinnerte sie sich.

»Warum hat man mir gesagt, daß Ihr tot seid?«

»Wer hat Euch das gesagt?«

»Die Mutter ...«

»Die Herzogin?«

»Ja.«

»Wann?«

»Eines Morgens im Besucherzimmer des Klosters. Ich hatte ihr erzählt, daß ich Euch in der Nähe der Brücke begegnet wäre. Erinnert Ihr Euch an jenen Nachmittag, als wir auf dem Rückweg von Bagheria waren? ... Ich habe Euch zugelächelt.«

»Oh, natürlich erinnere ich mich!« erwiderte Blasco seufzend. »Ich kannte Euch nicht, hatte Euch noch nie gesehen, aber Eure Augen und Euer Lächeln habe ich nie wieder vergessen.«

Violante errötete. Sie verspürte bei diesen Worten Unruhe und dann ein Begehren in ihrem Herzen, das sie mit einer ungekannten, verwirrenden Freude erfüllte.

»Und so hat Euch die Herzogin gesagt, daß ich tot sei?«

»Ja ... genauer gesagt, daß man Euch getötet hätte! ... Dabei ist es doch gar nicht wahr. Ihr steht ja hier leibhaftig vor mir! Und es ist auch nicht wahr, daß Ihr böse seid, denn Ihr seid es ja gewesen, der mich gerettet hat ...«

»Hat Euch die Herzogin gesagt, daß ich ein schlechter Mensch sei?«

Violante zögerte einen Augenblick und bejahte schließlich die Frage.

»Aber eigentlich ... Warum hat sie mir das gesagt?«

»Nun ... vielleicht aus Spaß ...«

»Oh, nein, sie spaßte nicht. Ganz im Gegenteil, die Mutter schien zornig zu sein und tadelte mich.«

Blasco sah sie erstaunt an. Diese Enthüllungen waren für ihn unfaßbar. Er versuchte der Sache auf den Grund zu gehen. Aber Violante wußte weiter nichts. Und das Fieber oder die Aufregung ließen ihre Lider plötzlich schwer werden; sie schloß die Augen und schlummerte ein.

Blasco erhob sich, durchquerte auf Zehenspitzen das Zimmer und ließ nach dem Aufseher rufen.

V

Donna Gabriella war dabei, sich in ihr Bett zu begeben, das mit schmiedeeisernen, höchst eleganten Blattdekorationen geschmückt war, als sie auf ihrem Kopfkissen ein Stück Papier erblickte. Sie nahm es, drehte es aufgeregt um und las mit größtem Staunen die wenigen Worte: *»Auge um Auge, Zahn um Zahn. Die Schuld der Väter wird auf die Kinder übergehen. Schreibt das Eurem Gatten.«*

Der Sinn dieser Worte war ihr unbegreiflich. Nachdenklich und argwöhnisch verharrte sie auf der Bettkante, als plötzlich ihre Kammerzofe ins Zimmer stürzte und voller Entsetzen schrie: »Eure Hoheit! Eure Hoheit! Welch Unglück! Welch Schicksalsschlag!«

Donna Gabriella war wie versteinert und fragte mit bebender Stimme: »Was ist geschehen? Mein Gott!«

»Sie haben das Fräulein geraubt!«

»Violante?«

»Donna Violante! Eure Hoheit, ja, sie haben sie entführt!«

»Violante?! Aber wie denn, wer denn? Wer hat das gesagt?«

»Die Priorin des Klosters ist gekommen, gerade in diesem Augenblick . . . Sie ist noch da.«

»Laßt sie kommen! Sofort! Ich will Genaueres wissen!«

Die Nachricht wühlte sie auf und brachte sie vollends aus dem Gleichgewicht. Die Vorsteherin des Klosters von Montevergini trat ein, auch sie war völlig verwirrt. Schluchzend bestätigte sie, was die Zofe gesagt hatte, und berichtete sprunghaft und in abgebrochenen Sätzen, was man sich im Kloster erzählte oder welches die Vermutungen waren. Das Mädchen war von Leuten entführt worden, die in den Garten eingedrungen waren. Halb Palermo war herbeigeeilt – mein Gott, wie hatten sie sich erschrocken!

Donna Gabriella wußte nicht, was sie sagen sollte. Sie erhob sich, setzte sich wieder, ging dann vor sich hin murmelnd im Zimmer auf und ab.

»Mein Gott! Was soll man da bloß machen? Was tun? Mein Gott! . . . Welch ein Unglück! . . . Aber wer, wer hat das getan?«

Da fiel ihr Blick auf den Brief, und die Haare sträubten sich ihr: Dieser Brief war der Schlüssel des Geheimnisses. Die Beati Paoli führten einen Vergeltungsschlag aus, und das verschlimmerte den Stand der Dinge. Aber wo waren sie? Wie konnte man ihrer habhaft werden? Auf welche Weise Violante befreien?

»Meine Sänfte!« befahl sie.

»Was wollen Eure Hoheit denn machen?« fragte die Kammerjungfer.

Doch die Herzogin wiederholte um so gebieterischer: »Meine Sänfte, habe ich gesagt!«

Zwanzig Minuten später traf sie am Kloster ein, zum selben Zeitpunkt, als die Menschenmenge pfeifend und lärmend herausdrängte und beißende Bemerkungen wie »die Gevatterin Nonne hat mit dem Gevatter Mönch das Weite gesucht« laut wurden.

Die Äbtissin, die Nonnen, die Lehrerinnen der Klosterschülerinnen empfingen sie mit Tränen in den Augen. Niemand konnte sich die Sache erklären; die Äbtissin schien untröstlich. Ein Kloster, das einen so guten Ruf genoß! In dem sich noch nie etwas dergleichen zugetragen hatte. Ja, gewiß kam es vor, daß Klosterschülerinnen ausrissen oder geraubt wurden, und auch so manche Ordensschwester, ja, das gab es schon. Aber nicht im Kloster von Montevergini! ... Es war ein richtiger Schicksalsschlag für das Kloster! Das war ihr größter Schmerz. Donna Gabriella hörte sich alles an, begriff, daß sie nichts ausrichten konnte, und ging wieder.

»Zum Königspalast!« befahl sie den Dienern.

Was wollte sie dort? Den Vizekönig wecken? Die Leibwächter ausschicken und nach den Entführern suchen lassen? Die Kavallerie mobilisieren? Sie wußte es nicht. Sie wollte sich an den Vizekönig in seiner Eigenschaft als Landesoberhaupt wenden. Doch der Vizekönig schlief schon zu dieser Stunde. Die Tore des Palastes waren geschlossen, der Wachposten gestattete nicht, daß sie klopfte, um Einlaß zu erbitten. Und im übrigen war dies auch keine Zeit für eine Audienz. Seine Hoheit, Graf Annibale Maffei, Vizekönig von Sizilien im Namen Seiner Majestät Viktor Amadeus, hatte die Tage und die Stunden für Audienzen festgelegt, und Abweichungen waren nicht gestattet. Es hätte die Welt untergehen können, wenn das Reglement es nicht vorsah, ließ sich keiner stören. Die gesamte Verwaltungsordnung bestand hauptsächlich in dieser starren und engherzigen Einhaltung der Vorschriften, sie war und ist heute noch der ruhmreiche *panache* einer jeden piemontesischen Administration.

Donna Gabriella mußte unverrichteter Dinge umkehren. Im Innern war sie verstört und verbittert und blieb die ganze Nacht über vor Aufregung wach, von düsteren Vorstellungen gequält. Wieder kam ihr in den Sinn, was der Gatte ihr auf verzerrte und unvollständige Weise über den Hintergrund seiner Verfolgung durch die Beati Paoli und die Anklagen gegen ihn erzählt hatte. Verdacht und Zweifel machten sich breit, flößten ihr ein unbestimmtes Grauen ein und versetzten sie in Angst und Schrecken. Es war offensichtlich, daß dies eine Vergeltungsmaßnahme war. Bezahlte Violante gar für jenes verschwundene, tote oder vielleicht ermordete Neugeborene? Doch wer konnte an einer so späten Rache ein Interesse haben? Oder bezahlte sie gar, wie es ihr einleuchtender erschien, für die Familie jenes Ammirata, dessen Neffe in den Verliesen von Castellammare dahinsiechte und dessen Ehefrau auf schändliche Weise gequält worden war?

Ja, so mußte es wohl sein. Doch warum wollte dieser Ammirata der Rächer jener Herzogin und jenes Kindes sein, die schon seit über zwanzig Jahren als verschollen galten? Das war ihr ein Rätsel! Und in der Zwischenzeit fand ein erbarmungsloser, schrecklicher Krieg statt, dem sie nun allein, ohne den Gemahl, ausgesetzt war.

So vergingen die ersten Stunden des neuen Tages, als der Aufseher eintraf, den Blasco zur Herzogin gesandt hatte.

»Ich habe eine wichtige Nachricht für Ihre Hoheit, allein für sie«, sagte er.

Die Herzogin, besorgt wie sie war, ließ ihn sofort vor.

»Nun, guter Mann, woher kommt Ihr?«

»Mich schickt die Gnade Gottes, Hoheit . . .«

»Und habt Ihr mir etwas mitzuteilen?«

»Ja, Eure Hoheit.«

»Dann sprecht schon.«

»Eure Hoheit möge eine Karosse bereitmachen lassen und das Fräulein abholen kommen.«

»Violante!« rief die Herzogin laut und sprang auf. Ihre Freude war unsäglich. »Violante!«

»Ja, Eure Hoheit.«

»Aber wie? Sagt an!«

»Näheres weiß ich nicht, Eure Hoheit. Mir wurde aufgetragen, hierher zu kommen und Eure Hoheit zu verständigen, daß das Fräulein durch ein Wunder Gottes und der gnadenreichen Heiligen Jungfrau wohlauf und bei Kräften ist!«

Unzählige Fragen stellten sich Donna Gabriella, überschlugen sich, drangen in ihr Herz und quälten sie auf tausendfache Weise. Sie griff nach der Glocke und läutete ungestüm.

»Die große Sänfte mit den Mauleseln«, befahl sie, »und die Männer der Eskorte, sofort!«

Wie gehetzt warf sie sich ihren Umhang um die Schultern, setzte sich eines ihrer dreispitzigen Hütchen mit den weißen Federn auf, wie sie die Mode jener Zeit gebot, und befahl: »Machen wir uns auf den Weg!«

Ein Diener mit betreßter Uniform erschien auf der Schwelle, verbeugte sich und reichte ihr den angewinkelten Arm. Donna Gabriella legte ihre Hand auf diesen Arm und schritt über die große marmorne Treppe hinab, an deren Fuß sie die Sänfte auf den Rücken der beiden Maulesel fand, auch diese mit Federbüschen geschmückt. Hinter dem Gefährt warteten, mit Arkebusen und Pistolen bewaffnet, zwei berittene Diener.

Die Nachricht der Wiederauffindung des Herzogskindes hatte sich wie ein Lauffeuer im ganzen Palast verbreitet, und auch, daß Donna Gabriella jetzt losfuhr, um sie abzuholen. Die gesamte Dienerschaft drängte sich mit lebhafter Anteilnahme längs der Treppe und am Gitter des Hofs und gab der Herzogin mit Glückwünschen das Geleit.

Die Sänfte verließ den Palast. Der Aufseher, der zu Pferd

gekommen war, ritt neben dem Schlag der Sänfte, um Donna Gabriellas Fragen zu beantworten. Das Klingeln der Schellenhalsbänder der Zugtiere ließ die Leute auf der Straße aufschauen, die die Herzogin erkannten und sie artig grüßten.

»Ergebenster Diener Eurer Hoheit.«

Auch auf den Straßen verbreitete sich rasch die Nachricht, daß die Herzogin unterwegs sei, um die Stieftochter abzuholen, und die Frauen aus dem Volk riefen ihr Grußworte zu und fügten hinzu:

»Die Schöne Muttergottes möge Ihnen zur Seite stehen!«

Der Zug verließ durch die Porta di Ossuna die Stadt, zog an den Ringmauern entlang und erreichte das freie Land. Donna Gabriella befand, daß die Maulesel zu langsam gingen, aber in Wirklichkeit trieben die Sänftenträger sie an. Gewiß konnten sie nicht im Trab laufen, sonst wäre Donna Gabriella allzu heftig zwischen den Wänden der Sänfte hin und her geschaukelt worden.

Mittag war schon vorüber, als sie in dem Landhaus eintrafen.

»Hier ist es«, sagte der Aufseher, sprang vom Pferd und stieß das Tor auf.

Donna Gabriella wollte zu Fuß die Allee hinaufgehen. Als sie in der Nähe des Hauses war, rief sie: »Violante! Violante!«

Und eine freudige Stimme antwortete: »Frau Mutter!«

Donna Gabriella sah Violante ihr entgegeneilen, in einen viel zu großen Umhang gehüllt, der an den Seiten mit Lederriemen zusammengehalten war; ihre Arme steckten in riesigen türkisfarbenen Ärmeln. Doch nahm sie diese seltsame Kleidung zunächst gar nicht wahr, sondern umarmte innig und mit ehrlicher Rührung die Stieftochter und brachte fürs erste kein Wort hervor.

Nach jener Begrüßung, bei der ihrer beider Herzen, endlich von jedem Schrecken befreit, sich zu vereinen schienen, setzte sich die Herzogin auf eine steinerne Bank und betrachte das Mädchen voller Verwunderung.

»Oh, wie siehst du komisch aus!« rief sie, »warum hast du dich denn so hergerichtet?«

»Frau Mutter, wenn Eure Hoheit nur wüßten!«

»Nun denn, so erzähle mir, was sich zugetragen hat, wie du hier gelandet bist und warum du diese Kleidung trägst.«

Violante setzte sich neben Donna Gabriella und schlug die Hände vors Gesicht, als sei der Schrecken über die überstandene Gefahr wieder lebendig geworden.

»Oh je, Frau Mutter, welch Grauen! Welch abgrundtiefes Entsetzen! Schon beim bloßen Gedanken daran meine ich zu sterben! Es war ein Wunder, ein richtiges Wunder! Bestimmt war es der liebe Gott persönlich, der ihn mir geschickt hat!«

»Wen hat er dir geschickt?«

»Meinen Befreier . . . ihn.«

»Ihn? Aber wen denn?«

»Oh, habe ich Ihnen das nicht gesagt? Wie zerstreut ich bin! Dabei hätte ich Ihnen das als allererstes sagen sollen! Mein Befreier aus der Hand der Entführer war der Herr Blasco da Castiglione.«

»Blasco da Castiglione?! . . . Er!« rief Donna Gabriella und sprang auf. Ihr Gesicht verriet einen wahren Aufruhr gegensätzlichster Gefühle.

»Blasco da Castiglione . . . mit dir?«

Argwohn und Mißtrauen ballten sich hinter ihrer Stirn zusammen, hemmten ihre Gefühle, verwirrten ihre Seele. Wie hatte der junge Ritter zur Stelle sein können, um Violante aus der Gefahr zu befreien? War dieses überraschende und von Gott gesandte Eingreifen in Wirklichkeit nicht eine abgekartete Sache? Und wo war er jetzt?«

»So erzähl doch«, sagte sie zur Stieftochter mit bebender Stimme, »erzähl!«

Violante berichtete voll jugendlichen Überschwangs und mit lebhaften Worten das erste schreckliche Abenteuer ihres Lebens, sie malte jede Einzelheit bildhaft aus, ja an manchen Stellen übertrieb sie noch die ihr drohende Gefahr, ihre Eindrücke und die Schönheit der heldenhaften Geste ihres jungen Retters. Donna Gabriella lauschte ihren Worten, aber in ihrem Herzen verfolgte sie nicht so sehr die Gefahren, die Ängste, den Schrecken der Stieftochter; ihre ganze Aufmerksamkeit galt den Worten, die sich auf Blasco bezogen.

Nachdem das Mädchen erzählt hatte, wie sie in dieses Haus gekommen und warum sie so gekleidet war, und damit ihren Bericht beschloß, fragte Donna Gabriella: »Und dann?«

»Dann? Dann bin ich eingeschlafen.«

»Und der Herr Blasco?«

»Ah, der arme Herr Blasco hat die ganze Nacht Wache bei mir halten müssen. Vielleicht habe ich darum überhaupt schlafen können.«

»Und dann?«

»Und dann nichts weiter ... Dann seid Ihr, Hoheit, gekommen.«

»Und ... der Herr Blasco hat nichts zu dir gesagt? Kein einziges Wort?«

»Gewiß, er hat mir Mut zugesprochen.«

»Das meine ich nicht ... ich meine, ob er dir irgendwelche Worte gesagt hat, wie Männer sie gewöhnlich zu Frauen sagen.«

»Was für Worte, Frau Mutter?«

Die Herzogin biß sich auf die Lippen. Die Unschuld der Stieftochter verwirrte sie. Wollte sie sie gar hinters Licht führen? Eine Weile schwieg sie, da ein verborgener Gedanke sie quälte.

Da lächelte Violante plötzlich schalkhaft und sagte: »Eure Hoheit hatte mir gesagt, daß Herr Blasco getötet worden sei ... Und in Wirklichkeit!«

Donna Gabriella antwortete nicht. Vielleicht erinnerte sie sich nicht einmal mehr an dieses Lügenmärchen. Violante fügte mit demselben Lächeln und in einem Ton, der gleichzeitig Ungläubigkeit und Tadel ausdrücken sollte, hinzu: »Und Sie hatten mir auch gesagt, daß er ein böser Mensch sei ... wo er doch so gut ist!«

Dieses Lob ließ die Herzogin zusammenfahren, und ihrem Gedankengang folgend fragte sie Violante in barschem Ton: »Und heute nacht war er immer an deiner Seite?«

»Immer!« erwiderte Violante heftig.

»Und er hat dir nichts gemacht?«

»Was denn?«

»Hat er dich nicht gestreichelt?«

Violante errötete bis unter die Haarspitzen und antwortete: »Nein, Frau Mutter.«

Donna Gabriella sah sie ungläubig an und legte das Erröten auf ihre Weise aus. Bleich und mit einer Stimme, die an Eifersucht und Zorn zu ersticken drohte, fragte sie: »Und wo ist er jetzt, dein Retter? Ich muß mich ja bei ihm bedanken.«

»Ich glaube, er ist jetzt dort drinnen ... wahrscheinlich ist er befangen, er will keinen Dank haben, das hat er mir schon gesagt. Aber ich werde ihn trotzdem rufen. Ja, es ist richtig, daß auch Sie, Frau Mutter, ihm einige Worte sagen ... Er hat es verdient!«

Sie erhob sich, ging zur Treppe, die an der Mauer entlang zum Gebäude hinaufführte, und rief: »Herr Blasco! Herr Blasco!«

Blasco da Castiglione erschien. Eine leichte Blässe überzog sein Gesicht, er lächelte. Er verneigte sich zur Fürstin hin und stieg gemessenen Schrittes die Treppe hinab. Donna Gabriella beobachtete ihn, bemüht, nicht die Beherrschung zu verlieren, doch konnte sie nicht verhindern, daß ihre Wangen erst rot anliefen, dann blaß wurden, und daß ihre Lippen zitterten. Stolz erhobenen Hauptes stand sie in all ihrer Schönheit da. Ihre Haltung, die eigentlich Anerkennung ausdrücken sollte, verriet ganz im Gegenteil Ärger, Verachtung, Zorn und Eifersucht. Sie vergaß Blasco die Hand zu reichen, der sich noch einmal vor ihr verneigte, und brachte nur diese wenigen Worte heraus: »Ich bin Euch dankbar, mein Herr, für das, was Ihr getan habt, und ich werde meinem Mann, dem Herzog, davon Mitteilung machen.«

Ihre Worte waren so eisig, daß Blasco höchst erstaunt war; dennoch erwiderte er: »Oh, Frau Herzogin, habe ich Euch je einen Dienst erweisen können, so war dies eher eine Wiedergutmachung, die jedoch immer noch weit davon entfernt ist, die von Euch empfangenen Wohltaten zu vergelten. Ich bin es, der Euch zutiefst verpflichtet ist, und ich danke Gott im Himmel, daß er mir die Gelegenheit gegeben hat, Euch meine Dankbarkeit zu erweisen.«

Beide schwiegen verwirrt, Donna Gabriella aufgrund der Qualen, die jener Verdacht ihr bereitete, und Blasco wegen des kalten und mißgünstigen Empfangs, den er sich nicht erklären konnte. Er hatte gehofft, mit Herzlichkeit empfangen zu werden und ein Band liebevoller, auf einem stillen Bündnis der Dankbarkeit gegründeter Freundschaft zwischen sich und Donna Gabriella knüpfen zu können. Das war es, wonach es ihn verlangte – jetzt, da jene Unterlagen in seinem Besitz waren und weil sein Herz ihm instinktiv befahl, die Schwachen zu verteidigen und den Schutzlosen zu Hilfe zu eilen. Er ahnte, daß die Beati Paoli, da sie Don Raimondo nicht persönlich treffen konnten oder es nicht wagten, an diesen beiden Frauen Rache nehmen wollten, die keinerlei Schuld auf sich geladen hatten und den Verbrechen des Herzogs fernstanden. Er fühlte, es war seine Pflicht, sie zu beschützen und zu verteidigen. Doch das kalte Benehmen Donna Gabriellas bestürzte ihn. War sie verärgert, weil er sie verlassen hatte? War es Haß? Nein, Haß konnte es nicht sein, sonst hätte sie ihn im Kerker umkommen lassen. Was also war es? Blasco fehlte der notwendige Scharfsinn, um es zu ergründen; auch begriff er nicht, daß die Herzogin auf ihre Stieftochter eifersüchtig war. Für ihn war Violante fast noch ein Kind, und wenn er ihr gegenüber ein Gefühl lebhafter Zuneigung und Zärtlichkeit verspürte, konnte er trotzdem nicht sagen, daß er sie liebte; das Mädchen war für ihn einfach noch zu unreif, und er fürchtete, ihre Reinheit, ihre Unschuld zu schänden, wenn er sie richtig lieben würde. So war seine Zuneigung ihr gegenüber zurückhaltend, sie hatte etwas Heiliges an sich, das ihn beinahe berauschte und ihm eine tiefe und reine Freude einflößte. Keinerlei Verdacht regte sich in ihm, daß Donna Gabriella eifersüchtig sein könnte.

Sie aber stand Folterqualen in ihrem Herzen aus. Sie liebte ihn, liebte ihn mit der ganzen Macht einer Leidenschaft, die ihr Stolz, ihre Eigenliebe, ihr Groll, ihr Rachegelüst von sich wiesen und wie Haß aussehen lassen wollten. Richtig, sie war es gewesen, die den Fürsten von Iraci zur Waffe hatte greifen lassen, aber nur, weil die Leidenschaft sie verzehrte. Ihre Rachegelüste rührten einzig und allein daher, daß sie verlassen worden war. Der Mordversuch an Blasco und die überstandene Todesgefahr hatten diesen Haß in ihrem Herzen beinahe ausgelöscht, aber Groll und ein wütendes Verlangen waren geblieben. Ohne es zu wollen, drängte es sie im Innern, ihn vor Gefahren zu schützen. Und dieses Gefühl war immer stärker geworden. In Messina hatte sie begriffen, daß, wenn Matteo Lo Vecchio versucht hatte, Blasco zu vergiften, dies gewiß im Auftrag Don Raimondos geschehen war. Das wiederum hatte sie dazu verleitet, dem Gatten zu verschweigen, daß sie den jungen Mann gesehen und ihm das Leben gerettet hatte. Ja, sie war glücklich gewesen, als sie erfuhr, daß er wieder in Freiheit war. Vielleicht keimte in ihrem Herzen eine neue, unbestimmte Hoffnung, vielleicht hatten sich leise Träume des Nachts in ihren Kopf geschlichen. Als ihre unfreiwillige Komplizenschaft mit dem Ehemann ihre Seele quälte, galt ihr ganzes Sinnen und Trachten dem Jüngling, als könne er sie von ihrer Pein erlösen. Nun aber hatte sich ein neuer Gedanke eingestellt: er ließ die Flammen der Eifersucht in ihr auflodern. Sie hatte ihr argwöhnisches Auge in Violantes Herz gesenkt und darin Blascos Bildnis erblickt. In ihrer Vorstellung sah sie jetzt Szenen und Episoden, die sie heftig schmerzten und ihre Augen mit heißen Tränen füllten. Sie hegte den Verdacht, nein, sie war sich sicher, daß zwischen Blasco und Violante ganz andere Beziehungen bestanden als die brüderlichen und unschuldigen, von denen das Mädchen sprach. Eine heftige Begierde überkam sie, das zu ergründen. Starr blickte sie Blasco an und forschte in seinem Gesicht nach den Spuren einer Liebesnacht. Sie konnte nicht das leiseste Anzeichen dafür entdecken, doch das beruhigte sie nicht. »Geh hinauf«, wandte sie sich an Violante, »und bemühe dich, deine Kleider in Ordnung zu bringen. Man müßte dir andere Kleider besorgen. In dieser Aufmachung kannst du nicht in die Stadt zurückkehren.«

Sie rief den Aufseher.

»Es wird wohl hier in der Umgebung irgendein Landhaus, und es wird Frauen geben. Hier, nehmt dieses Geld und besorgt saubere Kleidung für meine Stieftochter.«

Der Aufseher brach auf. Donna Gabriella war allein mit

Blasco zurückgeblieben und verschränkte die Arme. Als sie das Wort an ihn richtete, sprühten ihre Augen Funken.

»Mein Herr, Ihr werdet doch wohl nicht annehmen, daß ich so einfältig bin und Violantes Worten Glauben schenke.«

»Wie meinen Sie das, Frau Herzogin?«

»Ich meine, Signore, daß Euer so willkommenes und wunderbares Eingreifen die Vermutung nahelegt, besser gesagt, glauben macht, daß Ihr nicht ganz unbeteiligt an der Entführung Violantes seid.«

»Frau Herzogin!« rief Blasco mit vor Empörung flammendem Blick, »ich glaube nicht, daß es auch nur eine einzige Handlungsweise in meinem Leben gibt, die Euch veranlassen könnte, mir eine derartige Bosheit zu unterstellen.«

Donna Gabriella zuckte nicht mit einer Wimper.

»Regt Euch nicht auf. Alle Anzeichen sprechen gegen Euch. Ich weiß, daß Ihr nicht erst heute Eure Aufmerksamkeit auf die Tochter des Herzogs della Motta gerichtet habt!«

»Ich? Herzogin, was sagt Ihr da? Wollt Ihr gar annehmen ...«

»Wären es doch bloße Annahmen!« rief Donna Gabriella mit einer Verzweiflung in der Stimme, die ihre ganze Eifersucht erkennen ließ.

Dieser Ausruf war für Blasco eine Offenbarung. Seine Entrüstung ließ nach, und in sanfterem Ton sagte er zu ihr: »Signora, bei was soll ich Euch schwören? ... Ah, hier«, und bei diesen Worten zog er ein silbernes Medaillon unter dem Hemd hervor und fügte mit bewegter Stimme hinzu: »Dieser silberne Anhänger ist das einzige, was mir meine Mutter bei ihrem Tod hinterlassen hat. Für mich ist er soviel wert wie die heiligste Reliquie. Nun, ich schwöre Euch also auf dieses gebenedeite Medaillon, daß ich das Fräulein Herzogin vor dem heutigen Tage nicht gekannt habe, daß ich nichts mit diesem frevlerischen Menschenraub zu tun habe und daß schließlich nur der Zufall oder das Glück mich dazu gebracht haben, ein Verbrechen zu verhindern!«

Donna Gabriella wollte sich noch immer nicht beruhigen. Im Grunde hatte es für sie keine größere Bedeutung, ob Blasco bei der Entführung mitgespielt hatte oder nicht oder ob er Beziehungen zu den Beati Paoli unterhielt. Was sie quälte, war die Überzeugung, daß Blasco Violante liebte. Vor ihren Augen erschien das Bild der beiden jungen Leute in einer Umarmung, vereint in einem seligen Kuß und vor Freude und Glück berauscht – das gleiche Glück, das auch sie durch ihn kennengelernt hatte und das noch heute in ihr brannte.

»Leugnet Ihr«, sagte sie mit veränderter Stimme, »leugnet Ihr, in der Nacht ... die ihr neben Violante verbracht habt ... Euch die Gelegenheit zunutze gemacht zu haben? Leugnet auch das, wenn Ihr könnt!«

»Aber gewiß leugne ich das! Keine leibliche Schwester hat sich jemals in größerer Sicherheit neben einem Bruder wähnen können, keine Tochter hat je mit soviel Vertrauen in den Armen der Mutter schlafen können wie Donna Violante heute nacht in diesem Haus und an meiner Seite. Blasco da Castiglione, Signora, hat kein Familienwappen, genausowenig wie er einen Nachnamen besitzt, doch kann er sich wie der Ritter Bayard auf die Stirn schreiben: ›*Ohne Furcht und Tadel*‹.«

Donna Gabriella ließ nicht locker. Mit vor Eifersucht heiserer Stimme fuhr sie fort: »Violante ist so schön!«

»Ja, sie ist schön.«

»Und so verführerisch.«

»Ja ... sie ist verführerisch!«

»Ihre ganze Person ist zauberhaft.«

»Ja, es ist wahr ... sie ist zauberhaft.«

»Gesteht Ihr also, daß Ihr sie liebt!« schrie Donna Gabriella, mit zuckender Hand auf seine Brust deutend, und wartete angstvoll auf seine Antwort.

Die unerwartete Frage verwirrte Blasco und rief in ihm plötzlich Tausende lieblicher Gefühle und Qualen wach. Zuerst wußte er nicht, was er sagen sollte. Dann stotterte er schließlich: »Sie lieben? Ich? Donna Violante?«

Die Herzogin genoß die ganze Bitterkeit ihres schmerzlichen Triumphs.

»Ja, Ihr liebt sie! Schwört mir, daß es nicht wahr ist, schwört es mir bei dieser Reliquie!«

»Ich schwöre nicht«, murmelte Blasco, »ich kann das nicht schwören. Ich weiß es nicht. Ja, vielleicht liebe ich sie oder könnte sie lieben. Aber es ist keine Liebe, die sich auf Hoffnungen gründet, und ich bin ehrlich genug, um ein Gefühl in der Tiefe meines Herzens zu verschließen und zum Schweigen zu bringen, das mehr Leid denn Freude bedeutete!«

Die Herzogin schien von diesen Worten sichtlich betroffen. Der Schmerz in ihrer Brust überwältigte sie. In ihrer so unsteten Natur, in der Gefühle von derselben kurzen Dauer waren wie ein äußerer Reiz und rasch wieder durch andere ersetzt wurden, verflogen Zorn und Eifersucht und machten dem Schmerz Platz. Leichenblaß ließ sie sich auf die Bank fallen, und mit ausgetrocknetem Mund brachte sie leise hervor: »Er liebt sie! Er liebt sie!«

Die Stimme des Aufsehers, der mit einem Bündel unter dem Arm zurückkehrte, brachte sie wieder zur Besinnung. Sie faßte sich, als der Aufseher ihr die Kleidungsstücke übergab, stieg wortlos die Treppe hinauf und verschwand im Haus.

Blasco stand wie versteinert. Er war traurig und fühlte sein Herz in einem eisernen Griff. Der Wortwechsel mit der Herzogin hatte ihn heftig erschüttert, und ihm war, als enthielten gerade ihre letzten Worte eine düstere, ferne Drohung, die nicht nur über seinem, sondern mehr noch über Violantes Haupt schwebte.

VI

Blasco wartete die Nacht ab, um in die Stadt zurückzukehren. Vor dem Palast della Floresta stieg er aus dem Sattel und wurde von der Dienerschaft mit heller Freude begrüßt.

»Der Herr des Hauses ist nicht da«, empfing ihn der Haushofmeister, »aber er wird froh sein, zu erfahren, daß Sie angekommen sind ... haben Eure Hoheit eine angenehme Reise gehabt?«

Blasco ließ sich in sein Zimmer geleiten und sagte zu dem Dienstboten:

»Wenn der Hausherr eintrifft, tut mir den Gefallen und gebt mir Bescheid.«

»Wollen Eure Hoheit zu Abend speisen?

»Nein.«

Er verspürte keinen Hunger. Den ganzen Tag schon ging ihm die Szene durch den Kopf, die sich zwischen ihm und Donna Gabriella abgespielt hatte. Deutlicher jedoch hatte er das Bild Violantes vor Augen, so liebreizend in ihren groben Bauernkleidern. Er dachte an die Nacht, die er neben dem Mädchen verbracht hatte; einzigartig und unvergeßlich würde sie in seinem Leben sein. In seinem Herzen verspürte er noch immer die lieblichen und tiefen Gefühle, die er in ihrer Gegenwart empfunden hatte; in seinem Ohr rauschte noch immer der sanfte Atem des Mädchens, wie sie unter seinem wachsamen Blick so schön und heiter, in der unbewußten Natürlichkeit des Schlafs dagelegen hatte. Er dachte an diese vergangene Nacht der Begierden, der Träume, des Erschauerns und des Verzichts, eine Nacht, die keusch und rein und doch so leidenschaftlich und voller Gefühle gewesen war und in der er, das darf man ruhig sagen, hundert Leben gelebt hatte, weit entrückt in eine Sphäre, die fernab der Wirklichkeit seines alltäglichen Lebens lag.

Wer war er eigentlich?

Ja, er wußte nur zu gut, daß es Wahnsinn war, sich irgendwelche Hoffnungen zu machen. Arm und namenlos, wie er nun einmal war, war ihm ein freudloses Leben bestimmt; aber wer hätte verhindern können, daß sein Herz schlug und sein Kopf sich mit Träumen füllte?

Er warf sich aufs Bett, um sich seinen Wunschbildern hinzugeben, doch nach und nach überfiel ihn die Müdigkeit, und er erwachte erst, als jemand an seine Tür klopfte und eine Stimme fragte: »Seid Ihr wach, mein Freund?«

Er sprang auf die Beine und eilte mit ausgestreckten Armen zur Tür.

»Oh, Coriolano, mein Freund!«

Es war der Ritter della Floresta. Ihre ersten Worte waren die, die zwei Freunde beim Wiedersehen nach langer Zeit der Trennung gewöhnlich austauschen. Coriolano wollte alles wissen, was Blasco widerfahren war, und Blasco erzählte ihm seine abenteuerliche Reise: seine Begegnung mit dem falschen Pfaffen, seine Ankunft in Messina, sein Abenteuer mit den Leibwächtern des Königs, seine Verhaftung, der versuchte Giftmord, die Intervention der Herzogin.

»Versteht Ihr nun«, unterbrach ihn Coriolano, »daß ich recht hatte, als ich Euch riet, nach Messina zu gehen?«

»Ja, das ist wahr, und ich bin Euch wirklich dankbar dafür. Doch das war noch nicht alles. Da gibt es noch die Abenteuer, die ich auf dem Rückweg erlebt habe, besonders das letzte, da kämt Ihr von alleine niemals drauf! Mein lieber Freund, ich bin geneigt zu glauben, daß das menschliche Leben gänzlich vom Zufall gelenkt ist und daß die Philosophen, die sich so eifrig bemühen, uns diese oder jene Handlungsweise zu lehren, um diese oder jene Wirkung zu erreichen, rechte Scharlatane sind. Das Leben ist ein Zufall und weiter nichts. Hört mir also zu.«

Und er erzählte ihm, wie er Violante befreit hatte, die von maskierten Männern, vermutlich Handlangern oder Mitgliedern der Sekte, entführt worden war.

Coriolano lauschte seinen Worten ohne das geringste Zeichen von Verwunderung. Er erhob sich mit den Worten: »Ruht Euch jetzt aus, ich habe Euch nur deshalb gestört, weil ich den Wunsch hatte, Euch endlich wieder in die Arme zu schließen. Verlaßt auf keinen Fall das Haus. Der Vizekönig hat sämtliche Mittel aufgeboten, um all die zu verfolgen und verhaften zu lassen, die von öffentlicher Strafandrohung betroffen sind. Man könnte Euch auf der Straße wiedererkennen, und Ihr wäret in der Falle. Denkt an Matteo Lo Vecchio.«

»Ah, wenn dieses Schlitzohr mir zwischen die Finger kommt!«

»Wollt Ihr ihm etwa die Ehre erweisen und ihn als einen Eurer würdigen Gegner betrachten?«

»Oh, nein, das nicht!«

»Dann wollt Ihr ihn also umbringen?«

»Haltet Ihr mich zu so etwas fähig?«

»Nicht mal im Traum. Ich sage das nur, um Euch zu zeigen, wie unnütz gewisse Vorhaben sind. Laßt es gut sein, und haltet Euch verborgen.«

»Aber ich muß Pater Serafino sehen.«

»Den werdet Ihr auch sehen, aber mit der gebotenen Umsicht, und erst dann, wenn Ihr sichergehen könnt, daß keiner Euch entdecken kann. Ich werde mich persönlich darum kümmern.«

»Ich habe es schon immer gesagt, Ihr seid Gold wert!«

Sie wünschten einander gute Nacht, und Coriolano ließ seinen Gast allein. Als Blasco am nächsten Morgen erwachte, erblickte er auf seinem Nachttisch einen Brief. Er brauchte nicht lange, um zu erkennen, daß es einer jener Briefe war, wie er sie schon vor Monaten erhalten hatte.

»Oho!« sagte er laut, »was wird man mir diesmal mitteilen wollen?«

Das Schreiben hatte folgenden Inhalt:

»Ihr seid ein mutiger Mann; doch befindet Ihr Euch im Unrecht, wenn Ihr ein Werk der Gerechtigkeit verhindern wollt. Wartet um Mitternacht am Tor des Palastes. Ein Mann wird an Euch vorübergehen und zu Euch die Worte: Habt Ihr den Köder? *sagen. Ihr werdet ihm erwidern:* Gebt mir die Fackel, *und werdet dem Mann folgen. Habt keine Furcht und vertraut ihm.«*

Keine Unterschrift, dafür aber das bekannte Siegel der bewaffneten Hand, die im Begriff ist zuzustoßen. Blasco lächelte.

Ja, schau einer an! Ein Abenteuer folgt auf das andere, genau das macht das Leben so leidlich amüsant. Die sind vielleicht witzig, diese Beati Paoli, anstatt mir eins mit dem Karabiner zu verpassen oder mich zu erdolchen, schreiben sie mir Briefchen, die wie Verabredungen zu einem Schäferstündchen klingen!

Er fragte sich, ob er sich mit seinem Freund Coriolano darüber beraten sollte, doch er entschied sich dagegen. Ihm diesen Brief zu zeigen bedeutete, ihn in ein Geheimnis einzuweihen, das ihn nichts anging. Er schwieg und wartete auf das Einbrechen der Dunkelheit mit der gleichen Aufregung, wie Kinder auf eine versprochene Belohnung warten. Schlag Mitternacht war er vor dem Tor und lehnte sich an einen der Pfeiler neben dem Eingang. In den Hosentaschen steckten zwei kurze Pistolen, und am Gürtel trug er einen Dolch, denn er befürchtete, den Degen nicht benutzen zu können, wenn er sich verteidigen müßte. Doch wie sicher er sich auch wähnte, er konnte eine gewisse Aufregung nicht unterdrücken. Das Ungewisse, das ihn erwartete, das Geheimnis, das er vielleicht ergründen würde, wühlte ihn auf.

Der besagte Mann ging an ihm vorüber, warf ihm einen Blick zu und gab ihm das Losungswort. Blasco antwortete, wie befohlen, und folgte ihm. So gingen sie ein ganzes Stück. An der Ecke der Straße von San Cosmo hielt der Mann inne, zog ein Seidentuch aus der Tasche und sagte: »Euer Wohlgeboren werden verzeihen, aber Sie müssen sich die Augen verbinden lassen und versprechen, die Binde nicht abzunehmen.«

»Macht nur, ich gebe Euch mein Versprechen.«

Als seine Augen verbunden waren, nahm ihn der Mann bei der Hand und führte ihn. Blasco begriff, daß er ihn um eine bestimmte Stelle herum in verschiedene Richtungen gehen ließ, damit er die Orientierung verlor. Dann merkte er, wie die Straße abschüssig wurde. Mit einemmal mußte er anhalten. Er hörte das Knirschen eines Schlüssels im Loch, und ein Schwall feuchter Luft schlug ihm entgegen.

»Kommt mit.«

Die Tür wurde hinter Blasco geschlossen. Er durchschritt einen Gang, dann vermeinte er ins Freie zu treten. Der Gang mündete tatsächlich auf einen kleinen Hof, in dem ein Baum seine Zweige ausbreitete; mit dem Kopf berührte Blasco sein Laubwerk. Erneut ging es abwärts, und wieder mußte er anhalten. Da spürte er, wie eine Hand ihm blitzschnell den Degen wegnahm und jemand zu ihm sagte: »Euer Wohlgeboren, verzeiht, aber das ist nun einmal notwendig.«

Ärgerlich runzelte Blasco die Brauen unter der Binde. Doch er dachte daran, daß er sich endlich am Ort jener finsteren Gesellschaft befand und daß, was anderen ein Rätsel blieb, für ihn bald greifbare Wirklichkeit sein würde. Angst hatte er keine. Außer seinem Mut, der an Tollkühnheit grenzte, besaß er auch Vertrauen in die Briefe der Beati Paoli. Wenn sie jemanden aus dem Weg schaffen wollten, dann taten sie das des Nachts, mit einem Karabinerschuß, und fertig. Sie legten keinen Wert darauf, daß ihre Bestrafungen an die Öffentlichkeit gezerrt wurden, um ein Exempel zu statuieren.

Blasco hörte verhaltenes Geflüster, darauf sagte dieselbe Stimme wie zuvor: »Tretet ein.«

Er spürte, daß die Luft nun wieder wärmer war, und hatte das Gefühl, unter Menschen zu sein, die ganz nah um ihn herum standen.

Eine Stimme ließ ihn zusammenfahren: »Setzt Euch, Herr.«

Zwei Hände drückten ihn sacht auf einen Stuhl. Die gleiche Stimme befahl: »Nehmt ihm die Augenbinde ab.«

Blasco mußte die Augen schließen, als er nach so langer Finsternis plötzlich wieder dem hellen Licht von vier Fackeln ausgesetzt war, die an den Wänden festgemacht waren. So konnte er nicht sofort erkennen, wo er sich befand und wer die Umstehenden waren. Als er die Augen aufschlug, sah er, daß der Raum eine Art Rundbau war, offensichtlich eine alte, in den Fels gehauene Krypta, von der zwei Gänge abgingen, die sich in der Finsternis verloren. Hie und da waren Nischen in die Felswände geschlagen. In der Mitte des Raums stand ein kleiner Steinaltar mit einem Christuskreuz darauf, rechts und links eine Kerze und eine aufgeschlagene Bibel. Auf einer erhöhten Bank hinter dem Altar saßen ein maskierter Mann und zwei andere zu seiner Rechten und seiner Linken. Ringsum an den Wänden saßen noch weitere Männer, die ohne Ausnahme eine Maske trugen. Blasco sah sich um. Vier ebenfalls maskierte Männern überwachten ihn. Alle trugen lange schwarze Gewänder, Büßerhemden ähnlich, doch an den Gürteln blitzten lange Dolche. Eine tiefe, feierliche Stille lag im Raum. Blasco sah die Augen der Männer hinter ihren Masken funkeln, und aller Blicke waren auf ihn gerichtet. Vor Staunen und Verwunderung war er wie betäubt, und reglos wartete er, was geschehen werde. Das Oberhaupt sagte:

»Blasco da Castiglione, Ihr steht vor dem Gericht der Beati Paoli. Eure Neugierde, der wir das letzte Mal gezwungen waren, Einhalt zu gebieten, kommt heute auf ihre Kosten.

Doch wir, mein Herr, nehmen uns dafür das Recht, Euch zu fragen, warum Ihr Euch unserem Tun in den Weg stellen wollt.«

Blasco wollte antworten, doch das Oberhaupt kam ihm zuvor: »Wartet, es ist noch nicht an der Zeit zu reden, erst müßt Ihr zuhören. Dieses Gericht hat Euch mehr als einen Beweis seines Wohlwollens geliefert; es hat Euch davor bewahrt, hinterrücks ermordet zu werden, es hat einen Eurer Feinde bestraft und ihn dem Gespött der Öffentlichkeit preisgegeben. Ihr wiederum habt, ohne es zu wollen und ohne es zu wissen, die Verhaftung von zweien unserer getreuen Gefährten vereitelt. Doch inzwischen habt Ihr dieses Gericht auch daran gehindert, einen Akt der Gerechtigkeit zu vollbringen . . .«

»Der Feigheit!« widersprach Blasco.

Ein bedrohliches Gezischel ging durch den Raum. Das Oberhaupt entgegnete in strengem Ton, ohne eine Spur von Verletztheit:

»Der Gerechtigkeit! Ihr wißt nicht, was Ihr sagt.«

»Ich weiß, daß sich ein armes Mädchen in der Gewalt bewaffneter Männer befand, die sie verschleppten und ihr drohten, sie zu töten. Und ich weiß sehr genau, daß Gewalt gegen Schwache anzuwenden die größte aller Niederträchtigkeiten ist.«

»Auge um Auge, Zahn um Zahn! Das steht schon in der Heiligen Schrift. Und schaut man dem Volk aufs Maul, so heißt es: ›Der Apfel fällt nicht weit vom Stamm.‹ Eine Frau ist ermordet worden, und ihr Neugeborenes wurde nur durch ein Wunder gerettet. Das Kind wächst im verborgenen heran, arm und ohne Ansehen, denn seinen Namen, seinen Reichtum, seine Zukunft hat sich eine andere Person widerrechtlich angeeignet. Das Kind, ein Junge, lebt im verborgenen, er weiß nicht um seine Identität, denn wenn er sich seinen Namen wieder aneignete, wenn er seinen ihm gebührenden Stand in der Gesellschaft einforderte, würde jener Mann, der schon seine Mutter umgebracht und ihm Namen und Vermögen geraubt hat, ihn ebenfalls töten. Dieser Frevler hat, als sein verbrecherisches Tun aufgedeckt wurde, die Zeugen seiner Verbrechen einen nach dem anderen ins Jenseits befördert: der eine ist an Gift gestorben, der andere wurde gehängt, ein dritter ermordet. Andere verfolgte er auf brutale Weise: die gütige Frau, die jenes Kind zu sich genommen und aufgezogen hat, hat er in die Verliese des Inquisitionsgerichts werfen lassen. Und das Kind selbst, das heute ein junger Mann ist, schmachtet in einer unterirdischen Zelle des Schloßgefängnisses. Der Henker stellte die unschuldige Frau an den Pranger und peitschte sie aus; und auch der junge Mann wurde gefoltert bis aufs Blut.

Um zu verhindern, daß dieser Jüngling in den Verliesen sein Leben läßt, auf daß er lebe und wieder in den Besitz seines Namens, seines Reichtums und seines gesellschaftlichen Ranges komme – um diese Tat der Gerechtigkeit und der Barmherzigkeit zu vollbringen, gab es kein anderes Mittel, als die Tochter jenes Mannes als Geisel zu nehmen. Nur so kann er um der Liebe zu seinem eigenen Blut willen gezwungen werden, von der grausamen, unmenschlichen Verfolgungsjagd abzulassen und den Opfern die Tore des Gefängnisses aufzuschließen! Blasco da Castiglione, Ihr habt diesen Akt der Gerechtigkeit verhindert und seid damit zum Helfershelfer eines ruchlosen Verbrechers geworden! Blasco da Castiglione, Don Raimondo della Motta hat Euch angeklagt, eines der Oberhäupter dieser Gesellschaft zu sein. Er hat Euch in Messina verhaften lassen, hat versucht, Euch zu vergiften, und Ihr reicht ihm Eure Hand, dient ihm mit Eurer Tapferkeit, auf daß er sein blutiges Werk fortsetze ... Blasco da Castiglione, Ihr mit Eurem getreuen und großzügigen Herzen habt vor die düstere und todbringende Höhle, in der Emanuele Albamonte, der wahre Herzog della Motta, schmachtet, einen Riegel geschoben! Ihr habt es im Dienste eines Diebs, eines Mörders getan, der Schimpf und Schande für die gesamte Menschheit ist. Blasco da Castiglione, Ihr habt Euch schuldig gemacht, und das Gericht schickt sich an, Euer Handeln zu richten.«

»Habt Ihr mir sonst noch etwas zu sagen?« fragte Blasco.

Keine der Ausführungen des Oberhaupts über Don Raimondo konnte Blasco erstaunen, da er ja jene berühmten

Dokumente kannte, die er Matteo Lo Vecchio entwendet hatte. Während das Oberhaupt sprach, überlegte er vielmehr und lächelte in seinem Innern: Wenn die nur wüßten, daß ich die von ihnen zusammengetragenen Beweise hier bei mir habe! Was er freilich nicht wußte, war, daß Emanuele und Frau Francesca grausame Foltern über sich hatten ergehen lassen müssen und immer noch in schauerlichen Verliesen schmachteten. Er kannte die Frau des Ammirata nicht, und an den jungen Mann hatte er nur eine schwache Erinnerung; doch obwohl er sie als unschuldige Opfer grausamer Handlungen wußte, kam keine Empörung in ihm auf, und die scheinbare Komplizenschaft, derer das Oberhaupt ihn bezichtigte, empfand er nicht als verabscheuenswert.

»Habt Ihr mir sonst noch etwas mitzuteilen?« fragte Blasco erneut. »Wenn nicht, dann laßt mich Euch nun entgegnen, daß Ihr unrecht daran tut, mich der Komplizenschaft mit dem Herzog della Motta anzuklagen. Ich bin nicht mehr und nicht weniger sein Helfer, als ich der Eurige war, indem ich die Verhaftung Girolamo Ammiratas verhinderte. Ihr könnt mit mir machen, was Ihr wollt, doch meine Gesinnung und mein Gewissen werdet Ihr niemals anrühren. Jetzt sagt mir aber, ob Ihr mich hierher habt kommen lassen, damit ich mir Eure väterlichen Vorwürfe anhöre . . .«

»Blasco da Castiglione«, sagte der Anführer, »macht Euch nicht lustig. Hier lacht keiner . . .«

»Dann werde ich damit beginnen.«

»Das wird Euch schnell vergehen!«

Blasco sah, wie einige der Umstehenden flugs ihre Hände auf die Griffe der Dolche legten, und viele Augen waren fragend auf das Oberhaupt gerichtet. Doch der Anführer machte ihnen kein Zeichen und fuhr fort:

»Blasco da Castiglione, wir bitten Euch, seid uns kein Hindernis.«

Hinter dem gebieterischen Ton dieser Worte erkannte Blasco rasch die drohende Gefahr über Violantes Haupt: eine neue Gefahr für das Mädchen, der sie sich vielleicht gar nicht entziehen konnte. Blasco betrachtete es als seine Pflicht, das Mädchen nicht im Stich zu lassen. Stolz hob er seinen

Kopf und erwiderte: »Und wenn ich mich Euch doch in den Weg stellte, wenn ich mit allen meinen Kräften versuchte, mich Euren Vergeltungsmaßnahmen zu widersetzen?«

»Dann wären wir gezwungen, Euch auch unter Anwendung von Gewalt daran zu hindern.«

»Also müßt Ihr mich töten. Denn ich schwöre Euch beim heiligen Andenken meiner Mutter, daß es Euch nur über meine Leiche gelingen wird, Hand an Violante della Motta zu legen!«

Der Anführer lächelte.

Er machte ein Zeichen. Ein Blitz durchzuckte die Luft, und Blasco sah, wie zwanzig Arme sich in einer einzigen Bewegung streckten und zwanzig Dolchspitzen sich auf seine Brust richteten. Die Farbe wich aus seinem Gesicht, doch er rührte sich nicht vom Fleck noch gab er sonst ein Zeichen von sich, das seine Angst hätte verraten können.

Das Oberhaupt fuhr fort: »Es bedürfte nur eines einzigen Wortes aus meinem Mund, und schon läget Ihr hier, mit Wunden übersät, zu meinen Füßen, und niemand würde je erfahren, was geschehen ist. Euer Leichnam würde uns keine Ungelegenheiten bereiten: auch wenn wir ihn nicht hier drinnen begraben wollten, könnten wir ihn auf eine Landstraße schaffen, wo er dann zur großen Freude der Justiz, die Euch auf den Fersen ist, gefunden würde. Aber als Toter seid Ihr unserer Sache nicht von Nutzen. Für uns ist von Wichtigkeit, daß Ihr Euch vollkommen unparteiisch verhaltet. Wollt Ihr uns das versprechen?«

»Ich verspreche nichts, was ich nicht halten kann.«

»Blasco da Castiglione, hütet Euch. Auch ohne Euch zu töten, könnte ich Euch in eine Lage bringen, in der Ihr machtlos und zu keinem Handeln mehr fähig wäret. Ich könnte Euch zum Beispiel hier drinnen lassen, von wo Ihr nie mehr den Weg nach draußen fändet. Warum wollt Ihr mich zu diesem Schritt zwingen?«

»Tut das ruhig. Ich bleibe lieber hier eingeschlossen, als daß ich draußen zwar frei, doch durch einen Schwur zur Ohnmacht verdammt wäre.«

»Ist das Euer letztes Wort?«

»Ja.«

»Bedenkt, daß Ihr von hier drinnen nie mehr diejenigen verteidigen oder beschützen könnt, die Euch am Herzen liegen.«

Blasco antwortete nicht.

»Ihr könnt uns nie mehr anklagen, unduldsam und gewalttätig zu sein. Brüder, schließt ihn zum ›Nachdenken‹ ein.«

Im Handumdrehen hatten sie Blasco eine Art Haube übergestülpt, unter der er sich nicht mehr rühren konnte. Kräftige Arme hoben ihn hoch, er wurde weggetragen und nach einem Stück Weg wieder abgesetzt. Er hörte, wie sich eine Tür hinter ihm schloß, noch bevor er sich aus der Umhüllung hatte herausschälen können. Der Raum war stockfinster, und seine Ausmaße oder seine Bestimmung waren für ihn nicht zu erkennen. Blasco machte einige Schritte, um den Raum der Länge und Breite nach zu vermessen. Auf der einen Seite stieß er schon nach zwei Schritten gegen eine rauhe und feuchte Wand. Auf der anderen Seite fuchtelten seine Arme ein Stück in der Finsternis, bis sie dann eine hölzerne Fläche berührten, die eine Tür zu sein schien. Lange betastete er sie Zentimeter um Zentimeter, doch da war keine Spur eines Schlosses zu entdecken. Die Tür mußte also auf der Außenseite mit Riegeln und Ketten versperrt sein. Er suchte nach dem Spalt zwischen Tür und Rahmen, fuhr mit dem Dolch am Holz entlang, doch er konnte keine Ritze entdecken, in der sich die Verriegelungen befinden mochten. So machte er sich daran, ein Loch zu bohren. Nachdem er eine Weile gebohrt hatte, merkte er, wie die Schneide gegen eine metallene Fläche stieß. Die Tür war von außen mit Eisenblech beschlagen. Er befand sich also in einem regelrechten Gefängnis, aus dem es kein Entrinnen gab. Herumspazieren konnte er nicht, da er den Raum nicht kannte und sich, des Untergrundes nicht sicher, nicht in die finstere Leere vorwagte. Schon der Gedanke, sich auf dem nackten Boden niederzulassen, ekelte ihn an, und einen Sitz oder Hocker konnte er trotz eifrigstem Suchen nirgends ertasten.

Er war zur völligen Ohnmacht verdammt, wie ihm das Oberhaupt gesagt hatte. Seine Gedanken schweiften zu Violante. Wer würde von nun an über das Mädchen wachen? Er war nun ganz und gar in der Hand der Sekte, über deren Absichten keinerlei Zweifel mehr bestanden. Auch an die Herzogin mußte er denken, an ihre Eifersucht, die zu Tage gekommen war und ihn mit Staunen und Besorgnis erfüllt hatte. Eine eifersüchtige Frau in ihrer Lage war nicht weniger zu fürchten als die Beati Paoli. Das arme Mädchen war also von zwei Seiten bedroht, ohne daß eine schützende Hand sie diesen Gefahren hätte entziehen können. Ihr Vater, der Herzog, der einzige, der es vermocht hätte, befand sich im Gefolge des Königs und war in weiter Ferne, auf ihn konnte sie nicht zählen. Warum nur hatte er, Blasco, sich so hartnäckig geweigert, Unparteilichkeit zu geloben, wenn sein Starrsinn doch nichts ausrichtete? Wäre es nicht besser gewesen, ein wenig nachzugeben und ein Versprechen mit einem gewissen Vorbehalt im stillen zu geben, wie es ganz und gar den Gepflogenheiten der Zeit entsprach? Würde der gute und heilige Zweck nicht die ausbleibende Einlösung des Versprechens rechtfertigen? Er machte sich bittere Vorwürfe. Lebhaft und in den düstersten Farben malte er sich die Gefahren aus, denen Violante ausgesetzt war. Sie sollte für das Schicksal Emanueles bezahlen, für ein anderes, gleichermaßen unschuldiges Wesen, das, lebendig in einem Verlies begraben, seinem sicheren Tod entgegenging. Beide waren Opfer, die der Ehrgeiz und die Habgier Don Raimondos gefordert hatten.

Und er dachte an die schrecklichen Papiere in seinem Besitz und zitterte bei dem Gedanken, die Beati Paoli könnten sie ihm jetzt entreißen, da er ihnen ausgeliefert war. Don Raimondo war der Vater Violantes, das unschuldige Mädchen aber wußte nicht, wer ihr Vater war und um welchen frevlerischen Preis er sich das Vermögen angeeignet hatte, das sie einmal erben sollte! Was würde sie wohl sagen, wenn ihr eines Tages dieses furchtbare Geheimnis enthüllt würde? War es nicht barmherziger, alles vor ihr geheimzuhalten? In solche Gedanken versunken, hörte er plötzlich das Rasseln von Ketten und sah, wie die Tür aufging und die Zelle in helles Licht getaucht wurde. Die Laterne bewegte sich und hielt vor einer Wand inne. Da konnte Blasco erkennen, daß in die Wände hie und da horizontal verlaufende Nischen gehöhlt waren, die im Schatten des Lichts noch dunkler und geheimnisvoller erschienen. Einer der maskierten Männer trat aus dem Schatten und zeigte sich im Lichtschein.

Für einen Augenblick standen sie einander gegenüber und sahen sich schweigend an. Blasco hatte die Arme vor der Brust verschränkt und hielt noch den Dolch in der Hand, dessen Schneide im Licht der Laterne funkelte. Der maskierte Mann hatte hinter sich die Türe schließen lassen. Er war allein und trug keinerlei Waffe. Er sah das Blitzen von Blascos Dolch und deutete es auf seine Weise.

»Habt keine Angst, Euch wird kein Haar gekrümmt werden. Wollten wir uns Eurer entledigen, hätten wir es schon längst getan, das möchte ich noch einmal betonen.«

An der Stimme erkannte Blasco das Oberhaupt der Sekte. Wortlos warf er den Dolch zu Boden.

Der Mann fuhr fort: »Habt Ihr nachgedacht? Ist Euch jetzt klar, daß Ihr in unserer Gewalt seid? Warum gebt Ihr also nicht nach?«

Aus Widerspruchsgeist, aus Verachtung oder aus Eitelkeit schien Blasco, daß jetzt nachzugeben soviel wie Angst bedeutete, und er erwiderte: »Ich habe nur ein einziges Wort. Es ist sinnlos, mich in Versuchung führen zu wollen.«

»Aber Ihr kommt nicht hier heraus, bevor wir unser Werk nicht zu Ende geführt haben.«

Ein Schauder durchfuhr den jungen Mann, doch gab er seine Erregung nicht zu erkennen. Knapp erwiderte er, als wäre er verärgert: »Tut, wie es Euch beliebt!«

Ein weiteres kurzes Schweigen entstand. Dann fuhr der Mann fort, und in seiner Stimme lag eine gewisse Trauer: »Ihr tut unrecht und laßt Euch mehr von einer falschen Eigenliebe als von Eurem Verstand lenken. Merkt Ihr denn nicht, daß ich mich für Euch einsetze und Euch der Gefahr entziehen will, der Ihr Euch sinnloserweise aussetzt? Welche Anstrengung Ihr auch machen möget, nie und nimmer wird es Euch gelingen, Don Raimondo della Motta unserer strafenden Hand zu entziehen . . .«

»Was sollte der mir schon bedeuten?«

»Warum habt Ihr uns dann an unserem Tun gehindert?«

»Doch nicht seinetwegen. Es geht um ein unschuldiges Wesen. Warum verfolgt ihr die, die weder Euch noch anderen Schaden zugefügt hat?«

»Das ist nur ein Mittel zum Zweck . . .«

»Ein schändliches und abstoßendes Mittel. Ihr habt den Herzog della Motta über so lange Zeit in Eurer Reichweite gehabt, warum habt Ihr ihn denn nicht getötet?«

VII

Das Oberhaupt der Beati Paoli lächelte mit einem Anflug von Verachtung im Blick und erwiderte: »Ihr seid noch jung und in vielen Dingen unerfahren, obwohl Ihr schon ein aufregendes Leben voller Schicksalsschläge hinter Euch habt. Unser vorrangiges Ziel ist nicht der Tod des Herzogs della Motta; ob er am Leben bleibt oder stirbt, ist uns völlig gleichgültig. Wir wollen einzig und allein, daß der Herzogstitel und das herzogliche Vermögen seinem rechtmäßigen Besitzer zurückgegeben werden. Sollte Raimondo unter den Waffen unserer Justiz fallen, noch bevor wir ihm aus den Händen gerissen haben, was er durch Mord geraubt hat, würde das ganze Vermögen von Rechts wegen und natürlicherweise seinem Töchterchen Violante zufallen und nicht Emanuele zurückgegeben werden. Emanuele würde weiterhin keinerlei Stellung in der Gesellschaft haben – er wäre nichts weiter als der namenlose Neffe des Don Girolamo Ammirata, und die Usurpation, dieses blutige Verbrechen, wäre durch ein weiteres Unrecht sanktioniert, das sich nach außen hin sogar allen Anschein der Rechtmäßigkeit gäbe. Nein, nein, das nicht. Wir haben Don Raimondo einzig und allein deshalb verschont, damit er Emanuele anerkennt und ihn in seinen rechtmäßigen Stand zurückversetzt.«

Blasco dachte an Violante. Insgeheim konnte er nicht bestreiten, daß, was jener Mann verlangte, im Sinne einer strengen und unanfechtbaren Gerechtigkeit lag.

Ein Waisenkind war all seiner Güter beraubt worden. Was sein Besitz war, mußte ihm zurückgegeben werden. Das war nur recht und billig. Doch Blasco überlegte, daß dieser gerechte Ausgleich Schmach und Schande für ein anderes unschuldiges Wesen, für Violante bedeutete, und das war in seinen Augen eine erneute Ungerechtigkeit. Konnte es dem armen Mädchen angelastet werden, einen solchen Vater zu haben? Welche Schuld hatte sie auf sich geladen, daß ihr jetzt ein Reichtum, auf den sie durch ihre Geburt einen Anspruch hatte, vorenthalten und sie gezwungen werden sollte, für den Frevel des Vaters zu büßen? Dieser Gedankengang rief in ihm ein dumpfes Gefühl der Auflehnung wach. Dennoch wagte er nicht, den Gerechtigkeitssinn der Beati Paoli zu leugnen.

»Man darf jedoch aus Liebe zur Gerechtigkeit nicht erneut Unrecht walten lassen.«

»Wem gegenüber?«

»Gegen den, der ohne Schuld ist.«

»Was bedeutet ein Mensch, wenn das Recht verletzt wurde? Was ein Menschenleben angesichts der Gerechtigkeit, die ihren unaufhaltsamen Verlauf nimmt? Um so schlimmer für diejenigen, die sich dieser Gerechtigkeit in den Weg stellen. Sie muß zwangsläufig ihren Weg gehen und diejenigen vernichten, denen sie auf ihrer Bahn begegnet. Ein unschuldiges Wesen weint? Seine Tränen werden die anderer Unschuldiger aufwiegen, die vor ihm geweint haben. Die Gerechtigkeit kennt kein Erbarmen und darf nicht auf die Folgen achten. Zu viele Tränen sind schon vergossen worden. Eine junge, schöne und reiche Frau wurde von einem grausamen Schmerz getroffen, als sie ihren Ehemann verlor und zur gleichen Zeit die Frucht ihrer Liebe auf die Welt brachte; aufs unmenschlichste verfolgt und zur Verzweiflung getrieben, starb sie aus Furcht und Schrecken in einem fremden Bett, in einem fremden Haus, in dem sie barmherzigerweise Aufnahme gefunden hatte. Ihre getreue und ergebene Dienerin wurde ermordet. Die Leute, die das Neugeborene, das nun Vollwaise war, zu sich nahmen, es beschützten und vor dem sicheren Tod bewahrten, die eben diese wunderbare Tat der Nächstenliebe vollbrachten, sind wie gehetzte Tiere ständig auf der Flucht, sie müssen sich verstecken und setzen tagtäglich ihr Leben aufs Spiel. Zwei Männer, deren Schuld nur darin bestand, die furchtbaren Zeugenaussagen über den Mord aufgeschrieben zu haben, wurden wie Aufrührer an den Galgen geknüpft. Was also bedeuten die Tränen eines unschuldigen Opfers gegenüber dem Leben von acht Menschen, die ebenfalls unschuldige Opfer sind? Die Gerechtigkeit muß ihren Weg gehen. Keiner wird sie aufhalten, und Ihr, Blasco da Castiglione, noch weniger als ein anderer!«

Blasco spürte jedes einzelne Wort kalt und unerbittlich auf sich niedergehen. Sein Verstand billigte das Gesagte, nicht aber sein Herz. Sein Innerstes war in Aufruhr, und es gab auch in dem, was er billigte, etwas, das jenen Aufruhr nährte.

»Warum«, sagte er schließlich, »warum, wenn Ihr derart von der Rechtmäßigkeit Eures Anliegens überzeugt seid, handelt Ihr dann im verborgenen? Warum kämpft Ihr dann nicht mit offenem Visier? Müssen edle Ziele denn im geheimen verfolgt werden? Also gibt es noch etwas weniger Edles, das Euch zwingt, im Dunkel Zuflucht zu suchen. Ihr traut Euch nicht ans Tageslicht, weil Ihr fürchtet, der Glaube an Eure Gerechtigkeit könnte ins Schwanken kommen!«

»Aber nein«, unterbrach ihn das Oberhaupt der Beati Paoli heftig, »einzig das Vertrauen in die Gerechtigkeit der geschriebenen Gesetze schwankt, oder genauer, es fehlt vollständig. Das hättet Ihr sagen sollen. Die Dunkelheit? Sie ist eine schlichte Notwendigkeit. Sie bedeutet unsere Stärke und Sicherheit. Die Gerechtigkeit des Königs wird von Männern verwaltet, die ihr Amt nicht aus Pflichtgefühl, sondern allein aus Gewinnsucht ausüben. Sie sind nicht da, um über das Recht eines jeden zu befinden und es zur Geltung zu bringen, sondern um dem Stärkeren das Vorrecht gegenüber dem Schwächeren zu sichern. Die Starken sind die Feudalherren, die Beamten des Staates, die Adligen, der Klerus. Der Straffreiheit sicher, mit Privilegien und schriftlich verbürgten Vorrechten ausgestattet, kommen sie in den Genuß eines besonderen Rechts, das dem Recht der anderen, der Schwächeren nicht gleich ist. Und Richter wie Rechtsprechung verteidigen genau dieses Sonderrecht der Privilegierten, das in Wirklichkeit Erniedrigung und Ungerechtigkeit für die große Masse der Schwachen bedeutet. Ein Ritter, der einen Menschen tötet, findet vor jenen Richtern Gnade und Nachsicht, die unantastbar sind. Ein Mann aus dem Volk, der das gleiche Verbrechen begeht, endet schnurstracks am Galgen! ... Ein Edelmann kann seinem Vasallen, nur weil der ihm untergeben ist, die Tiere, die Waffen, das Reitpferd wegnehmen, und das ihm zugesprochene Recht gestattet es ihm. Dasselbe Recht aber schickt den Vasallen an den Galgen, wenn er es wagen sollte, seinem Herrn auch nur ein Korn Weizen oder ein Lamm zu stehlen. Und das nennt sich Gerechtigkeit! Eine arme Witwe schuldet jemandem Geld. Der Gläubiger darf ihr das Haus wegnehmen und sie auf die Straße werfen, die Rechtsprechung erlaubt es ihm und bestärkt ihn noch darin. Ein Adliger jedoch kann seine Gläubiger verprügeln oder sogar ins Gefängnis werfen lassen und findet obendrein Magistrate, die sein Handeln als gesetzmäßig beurteilen. Auch das nennt sich Gerechtigkeit! Don Raimondo darf morden und stehlen, er verdient sich dabei Lob und Anerkennung und wird obendrein noch zum Verwalter des Justizwesens ernannt. Don Girolamo Ammirata jedoch, der einen Schwachen von Rechts wegen verteidigt, muß sich verstecken, weil sein Leben auf dem Spiel steht. Auch das nennt sich Gerechtigkeit! Es ist die Gerechtigkeit des Staates, es ist die Gerechtigkeit der geschriebenen Gesetze zum Vorteil der Stärkeren. Doch eine solche Justiz ist die ungeheuerlichste aller Ungerechtigkeiten!

Unsere Gerechtigkeit dagegen ist in keiner königlichen Verfassung niedergeschrieben, sie steht eingemeißelt in unseren Herzen. Ihr allein folgen wir und zwingen die anderen, sich nach ihr zu richten. Wir verfügen nicht über Soldaten, Wachmänner, Geheimpolizisten und Führer. Wir bezahlen keine Richter noch suchen wir in den Gesetzesparagraphen nach Spitzfindigkeiten, um das Unrecht zu beschönigen. Wir haben ein offenes Ohr und ein weites Herz für die Schwachen, die nicht die Macht besitzen, dieses enge Netz von

Anmaßung und Gewalt zu zerreißen, in dessen Maschen sie gefangen sind. Wir sind für die Menschen da, die nach Gerechtigkeit dürsten und sie vergeblich einfordern, für diejenigen, denen nur Leid beschert wird.

Von wem wird unsere Macht anerkannt? Von niemandem. Wer gibt uns die Befugnis, Recht zu sprechen? Keiner. Also müssen wir unsere Macht und dieses Recht mit Gewalt durchsetzen, und dafür haben wir nur eine Waffe: den Schrekken, und nur ein Mittel, uns seiner zu bedienen: das Geheimnis, die Dunkelheit. Wir verstecken uns nicht aus Feigheit, sondern aus Notwendigkeit. Im Schatten der Nacht vermehrt sich unser Heer und läßt diejenigen Vertrauen schöpfen, die unseren Schutz anrufen. Einer, der es nicht wagen würde, sich an einen beamteten Richter zu wenden, um sich selbst, sein Haus, die Ehre der Frauen seiner Familie zu verteidigen, weil er sich damit dem Zorn, der Vergeltung, den Racheakten des jeweiligen Barons oder des Abaten aussetzen würde, der vertraut seinen Schmerz und das erlittene Unrecht gern jemandem im Schutz der Dunkelheit an, einem Mann, den er nicht sieht, nicht kennt und der seine Klagen anhört. Wir sehen, ob er im Recht ist. Eine geheimnisvolle Warnung erreicht darauf den Unterdrücker in seinem Palast und den Richter, der zum Mittäter geworden ist, auf der Richterbank. Und schenken sie unseren Worten Gehör? Für uns gibt es nicht Besseres, als wenn sie die Warnung mißachten und fortfahren, den Schwachen zu beleidigen. Dann bestrafen wir sie und rächen die Beleidigung. Keiner sieht die Hand des Strafenden, keiner kann sich ihr entziehen. Das ist unsere Gerechtigkeit. Niemals hat sie einen Unschuldigen bestraft, und sie hat schon viele Tränen getrocknet.«

Blasco lauschte diesen Worten mit immer größerem Staunen. Die Rede des Mannes war immer flammender geworden. Es schien, als zögen sämtliche Ungerechtigkeiten der Welt vor seinem Auge vorüber.

Mit bewegter Stimme fuhr das Oberhaupt der Beati Paoli fort: »Warum schaut Ihr Euch, der Ihr kühn, tapfer, aufrichtig und weitherzig seid, nicht, wie ich es tue, das Leben in den Städten und auf den Feudalbesitzungen einmal aus nächster Nähe an? Dann sähet Ihr nämlich, aus wie vielen Tränen, wieviel Blut und Unterdrückung es gemacht ist, und Ihr würdet zu dem Schluß kommen, daß nicht nur einer, sondern hundert dieser Gerichtshöfe notwendig wären, um die Unterdrückung, die Gewalt, den Frevel der Mächtigen zu verhindern. Ich kenne sämtliche Leiden dieser Welt, ich bin in die Behausungen der Bauern gegangen, dort leben wahre Heerscharen von Sklaven, deren Rückgrat sich unter den Stockhieben der Mächtigen krümmt; ich habe die Häuser der Handwerker betreten, die sich mühsam und elend durchs Leben schleppen; ich habe die Armut gesehen, die sich bei Tag aus Scham verbirgt und die Nacht abwartet, um zwischen den Abfällen nach einem Brotkanten, einem Knochen, einem Kohlstrunk zu suchen; ich habe Tausende von menschlichen Leiden gesehen und die Klage aus Tausenden von Mündern gehört, die einzig nach Gerechtigkeit verlangten! Da habe ich Männer um mich geschart, die guten Willens sind, und habe zu ihnen gesagt: ›Wir sind die Verteidiger der Schwachen und Armen!‹

Solange die Welt sich nicht ändert und es auf der einen Seite Menschen mit Vorrechten gibt, denen alles erlaubt ist und zu deren Vorteil die Gesetze gemacht sind, und auf der anderen Seite Menschen, die dazu verdammt sind, Willkür und Gewalt über sich ergehen zu lassen, ist eine Gegengewalt notwendig, die dieser Willkür Einhalt gebietet und sie verhindert. Es ist wie ein Kräfteausgleich. Und das ist nichts Neues. Glaubt Ihr, die Beati Paoli seien erst heute entstanden? Kennt Ihr nicht ihre Geschichte? Zu Zeiten Kaiser Friedrichs gründete Adinolfo di Ponte Corvo die Gesellschaft der *Rächer*, deren Ziele sich nicht von den unseren unterschieden. Die Beati Paoli haben ihre Wurzeln in ebendieser Sekte der *Rächer* und schauen auf eine jahrhundertealte Geschichte zurück. Mitunter kommt es vor, daß sie sich für eine gewisse Zeit zurückziehen und nicht in Erscheinung treten. Dann aber, wenn das Maß wieder voll ist, erheben sie sich erneut. Unser Leben wird vergehen, und nach uns werden andere kommen, denn die Schwachen werden immer jemanden brauchen, der sie beschützt und verteidigt. Ihr selbst, Blasco da Castiglione, mit Eurem ganzen Mut, Eurer großartigen Tapferkeit seid nichts anderes als ein Schwacher . . .«

»Ich?«

»Ihr seid allein, und deshalb seid Ihr schwach. Ihr seid ein Sandkorn, das dank der Laune und dem anmaßenden Betragen eines Barons ins Leben geworfen wurde. Ihr besitzt keinen Familiennamen und keine Zukunft. Aufgrund Eurer Wesensart seid Ihr der Verfolgung anderer Gewalttäter ausgesetzt. Ihr seid gezwungen, Euch wie ein Bandit zu verstecken. Vielleicht wäret Ihr zu dieser Stunde gar schon tot, wenn verborgene Beschützer Euch nicht unter ihre Fittiche genommen hätten und wenn wir in Euch nicht einen Mann sähen, der der stärkste Stützpfeiler unserer Sekte sein könnte.«

»Niemals!« rief Blasco laut.

»Seid nicht voreilig«, warf das Oberhaupt der Beati Paoli ein, »Ihr habt unserem Gericht mehr als einen Dienst erwiesen, ohne es zu wissen, auch wenn wir manchmal gezwungen waren, gestreng zu sein. Auch dieses Mal wart Ihr uns trotz Eurer Verweigerung von Nutzen.«

»Wie das?«

»Indem Ihr unserer Einladung Folge geleistet habt.«

»Wie bitte?«

»Ja, merkt Ihr denn nicht, daß wir Euch zur Seite gedrängt haben? Seht Ihr nicht, daß Ihr uns freie Bahn gelassen habt?«

Der maskierte Mann zog eine Uhr aus seinem Westentäschchen und sah nach, wie spät es war. Dann fügte er hinzu: »Es ist ein Uhr nachts, und die Herzogin della Motta und Violante sind schon auf Reisen und in weiter Ferne.«

»Verflucht noch mal!« brüllte Blasco und zog aus der Tasche eine Pistole, »sagt, daß das nicht wahr ist!«

»Nein, ich habe nicht gelogen! Die Herzogin und ihre Tochter wurden vor einer Stunde auf meinen Befehl hin auf ein Schiff gebracht.«

»Elender!« schrie Blasco und schoß.

Der Schuß hallte in der Zelle wider, der Raum füllte sich

mit Rauch. Gelächter war die Antwort. Blasco sah verblüfft, wie der Anführer der Beati Paoli lauthals zur Tür hin rief: »Es ist nichts! Weg mit Euch!« Dann kniete er nieder, hob etwas auf und reichte es dem jungen Mann, während er mit sanfter Stimme zu ihm sagte: »Mein guter junger Herr, wählt das nächste Mal besser Eure Kugeln aus. Die da verbeulen sich bloß, wie Ihr seht. Lebt wohl!«

Er war im Begriff hinauszugehen, doch Blasco stellte sich ihm in den Weg.

»Ihr kommt hier nicht eher heraus, bevor ich Euch nicht die Maske vom Gesicht gerissen habe. Ich will Euch ins Gesicht schauen ... Ich will, wenn ich Euch einen Feigling heiße, daß meine Worte wie Schläge auf Eure Wangen niedergehen und nicht an dieser falschen Hülle abprallen.«

»Legt Ihr wirklich Wert darauf, mich kennenzulernen?«

»Ja!«

»Ich könnte Euch den Ärger ersparen, mir die Maske abzunehmen, aber es ist umsonst. Ihr kennt mich.«

»Die Maske! ... Die Maske!«

»Nun also gut. Es ist wohl besser so. Hier, bitteschön.«

Mit einer raschen Bewegung nahm er sich die schwarze Maske vom Gesicht.

»Coriolano!« schrie Blasco auf, »Coriolano!«

Kraftlos sanken seine Arme nieder, seine Stimme erstarb, und er spürte, wie seine Knie weich wurden.

»Ihr! Ihr! Ihr seid es!« wiederholte er verzweifelt.

»Ja, ich. Worüber wundert Ihr Euch? Ihr hättet doch ahnen können, daß ich es bin, auf den Ihr gezielt und geschossen habt!«

Blasco senkte das Haupt und wußte nicht, was er antworten sollte. Zwei gegensätzliche Gedanken marterten sein Herz und wollten es in Stücke reißen, und für jedes stand ein Name: Violante und Coriolano.

»Was habt Ihr gemacht! Und was habe ich nur getan!« murmelte er mit unvorstellbarem Schmerz. Mit veränderter Stimme wandte er sich an Coriolano, und ihm die andere Pistole reichend sagte er mit fiebriger Erregung: »Tötet mich, ich bitte Euch darum, tötet mich!«

»Warum? Was geschieht Euch denn? Was Ihr getan habt, ist, um es einmal so auszudrücken, ebenso gesetzmäßig wie das, was ich mache. Ich hege keinen Groll gegen Euch und hätte an Eurer Stelle ebenso gehandelt. Gebt mir Eure Hand.«

Gewaltsam faßte er Blascos Hand. Da überkam Blasco große Rührung, er brach in Schluchzen aus und sagte leise:

»Oh, Violante, Violante!«

Es klang ein so tiefer Schmerz aus diesen Worten, daß Coriolano della Floresta gerührt war.

»Wovor fürchtet Ihr Euch denn?« fragte er Blasco. »Ich schwöre Euch bei meiner Ehre, daß Violante keinerlei Gefahr läuft! Ihr wird kein Haar gekrümmt, aber sie ist einfach wichtig für uns. Emanuele muß befreit und vor jedem möglichen Angriff in Sicherheit gebracht werden. Das erreichen wir nur mit der Geiselnahme der Frau und der Tochter Don Raimondos della Motta.«

»Und wenn er nicht nachgibt?« fragte Blasco zitternd.

Coriolano schwieg eine Weile.

»Habt Ihr darauf keine Antwort?«

»Das wäre in der Tat schlimm«, entgegnete der Ritter della Floresta.

»Seht Ihr also, daß Euer Versprechen nicht unbedingte Gültigkeit hat.«

»Nein. Ich habe Euch bei meiner Ehre geschworen, daß weder das Mädchen noch die Herzogin auch nur die geringste Gewalt erleiden wird, abgesehen davon, daß sie in ihrer Bewegungsfreiheit eingeschränkt sind. Sie werden in einem Kastell eingeschlossen werden, doch wird man sie dort mit der für Damen ihres Ranges gebührenden Achtung behandeln.«

Ein Gedanke quälte Blasco weiterhin. Nach kurzem Schweigen sagte er: »Und wenn ich Euch nicht nur die Befreiung Emanueles zusicherte, sondern auch die Anerkennung seines gesellschaftlichen Standes und die Rückerstattung seines Adelstitels und seines Vermögens?«

»Ihr, Blasco?« meinte staunend der Ritter della Floresta.

»Ja, ich. Wenn ich Euch das zusicherte, hättet Ihr dann noch irgendwelche Bedenken, mir die zwei Frauen des Hauses Albamonte anzuvertrauen?«

»Hütet Euch vor der Verpflichtung, die Ihr da eingehen wollt, Blasco!«

»Ich weiß, was ich sage.«

»Eure Macht ist also so groß?« fragte Coriolano ihn mit durchdringendem Blick.

»Ich besitze diese Macht.«

Seine Worte klangen so überzeugend, daß Coriolano ihn mit zunehmender Verwunderung ansah. Was war es, das Blasco so große Sicherheit gab? Hatte er sich vielleicht Donna Gabriella genähert und meinte nun, sich ihrer bedienen zu können, um sein Ziel zu erreichen? Doch Don Raimondo hatte sich noch nie von seiner Gemahlin zu irgend etwas überreden lassen. Was war es sonst? Es war wohl besser, den Vorschlag Blascos nicht abzulehnen, doch andererseits konnte er ihn in dieser Form auch nicht annehmen.

Es gab nur eine Möglichkeit.

»Wollt Ihr einen Waffenstillstand?« fragte er ihn.

»Auch der ist mir willkommen . . .«

»Von welcher Dauer?«

»Die Zeit, um nach Turin zu reisen und wieder zurückzukehren.«

»Erspart Euch diese Reise. Der Herzog della Motta wird nämlich kommen.«

»Er kommt nach Palermo?«

»In spätestens fünfzehn oder zwanzig Tagen wird er erfahren, daß seine Familie in unserer Gewalt ist.«

»Was wird in dieser Zeit aus dem armen Geschöpf?«

»Das Mädchen wird nicht das geringste Ungemach erleiden, wie ich Euch schon gesagt habe.«

Blasco neigte den Kopf und dachte an Violante. Sorge und Schmerz preßten ihm das Herz zusammen. Betrübt und zornig zugleich klangen seine Worte, als er sagte: »Warum seid Ihr es nur, der vor mir steht, und nicht ein Feind oder ein unbekannter Mensch?«

Coriolano lächelte und setzte sich die Maske wieder auf. Mit ernster Stimme sagte er: »Blasco, hier drinnen kennen nur zwei Männer mein Gesicht, Ihr und Don Girolamo Ammirata, sonst keiner. Die zwanzig Brüder, die mit im Gerichtssaal sind, haben nie etwas anderes von mir gesehen als diese Maske, obwohl sie zum Vorsitz der Sekte gehören. Für die anderen Sektenmitglieder bin ich nur ein Mythos. Daß Euch weder hier noch draußen, wenn wir allein sind, auch nur eine einzige Anspielung über die Lippen kommt.«

»Wollt Ihr, daß ich Euch verspreche, das strengste Schweigen zu wahren?«

»Nein, ich kenne Euch. Und jetzt wartet, daß ich Euch jemanden schicke, um Euch abzuholen, und vor allem, gehorcht mir!«

Er verließ die Zelle. Blasco blieb allein zurück, tausend Gedanken und Gefühle überstürzten sich in seinem Innern. Das Gericht der Beati Paoli war noch versammelt. Die Männer hatten für einen Augenblick die Masken abgenommen und sprachen untereinander. Einige von ihnen standen um Don Girolamo Ammirata und ließen sich von ihm bis in die kleinsten Einzelheiten den mißglückten Entführungsversuch Violantes erzählen. Er selbst war glücklich davongekommen, aber Andrea hatte einen Schlag mit dem Degen abgekriegt, der ihn um ein Haar ins Jenseits befördert hätte.

»Dieser Bursche ist ein Teufel, das kann ich euch sagen.«

Da kehrte Coriolano in die Krypta zurück, alle setzten sich die Masken wieder auf und nahmen ihren Platz ein. Der Ritter della Floresta sagte: »Wir haben einen neuen Bruder. Möge jeder von euch ihm zur Seite stehen und ihn beschützen, wenn ihr ihn in Gefahr wißt.«

Kurz darauf wurde Blasco in den Gerichtssaal geführt. Er war vollkommen unvorbereitet und mußte wohl oder übel Coriolanos Aufforderung Folge leisten und, die vorgesagte Formel wiederholend, Treue und Stillschweigen schwören. Alle Sektenmitglieder traten der Reihe nach auf ihn zu, jeder umarmte ihn, ritzte sich die Haut am Arm auf und machte ihm mit dem herausgetretenen Blutstropfen ein kleines Zeichen auf der Stirn. Als jeder wieder seinen Platz eingenommen hatte, begannen sie mit dem Vortrag der Ereignisse und der Anhörung der Beschwerden. Das Elend verschaffte sich mit den Stimmen jener Männer Gehör, die starr und unerschütterlich hinter ihren Masken erschienen. Die stärksten Klagen wurden wegen der Eintreibung einer ›Geschenkabgabe‹ laut, die vom Parlament beschlossen worden war und wie üblich vom Volk zu tragen war. Hunderttausend Scudi lasteten auf dem Mahlen des Korns; weitere fast hunderttausend Scudi auf den zum Königreich gehörenden Städten; vierzigtausend Scudi auf der Stadt Palermo, hundertdreißigtausend Scudi auf den Kaufleuten, zwanzigtausend auf den Angestellten, während von den Herren Baronen nicht mehr als fünfzigtausend Scudi und vom Klerus weniger als siebentausend gefordert wurden. Daraus ergab sich, daß Adel und Klerus, Besitzer sämtlicher Ländereien und Reichtümer des Königreichs, nicht einmal ein Drittel der Abgaben zu zahlen hatten, die dagegen von den Besitzlosen eingetrieben wurden – und selbst diesen geringen Beitrag quetschten die Reichen noch aus den Bauern heraus. Dazu bedienten sie sich ihrer Beamten, ihrer Sekretäre, ihrer Schergen, und jedes Mittel war ihnen recht. Es war eine Leidensgeschichte aus Erpressungen, Beschlagnahmungen, Pfändungen, Zwangsversteigerungen . . .

Blasco hörte schweigend zu und spürte, wie sein Herz von Bestürzung und Empörung wie ausgehöhlt wurde. Das Leben erschien ihm jetzt unter einem völlig anderen Gesichtspunkt, eine für ihn bislang harmlose Welt entblößte vor ihm ihr wahres Gesicht. Und jenes Parlament, auf das alle mit Eifersucht bedacht waren, das sich mit soviel Prunk und Glanz versammelte und vorgab, Schutz und Sicherheit für die Untertanen des Königreichs zu gewährleisten, erschien ihm jetzt als der Helfershelfer jener Plünderung.

Der Morgen graute schon, als das Gericht die Sitzung aufhob. Die Beati Paoli verließen einer nach dem anderen den Gerichtssaal und verschwanden auf geheimnisvolle Weise in einem dunklen Gang. Als alle draußen waren, sagte Coriolano zu Blasco: »Gehen wir.«

Doch anstatt den gleichen Weg wie die anderen zu nehmen, führte er Blasco durch einen Vorraum, von dem hinter einer kleinen Tür eine Treppe abging. Auf dem Treppenabsatz brannte ein Öllämpchen vor einem auf Schiefer gemalten Madonnenbildnis. Blasco erinnerte sich, daß er beim Herkommen hatte abwärts gehen müssen; dennoch ging es nun nicht wieder nach oben, sondern noch weiter nach unten. Die Treppe endete in einer geräumigen Vorhalle, die von einem Tor verschlossen war. Coriolano zog einen Schlüssel aus der Tasche, öffnete eine niedrige Luke, trat hindurch, hieß Blasco ihm zu folgen und schloß wieder ab.

»Seht Ihr«, sagte er lächelnd, »wir stehen unter dem Schutz des Gesetzes. Das Haus, aus dem wir kommen, gehört einem Richter.«

Es war das Haus des Richters Baldi in der Straße, die von der Kirche San Cosmo zum Stadtteil Capo führte.

VIII

Donna Gabriella war gemeinsam mit Violante, die noch immer ganz erregt war und leicht fieberte, auf dem Rückweg nach Palermo, als schwere Niedergeschlagenheit sie überkam, in der eine Wallung aus Zorn, Ärger, verletzter Eigenliebe, Eifersucht und Haß gärte. Ihr Haß galt Violante und Blasco in gleichem Maß. Wie rein und unschuldig die Antworten des Mädchens auch klangen und wie sehr sich Blasco gegen jeden Verdacht zur Wehr gesetzt und geschworen hatte, daß zwischen ihm und dem Mädchen nicht ein einziges zärtliches Wort gefallen sei, konnte Donna Gabriella den Argwohn doch nicht loswerden, daß beide sich höchst geschickt vor ihr verstellten, um zu verheimlichen, was in Wirklichkeit zwischen ihnen geschehen war.

Sie konnte nicht glauben, daß ein verliebter Mann, alleingelassen mit der geliebten Frau, sich das größte Opfer auferlegte und schwieg. Sie war sicher, daß Blasco mit ihr gesprochen hatte. Und gewiß hatte er im Herzen des Mädchens, das ihm zuvor schon geneigt gewesen war, einen tiefen Eindruck hinterlassen. Sie aber hatte aus beider Mund die Bestätigung gewollt, um sich am bitteren Genuß ihrer Eifersucht und ihres Hasses noch stärker verzehren zu können. Daß Blasco Violante liebte, stand für sie längst fest. Blascos

Aussehen, sein plötzliches Erröten und Erbleichen waren deutliche Anzeichen für ihren Verdacht, die nicht den geringsten Zweifel mehr zuließen.

Auf dem ganzen Weg, hin und her geschaukelt vom Schritt der Tiere, die ihre Sänfte trugen, sprach sie kein einziges Wort. Kaum waren sie zu Hause angelangt, schloß sie sich mit der Stieftochter in ihr Zimmer ein, packte sie heftig an den Handgelenken, sah ihr starr in die Augen und herrschte sie an: »Auf diese Weise also wahrst du die Ehre des Hauses?«

Violante sah sie überrascht an. Sie begriff nicht, was Donna Gabriella da sagte, doch ihr Anblick und die Heftigkeit ihrer Bewegungen flößten ihr solche Angst ein, daß sie meinte, die Sinne müßten ihr schwinden. Was bedeuteten diese Worte? Von welcher Ehre sprach Donna Gabriella? Was hatte sie denn Schlechtes getan?

»Frau Mutter«, sagte sie stotternd, »ich begreife nicht!«

Die Herzogin lachte schrill.

»Du begreifst nicht? In deinem Alter begreifst du nicht? Dann werde ich es dir beibringen!«

Sie schwieg eine Weile, als wolle sie die Vorfreude auf ihre Nachforschungen auskosten, die sie anstellen würde. Mit bitterer Stimme fragte sie das Mädchen dann: »Als der Herr Blasco dich vor sich auf den Sattel gesetzt hat . . . er hat dich doch vor sich gesetzt, oder nicht?«

»Ja.«

»Hat er dich da umarmt? Hat er seine Arme um deine Hüfte geschlungen? . . . So?«

Mit diesen Worten umfaßte sie Violantes Oberkörper und drückte ihn auf der Höhe des Busens. Ihre Hand zitterte.

»Nein, Frau Mutter«, antwortete Violante schlicht, »er hat zu mir gesagt, daß ich mich an ihm festhalten solle, um nicht herunterzufallen . . .«

»Und hat es dir gefallen, dich an ihn zu drücken? Hast du keine Freude empfunden, als du dich an ihn schmiegtest?«

Violante errötete vor Scham.

»Na, sprich schon!«

»Ich weiß nicht . . . ich könnte es nicht sagen«, stotterte das Mädchen, »ich hatte so große Angst in dem Augenblick!«

»Ist Herr Blasco in deinen Augen nicht schön?«

Violante wurde erst rot, dann blaß, und ihre Lippen verloren jegliche Farbe. Ihr Brustkorb hob sich, als sie mit flehentlicher Stimme sagte: »Warum stellen Sie mir solche Fragen, die mich nur verwirren und mich zu Tode beschämen?«

Krampfhaft hielt sie ihre Tränen zurück, und ihre Lippen zitterten vor Anspannung. Doch Donna Gabriella meinte, noch grausamer und erbarmungsloser sein zu müssen.

»Gestehe«, sagte sie mit veränderter und zorniger Stimme, »gestehe, daß du Herrn Blasco liebst!«

Violante stieß einen Schrei aus und bedeckte ihr Gesicht mit den Händen. Ihn lieben? Was meinte die Stiefmutter nur? Jenes Wort rief in ihrem Unbewußten plötzlich dunkle Begierden wach, in denen sich ihr wahres Wesen zeigte, die sie bis dahin nicht verstanden oder nicht beachtet hatte, die sie aber jetzt heftig verwirrten. Glühend brannte dieser innere Aufruhr auf ihrem Gesicht. Heiße Tränen stiegen ihr in die Augen. Tiefe Scham und eine unaussprechliche Verwirrung breiteten sich in ihr aus. *Lieben*, dieses Wort, das sie unzählige Male in ihren Gebeten gesprochen hatte, war mit einemmal ein neues, geheimnisvolles Wort, das Ängste, Bedrohung, unbekannte Dinge bedeutete, und dann noch im Zusammenhang mit einem Mann. Mit einem Mann! . . . Mit Herrn Blasco! Der Schleier, hinter dem ihr Blasco da Castiglione erschienen war, zerriß. Die rätselhafte Zuneigung, jenes liebliche Gefühl des Angezogenseins, das ihr nicht außergewöhnlich vorkam und sich nicht zu unterscheiden schien von dem, was sie anderen Menschen gegenüber empfand, in deren Gegenwart sie sich einfach wohl fühlte; die Bewunderung, das Vertrauen, die Hingabe, die Freude, ihn an ihrer Seite zu spüren, sich von ihm beschützt zu wissen – all das bedeutete also Liebe! Sie liebte Blasco! Sie zitterte, und ein Schauer durchlief ihren Körper. Donna Gabriella stand über sie gebeugt und schien sie mit ihrem Blick zu durchbohren. Gierig drang er in die Tiefe dieses unerfahrenen Herzens, das keine Verstellung kannte und sich ihr so rückhaltlos offenbarte.

»Du liebst ihn also?« beharrte sie weiter auf ihrer Frage.

Gewaltsam riß sie Violante die Hände vom Gesicht. Das Mädchen glaubte, eine große Schuld auf sich geladen zu haben. Der bedrohliche Anblick Donna Gabriellas mit ihrem verzerrten Gesicht ließ das, was sie mit Liebe bezeichnete, als etwas Ungeheuerliches erscheinen. Sie warf sich vor Donna Gabriella auf die Knie und schluchzte: »Verzeihung! Verzeihung!«

Verzeihung wofür? Was hatte sie getan? Verzeihung! ... Donna Gabriella aber legte diese Worte als Geständnis aus. Blind vor Zorn und Eifersucht schlug sie die Stieftochter, warf sie zu Boden und schrie mit verzerrtem Gesicht: »Du wirst ihn nicht mehr sehen! Nie wieder! Du wirst ihn nicht dein nennen! ... Nein, nein, niemals!«

Sie verließ das Zimmer, schloß die Tür hinter sich ab und ließ das arme Mädchen schluchzend und zu Tode erschrokken auf dem Boden zurück.

Donna Gabriellas Herz lief über vor Rachsucht. Sie befahl, die Kutsche anzuspannen, begab sich zum Königspalast und bat um eine Audienz beim Vizekönig.

In Wahrheit war auch dies kein Tag für Audienzen, und das Vorzimmer war leer. Im übrigen hatte das Vorzimmer des Vizekönigs Maffei nichts gemein mit denen der spanischen Vizekönige, in denen sich die Sizilianer zu Hause fühlten.

Die Sparmaßnahmen, die der König dem Adel versucht hatte aufzuzwingen, wurden in dem Maß eingehalten, in welchem der Hof sich selbst daran hielt. Bis auf die streng notwendige Anzahl von Lakaien, Dienern, Pagen, Pförtnern, Kammerherren, Sekretären und Beamten gab es nicht mehr den ganzen Anhang von Rittern und Schmarotzern, die sich in den Sälen des Königspalastes zu Zeiten der spanischen Vizekönige drängten und einen prächtigen und wahrhaft königlichen Hofstaat bildeten. Selbst die Livreen zeigten nicht mehr den Prunk früherer Zeiten, der als sichtbares Zeichen der Königswürde das Volk der Hauptstadt immer mit Stolz erfüllt hatte.

Das Vorzimmer des piemontesischen Vizekönigs aber war sehr bescheiden. Es war ein Ort für Leute, die ganz den ernsthaften Dingen des Lebens hingegeben waren und nicht auf Prunk und Eitelkeiten achten. Der Graf Maffei hatte vom Parlament, genau wie die spanischen Vizekönige vor ihm, die Schenkung von tausend Unzen für sich und zweihundert für seinen Obersten Kammerherrn angenommen, doch war er dennoch nicht von seinen Lebensgewohnheiten abgewichen noch hatte er den vizeköniglichen Hof auf einen großartigeren Thron erhoben.

Als die Herzogin den Königspalast erreichte, befand sich der Graf Maffei noch in seinem Arbeitszimmer, und mit ihm sein Sekretär. Er war damit beschäftigt, die Post zu sortieren, die dem König nach Turin nachzusenden war, und versuchte sich in jenem Dickicht von Gesetzen, Gewohnheitsrechten, Verfassungen, Privilegien, Verordnungen, Rechtsprechungen zurechtzufinden, die alle zusammen die Gesetzgebung des Königreichs ausmachten. In seinen Händen lag überdies der Streitfall mit Rom. Die Auseinandersetzungen mit der römischen Kurie wegen des Interdikts, mit dem die Diözesen von Catania und Girgenti belegt worden waren, drohten sich jetzt über ganz Sizilien auszubreiten.

Das verstörte Aussehen der Herzogin und ihr Name veranlaßten den Obersten Kammerherrn jedoch, die Botschaft an Seine Hoheit den Vizekönig weiterzuleiten. Wäre das Sekretariat schon geschlossen und die Dienstzeit beendet gewesen, hätte Donna Gabriella vergeblich versucht, den gestrengen Kammerherrn umzustimmen.

Seine Hoheit geruhte, die Herzogin in einem kleinen Saal zu empfangen. Auch auf ihn machte Donna Gabriellas Aussehen einen gewissen Eindruck, und er befürchtete, daß sie aus Turin eine schmerzliche Nachricht erhalten hätte.

»Ich bin gekommen, um Eure Hoheit um Gerechtigkeit anzuflehen«, richtete Donna Gabriella das Wort an ihn.

»Eben um dieses Amt auszuüben, bin ich hier. Sprechen Sie Madama.«

»Eure Hoheit sind informiert über den Vorfall mit der Klosterschülerin, die letzte Nacht aus dem Kloster von Montevergini entführt wurde.«

»Ja, und?«

»Eure Hoheit wissen ebenfalls, daß diese Klosterschülerin die Tochter des Herzogs della Motta ... meine Stieftochter ist.«

»Ja, und ich habe den allerstrengsten Befehl erteilt, nach ihr zu suchen und die Schuldigen zu bestrafen.«

»Es braucht nicht mehr nach ihr gesucht werden, sie ist wieder in meinem Haus!«

»Wie bitte?«

»Das Justizwesen Eurer Hoheit hat nicht den gleichen Eifer an den Tag gelegt wie ich.«

Der Graf Maffei runzelte die Augenbrauen, konnte aber seine Verblüffung nicht verbergen.

»Sie ist in Ihrem Haus, Madama? Dann wurde sie also nicht geraubt?«

»Sie war entführt worden, Hoheit. Und heute morgen hat mich das arme Mädchen rufen lassen, und ich bin zu ihr aufs Land geeilt, wo sie so gut wie allein zurückgelassen worden war. Und in welchem Zustand sie sich befand, das können sich Eure Hoheit kaum vorstellen!«

»Madama, Sie setzen mich in Erstaunen ... Wo war das?«

»Beim Vorort Borgata ... und ich weiß auch, wer die Schuldigen sind, besser gesagt, der Schuldige.«

»Und wer ist es?«

»Ein Abenteurer, der dank der Großzügigkeit des Herzogs, meines Herrn Gemahls, schon freien Zugang zu unserem Haus gehabt hatte, ein gewisser Blasco da Castiglione, der vielleicht einen Anschlag auf das Erbe des Mädchens ausüben wollte, die ja die Alleinerbin des herzoglichen Vermögens ist.«

»Blasco da Castiglione? Haben Sie bitte Geduld, ist das nicht der junge Mann, der in Messina verhaftet wurde und dann geflohen ist?«

»Genau der!«

»Aber er wird doch von der Justizverwaltung gesucht!«

»Eben, und er lacht sich eins ins Fäustchen, wenn er ganz unbehelligt so nach Palermo kommen und allen zum Trotz ein solches Unternehmen ausführen kann – eine Klosterschülerin zu entführen!«

»Aber die Tat wurde doch den Beati Paoli zugeschrieben.«
»Er soll einer ihrer Anführer sein.«
»Madama, können Sie mir genauere Angaben über den Täter machen?«
»Er treibt sich in den Vororten herum, zumindest sieht es so aus. Der Ort, an dem ich meine Stieftochter wiedergefunden habe, gehört zum Besitz des Fürsten von Trabia.«
»Gut, ich danke Ihnen für diese Angaben.«
»Es ist jedoch nicht auszuschließen, Hoheit, daß er nach Palermo kommt und zu dieser Stunde vielleicht gar schon hier ist.«
»Hat er noch andere namhafte Freunde außer den Sektenmitgliedern?«
»Einen, ja, soweit ich weiß ... den Ritter della Floresta.«
»Ein Edelmann?«
»Ja ... er ist recht bekannt.«
»Ist er sein Beschützer?«
»Wahrscheinlich ...«
»Ich werde entsprechende Weisung erlassen ...«
»Eure Hoheit, bedenken Sie bitte, daß das Mädchen bei dieser Entführung zwar nicht das Leben, dafür jedoch ihre Ehre verloren hat.«
»Madama, lassen Sie mich nur machen.«
Das sollten die Abschiedsworte des Vizekönigs an die Herzogin sein, doch Donna Gabriella wollte noch nicht gehen und fügte hinzu:
»Unterdes fühle ich mich nicht mehr sicher in meinem Palast. Ich flehe Eure Hoheit an, mich zusammen mit meiner Stieftochter bis zur Rückkehr des Herrn Herzogs, meines Gatten, in irgendeinem königlichen Schloß unterzubringen.«
Der Vizekönig dachte einen Augenblick nach.
»Das wäre sicher nicht schlecht. Wäre Ihnen mit dem Schloß von Termini gedient? Es war während der unruhigen Zeiten im Jahr 1709 der Aufenthaltsort der Familie des Vizekönigs, wenn ich mich recht erinnere.«
»Ja, das ist mir angenehm, und ich danke Eurer Hoheit für Ihre große Güte. Und so möchte ich Sie bitten, die entspre-

chenden Anordnungen zu erteilen, denn ich will sogleich abreisen.«

»Wollen Sie auf dem Landweg reisen? Davon möchte ich Ihnen abraten: ich habe Meldungen über Diebesbanden, die genau auf der Straße von Termini ihr Unwesen treiben.«

»So werde ich den Seeweg nehmen. Ich werde eine Feluke bereitmachen lassen.«

»Ich werde Ihnen einen Soldaten zur Begleitung mitgeben.«

»Oh, Eure Hoheit, dafür bin ich Ihnen sehr dankbar, und ich werde meinem Gemahl schreiben, wie liebenswürdig Sie sich mir gegenüber gezeigt haben.«

Jetzt erhob sich Donna Gabriella, küßte die Hand des Vizekönigs und machte sich auf den Heimweg. Kaum hatte sie den Palast betreten, ließ sie den Haushofmeister rufen.

»Begebt Euch sofort zum Hafen, verhandelt dort wegen einer Feluke, die in zwei, spätestens drei Stunden nach Termini in See stechen soll, und laßt die Koffer für mich und die Tochter des Herzogs bereitmachen.«

Dieser Befehl versetzte den ganzen Palast in Aufruhr, in dem durch die außergewöhnlichen Ereignisse jener Tage ohnehin schon großes Durcheinander herrschte. Die Kammerzofen machten sich daran, die Koffer und Kleidersäcke zu packen, verstauten Weißwäsche und Schmuck und all das, was ihre Herrin an Ausstattung bedurfte. Dienstboten gingen und kamen, um den Besorger, den Rechnungsführer und die Verwandten zu verständigen. Jene zwei Stunden waren ein einziges Gerenne, ein eiliges Hin und Her. Sänften und Karossen trafen ein und fuhren wieder ab. Die Dienerschaft schien den Kopf verloren zu haben. Auf der Straße bildeten sich Menschentrauben. Die Nachricht, daß sich die Herzogin mit der Stieftochter nach Termini begebe, war in aller Munde. Jeder erklärte sich dieses Ereignis auf seine Weise. Manche glaubten auch, es handle sich um eine Bestrafung für die mangelhafte Beaufsichtigung des Mädchens.

Als um zwei Uhr nachmittags die Herzogin in der Karosse, mit der Stieftochter an ihrer Seite, gefolgt von der Kammerzofe und einem Diener in einem zweiten Wagen, den Palast verließ, hatte sich erneut eine dichte Menschenmenge eingefunden und versperrte ihr beinahe den Weg, so daß man gezwungen war, sich mühsam einen Durchgang zu verschaffen.

Die näheren Verwandten geleiteten sie bis zum Hafen La Cala, wo das Boot vor Anker lag. Die ganze Zeit sprach Donna Gabriella nicht ein Wort mit der Stieftochter. Vom Königspalast zurück, waren ihre einzigen Worte gewesen: »Mädchen Euresgleichen werden in Schlösser eingesperrt, macht Euch für die Abreise bereit.«

Sonst hatte sie ihr nichts gesagt. Violante war wie erschlagen von dieser Ankündigung und mehr noch von der Härte, mit der sie gesprochen wurde. Sie gehorchte, und während der ganzen Fahrt saß sie stumm in eine Ecke der Kutsche zurückgezogen, als wolle sie sich den Blicken aller entziehen. Sie hielt den Kopf gesenkt, um nichts zu sehen und von niemandem gesehen zu werden. Nun glaubte sie wirklich, eine schwere Verfehlung begangen zu haben, die ihr im Gesicht geschrieben stand. Doch seitdem die Rede Donna Gabriellas den Schleier der Unschuld zerrissen und ahnungslos die Tiefe ihres Herzens ergründet hatte, dachte sie ununterbrochen an Blasco. Das Bild des jungen Helden, das sie lange betrachtet hatte, als sein schönes Gesicht sanft schlummernd auf ihrem Kopfkissen lag, wich nicht mehr aus ihren Gedanken.

IX

Es war ein strahlender Herbstnachmittag, und das Meer war über die gesamte Breite des Golfs bis zum Horizont ein tiefblauer, sanft vom Wind gekräuselter Spiegel. Kap Zafferano, in Sonnenlicht getaucht, schien nicht aus Gestein, sondern aus Rosen und Veilchen gemacht zu sein, während der Monte Pellegrino in graue Schatten gehüllt war.

Das Boot hatte die Segel gehißt und glitt wie ein großer Vogel schwerelos über die Wellen. Der Kapitän stand aufrecht am Bug und überwachte die Manöver, während hinter ihm der Steuermann das Steuer nach seinen Anweisungen lenkte. Donna Gabriella und Violante hatten in der Kabine auf Deck Platz genommen. Die zwei Diener hatten sich unter einem Zelt daneben niedergelassen. Ein großer schwarzer Hund hatte sich zuerst ihnen und dann der Kabine genähert, hatte alles aufmerksam und schweigend beschnuppert und sich dann zu Füßen des Kapitäns niedergelegt. Die Mannschaft einschließlich des Schiffsjungen bestand aus sechs Leuten und wartete darauf, daß der Wind die Segel füllte. Ein kleiner weiß-roter Wimpel flatterte an der Spitze des Mastbaums und erzeugte ein gleichmäßiges Rauschen.

Je weiter das Boot in das offene Meer hinaussegelte, desto mehr weitete sich die Küste vor Donna Gabriellas Augen. Klar und deutlich war die Stadt zu sehen, vom Bollwerk Gonzaga bis zu ihrer südlichen Grenze, von der Festung des Tuono und der von Vega bis zum Stadttor Porta Felice, weiter bis zur Festung der Garita, am Eingang des Hafens La Cala, und bis zum Kastell auf der anderen Seite. Über den Bollwerken erhoben sich die Glockentürme und die Kuppeln; die hochaufgeschossenen, gelblichen der Kathedrale waren deutlich zu erkennen. Auf dieser Seite lag die Ebene von San Erasmo mit den Festungen Tonnarazza und Sagramento, umgeben vom Grün der Gärten. Der Kranz der Berge dahinter machte die ganze Stadt zu einem riesigen und wunderbaren Amphitheater; Monreale lag auf der Spitze eines der Hügel, ihm gegenüber der kleine Ort Parco und in der Höhe die Reste des alten Schlosses. Langsam ging die Sonne hinter dem Gipfel des Monte Cuccio unter, und aschfarbene Schatten senkten sich auf dieses Schauspiel, aus dem noch einige Turmspitzen und mancher rosige Bergrücken ragten, die nun in leuchtendes Kupferrot getaucht wurden, bevor auch sie verblaßten und in den grauen Schatten hineinflossen. Schwermut lag über dem Ganzen. Der Abend kam. Von der Stadt, die in die Ferne rückte, drangen leise und liebliche Glockentöne durch die Lüfte. Andere Schiffe zogen still an ihnen vorüber in Richtung Hafen.

Die Feluke hatte inzwischen die Höhe von Kap Zafferano erreicht und umsegelte dessen äußerste Spitze, hinter der sich die weite und weniger ruhige Bucht auftat, in der Termini und Cefalù lagen. Der Monte Catalfano, dessen äußerster Vorsprung das Kap bildet, ist auf der Rückseite von kleinen Einbuchtungen und Felsvorsprüngen zerklüftet, die wahre Verstecke sind. Ein Galeerenschiff konnte sich seinerzeit mühelos dahinter verbergen; öfters legten sich die ortskundigen Barbaren dort auf die Lauer und führten die Küstenaufsicht hinters Licht, die längs des Ufers von verschiedenen Wachtürmen Ausschau hielt. Hie und da sind noch heute Reste dieser Türme zu sehen.

Das Boot hatte die äußerste Spitze des Kaps umsegelt, und hielt nun beinahe parallel zur Küste Kurs auf die große Bucht von Termini. Der Kapitän hatte einige Segel einholen und das Schiffslicht am Bug anzünden lassen, auch wenn es noch nicht ganz dunkel war und am Himmel der letzte Schein des Tageslichts zu sehen war. Die Fahrtrichtung schien gesichert, und der Kapitän hatte sich am Bug niedergesetzt, wo die Matrosen ein kleines Feuer in einem Ziegelöfchen brennen hatten, auf dem eine Fischsuppe kochte. Donna Gabriella hatte eine Lampe aus glasiertem Steingut anzünden lassen und sprach das Abendgebet. Violante hatte sich in eine Ecke zurückgezogen. Vor lauter Befangenheit gegenüber der Stiefmutter saß sie still und regungslos da. Eine unbestimmte Angst hatte sie überkommen.

Mit einem Mal war lautes Ruderschlagen zu hören, und ein Kahn schoß hinter den Klippen hervor, der rasch dieselbe Fahrtrichtung wie die Feluke einschlug. Auf dem Kahn war keinerlei Licht zu sehen. Es schien einer jener alten Fischerbarken der Hochseeschiffahrt zu sein, langgezogen, wendig und schnell. Der Kapitän starrte ins Halbdunkel und sagte: »Es sind acht Ruderer und viel Volk an Bord. Es werden wohl Soldaten sein. Fischer bestimmt nicht . . . Offenbar haben sie die gleiche Route wie wir.«

Das Fischerboot war nun um vierzig Ruderlängen, parallel backbord rudernd, der Feluke voraus, als es, statt seine Fahrt fortzusetzen, plötzlich wendete und auf die Feluke zukam.

Der Kapitän erhob sich und ging an die Reling. Plötzlich

blitzten Gewehrläufe auf, Feuer erhellte die Dunkelheit wie Blitze, Kugeln schwirrten durch die Luft und zerlöcherten das Segel, das an vier oder fünf Stellen ansengte.

»He da!« schrie der Kapitän und griff nach einem Gewehr. Der königliche Fußsoldat riß es ihm aus der Hand und schoß. Doch eine zweite Ladung zerriß das Segel an anderen Stellen, schlug gegen den Mastbaum und verletzte den Soldaten und einige Matrosen. Im Schein des Feuers konnte man die Männer auf dem Fischerboot erkennen.

»Seeräuber!« schrie der Kapitän.

Ein brenzliger Geruch deutete darauf hin, daß das Segel schon brannte.

»An die Ruder! An die Ruder!« befahl der Kapitän.

Aber die Fischerbarke war schon dicht bei ihnen, und mit Rammen und Harpunen bewaffnete Männer enterten die Feluke. Zwölf Männer, von denen einige nach Art von Piraten, andere in seltsamen Trachten gekleidet waren, sprangen, mit Flinten und Streitäxten bewaffnet, auf das Boot und stürzten sich auf den Kapitän und die Matrosen, die vor Angst wie angewurzelt auf Deck standen.

Die Gewehrschüsse hatten Donna Gabriella und Violante vor Schreck das Blut in den Adern gefrieren lassen. Segelboote wurden in jenen Zeiten recht häufig gekapert, auf Reisen mußte man ständig mit solchen Begegnungen rechnen. Der Kapitän hatte zur größeren Sicherheit deswegen schon die Nachtstunden gewählt. Donna Gabriella glaubte also voller Entsetzen, den Barbaren in die Hände gefallen zu sein, und sie wußte, welches Schicksal schönen und jungen Frauen in solchen Fällen bevorstand: der Harem. Ja, sie wußte von jungen Mädchen, die auf den Sklavenmärkten von Konstantinopel, Algier oder Tunis verkauft und dann dem Sultan oder dem Bey gebracht wurden.

Unwillkürlich kauerte sie sich in einer Ecke der Kabine zusammen, um von den Banditen nicht entdeckt zu werden, doch schon standen zwei Männer am Eingang und schrien: »Keine Bewegung, sonst seid ihr tot!«

Aber die beiden Frauen konnten sich gar nicht rühren, vor Entsetzen waren sie wie gelähmt. Die zwei Männer packten sie und schleppten sie auf ihr Fischerboot. Nachdem die anderen Männer die Matrosen verprügelt und sie und die Kammerzofe und den Diener gefesselt hatten, durchsuchten sie die Feluke, sammelten Waffen, ein Zelt, die Kissen sowie das Gepäck der Frauen ein und kehrten mit dieser Beute auf die Barke zurück.

Die beiden Frauen drängten sich stumm und vor Angst wie gelähmt aneinander, als könnten sie sich in der Gefahr, die sie gemeinsam ereilt hatte, gegenseitig Mut machen. Die Piraten schlugen auf den Bänken des Hecks das Zelt auf, legten Kissen darunter und hießen die Frauen, sich hineinzusetzen. Dann griffen sie in die Ruder, legten ab und hielten Kurs in die Richtung, aus der die Feluke gekommen war, welche sie dem Wind und den Wellen überließen. Die gefesselte Besatzung auf dem Deck mußte all dem ohnmächtig zuschauen.

Da stieg der Mond hinter den Bergrücken auf und tauchte alles in sein sanftes Licht.

Hinter Kap Zafferano aber fuhr das Boot nicht in Richtung der Stadt, wie Donna Gabriella törichterweise gehofft hatte, sondern schoß wie ein Pfeil auf das offene Meer zu. Die acht Ruder tauchten mit regelmäßigem Schlag in die Wellen, die sich in tausendfachem Widerschein wie weiße Funken brachen. Die Frauen unter dem Zelt hielten sich noch immer umklammert, während sie mit den Augen den Ruderern folgten, deren Oberkörper in regelmäßigem Rhythmus nach vorne schnellten, und sie starrten auf die bewaffneten Männer, die rechts und links vor ihnen standen und die Gewehre auf den Armen hielten, während sie das Meer ringsum absuchten. Donna Gabriella konnte das Gesicht dieser Männer nicht sehen; einige von ihnen trugen schwarze Masken, andere wieder versteckten sich unter einer Art Kapuze – und das machte die Herzogin argwöhnisch. Mußten Seeräuber denn ihr Gesicht verbergen? Und hätten sie nicht eher auf einem Kaperschiff fahren müssen? Das hier war ein Fischkutter. Piraten benutzten gewöhnlich Galeeren oder Dreimaster, und auf dem Wasser war weit und breit nichts davon zu sehen. Wer waren diese Entführer? Wollten sie mit der orientalischen Kleidung, die einige von ihnen trugen, nicht doch etwas vortäuschen? Voller Zweifel und Mißtrauen verfiel sie in Grübeleien, bis plötzlich ein Gedanke sie durchzuckte und schaudern ließ, und nicht lange blieb es bei einem bloßen Verdacht, er wurde rasch zur Gewißheit: diese Männer waren Beati Paoli. Ihr erster Versuch, Violante zu entführen, war durch das Eingreifen Blascos mißglückt; doch war ihnen nun ein um so besserer Anschlag gelungen, denn mit einem Streich hatten sie sogar zwei Personen in ihrer Gewalt! Unfaßbares Grauen packte sie, und sie zitterte am ganzen Leib. Sie klapperte und knirschte mit den Zähnen, so daß es Violante angst und bange wurde.

»Was ist denn, Frau Mutter?« fragte sie stotternd und verwirrt.

Donna Gabriella blieb stumm. Sie starrte die Männer an, als rechne sie jeden Augenblick damit, von ihnen niedergemetzelt zu werden. Die Worte ihres Gemahls kamen ihr wieder in den Sinn, die Aufzählung all seiner Verfolger, die wegen der ihm angelasteten Vergehen Rache an ihm üben wollten. Wenn der Haß der Sekte so groß war, überlegte sie im stillen, würde auch sie mit Sicherheit ihnen zum Opfer fallen. Aber warum ausgerechnet sie? Warum sollte sie für Verbrechen Don Raimondos bezahlen, mit denen sie überhaupt nichts zu tun hatte? Violante ... Violante ja! Sie war seine Tochter, und bis zu einem gewissen Punkt war es verständlich, daß die Väter auf dem Umweg über ihre Kinder bestraft wurden. Aber sie, Donna Gabriella, war nicht mit ihm blutsverwandt und ihre Verbindung eine Vernunftehe, die nicht auf gegenseitiger Zuneigung beruhte. Und bis zu diesem Zeitpunkt konnte sie obendrein behaupten, daß ihrer beider Lebenswege so gut wie getrennt verliefen. Jetzt bereute sie, sich auf Raimondos Seite gestellt und ihn verteidigt zu haben, denn damit war die Schuld des Ehemanns teilweise auf sie übergegangen. Gewiß waren die Beati Paoli auf dem laufenden über das, was sie in Messina gemacht hatte, und übten jetzt Rache. Bei diesem Gedanken brach sie in Schluchzen aus; ihr fehlte die Kraft, sich zu beherrschen. Hilflos war sie ihrem Schrecken und ihrer Angst ausgeliefert.

Violante sprach kein Wort. Das Entsetzen der Mutter hatte nun auch sie befallen, und es war um so unbezwingbarer, als sie nicht verstand, von welchen neuerlichen Überlegungen Donna Gabriellas Angst herrührte.

Das Boot flog über das Wasser dahin. Die Küste lag in weiter Ferne, und das schwarze, spitze Felsmassiv des Monte Pellegrino gab hinter sich das niedrigere des Monte Gallo frei, das unmittelbar vom Meeresufer aufragte. Das Tal zwischen den beiden Bergen war in sanftes Mondlicht getaucht. Am Horizont, aber noch im Halbdunkel, wurden jetzt die Umrisse eines einzelnen Berges sichtbar, und das Boot schien Kurs darauf zu halten. Donna Gabriella erkannte Ustica.

Das Ziel der Fahrt war also jene einsame, menschenleere Insel, die ein ideales Versteck für Piraten war? Zu jener Zeit war die Insel unbewohnt, es wäre ein leichtes, dort umgebracht und den Vögeln zum Fraß vorgeworfen zu werden, ohne daß auch nur eine Menschenseele je davon erfuhr. Donna Gabriellas Blick ging über das ferne, von den Bergen zerklüftete Gestade Siziliens, und sie dachte, daß nur wenige Meilen entfernt auf einem Hügel am Ende eines breiten Strands sich das Schloß von Carini erhob, wo keiner versucht hätte, ihr irgendeinen Schaden zuzufügen, denn dort wäre sie des Schutzes der Lehnsmänner ihrer Familie sicher gewesen. Warum war sie nicht auf den Gedanken gekommen, in jenem Schloß Zuflucht zu suchen? Da kamen ihr die Gründe wieder in den Sinn, weshalb sie nach Termini hatte gehen wollen: die Eifersucht hatte sie zu blindem Handeln getrieben. Ihr Haß auf die Stieftochter, den die Angst für einen Augenblick betäubt hatte, loderte nun erneut auf. Der Gedanke, daß mit ihr zusammen auch Violante getötet werden würde, bereitete ihr ein grausames Vergnügen. Und gewiß würden die Männer, bevor sie das junge Mädchen töteten, sich noch an ihr vergehen und sie schänden. Violante würde reihum von einem Männerarm in den anderen fallen. Entehrt und von ihren Küssen besudelt, würde sie dann ihr Ende finden, und gewiß würde niemand zu ihrer Rettung herbeieilen!

So verging die Nacht. Der Mond stand hoch am Himmel und tauchte alles in seinen Glanz. Ustica mit seinen tiefen schwarzen Tälern und den nackten Felsen an der Wasseroberfläche war deutlich zu erkennen. Der Schaum der Wellen, der das Gestade einrahmte, leuchtete silberhell im Mondschein.

Endlich legte das Boot in einer kleinen, von Felsen geformten und windgeschützten Bucht an. Einer der Männer trat in ihr Zelt und hieß die Frauen aufstehen. Sie waren am Ziel ihrer Reise.

Donna Gabriella legte ihre Hände wie zum Gebet aneinander und flehte die Männer an: »Meine Herren, meine Herren! Habt doch Erbarmen mit mir ... Ich werde Euch alles geben, was Ihr wollt, doch tut mir nichts zuleide. Ich habe nichts getan ... und kenne Euch nicht! Habt doch Mitleid!«

Der Mann versicherte ihr: »Ihr braucht keine Angst zu haben, Euch wird nicht das geringste Leid zugefügt, und keiner wird es Euch an Ehrerbietung fehlen lassen. Doch jetzt müssen wir an Land gehen.«

»Ihr setzt mich auf dieser Insel aus?«

»Nein, meine Dame ... Doch wir müssen uns beeilen.«

Zitternd verfolgte Violante dieses Gespräch und harrte auf ein Wort des Trostes. Auch sie fürchtete jetzt, in die Gewalt der Männer gekommen zu sein, die sie schon das erste Mal geraubt hatten. Sie fühlte sich wie ein Lamm, vor dessen Augen das Messer aufblitzt, das ihm jeden Augenblick die Kehle durchschneiden wird. Sie mußte gehorchen und an Land gehen. Die Männer hatten sich teils vor und teils hinter den Frauen aufgestellt, als wollten sie selbst eine verzweifelte Handlung verhindern. Sie halfen den Frauen, ihren Fuß auf festes Land zu setzen, und schleppten sie ans Ufer, wo sie zwischen einigen Steinblöcken haltmachten. Vier maskierte Männer setzten sich schweigend und steif, mit den Gewehren auf den Beinen, vor ihnen nieder. Die anderen kehrten zum Boot zurück. Donna Gabriella sah, daß die Männer mit der Piratenkleidung sich dieser entledigten, sie bündelten und unter dem Heck versteckten; die anderen nahmen ihre Masken und Kapuzen ab, da sie sich bei dem großen Abstand sicher wähnten, nicht erkannt zu werden. Das Herz krampfte sich ihr zusammen, als sie sah, wie das Boot vom Ufer ablegte und aufs offene Meer hinausglitt. Kurz darauf brach die Morgendämmerung an, und ein frisches Lüftchen machte sie frösteln.

Einer der Männer merkte, daß die zwei Frauen froren, und reichte ihnen wortlos zwei Mäntel. Gegen Mittag sah man ein kleines, zweimastiges Schiff mit geblähten Segeln auf die Küste zusteuern. Donna Gabriella und Violante sahen voller Angst in seine Richtung. Bedeutete es unverhoffte Rettung? Doch schnell hatten sie die Gewißheit, daß dem nicht so war, und sie zitterten am ganzen Leib bei dem Gedanken an eine neue Gefahr.

An der Mastspitze des Schiffs wurde nämlich wiederholt eine rote Fahne geschwenkt, und einer der Männer zog darauf ein rotes Tuch aus der Tasche, band es wie einen Wimpel um sein Gewehr, stieg auf einen Felsblock und schwenkte es dreimal hintereinander. Es handelte sich eindeutig um Erkennungssignale.

»Sie kommen uns abholen«, sagte einer der maskierten Männer barsch zu Donna Gabriella.

»Wohin geht die Fahrt dann?«

»Das wissen wir nicht.«

»Wie? Das wißt Ihr nicht?«

»Nein, das wissen wir nicht«, wiederholte der Mann in abweisenden Ton.

Kurz darauf ging das Segelschiff nicht weit vom Ufer entfernt vor Anker und ließ ein Kajik mit einem Ruderer ins Wasser. Die zwei Frauen mußten zusammen mit einem der maskierten Männer in das Boot klettern, das sie an Bord des Segelschiffs geleitete. Das Kajik kehrte ans Ufer zurück, um die übrigen Männer abzuholen, und eine Stunde später wendete das Schiff und setzte die Segel.

Donna Gabriella und Violante wurden in die Kabine des Kommandanten auf dem Hinterschiff geleitet, wo eine Art Bettstatt und ein kleiner Tisch standen. Sie sahen niemanden, begriffen aber sogleich, daß die Schiffsbesatzung und die Maskierten unter einer Decke steckten. Ein ebenfalls maskierter Mann, den sie bis dahin noch nicht gesehen hatten, erschien in der Tür der Kabine, und nachdem er von einem Matrosen einen Eßkorb auf den Tisch hatte stellen lassen, wandte er sich in höflichem Ton an Donna Gabriella: »Eure Hoheit haben wahrscheinlich Hunger, in diesem Korb sind einige kalte Speisen. ... essen Sie, Hoheit, und bewahren Sie Ruhe.«

Sie aber war nicht hungrig, oder zumindest hatte der Schrecken jegliches Hungergefühl in ihr betäubt. Sie wunderte sich über die Höflichkeit und die eindeutige Ehrerbietung von seiten dieses Mannes, die den Eindruck erweckte, als sei sie keine Gefangene, sondern eine Dame auf Vergnügungsreise auf einem ihrer Schiffe. Und ein Matrose mit der Mütze in der Hand hatte zu ihr gesagt: »Wenn Eure Hoheit etwas brauchen, rufen Sie mich, klopfen Sie einfach gegen die Wand.«

Etwas brauchen? Sie hatte nur einen Wunsch: zu erfahren, wohin sie sie brachten und warum sie sie gefangengenommen hatten. Sie klopfte. Der Matrose erschien in der Tür.

»Womit kann ich Ihnen dienen?«

»Ruft mir den Kapitän, den Anführer der Schiffsmannschaft, den Schiffsherrn, mit einem Wort, den, der das Schiff befehligt ...«

»Sofort.«

Kurz darauf erschien ein alter Seebär mit glattrasiertem und von der Sonne gegerbtem Gesicht, aufgekrempelten Ärmeln und der Kappe in der Hand: »Hoheit wünschen mich zu sprechen?«

»Verzeiht, guter Mann, seid Ihr der Kapitän?«

»Ja, verehrteste Dame.«

»Nun, dann bitte ich Euch, mir zu sagen, wohin die Reise geht.«

»Ich weiß es nicht, sie haben mein Schiff gemietet ... ich befehlige nur die Schiffsmannschaft, ich weiß, daß ich diesen Kurs nehmen muß, aber noch kenne ich die Anlegestelle nicht.«

»Aber wo sind wir denn?«

»Auf der Höhe von Kap San Vito.«

»Aber wenn Ihr der Kapitän seid, warum wißt Ihr dann nicht, wo das Schiff anlegen wird? ... Befiehlt hier denn noch ein anderer?«

»Ja, Euer Gnaden.«

»Ihr seid ein anständiger Mann, und ich werde Euch immer verpflichtet sein. Doch flehe ich Euch an, ruft mir den wahren Befehlshaber des Schiffs.«

»Wenn es weiter nichts ist, das soll sofort geschehen.«

Ungeduldig wartete sie auf jenen Mann, der ihr endlich den Grund ihrer Gefangenschaft nennen würde. Schweigend harrte Violante an ihrer Seite. Doch beide waren enttäuscht, als sie den maskierten Mann eintreten sahen, der sie zum Essen aufgefordert hatte.

»Eure Hoheit wünschen mit mir zu sprechen?«.

Donna Gabriella legte flehentlich die Hände ineinander.

»Wenn Ihr das Oberhaupt seid, wenn Ihr die Befehle erteilt, mein Herr, beschwöre ich Euch, flehe ich Euch an bei dem, was Euch am heiligsten ist, sagt mir, warum Ihr mich entführt habt, sagt mir, wohin Ihr mich bringt und was Ihr von mir wollt.«

»Nichts, Frau Herzogin. Wir wollen nichts von Ihnen. Wir haben den Befehl, Sie mit aller Ehrerbietung, die Ihrem Stand gebührt, zu überwachen und am Hafen von Girgenti an Land gehen zu lassen.«

»Dann seid Ihr also gar nicht der Befehlshaber?«

»Nein, Signora.«

»Wer ist es dann?«

»Das weiß nur Gott.«

»Oh, mein Herr, macht Euch nicht lustig über mich. Sagt es mir um des Seelenheils Eurer Lieben willen ... Wer hat Euch das befohlen?«

»Ich habe es Ihnen gesagt: unser Oberhaupt.«

»Aber ...«

»Ich glaubte, Eure Hoheit hätten begriffen, in wessen Händen Sie sich befinden.«

Sie zitterte und stammelte dann: »In denen der Beati Paoli.«

»Zu Diensten«, sagte der Mann mit einer Verbeugung, und die Maske verbarg sein ironisches Lächeln.

»Die Beati Paoli«, murmelte Violante und erbleichte, als sie an ihre erste Entführung zurückdachte. Diesmal war sie unwiderruflich in ihren Händen, ohne Hoffnung auf irgendeinen Retter. Das Bild des tapferen, wagemutigen Blasco stieg aus der Tiefe ihres Herzens und trat ihr vor Augen: Wo war er? Warum hatte er nicht über sie gewacht?

Bedrückendes Schweigen machte sich breit. Die Frauen wußten nicht, was sie sagen oder tun sollten, und ihr angstvolles Entsetzen stand ihnen so deutlich im Gesicht geschrieben, daß der maskierte Mann gerührt zu sein schien.

»Eure Hoheit, seien Sie versichert, daß Ihnen nicht ein Haar gekrümmt werden und Ihnen nichts fehlen wird, was eine Dame Ihres Ranges benötigt, und das gleiche gilt für Ihre Tochter. Haben Sie Vertrauen. Die Befehle sind streng und eindeutig: Sie brauchen weder um Ihr Leben noch um Ihr Vermögen, noch um Ihre Ehre zu fürchten. Sie werden Gefangene sein und sind verpflichtet, weder Widerstand zu leisten noch sich irgendwie verdächtig zu machen, weil wir in diesem Fall laut Befehl sofort gezwungen wären, Sie zu töten.«

Die letzten Worte sprach er mit grausiger Härte aus, die durch den sichtbaren Knauf einer Pistole an seinem Gürtel noch wirksamer wurde. In milderem Ton fuhr er fort: »Doch ich bin sicher, daß wir zu dieser Konsequenz nicht gezwungen sein werden. Warum sollten Eure Hoheit im übrigen Anlaß zum Schreien haben? Wir tun ja alles, um Sie zufriedenzustellen. Eure Hoheit wollten sich in das Schloß von Termini zurückziehen? Nun werden wir Sie eben in einem anderen Schloß unterbringen, wo Sie besser bedient und noch sicherer sein werden, denn dort haben Sie nichts zu befürchten.«

»Aber das ist eine Gefangenschaft! Eine fortwährende Gefangenschaft!« schrie Donna Gabriella verzweifelt.

»Oh, nein, Signora. Sie wird nur so lange dauern, wie es Ihnen und Ihrem Gemahl, dem hochverehrten Herrn Herzog della Motta, belieben wird.«

Am nächsten Tag gingen Donna Gabriella und Violante an einer geschützten Stelle im Süden der Insel an Land. Das

Ufer ging in einen Sandstrand über, der sich zu gelblichen Hügeln aufwarf, auf denen hie und da Mastixbäume und Zwergpalmen wuchsen, kleine grüne Inseln inmitten eines gelben Sandmeers. Der Strand war menschenleer, und es gab keine Spur eines Pfades. Fünf Männer begleiteten sie und behielten sie in ihrer Mitte. Um sich unkenntlich zu machen, trugen sie falsche Bärte und Perücken. Nur einer hatte eine Maske, es war der Anführer, mit dem Donna Gabriella gesprochen hatte.

Langsam stiegen sie den Hügel hinauf, auf dessen Spitze große Felsblöcke und übergroße Säulenstümpfe verstreut lagen; eine einzelne abgebrochene Säule ragte in die Höhe wie ein Ertrinkender, der hilfesuchend die Hand aus dem Wasser streckt. Es waren die Ruinen von Selinunte, das zum großen Teil noch unter Erdmassen verschüttet lag. In der Nähe der Ruinen stießen sie schließlich auf einen Fuhrmann, der fünf gesattelte Pferde und zwei Maulesel mit sich führte.

Donna Gabriella und Violante mußten auf die Maulesel steigen, sie wurden von den Männern, die inzwischen schon im Sattel waren, in die Mitte genommen, und der Zug setzte sich unter der Führung des Kutschers in Bewegung. Ringsum, soweit das Auge reichte, lag verlassenes, kahles Land. In weiter Ferne zeichneten sich himmelblau die Umrisse der Berge hinter kargen oder mit Wildkräutern und Mastixbäumen bewachsenen Anhöhen ab. Sie begegneten Schäfern, die, auf ihren Stab gestützt und die Hirtenpfeife aus Schilfrohr blasend, ihre Herden überwachten. Das Getrappel von Tierhufen ließ sie die Köpfe wenden. Sie sahen, daß da zwei vornehme Damen ritten, und nahmen höflich den Hut ab; vermutlich waren diese Damen in Begleitung ihrer Landaufseher auf dem Weg zu ihren Gütern. Das waren die einzigen Menschen, die ihnen auf ihrem Ritt begegneten. Das Land lag einsam und verlassen: kein Bauernhof, kein Wohnhaus, weder Obstgarten noch Zisterne. Der Feudalbesitz in seiner ganzen Ödnis.

Auf einem Hügel erhoben sich die Wachtürme, die seit dem Anfang des sechzehnten Jahrhunderts den ganzen Küstenstreifen entlang errichtet worden waren und hauptsächlich zur Warnung vor nahenden Piratenschiffen dienten.

Schweigend ritten sie durch diese einsame Gegend. Dem Fuhrmann mußte dieses Schweigen erdrückend erscheinen, denn er begann eine jener sizilianischen Weisen zu singen, die wie ein einziges Aufschluchzen von Leidenschaft und Schmerz sind.

Sein Gesang ging Violante sehr zu Herzen und trieb ihr die Tränen in die Augen. In all ihrer Verlorenheit, allein unter diesen Leuten und einem unbekannten Schicksal ausgeliefert, in einer ihr unbekannten Gegend, die für sie ebensogut Afrika hätte sein können, wo keine liebende Seele war, die sich ihrer annahm, keine Brust, an der sie sich hätte ausweinen können, neben sich nur die Stiefmutter, die ihr Angst und Scheu einflößte ... da fühlte Violante all ihr Sehnen zu Blasco hingezogen, und in seinem Bild fand sie ein wenig Trost. Dieses Lied voller Schmerz über das Alleinsein in der Ferne, es sprach ihr aus tiefster Seele. Das Verlangen und die Leidenschaft in den Worten des Sängers, Violante fühlte sie in ganz gleicher Weise und war tief davon gerührt. Ihr war, als lausche sie der Stimme des eigenen Herzens.

Donna Gabriella hingegen war blaß und stumm; die Stirn in Falten gelegt, rang sie mit zwei Gefühlen: Angst und Hoffnung. Es war die Angst vor dem schrecklichen Unbekannten, der lang gehegten Rache, die jetzt auf ihr Haupt niederging, da sie Don Raimondos Haupt nicht treffen konnte. Und es war die Hoffnung, daß es im Grunde eine Feigheit wäre, sich an ihr zu vergehen, und daß ihr in Anbetracht der höflichen Verhaltensweise dieser Männer und der eindeutigen Versicherungen aus dem Munde ihres Anführers tatsächlich keine Gewalt drohte.

Jetzt dachte sie nur noch an sich, ohne sich im geringsten um die Stieftochter zu sorgen. Ja, wenn sie genau überlegte, war es sogar richtig, daß Violante dieser Vergeltungsmaßnahme ausgesetzt würde, die eigentlich Don Raimondo, ihren leiblichen Vater treffen sollte. Außerdem hatte die Gefahr, in der sie beide steckten, ihre Eifersucht nicht im mindesten abgeschwächt. Mit grausiger Genugtuung überlegte sie, daß Violante vielleicht gar verunstaltet und mit Schande bedeckt aus diesem Abenteuer hervorgehen könnte. Ah, wenn das doch so wäre! Dann wäre sie eine gefährliche und verhaßte Rivalin los.

Sie ritten beinahe den ganzen Tag und gestatteten sich nur ab und an, im Schatten eines vereinzelten Baums, eine kurze Rast, um einen Bissen zu sich zu nehmen. Sie hatten die Linie der Berge erreicht und waren durch tiefe, bewaldete Schluchten, über steile Hänge oder schmale Pfade am Rande schwindelerregender Abgründe vorangezogen, ohne auf eine Stadt, ein Burgdorf oder ein Schloß zu stoßen. Hin und wieder erkannten sie in einiger Entfernung am Fuß oder seitlich eines Berges etwas Helles, das die verschwommenen Umrisse einer Stadt zu sein schienen. Dann glaubten die beiden Frauen am Ziel ihrer Reise zu sein, doch hinter der nächsten Hügelgruppe entzog sich die Stadt erneut ihrer Sicht.

Endlich sahen sie auf dem Gipfel eines steilen Felsens, wie einen Falken auf seinem Horst, ein Schloß mit hohen Zinnen und mächtigen Mauern.

Der Fuhrmann deutete auf das Schloß und sagte zum Anführer der Reisegesellschaft: »Das da ist es.«

Donna Gabriella vernahm diese Worte und sah in die Höhe. Wie sollten sie nur jenen steilen Felsen erklimmen?

Doch auf der anderen Seite gab es einen Weg, der sich den Fels hinaufschlängelte. Da die Reittiere erschöpft waren, ging der Aufstieg nur mühsam voran. Nach einer halben Stunde erst erreichten sie das Schloßtor, wo weitere bewaffnete Männer sie erwarteten. Eine reinlich wirkende Alte aus dem Volk kam den Frauen am Fuß der Treppe entgegen. Ihr Gesichtsausdruck war offen und wirkte beruhigend; den Männern jedoch, wenn sie sich auch anständig verhielten, stand ins Gesicht geschrieben: Nehmt Euch in acht, von hier gibt es kein Entrinnen.

X

Matteo Lo Vecchio war nach Palermo zurückgekehrt und machte Don Raimondo seine Aufwartung, in der vollkommenen Gewißheit, daß Blasco tot und unter der Erde war. Um so größer war sein Erstaunen, und man kann ruhig sagen seine Bestürzung, als er den öffentlichen Ausruf hörte, einen jungen Mann betreffend, der dem Zugriff der Justiz entgangen war und sich unter anderem des Mordes an vier Waffengefährten schuldig gemacht hatte.

»Alle vier? Aber wenn er mir doch versichert hat, daß der letzte ihm entwischt ist!«

Da kam ihm wieder in den Sinn, was ihn schon während seines kurzen Aufenthalts in Messina gequält und bis nach Palermo verfolgt hatte: Der Zweifel und der Verdacht, die er von Anfang an schon hegte, standen ihm jetzt überdeutlich vor Augen.

Er beeilte sich, eine neue Genehmigung »in Rechtsangelegenheiten« anzufordern, und ohne sich zuvor bei Don Raimondo blicken zu lassen, machte er sich auf den Weg nach Cefalù. Da die vier Waffengefährten, von denen er sich hatte begleiten lassen, der Landkompanie jenes Ortes angehörten, mußten sie für ihn die Quelle sein, um Genaueres in Erfahrung zu bringen. Dieses Mal bediente er sich keiner Verkleidung. Sein schwarzes Polizistengewand und mehr noch das Befehlsschreiben in seinem Gepäck waren die sicherste Garantie bei einer Ermittlung, die so den Anschein hatte, als sei sie von der Regierung angeordnet.

Doch die in Cefalù eingeholten Erkundigungen bestätigten das Gerücht, das nach Palermo gelangt war. Die vier Waffenbrüder waren tatsächlich tot. Zwei von ihnen waren schwerverletzt aufgefunden und in den nächstliegenden Ort geschafft worden, wo einer schon bei der Ankunft seinen Verletzungen erlegen war. Der andere hatte noch fünf oder sechs Tage überlebt und Zeit gehabt, zu berichten, wie sich die Dinge zugetragen hatten.

In Cefalù wohnten die Witwen und die Mütter der Männer. Matteo Lo Vecchio suchte sie auf. Die Frauen, noch in tiefer Trauer, lösten ihre zusammengesteckten Haare und begannen eine Lobeshymne auf die Verstorbenen in einem so dramatischen Ton aufzusagen, als wäre die Leiche des Verstorbenen noch im Haus. Matteo Lo Vecchio fragte sie, ob sie bei den Waffenbrüdern irgendwelche zusammengefalteten Papiere gefunden hätten, die in einen weiteren Bogen eingewickelt und mit einem Band verschnürt gewesen wären. Doch Papiere waren keine bei ihnen gefunden worden. Was für Papiere überhaupt? Die armen Unglücklichen konnten ja nicht einmal lesen und hatten in ihrem ganzen Leben noch nichts mit Geschriebenem oder Gedrucktem zu tun gehabt.

Matteo Lo Vecchio war darüber recht verzweifelt. Wenn sich die Dokumente bei keinem der Waffengefährten gefunden hatten, war klar, daß jemand sie weggenommen hatte, und dieser Jemand konnte kein anderer als Blasco da Castiglione sein.

»Dieser Bandit! Hat er doch tatsächlich den Mut besessen, mir die Satteltaschen zurückzugeben, nachdem er sie eigenhändig geleert hatte! Dieser Bandit! Gewiß hat er sie seinen Kumpanen weitergegeben ... Er hat mich ausgeraubt! ... Er hat mich zugrunde gerichtet!«

Für Matteo Lo Vecchio war es tatsächlich ein schwerer Verlust, denn mit jenen Dokumenten in der Hand hatte er fest damit gerechnet, dem Herzog della Motta einen schweren Schlag zu versetzen, der bestimmt die Hälfte seines Vermögens dafür gegeben hätte, um in den Besitz dieser Zeugnisse zu kommen. All dieser Reichtum entschwand nun den Händen des Sbirren: Die Hoffnung, sie bei einem der Waffengefährten wiederzufinden, hatte sich in Nichts aufgelöst – und die Hoffnung, sie den Beati Paoli, in deren Besitz sie nun vermutlich zurückgekehrt waren, oder aber diesem Blasco zu entwenden, erschien ihm vollkommen irreal.

»Wenn der Kerl sie hat, dann gibt er sie nicht mehr aus der Hand. Und wo steckt er überhaupt? Wo will er sich denn jetzt den Schädel einrennen? Wagemutig mag dieser Gauner ja sein, aber blicken läßt er sich nirgendwo. Doch wollen wir mal etwas Ordnung in das Ganze bringen, um auf die richtige Fährte zu kommen. Matteo, hast du gar deinen guten Riecher verloren?«

Niedergeschlagen kehrte er nach Palermo zurück. Wieder und wieder schwor er sich, daß es ihm gelingen sollte, Blasco zu finden oder zumindest in Erfahrung zu bringen, wo jene Unterlagen waren. Mit diesem Ziel vor Augen vergaß er fürs erste die Rache, die er den Beati Paoli geschworen hatte. Daran würde er später denken.

Er betrat die Stadt durch die Porta Santa Agata und kam am Hause des Antonino Bucolaro vorüber, den er begonnen hatte zu beschatten, weil er sich davon einen Nutzen versprach. Aus dem da muß ich etwas herausquetschen, dachte er. Der scheint mir eines ihrer hohen Tiere zu sein, der muß einiges wissen.

Antonino Bucolaro war kein Doktor *in utroque*, er hatte nie die Universität Catania besucht noch Kurse über Rechtswesen in den Schulen der Jesuiten belegt; dennoch ging er als Rechtsbeistand bei kleineren Prozessen in den Gerichtssälen ein und aus.

Er kannte weder die Justinianischen Institutionen noch das sizilianische Recht, aber er war kundig in Spitzfindigkeiten und Rechtsverdrehereien und darum gut Freund mit so manchen Richtern, auf die er einen so großen Einfluß ausübte, daß sich die angesehensten Rechtsanwälte darüber nur wundern konnten.

Man konnte sicher sein, ihn morgens im Prätorenpalast oder im Königspalast vor den Sälen im Erdgeschoß, wo das Gericht zusammentrat, anzutreffen. Manchmal begegnete man ihm auch am Sitz des Erzbischofs, der ebenfalls einen Gerichtshof unterhielt, vor dem die Vergehen aus dem eigenen Zuständigkeitsbereich gerichtet wurden. Denn in jenen Zeiten gab es in Palermo mehrere Foren, wie die Gerichtshöfe seinerzeit genannt wurden, und jedes verfügte über eigene, vom König zugesprochene Vorrechte und Befugnisse. Außer der Königlichen Magistratur, der die Rechtsprechung über das ganze Königreich oblag, gab es noch das Forum des Heiligen Offiziums, welchem nicht nur das Recht zukam, in Angelegenheiten des Glaubens und der Moral zu ermitteln, sondern auch Recht zu sprechen über die Mitglieder des eigenen finsteren Gerichts, die aus Ergebenheit oder von Amts wegen von ihm abhingen. Schließlich gab es das erzbischöfliche Gericht mit seiner Sondergerichtsbarkeit; im Zeichen dieser Macht war das Degenheft an sein Tor genagelt worden, das noch heute zu sehen ist und um das sich Legenden ranken. Weiter gab es das Prätorengericht, das für die palermischen Bürger zuständig war, sowie das Tribunal der Monarchie, das eine gesonderte Rechtsprechung in Ordensangelegenheiten, in denen der königlichen Kirchen und in einigen kanonischen Fragen ausübte.

Oft standen die Rechte des einen Tribunals im Widerspruch zu denen des anderen, woraus sich Streitfälle ergaben, die oft damit endeten, daß der Schuldige sich der Rechtsprechung entzog und selbst die vizekönigliche Amtsgewalt den Fall nicht beizulegen vermochte. So manches Mal folgten daraus Exkommunikationen, Interdikte und andere kuriose Vorkommnisse.

Antonino Bucolaro verkehrte in allen diesen Gerichtshöfen; es gab immer irgendeinen Klienten, den er ausnehmen oder bei dem er doch zumindest ein paar Hühner oder ein halbes Faß Partinico-Wein lockermachen konnte. Es waren Stätten, an denen sich menschliche Niedertracht und Mißachtung des Rechts hüllenlos zeigten. Und war Antonino Bucolaro nicht in diesen Gerichtshöfen anzutreffen, dann konnte man sicher sein, ihn in der Schenke »Perciata« zu finden, wo mancher kleine Winkeladvokat von seinem Schlage verkehrte.

Matteo Lo Vecchio war im gesamten Viertel Albergheria bekannt genug, um glaubhaft vorbringen zu können, er bedürfte des Beistands und der juristischen Kenntnisse Antonino Bucolaros. Dieses Mal konnte er sich freilich nicht in seiner Verkleidung als Abate zeigen, da würde er sich vermutlich die Rache Antonino Bucolaros zuziehen, ja vielleicht würde der ihn sogar den Beati Paoli ausliefern. Also mußte er andere Wege gehen.

Er begann Nachforschungen anzustellen, ob Bucolaro nicht

noch irgendeine alte Rechnung mit der Justiz zu begleichen hatte – etwas was in jenen Zeiten nicht ungewöhnlich war. Er begann ihn aufs strengste zu überwachen, um ihn beim Verstoß gegen öffentliche Verbote zu ertappen. Beispielsweise war verboten, Waffen zu tragen, es gab auch den königlichen Erlaß gegen das Glücksspiel ...

Doch es schien, als sei Antonino Bucolaro ein mustergültiger Untertan. Außer seinem Degen sah man ihn niemals mit irgendwelchen anderen Waffen, und der Degen war ihm aufgrund seines gesellschaftlichen Standes gestattet. Was die Glücksspiele anging, sah man ihn nie in der Öffentlichkeit mit Karten oder Würfeln in der Hand. Und doch frönte man in der Schenke »Perciata« der *Zecchinetta* oder dem Primspiel. Die Spieler schlossen sich in einem Nebenzimmer ein, das einen Geheimausgang auf die Gasse mit dem Namen des berühmten Grafen Cagliostro hatte.

Auch Antonino Bucolaro spielte hin und wieder eine Runde Karten, mehr aber nicht. Wesentlich häufiger kehrte er ein, um den anderen beim Kartenspiel zuzuschauen, und er mußte bei aufkommenden Streitigkeiten fast immer als Schiedsrichter eingreifen.

Eines Morgens, als er viel zu tun gehabt hatte und bei guter Laune war, betrat er die Schenke, um wie gewöhnlich sein Glas Wein zu trinken, und warf einen Blick ins Nebenzimmer. Fünf oder sechs Männer hatten sich dort um einen Tisch versammelt und schienen vom Spiel erhitzt.

»Ah, Ihr seid es, Don Antonino!« rief der Spieler, der die Bank hielt, als er ihn erblickte. »Hier ist ein Ritter ... spielt Ihr nicht? Dame, Ritter und König, ... du hast gesetzt ... As ... Fünf ... König ... Fünf ... Zwei ... Potzblitz! Da seid Ihr noch einmal davongekommen, Ihr hättet nämlich verloren!«

Antonino Bucolaro setzte auf eine der zwei Karten und verlor. Er setzte ein zweites Mal und verlor erneut. Er geriet darüber in Zorn, und das spornte ihn zum Spielen an.

»Ich wette, Ihr seid nicht in der Lage, mich beim Primspiel zu besiegen«, sagte er.

»Ich nehme Euch beim Wort.«

So ließen sich die zwei zu einer Runde nieder. Antonino Bucolaro gewann und strahlte vor Genugtuung, als habe er einen gewaltigen Sieg auf dem Schlachtfeld errungen. Sein Gegner erklärte: »Ihr schuldet mir das Rückspiel.«

»Jetzt nicht. Es ist schon spät, und ich muß zum Konsistorialgericht, um einige Erkundigungen einzuholen. Doch wenn Ihr wollt, können wir das auf heute abend oder morgen verschieben . . .«

»Heute abend, geht in Ordnung.«

Wenngleich der Gegenspieler ein einfacher Schreiber war, war er in Wirklichkeit auch ein Kollege Matteo Lo Vecchios und als Spitzel auf Antonino Bucolaro angesetzt. So erfuhr der Sbirre durch ihn von dem neuen Spiel, das für den Abend ausgemacht war, und traf die entsprechenden Vorkehrungen. Er suchte den Streifenführer des Stadtviertels Albergheria auf und machte ihm Mitteilung. Und sein Benehmen war so zweideutig und voller Anspielungen, daß der kluge Anführer sofort begriff, was gespielt wurde.

»Ihr wißt also, was Ihr zu tun habt«, schloß Matteo Lo Vecchio. Ich erwarte Strenge, Unbeugsamkeit, und so weiter . . .«

»Aber . . . wer . . .?« fragte der Anführer und rieb demonstrativ den Daumen gegen den Zeigefinger.

»Macht Euch keine Sorgen, dafür komme ich auf.«

»Ist gut.«

Gegen sechs Uhr abends stürzte eine Polizeistreife in die Schenke »Perciata« und drang ins Nebenzimmer, um die Spieler beim Spiel zu überraschen. Ein gewisses Durcheinander entstand. Der Anführer schrie: »Ich habe Euch auf frischer Tat ertappt. Der königliche Erlaß spricht eine klare Sprache!«

Die Spieler erhoben Einspruch. Einer wollte den Anführer mit Geld bestechen, doch der blieb ganz entgegen seiner gewöhnlichen Haltung unbeugsam. Auf das Geschrei und den Lärm hin trat plötzlich wie ein Deus ex machina Matteo Lo Vecchio ein und fragte mit unwissendem und beinahe erstauntem Gesichtsausdruck, um was es denn ginge. Er tat so, als höre er dem Anführer der Streife zu, wobei er die

Lippen aufeinanderpreßte und den Kopf schüttelte, um zu bedeuten, wie ernst die Sache sei, und er gab vor, sich vermittelnd einzuschalten.

»Sehen wir doch mal«, sagte er, »es handelt sich im Grunde doch um anständige Leute, ich kenne sie, sie sind alle aus meiner Nachbarschaft. Die Sache läßt sich wieder einrenken ... Schwamm drüber, und alles ist vergessen ...!«

»Aber die Strafe ... Die Männer der Streife haben ein Recht darauf ...«

»Was für ein Recht? Dafür stehe ich ein ... Lassen wir es gut sein. Man kann schon mal ein Auge zudrücken. Don Antonino ist kein Mann, der nicht wüßte, wie er sich beim nächsten Mal erkenntlich zeigen könnte.«

Der Anführer der Streife stellte sich anfangs widerspenstig, gab dann schließlich nach und versprach, kein Aufheben zu machen, mit einer Drohung jedoch, was eine mögliche Wiederholung in der Zukunft anging. Und er verließ die Schenke mit seinen Männern.

»Wenn Sie nicht gewesen wären, Don Matteo«, sagte der Schreiber daraufhin, »hätte uns dieser Unmensch in die Verliese des Gerichtshofs geschleppt ...«

»Oh! Das habe ich bestimmt nicht deinetwegen getan«, erwiderte der Sbirre, »und es ist nicht das erste Mal, sondern aus Rücksicht auf Don Antonino, der mehr als das verdient ...«

»Ich danke Euch, und Ihr dürft meiner Anerkennung gewiß sein«, sagte Bucolaro voller Verwunderung über die Freundlichkeit des Spitzels. »Ich hoffe, Ihr trinkt ein Glas mit mir.«

Er bestellte Wein, und sie tranken.

»Sagt mir, was man den Männern der Streife geben muß.«

»Der Streife? Aber nichts, nicht mal einen Grano!«

»Zum Teufel noch mal! Ihnen ist doch das Geld des Strafzettels verloren gegangen, das ihnen zustand ...«

»Nicht der Rede wert ... Ich werde es schon erledigen ... Macht Euch darüber keine Gedanken. Verdammt noch mal, es gibt eben solche und solche Gesetzesübertreter, man muß eine gute Nase dafür haben. Wenn die wollen, können sie sich trotzdem schadlos halten.« Er senkte die Stimme und fügte in vertraulichem Ton hinzu: »Den Herrschaften ist der königliche Erlaß doch ziemlich gleichgültig«, und dabei machte er eine abfällige Bewegung. »Wenn der Anführer der Streife sich für die Nacht bezahlen lassen will, braucht er doch nur dem ersten Baron oder Grafen oder wem auch immer aufzulauern und dessen Karosse und Kleidung genauer anzuschauen ... Da kommen allerhand Bußgelder zusammen. Ach, ich weiß doch, wie diese Dinge laufen!«

»Indes habt Ihr uns aus einer peinlichen Lage befreit«, sprach Antonino Bucolaro, weiterhin höchst erstaunt über die Rolle des Freundes, die der Geheimagent ihm gegenüber spielte.

»Und wir haben etliche Unzen gespart«, fügte der Schreiber hinzu.

»Dich hätte ich die Strafe mit Vergnügen bezahlen lassen. Kannst dich beim heiligen Antonius bedanken.«

Womit er auf Bucolaro anspielte. Sie verließen die Schenke und verabschiedeten sich voneinander, doch kaum hatte Matteo Lo Vecchio einen Schritt gemacht, drehte er sich um und rief: »Ach, Don Antonino, verzeiht, kann ich Euch noch mal kurz sprechen?«

Da sagte der Schreiber: »Laßt Euch nur Zeit, ich gehe indessen, da ich noch etwas zu erledigen habe.«

Als die beiden allein waren, blickte sich Matteo Lo Vecchio argwöhnisch um und sagte leise: »Don Antonino, seid vorsichtig ... es gibt jemanden, der weiß, wohin Ihr in manchen Nächten geht ...«

Der Bucolaro stellte sich dumm.

»Ich verstehe nicht, was Ihr meint.«

»Wenn es Euch etwas nützt, Euch zu verstellen, dann macht ruhig. Aber ich sage Euch, daß ... Ich meine, ich dürfte Euch aufgrund meines Amtes gar nicht warnen, aber Ihr würdet ihnen in die Falle gehen und könntet ihnen nicht mehr entkommen ... Das laßt Euch gesagt sein.«

»Aber was meint Ihr denn?«

»Ich brauche Euch nur zwei Namen zu nennen, und alles

wird Euch klar sein: Girolamo Ammirata und Andrea Lo Bianco.«

Antonino Bucolaro blieb ungerührt, doch in seinen Augen blitzte etwas auf, was dem Geheimagenten nicht entging.

»Die kenne ich nicht«, entgegnete er kalt.

»Mag sein, aber es gibt da jemanden, der Euch zusammen mit ihnen in einem gewissen Gasthof an der Kreuzung nach Brancaccio gesehen hat ... Wie dem auch sei, ich habe Euch gewarnt. Tut, was Ihr wollt. Ich hätte auch schweigen können, denn schließlich behindere ich damit den Lauf der Justiz. Aber wir sind nun mal Nachbarn ... und ich habe Euch immer schon geschätzt. Tut so, als hätte ich Euch nichts gesagt ... Aber wenn Ihr auf mich hören wollt ... geht nachts nicht aus dem Haus.«

»Ich, des Nachts? Aber nachts schlafe ich doch ...«

»Ja, ja, wie Ihr wollt. Doch wie Ihr selbst seht, frage ich Euch nicht, was Ihr tut und wohin Ihr geht ... Ich sage nur: *nehmt Euch in acht*. Es würde mir wahrlich leid tun, wenn ich gezwungen wäre, Euch zu verhaften ... Gute Nacht!«

Antonino Bucolaro blieb verwirrt und verunsichert zurück. Er wußte nicht, ob er diesen ehrlich klingenden Worten Glauben schenken sollte oder nicht. Eines mußte er zugestehen: Matteo Lo Vecchio schien mehr zu wissen, als er vorgab, und er hätte ebensogut auch schweigen können, er war ihm gegenüber ja zu nichts verpflichtet. Und selbst wenn er ihm in irgendeiner Form etwas schuldig wäre, wann hatte ein Scherge sich jemals irgend jemandem gegenüber dankbar erwiesen? War es nicht doch eine List, um ihm irgendein Geheimnis zu entlocken? Matteo Lo Vecchio war alles zuzutrauen.

Ich werde aufpassen, dachte er, ja, aber auch vor dir werde ich mich in acht nehmen. Nicht umsonst nennt man dich den Oberschergen!

Aber während er so dachte, hatten sich Argwohn und Neugierde längst in seinem Herzen breitgemacht. Seit jenem Vorfall fühlte er sich unwillkürlich zu dem Schergen hingezogen, einmal in der Hoffnung, etwas herauszufinden, und dann auch, um ihn im Auge zu behalten. Matteo Lo Vecchio bemerkte es, lachte sich ins Fäustchen und wenn er allein war, rieb er sich freudig die Hände und sprach zu sich: »Das ist gut! Das ist sehr gut so! Mein lieber Don Antonino, ich werde dich schon kriegen.«

Eines Morgens schließlich sagte Matteo Lo Vecchio ganz hastig zu ihm:

»Wenn Ihr etwas zu verstecken habt oder etwas verschwinden lassen müßt, tut es sofort. Heute noch werden die Polizisten kommen und Eure Wohnung durchsuchen. Ich habe es gerade eben erfahren und bin gleich zu Euch geeilt, um Euch zu warnen.«

»Danke! Habt Dank!« sagte Antonino Bucolaro gerührt, »aber ich habe nichts zu verstecken . . .«

Dennoch eilte er nach Hause. Eine Stunde später tauchte ein Polizist mit einigen Helfern auf und stellte seine Wohnung auf den Kopf. Bucolaro dachte: Matteo Lo Vecchio hatte recht. Ich muß ihn mir unbedingt zum Freund machen, denn im Grunde ist er ein anständiger Mann, was auch immer über ihn gesagt wird! . . . Zumindest mir gegenüber.

Wenige Tage später ließ der Anführer der Polizeistreife Antonino Bucolaro eines Nachts vorsätzlich anhalten. Er war sich sicher, daß dieser verbotswidrig Feuerwaffen besäße und ihnen in die Falle gehen würde. So geschah es auch. Antonino Bucolaro versuchte den Anführer zu bestechen, um freizukommen, was etwas ganz Übliches war. Doch dieses Mal blieb der Anführer hart. Zum Glück begegnete ihnen Matteo Lo Vecchio, als sie auf dem Weg zum Prätorengericht die Neue Straße überquerten. In Bucolaro erwachte plötzlich eine Hoffnung, und er rief ihm zu: »Don Matteo!«

Der Geheimagent tat, als hätte er ihn zuerst nicht gesehen, drehte sich um und gab vor, überrascht zu sein: »Don Antonino? Ihr? . . . Was ist Euch denn widerfahren?«

Er erkundigte sich und begann zu vermitteln, flüsterte dem Anführer etwas ins Ohr, ließ sich die Waffen übergeben, und alles endete bei einem Gläschen Wein, das sie in brüderlichem Einvernehmen in der Schenke in der Mohrengasse tranken. Die Tür des Lokals war schon verschlossen, doch bedurfte es nur eines Wortes von Matteo Lo Vecchio, und schon tat sie sich ihnen auf. Als sie nach dem Umtrunk die Schenke verließen, flüsterte Lo Vecchio dem Bucolaro ins Ohr: »Nehmt Euch in acht, wie ich Euch schon gesagt habe. Sie haben Euch schwer im Verdacht. Ihr werdet überwacht und bespitzelt . . . Und ich kann nicht jedesmal eingreifen.«

Dieser neuerliche Freundschaftsbeweis brachte auch die letzten Zweifel in Antonino Bucolaro zum Erliegen. Zwischen ihm und Matteo Lo Vecchio begann ein gewisser freundschaftlicher Austausch, der auf Wunsch des Agenten nach außen jedoch keinerlei Anzeichen von Vertraulichkeit haben durfte.

»Don Antonino, Ihr wißt, daß ich ein Herz für Euch habe. Doch gebt nicht zu erkennen, daß wir gute Freunde sind, weil wir uns sonst verdächtig machen könnten . . . Ihr versteht schon, mein Beruf . . . Und bei Euren Freunden stehe ich ja nicht gerade in gutem Licht . . .«

»Aber von welchen Freunden sprecht Ihr?«

»Ja, glaubt Ihr denn, daß ich dumm bin? . . . Doch lassen wir das. Nur soviel, gebt auf Euch acht.«

Antonino Bucolaro nahm sich tatsächlich vor der Justiz in acht und war argwöhnisch geworden. Doch den Beati Paoli gegenüber, denen er ins Auge gefallen war, weil sie ihn so manches Mal schon in Begleitung von Matteo Lo Vecchio gesehen und erfahren hatten, daß er sich dank dem Schergen aus so mancher heiklen Lage hatte befreien können, zeigte er sich unbesorgt. Unauffällig beschatteten sie ihn und behandelten ihn von da an mit einer gewissen Zurückhaltung.

Don Girolamo Ammirata, dem als einem ihrer Anführer die Sache mit Bucolaro zu Ohren kam, erinnerte sich sofort seines alten Verdachts über das Verschwinden der Dokumente. Andrea teilte ihn. Coriolano, dem allein Don Girolamo davon Mitteilung machen durfte, war betroffen. Er beschloß, einen der gewitzteren Sektenbrüder, den Antonino

Bucolaro nicht kannte, mit seiner Überwachung zu beauftragen. Er mußte herausfinden, ob Bucolaro es war, der jene Papiere hatte verschwinden lassen, und wenn ja, wem er sie übergeben hatte.

Auf diese Weise wurde Antonino Bucolaro von zwei Seiten her überwacht und bespitzelt. Matteo Lo Vecchios Ziel war, herauszufinden, ob die Dokumente sich erneut im Besitz der Beati Paoli befanden. Diese hingegen wollten in Erfahrung bringen, welchen Weg ebendiese Papiere genommen hatten und ob ihr Sektenbruder ein Verräter war. Und Antonino Bucolaro, der von alledem nichts ahnte, ging nach und nach beiden Seiten auf den Leim.

Eines Morgens sah Matteo Lo Vecchio vor der Haustür von Bucolaro eine große Menschenmenge. Neugierig trat er näher und erfuhr, daß man Bucolaros Hab und Gut pfändete, weil er wegen einer Steuerabgabe für das Haus säumig geworden war. Er betrat das Haus, um auch diese Gelegenheit für einen Freundschaftsdienst zu nutzen, und es gelang ihm, die Herren Kollegen zu überzeugen, mit der Pfändung auszusetzen, da sich gewiß ein Ausweg finden ließe. Antonino Bucolaro hatte sich tief beschämt in eine Ecke zurückgezogen. So etwas war ihm noch nie passiert! Eine Reihe wirtschaftlicher Tiefschläge hatte ihn in der letzten Zeit heimgesucht und in die mißliche Lage gebracht, seinen Zahlungsverpflichtungen nicht mehr nachkommen zu können. Warum sollte er es leugnen: er war in Armut geraten. Doch das Eingreifen der Polizisten war für ihn wie eine öffentliche Anprangerung seiner Armut, und das trieb ihm die Schamröte ins Gesicht.

»Kopf hoch!« sprach Matteo Lo Vecchio zu ihm. »Solche Dinge können auch einem Baron des Königreichs widerfahren!«

Sie schwiegen, und nach einer Weile fügte er leise hinzu, als führe er ein Selbstgespräch: »Dabei hat er einen wahren Schatz in seiner Reichweite! Wenn er nur wollte!«

Antonino Bucolaro fuhr zusammen und sah Matteo Lo Vecchio fragend an, der aber nichts weiter sagte. Ihr Gespräch war für dieses Mal beendet. Jene Worte aber sickerten wie Gift in sein Hirn und taten ihre Wirkung. Was sollte das bedeuten: er habe einen Schatz in seiner Reichweite? Er dachte den ganzen Tag darüber nach. Am nächsten Morgen richtete es der Geheimagent so ein, daß sie sich begegneten. Er fragte Bucolaro, wie seine Angelegenheit stünde, seufzte bedauernd und machte eine neuerliche Andeutung über jenen Reichtum, der so leicht zu haben sei. Antonino Bucolaro verging bald vor Wissensdurst, und gleichzeitig wuchs in ihm die Besitzgier. Er sagte: »Also, wenn ich wüßte, wie ich reich werden könnte, wäre ich bestimmt nicht so töricht, mich davor zu drücken!«

Doch der Geheimagent erwiderte auch diesmal nichts weiter.

Einige Tage später begab sich Matteo Lo Vecchio zur Schenke »Perciata«, wo Antonino Bucolaro auf ihn wartete.

»Ich habe an Euch gedacht und würde gerne mit Euch reden«, sagte er.

»Das hier erscheint mir aber nicht der richtige Ort dafür ... Ich erwarte Euch in einer Stunde in der Kirche der Annunziata an der Porta Montalto. Dort im Kreuzgang können wir in Ruhe miteinander reden.«

Als sie sich unter dem Kreuzgang befanden, der den kleinen Garten der Annunziata-Kirche umschloß, sagte Matteo Lo Vecchio: »Don Antonino, ich weiß alles ...«

»Was wißt Ihr?«

»Ich weiß alles, was die Beati Paoli gegen den Herzog della Motta zusammengetragen haben.«

Antonino Bucolaro lief ein Schauer über den Rücken, er konnte seine Verblüffung und seine Angst nicht verbergen. Doch er versuchte sich zu verstellen: »Ich begreife nicht, wovon Ihr sprecht.«

»Sich vor mir verstellen zu wollen ist vertane Zeit. Ich kenne die Aussagen von Giuseppico, von Peppa la Sarda, von Andrea Lo Bianco und Don Girolamo, und ich weiß, wer Emanuele ist, der vermeintliche Neffe Don Girolamos. Ich weiß auch, was Eure Aufgabe in der Sache war. Und wenn Euch das noch immer nicht reicht, ich weiß auch, daß die

Dokumente verschwunden sind, die die geheime Gesellschaft oder das Gericht zusammengetragen hat, wie Ihr es zu nennen beliebt.«

Antonino Bucolaro erbleichte. Mit wachsender Verwunderung sah er den Geheimagenten an und wußte nicht, was er antworten sollte; er begriff nicht und konnte sich nicht erklären, auf welche Weise Matteo Lo Vecchio all diese Dinge erfahren haben konnte.

»Wie Ihr seht«, sprach dieser weiter, »verfüge ich über genügend Beweise, um Euch jetzt oder später zu verhaften und an den Galgen zu bringen, wie Gevatter Rosario und den Sakristan von San Matteo. Ich habe es nicht getan, da ich Euch äußerst wohlgesonnen bin, und ich werde es auch nicht tun ... Doch als Gegenleistung für mein Schweigen und meine Großzügigkeit verlange ich, daß Ihr Euch mir anschließt.«

Antonino machte eine abweisende Geste.

»Oh, Ihr werdet doch nicht so schnell beleidigt sein«, fuhr der Scherge fort. »Ich fordere Euch ja nicht auf, Eure Brüder zu bespitzeln und zu denunzieren; und im übrigen weiß ich, wer sie sind. Ich biete Euch nur die Möglichkeit, ein reicher Mann zu werden ... auf Kosten des Herzogs della Motta. Ist Euch jetzt klar, worum es geht? Wir müssen in den Besitz dieser Papiere gelangen und sie dem Herzog verkaufen, der dafür die Hälfte seines Vermögens herausrücken wird ... das könnt Ihr Euch leicht vorstellen!«

Antonino Bucolaro sah ihn angewidert und mit verhaltenem Zorn an.

»Don Matteo«, antwortete er, »wenn ich Euch nicht in gewisser Weise verpflichtet wäre, kämt Ihr nicht mehr lebend aus diesem Kloster heraus. Ihr besitzt die Kühnheit, mir, Nino Bucolaro, so etwas anzutragen?«

»He da! Habe ich Euch vielleicht aufgefordert, mit mir zum Obersten Justizrat zu kommen und Eure Mitbrüder zu denunzieren?«

»Ich habe keine Mitbrüder und weiß nicht, von wem Ihr sprecht.«

Der Scherge machte eine verächtliche Handbewegung.

»Tut mir doch bitte den Gefallen und laßt diese Verstellung sein!«

»Und selbst wenn ich mich verstellen würde, glaubt Ihr mich zu einem solchen Verrat in der Lage?«

»Verrat? Verzeiht bitte, was ist daran Verrat zu nennen? Es geht hier um nichts weiter als um Papiere ... und was die enthalten, das wißt auch Ihr im Grunde, das wissen Don Girolamo, Andrea Lo Bianco und andere, und gewiß können wir dieses Wissen nicht aus ihren Köpfen tilgen. Diese Unterlagen in Händen zu haben oder nicht, bleibt sich letztendlich gleich. Niemand kann sie an ihrem Vorhaben hindern. Wir aber können durch diese Papierfetzen unterdessen reich werden. Versteht Ihr, was das bedeutet, reich zu werden? Geld in Hülle und Fülle zu haben, Diener, Kutschen ... genauso wie der Herzog della Motta, und diesen Herrn in der Hand zu halten. Was wollt Ihr mehr? Dann braucht Ihr keine Angst mehr vor den Beamten haben, die Euer bißchen Hab und Gut pfänden und Euch auf die Straße setzen wollen!«

Antonino Bucolaro schwieg. Jener Reichtum, den er schon vor seinen Augen gleißen sah, machte ihn schwindlig. Er ließ sich die Worte des Mannes noch einmal durch den Kopf gehen und mußte zugeben, daß er keine ungereimten Dinge sagte. In der Tat konnten die Beati Paoli auch ohne diese Unterlagen weiter gegen den Herzog vorgehen. Im übrigen, waren sie nicht sogar gestohlen worden?

Er rang mit dem Schmerz in seiner Brust. Er machte noch einen Versuch zu widerstehen: »Hören wir doch mit diesen Reden auf!«

»Wie Ihr wollt. Ich habe Euch nur begreiflich machen wollen, daß ich Euch nicht dazu bringen will, einen Verrat zu begehen. Bedenkt, daß die Gesellschaft der Beati Paoli jene Papiere gar nicht mehr besitzt. Welche Skrupel hättet Ihr also, Euch ihrer zu bedienen, wenn Ihr sie wiederfändet? Antwortet bitte!«

In der Tat, welche Gewissensbisse könnte er haben? Aber wo waren diese Papiere? Wer hatte sie? Es wäre doch zu schön, wenn er sie finden könnte!

»Seht Ihr also, daß ich recht habe? Auf, Don Antonino, laßt uns ehrlich miteinander reden! Solche Bedenken gebühren einem Dummkopf, nicht einem Mann wie Euch.«

»Aber wer hat jene Papiere?« fragte Antonino.

»Was heißt, wer hat sie?«

»Ihr wißt doch, daß sie gestohlen wurden ... das habt Ihr doch selbst gesagt.«

»Ja, das weiß ich, wie auch Ihr es wißt ... Aber habt Ihr sie denn nicht wieder an Euch genommen?«

»Nein, nein.«

»Dann also weiß ich, wer sie hat, oder besser gesagt, ich kann es mir vorstellen.«

»Ihr wißt, wer sie hat?«

»Ja, einer der Eurigen.«

»Einer der Unsrigen?«

»Ja, aber da Ihr das Geschäft ja ausschlagt, das ich Euch antrage, ist es sinnlos, Euch seinen Namen zu nennen.«

Antonino Bucolaro schwieg. Er hatte sich von dem Schergen so weit beeinflussen lassen, daß er ungewollt zugegeben, was er zuvor noch geleugnet hatte. Das fiel ihm erst jetzt auf, als es zu spät war, um alles zurückzunehmen. Es reute ihn, geleugnet zu haben, es reute ihn, daß er sich hatte hinters Licht führen lassen, alles bedauerte er. Vor allem aber schmerzte es ihn, nicht zu wissen, wer jene Dokumente besaß. Matteo Lo Vecchio beobachtete ihn, seufzte und sagte abschließend: »Verzeiht, wenn ich Euch zu nahe getreten bin. Vergeßt, daß wir uns gesehen haben. Ich verabschiede mich von Euch, ich gehe jetzt ins Kloster hinauf, um Pater Guardian meine Aufwartung zu machen. Auf diese Weise werden wir getrennt hinausgehen ... Auf Wiedersehen.«

Er machte einige Schritte zur Treppe hin. Antonino Bucolaro fuhr zusammen, wie ein Blitz ging ihm ein Gedanke durch den Kopf.

»Don Matteo«, sagte er, »wartet, geht nicht so schnell weg ... Kommt her, und laßt uns miteinander reden.«

XI

Am Tage nach seinem ungewollten Empfang bei den Beati Paoli erhob sich Blasco mit einem bedrückenden Gefühl von Traurigkeit im Herzen. Die Versicherungen Coriolanos hatten ihm die Sorge nicht gänzlich zu nehmen vermocht. Er bezweifelte nicht, daß die beiden Frauen eine anständige Behandlung erfahren würden. Doch wer hätte die armen Frauen, vor allem Violante, vor Schrecken und Angst bewahren können? Ah, Violante! Violante! Verzweifelt schrie seine Seele den Namen. Zur Ohnmacht verdammt, konnte er ihr nicht zu Hilfe eilen. Wo war sie? Wohin hatten sie sie gebracht? Vergeblich hatte er sich bemüht, den Namen des Ortes zu erfahren, Coriolano ließ keine Silbe über seine Lippen kommen.

»Warum wollt Ihr den Namen des Ortes wissen?« fragte der Ritter della Floresta. »Ihr könntet doch nichts ausrichten. Im übrigen, zum angemessenen Zeitpunkt werde ich ihn Euch nennen, und nicht nur das« – und an dieser Stelle lächelte er –, »dann werdet Ihr wie ein Befreier dort eintreffen und Eure Romanze vollenden.«

Blasco mußte also seinen Schmerz und seine sehnlichsten Wünsche unterdrücken, konnte aber seinen Gedanken keinen Einhalt gebieten. Was sollte er nur tun? Wie würde er jene Tage qualvollen Wartens verbringen? Wegen der öffentlichen Strafandrohung gegen ihn durfte er das Haus nicht verlassen. Dem entgegen zu handeln bedeutete, verhaftet und in ein finsteres Verlies geworfen zu werden. Mehr denn je drängte es ihn, frei und Herr seiner selbst zu sein. Das Leben, zu dem er gezwungen war, kam doch ebenfalls einer Gefangenschaft gleich. Aber zumindest des Nachts war er frei und konnte ohne Furcht ausgehen, denn die Gerichtsbarkeit war keineswegs so wachsam und flink, daß auch nächtliches Ausgehen hätte gefährlich sein können – es sei denn, die Schergen waren einem auf den Fersen. Blasco baute auf diese Gewißheit. Wäre Violante erst einmal gerettet und vor allen Gefahren in Sicherheit, könnte er das Königreich verlassen, sich der öffentlichen Hatz entziehen und sein Glück woanders suchen.

Am folgenden Abend begab sich Blasco noch vor dem Läuten der Totenglocken ins Kloster San Francesco, um Pater Serafino da Montemaggiore aufzusuchen. Seine Neugier war groß, zu erfahren, was der Klosterbruder ihm von seiten des guten Fraten Bonaventura übergeben würde. Vielleicht war es Geld, woran es ihm sehr mangelte und das für ihn zur rechten Zeit käme. Was es auch immer war, es wäre ein neues und angenehmes Ereignis, das seine Gedanken aufhellen konnte. Er wartete an der Klosterpforte, wo Frate Serafino schlurfenden Schrittes auf ihn zu kam. Er war schon sehr alt und wacklig auf den Beinen, und sein Haar war schlohweiß. Blasco küßte ihm die Hand.

»Ich bin in Caccamo gewesen und habe meinem guten Pater Bonaventura die Augen geschlossen. Nun bin ich hier zu Ihnen gekommen ... Der ehrwürdige Vater habe mir etwas zu übergeben, sagte mir Frate Bonaventura ...«

»Ja, das stimmt. Und hättet Ihr Euch nicht beeilt, wer weiß, ob ich diesen Auftrag des guten Bonaventura noch hätte ausführen können. Ich bin siebenundachtzig Jahre alt, mein Sohn, und der Tod steht schon auf der Schwelle. Stimmt, ich habe Euch etwas zu geben! ... Der arme Frate Bonaventura! Er war mein Beichtkind. Eine fromme Seele, wahrlich ein Heiliger! *Requiescat in pace.* Wartet einen Augenblick hier auf mich, mein Sohn. Ich muß erst in meine Zelle hinauf, denn ich habe nicht mit Eurem Besuch gerechnet ... Der arme Pater Bonaventura! Es war ein Schlag für ihn, wo er doch so an dem Kloster hing! Ein richtiger Schicksalsschlag! Aber was soll's.«

Er verließ die Pförtnerloge und wiederholte mehrmals diese Worte, wie es alte Leute nun mal tun. Blasco verschränkte die Hände auf der Brust und verlor sich in Erinnerungen an die Zeit, da er ein junger Bursche war. Er hatte eine Szene vor Augen, wie er sich bei Einbruch der Abenddämmerung, alleingelassen in der Dunkelheit, umgeben von düsteren Bildern, die aus den Gemälden ringsum hervortraten, in einer ähnlichen Pförtnerloge oder einer ganz ähnlichen Kirche befand und ihn eine Art religiöses Erschauern, ein Gefühl der Unendlichkeit überkam. Jetzt sah er beinahe die gleichen Gemälde, dieselben strohbespannten Stühle und die Lampe, und er dachte an seine Jugendzeit, die für ihn in so weiter Ferne lag und ihm so fremd war, als hätte ein anderer und nicht er sie gelebt. Damals wußte er nicht, was Traurigsein bedeutete, da er nie die geheimen Winkel seines Herzens befragte. Er war kühn, furchtlos, draufgängerisch und immer zu Raufereien aufgelegt. Abends kehrte er stets mit einem Loch in den Hosen oder im Wams ins Kloster zurück. Pater Giovanni schimpfte ihn dann aus; als Antwort lachte er ihm nur ins Gesicht. Wo nur waren seine Freunde von damals? Wo war sein Hund, der gute Lampo, der ihn einmal aus dem Rachen eines Wolfs gerettet hatte? Wo war die liebliche Elisabetta, die auf der Flucht aus Tunis ihr Leben geopfert hatte, um ihn vor dem sicheren Ende durch Sarazenenhand zu bewahren? Sie alle waren tot! Nichts als Erinnerungen, Namen, und weiter nichts. Oh, nein, das stimmte nicht. Lebten sie doch auf dem Grunde seines Herzens weiter. Er vernahm aufs neue die schlurfenden Schritte Pater Serafinos, der mit einem Beutel in der Hand in die Pförtnerloge zurückkehrte.

Also doch Geld! dachte Blasco bitter. Vielleicht wünschte er sich insgeheim etwas Persönlicheres, etwas Liebevolleres.

Pater Serafino setzte sich nieder, legte den Beutel auf seine Knie und zog einen leicht zerknitterten, doch sorgfältig versiegelten Brief heraus.

»Dieser Brief ist für Euch«, sagte er, »und hier drinnen sind vierzig Unzen, die ich Euch aushändigen soll. Hier, bitte, es sind alles doppelte Münzen . . . zwanzig Stück Gold.«

Blasco schaute mehr auf den Brief als auf das Geld. Eine seltsame Ahnung hatte ihn überkommen: dieses Papier mußte etwas enthalten, was für ihn von ungeheurer Wichtigkeit war. Er nahm alles an sich, verabschiedete sich von dem Pater und kehrte nach Hause zurück, um in Ruhe den Brief zu lesen. Dazu schloß er sich in sein Zimmer ein, zündete eine Öllampe mit zwei Dochten an und erbrach mit zitternder Hand das Siegel. Kaum hatte er den Umschlag geöffnet, fiel ein kleineres und gefaltetes Stück Papier heraus. Er nahm es, strich es glatt und las. Ein Ausruf der Überraschung kam aus seinem Mund. In rudimentärem Kirchenlatein stand da geschrieben:

J. M. J.
Fidem facio, die vigesimo mensis novembris a. D. MDCLXXXVIII in hac ecclesia metropolitana baptizzatum esse infantum, cui positum nomen Blascus, filius ill.mi magnifici domini Emanuelis Albimontis ducis Mottae, et Cristinae Giurlandae. Padrini m. Agostinus et Maria Magdalena Russus, coniuges.
D. Joseph Cutellius parochus.

Neben der Unterschrift war eine Hostie angebracht, auf der ein Stückchen Papier mit dem im Kaltverfahren aufgedrückten Siegel der Kirche klebte.

Wie erstarrt stand Blasco eine Weile mit dem Papier in den Händen da. Unter dem Gewicht dieser Offenbarung schien er zu keiner Bewegung mehr fähig. Ein Albamonte! ... Er war ein Albamonte! Er war der uneheliche Sohn des Herzogs Emanuele della Motta, und der junge Emanuele, der im Kerker von Castellammare schmachtete, war sein Stiefbruder und Violante seine Cousine! Das erschien ihm wie eine übernatürliche Sache. Sein ganzes Denken und Fühlen geriet in Aufruhr.

»Ich!« rief er aus, »ich!«.

Er fand keine anderen Worte. Er legte die kirchliche Urkunde auf seinen Nachttisch und warf einen Blick auf die Unterschrift am Ende des beigefügten Briefes; sie stammte von ›*Fra Bonaventura da Licodia*‹. Das Schreiben war nicht lang. Nach einer Anredeformel, die aus den drei Anfangsbuchstaben *J. M. J.*, das bedeutet *Jesus, Maria, Joseph*, bestand, schrieb der Frater:

»*Mein lieber Sohn in Jesus Christus, Blasco, bevor ich dieses Kloster nach dem Willen Gottes verlasse, übergebe ich Pater Serafino da Montemaggiore deine Geburtsurkunde, auf daß er sie dir nach meinem Tode, der mich bald ereilen möge, aushändige. Ich will kein Geheimnis mit in die Grabgruft nehmen, das ich aus Rücksicht auf mächtige Personen, die Du kennst, bis jetzt gehütet habe. Doch es ist nicht gerecht, dieses Geheimnis mit unter die Erde zu nehmen. Ich weiß nicht, ob es dir von Nutzen sein kann, ich hoffe es für Dich und bitte jetzt und fürderhin Gott darum, daß er seine geheiligten Hände über Dich breite.*

Pater Serafino wird Dir auch ein wenig Geld geben, es ist alles, was ich besitze. Ich habe keine Verwandten, und so lasse ich es Dir, den ich wie einen Sohn an meiner Seite gehabt habe, wenngleich nur für kurze Zeit. Bitte für mich vor dem Herrn, und sei immer ein guter Christenmensch nach den Geboten unserer Heiligen Mutter Kirche. Ich segne Dich im Namen Christi, unseres Herrn«.

Blascos Augen füllten sich mit Tränen. Erinnerungen und Gefühle brachen sich Bahn und überströmten sein Herz. Er war gerührt. Seine Mutter war mit gebrochenen Beinen fern von ihrem Heim gestorben, nachdem zwei mitleidige Klosterbrüder sie zwischen den Ruinen der zerstörten Stadt aufgelesen hatten. Frate Giovanni, das Kloster von Catania, seine Jugend, seine Flucht über die Berge. Oh, Mutter! Arme Mutter mein!

Und das Gemälde, das er im Hause Don Raimondos gesehen hatte, kam ihm wieder vor Augen. Es war das Porträt Don Emanueles, vor dem er stehengeblieben war, betroffen von der Ähnlichkeit mit sich selbst. Er war das lebende Ebenbild seines Vaters! Da ihm das Gesetz der Menschen nicht gestattete, den Namen der Albamonte zu tragen, hatte die Natur ihm die Zeichen seiner Herkunft unauslöschlich wie ein Siegel ins Gesicht gedrückt. Und nicht nur in den Gesichtszügen ähnelte er seinem Vater, auch das abenteuerlustige Wesen, den Mut, die Kühnheit, den Frohsinn, die Tapferkeit hatte er von ihm. Von seiner Mutter aber, diesem armen, lieblichen Geschöpf, hatte er jenen Grundzug von mitleidvoller Zuneigung, jene Sehnsucht nach reinen Empfindungen, süßer Hingabe, beinahe wie ein Schamgefühl, jene Herzlichkeit, die seiner Liebe einen besonderen Klang, ein helleres Licht verliehen.

Er dachte an Emanuele, seinen Bruder; er war der Jüngere und von Rechts wegen das Oberhaupt des Hauses, da seine Geburt frei war vom Makel der Unehelichkeit. Dennoch waren sie Brüder, und durch die Bosheit eines Frevlers, des leiblichen Onkels, wurde Emanuele in den finsteren Tiefen eines Verlieses gefangengehalten und gepeinigt. Der Ruchlose war genau jener Mann mit dem bleichen, mageren Gesicht, mit den schmalen Lippen, mit dem undurchdringlichen, grausamen Gesichtsausdruck, er, der zu jedem Verbrechen fähig und gleichzeitig feige und verabscheuungswürdig war – der Bruder jenes anderen Herzogs, der sich unzähligen Gegnern tapfer von Angesicht zu Angesicht gestellt hatte. Und er war zugleich der Vater des lieblichsten und sanftesten Geschöpfes, das er kannte!

Was soll ich jetzt nur tun? fragte er sich. Nun, da ich weiß, wer ich bin?

Was konnte er schon tun? Sein Lebensweg war ihm vorgezeichnet; nichts anderes würde er in Zukunft sein als das, was er schon war. Er blieb auf immer Blasco da Castiglione, ein Mann, der aus dem Nichts aufgetaucht war, ohne Familie, ohne Verwandte und vom Anfang bis Ende nur sich selbst verpflichtet. Ein ironisches Lächeln huschte über seine Lippen. Welchen Wert sollte diese Enthüllung für ihn haben ... was sollte er mit ihr anfangen? Was hatte sich der gute Pater Bonaventura denn erhofft? Das war sein Gemütszustand, als er es an die Tür klopfen und Coriolano sagen hörte: »Seid Ihr schon zu Bett? Kann ich hereinkommen?«

Blasco ging ihm öffnen.

»Ich bin noch nicht im Bett«, sagte er zu ihm, und der besondere Klang seiner Stimme verriet, daß ein leidenschaftliches Gefühl sein Herz überwältigt hatte. »Kommt nur herein, Ihr könnt nicht erraten, was mir geschehen ist ... Ich bin zu Pater Serafino gegangen und bin mit Geld und einem Namen zurückgekehrt. Habt Ihr verstanden? Ich habe einen Namen, der mir nichts nützt, und eine Summe Geld, die nicht von meinem Vater kommt, sondern aus den barmherzigen Händen eines Klosterbruders.«

Coriolano sah ihn verwundert an.

»Ihr wundert Euch?« fuhr Blasco mit leichter Erregung in der Stimme fort. »So werde ich Euch erst richtig zum Staunen bringen! Wißt Ihr nämlich, wer ich bin? Ich bin ein Albamonte. Ich bin der erstgeborene, so nehme ich an, und uneheliche Sohn des verstorbenen Don Emanuele Albamonte, Herzogs della Motta! Teufel noch mal! Jetzt, da ich es weiß, da ich den Namen dessen kenne, der ein junges Mädchen aus der züchtigen Zurückgezogenheit eines bescheidenen Hauses herausgerissen hat, um aus ihr seine Geliebte und Mutter eines Sohns ohne rechtmäßigen Namen zu machen – was meint Ihr, habe ich damit meiner Lebensgeschichte einen weiteren und glanzvollen Akt hinzugefügt? ... Ihr, der Ihr so rechtschaffen seid, sagt mir eines: glaubt Ihr, daß der uneheliche Sohn eines Königs mehr oder weniger wert ist als der uneheliche Sohn eines Eseltreibers? Glaubt Ihr, daß die Schande, die auf der Geburt des einen lastet, sich von der unterscheidet, die die Geburt des anderen unrein macht? Glaubt Ihr, daß das Gefühl bedrückender Angst, das beide Mütter angesichts der Wiege ohne Namen verspürten, jeweils ein anderes ist? ... Ha! Ich bin ein Albamonte! Sagt mir, ob man in meiner Lage eine größere Freude über eine solche Entdeckung empfinden kann! Von jetzt an darf ich auf meine Karosse, sobald ich eine habe, das viergeteilte Wappen in Grün und Rot mit den abwechselnd grünen und schwarzen Bändern malen lassen ... Ja, aber zugleich mit dem Zeichen des Bastards!«

Coriolano schwieg. Blasco schritt im Zimmer auf und ab. Sein Blick fiel auf die Geburtsurkunde auf dem Nachttisch, er reichte sie dem Freund.

»Hier ist es, Coriolano, das Stückchen Papier, das meine Herkunft verbürgt. Das ist mein Adelszeugnis, das nicht einmal ausgereicht hat, meine Mutter, ich sage ja nicht vor dem Tod, aber zumindest vor der Armut zu bewahren. Das Schloß della Motta öffnete seine Tore, um das geraubte Mädchen aufzunehmen; in seinen Wänden hallte mein erster Schrei wider, aber als man erfuhr, daß ihr Vater Francesco Giorlanda an Herzeleid gestorben war, wurden Mutter und Sohn aus dem Schloß vertrieben.

Seht nun, welch einzigartiges Schicksal die beiden Söhne Don Emanueles della Motta, den unehelichen und den ehelichen, miteinander vereint. Beide wurden von barmherzigen Leuten aus den Armen ihrer sterbenden Mütter aufgelesen. Beide wuchsen ohne mütterliche Fürsorge auf. Nicht ihre Mutter war es, die sich lächelnd über ihre Wiege neigte und sie mit ihrem Frohsinn in ihrer Jugendzeit begleitete. Keiner von beiden kannte das Haus seines Vaters. In Unwissen über ihre wahre Herkunft wuchsen sie heran. Beide wurden vom selben Haß verfolgt, wurden Opfer derselben Willkür; ohne einander zu kennen, wurden beide auf die gleiche Bahn geworfen. Eins ist ihr Schicksal! Oh ja, darin erkenne ich mich als Albamonte. Das ist das Erbe, Coriolano, das uns unser Vater zu gleichen Teilen hinterlassen hat, und nicht ein Vermögen!«

Bleich und zitternd ließ er sich auf einen Stuhl fallen, wenngleich er zu lächeln versuchte. Doch sein Lächeln war bitter und sein Gesicht schmerzverzerrt. Nach einer Minute des Schweigens sagte er leise: »Schade, daß der Herr Herzog, mein Erzeuger, tot ist! ... Aber vielleicht hat er seine Strafe schon erhalten. Das, was mit der Herzogin Donna Aloisia und dem kleinen Emanuele geschehen ist, ist es nicht vielleicht die Strafe für das, was Cristina Giorlanda und ihr Kind erlitten haben?«

Erneut verfiel er in Schweigen. Auch Coriolano war stumm und niedergeschlagen von dieser Enthüllung, mehr aber noch von dem tiefen Schmerz, den er aus Blascos Worten heraushörte. Dieser erhob sich, schüttelte stolz sein schönes Haupt mit den langen dunklen Locken und brach in Gelächter aus.

»Verflucht noch mal! Ich habe die Sache anscheinend tragisch genommen. Dabei ist sie doch nichts weiter als eine Dummheit, mein Freund! Mein Leben ist doch nicht so ernst zu nehmen ... Seht einmal, ich erinnere mich noch gut an Eure großartige Rede von gestern abend – eine Hymne auf Euer Werk! Dichtung, mein Lieber, reine Dichtung: Ihr wollt die Gesetzesmißachtungen bestrafen, das Unrecht aus der Welt schaffen, allen Gerechtigkeit widerfahren lassen? Wollt Ihr gar Euren Schutz auch auf mein Haupt ausweiten? Das ist doch reines Wunschdenken! Gleicht doch einmal das Unrecht aus, wenn Ihr könnt, das mich, den erstgeborenen Sohn Don Emanuele Albamontes, Herzogs della Motta, zu einem Fremdling im eigenen Hause macht! In meinem Vaterhaus, zu dem ich von Bluts wegen gehöre! Löscht doch einmal das, was aus mir so etwas wie einen Aussätzigen macht, einen, der das Schandmal der Sünde an sich trägt, die ein anderer begangen hat! Das Leben? Das Leben ist ein komisch Ding ... Die Gerechtigkeit? Sie ist die tragische Maske vor dem Gesicht eines Narren.«

»Und warum«, fragte Coriolano mit ernster Miene, »seid Ihr dann so eifrig und auch so kühn, wenn Ihr meint, es werde einem anderen Gewalt angetan? Warum lehnt ihr Euch gegen das auf, was Euch als Unrecht gegenüber einem Schwachen erscheint? Ihr habt die Diener des Herzogs della Motta, Eures Onkels, verprügelt, als sie sich anschickten, Emanuele zu töten. Ihr habt Eure Freiheit aufs Spiel gesetzt, um die Verhaftung Girolamo Ammiratas zu verhindern. Ihr habt Euch in Lebensgefahr gebracht, um Matteo Lo Vecchio die Satteltaschen zurückzugeben, die ihm die Waffengefährten gestohlen hatten. Schließlich habt Ihr, und auf welchem Wege, das wißt nur Ihr, Violante aus unseren Händen befreit, da Ihr glaubtet, wir wollten ihr Gewalt antun. Seht Ihr denn nicht, daß Euer großzügiges Herz für die Sache der Gerechtigkeit schlägt, oder doch für das, was in Euren Augen Gerechtigkeit ist?«

»Ich bin ein Dummkopf, Coriolano! Ich bin ein Schwächling, der sich von seinen Versuchungen hinreißen läßt. ... Ach, Violante, armes, unschuldiges Geschöpf! ... Nun gut, Coriolano, und jetzt hört mir zu: Eure Gerechtigkeit geschieht nur um den Preis der Ungerechtigkeit – Violante ist das lebende Beispiel dafür. Doch was sage ich da? Ihr ruft Gedanken und Schmerzen in mir wach, die ich auf den Grund meiner Seele verbannt hatte, und dafür ist jetzt nicht die Stunde. Jetzt ist Zeit zu lachen, mein Lieber, lachen müssen wir über diese Verhöhnung, die sich Leben nennt. Laßt uns gehen. Gibt es irgendwo eine Angelegenheit, bei der man handgreiflich werden könnte? Ist irgendein Anschlag auszuführen mit der Wahrscheinlichkeit, daß einem dabei der Bauch aufgeschlitzt wird? Wenn ja, ich bin zur Stelle. Ich muß jetzt irgend etwas tun, jemandem den Schädel einschlagen oder mir den meinen spalten lassen. Ihr lacht! Nicht umsonst bin ich der Sohn Don Emanueles della Motta!«

Er griff zu Degen und Hut. Coriolano erhob sich und folgte ihm. Es war ungefähr acht Uhr abends, und die Straßen waren leer, bis auf die üblichen armen Seelen, die hinter Kirchentoren und auf ihren Treppen schliefen.

Sie kamen auf die Via Toledo und gingen Richtung Porta Felice. Hin und wieder fuhr ein herrschaftlicher Wagen mit krachenden Rädern an ihnen vorbei; Läufer mit Windlichtern in den schwankenden Händen eilten ihnen voraus. War dann der letzte Lichtschein erloschen, das letzte Geräusch verhallt, lag die Straße wieder in tiefer Stille und undurchdringlicher Finsternis.

Kein Wort fiel zwischen Blasco und Coriolano, jeder hing seinen eigenen Gedanken nach.

Polizeistreifen sah man nur selten zu dieser Stunde, und im übrigen hielten sie gewöhnlich keine Edelmänner an. Sie erreichten die Piazza Marina, mit dem grausigen Anblick des Galgens in ihrer Mitte. Ein Schauder überlief sie, als sie eine Menschengestalt am Seil hängen sahen, die sich im Wind drehte. Am Nachmittag war ein Dieb aufgeknüpft worden. Seine Leiche war zur Abschreckung hängengeblieben. Erst am nächsten Morgen würde er heruntergenommen werden.

Am Ende des Platzes erhob sich düster und gestreng der Palast des Heiligen Offiziums, alter und wahrhaft königlicher Wohnsitz des Geschlechts der Chiaramonte, der mittlerweile nicht mehr Herrlichkeit und Hofstaat bedeutete, sondern ein finsteres Loch der Qualen und Leiden war.

Während Blasco und Coriolano den Platz überquerten, schlug die Uhr, mit der die Geistlichen den schönen Palast verunziert hatten, die achte Stunde. Die Schläge klangen wie verzweifeltes Stöhnen inmitten der Stille.

»Kommt, gehen wir hier entlang«, sagte Coriolano.

Sie betraten die dunkle Gasse, die am Palast vorbeiführte. Coriolano deutete mit dem Zeigefinger auf den höchsten Punkt des Gebäudes und sagte: »Seht Ihr die Fenster da? Auf jener Seite liegen die ›Philippinen‹. Ihr wißt sicher nicht, was das ist, nicht wahr? Das sind die engsten und grauenhaftesten Gefängniszellen des Inquisitionsgerichts, die unter Philipp III. gebaut wurden, um die Lehensmänner einzusperren, die sich des vorsätzlichen Eidbruchs gegenüber ihrem Lehensherrn schuldig gemacht hatten. Heutzutage müssen darin jene schmachten, gegen die das Gericht mit besonderer Grausamkeit vorgeht. So ist hier eine Frau eingeschlossen, die sich eine Tat der Barmherzigkeit hat ›zuschulden‹ kommen lassen. Was würdet ihr sagen, und was würdet Ihr tun, Blasco, wenn man die Klosterbrüder Giovanni da Randazzo und Bonaventura da Licodia gepackt und hier hineingeworfen hätte, um sie an Entbehrung und Folter sterben zu lassen, nur weil sie Euch vor dem sicheren Tod gerettet haben?«

Blasco hob entsetzt die Augen und ballte die Fäuste. Die Vorstellung ließ sein Herz vor Zorn und Rache anschwellen.

»Gehen wir«, sagte Coriolano. »Manchmal dringen aus diesen Fenstern langgezogene Schreie von Menschen in die nächtliche Stille, die tausend Tode sterben.«

Am Ende der Gasse gelangten sie zur Kirche San Nicolò della Kalsa, und da die Porta Felice offenstand, verließen sie die Stadt. Coriolano schlug den Weg linker Hand ein; sie gingen am alten Hafen La Cala entlang, der von den Festungen Garita und Castello geschützt war und voller Galeerenschiffe und kleiner Kähne lag, deren Schiffslichter sich rötlich im Wasser der Bucht brachen. Schließlich waren sie bei der Kirche Piedigrotta angelangt. An dieser Stelle war das Kastell überfällig nach vorn gebaut und mit Kanonen bestückt, deren Mündungen aus den Schießscharten hervorschauten. Das Meer schlug gegen die alten sarazenischen Mauern, drang in die Schloßgräben ein und schäumte unter der Brücke. Einige Soldaten gingen mit geschulterter Arkebuse auf den Wällen hin und her. Coriolano hielt inne und deutete auch hier mit dem Zeigefinger auf die Tür, die von der hochgezogenen Zugbrücke verschlossen war.

»Und da drinnen, in einem unterirdischen Verlies, ist Euer Bruder Emanuele eingeschlossen! Gehen wir, Blasco.«

Auf der Straße von San Sebastiano mußte er ihn beinahe hinter sich her ziehen. Blasco sagte: »Warum habt Ihr nicht versucht, diese Gefangenen zu befreien?«

»Weil deren Zellen keine Fenster zur Straße haben.«

»Trotzdem sollte man es versuchen ... vielleicht wäre das die einfachste Lösung«, entgegnete Blasco.

»Aber bestimmt nicht die sicherste. Wir sollten uns statt dessen beeilen, den Tag des Gerichts herbeizuführen.«

Blasco dachte an diese zwei schrecklichen Gefängnisse, und Grauen und Scham zugleich überkamen ihn. Was hatte er denn schon an Schmerz und Qualen ausgestanden? Was bedeutete sein eigenes Unglück angesichts des soviel größeren seines Bruders Emanuele? Er, Blasco, besaß im Grunde keine Rechte innerhalb der Gesellschaft und konnte auch keine geltend machen. Emanuele, der ja, der konnte diese gesellschaftlichen Rechte für sich beanspruchen, die ihm vorenthalten und genommen waren! Er, Blasco, stand allein im Leben, und keiner litt um ihn. Doch Emanuele hatte eine Familie, die seinetwegen auseinandergerissen und Folterungen ausgesetzt war. Es gab drei Opfer. Drei? Ja, denn hatte Violante und in gewisser Weise auch Donna Gabriella nicht das gleiche Schicksal ereilt wie die anderen?

Ah, Don Raimondo! Don Raimondo!

Er betastete seine Brust, um sich zu versichern, daß der berühmte Umschlag noch an seinem Platz war, und er fühlte ihn unter seinem Hemd. Vielleicht, so dachte er, waren die Beati Paoli durch den Verlust der Papiere gezwungen worden, von ihrem ursprünglichen Plan abzuweichen und eben deshalb Violante und Donna Gabriella in ihre Gewalt zu bringen. Vielleicht hätte er mit ihnen verhandeln, das heißt, ihnen die Dokumente als Gegenleistung für die Freilassung und das Leben von Violante übergeben sollen? Diese Idee hielt er in jenem Augenblick für so vortrefflich, daß er beinahe schon die Papiere unter seinem Hemd hervorziehen und sie Coriolano mit den Worten überreichen wollte: Hier nehmt, das sind Eure Prozeßakten, bedient Euch dieser Dokumente, um Emanuele und die Frau des Ammirata zu befreien, doch gebt mir Violante dafür!

Ein Zweifel aber ließ ihn zögern und hielt seine Hand an der Öffnung des Hemdes zurück: Und wenn Violante trotz der Übergabe der Unterlagen als Geisel gefangen bliebe?

Und noch ein Gedanke kam ihm: Wenn Coriolano diese Unterlagen gar dem Vizekönig überreichte?

Coriolanos Stimme riß ihn aus seinem Sinnen, so als hätte der Ritter della Floresta erahnt, wie sehr Blasco im Innern mit sich rang.

»Bedenkt, Blasco, auch wenn Ihr ein ›unehelicher‹ Sohn seid, so seid Ihr dennoch der ältere Bruder Emanueles und ihm zu Schutz und Beistand verpflichtet.«

Älterer Bruder! Ja, das stimmte. Aber er hatte den jungen Mann nicht mehr als zweimal in seinem Leben gesehen; beim ersten Mal war Emanuele wie ein Kampfhahn auf ihn losgegangen; das zweite Mal war er ob Blascos Eingreifen hochmütig und beinahe verärgert gewesen. Dachte Blasco jetzt daran zurück, so erkannte er in Emanuels Benehmen eine eindeutige und unbezwingbare Abneigung ihm gegenüber. Und was ihn selbst anging, so konnte er in seinem Herzen nicht die leiseste Spur brüderlicher Zuneigung entdecken. Der Junge löste bei ihm Mitleid und Gewogensein in gleichem Maße wie jeder andere Bursche aus, zu dem keine Blutsbande bestanden. Für Blasco waren solche Bindungen etwas Unbekanntes; für ihn waren sie nur Bezeichnung von Gefühlen, nicht aber echte Gefühle, doch all das minderte seine Verpflichtungen nicht. Im Gegenteil, ihr gemeinsames Unglück machte seine Bruderpflicht noch dringlicher.

Er erinnerte sich, Coriolano das Versprechen gegeben zu haben, daß er Don Raimondo zur Freilassung der beiden Gefangenen zwingen werde. Zum Zeitpunkt dieses Versprechens war Don Raimondo für ihn ein fremder Mensch. Mittlerweile aber hatte er erfahren, daß er sein Onkel war. Diese Entdeckung rief bei ihm statt Mut nur um so größere Bestürzung hervor. Für den Mann, nun also sein Onkel, empfand er nichts weiter als Abscheu und Ekel, wie man sie vor einer Schlange hat.

»Es ist nicht nur nötig, daß Emanuele schnellstens befreit,

sondern auch, daß er in seinen gesellschaftlichen Stand eingesetzt wird und sein Vermögen zurückerhält. Er muß sich um Euch kümmern, Euch anerkennen und um Eure gesellschaftliche Anerkennung bemüht sein.«

»Für mich soll er sich sorgen? Oh, nein, Coriolano, da irrt Ihr Euch. Er hat keinerlei Verpflichtung mir gegenüber, und ich würde nie und nimmer Almosen aus dem Hause Albamonte annehmen.«

»Wie bitte? Was sagt Ihr da nur!« erwiderte der Ritter della Floresta verwundert.

»Jeder hat seinen Stolz. Ich habe den meinigen. Mein Vater hat mich arm und einen Niemand sein lassen und sich nie daran erinnert, eine schwangere Frau im Stich gelassen zu haben. Was auch immer meine Geburtsurkunde besagt, ich werde arm und ein Niemand bleiben, so wie ich es sechsundzwanzig Jahre lang war. Emanuele wird nie erfahren, daß ich sein Bruder bin. Wenn ich meine Pflicht erfüllt und Euch geholfen habe, Gerechtigkeit zu schaffen, dann werde ich aufbrechen, in die Ferne ziehen und nach dieser Unterbrechung mein Leben als fahrender Ritter wieder aufnehmen. So und nicht anders werde ich leben, bis eine Gewehrkugel mich ins Jenseits befördert.«

Coriolano sah ihn lächelnd an.

»Und Violante?«

»Violante?« erwiderte Blasco mit einer Stimme, die Verbitterung verriet. »Ja, nun. Sobald auch ihre Zukunft gesichert ist, was soll ich da noch machen? Und was meint Ihr, was ich für sie bedeute? Nichts weiter als eine Erinnerung, die durch die Küsse eines anderen Mannes in ihrem Herzen ausgelöscht werden wird.«

Still gingen sie weiter, bis sie den Palast della Floresta erreichten.

XII

Donna Gabriella und Violante brachten die Tage in Erwartung eines unbestimmten Ereignisses zu, das jedoch nicht eintraf. Sie hatten nach dem Namen des Ortes gefragt, an den man sie gebracht hatte, aber die alte Dienerin hatte nur knapp und mit geschürzten Lippen erwidert: »Was weiß denn ich?!«

Und auch niemand anders wußte es. Ganz offenkundig war allen strengstens verboten, den Frauen zu sagen, wo sie sich befanden. Donna Gabriella aber hatte versucht, sich von der Umgebung ein Bild zu machen, und strengte sich an, zumindest die Bergspitze und das Land ringsum zu erkennen.

Sie war in ein Schloß gesperrt, dessen hohe Mauern unüberwindbar schienen und das obendrein noch auf einen Fels gebaut war, der so steil und hoch war, daß ihr schwindelte, wenn sie aus dem Fenster hinuntersah. Unten im Tal breiteten sich Wälder aus, zwischen denen sich ein Fluß wie ein silberner Streifen schlängelte. Rechts und links folgte ein Hügel auf den anderen, und jenseits der Hügelkämme zeichneten sich auf allen Seiten Bergketten ab wie auf einem Landschaftsgemälde, eine hinter der anderen in immer blaueren und zarteren Tönen.

Keine Spur eines nahen Dorfs war zu erkennen. Dennoch drang bei klarem Wetter und wenn der Wind gedreht hatte das Echo eines fernen Glockenläutens zum Schloß herüber. Es mußte also eine Siedlung inmitten der Wälder versteckt liegen.

Sie hatte auch bemerkt, daß ein Teil des Schlosses nicht bewohnbar war, da in einigen Räumen das Dach offenstand und die Zinnen und Spitzen einiger Türme verfallen waren. Die Zwischenwälle wiesen hie und da Mauerrisse auf. Der Gebäudeteil, in dem sie untergebracht waren, bestand aus dem noch gut erhaltenen Hauptturm, der wie eine mächtige viereckige Festung war und vom Rand des Hofs das ganze Schloß überragte.

Den Hof zu durchqueren und die anderen Flügel des Schlosses zu betreten war nicht möglich. Die Türen waren geschlossen und verriegelt, einige sogar zugemauert. Eindeutig sollte Donna Gabriella, oder wer auch immer, daran gehindert werden, sich weiter zu entfernen als bis zum Hof und zum Wachturm. Im Hof waren die Ställe, doch standen nur zwei Maulesel und drei Pferde darin. Außer der reinlichen alten Magd gehörten zum Dienstpersonal eine Art Schloßverwalter und zwei Bauersleute, die sich bemühten, die Rollen der Knappen, Reitknechte und Pagen zu übernehmen. Jede Nacht legte sich einer von ihnen hinter der Tür ihres Schlafgemachs nieder und behielt sein Gewehr zwischen den Knien.

Bis auf diese Einschränkungen ihrer Bewegungsfreiheit konnten sich Donna Gabriella und Violante nicht über die Art und Weise beklagen, wie sie behandelt wurden. In ihrem Ankleidezimmer fehlte es an nichts, was eine vornehme Dame benötigte. Dahinter mußte eine fürsorgliche Person stecken, die einen sicheren Geschmack besaß, was Bequemlichkeiten und Feinheiten herrschaftlicher Ausstattung anging. Violante war verblüfft, als sie eine ganze Sammlung von Eisen sah, mit denen man das Haar wellen, kräuseln und in Locken legen konnte, dazu Klammern, Kämme, Cremedosen, Keramikgefäße für Tinkturen, Pülverchen und Duftwasser. All das waren Dinge, von denen sie im Kloster nicht mal eine blasse Ahnung gehabt hatte.

Die Garderobe war mit Hauskleidern, Morgenröcken und bestickten Pantoffeln ausgestattet; die zwei kleinen Betten und der Tisch waren mit feinster Weißwäsche bedeckt. Besteck und Eßgeschirr waren aus Silber. Donna Gabriella konnte also wahrlich glauben, sich auf einem ihrer Lustschlösser unter ihren Lehensmännern zu befinden.

Ihre anfängliche Erschütterung, das Entsetzen, das sowohl sie als Violante überkommen hatte, war nach und nach von ihnen gewichen. Sie fragte sich nur, wann ihre Gefangenschaft ein Ende haben würde. Durch ihre Einsamkeit und die Wortkargheit der Dienerschaft war Donna Gabriella gezwungen, mit der Gesellschaft der Stieftochter vorliebzunehmen; aber sie empfand für sie keinerlei Wohlwollen oder Mitgefühl. Im Gegenteil, jedes Mal wenn sie das Mädchen in Gedanken verloren überraschte oder sah, wie ihr Blick über die Felder schweifte, durchzuckte sie ein Gedanke, ein Name, und ihr Gesicht verfinsterte sich, und ihre Augen funkelten. Sie war sicher, daß Violante an Blasco dachte. Und das stimmte auch.

Seitdem die Worte der Stiefmutter Licht in ihrem Herzen gemacht hatten, war Violantes liebliche Unschuld, mit der sie glückselig die Anfänge ihrer Jugend erleben konnte, auf immer verloren. Dieses Licht hatte in ihr schlummernde Triebe und Empfindungen geweckt, die nun verwirrend in ihr hochkamen und sie mit unbestimmten Sehnsüchten erfüllten.

Oh, ja, es ist wahr, dachte sie oft, ich liebe ihn, ich liebe ihn.

Doch dann überkam sie wieder die Angst. Über sich sah sie dann die zornerfüllten Augen Donna Gabriellas und wurde schwach.

Warum? dachte sie, warum schaut sie mich nur so an? Was für ein Leid habe ich ihr denn zugefügt?

Eines Tages war Donna Gabriella besonders gereizt und sagte zu ihr: »Denkst du an ihn?«

Schon stand auf ihren Lippen eine Lüge, und sie wollte mit Nein antworten, doch sie war nicht gewöhnt zu lügen und schwieg. Die Röte ihres Gesichts und ihre Verlegenheit waren eine eindeutige Antwort. Diese Offenbarung füllte Donna Gabriellas Herz mit Groll und blindem Zorn. Haß und Vergeltungssucht gegenüber der Stieftochter und der genußvolle Gedanke an Quälereien, nun, da das Entsetzen über die Entführung gedämpft worden war, loderten erneut heftig in ihr auf.

Und von diesem Tag an war sie wieder schroff und garstig bei allen Gelegenheiten, bei denen sie zwangsläufig mit Violante zusammensein mußte. Es bereitete ihr ein grausames Vergnügen, das Mädchen zu sticheln und Blasco in den Schmutz zu ziehen.

»Was erhoffst du dir denn?« fuhr sie sie eines Tages an. »Hoffst du gar, ihn zu heiraten? Das wird nie und nimmer geschehen, solange ich am Leben bin! Und sollte ich früh sterben, wird dein Vater wohl nicht so dumm sein, einer solchen Heirat zuzustimmen, das schwöre ich dir.«

Das war Violante bislang noch gar nicht in den Sinn gekommen. Heiraten? Auf immer mit Blasco zusammensein, allein in einem anderen Haus, ohne Heimlichtuerei? Diese Vorstellung löste Verwirrung und Bestürzung in ihr aus, erfüllte ihr Herz zugleich aber auch mit lebhafter Freude. Doch die Furcht vor dem geheimnisvollen und schrecklichen Unbekannten, das sie als ferne Schwingungen spürte, blieb und ließ sie bangen und zittern.

Ein anderes Mal sagte Donna Gabriella zu ihr: »Schäm dich! In deinem Alter an solch schmutzige Sachen zu denken!«

Schmutzige Sachen? Von welchen schmutzigen Sachen sprach sie? Einen Mann zu lieben und zu heiraten war etwas Entwürdigendes? Warum? Viele ihrer Gefährtinnen in der Klosterschule hatten das Kloster verlassen, um zu heiraten, und sie hatte öfters Schilderungen von großartigen Hochzeitsfesten gelauscht, die von den Familien ihrer Freundinnen veranstaltet worden waren. Feste, die Grund zu Jubel und Freude für die ganze Stadt waren und zu deren Anlaß sogar Sonette gedruckt wurden. Von niemandem, nicht einmal von Schwester Maria Cristina, die einen riesigen Haß auf alles Irdische hegte, hatte sie jemals ein solch schauderhaftes Urteil gehört.

»Eine schöne Ehe wäre das, mit einem Abenteurer, der gerade noch dem Galgen entkommen ist! Weißt du nicht, daß er von der Justiz gesucht wird, weil er ein Bandit ist? Weißt du nicht, daß er einige Wachmänner umgebracht und in Messina sogar drei königliche Leibwächter getötet hat? Wer weiß, wie viele Morde und Raubüberfälle er vorher schon in seinem Leben begangen hat! ... Wer ist er eigentlich? Woher kommt er? Keiner weiß es. Er gehört nicht unserem Gesellschaftsstand an ... Er wird der entlaufene Sohn irgendeines Bauern sein! Der Strick wartet auf ihn! Wenn sie ihn gehängt haben, werden sie ihn vierteilen und an der Pyramide im Stadtteil Sperone aufhängen. Dann werde ich dir den gevierteilten Leib des Herrn Blasco da Castiglione zeigen!!!«

Violante wurde kreidebleich. Ein Schrei des Entsetzens entfuhr ihr, und bei der Vorstellung der blutigen, am Galgen baumelnden Überreste schloß sie vor Schmerz die Augen. Ein solch grausames, abstoßendes und fürchterliches Schauspiel war nichts Seltenes in jenen Tagen. Sie fragte sich, ob es wahr sei, was die Stiefmutter ihr da erzählte. Ihr Herz sagte ihr nein. Sie sträubte sich zu glauben, daß ein so schöner, so großzügiger, so getreuer, so tapferer Mann ein Abenteurer, ein Bandit sein sollte, der es verdiente, am Galgen zu sterben.

Doch unterdes waren Argwohn, Zweifel und Angst in ihre Seele gedrungen. Das arme Mädchen verbrachte jene Zeit in immer tieferer Traurigkeit, und Donna Gabriella verzehrte sich innerlich, und auch sie wurde blaß und niedergeschlagen. Die Tage vergingen ohne die geringste Abwechslung, einer glich dem anderen, mit den immer gleichen bissigen Bemerkungen und dem immer gleichen Groll. Ab und an, wenn Donna Gabriella die Beherrschung verlor, schmähte sie Don Raimondo und Violante zugleich.

»Alles die Schuld deines Vaters! Dein Vater ist ein ruchloser Mensch! Seinetwegen habe ich jetzt zu leiden. Was habe ich mit den Gaunereien zu tun, die er begangen hat? Warum machen sie das nicht mit ihm aus? Oh, wie sehr wünschte ich, mich rächen zu können!«

Violante zeigte offen ihre Ablehnung. Sie konnte nicht ertragen, wenn ihr Vater beleidigt wurde, gegen den sie keinerlei Mißtrauen hegte und den sie unbescholten glaubte.

»Warum, Frau Mutter, beleidigt Ihr auch meinen Vater? Was hat er Ihnen denn getan? Er ist doch Ihr Gemahl!«

»Schweig du, du hast kein Recht zu reden. Du bist von der gleichen Rasse wie er. Eine Rasse der Giftschlangen! Dein Vater? Ich weiß sehr wohl, was er wert ist!«

Ihre Schmähreden gegen Blasco, gegen Don Raimondo, gegen Violante waren in jenen Augenblicken immer besonders scharf, wenn die Ungewißheit über die Dauer ihrer Gefangenschaft wieder einmal mit aller Qual über sie hereinbrach. Mehrfach war sie in die alte Frau gedrungen, doch konnte sie ihr nicht eine einzige Erklärung entlocken.

Sie hatte sie nach ihrem Namen gefragt, und die Alte hatte ehrfürchtig geantwortet: »Nora, zu Ihren Diensten. Ich bin Gevatterin Nora, die Mutter von Baldassare, dem Stukkateur.«

»Gehört Ihr zu den Dienstleuten dieses Schlosses?«

»Ich bin hier, um Eure Hoheit zu bedienen«, lautete ihre zweideutige Antwort.

»Wer ist Euer Herr?«

»Aber Eure Hoheit, wer soll mein Herr denn sein?«

Donna Gabriella brachte kein weiteres Wort aus ihr heraus. Ein anderes Mal fragte sie die Alte: »Auf wen warten wir eigentlich?«

Sie wollte zumindest wissen, ob in jenem Schloß jemand erwartet würde, um so den Schlüssel des Geheimnisses zu haben, das nicht so sehr ihre Gefangennahme als vielmehr ihren Aufenthalt an diesem unbekannten, von der Welt abgeschnitten Platz umgab. Aber Gevatterin Nora antwortete ausweichend: »Auf die Güte Gottes!«

»Werden wir lange hier bleiben?«

»Solange Gott will!«

Das waren Antworten, die auch das friedlichste Gemüt zur Verzweiflung getrieben hätten. Donna Gabriella meinte, sie müsse platzen vor Empörung. Der verschlossene, undurchdringliche Gesichtsausdruck der Alten, die das Geheimnis in Person zu sein schien, machte sie rasend, manchmal zuckte es in ihren Händen, und sie verspürte Lust, sie zu schlagen.

Auf diese Weise waren vierzig Tage vergangen. Der Winter stand vor der Tür, und über die Felsen bliesen eisige Winde. Am Abend froren sie heftig in ihren Zimmern. Die Aussicht, auch noch den Winter in diesem verfallenen Haus verbringen zu müssen, war grauenvoll. Donna Gabriella wurde den Gedanken nicht los, daß das die Jahreszeit der Empfänge, der Bälle war, bei denen jetzt andere Damen und nicht sie sich inmitten einer Schar von Verehrern vergnügten, dort in den lichtdurchfluteten Sälen der großen herrschaftlichen Paläste. Vor Wut und Schmerz traten ihr Tränen in die Augen, mit unbändiger Wucht packte sie die Stieftochter bei den Haaren und schrie: »Ich wünschte, ihr wäret tot, du und dein Vater!«

Um so größer war ihre Bestürzung, als sie eines Morgens einen der Bauersleute mit einer Truhe eintreten sah, aus der die Gevatterin Nora dicke Decken und Mäntel herauszog. Das war ein sicheres Zeichen, daß ihre Gefangenschaft noch nicht so bald zu Ende sein würde. So heftig war diese Ahnung, daß sie sich verzweifelt gegen die Schläfen schlug. Violante jedoch erschien nicht so verzweifelt, im Gegenteil, eine gewisse Freude erhellte ihr Gesicht.

Als die Gevatterin Nora in Violantes Zimmer kam, um die Decken aufs Bett zu legen, sagte sie zu ihr: »Ich habe eine Nachricht für Eure Hoheit.«

»Für mich?«

»Psst . . . leise, das darf keiner hören.«

Violante errötete und blickte sie erwartungsvoll an.

»Der Herr Blasco läßt Euch grüßen und sagt, daß er in einigen Tagen . . . Aber still!«

Violante brachte kein Wort des Dankes heraus noch konnte sie der Frau irgendein Versprechen geben. Bei der bloßen Nennung des Namens Blasco begann ihr Herz so heftig zu klopfen, daß ihr der Atem genommen war, und ihr Gesicht glühte so heiß, daß ihre Augen auszutrocknen drohten. Blasco! Blasco wußte also, wo sie war, Blasco würde sie aufsuchen und vielleicht sogar befreien.

Blasco dachte an sie . . . und war das nicht, weil auch er sie liebte? Dieser Gedanke bereitete ihr eine außerordentliche, nie zuvor erlebte Freude, war ihr ein Trost voller Zärtlichkeit. Jetzt fühlte sie sich nicht mehr allein, jetzt hatte sie einen Beschützer. Blasco würde sie aus diesem Gefängnis herausholen und sie auch den Schikanen der Stiefmutter entziehen. Stolz wies sie jetzt alle boshaften Unterstellungen Donna Gabriellas zurück: sie waren nichts weiter als Verleumdungen gegenüber dem jungen Herrn. Höchstpersönlich würde sie Blasco fragen, ob die Behauptungen der Herzogin wahr seien. Hatte sie sie nicht schon einmal belogen, als sie sagte, Blasco sei ermordet worden? Warum hatte sie das getan? Woher kamen ihr Groll und all ihre Verbissenheit? War es Haß? Vielleicht. Aber jener Haß, der Blasco und ihr, die sich doch nichts gegen die Herzogin hatte zuschulden kommen lassen, gleichermaßen galt, mußte von etwas herrühren, das ihr noch entging. In den weltlichen Dingen war sie vollkommen unerfahren und ahnte nicht, daß es Liebe gab, zu der man sich nicht bekennen konnte.

Doch Donna Gabriella besaß den forschenden und durchdringenden Blick der eifersüchtigen Herzen. Hinter der Vorspiegelung gewahrte sie, daß etwas Neues in Violantes Herz eingedrungen war. Immer wieder stichelte sie sie jetzt, um herauszufinden, was denn in ihr vorging.

»Wie viele Tage sind vergangen, daß wir dank deines Vaters hier eingeschlossen sind?«

»Ist es vielleicht mein Herr Vater, der das angeordnet hat?«

»Enthalte dich deiner Bemerkungen, das steht dir nicht zu. Ich weiß schon, was ich sage. Hätte sich dein Vater nicht all jener Ruchlosigkeiten schuldig gemacht, wäre ich nicht hier.«

Immer wieder brachte sie das Gespräch darauf, da sie wußte, wie unangenehm es Violante war, doch das Mädchen schwieg beharrlich. Sie hatte sich vorgenommen, auf keine der Herausforderungen der Herzogin mehr einzugehen. Donna Gabriella erwartete, daß Violante aufbegehrte, und wunderte sich über ihr Schweigen.

»Du antwortest nicht?«

»Ich weiß nicht, was ich sagen soll, Frau Mutter.«

»Ach ja? Ich weiß nur zu gut, daß du keine Antwort darauf hast, fließt doch in deinen Adern dasselbe Blut. Aber ich habe keine Lust, dieses Leben länger zu ertragen, verstanden? Sie sollen dich ruhig hier festhalten, denn du bist seine Tochter, mir ist das gleich. Mit dir wird es so oder so ein schlimmes Ende nehmen. Aber mich sollen sie abreisen lassen!«

Auch jetzt sagte Violante kein Wort. Ein kaum wahrnehmbares Lächeln spielte um ihre Mundwinkel. Sie hier festhalten! Dabei war sie es doch, die die Gewißheit hatte, bald dieses Gefängnis zu verlassen. Für Donna Gabriella stellte ihr Schweigen eine Herausforderung dar. Dumpfe Raserei löste in ihr die Lust aus, zu weinen, sich die Haare zu raufen. Ihr Mund wurde bitter, sie verlor die Beherrschung und brach in Schluchzer aus, die ihr die Brust zu zerreißen drohten. Violante war erschrocken und zugleich gerührt. Noch nie hatte sie die Herzogin weinen sehen, und diese verzweifelten Schluchzer weckten ihr Mitleid. Sie legte die Hände ineinander und rief laut: »Frau Mutter! Frau Mutter! Was ist nur mit Ihnen!«

Sie trat an sie heran und fragte: »Ist es meine Schuld, daß Sie weinen? Wenn das so ist, dann bitte ich Sie um Verzeihung!«

Verlegen versuchte Violante, eine Hand der Herzogin zu ergreifen, doch als Donna Gabriella die Berührung spürte, schrie sie laut auf, als wäre sie von einer Schlange gebissen worden.

»Geh weg! Rühr mich nicht an! Ich will von dir nicht angefaßt werden! Von Dir! Du bist mir verhaßt!«

Violante wich einen Schritt zurück und sah sie schmerzerfüllt an.

»Aber was habe ich Ihnen nur angetan, daß Sie mich so hassen?« fragte sie sanft, da sie noch immer gerührt war.

»Das fragst du mich auch noch?« entgegnete die Herzogin heftig. »Das fragst du mich?« Ihre Stimme war in ein Kreischen übergegangen, als wäre sie aus rostigem Metall. Ein grausamer Sarkasmus sprach aus ihren Augen, und Violante erschauerte.

»Geh weg! Laß mich allein!«

Schweigend ging Violante hinaus, um sich in ihre Kammer zurückzuziehen. Die Gevatterin Nora hatte im Gang auf sie gewartet. Auf Zehenspitzen begleitete sie das Mädchen zu seinem Zimmer, und gerade als sie die Tür schließen wollte, sagte sie: »Fürchten Sie sich nicht, Hoheit! Keine Angst, hier sind doch wir.«

Violante sah sie verwundert an. Hatte die Alte gar etwas gesehen und gehört? Was wußte sie, oder was hatte sie verstanden, um ihr auf diese Weise Mut zu machen?

XIII

Antonino Bucolaro hatte die ganze Nacht über kein Auge zugetan. Er dachte an jene Dokumente, von denen er im übrigen immer noch nicht wußte, was sie enthielten. Er war eines der rührigsten Mitglieder der Beati Paoli, doch war er noch nicht zu den höheren Graden, das heißt bis zu den Richtern vorgedrungen, für die nichts mehr ein Geheimnis war – ausgenommen das Gesicht des Oberhaupts, das nur Don Girolamo Ammirata, der Generalsekretär und Leiter der Sekte, kannte. Die anderen zwanzig Richter, die über die Beschwerden berieten und Entscheidungen trafen, waren, sobald ein Platz frei wurde, nach einer Zeit der Vorbereitungen ausgewählt worden, während der sie sich ihrer Aufgabe würdig erweisen mußten.

Antonino Bucolaro war einst durch Don Girolamo Ammirata eingeführt worden, das war nun schon einige Jahre her, und in dieser Zeit hatte er sich durch Eifer und Umsicht hervorgetan; zuerst hatte er als »Vollstrecker«, dann als »Berichterstatter« gedient. Don Girolamo hatte bei vielen Gelegenheiten Erfahrungen mit Bucolaro gesammelt und war immer zufrieden mit ihm. Er war ein Gewinn für die Sekte, so meinte er, und er sprach oft mit Coriolano über ihn, mit dem er sich in der ersten Zeit morgens in der Kirche San Matteo getroffen hatte. Jetzt, da die öffentliche Strafandrohung über ihm hing, kamen sie nachts in einem abgelegenen Häuschen vor der Porta d'Ossuna zusammen, das schon Blasco, als er von den Meuchelmördern des Fürsten von Iraci verletzt worden war, Unterschlupf geboten hatte.

Antonino Bucolaro als einziger wußte, wo Ammirata sich versteckt hielt, er war der Mittelsmann zwischen ihm und den »Vollstreckern«. Jeden Morgen bei Tagesanbruch nahm er die Flinte, rief seinen Hund und ging längs des Oreto auf Jagd, der zu jener Zeit einen reichen Wildentenbestand hatte. Das war seine augenscheinliche Beschäftigung; in Wirklichkeit aber, wenn er sicher war, daß keiner ihm mehr mit den Blicken folgte, schlug er sich in die Büsche und machte sich auf den Weg nach San Ciro. Vor einem Haus am Fuße des

Hügels traf er dann auf Don Girolamo und Andrea, die, die Gewehre vor sich auf dem Boden gestellt, auf ihn warteten. Antonino berichtete ihnen über die Ereignisse des Vortages und nahm darauf die Anordnungen des Sekretärs entgegen, die er wiederum an die Berichterstatter weiterleitete. Wenn es einen Auftrag auszuführen galt und außerordentliche Zusammenkünfte auf der Tagesordnung standen, rief er die Mitglieder der Gesellschaft mit einem höchst einfachen Mittel zusammen: Ein Ausrufer, gefolgt von einem Laufburschen, der einmal Brot, dann wieder Makkaroni feilbot, ging durch die Straßen und rief, daß in der Teigwarenhandlung des Stadtteils Capo oder beim Bäcker in der Nähe der Kirche San Agostino Makkaroni bester Qualität zu dem und dem Preis pro Rolle (das waren ungefähr achthundert Gramm) verkauft würden oder daß der Preis für das wohlfeile Brot in der vorgeschriebenen Form um soundsoviel herabgesetzt war. Die Sektenmitglieder kannten die beiden Läden und begaben sich dann unter dem Vorwand, Einkäufe zu tätigen, dorthin und schauten sich rasch und unauffällig im Ladeninnern um. Brannten dort drei Lampen vor drei Heiligenbildern – der Unbefleckten Jungfrau, die die Schlange zerdrückt, den Heiligen Peter und Paulus mit ihren Wahrzeichen und dem Erzengel Michael, mit der Waage in der einen und dem flammenden Schwert in der anderen Hand –, so war dies das Zeichen dafür, daß um Mitternacht eine Versammlung in den Gewölben stattfand. Außer den Sektenmitgliedern verstand keiner diese Zeichensprache, da die Läden und Werkstätten zu jener Zeit voll waren mit Heiligenbildern und Lampen. Wenn nur zwei Lichter, eins vor der Unbefleckten Jungfrau und das andere vor den Heiligen Peter und Paulus angezündet waren, war die Versammlung nur für die Berichterstatter angesagt. Brannte jedoch nur das Licht vor dem Erzengel Michael, betraf die Zusammenkunft allein das Hohe Gericht, und weder die Vollstrecker noch die Berichterstatter kannten die Bedeutung jenes Zeichens. Der Bäcker und der Pastaverkäufer gehörten zu den zwanzig Richtern. Selbstverständlich hatte der Ausrufer keine Ahnung davon, daß er nur ein Werkzeug in ihren Händen war, und er machte gutgläubig seine Runde.

Sehr einfach war es für die Vollstrecker oder Berichterstatter auch, wenn sie sich mit ihren unmittelbaren Vorgesetzten bereden mußten. Die Vollstrecker verkehrten mit niemand anderem als mit den Berichterstattern, diese wiederum mit den Richtern, und die Richter standen ihrerseits mit Don Girolamo Ammirata in Verbindung, der als Sekretär und Leiter der Sekte natürlich alle kannte.

Bevor der Sakristan von San Matteo verhaftet worden war, war seine Kirche die Amtsstube für die Anzeigen gewesen. Ein Sektenmitglied warf etwas in den Kasten der *freiwillig beglichenen Sünden*, der neben dem Kirchenportal aufgestellt war. Wenn die Kirche geschlossen wurde, öffnete der Sakristan den Kasten, und fand er darin eine Münze von einem Terdenar mit einem Loch in der Mitte und ein paar Kratzern, dann bedeutete das, daß der Berichterstatter eines bestimmten Stadtviertels mit einem der Richter ebenjenes Viertels reden wollte. War es eine Münze ohne Loch und nur mit Kratzern, stammte sie von einem Vollstrecker, der sich mit einem Berichterstatter seines Viertels zu bereden hatte. Die Anzahl der Kratzer ging von eins bis sechs; Stadtviertel gab es zu jener Zeit sechs, vier städtische und zwei vorstädtische, und jedem entsprach eine bestimmten Anzahl von Kratzern auf den Münzen. Das Stadtviertel Capo, unter dem sich die Gewölbe befanden, war mit einem Kratzer bezeichnet. Der Sakristan brachte die Münzen dann zu Gevatter Rosario, dieser wiederum zu Don Girolamo, der sie zusammen mit anderen Münzen einem der Richter oder Berichterstatter des angezeigten Stadtviertels zukommen ließ, der sich zu einer bestimmten Uhrzeit des Tages in eines der festgesetzten Gasthäuser begab.

Dann aber waren der Sakristan und Gevatter Rosario verhaftet worden. Seitdem ging der Ausrufer auf den Platz der Kirche Magione, trug eine Tüte mit Zitronen bei sich und schrie: *»Zitronen, solange der Vorrat reicht!«*

Antonino Bucolaro begab sich jeden Tag dorthin, näherte sich dem Verkäufer, mit dem er das Erkennungszeichen austauschte, empfing die Nachricht über die Zusammenkunft, gab die seinige weiter und machte Don Girolamo darüber Meldung. All das geschah auf offener Straße und in alltäglichsten Umgangsformen, so daß nicht der geringste Verdacht aufkommen konnte und der Scherge nichts davon mitbekam.

Obwohl die Aussicht auf den großen Reichtum Bucolaro schon verdorben hatte, hatte er Matteo Lo Vecchio das Geheimnis dieser Zeichen nicht verraten; der Scherge wiederum, um keinen Verdacht zu erregen, beschränkte die Erpressung auf den Herzog della Motta und hatte sonst nichts in Erfahrung zu bringen gesucht. Antonino stellte eine Überlegung an und kam zu dem in seinen Augen logischen Schluß: Die Papiere wurden gestohlen, und wie schon Matteo Lo Vecchio sagt, hat sie vermutlich jener Don Blasco, ehemals in freundschaftlichen Beziehungen mit dem Herzog della Motta, der in Messina verhaftet wurde und heute untergetaucht ist. Die Gesellschaft hat sie also nicht mehr. Das Hohe Gericht kennt inzwischen ihren Inhalt und kann auch ohne diese Blätter sein Werk fortsetzen. Was sollte also schon Schlimmes dabei sein, wenn wir sie dem Herrn Don Blasco wieder abnehmen, um sie dem Herzog zu verkaufen? Damit verpflichte ich mich ja nicht, den Herzog seiner rechtmäßigen Bestrafung zu entziehen. Ganz im Gegenteil. Sollte es notwendig sein, des Nachts dem Herzog eins mit dem Karabiner überzuziehen, dann bin ich bestimmt zur Stelle, um den Schuß abzugeben. Er ist ein Schuft, den man besser in die Hölle schickt. Also dann . . .

Während er solche Überlegungen anstellte, war er weit davon entfernt zu ahnen, daß Blasco von dem Hohen Gericht aufgenommen worden war. Er wußte auch nicht, daß Blasco in Palermo und zwar im Hause Coriolano della Florestas war, und schon gar nicht, daß Coriolano della Floresta als geheimes und höchstes Oberhaupt die düsteren Geschicke der Gesellschaft lenkte, der er, Bucolaro, blinden Gehorsam und absolute Treue geschworen hatte. Für ihn war Blasco ein Feind, dessen man sich entledigen mußte, wenn es stimmte, daß er jene berühmten Unterlagen besaß.

Wo aber steckte er? Wie sollte er ihn finden? Ihn bei der Sekte zu denunzieren, nachdem er ihn sicherlich mit Hilfe seiner Spitzel ausfindig machen würde – so dachte er zumindest –, hielt er für nicht besonders klug, da er fürchtete, dabei Papiere zu verlieren, die für ihn schon zu einer fixen Idee geworden und die sein Traum vom unendlichen Reichtum waren. Wo aber war er?

Matteo Lo Vecchio wunderte sich bei einer erneuten Unterredung mit Bucolaro über diese Frage. Was sollte das heißen? Bucolaro fragte ihn nach Blasco?

»Aber er ist doch einer von den Eurigen!«

»Wer?«

»Don Blasco, jener Abenteurer!«

»Woher wißt Ihr das?«

»Ich weiß es eben. Aber ich wundere mich doch sehr, daß Ihr es nicht wißt.«

»Ich weiß es nicht ... weil er es einfach nicht ist ...«

»Und ich sage Euch, er ist es!«

Die Sicherheit, die aus Matteo Lo Vecchios Worten sprach, überraschte Antonino Bucolaro. Wie konnte er nur so etwas behaupten? Welche Beweise hatte er? Der Geheimagent erinnerte ihn an die mißglückte Verhaftung Don Girolamos und Andreas und fügte hinzu: »Wer hat sie gewarnt? Wer war der Spion? Wer befehligte die Beati Paoli, die sich versteckt hatten? Er, genau er. Ich habe es mit eigenen Augen gesehen.«

Antonino Bucolaro schwieg. Diese Argumentation war für ihn, der den Aufbau der Sekte kannte, nicht sehr überzeugend, aber sie genügte, um Zweifel in ihm aufkeimen zu lassen, zumindest ihn in Ratlosigkeit zu stürzen.

Und wenn es doch wahr ist? dachte er bei sich.

Insgeheim lächelte er jetzt, da ihm ein arglistiger Gedanken gekommen war: Und wenn ich den Anschlag alleine ausführe und Matteo Lo Vecchio ein paar Unzen Blei in den Bauch jage?

Das wäre ein zwiefacher Betrug: er würde sich die Angaben des Schergen zunutze machen und direkt, unter Ausschluß eines Zwischenhändlers, mit dem Herzog della Motta verhandeln, und der Gewinn käme ganz allein ihm zu. Das in ihm geweckte Verlangen wurde nun zur bodenlosen und heimtückischen Gier.

Ob Blasco tatsächlich zur Sekte gehörte oder nicht, das mußte Don Girolamo ganz sicher wissen; also mußte er bei ihm ansetzen. Nachdem er sich also am Morgen auf die Jagd gemacht hatte, ging er wie gewöhnlich Ammirata aufsuchen und erstattete ihm Bericht über die Ereignisses des Tages. Als er geendet hatte, fragte er wie immer: »Nichts sonst?«

Aber schon hatten sie Verdacht gegen Antonino Bucolaro geschöpft, und seit einigen Tagen erwiderte Ammirata auf seine Frage jedesmal: »Nichts.« Und nach einem kurzen Schweigen fügte er hinzu: »Und morgen kommt nicht.«

»Warum?« fragte Antonino Bucolaro, und ein Verdacht blitzte in ihm auf.

»Weil ich verreise, in einer geschäftlichen Angelegenheit. Wartet, bis ich Euch wieder rufen lasse.«

Für diese Nacht war die Entführung Violantes aus dem Kloster von Montevergini angesetzt. In anderen Zeiten hätte Don Girolamo Antonino den Auftrag erteilt, ihm alles Nötige dafür zu besorgen: Leitern, Seile, Männer. Doch dieses Mal hielt er es nicht für angebracht, ihn in das Geheimnis einzuweihen. Am folgenden Tag erfuhr Bucolaro durch einen der Vollstrecker von dem Entführungsversuch und dem plötzlichen und wunderbaren Eingreifens eines Mannes, der sie daran gehindert hatte, das »Nönnchen« wegzuschaffen, und natürlich hatte er von dem Unglück gehört, das dem einen der Entführer und Andrea widerfahren war. Da begriff Antonino Bucolaro, daß Don Girolamo kein Vertrauen mehr in ihn hatte, und er bekam es mit der Angst. Er wartete einige Tage ab, doch Don Girolamo ließ ihn nicht mehr rufen.

»Es ist besser, wir sehen uns nicht mehr«, sagte er zu Matteo Lo Vecchio, »ich habe große Angst, daß die Spione mir auf den Fersen sind ... Im übrigen habe ich nichts weiter in Erfahrung bringen können. Und Don Blasco, nein, der ist kein Sektenmitglied.«

Der Mut verließ ihn. Das machte Eindruck auf Matteo Lo

Vecchio, der befürchtete, daß Antonino Bucolaro ihm entgleiten könnte, was für ihn sicherlich von großem Nachteil wäre, jetzt, da er sein Geheimnis kannte. Größte Vorsicht war also geboten, aber dennoch durfte er sich diesen Beato Paolo nicht entgehen lassen, der ihm auch bei anderen Unternehmungen von Nutzen sein konnte ... zum Beispiel, um die Sekte in ihrem Versteck aufzuspüren.

Wieder vergingen einige Tage, und in der Stadt verbreitete sich die Nachricht, daß ein Piratenschiff die Feluke überfallen hatte, in der die Herzogin della Motta mit der Stieftochter reiste, und daß beide Frauen gefangengenommen worden seien. Ein Fischerkahn hatte in den Gewässern von Solunto die Feluke auf den Wellen treibend entdeckt, augenscheinlich ohne Besatzung, wie ein Gespensterschiff. Die Männer des Fischerkahns hatten die Feluke zu sich herangezogen und verwundert festgestellt, daß die Matrosen gefesselt auf dem Grund des Bootes lagen. Die Stadt geriet in helle Aufregung, jedermann versuchte Einzelheiten in Erfahrung zu bringen. Der Vizekönig war in großer Bedrängnis und schmerzlich betroffen, doch weder er noch Matteo Lo Vecchio glaubten, daß die beiden Frauen von Korsaren geraubt worden waren; die hätten bestimmt nicht die Feluke mitsamt der Besatzung davontreiben lassen, sondern die Leute auf dem Sklavenmarkt verkauft oder auf die Galeerenschiffe geschickt. Es mußte sich also um eine neuerliche und diesmal gelungene Entführung handeln. Für den Vizekönig war das ein Schlag ins Gesicht. Rasend vor Wut schickte er Kuriere und Anordnungen im ganzen Königreich aus und drohte den Anführern der Landwehr mit den härtesten Strafen, falls sie nicht genügend Eifer und Umsicht an den Tag legen sollten, und er entsandte zwei Galeeren, um die Küsten zu erforschen und Erkundigungen einzuholen.

Auch Antonino Bucolaro begriff, daß die Korsaren nichts damit zu tun hatten und es vielmehr ein Werk der Beati Paoli war. Das beschämte und verärgerte ihn tief. Er wurde also von jeder Entscheidung ausgeschlossen? Sie sollten sich nur in acht nehmen: Er brauchte nur einen einzigen Schritt zu tun, und sie waren erledigt!

In der Dunkelheit kam Matteo Lo Vecchio zu ihm nach Haus.

»Der Vizekönig verspricht eine Belohnung von zweihundert Scudi für den, der Angaben darüber machen kann, wohin die zwei Frauen gebracht wurden.«

»Was soll ich denn wissen?«

»Gewiß könntet Ihr mehr in Erfahrung bringen als ich. Glaubt Ihr etwa an die Geschichte mit den Seeräubern? Im Ernst? Also, hundert Scudi für Euch, hundert für mich. Das ist ein hübsches Sümmchen, oder nicht! Dieses Geschäft schließt das andere, größere ja nicht aus.«

Antonino gab keinerlei Versprechen. Aufdecken! Ja, aber wie denn? Jeder Schritt, den er machte, würde Verdacht erregen. Man mußte den Zufall ins Spiel bringen. Am nächsten Morgen ging er auf die Jagd, natürlich um Don Girolamo zu sehen. Vergeblich hielt er am üblichen Platz nach ihm Ausschau. Er stieg in Richtung Bergkamm hinauf und sah auch in den Grotten nach. Doch weder Don Girolamo noch Andrea waren zu entdecken. Waren sie abgereist? Oder waren sie selbst an der Entführung der Frauen beteiligt? Hatten sie sich ein anderes Versteck gewählt, weil sie ihn fürchteten?

Zum Teufel noch mal! Wenn man mich in die Enge treibt, werde ich auspacken!

Indessen besuchte er weiterhin die nächtlichen Zusammenkünfte der Beati Paoli, ohne behaupten zu können, daß man ihn mit Mißtrauen behandelte. Vermutlich um keinen Verdacht zu wecken, betraute man ihn mit harmlosen Aufgaben. Endlich sah er in einer Versammlung Don Girolamo wieder.

»Ich habe Euch lange nicht mehr gesehen«, sagte er zu ihm.

»Wir sehen uns ja jetzt.«

Don Girolamo ließ schweigend einige Minuten verstreichen und nahm ihn dann in einem Gang des Gewölbes beiseite.

»Hüte dich, Bucolaro!« sagte er flüsternd, »ich habe immer eine gute Meinung von dir gehabt, nimm dich in acht!«

Antonino zuckte zusammen, konnte sich aber beherrschen und antwortete noch gelassen genug: »Aber was sagt Ihr da?

Das ist schon das zweite Mal, Don Girolamo. Wenn Ihr Zweifel an mir habt, dann macht mir doch den Prozeß.«

»Nein, ich werde dich nicht vor Gericht stellen. Sollte der Verdacht sich bestätigen, werde ich dich mit meinen bloßen Händen umbringen.«

»Macht das ruhig. Was soll ich Euch darauf sagen? Ich will Euch nur auf eines aufmerksam machen: Solltet Ihr mich töten, dann bringt Ihr die gesamte Gesellschaft in Gefahr … denn Ihr würdet nicht erfahren, was ich inzwischen weiß, was ich in Eurem, nein, besser im Interesse aller gerade auskundschaften will.«

Don Girolamo verzog ungläubig das Gesicht.

»Ihr glaubt mir nicht? Nun, es handelt sich um jene Papiere, die Euch gestohlen wurden, und um andere Nachrichten, die ich Stück für Stück um unser aller Sicherheit willen sammle. Habt Ihr nicht begriffen, daß ich den Schergen bespitzle?«

»Wie? Die Papiere?« erwiderte Don Girolamo aufgeregt.

»Genau. Unser *Freund* weiß nämlich, was sie enthalten, zumindest wenn das, was er sagt, mit ihrem Wortlaut tatsächlich übereinstimmt.«

»Was sagt er denn?«

Antonino Bucolaro berichtete in groben Zügen, was Matteo Lo Vecchio ihm erzählt hatte. Don Girolamo war erstaunt, doch sein Gesicht verriet keinerlei Regung. Indessen fragte er sich, wie denn der Spitzel den Inhalt dieser Dokumente kennen konnte, die nur ihm, dem Hohen Gericht und Andrea bekannt waren. Selbst Antonino wußte nicht, was sie enthielten, wenn er auch wußte, daß sie die Grundlage des Prozesses bildeten.

»Nun, wenn er all das weiß, heißt das, daß er auch wissen muß, wo die Papiere sind … Und genau das versuche ich ihm zu entlocken.«

Girolamo Ammirata sah ihm fest in die Augen und fragte ihn ganz bedächtig: »Und du, was gibst du ihm für diese Mitteilungen?«

»Oh!« antwortete Bucolaro lächelnd, »nichts, was gefährlich werden könnte … Einzelheiten ohne Bedeutung, die ihn von der Wahrheit abbringen.«

»Paß auf. Der Scherge ist schlau. Er wird dir auf die Schliche kommen.«

»Habt keine Angst.«

Ihre Unterredung war an dieser Stelle zu Ende. Als sie auseinandergingen, fuhr sich Antonino Bucolaro mit der Hand über die Stirn und merkte, daß sie mit kaltem Schweiß überzogen war. Er hatte einen Sieg davongetragen, aber er konnte nicht behaupten, daß es der entscheidende war.

Beim Hinausgehen sagte Don Girolamo zu ihm: »Sieh dich vor und sei vorsichtig! Versuche in Erfahrung zu bringen, wo die Papiere sind. Ich fürchte, der Scherge hat sie, besser gesagt, ich bin sicher, er hat sie!«

»Wo soll ich Euch wieder treffen?« fragte Bucolaro.

»Nirgendwo. Wenn es nötig ist, werde ich dich aufsuchen.«

Auf dem Nachhauseweg dachte er bei sich: Er glaubt also, daß Matteo Lo Vecchio die Papiere hat, also sind sie nicht im Besitz der Sekte. Jener Herr Blasco, sollte er sie tatsächlich haben, ist entweder kein geschworenes Sektenmitglied oder, wenn er es ist, ein Verräter. Etwas anderes ist nicht vorstellbar. Don Girolamo will nicht, daß ich ihn aufsuche. Also hat er seinen Standort verlegt und mißtraut mir.

Gerade wollte er seine Haustür aufschließen, als ein Schatten aus einer dunklen Türöffnung nebenan huschte. Antonino zückte seinen Degen, aber eine ihm vertraute Stimme beschwichtigte ihn: »Ich bin's, bleibt ruhig.«

»Don Matteo . . .«

»Genau. Ich habe erfahren, daß Ihr heute nacht eine Zusammenkunft hattet, und so habe ich auf Euch gewartet. Gehen wir hinein, die Nacht ist feucht.«

»Habt Ihr mir etwas zu sagen?«

»Eine höchst interessante Neuigkeit. Ich habe gegen acht Uhr den Herrn Don Blasco da Castiglione getroffen . . .«

»Und!?«

»Er kam gerade aus dem Palast des Ritters della Floresta . . . eines Edelmannes.«

»Gehen wir hinein, gehen wir hinein!« sagte Antonino Bucolaro aufgeregt und drängte den Sbirren ins Innere seiner Behausung.

XIV

Don Raimondo Albamonte, Herzog della Motta, war, von Genua kommend, nach einer langen und stürmischen Überfahrt auf einem Galeerenschiff der Republik wenige Stunden zuvor in Palermo eingetroffen. Er hatte sich nur kurz ausgeruht und war dann zum Königspalast geeilt, um vom Vizekönig Nachrichten über die zwei Frauen zu erfahren.

Auf dem Weg von Turin nach Genua und von Genua nach Palermo war sein gefühlloses Herz von den schlimmsten Sorgen und Ängsten gequält worden, nicht so sehr um das Schicksal Donna Gabriellas, die er noch nie geliebt und um die er sich sehr wenig gesorgt hatte, aber um das seiner Tochter. Angesichts der tödlichen Gefahr, in der dieses einzige Töchterchen schwebte, in der sein Geschlecht sich einst fortsetzen würde, regte sich in seinem kalten, grausamen Herzen eine väterliche Liebe, die ihm bislang unbekannt war.

Jedes Hindernis auf der Reise, eine plötzliche Flaute oder heimtückische Sturmwinde, die die Fahrt verlangsamten oder das Schiff vom Kurs abbrachten, ließ ihn tausendfache Qualen ausstehen. Ja sollte er denn nie sein Ziel erreichen? War Sizilien so weit von Turin entfernt? Bei jedem Tagesanbruch, bei jedem Sonnenuntergang inmitten der Unendlichkeit des Meeres und des Himmels fragte er sich: Werde ich noch rechtzeitig eintreffen? Wird sie noch am Leben sein, wenn ich sie finde?

Sein Herz schrie vor Schmerz. Er ging zum Kapitän, zum Anführer der Rudermannschaft, zum Bootsmann, zum Steuermann und fragte: »Wie viele Tage noch? Wird es Sturm geben? Steht der Wind günstig? Warum laßt Ihr nicht schneller rudern? Ah, wäre ich doch nur der Stockmeister! Zu dieser Stunde hätte ich ihnen schon die Rippen gebrochen! Laßt sie schneller ins Ruder greifen ... setzt mehr Segel!«

Am liebsten hätte er selbst die Galeere steuern wollen. Entdeckte er am Horizont ein Segelschiff, nahm er das Fernglas und beobachtete es voller Argwohn.

»Ist es ein Kaperschiff? Laufen wir Gefahr? Wie viele Kanonen haben wir an Bord? Wir dürfen bei Gott nicht in Gefangenschaft geraten! Wir müssen um jeden Preis nach Palermo, und zwar so schnell wie möglich. Ich werde Euch zweihundert Scudi mehr zahlen!«

Und immer aufs neue las er den Brief, der ihn so überstürzt aus Turin hatte abreisen lassen. Er war kurz, lakonisch und mit den üblichen Symbolen gezeichnet. Als er ihn auf seinem Nachttisch vorfand, erkannte er sogleich die Schriftzüge und die Form aller bisherigen Briefe wieder und wurde blaß: Auch hier verfolgen sie mich? sagte er sich immer wieder.

»Signore, Ihr habt eine arme Frau und einen jungen Herrn ins Gefängnis werfen lassen; und ein Mann ist auf der Flucht vor einer ruchlosen Justiz, die von Eurer Hand bewaffnet wurde. Eure Gemahlin und Eure Tochter werden sich für sie verantworten. Sie sind in unserer Gewalt. Beeilt Euch und kommt. Es liegt an Euch, sie wiederzusehen«.

Zuerst wollte er diesem Brief keinen Glauben schenken. Wie war es möglich, daß die Beati Paoli Donna Gabriella und Violante in ihre Gewalt hatten bringen können? War Violante nicht in einem Kloster eingeschlossen?

Er war auf der Stelle zum Palast des Staatsrats geeilt, um Don Nicolò Pensabene oder Don Francesco Aguirre oder irgendeinen anderen der Sizilianer zu suchen, die der König in seinem Gefolge mit nach Turin genommen hatte, um zu erfahren, ob Nachrichten aus Palermo eingetroffen waren. Die Bestürzung in den Gesichtern seiner Landsleute war beredt genug. Mit demselben Kurier war nämlich auch ein Bericht des Vizekönigs eingetroffen, der laut ersten Gerüchten die Entführung der Damen Freibeutern zur Last legte und zur Sicherheit des Königreichs eine Flotte anforderte, da die wenigen heruntergekommenen Galeerenschiffe Siziliens dafür nicht ausreichten.

»Die Freibeuter? Die Freibeuter? Glaubt Ihr, daß sie das waren?« schrie er erbittert.

Jetzt tobte er gegen den Vizekönig, der in über eineinhalb

Monaten Regierungszeit nichts ausgerichtet hatte. Wenn es sich tatsächlich um Freibeuter gehandelt hätte – na, dann! Doch die Freibeuter hatten damit nichts zu tun.

»Es ist ein Werk der Beati Paoli. Hier bitte, da ist ein Brief von ihnen. Begreifen Sie, Hoheit? Und zum Teufel noch mal, die Beati Paoli werden die Frauen ja wohl nicht bei lebendigem Leibe verschluckt haben. Wo also ist die Justiz? Wo ist die Landwehr, was macht sie? Ich hatte die Sekte nahezu ausgehoben, ja fast vollständig vernichtet! Und wenn meine Tochter zu dieser Stunde schon tot ist?«

Diese Vorstellung erfüllte sein Herz mit unaussprechlichem Schmerz, der sich in seiner Stimme und in seinen Gesten verriet. Fieberhafte Angst überkamen ihn und das dringende Bedürfnis, schnellstens etwas zu unternehmen.

Gewiß steckte dieser Ammirata dahinter: Wer sonst außer ihm konnte ein Interesse an dieser Geiselnahme haben, durch die er Frau Francesca und Emanuele freikriegen wollte? Sie befreien? Aber ja doch! Ja, das würde er sofort machen, um sein Töchterchen in Sicherheit zu bringen, dann aber ... dann würde er Rache nehmen!

Der Vizekönig versprach, ihm die Truppen der Landwehr zur Verfügung zu stellen, auch die der freiherrlichen Güter. Doch Don Raimondo dachte, daß es ganz anderer Dinge bedurfte als Soldaten. Niedergeschlagen und erschöpft kehrte er nach Hause zurück. Er warf sich auf einen Sessel seines Arbeitszimmers, um seine Gedanken zu ordnen und einen Plan auszuarbeiten, als ein Diener ihm einen Besucher ankündigte.

»Eure Hoheit, der Herr Blasco da Castiglione.«

»Ich empfange jetzt nicht, ich will niemanden sehen!« schrie er.

»Euer Hochwohlgeboren von allerhöchsten Gnaden würden damit einen großen Fehler begehen«, sagte Blasco kühl und war schon auf der Schwelle. Er hielt seinen Hut in der Hand, und seine Haltung hatte etwas Feierliches.

Don Raimondo schaute ihn erst verblüfft, dann mit zunehmenden Erschrecken an. Der dort stand, war ja das lebende Gegenstück des Porträts von Don Emanuele! Don Raimondo war es, als wäre sein Bruder leibhaftig von der Leinwand herabgestiegen, um von ihm Rechenschaft für Donna Aloisia und den kleinen Emanuele zu fordern.

»Was wollt Ihr?« fragte er kleinlaut.

Blasco machte dem Diener ein Zeichen, sich zu entfernen, schloß die Tür hinter sich und antwortete, während er auf den Sessel zuging, in dem Don Raimondo saß: »Ganz einfach, mit Ihnen sprechen, Herr Herzog ... und mein Onkel!«

Und da er sich gerade abgewandt hatte, um einen Stuhl heranzuziehen, konnte er nicht sehen, wie der Herzog beim letzten Wort in die Höhe fuhr.

Blasco legte seinen Hut ab, nahm Platz und sah dem Herzog unverwandt ins Gesicht. Deutlich war darauf die Wirkung der eben erfolgten schroffen Mitteilung über ihr verwandtschaftliches Verhältnis zu erkennen.

»Euer Hochwohlgeboren sind verwundert, nicht wahr? Aber genau so ist es: Ich habe die Ehre, direkt aus den hochwohlgeborenen Lenden des Herrn Don Emanuele Albamonte abzustammen, und habe im Schloß der della Motta das Licht der Welt erblickt. Wäre ich nicht wegen einiger sehr ernster Dinge hier, gäbe es allerhand zu lachen über diese verwandtschaftliche Beziehung, doch ...«

»Aber ich habe keine Lust zu lachen«, unterbrach ihn Don Raimondo scharf, »noch irgendwelche Zeit zu verlieren, mein Herr. Was Eure Geburt oder mutmaßliche Abstammung angeht ...«

»Langsam!« schnitt Blasco ihm das Wort ab. »Mutmaßung? Ich fordere nichts für mich. Eine kleine kirchliche Geburtsurkunde ist es, die mir einen Namen und eine Abstammung zuspricht, doch wenn ich Ihnen sagen sollte, was ich wirklich denke: wie sehr es mir auch zur Ehre gereichen mag, der uneheliche Sohn Ihres Herrn Bruders zu sein, schmeichelt mir das nicht bis zu dem Punkt, daß ich nach der hohen Ehre streben würde ... Verwandter eines Mannes wie Eurer Hoheit zu sein. Der Unterschied zwischen uns ist doch ... etwas groß. Aber ich bin nicht hier, Herr Herzog, um darüber mit Ihnen zu reden. Es handelt sich um etwas Schwerwiegenderes, ich sagte es schon.«

Don Raimondo dachte, Blasco wolle Geld von ihm. Um das Gespräch abzubrechen, erhob er sich mit den Worten: »Mein Herr, ich habe mich in diesem Augenblick mit ganz anderen und wesentlich wichtigeren Dingen zu beschäftigen.«

Doch Blasco rührte sich nicht vom Fleck. Er zeigte auf den Sessel und bedeutete Don Raimondo, sich wieder zu setzen.

»Ich nehme an, Herr Herzog, daß es für Sie nichts Wichtigeres geben kann als das Schicksal Donna Violantes und der Frau Herzogin . . .«

Schlagartig veränderte Don Raimondo seine Miene und seinen Tonfall.

»Wie bitte? Meine Tochter? Ihr wißt etwas über meine Tochter?«

»Ja . . .«

»Ist sie am Leben?«

»Sie lebt.«

»Oh, mein Gott!«

In seinen Augen stand angstvoll eine Frage. Er stammelte: »Sie lebt . . . es geht ihr gut . . . aber?«

»Sie ist rein wie am Tag ihrer Geburt und ehrsam wie eine Heilige.«

Da spürte der Mann, der den Tod gesät und jede Empfindung von Mitleid und Menschlichkeit in sich erstickt hatte, wie seine Knie nachgaben. Händeringend ging er zu Boden und brach in Schluchzen aus, immer wieder stammelnd: »Gott! . . . Oh, Gott! . . . Ich danke Euch!«

In einem Ausbruch von Freude und Dankbarkeit griff er sanft nach Blascos Händen, und flüsternd sagte er: »Danke! . . . Danke!«

Blasco war bewegt. Er wartete ab, bis der Anfall vorüber war, um seine Rede fortzusetzen.

»Es ist unwichtig, Ihnen zu sagen, und verlangte auch viel zuviel Zeit, auf welche Weise ich erfahren habe, warum und von wem die Frau Herzogin und Donna Violante entführt wurden; es ist auch für die beiden Frauen ohne Bedeutung. Wichtig ist einzig und allein, die Frauen zu retten oder, besser gesagt, zu befreien.«

»Oh, Ihr wißt es! Ihr seid wirklich der kühnste Mann, den ich je kennengelernt habe. Wollt Ihr einen oder zwei Trupp Soldaten, eine Reitermannschaft? ... Ihr sollt alles haben, was Ihr verlangt.«

»Euer Wohlgeboren befinden sich in einem Irrtum. Zuallererst müßte man herausfinden, wo sie sind.«

»Wie? Das wißt Ihr nicht?«

»Nein. Zweitens, glauben Sie nicht, daß, wenn eine solche Übermacht auftauchte, ja beim bloßen Verdacht, daß wir die zwei Frauen gewaltsam befreien wollten, ihre Bewacher sie uns nicht tot übergeben würden? ... Nein, nein, hier braucht es keine Streitkräfte!«

»Was also ist zu tun?«

»Mit den Entführern zu einer Übereinkunft zu kommen.«

»Aber wer kennt sie?«

»Ich vielleicht ...«

»Und die Übereinkunft ...?«

»Als erstes müssen die Frau von Girolamo Ammirata und der ... Neffe befreit und die öffentliche Strafandrohung gegen Ammirata aufgehoben werden.«

»Wer könnte das?«

»Euer Hochwohlgeboren.«

»Aber das sind Dinge, die von der Justiz abhängen.«

»So sieht es in der Tat aus. Doch Sie wissen genau, daß ebendiese Anordnung von Euer Hochwohlgeboren erlassen worden ist.«

»Ich habe keine Macht über das Heilige Offizium.«

»Wenn es so ist, dann kann ich nichts mehr ausrichten. Und es bedeutet, daß Sie Ihre einzige Tochter ihrem tragischen Schicksal überlassen.«

»Aber nein, nein! Das sage ich doch nicht. Sehen wir mal. Ich weiß nicht, welche Anklagen gegen diese Personen vorliegen noch was bei den Prozessen ermittelt wurde ...«

»Es gab gar keine Prozesse. Der gegen Frau Francesca Ammirata angestrengte Prozeß ist ein Schwindel. Doch lassen wir solche unnützen Reden. Jede Stunde ist kostbar. Sie vermögen alles, Hochwohlgeboren. Bedenken Sie, es handelt sich um das Leben von Donna Violante.«

Don Raimondo preßte die Hände gegen den Kopf. Die väterliche Liebe rang mit dem Haß und der Angst.

Blasco fuhr kühl fort, jedes einzelne Wort abwägend: »Und nehmen Sie sich in acht, Hoheit, die Rache der Beati Paoli – denn inzwischen wissen Sie sehr wohl, daß es sich um sie handelt – beschränkt sich nicht auf die Gefangennahme der Damen. Sie wird erbarmungslos auch auf Ihr Haupt niedergehen, Sie werden als Urheber unglaublicher Freveltaten vor dem Gericht Seiner Majestät, des Königs, erscheinen müssen . . .«

Don Raimondo erbleichte, sein Gesicht zuckte. Er versuchte einen entrüsteten Ausdruck zu zeigen und eine herausfordernde Haltung einzunehmen.

»Ah, das sind Drohungen! Die üblichen Schmähreden, die üblichen Verleumdungen!«

»Es ist die Wahrheit!« unterbrach Blasco ihn.

»Ich werde sie herausfordern! Seid Ihr einer der Beati Paoli? Nun gut, dann werde ich bei Euch anfangen. Ich werde Euch verhaften lassen, Ihr werdet aufs grausamste gefoltert werden und mir sämtliche Geheimnisse verraten!«

»Tut das, und Ihr werdet in einem Sack die Köpfe Donna Gabriellas und Donna Violantes erhalten. Der Vizekönig wird eine ordnungsgemäße Anzeige erhalten, in der Ihr folgender Verbrechen angeklagt werdet: Ihr habt mit Hilfe eines Meuchelmörders eine gewisse Maddalena, Kammerzofe Eurer Schwägerin Donna Aloisa, die gerade niedergekommen war, ermordet; weiter habt Ihr zweimal versucht, mit den Pülverchen der Giftmischerin Peppa la Sarda Eure Schwägerin zu töten; Ihr habt Donna Aloisia und den kleinen Emanuele, einziger und wahrer Erbe des Titels und der Feudalbesitztümer des Hauses Albamonte, beseitigt; Ihr habt den Befehl gegeben, Giuseppico, den Meuchelmörder in Eurem Dienst, zu töten und auch Peppa la Sarda zu vergiften; Ihr habt ohne rechtmäßigen Prozeß zwei arme Kerle im Gefängnis erdrosseln lassen; Ihr habt Matteo Lo Vecchio beauftragt, mich zu vergiften; und schließlich seid Ihr der betrügerische Usurpator des Vermögens, das dem rechtmäßigen Erben zusteht! . . . Herr Herzog, das reicht aus, um Euch auf der

Piazza Marina zehn Köpfe kürzer zu machen, wäre das möglich!«

Don Raimondo hatte sich diese Anklagerede angehört und war aschfahl geworden. Bei jedem Wort Blascos wurden immer mehr Opfer vor seinen Augen lebendig, ihm war, als stürzten sie allesamt auf ihn, um ihn zu ersticken. Mit einer zuckenden Handbewegung wollte er den Worten des jungen Mannes Einhalt gebieten.

»Das ist nicht wahr! . . . Das ist nicht wahr!« wagte er einen Versuch der Verteidigung.

»Hüten Sie sich, Herzog, und leugnen Sie nicht!«

»Die Beweise . . . wo sind die Beweise?«

»Die liegen vor. Es gibt eine ganze Prozeßakte, mit den Aussagen all derer, die selbst wiederum Werkzeug Eurer Verbrechen waren, schriftlich niedergelegte Aussagen, von Zeugen unterschrieben, die noch leben und morgen da sein werden, um neue wertvolle Einzelheiten zu liefern. Ich habe diese Prozeßakten gelesen . . .«

»Ihr? Ihr habt sie gelesen? Wo, wie, wann?«

»Durch Zufall, reinen Zufall. Mir ist das Grauen gekommen . . . Eure Hoheit, Sie wissen jetzt, was Sie zu tun haben.«

Don Raimondo war am Ende seiner Kräfte. Er fühlte sich geschlagen und erniedrigt. Sein Geheimnis war also längst in den Händen anderer, vieler anderer, und jene Akten bedeuteten seine Verurteilung. Er hatte geglaubt, die Münder für immer geschlossen zu haben, die ihn hätten anklagen können, statt dessen hatten diese Münder schon vor Zeugen gesprochen, Zeugen, die noch am Leben waren, die er nicht kannte, denen er nichts anhaben konnte. Er glaubte, die Sekte so gut wie vernichtet zu haben, da er sie an ihrer wundesten Stelle getroffen hatte. Statt dessen erhob sie sich gegen ihn mit mächtigen Waffen, stärker und fürchterlicher denn je. Er glaubte ein ungestörtes Leben führen zu können, als geehrter und geachteter Herrscher, statt dessen mußte er die Vision eines aufsehenerregenden Prozesses, der Schmach, des Galgens und des Henkerbeils, der Beschlagnahmung seines Besitzes, des Elends und der ewigen Schande für sein

Töchterchen Violante vor Augen haben. Er war in der Gewalt jener geheimnisvollen und unbezwingbaren Sekte! Eine furchtbare Angst überkam ihn. Er hatte keine Kraft mehr, seine Feinde herauszufordern, sich zu verteidigen, zu leugnen. Er dachte nur noch daran, wie er in den Besitz jener Papiere kommen könnte; erst wenn sie vernichtet waren, gäbe es keine Quellen für jene Anklagen mehr, und die Zeugenaussagen könnten sich auf nichts mehr stützen.

»Blasco«, stieß er heraus, und seine Stimme war heiser vor Erregung, »Blasco, Ihr seid mit mir verwandt, wie auch immer ... Ihr seid mein Neffe ... leiblicher Sohn meines Bruders ... Ihr seid ein Albamonte, ich bin bereit, Euch anzuerkennen, Ihr werdet eine Apanage erhalten, ich werde Euch eine Wohnung in diesem Palast zur Verfügung stellen, ich werde Euch reich machen. Wollt Ihr den Rang eines Obersten im Heer Seiner Majestät? Ich werde das beim König für Euch erwirken. Ich werde die öffentliche Strafandrohung gegen Euch und diesen Ammirata aufheben, ich werde dessen Familie freilassen ... Ich werde alles tun, was Ihr mir auferlegt, unter einer Bedingung ...«

Blasco sah ihn fragend an, und Don Raimondo fügte hinzu: »Ich will jene Papiere!«

»Das ist unmöglich, mein Herr.«

»Warum unmöglich? Warum? Wozu sollen sie noch nutzen, wenn ich alle Bedingungen erfüllt, wenn ich die Gefangenen befreit habe? Ihr müßt es tun, Blasco ... auch in Eurem Interesse ... Ich flehe Euch an, gebt mir dieses Versprechen.«

»Ich kann Ihnen nichts versprechen, was ich nicht halten kann. Jene Papiere gehören mir nicht, sie gehören Emanuele Albamonte, Herzog della Motta, den Ihr versucht habt umzubringen und der lebt!«

»Wie? ... Emanuele ... lebt? Ja, dann bin ich verloren!«

»Sie können sich retten.«

»Woher wißt Ihr das? War er es also, der Euch diesen Auftrag gab? Ist er es, der hinter den Beati Paoli steht? Wie kommt es, daß er noch lebt?!«

Plötzlich blitzte ein Gedanke in ihm auf, sein Gesicht wurde zu einer schrecklichen Maske aus Verblüffung, Haß und Schadenfreude.

»Ah, er ist das also, dieser Junge, der als Neffe des Ammirata gilt? Ist er Emanuele? Dann habe ich ihn ja in meiner Gewalt! Ah, sehr gut! Mein Herr, jetzt zu Euch. Der Kopf Emanueles gegen meine Tochter. Entweder wird meine Tochter in drei Tagen wieder bei mir sein, oder Emanuele wird sterben.«

Blasco konnte sein Erstaunen nicht verbergen. Der Mut der Verzweiflung war es, woran sich der Herzog mit allen seinen Kräften klammerte, um sich mit einem gewagten Streich zu retten.

Blasco begriff, daß er unklug vorgegangen war, doch er verzweifelte nicht. Er erhob sich, nahm seinen Hut und verabschiedete sich von Don Raimondo.

»Ich bitte Sie um Verzeihung, Herr Herzog. Ich habe nichts mehr hier zu tun. Aber bedenken Sie, was Sie gesagt haben: Hier vor mir übernehmen Sie die Verantwortung für das Leben und die Freiheit von Emanuele Albamonte. Sobald ich diesen Palast hier verlassen habe, werde ich zu Seiner Hoheit dem Vizekönig gehen und das Leben meines Bruders unter seinen Schutz stellen. Was das Leben Donna Violantes angeht, so wird sie erfahren, daß ihr eigener Vater sie nicht hoch genug schätzt, um ihr seinen Haß und seine Verbrechen zu opfern. Leben Sie wohl, mein Herr.«

Er wandte sich zum Gehen. Don Raimondo sprang auf und hielt ihn am Arm fest.

»Wohin geht Ihr? Wartet!« sagte er mit finsterer Stimme. »Verzeiht mir. Was wollt Ihr von mir? Der Schmerz und die Empörung haben mich zu weit gehen lassen. Ihr habt recht ... Ja, Ihr habt recht. Mit wem soll ich zu einer Übereinkunft kommen? Mit Euch?«

»Nein! Ich habe mich nur aus eigenem Antrieb eingemischt, um einen Skandal zu vermeiden, der Euch und Eure Tochter überrannt hätte. ... Eure Tochter ist unschuldig! Das ist alles. Ich habe gedacht, daß Ihr Vater seid und Euch das Leben eines so reinen Wesens am Herzen liegen muß, das Euch für den besten aller Väter hält ... Ich habe gedacht, es ließe sich ein Weg finden, der Schleier des Vergessens könnte sich über die Vergangenheit breiten, Emanuele könnte anerkannt werden und in Euch einen Vater finden, nicht einen Feind. Ihr selbst, ein Mann des Rechts, hättet den Weg dahin wissen können. Ich habe nicht zu meinem eigenen Vorteil gehandelt, Herr Herzog. Ich werde mich einfach glücklich preisen, sobald ich die Zukunft meines Bruders und die von Donna Violante gesichert weiß und auf immer die Gründe beseitigt sein werden, die die Sekte gegen Euch aufbringen. Sobald jedes Ding endgültig erledigt sein wird, werdet Ihr, das schwöre ich Euch, die Papiere bekommen, und keine Spur der düsteren und blutigen Vergangenheit wird übrigbleiben!

In Ihren Händen liegt die Erfüllung dieses meines Wunschs, der auf den Frieden und das Glück aller aus ist. Wollen Sie das? Dann bin ich ganz für Sie da. Wollen Sie es nicht? Dann werde ich zum Vizekönig gehen, und das Schicksal wird seinen Lauf nehmen.«

»Der Vizekönig wird Euch verhaften lassen«

»Das macht nichts. Glauben Sie, daß mir an meinem Leben etwas liegt? Wenn dem so wäre, würde ich es nicht aufs Spiel setzen. Aber meine Verhaftung wird weder Sie noch Ihre Tochter retten.«

Don Raimondo schäumte vor Zorn, knirschte mit den Zähnen und glühte, als hätte er Fieber. Er spürte, daß er sich dem eisernen Griff nicht mehr entziehen konnte. Blascos Worte klangen so sicher, daß an seiner Entschlossenheit nicht zu zweifeln war. Don Raimondo gab nach.

»Was wollt Ihr, daß ich tun soll?«

»Wie ich Ihnen schon gesagt habe, die Befreiung Emanueles, Frau Francescas und Don Girolamo Ammiratas ist der erste Schritt.«

»Ich werde mich darum bemühen.«

»Sie dürfen nicht sagen: ›Ich werde mich bemühen‹, sondern: ›Ich werde es erwirken‹.«

»Ich werde es erwirken.«

»Am selben Tag, an dem die drei nach Hause zurückkehren, werden Sie die Frau Herzogin und Donna Violante in die Arme schließen.«

»Wer garantiert mir das?«

»Ich.«

»Ihr habt also großen Einfluß auf die Beati Paoli?« fragte Don Raimondo mit einem Aufblitzen in den Augen, während sich seine Nasenflügel blähten wie bei einem Hund, der eine versteckte Beute wittert.

»Zu diesem Zeitpunkt ja . . . und einzig, um Sie zu retten. Doch glauben Sie ja nicht, daß ich es täte, weil ich Sie schätzte, im Gegenteil. Auch nicht, weil ich durch Zufall einen Namen habe, den ich im übrigen nicht tragen werde. Sondern allein um Eurer Tochter, jenes armen und unschuldigen Geschöpfes willen, das ich schon einmal unter Anwendung von Gewalt befreit habe und auch jetzt retten will. Weil man ihr nicht nur das Leben, sondern auch den Namen sichern muß, Herzog, den Namen und den Reichtum. Sie darf nie erfahren, daß ihr Vater ein Frevler ist und daß der Wohlstand, in dem sie lebt, unrechtmäßig angeeignet wurde. Sie soll nicht erleben müssen, wie ihr Vater auf das Blutgerüst steigt, von den Klosterbrüdern den letzten Segen erhält und den Kopf unters Henkersbeil legt! Sie soll das Leben und den, der es ihr gegeben hat, niemals verfluchen!«

Don Raimondo erschauerte.

»Schweigt! Ich werde sofort zum Vizekönig eilen, auf daß er sein Einverständnis gibt. Wollt Ihr mich begleiten?«

»Nein. Ich vertraue Ihnen. Es handelt sich im übrigen um Ihre Angelegenheit.«

Wenige Minuten später schritt Don Raimondo die Treppen seines Palastes hinab, um die bereitstehende Kutsche zu besteigen, während Blasco sich in eine bescheidene Sänfte zwängte, wie sie gewöhnlich von Ärzten benutzt wird. Beim Abschied sagte Blasco zum Herzog: »Sie brauchen mir keine Antwort zukommen zu lassen. Ich werde es selbst erfahren, ob Emanuele und Frau Francesca aus dem Gefängnis entlassen wurden.«

Die Zeit für Audienzen war zwar vorüber, doch für einen hohen Richter, der aus Turin herbeieilte, und für eine so schwerwiegende Angelegenheit, daß sich sogar die Regierung mit ihr befaßte, nämlich die rätselhafte Entführung zweier adliger Damen und die Niederlage der Justiz, galten weder Verbote noch Vorschriften. Don Raimondo betrat das Kabinett des Grafen Maffei, der ihn besorgt fragte: »Und? Gibt es Neuigkeiten?«

»Eure Hoheit, ja.«

»Kennt man den Ort, wo die Damen gefangen sind?«

»Nein, den weiß man nicht. Aber ich habe die Bestätigung, daß sie von den Beati Paoli entführt wurden. Das Todesurteil schwebt über ihren Häuptern, wenn wir nicht nachgeben ...«

»Nachgeben? Wir sollen nachgeben? Worin sollen wir nachgeben?« Der Graf zog die Augenbrauen zusammen.

»Hören Sie, Hoheit, ich könnte auf eigene Veranlassung hin handeln und Befehle erteilen, da ich immer noch die Ernennung Seiner Majestät, des Königs, besitze, die mir Handlungsvollmacht gegen die Sekte verleiht. Doch aus Rücksicht auf Ihr Ansehen werde ich mich ihrer nicht ohne die Zustimmung und das Einverständnis Eurer Hoheit bedienen.«

Ohne auf Einzelheiten einzugehen und ohne Blascos Namen zu nennen, machte er ihm die Notwendigkeit klar, den Prozeß gegen den jungen Emanuele aufzuheben, der ohnehin mit einem Freispruch enden würde, da dem Jungen nichts zur Last gelegt werden konnte; es sei denn, Seine Hoheit entschiede sich, um das Ganze noch schneller beizulegen und der vizeköniglichen Großherzigkeit noch größere Ehre zu machen, Emanuele zu begnadigen und sogleich seine Freilassung anzuordnen.

Der Graf Maffei wunderte sich sehr. Wenn nichts gegen den jungen Herrn vorlag, wenn er auf reinen Verdacht hin oder, schlimmer noch, als Vergeltungsmaßnahme verhaftet, eingesperrt, gefoltert worden war, warum war er dann so lange im Gefängnis gehalten worden? Was für eine Rechtsprechung war das? Und welche Ehre sollte Seiner Majestät aus einem so willkürlichem Vorgehen erwachsen? Das mußte man sich doch einmal näher ansehen. Er schickte einen Sekretär hinunter in die Räume des Gerichts, um die Prozeßakten zu lesen, doch darunter fand sich nichts anderes als das Protokoll – wie wir heute sagen würden – der Folterung, der der junge Herr unterzogen worden war.

»Was sind denn das für Prozesse!« rief der Graf empört.

Umgehend befahl er, daß Emanuele freigelassen werde. Don Raimondo ließ sich den Befehl aushändigen.

»Wenn Ihr gestattet, werde ich persönlich dem jungen Mann diese frohe Botschaft überbringen.«

Beim Verlassen des Königspalastes dachte Don Raimondo: Das ist noch mal glatt gegangen, aber mit dem Heiligen Offizium wird es schwieriger werden.

Ein heimtückisches Lächeln spielte auf seinen schmalen Lippen. Der Hauptinquisitor des Heiligen Offiziums, Monsignore Don Giovanni Ferrer, war ein habgieriger, fanatischer und aufgeblasener Spanier, den es schmerzlich berührte, daß er noch kein vollständiges Ketzergericht abgehalten hatte, das heißt, noch keinen schönen Scheiterhaufen zu Ehren Gottes himmelwärts hatte lodern lassen. Ihm ein Opfer zu entreißen war also ein schwieriges Unterfangen. Vielleicht gab es kein anderes Mittel, als sich seine Habgier zunutze zu machen und vorzugeben, dem Heiligen Tribunal eine Geldsumme spenden zu wollen. Und zu seinem großen Bedauern mußte sich Don Raimondo genau dieses Mittels bedienen.

Die Totenglocke läutete unter dem nächtlichem Himmel, als Frau Francesca erstaunt und wie benommen in der Karosse des Herzogs della Motta zum Schloßgefängnis fuhr, um dort den jungen Emanuele unter Tränen in die Arme schließen zu dürfen. Der Junge war nicht weniger erstaunt über die plötzliche Freilassung und darüber, seine Pflegemutter in dieser Kutsche zu sehen. Doch als er Don Raimondo gewahrte, der abseits, beinahe im Schatten stand, und ihn wiedererkannte, stieg ihm flammende Röte ins Gesicht, und seine Augen funkelten vor Haß.

»Ah! Er ist es! Er!«

Wie ein junger Löwe fletschte er die Zähne und witterte Rache. Doch die kalte und beherrschte Maske Don Raimondos hatte sich zu einem wohlwollenden Lächeln geöffnet.

»Ist es so seltsam, daß ich, nachdem ich meinen Pflichten gemäß Euer Richter habe sein müssen, jetzt, meinem Gewissen und der christlichen Nächstenliebe folgend, Euer Befreier bin? Reicht mir Eure Hand, damit ich Euch meines Schutzes versichere.«

Der Herzog reichte ihm die Hand. Frau Francesca, deren Herz noch vor Rührung bebte, sah Emanuele bittend an: der junge Mann streckte ihm langsam seine Hand hin, doch bei der Berührung mit der kalten und feuchten Hand des Herzogs schüttelte er sich vor Ekel. War das die Hand eines Toten oder gar der Leib einer Schlange? In dieser Sekunde begegneten sich ihre Blicke. Finsterer Haß stand in den Augen Don Raimondos.

XV

Don Raimondo kehrte zornig und rachedurstig in seinen Palast zurück und verzehrte sich vor Wut über seine Ohnmacht. Unter der Androhung jener Enthüllungen, die seine Vernichtung bedeutet hätten, hatte er sich Blasco ausgeliefert – was in seiner Seele einen verzehrenden Haß gegen den Bastard entfacht hatte. Über diesem Wutanfall vergaß er für einen Augenblick sogar Violante, seine Violante. Wo konnten diese Papiere nur sein? Hatte der Bastard sie in seinem Besitz? Er mußte sie wiederhaben. Ein Dolchstoß oder ein Schuß mit dem Karabinergewehr in der Dunkelheit würden wesentlich wirksamer sein als eine Verhaftung auf der Grundlage der öffentlichen Strafandrohung, die noch immer über ihm hing. Denn würde er Blasco verhaften lassen, tauchten bestimmt die Beati Paoli auf und entrissen ihm den Gefangenen unter weiteren Androhungen, und er, Raimondo, könnte keine Rache mehr nehmen.

Pläne über Pläne schmiedete er in seinem Kopf, als der Diener eintrat und ihm den Besuch Matteo Lo Vecchios ankündigte.

»Laßt ihn eintreten!« befahl er beinahe schreiend, »er soll sofort kommen!«

Der Scherge betrat mit einer tiefen Verbeugung das Zimmer, und Don Raimondo fuhr ihn an: »So können also die Banditen wieder auferstehen und ungestraft durch Palermo spazieren, jetzt, da ich nicht mehr Generalvikar bin!«

»Nun ... nicht das sollte Euer Hochwohlgeboren so sehr verwundern, sondern vielmehr, daß sich die Tore des Heiligen Offiziums öffnen!« erwiderte der Scherge etwas vorlaut. In verändertem Ton fügte er hinzu: »Im übrigen lehren mich Euer Hochwohlgeboren, daß es manchmal klüger ist, einen Banditen herumspazieren zu lassen, der sich so gut wie sicher wähnt, daß keiner ihm etwas anhaben will. Wie hält es doch die Katze? Sie läßt die Maus laufen, und sieht sie sie wegrennen, ein Satz, ein Schlag mit der Tatze, und schon hat sie die Maus. Ich weiß, wen Eure Hoheit meint. Aus anderen Gründen bin auch ich ihm auf den Fersen und behalte ihn im Auge. Da gäbe es eine lange Geschichte zu erzählen, aber das ist jetzt nicht wichtig. Ich sage Ihnen nur, daß der Herr Don Blasco ...

»Welcher laut Eurer Aussage tot und begraben war ...«

»Genau. Aber welche Schuld habe ich daran, daß an seiner Statt die Mäuse krepiert sind? Der Schurke ist schlauer als wir! Fürs erste ist er noch mal gut davongekommen, aber ein zweites Mal wird er uns nicht entgehen.«

»Ihr seid ein Dummkopf.«

»Wie es Hoheit beliebt. Doch wenn ich Ihnen sage, daß ich just als Dummkopf etwas herausgefunden habe, das genau Eure Hoheit angeht?«

Don Raimondo erschrak. Der Ton des Schergen klang beißend. Was meinte er?

»Was mich angeht? Was kann das sein?«

»Gewisse Papiere, die Herr Blasco da Castiglione in seinem Besitz hat.«

Don Raimondo wurde blaß. Er hatte keinen Zweifel, um welche Papiere es sich handelte, die Anspielung war eindeutig. Dennoch gab er sich erstaunt und fragte: »Was für Papiere?«

»Papiere, deren Inhalt ausreicht, einen Mann der verehrten ›Gesellschaft der Weißen‹ zu übergeben.«

Don Raimondo meinte, das Blut würde ihm in den Adern

gefrieren, aber er beherrschte sich, und an seiner undurchdringlichen Miene fiel nur das Zucken des Unterkiefers auf.

»Was sollten mir diese Papiere schon bedeuten?« sagte er.

»Mehr als Euer Gnaden glaubt ... denn sie betreffen Euch persönlich. Nicht daß ich an ihren Inhalt glaubte, ganz im Gegenteil! Das sind Schurkenstreiche, Verleumdungen, wer sie geschrieben hat, verdiente kräftig verprügelt zu werden ... Doch unterdes könnten sie sich als verhängnisvoll für Euch erweisen.«

Der Herzog della Motta spürte, wie eine eiserne Faust ihm den Hals zuschnürte. Auf welchem Wege hatte der Scherge von diesen Papieren überhaupt erfahren? Wer hatte sie ihm gezeigt? Was genau wußte er, hatte er sie gelesen? Also gab es noch jemanden, der in sein Geheimnis eingeweiht war, das er mit den letzten Opfern auf immer begraben glaubte. Er versuchte, das Ganze als lächerlich hinzustellen, um mehr aus seinem Gegenüber herauszuholen.

»Ah, ah! Was Ihr da sagt, klingt ja, als handle es sich um etwas Ernstes ... Man könnte sich ja regelrecht erschrecken ... Man sollte meinen, Ihr kennt den Inhalt jener Papiere!«

»Euer Hochwohlgeboren, ja, ich kenne ihn ...«

»Ihr kennt ihn? Aber woher?«

»Ich habe die Papiere in Händen gehabt ...«

»Sie waren in Eurem Besitz, und Ihr habt sie nicht festgehalten?«

Seine Stimme bebte vor Zorn. Matteo Lo Vecchio hatte also jene schrecklichen und vernichtenden Unterlagen an sich bringen können und wußte, was sie enthielten. Auch dieser Scherge war also einer jener Leute, die ihm gefährlich werden konnten. Er mußte ihm zuvorkommen und sich seiner entledigen.

»Aber warum habt Ihr sie Euch dann entwenden lassen?« fragte er und tat, als glaubte er Matteo Lo Vecchios Worten nicht.

»Zweifeln Euer Gnaden vielleicht daran?« entgegnete der Sbirre. »Glauben Sie, daß ich Ihnen etwas vormache. Der Dieb der Dokumente, derjenige, der sie mir gestohlen hat, ist der Herr Blasco ...«

»Blasco?«

»Genau er. Der Herr Blasco da Castiglione hat sie entwendet. Ich hatte sie unter großer Lebensgefahr an mich gebracht ... und rechnete damit, sie Euer Hochwohlgeboren zum Geschenk machen zu können, um Ihnen meine Ergebenheit, meine Verehrung unter Beweis stellen zu können, aber der Schurke hat sie mir gestohlen ... Wie er an sie gekommen ist? Das habe ich bislang noch nicht ergründen können. Feststeht jedoch, daß er sie hat. Jetzt verstehen Sie vielleicht, daß ich Herrn Don Blasco, obwohl ich ihn verhaften könnte, frei herumlaufen lasse.«

»Man müßte ihn ergreifen und sein Haus durchsuchen lassen.«

»Wenn er nur ein eigenes Haus hätte.«

»Schläft er vielleicht im Freien?«

»Nein, er ist zu Gast beim Cavaliere Don Coriolano della Floresta.«

Don Raimondo riß die Augen auf. Don Coriolano beherbergte einen solchen Mann? Gab einem Schurken Unterkunft? Zum Teufel! Genügte ihm nicht das Beispiel des Fürsten von Mezzojuso, der just wegen Begünstigung von Banditen verhaftet und ins Schloßgefängnis geworfen worden war? Das war ja ein Mann, den man dem Vizekönig melden sollte ... Vielleicht war er ein Komplize und kannte gar den Inhalt jener schrecklichen Dokumente. Vielleicht war auch er ein Feind, vor dem er sich zu hüten hatte. Doch er wollte sehen, ob Matteo Lo Vecchio tatsächlich den Inhalt der Papiere kannte, auch um zu überprüfen, was Blasco gesagt hatte. Er befragte den Mann, der ihm Punkt für Punkt darlegte, was er in den Prozeßunterlagen der Beati Paoli gelesen hatte, wobei er immer wieder innehielt und Einspruch erhob und seine Ehrerbietung gegenüber einem so angesehenen Herrn wie dem Herzog della Motta zum Ausdruck brachte.

»Es ist eindeutig eine Sache, die von Leuten aufgebauscht wurde, die Hochwohlgeboren kräftig erpressen wollen.«

»Ja, genau!« stimmte ihm Don Raimondo mit aufgewühltem Herzen bei und klammerte sich an diese Auslegung.

Für ihn gab es jetzt nichts mehr in Erfahrung zu bringen. Der Scherge wußte alles und war ein höchst gefährlicher Gegner, den er entweder auf immer und ewig an sich binden oder beseitigen mußte. Inzwischen aber mußte er diese Papiere an sich bringen, die für ihn zu einem Alptraum geworden waren.

»Ich wäre neugierig, diese Blätter zu Gesicht zu bekommen«, sagte er.

»Genau das gedenke ich zu bewerkstelligen, wenn Hochwohlgeboren mir helfen . . .«

»Aber das ist doch selbstverständlich! Seid Ihr auch sicher, daß es Euch gelingen wird?«

»Ich habe eine Spur.«

»Was bedeutet das?«

»Ich habe einen der Beati Paoli auf meine Seite bringen können, einen Freund des Don Girolamo Ammirata.«

»Ah!«

»Und mit ihm können wir jeden Schritt verfolgen, den die Sekte unternimmt. Man müßte aber zugleich das Zimmer des Herrn Don Blasco durchsuchen . . . und dazu, müßte man die Dienerschaft bestechen. Sie werden begreifen . . .«

Don Raimondo begriff und holte einen Beutel mit Münzen aus der Schreibtischschublade, den er dem geldgierigen Schergen zuwarf.

»Hier habt Ihr Geld . . .«

»Danke, ich werde mich sofort ans Werk machen.«

»Erregt keinen Verdacht. Sorgt dafür, daß Ihr die Papiere in die Finger kriegt, auch wenn sie mir keine Angst machen und nichts als Dummheiten enthalten. Ich werde sie Euch mit Gold aufwiegen.«

Und im Geiste fügte er hinzu: Abgesehen davon, daß du eine Stunde, nachdem du mir die Papiere übergeben hast, vom Erdboden verschwunden sein wirst.

Er entließ den Sbirren, und als er wieder allein war, überkam ihn die Verzweiflung, die er bis dahin tief in seinem Herzen unterdrückt hatte.

Alle! Alle! schrie er in Gedanken und schlug sich mit den Fäusten an die Stirn, alle wissen es also? Alle?! Es ist nicht mehr mein Geheimnis! Von allen Seiten, aus den dunkelsten Ecken tauchen Zeugen und Denunzianten auf, und ich bin in ihrer Gewalt. Ich bin den Elendsten auf dieser Erde ausgeliefert. Da habe ich meinen Weg mit Leichen gepflastert, Tränen und Blut vergossen, um mein Geheimnis in Finsternis zu verschließen, und nun tauchen von allen Seiten, aus der Erde, aus der Luft tausend Münder auf, die es in alle Richtungen hinausschreien! Darf ich also nie hoffen, Schweigen und Vergessen um mich breiten zu können?

In seinem aufgebrachten Herzen keimte der Gedanke an einen gewaltigen Rachefeldzug, bei dem er mit einem Schlag alle sichtbaren und unsichtbaren Feinde verschwinden lassen konnte. Sie vernichten! Aus all jenen Köpfen einen einzigen Kopf machen und den mit einem einzigen Schlag eines riesigen Henkerbeils abschlagen! Das war der Gedanke, der ihm durch den Kopf ging. Ah, Ihr also seid der uneheliche Sohn Don Emanueles della Motta, und du bist der eheliche Sohn? Geht und sucht Euren lieben Vater heim! Und Ihr seid die »Frommen Paoli«? Geht und genießt den Lohn Eurer Frömmigkeit!

Mit geblähten Nasenflügeln gierte er nach erbarmungsloser Rache, die den großen Schrecken, der ihn zum Zittern brachte, an Grausamkeit und Schrecklichkeit noch übertreffen würde.

Sich rächen? Genau das war sein Traum, doch unterdessen hatten die anderen die Übermacht und ihn in ihrer Gewalt. Wenn er auch nur den geringsten Fehler machte, könnten sie ihn dem Henker in die Arme werfen. Sie waren mächtiger als er, und ihre Stärke beruhte auf dem Mysterium, dem Unbekannten. Wie viele waren es? Wie viele verbargen sich noch hinter denen, die er kannte?

Über diesen Ängsten hatte er beinahe sein Töchterchen vergessen. Das Aufwallen väterlicher Gefühle und die Besorgnis, die ihn noch ahnungslos ob der schrecklichen Bedrohung, die über seinem Haupt schwebte, von Turin nach Palermo hatte eilen lassen und ihn Blasco da Castiglione gegenüber gefügig gemacht hatte, sie schienen sich jetzt, da er wußte, daß Violante unversehrt ihr Schicksal abwartete und ihm wieder zurückgegeben würde, in Luft aufgelöst zu haben. Da er sich nicht mehr um sie sorgen mußte, konnte er an sich selbst denken. Seine Tochter würde in ein, zwei Tagen wieder bei ihm sein, doch wäre es unter den gegebenen Umständen vermutlich besser, sie um ihrer Sicherheit willen an einen anderen Ort zu bringen. Frei und uneingeschränkt könnte er dann handeln und verhindern, daß sie von den Verbrechen erführe, die sein Gewissen beschmutzten. Aus Feinfühligkeit oder Eitelkeit war ihm daran gelegen, in den Augen Violantes der rechtschaffene und unbescholtene Mann zu bleiben, für den seine Tochter ihn hielt.

So ging ein Gedanke in den nächsten, nicht weniger quälenden über, und darüber verflossen die nächtlichen Stunden. Hellwach lag er da und verzehrte sich innerlich.

Inzwischen hatte sich Matteo Lo Vecchio, nachdem er den Palast der Albamonte verlassen hatte, auf die Suche nach Antonino Bucolaro gemacht. Die Zeit zum Handeln war gekommen, die Umstände waren günstig und mußten genutzt werden.

Beim Überqueren der Piazza die San Cosmo sah er, daß die Fensterläden am Haus von Girolamo Ammirata zwar geschlossen waren, aber Licht aus den Ritzen drang, ein offenkundiges Zeichen, daß die Bewohner trotz später Stunde noch wach waren. Natürlich werden sie feiern, dachte er, und Don Girolamo und Andrea werden unter ihnen sein. Welch böse Überraschung wäre es für sie, wenn jetzt eine Polizeistreife vorbeikäme! Doch um diese Zeit schliefen die Beamten selig. Und wenn ich ins Viertel San Giacomo ginge, um jemanden zu Hilfe zu holen? Es war ja nicht weit ... Gewiß, es war nicht weit, doch in der Zwischenzeit konnten die sich bequem aus dem Staub machen ... überall gab es ja Spitzel! Und vielleicht war es besser, den Dingen ihren Lauf zu lassen!

Seine Überlegungen galten jetzt etwas anderem. Der Sbirre hatte am Nachmittag Don Raimondo in seiner Kutsche aus dem Königspalast kommen sehen und war höchst verwundert darüber gewesen.

Ja wie? hatte er sich gesagt, der Herzog wieder in Palermo? Seit wann das? Bestimmt war er wegen der Entführung der zwei Frauen gekommen. Doch da brauchte es andere Maßnahmen als die des Vizekönigs!

Er war hinter der Karosse hergerannt, hatte sich aufs hintere Trittbrett schwingen können und war, niederkauernd wie ein Lausbub, mitgefahren. So war, er dem Herzog gefolgt, ohne von ihm bemerkt zu werden. Nicht schlecht hatte er gestaunt, als die Kutsche am Heiligen Offizium vorfuhr, und rasch war ihm klar gewesen, was Don Raimondo dort wollte. Das war für ihn so verwunderlich und überraschend, daß er sich mit der linken Hand bekreuzigte. Nach einer ganzen Weile hatte er Don Raimondo und Frau Francesca aus dem Tor des Palastes kommen und die herzogliche Kutsche besteigen sehen.

Nanu, sehe ich recht, oder trügen mich meine Augen? ... Was soll denn das bedeuten? Alles hätte ich mir vorstellen können, aber nicht so etwas! Hier muß der Teufel seine Finger im Spiel haben! Aufgepaßt, Matteo!

Aber sein Staunen hatte sich in Bestürzung verwandelt, als er sah, wie die Kutsche zum Schloßgefängnis fuhr, um auch Emanuele abzuholen. Ihm war, als sei die Welt auf den Kopf gestellt. Was er gesehen hatte, schien ihm zum Reich des Unmöglichen, des Unvorstellbaren zu gehören. Seinem Gehirn gelang es nicht, die Gründe zu erfassen, die den Herzog zu einem solchen Schritt bewogen hatten.

Mittlerweile hatte er das Stadtviertel Ballarò erreicht, als er vor sich Schritte zu hören meinte, aber in der Dunkelheit konnte er die Menschen nicht erkennen, die da auf der Straße gingen. Er beschleunigte seinen Schritt, ohne Geräusche zu verursachen, und ihm schien, als gewahre er zwei Schatten, von denen er einen am Gang zu erkennen glaubte.

Die zwei Schattengestalten bogen hinter dem Platz nach dem Stadtviertel Albergheria ab und hielten an der Straßenecke inne. Hatten sie ihn gehört? Hatten sie ihn gar gesehen? Vielleicht. Deshalb war es nicht klug von ihm, stehenzubleiben oder umzukehren; das hätte Mißtrauen erregt. Er schritt also an den beiden dunklen Gestalten vorüber. Matteo erkannte die eine, es war Bucolaro. Er hatte sich also nicht getäuscht. Aber der andere, wer war der? Er setzte seinen Weg in Richtung seines Hauses fort, hielt nach ungefähr zwanzig Schritten inne und drehte sich im Schutz der Dunkelheit noch einmal um. Aber die zwei Gestalten waren verschwunden.

Auf Zehenspitzen schlich er sich an den Platz zurück und kam gerade noch rechtzeitig, um zu hören, wie in einem Gäßchen hinter der Kirche des Carmine ein Haustor ins Schloß fiel. Es gab also keinerlei Zweifel mehr, das war Antonino. Doch der andere, würde der bald wieder das Haus verlassen?

Ungefähr eine Stunde wartete Matteo Lo Vecchio, doch das Tor ging nicht wieder auf. Da stieß er einen bestimmten Pfiff aus und wartete, doch das Fensterchen blieb geschlossen. Vergeblich wartete er noch eine ganze Weile und ging dann nach Hause. Im Morgengrauen wurde er von einem Pfiff geweckt, der so ähnlich klang wie der seinige in der Nacht. Mit Nachthaube und Schlafanzug trat er ans geschlossene Fenster. Unten stand Antonino Bucolaro, in seinen Mantel gehüllt, und sah zum Fenster hinauf. Da machte er ihm ein Zeichen heraufzukommen.

»Was fällt Euch ein, mich zu rufen, wenn ich in Gesellschaft bin?« sagte Bucolaro vorwurfsvoll.

»Ich mußte mit Euch sprechen.«

»Ich auch.«

»Wer war denn bei Euch heute nacht?«

»Andrea Lo Bianco, habt Ihr ihn nicht erkannt?«

»Zum Teufel noch mal . . . hätte ich ihn wiedererkannt, dann hätte ich ihm eine Falle gestellt!«

»Vertane Zeit, mein Lieber! Don Girolamo und Andrea dürfen seelenruhig unter Euren Augen herumspazieren . . . sie haben nämlich einen Geleitbrief, und die Begnadigung wird nicht lange auf sich warten lassen. Ihr könnt nur ein langes Gesicht machen.«

»Und dieses Wunder hat natürlich etwas mit der Freilassung Emanueles und Frau Francescas zu tun?«

»Genau so ist es.«

»Die Dinge überstürzen sich, wir müssen den Schlag jetzt ausführen.«

»Ich glaube, das hat schon dieser Schurke Don Blasco besorgt.«

»Wie das?«

»Er hat sich heute morgen mit dem Herzog getroffen ... danach ist alles Weitere geschehen.«

»Ah, dieser Bandit!«

»Die Papiere wird der Herzog längst verbrannt haben.«

»Nein, denn er hat mich mit ihrer Wiederbeschaffung beauftragt.«

»Ein Täuschungsmanöver!«

»Oh, nein! Glaubt Ihr, ich merke nicht, wenn mich einer reinlegen will? Der Schuft wird sie ihm noch nicht übergeben haben. Spätestens bis heute abend müssen wir sie ihm weggenommen haben. Ich werde ihn mir vorknöpfen. Ihr aber solltet Euch um seinen Freund, den Cavaliere della Floresta kümmern.«

»Unmöglich.«

»Warum nicht?«

»Weil Don Blasco abgereist ist ...«

»Abgereist?«

»Ja, heute nacht hat er sich auf den Weg gemacht, um die Herzogin und ihre Tochter abzuholen und sie heil und gesund dem Herzog della Motta zu übergeben.«

Matteo Lo Vecchio hatte einen genialen Einfall, und sein Gesicht erhellte sich vor grausigem Vergnügen.«

»Ich habe da eine Idee.«

»Hören wir.«

Der Scherge neigte sich herunter und begann flüsternd auf Antonino Bucolaro einzureden. Der zeigte erst Erstaunen, dann Bewunderung, aber gleichzeitig auch Widerwillen. Schließlich ließ er sich von den Ausführungen Matteo Lo Vecchios doch überzeugen und meinte: »Ist gut. Ich werde tun, was Ihr sagt.«

»In zwei Stunden werde ich zum Herzog gehen. Ihr besorgt mir diese Nachrichten. Wir werden uns dann zur Mittagszeit sehen.«

»Wo?«

»Bei Euch zu Hause.«

»Seid Ihr verrückt? Wollt Ihr mich zugrunde richten?«

»Habt keine Angst. Keiner wird mich erkennen.«

Zur Mittagszeit sah Antonino Bucolaro in der Tat einen Abaten auf seiner Türschwelle, einen echten Pfaffen vom Land, und er rief überrascht: »Ah, der Abate vom Schloßgefängnis. Der Beichtvater von Frau Francesca!«

Doch Matteo Lo Vecchio brachte ihn mit seinem Lachen aus der Fassung.

»Jawohl, ich bin ein armer Abate vom Land und habe Euch in einer geschäftlichen Angelegenheit aufgesucht ... Eine Lieferung Wein, die an den Mann gebracht werden muß. Versteht Ihr? Gehen wir also hinein.«

XVI

Violante hatte sich am Fenster ihres Zimmers niedergelassen, von wo aus sie einen weiten Blick über das Tal und die Bergrücken hatte, die sich in der Ferne im Dunst verloren. Große Zirruswolken türmten sich über den rauhen Berggipfeln. Zwischen den Hügeln oder am Fuße des Gebirges war manchmal ein dunkler Fleck zu entdecken, das war dann ein Wald, oder ein heller Fleck, und das bedeutete ein Burgdorf oder eine Stadt. Violante konnte auch ein Stück des Pfades erkennen, der auf den Felsen hinaufführte, auf dessen Gipfel ihr Gefängnis lag. Seitdem Nora, die Dienerin, Violante jene ermutigenden Worte zugeflüstert und eine Andeutung über Blasco gemacht hatte, beobachtete sie ständig vom Fenster aus diesen kleinen Pfad, über den Blasco kommen mußte. Dort sah sie nämlich hin und wieder auch den Maulesel, der die Vorräte zur Burg hinaufbrachte, und hatte daraus geschlossen, daß dies der Zugang war, auf dem sie eines Tages auch Blasco sehen würde.

Violante zog es vor, ihre Tage in dieser angenehmen Erwartung zu verbringen, anstatt mit der Stiefmutter zusammenzusein, die ihr nur diese verhaßten bösen Szenen machte. Mit der Zeit hatte sich ihr Herz so verschlossen, daß sie nur noch die gemeinsamen, aber nicht allzu ausgedehnten Mahlzeiten, denen sie sich nicht entziehen konnte, in Gesellschaft Donna Gabriellas zubrachte. Doch weil die Einsamkeit die Herzogin noch trauriger stimmte oder weil das ausweichende Verhalten der Stieftochter in ihr alle bösen Empfindungen, die sich in ihr eingenistet hatten, wieder wachrief, betrat sie manchmal das Zimmer des Mädchens und fand immer einen Vorwand, sie zu quälen.

Eines Abends sagte die Gevatterin Nora zu Violante, während sie deren Zimmer für die Nacht vorbereitete: »Morgen kommt er.«

Das Herz des Mädchens begann heftig zu schlagen. Eigentlich war jede Frage überflüssig, doch rot im Gesicht und völlig verwirrt fragte sie dennoch: »Wer?«

»Der Herr Don Blasco.«

Blasco! Endlich würde er kommen, es mußte nur noch diese eine Nacht vergehen, die ihr sicherlich endlos vorkommen würde! Und um wieviel Uhr würde er kommen? Im Morgengrauen, wie es ihrem sehnlichsten Wunsch entsprach. Oder erst am Abend, wie sie befürchtete und darüber verzagte. Auf diese beiden inneren Stimmen lauschend, die in ihr stritten, blieb ihr jedoch zumindest eine Gewißheit, die in dem Wort *Morgen* lag.

Die ganze Nacht über schloß sie kein Auge, und am Morgen erhob sie sich mit fiebernder Ungeduld. Als die Dienerin kam, ihr das Zimmer zu richten, fragte sie mit bebender Stimme: »Um wieviel Uhr wird Herr Blasco eintreffen?«

»Das weiß ich nicht, das weiß ich wirklich nicht . . .«

Violante überlegte eine Weile und wandte sich erneut an Nora: »Weiß denn die Frau Herzogin, daß Herr Blasco kommt?«

»Oh, nein, es war nicht nötig, ihr das zu sagen. Man hat mir nicht aufgetragen, auch ihr Mitteilung davon zu machen.«

»Solltet ihr das mir allein sagen?«

»So ist es.«

»Wer hat Euch diese Anweisung gegeben?«

Die Gevatterin Nora hob abweisend die Schultern, als wolle sie sagen: Was ist das für eine Frage!

Sonst fügte sie nichts weiter hinzu. Violante nahm wieder ihren Platz am Fenster ein und ließ den Weg nicht aus dem Auge.

Auch Donna Gabriella war nervös und ungeduldig. Die Gevatterin Nora hatte ihr die bevorstehende Ankunft einer Person angekündigt, aber auch wenn sie das scheinbar nur zu ihrem Trost gesagt hatte, wollte sie sie in Wirklichkeit vorbereiten.

»Hoffen wir, daß Sie nicht länger als diese Woche mehr hierbleiben müssen und Weihnachten in Ihrem Palast feiern können.«

»Was wißt Ihr?« hatte die Herzogin sie aufgeregt gefragt.

»Ich weiß nichts ... aber ein paar Worte sind mir zu Ohren gekommen.«

»Was habt Ihr gehört? Was für Worte? Sagt es, los! Ich will es wissen!«

»Oh, Eure Hoheit, Worte wie ... Nun, sie sagten: ›Diese Verbannung wird für uns bald ein Ende haben, und wir werden nach Palermo zurückkehren.‹ Das haben sie gesagt!«

»Wer hat das gesagt?«

»Nun, die Männer.«

Donna Gabriella schloß aus diesen spärlichen und unvollständigen Worten, daß irgendein mit Ungeduld erwartetes Ereignis bevorstand. Die lange Gefangenschaft hatte sie verbittert. Doch da kam ihr in den Sinn, daß die Männer vielleicht nur sich selbst gemeint hatten. Vielleicht stand nur ein Wechsel der Wachmannschaft bevor? So erwartete sie also keinen Befreier, sondern sah dem Aufbruch der Wächter nur entgegen, um etwas über ihr eigenes Schicksal zu erfahren. Und an jenem Morgen saß auch sie, da sie nichts anderes zu tun hatte, am Fenster ihres Zimmers und ließ ihren Blick über den Wegabschnitt schweifen, der von dieser Seite zu sehen war.

So sahen Violante und Donna Gabriella zur gleichen Zeit zwei Ritter zwischen den Felsblöcken auftauchen, das kurze für sie sichtbare Stück Weg hinaufreiten und erneut hinter den hohen Felsen verschwinden. Die Blicke beider Frauen verfolgten mit zitterndem Herzen die in dicke Mäntel gehüllten Männer, ohne sie zu erkennen. Violante aber wußte schon, wer der eine von ihnen war. Beide Frauen überkam bei ihrem Anblick eine große Freude. Violante dachte: Das ist er.

Donna Gabriella sagte sich: Das ist nicht die Wachablösung, die sind gekommen, uns abzuholen!

Und zur gleichen Zeit trieb das Bedürfnis, die eigene Freude der ganzen Welt zu offenbaren, sie aus ihren Zimmern, sie begegneten sich auf der gemeinsamen Schwelle, und jede hatte das gleiche Wort auf den Lippen – ein Wort, das Hoffnung, Erleichterung, Freude ausdrückte: »Da kommen Leute.«

Donna Gabriella fragte sofort: »Woher weißt du das?«

»Ich habe sie vom Fenster aus gesehen.«

Die Herzogin dachte: Auch sie war am Fenster. Auch sie wußte also Bescheid!

»Wer wird das wohl sein?« sagte Donna Gabriella.

Violante lag schon auf der Zunge, zu sagen: Ich weiß es. Doch sie schwieg. Da kam die Gevatterin Nora ins Zimmer der Herzogin und sagte mit einem Lächeln, die Hände in die Seiten gestützt: »Eure Hoheit, bereiten Sie sich für die Abreise vor, und auch das Fräulein soll das tun. Man ist gekommen, um Sie abzuholen. Bleiben Sie ruhig, auch die Männer kommen mit Ihnen.«

Donna Gabriella dachte, wenn die Männer mit ihnen aufbrachen, konnte ihre Abreise auch nur eine Überführung in ein anderes Gefängnis bedeuten. Diese Überlegung verfinsterte ihren Blick, und ihre große Begeisterung wurde von einer Woge von Zweifeln überschwemmt. Sie befahl der Stieftochter in ihrem scharfen und gebieterischen Ton: »Geh' und bereite dein Gepäck vor.«

Auch Donna Gabriella sammelte mit Hilfe der Gevatterin Nora ihre Sachen ein. Mit einem Mal fragte sie die Alte: »Sind jene Herren schon angekommen, die ich vom Fenster aus gesehen habe?«

»Ja, Eure Hoheit. Aber einer von beiden ist der Herr, der andere ein Feldhüter.«

»In wessen Dienst?«

»Nun, vielleicht im Dienst dieses Herrn.«

»Wo ist dieser Herr?«

»Im Speisesaal.«

»Geht und sagt ihm, daß ich ihn zu sprechen wünsche, er möge sich darauf einrichten, mich zu empfangen.«

Eine Minute später betrat Donna Gabriella mit herausfordernder Miene den Speisesaal, und Violante rief zur gleichen Zeit die Gevatterin Nora zu sich und flüsterte ihr rasch die Frage zu: »Nun, Gevatterin Nora, ist er gekommen?«

»Ja, Verehrte ... Er ist im Speisesaal mit der Herzogin.«

Diese Auskunft versetzte Violante einen Stich ins Herz. »Was erzählen sie sich nur?« fragte sie.

»Wer weiß.«

Donna Gabriella hatte beim Betreten des Speisesaals den Mann nicht erkannt, der mit dem Rücken zur Tür stand und aus dem Fenster schaute. Und er schien nicht gehört zu haben, wie die Tür aufging.

»Signore!«

Blasco fuhr zusammen, als er ihre Stimme vernahm, und drehte sich um. Donna Gabriella rief überrascht: »Ihr? ... Ihr, Blasco?«

Blasco kam auf sie zu, um ihr als galanter Ritter die Hand zu küssen. Er selbst schien nicht sehr erstaunt, da er ja auf diese Begegnung vorbereitet war. Ein Anflug von Röte im Gesicht konnte er jedoch nicht verbergen.

»Ich bin es, Frau Herzogin, und höchst erfreut, Ihnen zu Diensten zu stehen.«

Donna Gabriella durchbohrte ihn mit einem bösen Blick und murmelte mit bitterer Ironie: »Wirklich, Ihr seid mir zu Diensten? Habt Ihr die Beschwerlichkeiten einer langen Reise meinetwegen auf Euch genommen? Das verwirrt mich und erfüllt mich zugleich mit Stolz, mein Herr, da ich nicht an Opfer dieser Art von Eurer Seite gewohnt bin.«

Blascos Gesicht drückte brüderliche Zuneigung aus, und

in seiner Stimme lag großes Mitgefühl, als er sagte: »Glaubt Ihr, daß mir Euer Leben, Euer Unversehrtsein nicht am Herzen lag? Gewiß bin ich nicht allein Euretwegen gekommen; wollte ich das behaupten, wäre ich ein Lügner. Aber glaubt mir, hätte es sich nur um Euch gehandelt, wäre ich gleicherweise gekommen, um Euch aus der Gefangenschaft zu befreien.«

»Für mich ist es rätselhaft, für Euch, wie es scheint, nicht, daß Ihr wißt, wo man uns festhält, und uns ohne Gefahr die Türen öffnen könnt.«

Die Ironie in ihren Worten war so heftig, daß Blasco sie fragte: »Was wollt Ihr damit sagen?«

»Nun«, meinte Donna Gabriella bitter, »laßt die Verstellung sein, mein Herr! Seid so anständig und offen und sagt mir, zu welchem Zweck Ihr uns habt gefangensetzen lassen!«

»Ihr glaubt, daß ich Euch habe gefangennehmen lassen?«

»Oh, versucht mir doch nichts vorzumachen. Aber merkt Euch eines gut, solange ich am Leben bin, werdet Ihr Euer Ziel nie erreichen!«

»Frau Herzogin, ich glaube, Ihr täuscht Euch. Von welchem Ziel sprecht Ihr eigentlich? Ich verfolge nur eine Absicht: Euch zu befreien. In diesem Schloß, von dessen Existenz ich bis vor drei Tagen nichts wußte, sind fünf Männer, die bereit sind, ihr Leben zu opfern, und die ab heute in meinen Diensten stehen, ausschließlich in meinen Diensten. Jetzt, Frau Herzogin, werde ich diese Männer unter Eure Befehlsgewalt stellen und selbst sofort aufbrechen und so auf das Vergnügen verzichten, Euch zu begleiten.«

Er trat ans Fenster, das auf den Hof ging, und rief: »Cristiano!«

Einen Augenblick später erschien ein Mann mit kurzem Jackett und hohen Stiefeln und einer Pistole im Gürtel.

»Cristiano«, wandte sich Blasco an ihn, »welchen Befehl habt Ihr bekommen?«

»Blind Euer Hochwohlgeboren in allem zu gehorchen.«

»Ist gut. Hört mir also zu. Von diesem Augenblick an werdet Ihr Befehle ausschließlich von der Frau Herzogin entgegennehmen. Ihr werdet niemand anderem gehorchen.«

»Wenn Eure Hoheit mir befiehlt, mich von diesem Felsen zu stürzen, werden ich und meine Männer keine Sekunde zögern, es zu tun.«

»Danke, Cristiano. Geht jetzt und wartet auf mich.«

Kaum war die Tür ins Schloß gefallen, sagte Blasco zu Donna Gabriella: »Meine Anwesenheit hier ist damit überflüssig geworden. Ich ziehe mich also zurück . . .«

Er verneigte sich ehrfürchtig und wandte sich zum Gehen. Donna Gabriella, die bis dahin stumm und mit finsterem Blick dagestanden hatte, rief: »Wohin geht Ihr? Bleibt!«

»Warum?«

»Weil ich nicht an diese Komödie glaube. Ihr und jener Cristiano, das ist das gleiche. Ich bin immer noch Eure Gefangene und weiß zu gut, daß ich hier nur herauskomme, um in ein anderes Gefängnis geführt zu werden. Doch sagt mir gnädigerweise, was Ihr von mir verlangt.«

»Was sollte ich denn von Euch fordern? Was mein Wunsch ist, und weshalb ich gekommen bin, habe ich Euch schon gesagt. Muß ich es wiederholen? Ihr glaubt mir nicht? Ich kann Euch nicht zwingen, mir zu glauben. Doch Ihr seid im Unrecht. Verzeiht meine Offenheit: Wenn ich Euch sagen könnte, wie und aus welchen Gründen Ihr und Donna Violante gefangengenommen wurdet und auf welche Weise ich nach langer Zeit erst den Ort Eurer Verbannung erfahren und mit welchen Mitteln ich Eure Freilassung erreicht habe, dann würdet Ihr mir gewiß Glauben schenken. Doch dann müßte ich Geheimnisse verraten, die nicht die meinigen sind. Euer Gemahl, der Herzog, dem ich versprochen habe, Euch zu ihm zurückzugeleiten, kann, wenn er es für angemessen hält, Euch mehr darüber sagen.«

»Mein Gemahl? Ist er denn zurück?«

»Seit vier Tagen.«

»Und er ist in Palermo?«

»Wo er auf Euch und seine Tochter wartet.«

»Er wußte also, was mir widerfahren ist?«

»Darüber war er unterrichtet worden.«

»Von Euch?«

»Nein, andere waren mir dabei zuvorgekommen.«

»Diese ›anderen‹, welchen Grund sollten sie gehabt haben, Don Raimondo darüber in Kenntnis zu setzen?«

»Ich weiß es nicht und dürfte es auch nicht sagen ... Außerdem, welche Bedeutung hat es schon? Ich bin sicher, daß Euch während Eurer Gefangenschaft kein Haar gekrümmt worden ist noch daß es Euch gegenüber an Achtung gefehlt hat. Jetzt wird Euch Eure Freiheit wiedergegeben, und Ihr werdet mit der größten Ehrerbietung zu dem Ort zurückgeführt, an dem Euch Euer Gemahl empfangen wird. Von diesem Zwischenfall wird nur in der Erinnerung eine Spur bleiben, die bald unwirklich wie ein Traum sein wird. Ich wollte Euch, meinem Versprechen gemäß, dem Herzog übergeben, doch Ihr werdet so gnädig sein und mein Fernbleiben entschuldigen. Habt Ihr mir noch irgendeinen Auftrag zu erteilen?«

»Ich habe Euch gebeten, zu bleiben«, gebot ihm Donna Gabriella mit dunkler Stimme. »Da mein Gemahl uns in Eurer Begleitung zurückerwartet, werdet Ihr uns begleiten.«

»Wie Ihr wollt.«

Donna Gabriella schwieg eine Weile und fügte dann mit einem bitteren Lächeln hinzu: »Sicherlich wird Euch die Gesellschaft nicht dauern, denn ... Ihr werdet ja nicht allein mich begleiten.«

Blasco spürte, wie ihm das Blut ins Gesicht schoß, doch er erwiderte nichts. Donna Gabriella sah diese Regung und wurde blaß. Jede Farbe wich von ihren zornig bebenden Lippen. Sie wußte sich nicht zu beherrschen, packte Blasco an einem Arm und warf ihm einen glühenden Blick zu. Mit einer Stimme, die aus unzähligen Schluchzern bestand, setzte sie ihre Rede fort.

»Warum sagtet Ihr zu mir, daß Ihr mich liebt? Warum habt Ihr Euch zum Herrn über meine Seele gemacht? Warum habt Ihr in mir eine Leidenschaft entfacht, die mich verzehrt, mich zugrunde richtet? Warum habt Ihr mich die Wollust Eurer Küsse spüren lassen? Warum hat es eine Nacht gegeben, eine glutheiße Nacht, deren Erinnerung allein schon mein Blut erhitzt, mein Denken verwirrt? In einer unvergeßlichen Nacht habt Ihr mich vom Becher der Wonne trinken lassen, habt mich glauben lassen, Euch ganz, Seele und Leib, auf immer, bis zum Tod, über den Tod hinaus zu besitzen? Warum habt Ihr mich verlassen? Was habe ich Euch getan? Was habe ich dir getan, Blasco? Habe ich mich nicht ganz dir, dir allein hingegeben, du mein herrlicher Geliebter? Und du hast mich unter einem Vorwand verstoßen ... hast mir mein Herz mit tiefem Leid, mit tausendfachen Ängsten, mit Wut und Verzweiflung gefüllt. Du hast mir Bitterkeit, bitterer als Galle, zu trinken gegeben, hast in mir Haß zum Glühen gebracht, der weiterhin glüht. Jetzt gibt es nur noch Haß, und für diesen Haß lebe ich, mit diesem Haß umschlinge ich Euch beide, dich und *sie*! ... Hör mir gut zu, nur über meine Leiche wirst du zu ihr gelangen!«

Blasco hatte diesen Ausbruch mit Schmerz, Mitleid und Verwunderung über sich ergehen lassen und versucht, Donna Gabriella mit einer Geste zum Einhalten zu bewegen, sie mit einem Wort zu unterbrechen.

»Herzogin ... Herzogin ...«

Da brach sie in ein fürchterliches Gelächter aus.

»Herzogin! Ah, das ist also jetzt mein Name. Aber als dein Mund den meinen suchte und deine Hände vor Zärtlichkeit erbebten, da nanntest du mich Gabriella! Dieser Name ist jetzt in deiner Seele ausgelöscht, ein anderer Name ist an seine Stelle getreten. Aber mit meinen eigenen Händen werde ich diesen Namen ausreißen, und des Nachts wird er auflodern und dich verbrennen, gnadenlos und immerdar wie mein Haß, wie meine Rache!«

»Gabriella! Im Namen Gottes!«

»Gott? Warum rufst du Gott an? Was erhoffst du dir? Er wird dich nicht retten können!«

»Gabriella!«

Doch die Herzogin, am Ende ihrer Kräfte, brach in Tränen aus und fiel auf einen Sessel nieder. Blasco war erschüttert. Die Heraufbeschwörung der Vergangenheit, die noch ungezähmte Leidenschaft dieser Frau, sie erfüllten sein Herz mit Mitleid und Zärtlichkeit.

Er nahm Donna Gabriellas Hand und sprach sanft und flehentlich auf sie ein: »Gabriella, habt doch Erbarmen mit Euch und mit mir!«

Bei diesen Worten hatte er sich über sie geneigt, und sein Atem streifte ihr Haar. Da ging die Tür auf, und Violante erschien auf der Schwelle.

»Frau Mutter!«

Doch als sie Blasco in dieser Haltung sah, schrie sie schrill auf, als wäre sie verletzt worden, und wankte.

»Violante!« rief Blasco in einem unbeschreiblichen Ton.

»Ah, sie!« schrie Donna Gabriella und sprang auf, blind vor Schmerz und Eifersucht. Von dem noch gedeckten Speisetisch griff sie ein Obstmesser mit spitzer, etwas geschwungener Schneide und stürzte sich keuchend auf Violante.

»Ah, du! Du wirst sterben!«

Blitzschnell warf sich Blasco zwischen Donna Gabriella und Violante, die auf die Knie gestürzt war. Das Messer glitt an Blasco herunter, schnitt seine Weste auf und ritzte seine Haut. Blasco packte die Herzogin heftig bei den Handgelenken, entriß ihr das Messer und warf es weit von sich.

»Unglückselige! Was tut Ihr?«

Donna Gabriella riß die Augen auf, sah Blasco vor sich, auf dessen heller Weste ein großer roter Fleck erschienen war. Entsetzen stand ihr im Gesicht, und stotternd wich sie einen Schritt zurück.

»Ihr! . . . Blut! . . . . Ich!«

Da ließ Blasco sie los. Donna Gabriella fuhr sich geistesabwesend über die Augen und die Stirn und stürzte wie besessen zum Fenster.

»Frau Mutter!«

»Gabriella! Gabriella!«

Die Herzogin schrie erneut auf, und ihr Leib wurde von Krämpfen geschüttelt. Violante rief voller Angst: »Herr Blasco! Herr Blasco! Was ist nur passiert?«

XVII

Die Reise Richtung Palermo verlief schweigsam und in trauriger Stimmung. Blasco hatte zwei Sänften am Fuß des Felsens bereitstellen lassen; in die eine stieg Donna Gabriella, die andere wurde von Violante und Gevatterin Nora belegt. Die bewaffneten Männer zu Pferd ritten voraus, und zwei weitere Gruppen folgten den Frauen; neben der Sänfte von Donna Gabriella aber ritt Blasco, neben der anderen Cristiano.

Nach dem Anfall, bei dem Donna Gabriella beinahe zur Mörderin und zur Selbstmörderin geworden wäre, hatte sie sich in ein düsteres Schweigen zurückgezogen. Blasco hatte versucht, ihr einige tröstliche Worte zuzusprechen, um sie wieder zur Besinnung zu bringen, aber sie hörte nicht auf ihn. Nur einmal fiel ihr düsterer Blick auf ihn, und ein anderes Mal hob sie die Augen zu jener Felsenspitze, auf dem das verfallene Schloß thronte, dessen Namen und genaue Lage sie noch immer nicht kannte. Es war das alte Schloß La Pietra; seine Ruinen waren damals noch auf dem Gipfel des Felsens zu sehen, von dem das nahegelegene Alessandria seinen Namen hatte, das im Jahr 1570 unter Blasco Barresi, dem Schloßherrn, erbaut worden war.

Ihr Weg führte sie über hohe Berghänge, die hie und da von dichten Waldungen bedeckt waren. Rechter Hand lag Santo Stefano di Quisquina, dann ging es tief hinab durch die Täler des Berges Carcaci. Sie verbrachten die Nacht in Prizzi und brachen bei Morgengrauen in Richtung Mezzojuso auf. Sie sahen aus wie eine Reisegesellschaft adliger Herrschaften auf dem Rückweg von ihren Feudalbesitzungen. Die Schellenhalsbänder der Maulesel, die an den Sänften festgebunden waren, klingelten, und es schien, als wären noch weitere Reisegesellschaften auf unbekannten und geheimnisvollen Wegen unterwegs. Rocca Busambra mit seinen hohen Wipfeln warf seinen Schatten auf die Reisenden, als sie das Hoheitsgebiet von Godrano durchquerten, in dem sich das große Waldgebiet von Ficuzza tiefschwarz und unheimlich ausbreitete. In der folgenden Nacht hielten sie in Marineo. Alle schliefen, bis auf Blasco und Donna Gabriella. Sie waren zu Gast im Schloß des Marchese. Blasco hatte die Frauen in getrennten Zimmern untergebracht, und er selbst hatte sich im Vorzimmer von Donna Gabriellas Schlafgemach für die Nacht eingerichtet; er wollte über sie wachen, da er fürchtete, sie könnte sich selbst Gewalt antun oder, von Eifersucht getrieben, gegen Violante vorgehen. Doch Donna Gabriella benahm sich wie ein willenloses Wesen, sie ließ sich überallhin führen und rührte sich die ganze Nacht nicht.

Als die Gevatterin Nora am nächsten Morgen an ihre Tür klopfte, um zu fragen, ob sie etwas brauche, wunderte sie sich sehr, die Herzogin schon angekleidet und zurechtgemacht vorzufinden. Sie saß, den Kopf auf die Hand gestützt, in der gleichen Haltung am Fenster, in der sie sie am Abend zuvor zurückgelassen hatte.

Als es hell wurde, brachen sie auf. Schweigend ging ihre Reise weiter nach Misilmeri. In wenigen Stunden würden sie Palermo erreichen, denn Misilmeri war nicht weiter als neun Meilen von der Hauptstadt entfernt. Die Straße führte durch eine Schlucht, Portella genannt, in der sich Banditen und Räuber versteckt hielten und beinahe alle Reisenden und Fuhrleute überfielen und ausraubten.

Bis jetzt war ihre Reise ohne Zwischenfälle verlaufen, die die Frauen hätten erschrecken oder Gefahr für Leib und Leben hätten bringen können. Hier aber hatten sie keine andere Wahl; auch wenn sie eine Abkürzung nehmen wollten, mußten sie erst diesen Paß überqueren. Aus Sorge vor einem Zwischenfall schickte Blasco Cristiano und einen seiner Männer voraus, um die Lage zu erforschen. Er selbst stellte sich mit einem Mann vor die Sänften, die anderen beiden Wachmänner ließ er dahinter in Stellung gehen.

Es waren sechs gestandene Wachmänner, die selbst vor einer ganzen Meute nicht zurückgewichen wären.

Cristiano und seine Begleitung ritten rasch voran, doch nach knapp einer Drittelmeile stießen sie auf eine Landwehr mit einem Anführer und einem Polizisten. Der Polizist war Matteo Lo Vecchio. Sie hielten Cristiano an und begrüßten ihn nach ländlichem Brauch: »Jesus und Maria!«

Der Anführer fragte: »Seid Ihr Landaufseher?«
»Ja, Herr.«
»In wessen Dienst?«
»Im Dienste des hochverehrten Cavaliere della Floresta.«
»Sehr gut. Habt Ihr irgendeine verdächtige Person auf der Straße bemerkt?«
»Nein, niemanden, Herr Anführer.«
Die Waffenbrüder hatten inzwischen die beiden Landaufseher umringt und schnitten ihnen in doppelter Aufstellung den Rückzug zu den wartenden Sänften ab. Auf ein Zeichen hin zückten sie die Gewehre.
»Zu Boden!« befahl der Anführer.
Cristiano wurde blaß und biß sich heftig fluchend in den Finger. Dann, als hätte er plötzlich einen Entschluß gefaßt, rutschte er vom Pferd, zog die Pistole aus dem Gürtel und wollte gerade auf den Anführer zielen, doch einige Waffenbrüder stürzten sich mit ihren Pferden auf ihn und warfen ihn zu Boden. In Kürze waren Cristiano und sein Begleiter trotz heftiger Verteidigung mit Fäusten und Tritten gefesselt; sie wurden verprügelt und wie zwei nasse Säcke auf die Rücken der Pferde geworfen und von zwei Waffenbrüdern weggeführt.
»Und das fürs erste«, sagte Matteo Lo Vecchio, »das Beste kommt aber noch. Geht voran, ich werde nachfolgen. Doch paßt gut auf, der Kerl ist sehr wild.«
Der Anführer machte ein Zeichen, das bedeutete, er könne sich auf ihn verlassen. Er war einer jener Rohlinge, die, wenn auch nicht von niederer Herkunft, in der Welt des Verbrechens untertauchten und Diebe, Erpresser und Mörder wurden. Die Landwehren jener Zeit setzten sich in der Tat aus dem Edelsten zusammen, was die Verbrecherwelt der Ländereien zu bieten hatte. Oft leisteten sie den Diebesbanden Unterstützung, besonders wenn sie sich selbst überlassen waren. War ihnen eine gute Belohnung durch einen Baron sicher, der in eine Angelegenheit verwickelt war, dann erwiesen sie sich als grausame Vollstrecker der herrschenden Rechtsprechung.
Die Landwehr entfernte sich im Schritt, während Matteo

Lo Vecchio vom Pferd stieg und sich auf einem Stein niederließ. Die Waffenbrüder gaben sich ruhig und friedlich, um keinen Verdacht zu erwecken. Als sie um die Ecke bogen, die die Straße auf dem Abhang des Hügels bildete, fanden sie sich der Reisegruppe gegenüber.

Blasco erschrak, ließ sich aber nichts anmerken und setzte mit ruhiger Miene seinen Weg fort. Der Pfad war jedoch nicht so breit, daß gleichzeitig die zwei Sänften und die Schar der Waffenbrüder passieren konnten. Der Anführer grüßte Blasco höflich und befahl den Seinen, den Weg frei zu machen. Die Schar der Landwehr teilte sich auf und stellte sich zu beiden Seiten des Weges, um in der Mitte Platz für die Reisegruppe zu lassen. Die Waffenbrüder hielten ihre Gewehre auf den Schenkeln. Blasco schaute auf den ihm nächststehenden und sah, daß sein Gewehrhahn nach oben stand. Ein Verdacht schoß ihm durch den Kopf; und aus dem Verdacht wurde rasch Gewißheit, als er den Weg nach vorn wie nach hinten von zwei Waffenbrüdern versperrt sah und gleichzeitig die anderen ihre Gewehre hoben und auf ihn und die drei Landhüter zielten.

»Halt!« schrie der Anführer, »keiner rührt sich, sonst seid ihr auf der Stelle tot.«

Blasco erbleichte vor Schreck, nicht um seinetwillen, sondern der Frauen wegen, die auf den Schrei hin aus den Sänften schauten und zutiefst erschrocken waren, da sie nicht wußten, was ihnen zugestoßen war. Blasco sagte zum Anführer: »Mein Herr, vielleicht liegt hier ein Mißverständnis vor ...«

»Von wegen Mißverständnis!« entgegnete der Anführer in anmaßendem Ton, und zu den Waffenbrüdern gewandt fügte er hinzu: »Wenn er sich bewegt, dann laßt ihn wie einen Bären tanzen.«

Blasco spürte, wie seine Nerven sich spannten, und er biß vor Zorn die Zähne aufeinander.

»Den ersten, der es wagt, mich auch nur anzurühren, werde ich wie einen Hund niedermachen! ... Was wollt Ihr?«

»Nichts weiter als dich verhaften, dich fesseln und ins Schloßgefängnis schaffen.«

»Mich?«

»Das ist ein Befehl des Königs.«

»Genau mich?«

»Ja, dich, den berühmten Blasco da Castiglione.«

Da waren alle für eine Minute still. Blasco kochte innerlich vor Wut und blickte auf seine drei Landhüter, die bewegungslos und ungerührt dastanden. Dann sah er zu den Sänften, und die widerstreitendsten Überlegungen gingen ihm durch den Kopf. Gewiß, wenn nicht die Frauen dabeiwären, die bei einer Schießerei getroffen werden konnten, brauchte er nicht lange zu überlegen, welches Spiel zu spielen war, doch andererseits, sich auf so infame Art ergreifen zu lassen . . .

Der kurze Augenblick, in dem er all das bedachte, schien Jahre gedauert zu haben, so heftig und betäubend war er. Kalter Schweiß trat ihm auf die Stirn. Mit einem Blick schätzte er seine strategische Lage ein: Er war auf drei Seiten von insgesamt zehn Waffenbrüdern umzingelt, und auf der anderen standen die Sänften. Seitlich konnte er sich keinen Weg freikämpfen, da der Pfad abschüssig war, und im Rücken hatte er die Sänften, seine Landhüter und die Waffenbrüder. Wenn überhaupt, so konnte er nur frontal gegen den Anführer und den einen Waffenbruder vorgehen. Sollte er sich diesen Durchgang brechen? Zumindest es versuchen, denn die Waffenbrüder standen einander gegenüber, es bestand also die Möglichkeit, daß sie sich gegenseitig erschössen, wenn er mit einer blitzschnellen Bewegung aus ihrer Zielbahn verschwände. Doch wie sollte er es anstellen, daß die Damen nicht in die Gewalt dieser Horde fielen? All diese Gedanken gingen ihm beinahe gleichzeitig durch den Kopf, mit der gleichen bruchstückartigen Geschwindigkeit, mit der Blitze am nächtlichen Himmel die Wolken zu Gespensterwesen werden lassen.

»Verzeiht, Herr Anführer«, sagte er mit Ergebenheit, doch mit einem Anflug von Ironie, »um mich zu verhaften und ins Schloßgefängnis zu führen, habt Ihr doch bestimmt einen Befehl . . .?«

»Den habe ich, und hätte ich ihn nicht, wäre es das gleiche.«

»Bravo! Da sieht man, daß Ihr ein echter Kerl seid. Und es ist mir beinahe ein Vergnügen, mich von Euch verhaften zu lassen. Doch tut mir den Gefallen und sagt mir, ob auch diese Damen, die ich begleite, und diese Landhüter, die nicht in meinen Diensten stehen, verhaftet werden sollen.«

Der Anführer blähte die Backen und antwortete: »Die Damen nicht ... Was die Landhüter angeht, werden wir noch sehen!«

»Also, dann habt die Güte und laßt die hochverehrte Frau Herzogin und das Fräulein della Motta zu ihrem Palast begleiten, da ich es war, der im Auftrag des Herrn Herzog dieses Amt auszuführen hatte. Das heißt also, daß die Damen mich beim Herrn Herzog entschuldigen werden, und er wird daran denken, Euch für Euer Tun zu belohnen.«

Diese Worte verwirrten den Anführer ein wenig. Blasco verhaften, das war in Ordnung. Matteo Lo Vecchio hatte den Befehl dazu, und außer dem Kopfgeld hatte er ihm auch eine große Belohnung von seiten eines vornehmen Herrn versprochen. Aber die beiden Damen, die einer der höchsten Adelsfamilien des Königreichs angehörten, ... die mußten in der Tat nicht nur freigelassen, sondern auch mit aller Ehrerbietung behandelt und zum herzoglichen Palast geleitet werden.

»Das ist richtig«, sagte er. Zu seinen Männern gewandt, fügte er hinzu: »Habt Ihr gehört? Nehmt Euch also in acht!«

Blasco lachte sich ins Fäustchen und fuhr fort: »Also, Herr Anführer, wenn es Euch nicht mißfällt, laßt als erstes die Damen vorbei, damit es nicht so aussieht, als begleiteten sie einen verhafteten Mann.«

Der Anführer hielt diesen Vorschlag für vernünftig. Er machte ein Zeichen, einer der Waffenbrüder nahm die Zügel von Blascos Pferd, der Anführer befahl denen, die den Weg versperrten, ihn frei zu machen und die Sänften durchzulassen.

Doch Donna Gabriella, die bleich und stumm vom Fenster der Sänfte aus die Szene verfolgt hatte, schrie den Trägern zu: »Haltet ein!«

Der Anführer war überrascht von diesem Gegenbefehl.

Donna Gabriella hatte den Wagenschlag geöffnet, sie zeigte sich in ihrer ganzen Schönheit und sprach zu ihm mit finsterem Blick: »Meine Sänftenträger erhalten Anweisungen einzig und allein aus meinem Mund. Und was den Ritter angeht, so mache ich Euch darauf aufmerksam, daß ich nur in meinen Palast zurückkehre, wenn ich von Herrn Blasco da Castiglione zu meinem Gemahl geleitet werde. Seht Euch also vor.«

Der Anführer wollte schon auf seine unverschämte Art antworten, doch da es sich um die Herzogin della Motta handelte, ließ er Vorsicht walten und sagte entschuldigend: »Hochverehrte . . . so lauten die Befehle . . .«

»Von wem habt Ihr sie erhalten? Vom Vizekönig? Von meinem Gemahl?«

Violante verfolgte alles von der Sänfte aus mit gefalteten Händen und schreckgeweiteten Augen. Ihr Herz pochte heftig, und ihre innere Stimme rief mit inbrünstigen Gebeten Gottes Beistand an. In dem Augenblick, als sie vernahm, daß die Stiefmutter Blascos Verteidigung ergriff, vergaß sie alle Leiden, die diese ihr zugefügt hatte, und segnete sie in ihrem Herzen.

Da der Anführer der Herzogin gegenüber, von der so mancher Vorteil für ihn abhängen konnte, nicht ungefällig sein wollte, konnte er in seiner Verwirrung keinen Entschluß fassen; und während seine Männer sich vor lauter Neugier ablenken ließen und sich umsahen, geschah etwas Wunderbares.

Blasco hatte seinem Pferd heftig mit den Sporen zugesetzt, das Tier schäumte, und Zuckungen durchliefen seinen ganzen Leib. Blasco nutzte jene nur Sekunden währende Unaufmerksamkeit, sah den Weg vor sich frei, beugte sich über den Hals des geduldigen Tieres und versetzte dem Waffenbruder, der die Zügel hielt, einen kräftigen Faustschlag auf den Arm. Dann hieb er dem Pferd erneut heftig die Sporen in die Seiten. Der Waffengefährte lockerte seinen Griff. Blasco aber war mit einem Sprung seines erhitzten Pferdes auf der anderen Seite des Durchgangs und jagte mit fürchterlichem Geschrei davon.

Eine mächtige Gewehrsalve ertönte, und eine dichte Rauchwolke hüllte die Sänften ein.

»Ihm nach! Auf! Ihm nach!« brüllte der Anführer, vor Wut schäumend. »Ergreift ihn um jeden Preis!«

Die Gewehrschüsse waren in dem Augenblick gefallen, als Blasco hinter der Wegkurve verschwand, und keiner konnte ihn treffen; nur eine Kugel, die von einem Stein zurückgeprallt war, streifte sein Bein. In ihrer Überraschung über diese tollkühne Flucht vergaßen die Waffenbrüder sogar die Landhüter, die die Verwirrung nutzten und in die entgegengesetzte Richtung nach Misilmeri flüchteten; zuvor aber gaben sie noch drei Salven auf die Waffengefährten ab, unter denen die Aufregung immer größer wurde, da sie jetzt einen Gegenangriff im Rücken befürchteten.

Bei den Schüssen war Matteo Lo Vecchio aufgesprungen und erkannte Blasco, der auf ihn zugeritten kam. Er erfaßte die Lage, warf sich seitlich ins Gebüsch, zielte, und als Blasco an ihm vorüberritt, schoß er aus allernächster Entfernung auf ihn. Blascos Gebrüll besagte, daß er ihn getroffen hatte. In der Tat sah er ihn wanken, in Wirklichkeit jedoch hatte er sein Pferd getroffen, das nach weiteren zwei Schritten auf dem Boden zusammenbrach. Mit einem Triumphschrei eilte der Scherge aus seinem Versteck hervor, aber Blasco war schon auf den Beinen und hielt die Arkebuse in der Faust. Als Matteo Lo Vecchio in Reichweite war, schrie er ihm zu:

»Ah, du Hund! Hier also bist du!«

Und dabei hieb er ihm den Gewehrkolben über den Kopf.

Der Scherge fiel ohne einen Laut zu Boden.

Aber schon war das Stampfen von Pferdehufen zu hören, und Blasco drehte sich um. Fünf oder sechs Waffenbrüder kamen im Galopp auf ihn zu. Sein verwundetes Pferd versperrte ihnen den Weg; brächte er ein weiteres Tier zu Fall, würde eine Barriere zwischen ihm und den Waffenbrüdern entstehen. Er zielte auf den vordersten und gab Feuer: Pferd und Reiter bäumten sich auf und stürzten zu Boden. Und schon rannte Blasco über die unwegsame Steigung den Hügel hinauf, wo es für ihn zwischen Steinen und Gestrüpp recht einfach war, sich den Blicken seiner Verfolger zu entziehen. Schwierig hingegen war es für die Pferde, die über jedes Hindernis springen mußten. Einige Gewehrschüsse wurden hinter ihm abgefeuert, aber Blasco hatte einen zeitlichen Vorsprung, und sein Überlebenstrieb ließ ihn noch flinker werden. Donna Gabriella schrie vor Freude auf, als sie Blasco flüchten sah, und stieg aufgeregt aus der Sänfte. Violante war ihr gefolgt. Bei den Gewehrsalven erschraken beide Frauen zu Tode.

»Anführer! . . . Anführer! Nicht schießen!« rief sie.

Doch der Anführer, der sich um seine Beute betrogen sah, hörte nicht auf sie.

Im Nu waren die Waffenbrüder auseinandergelaufen.

Einige waren von den Gewehrsalven der flüchtenden Landhüter aufgeschreckt worden und hatten den Weg talabwärts eingeschlagen. Die anderen hatten mit dem Anführer zusammen Blascos Verfolgung aufgenommen. So fanden sich Donna Gabriella und Violante plötzlich allein; nur Gevatterin Nora, die Sänftenträger und die Maulesel waren noch bei ihnen, die nach dem plötzlichen Lärm die Ohren gespitzt hatten und den Erdboden nach Futter absuchten, während sie sicherlich von einem Sack Hafer und Kleie träumten. Die Herzogin sah sich um, und ihr Blick blieb an Violante haften, in deren Antlitz sich tausenderlei Gefühle spiegelten. Sekundenlang stand ein unheimliches und bedrohliches Aufblitzen in der Herzogin Augen, doch bald blickten sie wieder dumpf wie zuvor. Und herrisch gebot sie der Stieftochter: »Geh zurück in die Sänfte.«

Violante gehorchte wortlos.

Auch Donna Gabriella stieg in das Reisegefährt, ohne jedoch den Trägern Weisung zu geben, sich in Gang zu setzen; von der anderen Seite des Hügels, wohin die Waffengefährten verschwunden waren, hallten erneut Schüsse, und die Angst ließ sie innehalten.

»Kehren wir um!« befahl sie den Sänftenträgern. »Gehen wir zurück nach Misilmeri!«

Doch Violante dachte an Blasco. Wenn er verletzt wäre oder gar im Sterben läge, ganz allein und den Schurken da ausgeliefert?

»Frau Mutter«, sagte sie schüchtern und steckte ihren Kopf zur Sänfte hinaus, »wollen Sie Herrn Blasco im Stich lassen? Und wenn ihm nun ein Unglück widerfahren ist?«

Donna Gabriella wurde kreidebleich und sah wieder finster drein. Eifersucht und Bosheit blitzten in ihren Augen auf, als sie sagte: »Willst du gar zu ihm eilen und ihn retten?«

Einer der beiden Sänftenträger mischte sich ein: »Wenn Eure Hoheit Eile haben, nach Palermo zu kommen, so könnte man auch einen anderen Weg nehmen.«

»Und welchen?« fragte die Herzogin.

»Eine Abkürzung. Es ist zwar ein beschwerlicher Pfad, doch ist man da vor unliebsamen Begegnungen sicher.«

Donna Gabriella überlegte eine Weile und sagte dann: »Gehen wir!«

Die Maulesel klingelten mit ihrem Schellenhalsband. Sie legten ein Stück der Straße zurück, auf der sie gekommen waren, dann schlugen sie einen kleinen Saumpfad ein, der von den Bauern, die über die Berge wanderten, zwischen Steinen und Gebüsch geschlagen worden war. Der Weg schlängelte sich über einen steilen Hang, und der Anstieg ging nur langsam voran. Aber gegen drei Uhr nachmittags betraten Donna Gabriella und Violante den Palast della Motta.

Die Gevatterin Nora hatte sich an der Porta di Termini von ihnen verabschiedet und war in einer der Gassen verschwunden.

XVIII

Wie ein gehetztes Wild rannte Blasco im Zickzacklauf zwischen Büschen und Felsblöcken hindurch, lud im Laufen sein Gewehr, schoß auf die vordersten seiner Verfolger und erreichte den Gipfel des Hügels.

Zunächst waren die Verfolger in einer Reihe hinter ihm hergerannt; nach Blascos ersten Schüssen aber hatte der Anführer seine Männer ausgeschickt, ihn einzukreisen, um ihm so den Fluchtweg abzuschneiden. Doch um den Kreis wirklich schließen zu können, hätte er ein Dreifaches an Männern gebraucht. Einer der Waffenbrüder war gefallen; zwei andere hatten Matteo Lo Vecchio aufgelesen, um ihn nach Misilmeri zu bringen; weitere vier hatte er zuvor ausgeschickt, um Cristiano und den Landhüter zu verfolgen. Von seinen vierundzwanzig Männern fehlten ihm also sieben. Für sein Manöver blieben ihm nur noch siebzehn Männer, und das machte es schwierig, Blasco lebendig einzufangen. So gab er Befehl, schießend voranzureiten, um den Flüchtenden glauben zu machen, daß er von allen Seiten bedroht wäre.

Die zahlreichen Schüsse erweckten von fern den Eindruck, als fände eine richtiggehende Schlacht zwischen zwei feindlichen Linien statt. Cristiano, der Landhüter und die vier Waffengefährten glaubten, daß die größere Schar mit den anderen Landhütern kämpfe. Die drei geflüchteten Landhüter wiederum meinten, Blasco habe einen Unterschlupf gefunden, von wo aus er jetzt schieße.

»Sollen wir ihn allein lassen?« fragte einer von ihnen seine Gefährten.

»Nein, gehen wir!« erwiderte ein anderer.

Die Schüsse wiesen ihnen den Weg, und sie trieben die Pferde an. Sie stießen auf die zwei Sänften und zogen Erkundigungen ein; dann spornten sie ihre Pferde an und jagten im Galopp über den Weg, auf dem die Gefangenen losgeschickt worden waren. Die Waffengefährten hatten angehalten und spitzten die Ohren, um sich zu orientieren, und in dieser Lage wurden sie von drei Gewehrschüssen und Schreien überrascht.

»Laß sie! Laß sie!«

Die Waffengefähren, erschreckt von den Kugeln, die ihnen um die Köpfe pfiffen, flohen entsetzt und ließen Cristiano und den Landhüter, auf den Pferden festgebunden, zurück. Ihre Flucht bewirkte einen Gegenschlag im Gros der Schwadron, die Blasco den Hügel aufwärts verfolgte. In dieser allgemeinen Verwirrung und während alle den Schauplatz wechselten, gelang es Blasco, in Richtung auf die Stadt hinabzusteigen. Seine Kleider hingen in Fetzen, an der Schulter war er leicht verletzt, überall hatte er Prellungen, und sein Atem ging schwer; sein verwahrlostes Äußeres würde gewiß die Aufmerksamkeit der Leute auf sich ziehen und ihn neuen Gefahren aussetzen. In einer Schenke bat er um Schutz. Ein vielsagender Blick genügte zur Verständigung mit dem Wirt. Der wies dem Flüchtenden ein Versteck auf dem Dachboden, wo er abwartete, bis es Abend wurde. Ohne sich zu verraten, konnte er dabei sogar die Landwehr auf dem Rückweg von ihrem erfolglosen Unternehmen beobachten. Die Männer hatten in der Schenke zu einem Umtrunk haltgemacht und unterhielten sich lauthals fluchend über das Vorgefallene. So erfuhr Blasco auch, daß Matteo Lo Vecchio tot war.

Als er sicher war, sein Versteck verlassen zu können, hüllte er sich in einen weiten Umhang, zog einen Filzhut tief ins Gesicht und machte sich auf und davon. Kurz nach der Abendandacht erschien er in dieser Aufmachung vor Coriolano, der ihn verblüfft anschaute.

»Was ist Euch denn widerfahren?« fragte er ihn besorgt.

»Mein lieber Freund«, antworte Blasco vergnügt, »ich habe von meinem Herrn Vater, wie es scheint, ein Geschenk erhalten, von dem ich nicht weiß, ob ich ihm dafür dankbar sein soll oder nicht; er hat mir weder ein Vermögen noch ein Regiment hinterlassen, sondern ein Patent der Unsterblichkeit.«

Und er erzählte ihm in scherzhaftem Ton, hinter dem jedoch die Bitterkeit zu spüren war, was sich seit seiner Ankunft auf Schloß Pietra bis zum Eintreffen in der Schenke zugetragen hatte. Coriolano kam aus dem Staunen nicht mehr heraus. Hin und wieder unterbrach er den Bericht des Freundes mit Überraschungausrufen, am Ende schien es, als besänne er sich auf etwas.

»Wenn ich nur wüßte«, sagte Blasco, »ob die Damen ohne weiteres Ungemach in ihrem Hause eingetroffen sind.«

»Sie sind es. Doch verzeiht, ihretwegen braucht Ihr Euch doch keine Sorgen zu machen . . .«

»Um wen sonst?«

»Um uns.«

»Was soll das heißen?«

»Nun, es braucht nicht viel, um zu begreifen, was auf das

Ganze folgen wird. Gegen Euch wird erneut eine noch schärfere öffentliche Strafandrohung erlassen werden, nach der es jedermann erlaubt sein wird, Euch umzubringen, ohne auch nur das mindeste dafür büßen zu müssen, im Gegenteil, der Mörder wird noch mit einem großzügigen Kopfgeld belohnt werden. Ich aber werde wegen meiner Landhüter jede Menge Unannehmlichkeiten kriegen. Nun, das wird das geringere Übel sein, ich werde mich schon aus der Schlinge zu ziehen wissen.«

»Oh, was mein Schicksal angeht, so mache ich mir keine Sorgen. Habe ich Euch nicht gesagt, daß ich unsterblich bin? Außerdem habe ich meine Entscheidung schon getroffen.«

»Nämlich?«

»Ich reise ab.«

»Warum wollt Ihr weg?«

»Was sollte ich Eurer Meinung nach noch tun? Ich hatte mich verpflichtet, einmal Emanuele und seine Wohltäter, zum anderen die Damen della Motta zu befreien. Jetzt gibt es für mich nichts mehr zu tun.«

»Glaubt Ihr das wirklich?«

»Wie sollte ich es nicht glauben?«

»Wollt Ihr also Violante dem Haß und der Eifersucht Donna Gabriellas aussetzen?«

»Auf wen sollte sie noch eifersüchtig sein, wenn ich einmal weg bin?«

»Genau das ist es: wenn Ihr wegginget, würde die Herzogin jede Hoffnung verlieren, Euch zurückzugewinnen, und sie würde es an dem Mädchen auslassen.«

»Das mag schon sein, aber . . .«

»Ihr müßt Violante vor ihren Übergriffen in Sicherheit bringen.«

»Dazu ist doch ihr Vater da.«

»Ein Vater ist kein Liebhaber . . . und auch kein Ehemann!«

»Oh! Wollt Ihr gar, daß ich Donna Violante Albamonte zur Frau nehme?«

»Warum nicht?« warf Coriolano seelenruhig ein.

Blasco brach in schallendes Gelächter aus, das in einem Aufschluchzen endete.

»Potzblitz, was für eine Hochzeit: die Tochter des Herzogs della Motta aus dem Hause Albamonte wird die Gemahlin eines gewissen Blasco da Castiglione!«

»Oh, nein! Vielmehr würde Donna Violante Albamonte, Tochter des Ritters della Motta, die rechtmäßige Gattin ihres Cousins, Don Blasco Albamonte.«

»Mein guter Freund, in ein paar Tagen werde ich mich hoffentlich nach Spanien einschiffen; dort werde ich den alten Königen dienen, die zuvor schon von den Albamonte bedient wurden. Verschafft mir zu meiner Sicherheit eine Passage auf einem englischen oder französischem Dreimaster, das ist der letzte Gefallen, um den ich Euch bitte. Und jetzt laßt uns von etwas anderem reden. Habt Ihr meinen Bruder Emanuele zu Gesicht bekommen?«

»Ich habe ihn gesehen. Don Girolamo brachte ihn hierher.«

»Kennt er seine Herkunft schon?«

»Ich glaube, daß er nichts weiß, und es scheint mir derzeit auch nicht von Vorteil, es ihm zu offenbaren. Es ist besser, seinen einundzwanzigsten Geburtstag abzuwarten. Wenn er erst volljährig und in der Lage ist, sein Vermögen zu verwalten, dann wird der Zeitpunkt gekommen sein, es ihm mitzuteilen. Indessen geht und macht Euch frisch; ich erwarte Euch zum Abendessen, und um Mitternacht werdet Ihr mit mir ausgehen.«

»Gibt es eine Zusammenkunft?«

»Ja.«

»Und werdet auch Ihr das Wort ergreifen?«

»Ja.«

»In irgendeiner großen Sache?«

»Einer riesengroßen sogar ... die auch Euch betreffen kann.«

»Ihr macht mich neugierig.«

»Geht und kleidet Euch um, lieber Blasco.«

Blasco ging auf sein Zimmer, zog sich aus und verband, so gut es ging, seine Wunde. Müde und aufgewühlt von den heftigsten Empfindungen warf er sich aufs Bett. Jene Lösung, die Coriolano einfach so hingeworfen hatte, erfüllte ihn mit einem verzweifelten, tiefen Schmerz, der ihn die ganze

Härte seines gesellschaftlichen Standes spüren ließ. Doch seine Jugend und sein fröhliches Naturell waren stärker als der Schmerz, und er fiel in tiefen Schlaf.

Nachdenklich war Coriolano zurückgeblieben. Er hatte sich auf einem großen, lederbezogenen Sessel niedergelassen, neben sich eine Ledertasche, aus der er hin und wieder Papiere zog, die er aufmerksam durchlas, wobei er sich mit dem Bleistift Anmerkungen machte.

Da waren an der Wand in gleichmäßigem Abstand drei Schläge zu vernehmen. Er ging auf einen kleinen Spiegel zu, dessen Rahmen aus Schildpatt mit eingelegten Elfenbeinrosetten verziert war, und drückte auf eine dieser Rosetten. Eine verkleidete Wandtür ging auf, und Don Girolamo Ammirata erschien.

»Tretet näher«, forderte Coriolano ihn auf und ging ins Vorzimmer, um die Tür abzuschließen.

Don Girolamo nahm auf ein Zeichen des Ritters della Floresta Platz.

»Und?« fragte dieser ihn.

»Es ist alles vorbereitet.«

»Habt Ihr unseren Notar rufen lassen?«

»Ja, Signore.«

»Auch die Zeugen?«

»Sie stehen zur Verfügung.«

»Ist gut. Gibt es sonst noch etwas?«

»Ich habe den Beweis, daß Nino Bucolaro uns verrät. Er hat Matteo Lo Vecchio und die Landwehrkompanie des Mangialocchi auf Blasco da Castiglione und seine Gefolgsleute gehetzt.«

»Seid Ihr sicher, daß er es gewesen ist?«

»Ganz sicher: ich habe dem Schergen den *Blinden* auf die Fersen gesetzt. Der *Blinde* hat den Schergen nachts ins Haus von Antonino Bucolaro gehen sehen.«

»Und dann?«

»Tags darauf kam Antonino zu mir nach Hause. »Er begann über tausend Dinge zu reden; dann bestätigte er mir, daß Blasco im Besitz unserer Unterlagen und ein Verräter sei, der, anstatt sich an unsere Anordnungen und Statuten zu halten, nach eigenem Gutdünken handle. Ich tat, als schenkte ich ihm Glauben. Ich trug dem *Blinden* auf, auch auf Blasco ein Auge zu haben. Nun gut, der *Blinde* sah am Abend der Abreise des Herrn Blasco, wie Antonino Bucolaro und Matteo Lo Vecchio in entsprechender Verkleidung in die Schenke von Gevatter Alessio, unterhalb der Kirche Santa Cristina la Vecchia, gingen, vor der kurz darauf eine Karosse ohne Wappen und ohne Diener hielt. Antonino Bucolaro und Matteo Lo Vecchio bestiegen die Kutsche, die sich im Schrittempo entfernte. In der Nähe der Stadtmauer, zwischen der Porta Nuova und der Porta D'Ossuna hielten sie an und stiegen aus. Der *Blinde*, der sich auf das hintere Trittbrett gekauert hatte, ließ sie laufen und folgte dem Wagen bis zum Palast della Motta.«

»Und?«

»In der Kutsche saß der Herzog! Am nächsten Tag wurde Matteo Lo Vecchio in Gesellschaft des Landwehranführers Mangialocchi gesehen, und heute morgen sind sie in Richtung Misilmeri aufgebrochen, von wo Herr Blasco kommen mußte.«

Schweigend hörte Coriolano ihm zu und zog die Augenbrauen zusammen. Das war das einzige Zeichen innerer Anteilnahme, die sein Gesicht verriet. Als Don Girolamo geendet hatte, fragte er:

»Wurde auch Nino Bucolaro für heute nacht einberufen?«

»Ja, mein Herr.«

»Gut.«

»Man sollte die Gewehre vorbereiten, um auf jede Überraschung gefaßt zu sein.«

»Ich habe verstanden.«

»So geht denn.«

Girolamo Ammirata verließ den Raum auf die gleiche Weise, wie er gekommen war, der Spiegel rückte an seine Stelle, und Coriolano ging die Tür des Vorzimmers aufschließen. Keiner hätte sich beim Betreten des Raums jetzt vorstellen können, daß noch eine Minute zuvor eine zweite Person hier gewesen war.

Kurz darauf erwachte Blasco, kleidete sich rasch an und

eilte in den Speisesaal hinunter, wo Coriolano auf einem Sessel ausgestreckt lag und sich schlafend stellte. Neben ihm stand ein messingfarbenes Kohlenbecken und verbreitete Wärme.

Bei Blascos Eintritt schlug er die Augen auf, ohne sich zu rühren.

»Nanu, Ihr seid es? Ich habe Euch schon gar nicht mehr erwartet, nehmt Platz.«

»Ich war so müde, daß ich eingeschlafen bin ... und überdies hatte ich noch eine kleine Wunde zu versorgen.«

»Wie? Ihr seid verletzt und habt mir nichts davon gesagt?»

»Oh, es war nicht der Rede wert. Ein Streifschuß an der Schulter und eine Prellung.«

»Gott sei Dank, also nichts Schlimmeres, das Euch den Appetit nehmen könnte.«

»Im Gegenteil, ich habe einen Bärenhunger.«

»Das freut mich für Euch.«

Er klingelte nach einem Diener und ließ das Abendessen servieren: eine Gemüsesuppe, ein gebratenes Huhn, Käse und getrocknete Früchte, dazu zwei Flaschen eines alten Weins aus Castelvetrano.«

»Sehr gut, dieser Wein«, sagte Blasco.

»Mundet er Euch? ... Wenn Ihr ein eigenes Heim habt, werde ich Euch ein paar Fässer davon schicken.«

»Dann werde ich nie zu meinem Wein kommen.«

»Warum? Es liegt nur an Euch.«

»An mir? Ah so, ich begreife! Indem ich Don Blasco Albamonte werde und mich verheirate ... und so weiter, und so weiter! Verzeiht, Coriolano, tretet Ihr jetzt als Kuppler auf?«

»Für Euch, ja. Doch reden wir im Ernst, Blasco.«

»Wollt Ihr wirklich, daß ich so etwas ernst nehme?«

»Warum nicht? Ihr müßtet mich nur machen lassen und Euch ganz mir anvertrauen.«

»Ihr macht mich neugierig und drängt mich ja geradezu, daß ich mich unter Euren Schutz stelle.«

»Seid doch ehrlich, Blasco – und verzeiht, wenn ich Euch über Einzelheiten ausfrage, die Ihr gewiß lieber für Euch behalten würdet. Versprecht Ihr mir also, ehrlich zu sein?«

»Ich verspreche es, obwohl Eure Einleitung mir eher eine Warnung sein sollte.«

»Liebt Ihr Donna Violante?«

Blasco errötete und versuchte, sich vor der Antwort zu drücken.

»Was für eine Frage!«

»Antwortet mit Ja oder mit Nein, potztausend! Ihr seid doch kein Klosterschüler . . .«

»Also gut, ja, ich liebe sie. Was wollt ihr? Es ist eine seltsame Liebe, sie ist Zärtlichkeit, die auch etwas Väterliches an sich hat, und ist doch gleichzeitig voll unendlicher Hingabe.«

»Ich bitte Euch nicht um eine Apologie Eurer Liebe, von der ich weiß, daß sie rechtschaffen, rein und ritterlich ist. Sagt mir vielmehr, ob Ihr Violante heiraten wollt. Zieht dabei nicht in Erwägung, ob es eine Aussicht auf Erfolg gibt oder nicht, antwortet einfach mit Ja oder Nein.«

»Ja, ja, ja.«

»Endlich! Man könnte fast meinen, Ihr legt Eure erste Beichte ab. Jetzt sage ich Euch, daß die Heirat mit Donna Violante nur von Euch und von mir abhängt.«

»Von Euch und von mir?«

»Nun, die Sache ist höchst einfach. Ihr, Blasco, übergebt mir als erstes einen gewissen Umschlag, den Matteo lo Vecchio Don Girolamo Ammirata gestohlen hat und der von Euch wiederum aus einer Satteltasche entwendet wurde, die Euch unter bekannten Umständen in die Hände geraten ist. Der Umschlag enthält Schriftstücke, die Euch nichts angehen und die Ihr, verzeiht, ihren eigentlichen Besitzern hättet zurückgeben müssen; ich habe tagtäglich damit gerechnet, daß Ihr sie mir aushändigt. . . . Die entsprechende Person von der Vorteilhaftigkeit der Heirat zu überzeugen, die ich vorzuschlagen gedenke, dafür werde ich schon Sorge tragen.«

Blasco lauschte voller Verwunderung, errötete und biß sich auf die Lippen. Wiewohl Coriolano in seinem gewohnt höflich kühlen Ton zu ihm sprach, drückte seine Miene doch eine eiserne Entschlossenheit aus, die schwer auf Blasco lastete. Seine Lage war heikel. Zum einen war er Coriolanos

Gast und Schutzbefohlener und erhielt von ihm vielerlei Wohltaten; tausendfach war er diesem Mann verpflichtet und konnte ihn sich nicht zum Feinde machen. Zum anderen verwahrte er, Blasco, Schriftstücke bei sich, die ihm nicht gehörten, und er hatte kein Recht, sie weiter zu behalten; zudem war er Mitglied eines Geheimbundes, dem er Gehorsam geschworen hatte, und er konnte gerade seinem Oberhaupt diesen Gehorsam nicht verweigern. Zugleich aber sagte ihm ein undeutlicher Instinkt, daß es nicht ratsam wäre, die Papiere aus der Hand zu geben, so als könnte dies eine Gefahr für Violante bedeuten.

Im übrigen ließ er sich von der Aussicht auf eine Hochzeit nicht blenden. Wiewohl es sein glühendes Begehren war, Violante sein zu nennen, sie das ganze Leben bei sich zu haben, sie in Liebe und unzertrennlichen Banden an sich zu fesseln, hielt er das für einen verrückten Traum, der nie und nimmer zu verwirklichen wäre. So erwiderte er auf Coriolanos Worte: »Wenn ich also diese Papiere, die Ihr in meinem Besitz glaubt, vernichtet hätte, würde sich dieser schöne Traum einer Hochzeit in nichts auflösen?«

»Aber Ihr habt sie nicht vernichtet«, warf Coriolano kühl ein.

»Das bedeutet aber nicht, daß ich sie nicht doch vernichten kann«, hielt Blasco ihm mit derselben Kühle entgegen.

Da geschah etwas Unerwartetes. Coriolano erhob sich. Sein Gesichtsausdruck, der für gewöhnlich angenehm höflich und unerschütterlich gelassen war, verzerrte sich aufs schrecklichste. Seine Augen blitzten vor verhaltenem Zorn, er preßte die Unterkiefer aufeinander und fletschte die Zähne wie ein wildes Tier. Sein ganzes Wesen schien Blitze zu schleudern. Blasco konnte sein Erstaunen nicht verbergen. Aber er ließ sich nicht erweichen, auch wenn der starre Blick Coriolanos sein Blut in Wallung brachte.

»Blasco da Castiglione«, sagte der Ritter della Floresta mit völlig veränderter Stimme, »schau her!«

Er nahm aus einer Ecke hinter den Fensterläden eine jener Querstangen aus Eisen, die als zusätzliche Fenstersperren dienten, packte sie an beiden Enden und sagte: »In meinen Händen wärest du nicht stärker als diese Stange!« Seine Hände spannten sich, die Armmuskeln schwollen an, die Stange bog sich wie ein Zweig, und Coriolano warf sie krachend zu Boden. »Ich könnte dich packen und mit noch geringerem Kräfteaufwand zerbrechen«, fuhr er fort und sah Blasco starr in die Augen, der vor Überraschung wie betäubt war. »So könnte ich dich bezwingen, Blasco da Castiglione. Doch du bist mein Gast, und ich habe vom ersten Tag an eine wahrhaft brüderliche Zuneigung für dich empfunden, aber ... diese Papiere wirst du mir übergeben.«

»Niemals!« stotterte Blasco und wich zurück. Leise sagte er: »Schaut mich nicht so an!«

Blasco wich zurück, und Coriolano näherte sich ihm Schritt um Schritt, seinen herausfordernden Blick starr auf ihn gerichtet. Blasco stolperte über einen Stuhl und fiel hin. Der Sturz entzog ihn der eigenartigen Anziehungskraft dieses Blicks, und erneut kam Leben in ihn. Doch schon beugte sich Coriolano über ihn, packte ihn am Arm, zog ihn in die Höhe und sprach mit sanfterer Stimme jetzt auf ihn ein:

»Warum willst du mich zur Gewalt zwingen? Auch wenn du mein leiblicher Bruder, mein eigener Vater wärest, würde ich dich nicht verschonen. Weit über mir gibt es eine Idee von Gerechtigkeit, deren Werkzeug ich bin; ihr habe ich mich mit Leib und Seele verschrieben. Würde diese Gerechtigkeit mich zwingen, Hand an meinen Vater, ja an meinen eigenen Sohn zu legen, ich würde keinen Augenblick zögern. Zwing mich nicht, Gewalt anzuwenden. Gehorche. Du hast einen Eid geleistet ... Willst du ihn nicht halten? Willst du als Verräter gelten? Willst du, daß ich dich persönlich anzeige?«

»Ja, denn lieber will ich sterben. Aber jene Papiere, in denen die ganze Schmach enthalten ist, die unweigerlich auf den Namen eines unschuldigen Mädchens niederginge, die werde ich Euch nie und nimmer übergeben ... Eher werde ich sie vernichten!«

»Tu es nicht, Blasco!«

Doch Blasco war außer sich, er wußte nicht mehr, was er

sagte noch tat. Die Überlegenheit dieses rätselhaften Mannes, der ihm jetzt über alle Maßen groß vorkam, riefen Scham und Rebellion in ihm wach. Seine Worte und seine Geste verrieten auch seine verletzte Eigenliebe, den Aufruhr seines Gewissens gegen das, was ihm als Anmaßung und Vertrauensmißbrauch erschien. Mit zitternder Hand öffnete er sein Hemd, zog den Beutel mit dem Umschlag heraus, riß den Stoff auf, zog die Papiere heraus und warf sie, gefaltet wie sie waren, auf das Kohlenbecken.

»Unglückseliger!« schrie Coriolano mit furchtbarer Stimme und stürzte zum Kohlenbecken hin. Blasco zog eine kleine Pistole und stellte sich ihm in den Weg.

»Keinen Schritt weiter, Coriolano!«

Doch der Ritter della Floresta besaß die Geschmeidigkeit eines Raubtiers: er packte Blasco am Handgelenk, verdrehte es ihm, als wäre seine Hand eine Zange, und zwang ihn, die Pistole loszulassen. Dann stieß er ihn zurück und beugte sich über das Kohlenbecken, wo die Ränder der Papiere bereits rauchten und sich schwärzend zusammenrollten.

»Nein! Coriolano, nein!« rief Blasco und versuchte ihn zurückzuhalten.

Doch Coriolano hatte die Papiere schon an sich gebracht und drückte sie gegen sein Gewand, um das Feuer zu ersticken, das noch an ihren Rändern glimmte. Eine Minute länger, und sie wären verbrannt. Blasco wurde blind vor Zorn, vor Beschämung und Kummer. Tränen in den Augen, die Seele von einem Übermaß von Gedanken und Gefühlen erschüttert, sagte er mit erstickter Stimme: »Mein Herr, was Ihr getan habt, ist eine Niedertracht. Bevor Ihr das Oberhaupt einer schurkischen Sekte wurdet, wart Ihr ein Edelmann. Wenn der Degen, den Ihr tragt, für Euch kein Zeichen von Schmach ist, dann heraus damit, im Namen des Herrn! Entweder Ihr oder ich, nur einer von uns wird lebend diesen Raum verlassen.«

Coriolano zuckte die Schultern und lächelte. Sein Gesicht zeigte wieder die übliche kühle Beherrschung. Und lächelnd sagte er: »Du Jungchen!«

Im selben Augenblick waren drei Schläge an der Wand zu

hören. Coriolanos Gesicht bekam einen seltsamen Ausdruck. Und bevor er den Knopf drückte, der im Spiegelrahmen verborgen war, rief er: »Maskiert Euch!«

Die Wand tat sich auf, und ein Mann erschien in der Dunkelheit, der sich gerade die Maske vors Gesicht schob.

»Ist es soweit?« fragte Coriolano. Der andere nickte.

»Und was ist mit dem hohen Magistraten?«

»Er ist in die Falle gegangen.«

»Gut. Blasco da Castiglione, seht Ihr diese Geheimtür? Von der anderen Seite könnte ich, ohne von jemandem gesehen zu werden, eine ganze Legion von Männern kommen lassen, ohne auch nur eine Spur zu hinterlassen. Doch eine feierliche Pflicht ruft uns. Nehmt Euren Hut und folgt mir. Was heute nacht geschieht, geht insbesondere Euch an.«

Gebieterisch deutete er auf die Öffnung in der Wand und befahl dem maskierten Mann: »Geht voraus und macht Licht.«

Der Maskierte gehorchte. Blasco nahm den Hut, ohne ein Wort zu sagen, doch bevor er in den dunklen Gang trat, sagte er hochmütig zu Coriolano: »Ich hoffe, mein Herr, wir werden die Angelegenheit zwischen uns so bald wie möglich ins reine bringen.«

»Zweifelt nicht daran, das wird schneller der Fall sein, als Ihr glaubt.«

Und geräuschlos schloß sich hinter ihnen die Tür.

XIX

Als Frau Francesca und Emanuele am Abend nach Hause kehrten, wurde in der ganzen Nachbarschaft groß gefeiert. Die Leute kamen scharenweise in die Wohnung hinauf. Die einen küßten Frau Francesca die Hand, die anderen fragten sie, wie es ihr ginge, und alle versicherten ihr, daß sie große Pein wegen ihrer Verhaftung und mehr noch wegen der unverdienten Strafe empfunden hätten. Oh! Wenn nur einer zu ihnen gekommen wäre, um Erkundigungen einzuholen, dann hätte Frau Francesca nicht soviel gelitten. Und was so alles geschehen war seit ihrer Verhaftung! Die Schergen hatten das ganze Viertel überfallen; es hatte eine richtige Schlacht gegeben, auch auf den Treppen des Hauses!

Frau Francesca sah sich um. In der Tat erkannte sie in der Unordnung, die im Hause herrschte, noch die Spuren jenes gewaltsamen Eindringens. Sie bat eine Nachbarin, zum Maler Bongiovanni hinaufzugehen und ihn von ihrer Rückkehr zu unterrichten. Mit Jubelgeschrei eilte Pellegra die Treppen hinunter und umarmte voller Ungestüm Emanuele, den sie in der Aufregung mit Frau Francesca verwechselte. Der junge Mann machte sich dieses Mißverständnis zunutze und küßte das Mädchen auf den Mund; mit einem Aufschrei, der vielleicht nicht gerade Freude, bestimmt aber kein Bedauern ausdrückte, befreite sich das Mädchen aus seiner Umarmung.

Der Maler stieg langsam die Treppe herunter und wiederholte laut die Rede, die er für diesen Anlaß vorbereitet hatte. Er trat ein und sagte: »Willkommen! Willkommen! ... Ihr wißt, daß die Sache schlimm aussieht; im Vicaria, da wird nicht gescherzt! Das Vicaria-Gefängnis, das hat er zu mir gesagt, wenn ich mich einmische ... Deshalb, Frau Francesca, freue ich mich sehr ... aber aus der Ferne. Ihr versteht ja, das Vicaria-Gefängnis, es gefällt mir nicht!«

Und er begann zu schluchzen, als sollte er tatsächlich jeden Augenblick verhaftet und ins Gefängnis geworfen werden.

»Aber nicht doch, keine Angst, es ist alles vorbei, Don Vincenzo! Stellen sie sich vor, der Herzog höchstpersönlich hat mich in seiner Kutsche abgeholt.«

»Der Herzog? Wirklich? In der Kutsche?« wiederholte Don Vincenzo, und der Mund blieb ihm offenstehen. »Ja, dann sind wir ja alle Freunde? Potzblitz! Warum hast du mir das nicht eher gesagt? ... Darauf muß man einen trinken und feiern! Pellegra, hol zwei Flaschen ... zwei von dem alten Wein ... den mir Pater Messana aus Partinico geschickt hat! Da werdet ihr mal ein gutes Weinchen schmecken! Hoch lebe das Glück! ... Doch diese Sache mit dem Vicaria-Gefängnis, diese Geschichte, nein, die nicht! ... Kein Gefängnis!«

Inzwischen waren auch Don Girolamo und Andrea eingetroffen, und im ganzen Haus herrschte festliches Treiben. Der Maler tanzte und schrie: »Den Wein, Pellegra! Hol den Wein! Ich will mich betrinken, beim Bart des Michelangelo!«

»Aber gewiß doch, unsere Ankunft muß gefeiert werden!« stimmte Don Girolamo gutgelaunt zu.

Rasch richteten sie ein Festmahl her, kauften an einem Stand auf dem Platz heißes Schmalzgebackenes und blieben bis spät in die Nacht zusammen. Pellegra und Emanuele hatten sich nebeneinandergesetzt. Der junge Mann war recht verändert aus dem Gefängnis zurückgekehrt: er gab sich jetzt geradezu weltmännisch! Unter dem Tisch drückte er die Hand des Mädchens so innig, daß sie darüber errötete.

»Weißt du«, sagte er ihr im Flüsterton, »ich habe dich lieb, aber nicht mehr so wie früher. Ich habe dich jetzt noch lieber... Und wären wir allein, würde ich dir ganz, ganz viele Küsse auf den Mund geben.«

Pellegra wurde rot. »Schweig«, stotterte sie verwirrt, »schweig und sprich nicht von solchen Dingen...«

Aber er blieb beharrlich.

»Da sieht man, daß du mich nicht gernhast.«

»Ich?... Ich soll dich nicht gernhaben? Wenn du wüßtest, wie viele Tränen ich um dich geweint und was ich alles für dich getan habe!«

»Warum willst du dann nicht, daß ich dich küsse?«

»Weil das nicht anständig ist...«

»Ja, was ist denn das für eine Liebe? Wenn man sich liebt, hat man auch den Wunsch, mit dem geliebten Wesen zusammenzusein, es ans Herz zu drücken, es zu küssen... Ich habe ein solches sehnsüchtiges Verlangen und komme fast um dabei!«

»Oh, Emanuele! Mein Vater will mich nach Rom zu Verwandten schicken. Er sagt, ich sei jetzt erwachsen und dürfe nicht mehr allein sein.«

»Du wirst abreisen?«

»Was könnte ich anderes tun? Kann ich mich vielleicht dagegen wehren?«

»Siehst du, daß du mich nicht liebhast?«

»Mein Gott! Was sollte ich deiner Meinung nach tun, damit du mir glaubst?«

In diesem Augenblick näherte sich Frau Francesca, und sie schwiegen. Emanuele wurde ärgerlich. Als seine Pflegemutter außer Hörweite war, meinte er: »Siehst du? Man kann nicht einmal miteinander reden!«

»Ist das gar meine Schuld?«

»Nein, nein, ich weiß. Aber ich habe dir so viele Dinge zu erzählen.«

»Mein Gott, was sollen wir nur tun?«

»Das ist nicht schwer. Wenn dein Vater schläft . . .«

»Bist du von Sinnen?«

»Also, dann brauchst du auch keinen Gedanken mehr an mich zu verschwenden!«

Emanuele stand auf und ging zu den Spielern hinüber. Erschüttert und den Tränen nahe saß Pellegra nun allein da. Das Mädchen liebte Emanuele mit aller Hingabe und Unterwürfigkeit einer ersten Liebe. Sein Verhalten versetzte ihrem Herzen einen seltsamen Schlag und brachte alle Widerstände zu Fall, die ihr Schamgefühl gegenüber den Forderungen des jungen Manns errichtet hatte. Jetzt sah sie zu ihm hin in der Hoffnung, daß er ihren Blick erwidere und sie ihn schweigend bitten könne, sich wieder neben sie zu setzen. Doch er blickte starr in die Runde der Spieler, was das Mädchen noch trauriger werden ließ.

Endlich sah er wie beiläufig zu ihr hinüber. Mit tränenfeuchten Augen und einem Zeichen mit dem Kopf flehte sie ihn an. Emanuele kam mit herablassender Geste näher und setzte sich neben sie.

»Und?« fragte er.

»Ich tue, was du von mir verlangst«, antwortete Pellegra.

»Dann also heute nacht . . .«

»Aber nein, heute nacht nicht. Wie sollte ich das anstellen, wo doch die Tür abgeschlossen wird und mein Vater den Schlüssel verwahrt?«

Doch Pellegra hatte eine Idee.

»Morgen in aller Frühe werde ich auf unseren Turm steigen . . . und du könntest auf Euren Balkon kommen.«

»Laß mich nur machen. Oh, wie lieb ich dich habe!«

Am nächsten Morgen sahen sich die beiden allein, unter einem noch wolkenbedeckten Himmel, während die Häuser ringsum noch im Schlummer lagen. Der Aussichtsturm des Hauses Bongiovanni erhob sich gerade zwei Armlängen hoch über den Dächern; auf der einen Seite sah man von ihm auf eine Terrasse herab, die mindestens drei Armlängen unter dem Dachfirst lag und somit von dem Gemäuer dreier Häuser und dem des Aussichtsturm eingeschlossen war. Um auf den Turm zu gelangen, bedurfte es einer Leiter, oder man mußte sich an den Löchern und Ausbuchtungen des Mauerwerks festhalten. Doch während seiner Gefangenschaft im Kastell hatte der junge Mann viele Dinge gelernt, darunter auch die Kunst des Kletterns. Lächelnd begutachtete er die Mauer. Bald darauf sah Pellegra, wie er sich an der Wand entlanghangelte, und mit einem Satz war er auch schon auf dem Turm. Sie war noch ganz verwundert, als Emanuele auch schon heftig seine Arme um sie schlang und sie seinen Mund auf dem ihren spürte.

Sie fühlte unsägliche Verwirrung und Angst.

»Oh, nein, Emanuele, nein. Laß mich los! So nicht!« Sie brach in Tränen aus.

»Warum weinst du? Was habe ich dir denn getan? So liebst du mich also doch nicht?«

Er versuchte sie zu beschwichtigen, streichelte sie und sagte ihr zärtliche Worte, die ganz im Gegensatz zur Heftigkeit seines Benehmens standen. Schließlich konnte er sie dazu bewegen, sich eng an ihn geschmiegt auf den Boden zu setzen, damit sie miteinander reden konnten. Sie sagten sich belanglose und törichte Dinge. Und sie sprachen davon, zu heiraten und für immer zusammenzubleiben.

Auf Pellegra machten Emanueles Worte großen Eindruck; vielleicht war es auch die Berührung mit ihm, seine Wärme, das Wehen seiner Haare in ihrem Gesicht, was sie unwiderstehlich anzog. Lange und innig küßten sie sich, in diesem ersten Verlangen, das sie für tiefe Leidenschaft hielten.

Die Stimme des Malers, der sie rief, riß Pellegra aus ihren lieblichen Träumen. Sie gaben sich gegenseitig das Versprechen, sich am nächsten Tag zur gleichen Stunde wiederzusehen. Emanuele kehrte wie berauscht nach Hause zurück. Am Mittagstisch sagte er zu Don Girolamo: »Ich mag Pellegra und will sie und keine andere zur Frau.«

»Du bist noch ein Milchbart«, entgegnete Don Girolamo.

»Ich bin ein Mann und kein kleiner Junge mehr!«

»Oho, du hast dir ja einen Ton zugelegt! Sei bloß still! Solche Reden stehen dir nicht zu. Im übrigen bist du nicht so frei, zu heiraten, wen du willst. Da gibt es vielerlei zu bedenken ... Und merk dir gut, Pellegra kann nie und nimmer deine Frau werden.«

»Warum nicht?« fragte Emanuele verwundert und gekränkt.

»Den Grund wirst du erfahren, wenn es an der Zeit ist.«

»Warum nicht jetzt?«

Don Girolamo schaute den jungen Gockel, dem der Kamm schwoll und der die Federn spreizte, leicht verblüfft an.

»Also weißt du«, sagte er zu ihm, »du bist recht ungezogen aus dem Kastell zurückgekommen, so bist du früher nie gewesen! Was soll das? Das ärgert mich!«

»Aber ...«

»Kein Aber! Sei still, du hast kein Recht zu widersprechen.«

Emanuele errötete, und seine Augen funkelten zornig. Er sah Don Girolamo an und warf ihm einen sehr verletzenden Satz hin: »Schließlich seid Ihr ja nicht mein Vater, Ihr seid mein Onkel, wenn ich auch nie erfahren habe, auf welche Weise ihr mein Onkel geworden seid noch wer Euch das Erziehungsrecht gegeben hat.«

Don Girolamo erbleichte. Frau Francesca schrie schwer getroffen auf, und aus ihrem Gesicht sprach ein einziger Schmerz. War das noch Emanuele, der solche hochmütigen und undankbaren Reden führte? Er, der Kleine, den sie aufgenommen und an ihrem Busen genährt hatte?

»Es ist wahr«, murmelte Don Girolamo, »ich bin nicht dein Vater, und ich habe dir noch nie erklärt, wie sich das alles zueinander verhält. Du hast recht. Wer könnte sagen, in welchem Grad wir miteinander verwandt sind? Vielleicht sind wir überhaupt nicht verwandt. Und Erziehungsgewalt? Von Gesetzes wegen habe ich keine über dich, das Hohe Gericht hat mich nicht zu deinem Vormund bestimmt. Doch in einer kalten Winternacht, da habe ich dich auf der Straße aufgelesen, du warst erst wenige Tage alt ... und ich nahm deine Mutter, die im Sterben lag, und brachte euch in mein Haus. Francesca war damals erst seit wenigen Jahren meine Frau, und wir hatten ein Kind. Deine Mutter starb, ohne dir auch nur einen Tropfen Milch gegeben zu haben, und so teilte meine Frau ihre Milch zwischen dir und unserem Kind. Nach sechs Monaten warst du kräftig und stark, und unser eigenes Geschöpf starb, vielleicht starb es, weil du stärker und gieriger warst und alles für dich genommen hast. So also wurdest du unser einziger Sohn. Ein Recht vor dem Gesetz habe ich nicht auf dich. Und ein anderes Recht kannst du heute vielleicht noch nicht verstehen.... Aber geh! Deine Worte zeigen deutlich, wer du bist.... Doch höre auf das, was ich dir sage: Ich werde dich daran hindern, die Tochter eines Malers zu heiraten, wie ich dich hindern werde, überhaupt ein Mädchen aus unserem Stand zu heiraten. Ich werde es dir verbieten ... Und jetzt reicht's, sei still. Solange du noch nicht volljährig bist und in diesem Haus lebst, habe ich das Sagen über dich.«

Emanuele hatte dieser Rede erst trotzig zugehört, dann mit Verblüffung, die rasch in innere Rebellion überging. Doch kein Wort kam über seine Lippen. Diese überraschende und unglaubliche Offenbarung hatte ihn verstummen lassen. Er war ein Findelkind, ein Waisenkind unbekannter Herkunft, ein Namenloser! Deshalb also hatten sie ihn ins »Kollegium der Türkisfarbenen« gesteckt! ... Aber weshalb dann der Nachname, den sie ihm gegeben hatten, und jene Geschichte von der Mutter, die bei seiner Geburt starb? Warum hatten sie ihn belogen? Warum all diese Andeutungen in den Worten Don Girolamos? Hatte es mit seiner Geburt also etwas Geheimnisvolles auf sich? Und was war es für ein Geheimnis? Und sagte Don Girolamo jetzt die Wahrheit, oder enthielten seine Worte eine weitere Lüge? Eines aber stand fest, zwischen ihm und dem Buchhalter Ammirata bestand nicht die mindeste verwandtschaftliche Beziehung. So konnte er machen, was ihm behagte.

Als er abends zu Bett ging, war sein Kopf voll von diesen Gedanken, die sein Leben in eine neue Richtung lenkten. Frau Francesca wußte bestimmt, wessen Sohn er war; sie konnte, besser, sie mußte es ihm sagen. Sie liebte ihn so sehr, daß sie ihm eine vertrauliche Mitteilung dieser Art nicht ausschlagen konnte. Es gab nur zwei Möglichkeiten: Entweder er erfuhr, wie er ins Haus Ammirata gekommen war, oder er würde für immer weggehen. Die Entscheidung lag bei seiner Pflegemutter.

All das hinderte Emanuele jedoch nicht, Pellegra am Morgen auf dem Turm zu sehen. Er verschwieg ihr allerdings, was er erfahren hatte, und erwähnte nichts von den Hindernissen, die sich nun zwischen ihnen auftürmten. Er machte sie mit seinen Küssen und seinen Zärtlichkeiten trunken vor Glück.

Don Girolamo aber suchte den Maler auf und sagte ihm geradewegs ins Gesicht, daß ihre Freundschaft nur unter der Bedingung fortbestehen könne, daß er seine Tochter strengstens in Gewahrsam nehme. Sein Tonfall war so heftig und bedrohlich, daß Don Vincenzo ganz ängstlich wurde.

»Habt keinen Zweifel! Ihr könnt sicher sein! . . . Ich werde tun, was Ihr verlangt. Ganz sicher werde ich es tun. Wir sind doch Freunde! Und wir müssen es bleiben! . . . Ihr werdet schon sehen, was ich machen werde. . . . Pellegra? Ach ja? Der werde ich schon Manieren beibringen! Ich werde sie nach Rom schicken, nach Rom, nach Rom.«

Die Angst machte aus Don Vincenzo ein wütendes Tier. In seiner zunehmenden geistigen Umnachtung schrie er die Tochter an.

»Du wirst etwas Schlimmes angestellt haben! Bestimmt wird es etwas ganz Schlimmes sein! . . . Du willst mich also in Schwierigkeiten bringen? Mit Don Girolamo? . . . Der knallt mich mit dem Gewehr ab, verstehst du? Rücklings bringt er mich um! Und ausgerechnet du willst mich ans Messer liefern! Aber eher wirst du sterben, eigenhändig werde ich dich töten!«

Don Girolamo hatte ihm aufgetragen, Pellegra zu überwachen, und so folgte er ihr auf Schritt und Tritt. Nachts schloß er sie in ihrem Zimmer ein, so daß sie am Morgen nicht mehr auf den Turm steigen konnte. Doch auch Emanuele hatte keine Gelegenheit mehr zu einem Schäferstündchen. Don Girolamo zwang ihn, mit ihm ins Hospital zur Arbeit zu gehen.

Der junge Mann begehrte auf.

»Was soll ich Eurer Meinung nach denn im Krankenhaus?«

»Nichts. Du wirst nur an meiner Seite bleiben.«

Don Girolamo blieb unbeugsam, und Emanuele mußte gehorchen. Als er nach Hause kam, hatte er einen heftigen Zornesausbruch und riß sich die Kleider vom Leib. Frau Francesca kniete entsetzt zu seinen Füßen, umschlang seine Beine und beschwor ihn weinend: »Emanuele! Emanuele! . . . Hab doch Erbarmen!«

Emanuele schien den Verstand verloren zu haben und hörte nicht auf sie. Mit feuerrotem Gesicht und Tränen in den Augen schlug er sich gegen die Schläfen.

»Warum nur? Warum?«

Damit meinte er natürlich jene Verbote, die in seinen Augen die reinste Willkür waren.

»Sagt Ihr mir wenigstens, warum? Wenn Ihr es mir nicht sagt, stürze ich mich vom Balkon!«

Schließlich lenkte die arme Frau ein, die meinte, ihr mütterliches Herz müsse zerspringen.

»Ich werde es dir sagen, beruhige dich doch nur, dann werde ich es dir sagen.«

»Nun also?«

Frau Francesca war ratlos, doch Emanuele stand in bedrohlicher Haltung vor ihr.

»Nun, dein Onkel hat recht . . . Du kannst kein bürgerliches Mädchen heiraten, weil . . . weil sie nicht von deinem Stand ist.«

»Ja, bin ich denn ein Fürst?«

»Beinahe . . . Bis heute haben wir das vor dir geheimhalten müssen, doch der Tag ist nicht mehr fern, da dir volle Anerkennung zuteil werden wird. Und du wirst einen Titel, einen großen Palast, Dienerschaft und Feudalbesitz haben.... Und dann wirst du eine Adlige heiraten. Das ist alles.«

Emanuele sah sie entgeistert an. Er sollte der Sohn eines reichen Edelmannes sein? Ja, warum war er dann auf der Straße aufgelesen worden? Warum war seine Mutter im Haus eines so schlichten Mannes gestorben? Welches Geheimnis lag über seiner Geburt? Und am Ende war alles nur erfunden!

»Das ist nicht wahr«, sagte er, »diesen Unsinn könnt Ihr anderen erzählen, aber nicht mir.«

»Es soll nicht wahr sein?« entgegnete sie gequält, »ja, wäre es nur so! Warum glaubst du wohl, daß dein Onkel verfolgt und ich ins Gefängnis geworfen wurde? Eben weil Don Girolamo versucht hat, dich wieder in deinen gesellschaftlichen Rang einzusetzen und dir dein rechtmäßiges Vermögen zukommen zu lassen, um das du gewaltsam gebracht worden bist! Sei also vernünftig und gehorche! ... Wir tun es einzig zu deinem Wohl. Und wenn du nicht mehr der arme Emanuele, Mündel des Don Girolamo Ammirata, sondern Graf, Marchese oder Herzog sein wirst, dann wirst du eine Dame deines gesellschaftlichen Standes heiraten! Du kannst keine andere Frau heiraten, das wäre ein Skandal, und der Vizekönig würde es dir nicht gestatten. ... Er würde dich in ein königliches Schloß, nach Trapani oder Termini verbannen und die Frau in ein Kloster einschließen. Das weiß man doch. Jeder muß in seiner eigenen Klasse bleiben. Aber ich habe dir die Wahrheit gesagt, vor Gott, dem Allmächtigen, der alles sieht und uns hört!«

Emanuele war fassungslos angesichts dieser Enthüllung, an der er jetzt keinen Zweifel mehr hegte. Er erhob einen letzten Einwand, doch mehr aus Neugier und weil er sich nicht gleich geschlagen geben wollte.

»Ich werde Euch glauben, wenn Ihr mir den Namen sagt, den ich eigentlich tragen sollte.«

»Oh, nein! Ich habe dir schon zuviel gesagt ... wenn Don Girolamo das wüßte. Mein Gott, was für ein Schmerz für meine Seele! Für den Augenblick darfst du diesen Namen noch nicht wissen, darfst du nichts anderes als der Neffe von

Ammirata sein. Wehe dir, wenn es herauskäme! . . . Du weißt nichts . . . Und ich darf dir nicht mehr sagen. Laß es gut sein. Vielleicht wirst du bald schon alles erfahren.«

Emanuele wurde nachdenklich. Seine Gedanken gingen jetzt in eine andere Richtung, und ein neuartiges Verlangen nach Größe und Macht erwachte in seinem Bewußtsein. Adlig und reich würde er sein und könnte dann alles tun, was ihm gefiele. Keiner könnte ihm mehr irgendwelche Verbote auferlegen.

Pellegra? Sie gefiel ihm, er liebte sie, er würde sie immer lieben. Was die Heirat anging . . . er würde sie auch heimlich zur Frau nehmen. Was machte das schon? Der Vizekönig, die Verbannung aufs Schloß, das Kloster . . . alles Märchen! Adlig und reich würde er sein! Er spürte, wie in ihm die Gier nach Macht erwachte. In Wirklichkeit war er als adliger Herr doch der einzige, dem das unumschränkte Recht zustand, zu befehlen und jemandem seinen Willen aufzuzwingen. Dankbarkeit? Oh, ja. Seine Wohltäter würden in seinem Palast wohnen, er würde ihnen eine Geldsumme geben und so seine Schuld begleichen. Gedanken dieser Art überfluteten sein Gehirn. So versprach er Frau Francesca, daß er sich ruhig verhalten und nicht mehr übers Heiraten reden würde. Doch dieses Versprechen machte er mit dem Gebaren eines kleinen Herrschers, der nicht gehorcht, sondern nachgibt.

Aber, dachte er, warum soll ich Pellegra inzwischen nicht weiterhin sehen?

Lüsternheit blitzte in seinem bartlosen Gesicht auf. Verdorben hatte er das Vicaria-Gefängnis verlassen, eingeweiht in die Geheimnisse des Lebens.

XX

Donna Gabriella hatte, in den Palast della Motta zurückgekehrt, ihren Gemahl nur flüchtig begrüßt und ihm einige Fragen beantwortet und sich sodann in ihr Gemach zurückgezogen.

Violante aber war in Gesellschaft des Vaters geblieben. Don Raimondo hatte seine gewöhnliche Strenge und Kühle abgestreift, und väterliche Zuneigung überkam ihn. Nach einer stürmischen Umarmung des Mädchens setzte er sich nieder und nahm sie liebevoll auf seine Knie. Er richtete tausend Fragen an sie, wollte von ihr die Geschichte der Gefangenschaft bis in alle Einzelheiten erfahren.

Die väterliche Zuneigung, die für Violante so ungewohnt war und sie jetzt aufs angenehmste überraschte, die drängenden Fragen, die herzlichen Bemühungen, mit denen er ihr Mut einflößte, all das brachte ihre Zurückhaltung und ihre Scheu zum Erliegen; das Mädchen fühlte sich glücklich, dem Vater dieses einzigartige Abenteuer zu erzählen, in das sie geraten war und das sie sich noch immer nicht erklären konnte. Nur bemerkte sie nicht, daß jedesmal, wenn sie den Namen Blasco aussprach, Haß in den Augen des Vaters aufblitzte.

»Ach«, sagte sie, »ohne den Herrn Blasco wäre ich jetzt tot, Vater!«

Nur die Szene mit der Stiefmutter verschwieg sie, aus Zurückhaltung oder aus Angst oder aus jenem natürlichen Schamgefühl, das sie dazu veranlaßte, einen Zwischenfall zu übergehen, der einer Offenbarung oder einem Geständnis gleichkäme.

»Jetzt geh und ruh dich aus«, sagte Don Raimondo schließlich, »du mußt sehr müde sein. Keiner wird dir je wieder ein Haar krümmen, und im übrigen werde ich dich, sobald ein großer englischer Dreimaster in See sticht, nach Turin mitnehmen.«

»Abreisen?« fragte sie seufzend. Der Gedanke, Blasco nicht mehr sehen zu können, versetzte sie in größte Bestürzung. »Warum denn? Warum?«

»Weil ich wieder an den Königshof muß und dich hier nicht allein zurücklassen werde.«

Seine Worte klangen schroff. Violante, die in des Vaters Antlitz die alte Härte und Kälte zurückkehren sah, neigte den Kopf und blieb stumm. Sie küßte ihm die Hand und zog sich auf ihr Zimmer zurück. In Wahrheit hatte auch sie ein großes Bedürfnis, allein zu sein. Allein? Oh, nein! Sein Bild stand ihr unaufhörlich vor Augen. Wo mochte Blasco sein? Sie hatte seine wagemutige Flucht verfolgt, mit der er den Waffengefährten entkommen war. Sie hatte ihn zwar aus den Augen verloren, bezweifelte jedoch nicht, daß er noch am Leben war. In ihrer Vorstellung war er einer jener Prinzen, die sämtliche Gefahren überwinden, Riesen und Ungeheuer besiegen und unverwundbar sind, weil sie unter dem Schutz einer wohltätigen Fee stehen. Ja, gewiß, er mußte auf eine verborgene Kraft zählen können, um unverletzt und siegreich so viele Gefahren zu überleben. Aber wo war er? Und plötzlich tauchte aus der Tiefe ihres Denkens eine düstere und erschreckende Gestalt auf: die Stiefmutter. Sie sah sie in bedrohlicher Haltung, ein Messer in der Hand, aber nicht gegen sie, Violante, sondern ganz deutlich gegen Blasco gerichtet. Eiskalter Schrecken durchfuhr sie. Ihre Wahnvorstellung war so lebhaft, daß ihr jeglicher Sinn für die Wirklichkeit abhanden gekommen war. Ihr schien, als öffne sich die Tür ihres Zimmers, Donna Gabriella träte ein und nähere sich ihr langsam.

Donna Gabriella hatte tatsächlich die Tür geöffnet. Sie sah das Mädchen regungslos und mit weit aufgerissenen Augen. Sie schüttelte sie am Arm.

»Nun, stehst du nicht auf?«

Violante stieß einen Schrei aus und sprang auf die Beine, während sie sich gleichzeitig mit der Hand über die Augen fuhr.

»Warum hast du Angst?« fragte die Herzogin mit schriller Stimme. So hast du dir also etwas zuschulden kommen lassen?«

»Oh, Frau Mutter! . . . Ich?«

Sie versuchte ihre Betäubung von sich zu schütteln. Donna Gabriella durchbohrte sie mit ihrem Blick wie ein Richter des Inquisitionsgerichts. Nach kurzem Schweigen sagte sie: »Hat dein Vater dir keine Fragen gestellt?«

»Was hätte er mich fragen sollen?«

»Stell dich nicht dumm. Bestimmt hat er doch wissen wollen, was uns widerfahren ist.«

»Ja, Frau Mutter.«

»Alles?«

Traurig lächelnd erwiderte Violante: »Alles? Nein ... Einige Dinge habe ich verschwiegen.«

»Was denn?«

»Das, was meinem Herrn Vater großen Schmerz bereiten würde ...«

Stumm schweifte Donna Gabriellas Blick im Zimmer umher, ohne etwas zu erkennen. Darauf sagte sie: »Hüte dich! Wenn du auch nur ein einziges Wort über jenen Zwischenfall verlauten läßt, werde ich dich töten! ... Und keiner wird dich retten. Ich werde dich des Nachts töten, wenn du in tiefem Schlaf liegst, damit keiner dir zu Hilfe eilen kann ... Und bevor ich dich töte, werde ich deinem Vater sagen, daß du die Geliebte Blasco da Castigliones bist!«

»Frau Mutter!«

Händeringend und mit feuerrotem Gesicht flehte sie sie an zu schweigen.

»Also hast du Angst, daß ich sprechen könnte?« fuhr die Herzogin erbarmungslos fort.

»Aber was habe ich nur getan, Frau Mutter, daß Sie so wütend auf mich sind?«

»Schweig! Ich verbitte mir deine Reden! ... Was du mir angetan hast? Mir nichts. Deinem Vater aber hast du Schande gemacht, den Namen der Familie hast du entehrt. Es hilft nichts, das leugnen zu wollen, ich weiß alles ...«

»Was, Frau Mutter? Was?«

»Oh! Schau sie einer an, das Unschuldslamm!«

Sie verspürte ein heftiges Bedürfnis, Violante zu beleidigen, sie zu beschimpfen, um all das angestaute Gift aus ihrem unbefriedigten, harten und habgierigen Herzen herauszulassen. Sie wußte nur zu gut, daß Violante rein und unschuldig war, aber was bedeutete das schon? Es genügte ihr zu wissen, daß Violante Blasco liebte und er sie wiederliebte. Und sie, Donna Gabriella, eine Frau voller Begehren, voller Sehnsüchte und glühendem Verlangen, war im Stich gelassen, das allein hatte Bedeutung für sie!

Sie packte Violante bei den Handgelenken, schüttelte sie grob und schrie: »Du darfst ihn einfach nicht lieben! ... Ich will es nicht! Ich will es nicht!«

Ihre Stimme bebte von Schluchzern.

Doch plötzlich erklang vom Ende des Zimmers her eine dritte Stimme: »Gabriella, was macht Ihr?«

Es war Don Raimondo, der raschen Schrittes näher kam, um seine Tochter in die Arme zu schließen.

»Was ich mache?« erwiderte sie und erhob sich aufbegehrend, ganz Frau, die in ihrer weiblichen Ehre verletzt worden war. Auf Violante deutend, sagte sie: »Ich schütze Eure Interessen und Eure Ehre, die diese da in den Schmutz zieht.«

»Violante?« Und in verändertem Ton fügte er hinzu: »Ihr seid wohl von Sinnen!«

»Von Sinnen, so? Dann fragt sie doch selbst, ob sie nicht die Geliebte Blasco da Castigliones ist.«

Don Raimondo prallte wie vom Blitz getroffen zurück.

»Sie? . . . Sie?«

Erneut ging er auf Violante zu, zog ihr Gesicht nach oben und fragte sie laut und voller Staunen, in dem Ungläubigkeit, Schmerz und Haß mitschwangen: »Du? Du? . . . Ist das wahr?«

Violante sah dem Vater stolz in die Augen und sagte: »Nein, das stimmt nicht.«

»Sie lügt, sie lügt, die Schamlose!«

»Schweigt!« herrschte Don Raimondo sie an.

»Ich lüge nicht.«

»Leugne also, wenn du kannst, daß du Blasco da Castiglione liebst. Dort ist das Christuskreuz, schwöre darauf!«

»Ich liebe ihn, das stimmt«, rief das Mädchen aus und richtete ihren grazilen Leib auf, aus dem die Würde einer reifen Frau sprach, »ich liebe ihn, aber ich bin nicht seine Geliebte.«

»Sie hat in den Armen dieses Mannes geschlafen!« fuhr Donna Gabriella giftig dazwischen.

Don Raimondo neigte sich zu seiner Tochter herunter: »Ist das wahr?«

»Ja, das ist wahr. Er schlief neben mir, er hatte seinen Kopf auf das Kissen gebettet, doch nie in meinem Leben bin ich so sicher gewesen wie in jener Nacht, nicht einmal in den Armen meiner Mutter.«

Don Raimondos Blick fiel auf seine Frau, dann auf die

Tochter, und er war hin und her gerissen zwischen Anklage und Verteidigung. Es widerstrebte ihm, sein Kind für schuldig zu halten. Doch es entsprach der Wahrheit, daß Violante den verhaßten Bastard liebte und eine ganze Nacht allein ihm preisgegeben war. Aus Scham hatte Violante in ihrem ersten Bericht jene idyllische Episode verschwiegen. Ein furchtbarer Verdacht kam in Don Raimondo hoch. Mit geballten Fäusten schrie er seine Tochter an: »Verteidige dich also! Bringe etwas zu deiner Entlastung vor, wenn du kannst!«

»Zu ihrer Entlastung? Aber sie hat doch gestanden!« sagte Donna Gabriella heftig.

Don Raimondos Gesicht funkelte vor Haß und Schmerz, als er seiner Gemahlin erwiderte: »Schweigt. Ich weiß nur zu gut, was Euch dazu treibt, meine Tochter zu beschuldigen. Ich kenne Euch zu gut, Donna Gabriella, Ihr seid es bestimmt nicht, die die Würde meines Hauses hochhalten wird. Geht! Um meine Tochter kümmere ich mich selbst.«

Blind vor Wut fauchte Donna Gabriella ihn an: »Ja, ich gehe, und ich verlasse nicht nur dieses Zimmer, sondern Euer Haus. Viel zu lange habe ich mich hier aufgehalten. Ich will nicht länger die Komplizin Eurer Freveltaten sein.«

»Ruchlose!« schrie Don Raimondo betroffen. Seine Hand griff zum Degen, er wollte sich auf sie stürzen. Da sprang Violante auf, klammerte sich an seinen Hals und schrie: »Nein, Vater, nein!«

Donna Gabriella blieb ungerührt. Langsam zog sie sich zurück, drehte sich an der Tür noch einmal um und schleuderte ihm ihre letzten Worte entgegen.

»Ihr überrascht mich keineswegs, sind doch die Wände hier von Blut getränkt. Hier war es doch, wo Maddalena ermordet wurde!«

»Ah, du sollst nicht mehr länger leben!« schrie Don Raimondo voller Verzweiflung und stürzte auf sie zu. Doch Donna Gabriella war schon draußen und hatte die Tür hinter sich verriegelt. In diesem Augenblick klopfte es an die andere Tür.

»Wer ist da?« fragte Don Raimondo. »Eure Hoheit, es ist der Hauptmann des Strafvollzugkommandos.

»Bitte, ich stehe zu Diensten.«

Düster schaute er seine Tochter an und sagte: »Zieh deinen Mantel an und folge mir.«

Beim Hinausgehen befahl er dem Diener: »Laßt sofort meine Privatkutsche anspannen.«

Dann betrat er sein Arbeitszimmer, wo der Hauptmann ihn erwartete. Violante ließ er im Vorzimmer in Gesellschaft der alten Kammerzofe zurück. »Warte hier auf mich.«

Die Unterredung zwischen dem Herzog und dem Hauptmann dauerte nicht lange. Don Raimondo begleitete ihn zum Treppenabsatz und verabschiedete sich von ihm mit den Worten: »Ich erwarte Euch hier zurück.«

Im Empfangssaal meldete ihm der Diener, daß die herzogliche Kutsche bereitstünde.

»Kommt«, sagte er düster zu Violante.

Am Fuß der Treppe stand ein kleiner Mann, der auf einem Auge blind war; er zog seine Kopfbedeckung, streckte die Hand aus und bettelte mit weinerlicher Stimme: »Ein Almosen, Hoheit, um der Liebe Gottes willen!«

Don Raimondo wollte ihn gerade barsch abweisen, als der Blinde hinzufügte: »Don Antonino schickt mich.«

Don Raimondo zuckte zusammen.

»Wer, Don Antonino?«

»Bucolaro ... in jener Angelegenheit.«

Der Herzog blickte sich argwöhnisch um, legte eine Silbermünze in die Hand des Blinden und fragte leise: »Und wo?«

»Um Mitternacht bei Gevatter Alessio.«

»Nehmt, guter Mann«, sagte Don Raimondo laut und nickte mit dem Kopf, »und geht mit Gott.«

Der Blinde entfernte sich. Don Raimondo bestieg die Karosse, worin Violante wartete, und befahl: »Nach Santa Caterina.«

XXI

Die Nonnen des berühmten und vornehmen Klosters von Santa Caterina kamen gerade aus dem Chorgestühl, wo sie das Abendgebet gesprochen hatten, als die Kutsche von Don Raimondo vorfuhr. Man staunte nicht schlecht. Obwohl die zwei älteren Schwestern des Herzogs, Clementina und Maria Rosaria, Nonnen in Santa Caterina waren, war es durchaus nicht üblich, daß ihr Bruder sie oft besuchte. Nur bei großen religiösen Feierlichkeiten oder bei Einkleidungszeremonien fand er sich im Parlatorium des Klosters ein. Auch die ungewöhnliche Stunde seines Besuchs löste große Verwunderung bei den Ordensschwestern aus.

Er bat die Nonne, die sich auf sein Läuten hin hinter dem Fenstergitter zeigte, die Frau Äbtissin zu ersuchen, sich zusammen mit seinen beiden Schwestern in das Parlatorium zu begeben.

»Was ist denn geschehen?« riefen die drei Nonnen im Herbeieilen erschrocken aus.

Don Raimondo machte nicht viele Worte um sein Anliegen. Nachdem er seinen Lobspruch über das Kloster und die Weisheit seiner Äbtissin aufgesagt und die Gefahr ins Gedächtnis gerufen hatte, der seine Tochter ausgesetzt gewesen war, bat er die Schwestern, sie noch am selben Abend ins Kloster aufzunehmen.

»Sie ist erst vor einigen Stunden zurückgekehrt, aber ich will sie nicht im Haus behalten noch wieder in die Klosterschule von Montevergini bringen. Ich will, daß sie ihr Leben Gott weiht und dem Orden beitritt, und dafür kann ich mir kein besseres Kloster als dieses wünschen.«

Violante sprach kein Wort. Die Augen im blassen Gesicht waren auf den Boden gerichtet, und still ließ sie ihren Tränen freien Lauf. Die letzten Worte des Vaters versetzten ihrem Herzen einen heftigen Stich, doch ihr blieb nichts anderes übrig als zu schweigen. Sich gegen den Willen der Väter aufzulehnen, davon durften die Töchter jener Zeit nicht einmal träumen, und die jungen Mädchen wußten vom zartesten Alter an, daß sie fürs Klosterleben bestimmt waren.

Sie trat in jener Nacht ins Kloster ein, wie eine schuldig gewordene Vestalin in der Antike in die Grabesgruft stieg. Ihr Vater gab ihr zum Abschied keinen Kuß und sagte kein liebevolles Wort zu ihr. Kalt und unerschütterlich begleitete er sie bis zum Eingang der Klausur, schob sie in die Türöffnung und kehrte ohne ein Zeichen von Rührung zu seiner Karosse zurück.

Ganz andere und viel schwerwiegendere Gedanken lasteten auf seinem Gemüt. Die Anspielungen und das Aufbegehren Donna Gabriellas hatten ihm deutlich gemacht, wer sein neuer Feind war; und dieser neue Feind war nicht nur zu fürchten, weil er die Anschuldigungen seiner Gegner insgeheim preisgegeben hatte – wenn er selbst deren Wahrheit leugnete –, sondern mehr noch, weil er einen Beweggrund hatte, aus dem eine Frau den Sinn für die Wirklichkeit und die Selbstbeherrschung verliert: die Eifersucht. Was bedeuteten für sie schon die Angelegenheiten der Familie, die Ehre des Namens im Vergleich zur nagenden Eifersucht in ihrem Herzen? Ging er noch einmal Schritt um Schritt die ganze Angelegenheit durch, spürte er, wie sein Haß gegen Blasco wuchs.

War er Blasco verpflichtet, weil er Violante befreit und sie zu ihm zurückgebracht hatte? Nein, die Befreiung der Frauen war nur der Preis einer Übereinkunft gewesen: er hatte sie im Austausch gegen seine Feinde gekauft. Doch im übrigen, so dachte er, mußte man Blasco zu diesem Zeitpunkt längst gestellt haben; er wunderte sich, daß weder Matteo Lo Vecchio noch der Anführer der Landwehr, Mangialocchi, sich bei ihm hatten blicken lassen. Vielleicht waren sie in Misilmeri geblieben, oder sie warteten die Dunkelheit ab, um in die Stadt zurückzukehren. Für Don Raimondo stand es ohne jeden Zweifel fest, daß Blasco dem Anschlag nicht entkommen war. Donna Gabriellas Bericht über den Vorfall hatte seine Vermutung nur noch bestätigt: Blasco war in die Gewalt der Landwehr gefallen, und die würde ihn tot oder lebendig nach Palermo bringen. Hoffentlich tot oder schwerverletzt, dachte er. Doch längst schon hätte Matteo Lo Vecchio hier sein müssen.

War Blasco erst einmal tot oder gefangen, waren die berühmten Dokumente in seinen Händen, die Sekte ausgerottet, an ihrem geheimen Versammlungsort entdeckt und ausgehoben, wie er es schon eingefädelt hatte ... was hatte er dann noch zu befürchten? Alles hatte er darangesetzt, um diesen letzten und entscheidenden Schachzug auszuführen, und er verspürte in seiner Brust die blinde Gewißheit, daß er siegen würde, denn nun wußte er alles über diese geheime Gesellschaft, ihre Ziele, die Ursachen ihres harten, erbarmungslosen und unablässigen Krieges gegen ihn.

Und nun wollte Antonino Bucolaro ihn sprechen, um Mitternacht, vor der Schenke des Gevatters Alessio unterhalb der Kirche von Santa Cristina la Vecchia. Warum? Gab es irgendeine Neuigkeit? Waren nicht sämtliche Abmachungen getroffen?

Er kehrte in den Palast zurück. Sein getreuer Kammerdiener sagte ihm, die Frau Herzogin sei vor einer halben Stunde in ihrer Sänfte zum Palast der La Grua aufgebrochen; sie habe überdies den Kammerzofen angeordnet, ihr spätestens morgen früh ihre gesamte Garderobe und alles, was ihr gehöre, nachzuschicken.

»Ist recht!« äußerte er knapp. Denn er hatte eigentlich damit gerechnet, daß ihm das Eintreffen einer bestimmten Person gemeldet würde.

Wo zum Teufel steckt dieser Matteo Lo Vecchio? fragte er sich besorgt. Und mit seinem unerklärlichen Fernbleiben brachte er nun die Unterredung in Verbindung, um die Antonino Bucolaro ihn gebeten hatte. Bestand da etwa ein Zusammenhang? War dieser Teufel von Bastard vielleicht dem Anschlag entgangen und alles schiefgelaufen?

Dieser Zweifel jagte ihm einen eisigen Schauer über den Rücken. Voller Ungeduld wartete er, daß die Uhr am Pfandhaus Monte di Pietà Mitternacht schlüge.

Als es Zeit war, verließ er bewaffnet und zu Fuß, in Begleitung zweier vertrauenswürdiger, ebenfalls bewaffneter Diener den Palast. Sie brauchten nur das letzte Stück der Straße von San Agostino zurückzulegen und dann über die abschüssige Straße des »Schutzengels« zum Papireto hinuntergehen.

Außer den Häusern, die noch heute die Straße des Papireto säumen, gab es zwischen der Steigung des »Angelo Custode« und dem Dom keine anderen Wohnhäuser; deutlich ließ sich erkennen, daß der verlassene Ort ein trockengelegtes Sumpfgebiet war. Die Anhöhe, die heute das Fundament für das Priesterhospital bildet, ragte wild, hie und da mit spärlichem Schilfrohr bedeckt, über dem alten Flußbett empor. Einige Straßen aus dem Stadtinnern mündeten steil abfallend auf dieser Ebene. Am Ende einer jener Straßen befand sich hinter der alten Krönungskapelle das Kirchlein Santa Cristina la Vecchia, ein kleiner Bau in normannischem Stil, der bis zum heutigen Tag seine ursprünglichen Bögen und Spitzbögen bewahrt hat. Neben der Kirche war ein kleiner Garten angelegt, und an seiner Ecke lag die Schenke des Gevatters Alessio: das Lokal war so bekannt, daß sogar die Straße nach ihm benannt war.

Die Nacht war schrecklich dunkel. Kein einziger Stern war am Himmel zu sehen, nur eine dichtes Gewölbe aus undurchdringlichen Wolken. Nirgends waren Lichter angezündet, und die Straßen waren so finster, daß man die eigene Hand nicht vor Augen sah.

Don Raimondo ging die steil abfallende Straße des »Angelo Custode« hinunter, die schlecht gepflastert war und glitschig von Schlamm und Abfällen, die die Bürger hinwarfen. Einer der Diener eilte mit einer kleinen Laterne voraus, um notdürftig die Straße zu beleuchten und den Herrn nicht in diesen Abfällen ausgleiten zu lassen, die die Hausfrauen bei Einbruch der Dunkelheit von den Balkonen und aus den Fenstern warfen. Die ausgedehnte und öde Ebene, deren Grenzen sich in der Nacht verloren, machte die Dunkelheit noch schauerlicher.

Als Don Raimondo an der Abzweigung zur Gasse des Gevatters Alessio angelangt war, befahl er den Dienern zu halten.

»Wartet hier auf mich und schließt die Laterne.«

Allein ging er eiligen Schritts weiter bis zur Schenke des Gevatters. Er sah sich um, um zu überprüfen, ob die Diener ihn sehen konnten, doch die Dunkelheit war so undurchdringlich, daß er nicht einmal die Einmündung der Straße mehr erkennen konnte.

Die Tür der Schenke war geschlossen. Er trat näher und klopfte sachte an. Keine Antwort. Er klopfte noch einmal etwas stärker, doch in dem Augenblick, da er sein Ohr an die Tür legte, wurde er wie von einem wilden Strudel erfaßt, und etwas Unheimliches und Unbeschreibliches packte ihn; seine Augen und sein Mund wurden bedeckt, Arme und Beine umwickelt. Er wurde in die Höhe gehoben und blieb im freien Raum hängen. Alles ging so blitzschnell vor sich, daß ihm nicht einmal Zeit blieb, einen Laut von sich zu geben. Ihm war unbegreiflich, welche mysteriöse Macht ihn da übermannt hatte.

Mit unbeholfenen Bewegungen versuchte er sich zu befreien, und erst da wurde ihm klar, daß er in einem dichten Netz gefangen war, wie von Tausenden von Gurten umklammert. Niemand berührte ihn. Er stand nicht auf den Beinen, lag aber auch nicht ausgestreckt da, er selbst begriff nicht einmal, auf welche Weise er zusammengekauert war. Er fühlte nur, daß er getragen wurde. Doch wohin trug man ihn, und wer trug ihn? Er wollte schreien, doch sein Mund war wie versiegelt. Wer hatte ihn geknebelt? Also war er in einen Hinterhalt geraten? Jener Blinde war ein Spitzel gewesen, ja vielleicht einer der Angreifer; vielleicht war es Antonino Bucolaro selbst, der ihn in diese Falle gelockt hatte. Er sah sich verloren.

Kein Geräusch von Schritten war zu hören. Wahrscheinlich hatten sich seine Entführer sogar die Schuhe ausgezogen. Er spürte jedoch, daß sie auf leicht abfallenden Wegen gingen und zwei- oder dreimal abbogen. Von der Schenke des Gevatters Alessio bis zur Piazza di San Cosmo war es kein weiter Weg. Don Raimondo, der von Anfang an begriffen hatte, in wessen Hände er gefallen war, berechnete die Zeit, die sie brauchen würden, um zum Versteck der Beati Paoli zu gelangen. Ein Gedanke ging ihm durch den Kopf. Er zählte die Schritte und die Stunden. In eineinhalb Stunden wäre vielleicht alles vorbei. Er mußte sich nur geschickt und schlau genug anstellen, um diesen Augenblick zu erreichen.

Nach einer Viertelstunde erkannte er an den schweren und unregelmäßigen Schritten der Männer, daß sie einen Gang betraten. Sie waren also am Ziel. Er hoffte, daß er aus dem Netz befreit würde, was tatsächlich kurz darauf geschah; auch die Binde vor den Augen und der Knebel wurden entfernt.

Stark geblendet vom grellen Licht einiger Laternen, die den dunklen und ihm nicht unbekannten Ort erhellten, mußte er die Augen wieder schließen. Es war jener unterirdische Rundbau, mit seiner Steinbank, den Seitengängen, der Kuppel, den Nischen, in den er schon einmal des Nachts gebracht worden war. Rund zwanzig Männer standen da in ihrem schwarzen Sackgewand, die Masken vor dem Gesicht, und alle waren bewaffnet. Weitere zwei saßen auf einer Richterbank. Inmitten des Saals stand neben einem großen ein kleinerer Tisch, auf dem Schreibutensilien lagen. Don Raimondo kannte all dies, und nichts wunderte ihn mehr. Beim Anblick jener unbekannten, reglosen und in ihrem Schweigen bedrohlich wirkenden Männer überkam ihn ein würgendes Angstgefühl, das er nicht unterdrücken konnte.

Nachdem jeder von ihnen seinen Platz eingenommen hatte, machte der Anführer ein Zeichen mit dem Kopf und begann seine Rede, nicht ohne einen Anflug von Ironie:

»Herzog della Motta, der von uns gewählte Weg, Euch heute nacht zu uns zu führen, war gewiß nicht der Eurer Person und Euren Verdiensten angemessenste Weg, Ihr möget uns verzeihen. Doch wir nahmen an, hätten wir Euch auf förmliche Weise zu uns gebeten, hättet Ihr unserer Aufforderung wohl kaum Folge geleistet. *Necessitas non habet legem*, und für uns ist es eine dringliche Notwendigkeit, Euch heute nacht hier zu haben.«

Don Raimondo erwiderte nichts. Rasch hatte er wieder seinen kalten, undurchdringlichen Gesichtsausdruck angenommen und preßte die schmalen Lippen aufeinander, um jedes verräterische Zucken zu unterbinden.

»Herzog della Motta«, fuhr der Anführer fort, nun aber ohne seine ironische Höflichkeit, »Herzog della Motta, Ihr besitzt nun den handfesten Beweis, daß wir alles vermögen, was wir wollen, und unsere Versprechen auch halten. Setzen wir also das begonnene Werk fort.«

Er hob einige Papiere in die Höhe, deren Ränder angesengt waren. »Diese Unterlagen, Don Raimondo Albamonte, beinhalten den Prozeß, den unser Gericht gegen Euch eingeleitet hat.«

Der Herzog wurde das eisige Gefühl in seinen Adern nicht los. Wie? Jene Dokumente, die er längst in Matteo Lo Vecchios Besitz glaubte, waren in den Händen dieses schrecklichen Gerichts? War er betrogen worden?

»Ihr kennt den Inhalt dieser Schriftstücke, zumindest in ihrer Gesamtheit, weil jemand Euch darüber berichtet hat. Wir brauchen einen Mann des Rechts wie Euch nicht zu erinnern, welche Folgen diese Papiere für Euch haben würden, unterbreitete man sie der königlichen Rechtsprechung ... Euer Kopf, mein Herr, ist in Gefahr.«

Der Herzog vermeinte das Henkersbeil eiskalt im Nacken zu spüren.

»Doch wir haben ein weites Herz. Wir werden diese Papiere nicht Seiner Majestät dem König übergeben, es sei denn, Ihr zwingt uns dazu. Morgen wird ein Dreimaster nach Genua in See stechen. Gewiß stimmt Ihr mit uns überein, daß es ein leichtes wäre, mit diesem Schiff einen Edelmann oder einen Rechtskundigen oder einen Prokurator reisen zu lassen, der sich nach Turin begeben und dem König sowohl den jungen Emanuele Albamonte als auch diese Dokumente präsentieren könnte. Dieser Mann könnte Euch überdies anklagen, Euren Diener Giuseppico von der Hand Matteo Lo Vecchios umgebracht zu haben; weiter, daß Ihr Peppa la Sarda im Gefängnis vergiftet und zwei mutmaßliche Täter ohne rechtmäßigen Prozeß im Gefängnis habt erwürgen lassen; daß Ihr Euch, wiederum mit Hilfe Matteo Lo Vecchios, des versuchten Giftmords an Herrn Blasco da Castiglione im Gefängnis von Messina schuldig gemacht habt sowie des neuerlichen Mordversuchs an Don Blasco heute morgen auf der Straße von Misilmeri.

»Das ist nicht wahr!« stammelte Don Raimondo.

»Streitet es nicht ab!« tadelte das Oberhaupt ihn streng, »leugnet nicht, wofür wir Beweise besitzen. Leugnen erschwert Eure Lage. Don Raimondo Albamonte, seid Ihr bereit, vor uns Eure Schuld einzugestehen?«

Der Herzog versuchte einen kühnen Streich.

»Ich erkenne Euch nicht das Recht zu, über mich zu richten«, brachte er unter einer gewissen Anstrengung heraus.

Das Oberhaupt sah auf die Uhr, die auf dem Richtertisch stand.

»Ich gebe Euch fünf Minuten Zeit, um über Eure Lage nachzudenken. Nehmt Euch in acht. Ihr seid in unseren Händen, und Ihr kommt erst wieder hier heraus, wenn der Zeitpunkt gekommen ist, Euch der Justiz zu übergeben. Denkt nach.«

Großes Schweigen trat ein, nur das Ticken der Uhr war zu hören. Keiner rührte sich, aber Don Raimondo spürte, wie sämtliche Augen aus den Schlitzen der Masken auf ihn gerichtet waren. Er jedoch überlegte gar nicht. Es schien, als zählte er die Minuten und lauschte nur auf irgendein Zeichen, ein Geräusch. Doch die Zeit verging gleichförmig.

»Also, was ist Eure Antwort, Don Raimondo Albamonte?«

Der Herzog erschauerte erneut und sah seine Hoffnungen schwinden. Er klammerte sich an das von ihm ersonnene Hilfsmittel – nur Zeit gewinnen.

»Was wollt Ihr, daß ich tun soll?« fragte er.

»Nicht mehr und nicht weniger als Eure Pflicht: Emanuele Albamonte, Euren Neffen, als Herzog della Motta anerkennen.«

»Ich? Einen Jungen anerkennen, von dem keiner weiß, wer er überhaupt ist? Was beweist, daß er mein Neffe ist?«

»Don Raimondo, versucht nicht, uns irgendwelche Spitzfindigkeiten aufzutischen. Hier sind zwanzig Leute, die diese Tatsache bezeugen können. Erinnert Euch aber noch eines anderen Umstands. Als Ihr vor rund sechzehn Jahren wegen des Verschwindens Eures Neffen vorgabt, tief betroffen zu sein, verspracht Ihr durch öffentlichen Aushang große Belohnung für den, der das Kind fände; und Ihr habt, auf die Erklärungen der Amme Maria gestützt, dazu einige sichere

Anhaltspunkte gegeben: zum Beispiel, daß das Kind ein kleines braunes Muttermal in Herzform auf dem linken Schulterblatt habe. Von den Anschlägen aus jener Zeit sind heute noch einige erhalten: Hier ist einer, auf dem Euer Wappen aufgedruckt ist. Und das Muttermal gibt es ebenfalls. Welchen Beweis braucht es noch, um sicher zu sein?«

Don Raimondo sah sich verloren. Was der Mann mit solcher Selbstverständlichkeit von ihm forderte, bedeutete das Eingeständnis aller seiner Verbrechen und kam der freiwilligen Preisgabe seines Kopfs an den Scharfrichter oder einem Selbstmord gleich. Blitzschnell zogen alle Schrecken des Elends, der Schande, des Schafotts vor seinen Augen vorüber. Er wollte nicht sterben!

»Nein! ... Nein! ... Das ist alles reiner Schwindel!«

»Don Raimondo Albamonte, nehmt Euch in acht. Wir sind nicht hier, um Zeit zu vergeuden, sondern um Gerechtigkeit zu schaffen. Wollt Ihr mit einer ordnungsgemäßen und von Euch und von Zeugen unterschriebenen Urkunde Euren Neffen Emanuele anerkennen und ihm sein rechtmäßiges Vermögen wie seinen gesellschaftlichen Rang zurückgeben?«

»Nein!«

»Nun gut, also wird Don Girolamo Ammirata morgen dem Vizekönig diesen öffentlichen Aushang mit Eurem Wappen sowie die Geburtsurkunde Emanueles bringen und ihm Euren Neffen vorstellen. In der Zwischenzeit wird eine andere Person sich auf den Weg nach Turin machen. Ihr werdet hier abwarten.«

Zu zweien der stummen und reglosen Männer gewandt fügte er hinzu: »Öffnet den Graben.«

Die beiden knieten nieder und hoben mittels eines Eisenrings, an dem ein Strick befestigt war, eine schwere Steinplatte hoch. Eine schwarze, faulige Grube tat sich vor Don Raimondo auf, der erschrocken zurückwich.

»Laßt ihn hinunter!« befahl das Oberhaupt.

Die zwei Beati Paoli hoben ihn an, obwohl er krampfhaft die Füße gegen die Erde stemmte und sich zu widersetzen suchte.

»Einen Augenblick! ... Haltet inne!« schrie er verzweifelt.

»Laßt ihn hinunter!«

Die Männer schleiften seine Füße in die Öffnung des Lochs. Er meinte den Verstand zu verlieren: Ihm war, als habe der Tod ihn an den Haaren gepackt, um ihn in diesen schwarzen Schlund zu stürzen.

»Ich stimme zu!« brachte er mit erstickter Stimme hervor.

Auf ein erneutes Zeichen des Oberhaupts zogen die zwei Männer Don Raimondo zurück und stellten ihn auf den Erdboden. Bei dieser Szene zuckten die Hände eines der maskierten Männer vor Gereiztheit und nur mühsam unterdrückter Empörung.

»Wenn Ihr meine Zustimmung habt ...«, fragte Don Raimondo, »werdet Ihr mir dann jene Dokumente geben?«

»Das wird man sehen. Es ist jetzt nicht der Augenblick, Bedingungen zu stellen. Im übrigen fürchtet Euch nicht, die Erklärung, die Ihr schreiben und signieren werdet und die von einem Notar und von Zeugen bestätigt werden wird, ist für Euch keineswegs bloßstellend. Im Gegenteil, Ihr werdet Euch damit ein Lob des Edelmuts einhandeln und Eurer Heuchelei noch eine weitere Falschheit hinzufügen. Laßt den Meister Notar des Herzogs eintreten.«

Ein Beato Paolo ging hinaus und kam umgehend mit einem bleichen, zitternden Mann an der Hand zurück, in dem Don Raimondo verblüfft und voller Zorn den Notar seines eigenen Hauses erkannte.

»Don Raimondo«, befahl das Oberhaupt, »schreibt.«

Der Herzog setzte sich an den kleinen Tisch, nahm die Feder und schrieb, was das Oberhaupt ihm diktierte:

»Im Namen des Herrn und der Heiligen Jungfrau erkläre ich, Don Raimondo Albamonte, Herzog della Motta, hiermit höchst erfreut, daß ich aufgrund unzweifelhafter Beweise und eindeutiger Kennzeichen in dem jungen Mann Emanuele, der als Waisenkind von Don Girolamo Ammirata gefunden und aufgezogen wurde, meinen geliebten und überall gesuchten Neffen Emanuele Albamonte, ehelicher Sohn des verstorbenen Herzogs Emanuele, meines Bruders, und

der verstorbenen Donna Aloisa Ventimiglia, wiedererkenne; und ich erkläre und bestätige hiermit, daß allein ihm als gesetzmäßigem Erben aufgrund königlicher Erlasse und unserer Verfassungen der Titel und die Investitur des Herzogtums della Motta und der anderen zum Hause Albamonte gehörenden Ländereien und Feudalbesitzungen zusteht. Durch den ausdrücklichen Verzicht auf genannte Besitztümer und Ländereien mit den dazugehörigen Titeln, die ich bislang unverdienterweise getragen habe, zugunsten meines Neffen Emanuele erkenne ich ihn hiermit als Oberhaupt der Familie an. Und ich danke der göttlichen Fürsorge, daß sie mir die einzigartige Gnade erwiesen hat, diesen meinen bitter beweinten Neffen wiederzufinden und ihm seinen Besitz zurückgeben zu dürfen. Womit ich nicht allein für mein eigenes Seelenheil sorgen, sondern auch das selige Andenken meines Bruders Don Emanuele und seiner Frau Donna Aloisia wieder beleben will. Diese Erklärung, die ich am heutigen Tag der ruhmreichen Jungfrau Santa Lucia, der es beliebte, mich zu erleuchten, eigenhändig niedergeschrieben und unterzeichnet habe, vertraue ich dem Meister Notar Don Antonino Di Bello an, auf daß er sie bei seinen Unterlagen aufbewahre und für alle sich daraus ergebenden Gesetzesakte Sorge trage.

Zu Palermo, am 13. Dezember 1714.
Don Raimondo Albamonte
aus dem Geschlecht der Herzöge della Motta.«

»Jetzt seid Ihr dran, Herr Notar«, befahl der Anführer.

Nun nahm der Notar an dem kleinen Tisch Platz und setzte an den Schluß der von Don Raimondo geschriebenen Erklärung die entsprechenden juristischen Formulierungen. Vier der maskierten Männer unterschrieben das Dokument, auf das der Notar seinen Siegel und seine Unterschrift setzte.

»Gebt mir die Urkunde«, gebot das Oberhaupt. Aufmerksam las er sie Zeile für Zeile durch, machte ein Zeichen der Zustimmung und legte sie auf die Richterbank nieder. »Gut so. Gehen wir zur nächsten Sache über, Don Raimondo.«

Der Herzog hob erschrocken den Kopf. Er sah wirklich

grauenvoll aus; ein Medusenhaupt hätte keinen schlimmeren Eindruck erwecken können.

»Was gibt es denn noch?« stöhnte er mit ersterbender Stimme.

»Etwas ganz Einfaches«, sagte das Oberhaupt mit verhaltenem Lächeln, »Ihr habt Verpflichtungen gegenüber einem Angehörigen, Blasco da Castiglione. Wenn wir uns wirklich darauf beschränken, von Euch nur eine Erklärung zu verlangen, anstatt Euch dem Henker auszuliefern, dann geschieht das einzig und allein aus Rücksicht auf diesen redlichen und großzügigen jungen Herrn, den Ihr nicht zu schätzen gewußt und den Ihr nicht einmal anerkannt habt. Don Raimondo Albamonte, Ich bitte Euch für Blasco da Castiglione um die Hand Eurer Tochter.«

Da überkam den zitternden, von Entsetzen überwältigten Mann ein heftiger Anfall. Er richtete sich auf und schrie mit flammenden Augen: »Nein! ... Das nicht. Meine Tochter gehört mir, sie gehört mir!«

Aus dem Kreis der schwarzen Männer kam einer auf ihn zu und sagte, feierlich die Hand zu ihm hingestreckt: »Blasco da Castiglione verzichtet.«

Mit einer Bewegung des Staunens richteten sich aller Augen auf diesen Mann; selbst Don Raimondo konnte eine gewisse Betroffenheit nicht verbergen.

Der Mann sprach weiter: »Blasco da Castiglione verzichtet und sagt zu Euch, Mitgliedern dieses hohen Gerichts: Es geschehe Gerechtigkeit! Das junge Mündel soll seinen Namen und sein Vermögen sehr wohl zurückerhalten, aber nehmt nicht einer Unschuldigen, womit ihr einen anderen bereichern wollt! Blasco da Castiglione sagt zu Euch, Ihr Richter, und zu Euch, Don Raimondo Albamonte, gebt Eure Tochter Don Emanuele, auf daß die Herzogskrone auf ihrem unschuldigen Haupt bleibe!«

Zustimmendes Gemurmel ging durch die Reihen der schwarzen Männer. Ein Freudenschimmer überzog Don Raimondos Gesicht. In einem einzigen Augenblick erkannte er den Vorteil, der ihm aus einem solchen Ansinnen erwuchs, in dem Großmut und Verzicht die kalte Berechnung verhüllen würden und die Zukunft im Ungewissen blieb. Er legte die Hände voller Dankbarkeit und Zustimmung ineinander. Doch in diesem Augenblick hörte man einen Pistolenschuß, und jemand schrie: »Mach zu! Mach zu!«

XXII

An jenem Abend hatte Antonino Bucolaro den Rubikon überschritten. Von Matteo Lo Vecchio in den Augen des Herzogs kompromittiert und von diesem angetrieben, hatte er sich ganz in den Dienst der Justiz gestellt und den Obersten Justizrat der Stadt unterrichtet.

Kurz vor Morgengrauen hatte sich ein halbes Dutzend Soldaten im Haus des Richters Baldi versteckt; andere waren nach und nach in der Kirche der Canceddi in Stellung gegangen; eine größere Zahl verbarg sich im nahen Kloster von San Cosmo, und ein weiteres halbes Dutzend verkleideter Soldaten hielt ein leerstehendes Haus in der Gasse der Waisenkinder besetzt. Keine Menschenseele hatte sie den Tag über erblickt: sie warteten auf den Einbruch der Dunkelheit.

Es war neu und ziemlich selten, daß solche Operationen des Gesetzes mit einer Umsicht durchgeführt wurden, daß sie nicht den geringsten Verdacht erregten: Die zwei Einmündungen der Orfani-Gasse und die zwei Eingänge zu den unterirdischen Gewölben der Beati Paoli waren also von einem wahren Heer unsichtbarer Soldaten überwacht.

Es war schon eine Stunde nach Mitternacht, als die Soldaten nach und nach ihre Verstecke verließen und sich an den ihnen zugewiesenen Punkten versammelten. Eine halbe Mannschaft kam unterdessen schweigend vom Papireto hoch. Vorsichtig bildeten sie einen Kreis, der sich immer enger um die Gasse der Waisenkinder schloß.

Die zwei Wachposten der Beati Paoli an den Ecken der Gasse wurden auf diese Weise überrumpelt. Einer fiel in die Hände der Soldaten, der andere schaffte es, mit der Pistole um sich schießend den Eingang zu den Katakomben zu erreichen, und er gab schreiend Alarm.

Sein Geschrei hallte unter den Bögen der Verliese mächtig wider und versetzte alle für einen Augenblick in Aufregung und Panik. Don Raimondo konnte seine Freude nicht unterdrücken.

»Endlich!« rief er.

Damit aber hatte er sich verraten.

»Packt den Gefangenen und fesselt ihn!« befahl das Oberhaupt.

Einige Beati Paoli stürzten sich auf Don Raimondo, warfen ihn zu Boden und banden ihm blitzschnell und mit solchem Geschick Arme und Füße, daß der Herzog, ehe er sich versah, wie eine Wurst verschnürt war.

Gewaltige Schläge waren indessen am Tor zur Gasse der Waisenkinder zu hören, die von Äxten oder Pfählen stammten und düster in den unterirdischen Gängen widerhallten; die gleichen furchtbaren Hiebe ertönten vom Hof des Hauses Baldi.

»Löscht sämtliche Lichter bis auf eines!«befahl das Oberhaupt ...

Die Schläge verdoppelten sich. Don Raimondo wartete mit banger Hoffnung und erspähte die Bewegungen derer, die ihn gefangenhielten. Jeder Schlag an den beiden Türen ließ sein Herz erbeben. Jetzt, dachte er, werden sie sie überwältigt haben, jetzt werden sie eindringen und alle gefangennehmen. Das Splittern von Holz und das Knarren von Türangeln erfüllte sein Herz mit Freude, als rückte seine Befreiung damit in jedem Augenblick näher.

»Nehmt die Gewehre und stapelt das Holz vor den Türen.«

Einige der Beati Paoli bückten sich und zogen unter ihren Sitzen ihre Karabinergewehre hervor. Andere rissen Bündel von Brennholz aus den Nischen und schichteten es am Ende der Gänge vor den Türen auf, die unter den Hieben bald nachgeben würden.

»Folgt mir«, befahl der Anführer.

Er eilte in eine Ecke des Saals, schlüpfte in eine Nische,

und mit beiden Händen stemmte er einen Steinblock zurück.

Eine breite Öffnung, geräumig genug, um einen Menschen durchzulassen, tat sich genau in dem Augenblick auf, als eine der beiden Türen unter den Axtschlägen fiel.

»Nun zündet das Holz an.«

Große Rauchwolken stiegen auf, Flammen züngelten prasselnd in die Höhe und errichteten eine Feuerbarriere zwischen Tür und Gang. Gewehrschüsse hallten wider, und Gewehrkugeln schlugen krachend in den Wänden ein. Die Gänge und der Gerichtssaal füllten sich mit beißendem Qualm.

Keiner hatte den Mann beachtet, der jetzt laut zu klagen begann. Das Oberhaupt drehte sich heftig um und bemerkte den Notar, den bei den ersten Gewehrschüssen das Entsetzen gepackt hatte; er warf sich auf die Knie und flehte den maskierten Mann um Rettung an. Auf ein Zeichen des Oberhaupts trat ein Mann mit der Fackel in die Maueröffnung, ein anderer folgte ihm, und dann drängten sie den Notar hinein.

»Heult nicht, zum Teufel! Und geht weiter!« Einer nach dem anderen verschwanden die Beati Paoli in dem Spalt, während von den Türen her wie wild auf die Holzstapel geschossen wurde, um die Flammen zu löschen.

»Ergebt Euch!« schrien die Soldaten.

Don Raimondo, den die Wut bald auffraß, daß er, gefesselt und bewegungslos, ohnmächtig alles mit ansehen mußte, faßte bei diesen Schreien wieder Mut und versuchte die Aufmerksamkeit auf sich zu lenken: »Hilfe! Hilfe!«

»Bringt ihn zum Schweigen!« befahl das Oberhaupt.

Gepolter war jetzt auch von der anderen Tür zu hören. Erneut hallten Geschrei und Gewehrschüsse durch die Gänge. Der Herzog fuhr vor Freude zusammen und rief: »Ihr seid in der Falle!«

»Noch nicht«, entgegnete das Oberhaupt gelassen und warf seinen Umhang ab und zog zwei Pistolen aus dem Gürtel. Und wieder ein Zeichen zu seinen Männern:

»Steckt diese Wurst in den Sack!«

Don Raimondo sah sich plötzlich in die Luft gehoben, wurde mit den Füßen voran durch die Öffnung geschoben, gedrückt, gezerrt, noch bevor er Widerstand leisten oder nach Hilfe rufen konnte. Vor dem Spalt standen jetzt nur noch das Oberhaupt und ein anderer Paolo, auch er ohne Umhang und bewaffnet. Sie sahen sich durch die Löcher ihrer Maske einen Augenblick lang schweigend an. Dann sagte der Anführer: »Geht durch!«

»Nach Euch!«

»Geht, es ist keine Zeit mehr zu verlieren.«

Die Rauchwolken hatten mittlerweile die ganze unterirdische Gruft erfüllt und die Flammen schwächer und spärlicher werden lassen: vom Ende des Gangs waren die schweren Schritte der Soldaten zu hören, die schießend näher kamen.

»Ich bleibe hier.«

»Wollt Ihr, daß ich Euch gewaltsam hineinstoße, Blasco?« fragte das Oberhaupt.

»Rührt mich nicht an, Coriolano!«

»Ergebt Euch!« rief eine Stimme.

Coriolano trat einen Schritt vor und schoß seine beiden Pistolen ab, dann drängte er Blasco blitzschnell zur Öffnung hin und flüsterte: »Ihr wollt doch sicher nicht, daß sie Euch ergreifen!«

Dann schlüpfte auch er hindurch und schob den Block wieder an seine Stelle. Sie befanden sich in einem engen, niedrigen und feuchten Gang. Ein Schlauch, der ins Bodenlose zu fallen schien. Die Finsternis war so dicht, daß die Laterne keinerlei Licht verbreitete, sondern nur einen kleinen roten Fleck bildete.

Die Beati Paoli warteten, hintereinander in einer Reihe aufgestellt, unter ihnen der Notar, der immer noch zitterte, und Don Raimondo, bleich, stumm und mit schreckgeweiteten Augen.

»Vorwärts!« befahl Coriolano.

Schweigend folgten sie dem Licht der einzigen Laterne durch den finsteren Gang. Als letzter ging Blasco mit gesenktem Haupt, und sein Herz lief über vor Zorn, Kränkung und Schmerz. Sie waren schon ein ganzes Stück dem Gang gefolgt, als dieser sich mit einemmal weitete. Sie waren an einer Wegkreuzung angelangt.

»Halt!« schrie Coriolano. Er rief den Mann mit der Laterne zu sich und ließ einen der abgehenden Gänge beleuchten. Eine in das Gestein gehauene Treppe wurde sichtbar. Dann rief er zwei Männer zu sich.

»Laßt den Notar hinaufsteigen und begleitet ihn. Geht, mein Herr, Eure Dienste werden Euch reichlich vergolten werden.«

Der Notar folgte den beiden Männern über die steile, beschwerliche Treppe, die in das Gewölbe vordrang und sich dann den Blicken entzog. Die anderen setzten ihren Weg fort. Der Gang war jetzt breiter geworden und von Nischen gesäumt. Es war nur ein Ausläufer der alten Katakomben, in dem sich die Höhle der Beati Paoli befand.

Nach rund vierzig Schritten tat sich ein Gewölbe mit feuchten Wänden auf. Auf der Erde standen Wasserpfützen, ein Zeichen der Feuchtigkeit, die von oben durchsickerte.

Coriolano befahl allen innezuhalten. Don Raimondo blickte sich forschend um; noch immer wußte er nicht, welches Schicksal ihn erwartete, doch hatte er jede Hoffnung verloren, und die Angst machte aus ihm einen noch größeren Feigling. Er hatte auf den Überraschungsangriff der Ordnungskräfte gebaut. Als er die Türen hatte einstürzen hören, hatte er geglaubt, daß keiner mehr entkommen könnte. Statt dessen waren alle Männer der Sekte unversehrt und er in ihrer Gewalt. Was waren das für Soldaten, denen ein bißchen Feuer und ein paar Pistolenschüsse Angst einjagten? Waren das die Diener des Staates? Den Tod vor Augen, erboste er sich in seinem Innern gegen den Justizrat der Stadt, gegen die Soldaten, ja selbst gegen den Vizekönig, denen er allesamt die Schuld für sein bevorstehendes Ende gab.

Feiglinge! Erzfeiglinge! Mich so im Stich zu lassen! hämmerte es in seinem Kopf. Doch sprechen konnte er nicht, seine Lippen waren verschlossen, seine Kehle wie zugeschnürt. Als die Beati Paoli ihn auf ein Zeichen hin auf die Füße stellten, wurden seine Knie weich, und er sackte zähneklappernd in den Schlamm.

Die Männer bildeten einen Kreis um ihn. Die Laterne wurde von einem der Beati Paoli, es war Andrea, in die Höhe gehoben, ihr Lichtschein fiel hie und da auf ein Kinn und verlor sich wieder auf den schwarzen Masken. Dieses zuckende rötliche Licht in der Schwärze des Raums ließ die Szene geradezu gespenstisch erscheinen.

»Don Raimondo«, sagte Coriolano in das tiefe Schweigen, »Ihr habt einen Hinterhalt vorbereitet, um uns zu ergreifen! Ihr, den wir bis jetzt vor Schmach und Schande bewahrt haben und den wir bis vor wenigen Minuten noch seinem Rang und Namen entsprechend behandeln wollten, hattet die feste Absicht, unsere Köpfe der Justiz auszuliefern! ... Raimondo Albamonte, Ihr habt jeglichen Anspruch auf Gnade und Mitleid verloren!«

»Erbarmen! Habt Erbarmen mit mir!« stotterte der Unglückselige.

»Wißt Ihr, wo wir uns befinden? Genau unter dem Palast della Motta. Wir haben Euch nach Hause geführt, da es nicht rechtmäßig wäre, wenn Euresgleichen an einem fremden Ort stürbe. Hier werdet Ihr sterben, und der Palast, nach dem Ihr so gierig verlangt und den Ihr mit soviel Blut und Trauer gefüllt habt, wird auf Eurem Haupt lasten wie ein schwerer, unverrückbarer Sargdeckel!«

Don Raimondo begriff noch immer nicht, welcher Tod auf ihn wartete. Entsetzt schaute er um sich, als könne er noch ein Wort, ein Zeichen, eine Geste erhaschen. Doch die Gesichter der Männer steckten unter den undurchdringlichen Masken, in seinen Ohren hallten nur die Worte *Tod, Palast, Gier, Blut, Trauer, Grab.*

Coriolano gab Don Girolamo Ammirata, der neben ihm stand, einen Schlüssel und sagte: »Geht und löscht die Laterne.«

Der Großteil der Männer setzte unter Don Girolamos Führung seinen Weg fort.

Coriolano sagte zu ihnen mit Nachdruck: »Und zerstreut euch sofort.«

Andrea mit der Laterne, zwei weitere Beati Paoli, Coriolano und Blasco blieben in dem Gewölbe, in dessen Mitte

Don Raimondo mit gefesselten Armen auf dem Boden hockte.

Coriolano sagte schroff zu Blasco: »Warum seid Ihr hiergeblieben? Geht auch Ihr!«

»Ich gehe nicht ohne Euch. Das wißt Ihr.«

»Euer Platz ist nicht hier!«

»Sagt mir, was Ihr mit diesem Mann vorhabt.«

»Das, was die Gerechtigkeit gebietet.«

»Hütet Euch, ich werde keine Gewalt gegen ihn dulden!«

Coriolano biß die Zähne zusammen, um nicht die Beherrschung zu verlieren. Bedrohliches Murmeln drang aus den Mündern der beiden anderen Beati Paoli. Blasco wiederholte seine Worte.

»Ihr wollt Euch an einem gefesselten Mann vergreifen, der sich nicht wehren kann und vor Schreck wie gelähmt ist? Oh, nein, einem Mord kann ich nicht zustimmen!«

In Don Raimondo regte sich leise Hoffnung. Staunend betrachtete er diesen Mann, der plötzlich seine Verteidigung ergriff. Es war die gleiche Stimme, die im Gerichtssaal im Namen Blascos auf die Hand seiner Tochter Violante verzichtet hatte. Wer war das? War es vielleicht der Bastard selbst, den er, Don Raimondo ungerechterweise versucht hatte aus dem Weg zu räumen? Er zitterte, keuchte, schaute mit weit aufgerissenen Augen um sich, Tausende von Empfindungen bedrängten ihn und wühlten seine Seele auf.

Coriolano hatte in einer zornigen Bewegung die Hände über der Brust verschränkt.

»Wollt Ihr also den Gang der Gerechtigkeit behindern?«

»Ich will nur eine Niedertracht vereiteln!«

»Nehmt Euch in acht! Wir könnten unerbittlich sein und auch Euch treffen!«

»So wagt es doch! Aber ich werde nicht zulassen, daß Ihr diesen Mann tötet, aus dem die Angst einen hilflosen Jammerlappen gemacht hat!«

Er wich zurück, riß sich die Maske vom Gesicht, warf sie zu Boden und schrie: »So sei ich fortan frei und ohne Maske!«

»Blasco!« stammelte Don Raimondo.

Einen Augenblick herrschte Schweigen. Andrea, der die

Laterne in eine Nische gestellt hatte, nahm seinen Umhang ab und zog einen langen Dolch aus dem Gürtel. Die anderen beiden Beati Paoli taten es ihm gleich. Die Dolche blitzten fürchterlich. Coriolano hieß sie mit einem Zeichen innehalten, wandte sich an Blasco, und aus seinen Worten war deutlich herauszuhören, wieviel Anstrengung es ihn kostete, nicht die Beherrschung zu verlieren: »Tut Eurer Großzügigkeit keinen Zwang an, junger Herr, aber die Sache ist es nicht wert. Ihr würdet diesen Mann nicht retten; sein Leben zählt gewiß nicht soviel wie das seiner Opfer. Die Gerechtigkeit wird Ihren Lauf nehmen und sich auch über Euch hinwegsetzen. Spart Euch Euer Leben für edlere Dinge, Blasco da Castiglione!«

Die zwei Beati Paoli gingen auf Don Raimondo zu, doch Blasco warf sich mit gezückter Pistole zwischen sie und das Opfer und schrie: »Noch einen Schritt, und ich werde Euch töten!«

Coriolano brüllte wie ein Raubtier und stellte sich seinerseits zwischen Blasco und die zwei Beati Paoli. »Zum Teufel, jetzt reicht's aber!«

Und er stürzte sich auf Blasco. Ein Schuß, Rauch stieg auf, und eine Stimme sagte: »Nichts . . . es ist nichts!«

Beim schwachen Schein der Laterne sah man zwei heftig miteinander ringende Körper. Die zwei Männer, die eigentlich so gute Freunde waren, schienen zu zwei Furien geworden zu sein. Coriolano hatte dem Geschoß zwar ausweichen, aber nicht vermeiden können, daß eine Kugel seine Schulter streifte; dennoch war es ihm gelungen, Blascos Handgelenk zu packen, um ihm die Waffe zu entreißen. Blasco aber, als er die Muskelkraft seines Gegners erkannte, war auf ihn draufgesprungen und hatte ihn am Hals gepackt, während er gleichzeitig seine Beine um ihn schlang, um ihn zu Fall zu bringen. Es war ein verbissener Kampf, sie keuchten, stießen gurgelnde Laute aus, und ihr Brüllen ging manchmal in Röcheln über.

»Tut eure Pflicht!« schrie Coriolano den Männern zu, während er versuchte, Blasco in seinem Griff unbeweglich zu machen.

»Nein! Nein!« schrie Blasco verzweifelt.

Ein Schrei, ein Stöhnen, ein Aufprall.

Andrea sagte: »Es ist vollbracht.«

Mit einer letzten, gewaltigen Anstrengung schüttelte Coriolano Blasco von sich ab und drückte seinen Oberkörper zu Boden.

»Helft mir, ihn wegzuschaffen.«

Sie banden ihn, bis er sich nicht mehr rühren konnte. So hoben sie ihn auf und trugen ihn davon.

Tränen der Wut in den Augen, sah Blasco den Leichnam Don Raimondos wie ein dahingeworfenes Bündel auf dem Boden liegen. Er sah, oder zumindest schien es ihm, als ginge ein Zucken durch diesen Körper und als krampfte er sich noch einmal zusammen. Vor Entrüstung bäumte Blasco sich auf, und mit letzter Kraft schleuderte er dem Mann, der ihn trug, einen Fluch ins Gesicht.

»Ihr Feiglinge! Ihr Feiglinge!«

Die Männer blieben stumm, sie machten sich beim Licht der Laterne auf den Weg durch den geheimnisvollen Gang und ließen den im Todeskampf röchelnden Körper zurück. Nach ungefähr zweihundert Metern stiegen sie eine Treppe hoch. Blasco war zu keiner Regung mehr fähig, der Schmerz hatte ihn überwältigt. Er hörte, wie eine Tür geöffnet wurde, und ein frischer Lufthauch strich ihm übers Gesicht.

»Laßt mich los!« sagte er dann, »laßt mich los! Ich habe nichts mehr mit euch zu tun!«

Er sah sich in der nächtlichen Dunkelheit um und vermeinte, auf dem freien Land zu sein. Wo war er? Endlich spürte er, wie sie ihn auf die Erde setzten.

»Laßt ihn dort«, hörte er Coriolanos Stimme, »und haut ab.«

Blasco sah sich um, er war allein.

XXIII

Er blieb stumm auf der Erde sitzen, die Ellenbogen auf die Knie gestützt, den Kopf in den Händen. Tränen der Wut und des Schmerzes brannten in seinen Augen, tiefe Niedergeschlagenheit überkam ihn. Seine Anstrengungen, den Mann zu retten, den er überdies verabscheute, waren fehlgeschlagen und hatten zugleich zur Trennung von dem Geheimbund und von Coriolano geführt. Zwischen ihm und dem Cavaliere hatte sich ein Abgrund aufgetan, auch wenn er Coriolano zugestehen mußte, daß er ihm gegenüber sehr tolerant gewesen war und ihn am Leben gelassen hatte. Jetzt war er ganz allein und verloren. Nacht hüllte seinen Leib und seine Seele ein.

Es begann zu regnen. Kalte Tropfen fielen ihm auf den Hals und rannen in den offenen Hemdkragen. Die Kälte brachte ihn wieder zu sich. Er hob den Kopf und sah um sich. Das erste Morgenlicht durchbrach die Dunkelheit und überzog alles um ihn mit Traurigkeit. Tautropfen perlten wie Tränen von den Bäumen. Blasco befand sich in einem ebenen Garten vor den Mauern der Stadt. Bei genauerem Hinschauen erkannte er, daß es einer der Gärten vor der Porta di Ossuna war, angelegt auf dem sumpfigen Flußbett des Papireto. Er stand auf und bemerkte, daß ihm sein Hut und seine Waffen fehlten und seine Kleidung sehr mitgenommen aussah. In solcher Aufmachung in die Stadt zu gehen hieße aufzufallen und sich vielleicht sogar der Justiz auszuliefern. Er wußte, daß über ihm noch immer die öffentliche Strafandrohung hing, und jetzt konnte er auf keines Menschen Hilfe mehr zählen. Er mußte sich beeilen, einen Unterschlupf zu finden und einen Weg, um seine persönliche Habe aus dem Palast della Floresta wiederzubekommen, und er mußte für die nächste Zukunft sorgen.

Langsam schlug er den Weg zum Ausgang des Gartens ein und versuchte sich zu erinnern, von welcher Seite sie ihn hierhergebracht haben mochten. Sein erster Gedanke war, nach einem Schiff Ausschau zu halten, das ihn nach Frankreich oder Spanien brächte, sich in Kriegsabenteuer zu stürzen, sein früheres Vagabundenleben wiederaufzunehmen, ohne an den nächsten Tag zu denken, bis ein Degenhieb oder eine Kugel seinem Leben ein Ende setzen würden. Doch kaum hatte dieser Gedanke Fuß in ihm gefaßt, fragte er sich auch schon: Und Violante?

Und hinter dem Namen des Mädchens tauchte das Bild Don Raimondos auf: ein armseliges Bündel auf dem Boden eines steinernen Gewölbes, hingeworfen in der grauenvollen Starre des Todes, das war alles, was von ihm blieb. Er empfand Abscheu, tiefe Scham und heftigen Zorn gegen sich selbst, weil er es nicht verstanden hatte, diesen elenden Hund zu verteidigen, der ihm in seiner Feigheit und vor der unbeugsamen Unmenschlichkeit seiner Richter so erbarmungswürdig erschienen war. Und ein Frevel erschien es ihm jetzt, seinen blutigen Leichnam im Stich zu lassen und ihn so den Tränen und der Ehrfurcht der Tochter zu entziehen. Oh, könnte er Violante doch wenigstens die sterblichen Überreste des Vaters übergeben, wenn er schon nicht vermocht hatte, ihn für sie am Leben zu erhalten!

Dieser Gedanke versetzte ihn in großen Aufruhr. Der Palast der Albamonte war nicht weit entfernt. Es war noch immer dunkel, als er dort ankam, doch er fand das Tor geöffnet und die Dienerschaft in heller Aufregung. Nachdem die Sänftenträger über zwei Stunden gewartet hatten, ohne ihren Herrn zurückkommen zu sehen, waren sie in Sorge geraten, die mit dem Einbruch der Nacht wuchs. Sie betraten die Gasse, in der er verschwunden war, lauschten an den Haustüren, aber überall herrschte tiefe Stille, in keinem Haus gab es Anzeichen, daß noch jemand wach wäre.

»Was bedeutet das?«

Sie fanden keine Erklärung. Hätte der Herzog irgendwelche galanten Gepflogenheiten gehabt, so hätten sie darüber nur gelächelt. Doch in solchen Sachen hatte er nie auch nur den leisesten Verdacht aufkommen lassen; er führte ein streng enthaltsames Leben. Es mußte sich also um einen Unglücksfall handeln.

»Ob er vielleicht inzwischen nach Hause zurückgekehrt ist?«

Getreue Diener, die sie waren, warteten sie noch eine Weile ab. Ein Pistolenschuß in der Stille der Nacht ließ sie zusammenfahren.

»Eure Hoheit! Eure Hoheit!«

So erreichten sie den Platz von San Cosmo, wo sie Laternen und bewaffnete Männer erblickten. Voller Bangen näherten sie sich, doch sie wurden entdeckt und gefesselt.

»Wer seid ihr? Was sucht ihr hier?«

Die Livreen waren ihre Rettung. Der Hauptmann erkannte beim Schein der Laternen das Wappen mit den grünen Bändern. Sie berichteten, an der Straßenecke unterhalb von Santa Cristina ihren Herrn abgesetzt und ihn seitdem nicht wieder zu Gesicht bekommen zu haben. Sie hatten zwei Stunden auf ihn gewartet, dann nach ihm gesucht, und sie befürchteten ein Unglück, denn anders konnten sie sich sein Verschwinden nicht erklären. Sie wollten zum Palast zurück, denn wer weiß, vielleicht war er über einen anderen Weg dorthin zurückgekehrt. Der Hauptmann hielt sie nur kurze Zeit fest und beschloß dann, sie in Begleitung eines Wachmanns laufen zu lassen. Mit zitterndem Herzen machten sie sich auf den Nachhauseweg.

Keiner im Turm von Montalbano hatte den Herzog gesehen. Die Rückkehr der beiden Männer, ihre Fassungslosigkeit, die Schüsse in der nächtlichen Stille, all das versetzte die Dienerschaft in größte Bestürzung. Die ganze Nacht suchten sie das Stadtviertel ab, verweilten auf dem Platz, wo sich das unterirdische Duell zwischen den Wachmännern und den Beati Paoli abgespielt hatte, ohne zu ahnen, daß dort unten im geheimnisvollen Dunkel zur selben Stunde das Schicksal des Mannes entschieden wurde, nach dem sie suchten.

Vom Rauch geschwärzt und wütend ob der vergeblichen Verfolgung, kamen die Wachmänner aus der Straße von San Cosmo und der Gasse der Waisenkinder. Sie schimpften auf das neugierige Volk, das von allen Seiten herbeigelaufen kam, um sie zu begaffen. Sie hatten die beiden Gänge und die Nischen in dem unterirdischen Gewölbe abgesucht, ohne zu begreifen, wohin die schwarzen Männer entschwunden waren. Im Schein der Flammen und durch den Rauch hindurch hatten sie sie doch gesehen, wie Gespenster, die sich dann einer nach dem anderen in Nichts auflösten: es war ein beängstigendes Schauspiel, das in diesen rohen, abergläubischen Gemütern Höllenvisionen hervorrief.

Sie hatten nichts finden können. Der unterirdische Gang war nicht sehr lang, in kurzer Zeit hatten sie ihn durchsucht. Sie stellten auch das Haus des Richters Baldi auf den Kopf, drangen in die ärmlichen Häuser daneben ein. Umsonst. War es gar Teufelspack? Waren es Gespenster? Oder verzauberte Wesen? Es gingen ja zahlreiche und höchst außergewöhnliche Geschichten von Geisterwesen um, die bei der bloßen Berührung mit dem Finger auch schon wieder verschwanden. Und war jenes unterirdische Verlies vielleicht gar der Eingang zur Hölle? Auf jeden Fall erschien es ihnen so furchterregend, daß sie nicht nach einem weiteren Ausgang suchten.

So gaben sie ihr Unternehmen auf, ließen Wächter an den zwei Eingängen in der Gasse und im Haus Baldi zurück und versammelten sich erneut auf dem Platz von San Cosmo, um dort auf weitere Anweisungen des Obersten Justizrats der Stadt zu warten.

Der neue Tag brach trübe und regnerisch an. Im Palast der Albamonte herrschte qualvolles Schweigen, das keiner durch lautes Reden stören wollte. Die allgemeine Bestürzung war groß. Allein gelassen von ihrer Herrschaft, sahen sie einander betroffen an, als wäre eine große Strafe auf diese Familie niedergegangen, daß sie so in alle Winde zerstreut und vernichtet war.

In dieser Stimmung traf Blasco sie an, als er bleich und schutzlos in seinen verwüsteten Kleidern am Palast anlangte. Sein Erscheinen in diesem Zustand rief tiefe Besorgnis hervor. Die Diener umringten ihn. Im Unwissen darüber, welche Szene sich zwischen Don Raimondo und Donna Gabriella abgespielt hatte, sagte er: »Weckt die Herzogin! Sagt ihr, ich muß sie sofort sehen!«

»Was ist mit dem Herzog, Seiner Hoheit?« fragten sie ihn.

»Geht und meldet mich der Herzogin!« wiederholte Blasco beharrlich.

»Aber die Frau Herzogin ist heute nacht abgereist!«
»Abgereist!« entfuhr es Blasco, »wohin denn?«
»Zu ihren Verwandten, ins Haus des Fürsten Carini.«
»Und . . . Donna Violante?«
»Die ist im Kloster . . . Aber der Herr, was ist mit ihm?«
Blasco griff sich mit beiden Händen an den Kopf und sagte: »Gebt mir einen Hut und einen Degen! Und zwei Männer, die guten Willens sind, mögen mit mir kommen!«

Zahlreiche Männer aus der Dienerschaft traten vor. Blasco wählte zwei aus und machte sich mit ihnen auf den Weg zur Gasse der Waisenkinder, doch das Tor war bewacht. Er nahm den Weg über die Straße von San Cosmo, aber auch das Eingangsportal des Hauses Baldi war bewacht. Es gab also keine Möglichkeit hineinzukommen, was sollte er tun? Niedergeschlagen und gesenkten Hauptes kehrte er um. Die Diener folgten ihm schweigend, ohne zu begreifen, was das Auf und Ab bedeutete. Auf dem Weg aber kamen Blasco einige Worte in den Sinn, die er in der Nacht im Gewölbe gehört hatte. Don Raimondo war unter seinem eigenen Palast ermordet worden! . . . Genau, das war eine Möglichkeit. Doch wie sollte man dort hinuntersteigen? Und welcher Teil des Palastes stand in Verbindung mit den Katakomben?

Er erinnerte sich, daß der Boden, auf dem das grausige Schauspiel stattgefunden hatte, glitschig und schlammig war und daß vom Gewölbebogen Wasser tropfte, das in die Mäander des Tuffgesteins eingedrungen war. Also mußten sich Wasserbecken oder Quellen darüber befinden, auf alle Fälle Anlagen, in die Wasser sickerte. Er betrat den Hof, an dessen hinterer Wand ein Becken mit einem kupfernen Rohr darüber stand, aus dem ständig Wasser lief. Das Bekken war randvoll, und das Wasser lief seitlich auf den Boden. Die Mauer und der Erdboden waren von einer moosigen Schicht bedeckt, in der einige zarte Wedel Venushaar wuchsen.

Vielleicht hier, dachte Blasco, und zu den Dienern gewandt sagte er: »Schließt das Hoftor ab und laßt keinen hinein; besorgt Schaufeln und Spitzhacken.«

Kurz darauf gruben er und die Diener mit wildem Eifer

den Erdboden um das Wasserbecken auf, hackten Pflastersteine heraus, schoben Steinplatten beiseite und schaufelten weiter Erde heraus. Über eine Stunde arbeiteten sie fieberhaft, da stießen die Hacken auf das Tuffgestein. Dumpf ertönte ein Schlag und hallte in ihren Köpfen wider. Blasco spürte, wie ihm vor Aufregung das Blut in den Kopf stieg. Dort unten war ein Hohlraum!

Er begann das Erdreich abzuklopfen, um herauszufinden, wo der Widerhall am stärksten war. Zwischen der Hofecke und dem Becken klangen die Hackenschläge heller, und so begann er wie wahnsinnig den Tuff zu spalten. Einer der Schläge ging in die Tiefe, er war auf Erdbrocken gestoßen; der nächste Schlag brach Steine auseinander, die nach unten fielen. Blasco stieß einen Freudenschrei aus. Ein breites Loch tat sich vor seinen Augen auf, Steine und Erde waren losgebrochen und stürzten mit einem dumpfen Geräusch hinab.

»Sofort ein Seil und eine Laterne!« rief Blasco.

Die Diener waren bestürzt über den Anblick, der sich ihnen bot. Willig folgten sie jedem Zeichen Blascos; sie eilten in die Ställe und kehrten mit den gewünschten Gegenständen zurück. Blasco kniete nieder und hielt die angezündete Laterne in das Loch, um besser sehen zu können. Tatsächlich tat sich dort unten ein breites Gewölbe auf, dessen Boden und Wände in der Dunkelheit jedoch nicht zu erkennen waren. War es ein unterirdischer Brunnen? Eine Zisterne? War das die Höhle der Beati Paoli? Er hatte keinen Zweifel mehr. Er nahm einen langen Pfahl, legte ihn quer über die Öffnung, band ein Seil daran fest und ließ es fallen: die Höhle war nicht so tief, wie er befürchtet hatte. Zu den Männern sagte er: »Achtet genau auf meine Anweisungen.«

Er nahm die Laterne und ließ sich am Seil hinunter, berührte den Boden und maß die Höhe ab. Dann leuchtete er mit der Laterne in den Raum, und sein Herz jauchzte vor Freude: er erkannte das unterirdische Gewölbe, in dem sich die grausige Szene abgespielt hatte. Genau hier oder in der Nähe mußte Don Raimondo sein. Er leuchtete den Boden ab, und da sah er ihn, in der gleichen Stellung zusammengekrümmt, wie sie ihn zurückgelassen hatten. Er beugte sich über ihn, hob seine Arme hoch, drehte seinen Kopf und versuchte ihn auf den Rücken zu legen. Der Körper gab nach; obwohl schon fünf Stunden vergangen waren, hatte ihn die eisige Kälte in diesem Verlies noch nicht befallen.

Blasco beugte seinen Kopf nieder und legte sein Ohr auf des Herzogs Brust.

»Mein Gott! Er lebt ja noch!« rief er und sprang auf.

Er versuchte, ihn hochzuheben und unter das Einstiegsloch zu bringen; er packte ihn unter den Achseln, um ihn auf die Beine zu stellen. Bei dieser Bewegung fiel Don Raimondos Kopf auf die Seite, und zwei tiefe Wunden zwischen Hals und Nacken und eine längere, quer über dem Schädel, wurden sichtbar.

Blasco vollbrachte eine gewaltige Anstrengung, lud ihn auf seine Arme und näherte sich der Öffnung des Lichtschachts, wo er rief: »Noch ein Seil und ein Leinentuch!.«

Sie warfen ihm die Sachen herunter. Er bettete den Körper Don Raimondos auf das Tuch und verknotete die vier Zipfel so, daß sie einen Sack bildeten. Dann zog er das Seil, das sie ihm heruntergeworfen hatten, hindurch und befestigte das andere Ende an seinem Gürtel; er kletterte an dem Tau hinauf, das von dem Balken herabhing, und schwang sich wieder auf den Boden des Hofs.

»Auf, langsam, wir müssen ziehen ... Er ist dort unten!«

Ein Schauder durchfuhr sie. Ihr Herr war dort unten? Wer hatte ihn dahin gebracht? Und wie hatte Don Blasco ihn gefunden? War er am Leben, oder war er tot? Ganz vorsichtig begannen sie zu ziehen, vermieden dabei jede Erschütterung, bis das grausige Bündel, das mittlerweile mit Schlamm und Blut getränkt war, am Rande der Öffnung erschien, die jedoch zu eng war, um die umfangreiche Last hindurchzulassen.

»Haltet ihn fest.«

Blasco und einer der Diener knieten sich von zwei Seiten über den Lichtschacht; dann streckten sie die Hände in die Öffnung, wo schon Don Raimondos Haare zu erkennen waren, packten ihn unter den Achseln und zogen ihn behutsam heraus. Kurze Zeit später lag der Herzog auf einem Bett, war ausgekleidet und gewaschen.

»Er lebt noch«, sagte Blasco, »schickt nach dem Wundarzt aus.«

In der Tat schien sich seine Brust leicht zu heben und zu senken, vielleicht aufgrund der Kühle und der erlittenen Bewegungen.

»Jetzt, da ich ihn Euch übergeben habe, gibt es für mich hier nichts mehr zu tun. Geht und benachrichtigt die Frau Herzogin und Donna Violante, lebt wohl.«

Er nahm seinen Hut und seinen Mantel, zog sich den Kragen bis über die Augen hoch und ging. Doch anstatt seine Schritte Richtung Innenstadt zu lenken, verließ er die Stadt durch die Porta d'Ossuna und war erneut auf dem freien Land. Aber wohin sollte er gehen, wo sich ausruhen nach soviel Aufregung und so großen Anstrengungen? Er war zu Tode erschöpft und brauchte Ruhe. Ein heftiger Schmerz preßte sein Herz wie in einer eisigen Klammer zusammen.

In düstere Gedanken versunken gelangte er schließlich zum Kloster der Kapuziner. Ihm war, als habe ihn Gottes Hand dorthin geführt. Er betrat den kleinen Portikus, an dessen Wänden zahlreiche Votivtafeln sowie wächserne Arme und Beine hingen, die rot verschmiert waren, und setzte sich auf das kleine Mäuerchen zwischen den Pfeilern, wo vielleicht ein Klosterbruder vorbeikommen würde. Nach und nach überkam ihn die Müdigkeit, er streckte die Beine auf der Mauer aus und schlief ein. Ein Frater, der gerade die Kirchtür verriegeln wollte, sah ihn, trat zu ihm und rüttelte ihn sanft.

»Herr! Herr!«

Blasco schlug die Augen auf.

»Wenn Ihr etwas braucht, könnt Ihr in die Pförtnerstube kommen«, sprach der Klosterbruder.

»Oh, wahrlich, in diesem Augenblick brauchte ich einzig und allein ein Bett, guter Pater.«

»Im Gästehaus mangelt es nicht an Betten, wenn Euer Wohlgeboren (er hatte ihn sich gut angeschaut und gesehen, daß es sich um einen Edelmann handelte) Bedarf hat zu ... Ihr versteht, was ich meine ... Manchmal, wie man weiß, ist es nun mal so ... Das hier ist eine geheiligte Stätte, und jeder hat das Recht auf Asyl.«

»Ja, ist schon gut, aber dessen bedarf es nicht. Ich bin nur ein wenig müde, das ist alles.«

»Wenn Euer Wohlgeboren sich also ins Gästehaus begeben möchte. Kommen Sie von weit her?«

»Ja ...«

»Zu Fuß?«

»Es handelt sich um ein Gelübde vor der Heiligen Jungfrau«, sagte Blasco ein wenig barsch, da ihn die Neugierde des Fraters verstimmte.

»Aha, wegen eines Gelübdes? Der Heiligen Mutter Assunta! ... Ich kann mir vorstellen, Ihr habt eine Fackel mitgebracht, nicht wahr?«

»Die werden wir noch kaufen ...«

Sie waren an eine Tür gelangt, und der Frater öffnete sie.

»Euer Wohlgeboren, machen Sie es sich bequem. Ich werde den Pater Guardian benachrichtigen.«

Blasco trat ein und warf sich auf einen Sessel. Er konnte ungestört im Kloster bleiben, zumindest solange, bis die Justiz den Klostervorstand auffordern würde, ihn auszuliefern. Außerdem hatte er nicht vor, lange zu bleiben, nur ein paar Tage, um sich auszuruhen, sein Äußeres wieder in Ordnung zu bringen, seine Sachen abzuholen und ein Schiff zu finden, mit dem er abreisen konnte.

Der Bettelmönch wird mir diesen Gefallen vielleicht tun, dachte er.

Der Pater Guardian war gerade dabei, die Kasse zu kontrollieren, und hielt es nicht für notwendig, den Fremden zu empfangen. Er gab Anweisung, dem Gast Speise und Trank und ein Bett zu geben, wie es sich gebührte, und man sollte herausfinden, ob er ein Adliger sei, in diesem Fall würde man ihm noch andere Gefälligkeiten erweisen. So widerfuhr Blasco also das Glück, in Ruhe gelassen zu werden, jetzt, da sein Gemüt von so vielen und grundverschiedenen Gedanken in Aufruhr versetzt war. Einige Stunden konnte er tief schlafen.

Der Klosterbruder weckte ihn.

»Wenn Euer Wohlgeboren mir etwas auftragen möchte, ich gehe in die Stadt ...«

Aber gewiß hatte er ein paar Aufträge für ihn! Er hatte lange schon darüber nachgedacht: Da waren seine Sachen abzuholen und Erkundigungen über Violante einzuziehen. Rasch schrieb er einen Brief, in dem er Coriolano kurz und bündig bat, ihm seine Kleider und sein anderes Hab und Gut zu einer bestimmten Uhrzeit zur Grotte von Denisinni bringen zu lassen. Keine Silbe mehr, kein Gruß und auch nicht den Namen seines Aufenthaltsortes.

»Wenn Ihr so freundlich sein wollt, könnt Ihr mir einen außerordentlichen Gefallen tun und diesen Brief dem Herrn Ritter della Floresta überbringen.«

»Ah, dem Ritter? Den kenne ich. Er ist ein Wohltäter dieses Klosters.«

»Um so besser, doch ... ich wünsche, daß Ihr diesen Brief ohne irgendein zusätzliches Wort übergebt, auch nicht, daß ich selbst es bin, der ihn schickt ... Nicht einmal er darf wissen, daß ich hier bin. Kann ich mich darauf verlassen?«

»Euer Gnaden, seid ohne Sorge.«

»Und dann ist da noch ein kleiner Auftrag. Geht zum Palast della Motta ...«

»Ich weiß, im Stadtviertel Capo.«

»Sehr gut. Seid bitte so gut und erkundigt Euch höflich nach dem Herrn Herzog und danach, ob seine Tochter, Donna Violante, sich schon im Palast befindet.«

»Ihr Wunsch ist mir Befehl, Euer Hochwohlgeboren. Gibt es sonst noch etwas?«

»Nein, nichts weiter, danke.«

Der Klosterbruder machte sich auf den Weg, Blasco folgte ihm in Gedanken und berechnete die Zeit, die er brauchen würde, um in die Stadt zu gelangen, die Aufträge auszuführen, andere Sachen zu erledigen und wieder zurückzukehren. Den ganzen Nachmittag wollte er seine Zelle nicht verlassen. Er wartete und hing seinen Gedanken nach. Er sah, daß es in seinem Leben kein Ziel, keinen Traum, keine Hoffnung mehr gab, die seine Zukunft erhellen konnten. War also alles zu Ende?

»Bah«, sagte er mit einem nachlässigen Schulterzucken, das seine tiefe Verbitterung überspielen sollte. »Was habe ich mir eigentlich in den Kopf gesetzt? Verrücktheiten, nichts als Verrücktheiten! Komm wieder zu dir, Blasco. Hast du vielleicht nicht gut gelebt, bevor du den Ritter della Floresta und die Herzogin della Motta und Donna Violante und diese ganze Welt voller Rätsel, Ränkespiele, Feigheiten, Schuld, Freveltaten und Heuchelei kanntest? Warum kam dir nur in den Sinn, in diese Stadt zu kommen, die die Brutstätte sämtlicher Bosheiten zu sein scheint? Bist du nun vielleicht schlauer, da du weißt, daß du der zwar uneheliche, aber erstgeborene Sohn des Herzogs della Motta bist? Erstgeborener? Wer weiß, ob nicht plötzlich noch ein anderer auftaucht, da doch mein Herr Vater über Länder und Meere gezogen ist und überall Nachkommen hinterlassen haben kann. Lassen wir das sein. Das Leben ist etwas tief Betrübliches, und so braucht man die Ursachen der Betrübnis nicht noch zu vermehren. Nimm es wie einen Narrenstreich, mein guter Blasco, und schon wird es dir besser gehen!«

Doch die neuerworbene Lebensweisheit verlor alle Gültigkeit, als um die Stunde des Abendgebets der Frater zurückkehrte. Er hatte den Brief im Palast della Floresta abgegeben – doch das war für Blasco nur bis zu einem gewissen Punkt von Bedeutung –, und er war in den Palast der Albamonte gegangen ... Ach, was für ein Unglück! Der Herr Herzog rang mit dem Tode; man hatte ihn in der letzten Nacht mit drei Dolchstößen niedergestreckt. Schrecklich ... Der Palast war voller Leute, der ganze Hof, der ganze Adel, der Hauptmann des Strafvollzugs, selbst der Vizekönig waren da! Was am allermeisten erstaunte, war der Ort, an dem man ihn wie durch ein Wunder gefunden hatte! Alle wollten das Loch oder den Brunnen oder die Grotte sehen. Man mußte das Tor des Palastes schließen, weil der Hof voller Menschen war. Die Herzogin und das Fräulein Tochter waren anwesend, ja, und auch die Verwandten. Unglaublich, diese Sache ... Wer hatte ihn nur da hinuntergeschafft? Und wie hatte man davon erfahren?«

Blasco ließ ihn reden. Er wollte nur wissen, ob Violante sich im Palast befand; der Grund seiner Neugier war ihm selbst nicht klar. Vielleicht hatte er noch keinen eindeutigen Vorsatz gefaßt, vielleicht hegte er nur leise eine kleine Hoffnung.

Als der Frater seinen Singsang beendet hatte, sagte Blasco zu ihm: »Jetzt tut mir einen Gefallen.«

»So sagt.«

»Ich brauche einen vertrauenswürdigen Mann . . .«

»Den habe ich . . . Der Fuhrmann hier.«

»Kann man ihm trauen?«

»Wie Euch selbst . . .«

»Ruft ihn, ich bitte Euch.«

Dieser Fuhrmann hatte genau das richtige Aussehen des Mannes, der sich durchsetzt und den Mitmenschen Achtung einflößt. Zwei Stunden später überbrachte er Blasco seine Koffer, seine Waffen und seine Kleider.

XXIV

Die Nachricht von dem Mordanschlag auf Don Raimondo della Motta hatte die ganze Stadt in außerordentliches Staunen versetzt, auch wegen der Ungewöhnlichkeit der Umstände. Das Geheimnis jenes Brunnens, in den er, man wußte nicht von woher noch wie, eingedrungen war, stellte sich dermaßen undurchsichtig dar, daß die Leute zugleich auch tief bestürzt waren.

Die ersten, die herbeieilten, waren Donna Gabriella und Violante. Donna Gabriella verspürte, ehrlich gesagt, keinen echten Schmerz, sie vergoß keine Träne und gab sich nicht der Verzweiflung hin. Sie war betroffen, doch hatte sie keinerlei Zweifel, was die Täter anging. Der Anblick des Ehemanns, der blaß und noch blutverkrustet dalag und in seiner Starre eher einem Leichnam glich, flößte ihr ein gewisses Mitleid und zugleich Schrecken ein. Ihr war, als sähe sie die bewaffnete Hand, die auf ihren Gatten niedergegangen war, wieder in die Höhe fahren und bedrohlich über den anderen Familienmitgliedern schweben.

Violante aber schrie laut auf und brach in Tränen aus; sie mußte vom Bett des Vaters ferngehalten werden.

»Schweig!« fuhr die Herzogin sie barsch an. »Schweig! Es ist jetzt nicht der Augenblick zu schreien, deine Schreie stören nur.«

Zwei Ärzte waren gerufen worden, und beide untersuchten kopfschüttelnd die Verletzungen.

Mit Hilfe von Riechwassern und anderen Reizmitteln hatten sie Don Raimondo aus seiner Bewußtlosigkeit erweckt. Noch benommen blickte er um sich, und großes Entsetzen stand in seinen Augen. Er schloß sie wieder und stöhnte leise, während die zwei Männer der Heilkunde ihn mit balsamgetränkten Gazestreifen verbanden.

Währenddessen eilten adlige Herrschaften und Regierungsvertreter herbei. Die Branciforti, die La Grua, die Ventimiglia, alle großen Adelsgeschlechter, die mit den Albamonte verwandt waren, zeigten sich betroffen. Der Palast füllte sich mit Menschen.

Man wollte von Donna Gabriella Genaueres wissen, eine Spur, einen Hinweis erfahren, um das Geheimnis zu lüften und sich auf die Suche nach den Mördern machen zu können. Doch Donna Gabriella war ratlos, sie fürchtete die Auswirkungen der Enthüllungen, die sie hätte machen können. In diesem Moment dachte sie nicht an Rache oder Vergeltung. Der mit dem Tode ringende Mann war schließlich ihr Gemahl, sie hatte die Pflicht, ihn in Schutz zu nehmen und in ihm den Namen zu verteidigen, den er ihr gegeben hatte. Mehrfach lag ihr der Name der Beati Paoli auf der Zunge, aber wie hätte sie diese Aussage erklären können? So gab sie nichts preis und sagte aus, keinen Verdacht bezüglich der Täter zu haben.

Aus den ersten Ermittlungen ergaben sich jedoch drei Hinweise von allergrößter Bedeutung, in denen der Richter als roten Faden den Namen Blasco da Castiglione entdeckte: Er war ein »Mitwisser«, was allein durch die Tatsache bewiesen war, daß er als erster die Diener an die zwei Eingänge zu dem unterirdischen Gewölbe geführt hatte, von dem man mittlerweile wußte, daß es das Versteck der Beati Paoli war. Der Mordanschlag war demzufolge von der Sekte verübt worden, und Blasco da Castiglione mußte dabeigewesen sein und den Ort kennen. Der dritte Umstand war, daß das Gewölbe der Beati Paoli sich bis unter den Palast der Albamonte hinzog und einen Ausgang haben mußte, durch den die geheimnisvollen Rächer verschwunden waren.

Der Hauptmann der Landwehr, Mangialocchi, der aus Scham über seine Niederlage erst zu nächtlicher Stunde in Palermo eingetroffen war, berichtete, daß Blasco der Verhaftung entgangen war und Matteo Lo Vecchio und einen Waffenbruder erschossen hatte. Blasco war also den Fängen der Justiz entgangen und nach Palermo zurückgekehrt, wo er sich vermutlich zu jener Versammlung eingefunden hatte, bei der der Herzog della Motta, der die Order zu dieser Verhaftung gegeben hatte, umgebracht worden war. Handelte es sich also um eine Rache Blascos? Aber warum sollte er den Herzog dann gerettet haben? Das blieb der Justizverwaltung ein Rätsel.

Der Vizekönig beauftragte Don Francesco Cavallaro, Richter beim Großen Gerichtshof, einen Prozeß gegen Blasco da Castiglione anzustrengen. Als erstes wurde die öffentliche Strafandrohung bestätigt und ein beachtliches Kopfgeld ausgesetzt für den, der ihn lebend anbringen würde oder sein Versteck nennen konnte.

Hauptmänner, Schergen, Wachleute, Landwehr, sie alle wurden eingesetzt. Das Verlies der Beati Paoli wurde bis in die hintersten Winkel abgesucht, doch den Geheimgang konnte man nicht entdecken. Auf alle Fälle lautete der Befehl, die zwei Eingänge noch am selben Tag zuzumauern, um einen Auflauf von Neugierigen zu verhindern.

Blasco erfuhr von alledem nichts. Im Schutz der Dunkelheit war er vom Kloster der Kapuziner in Richtung Stadt hinuntergegangen und hatte das Stadttor passieren können, ohne daß die Zöllner ihn aufhielten, die in ihr Kartenspiel und ein Trinkgelage versunken waren und vornehme Herrschaften ohnedies nie so genau in Augenschein nahmen. Auf dem Weg über die Straße von San Agostino spitzte er die Ohren und konnte von den Menschentrauben, die sich in der Nähe des Palastes Albamonte zusammenfanden, gelegentlich ein paar Wortfetzen aufschnappen.

Auf dem kleinen Platz gegenüber dem Palast blieb er stehen. Doch er hielt es für unvorsichtig, hineinzugehen. Was wollte er dort? Mit welchem Recht und zu welchem Zweck? Aber in der Dunkelheit vermeinte er die Gestalt Violantes hinter den erleuchteten Fenstern zu sehen, und sein Herz, das von so vielen Aufregungen erschüttert worden war, wurde weich. So verharrte er lange Zeit. Aus dem Palast kamen Sänften und einige Karossen. An den Farben der Livreen erkannte er das Haus, zu dem sie gehörten. In einer schlichteren Sänfte erkannte er einen Arzt. Er näherte sich und fragte: »Euer Wohlgeboren mögen mir verzeihen, aber können Sie mir vielleicht Auskunft über das Befinden des verehrten Herrn Herzog geben?«

»Ah, es steht schlimm um ihn! Hoffen wir, daß der Herr im Himmel es gut mit ihm meint!«

Er war also noch nicht tot, und der Arzt war noch nicht ganz ohne Hoffnung. Er verharrte weiter vor dem Palast. Die Nacht brach herein und hüllte alles in Dunkelheit. Auf beiden Seiten des Portals aber waren aus diesem besonderen Anlaß zwei Windlichter an der Mauer angezündet worden, die das umliegende Stück Straße erhellten, und Blasco konnte, ohne selbst gesehen zu werden, beobachten, wer den Palast betrat und wer ihn verließ. Die Schatten hinter den erleuchteten Fenstern waren spärlicher geworden, auch immer weniger Sänften und Kutschen verließen den Hof, bis zum Schluß keine mehr das Portal passierte. Schließlich kam ein Diener mit einer Flasche in der Hand heraus, vielleicht um zum nächsten Apotheker zu gehen. Blasco erkannte ihn und rief ihn zu sich.

»Oh! Euer Wohlgeboren!« stotterte der Diener erschreckt.

»Ja, ich bin es. Ich bin gekommen, um Erkundigungen einzuholen. Ich habe Neuigkeiten vom Arzt gehört . . . Sind noch Leute im Palast?«

»Der Herr Marchese von Regalmici, Bruder der Frau Herzogin, ist da.«

»Ah, gut! Tut mir also einen Gefallen, mein Lieber, und

fragt die Frau Herzogin, ob sie geneigt ist, mich zu empfangen.«

»Sofort, aber ...«

»Aber was?«

»Wissen Euer Wohlgeboren von dem Bann?«

»Welchem Bann?«

»Ich weiß nicht ... ich möchte nichts sagen ...«

»Auf, sprecht nur, ohne Scheu.«

»Sei es, wie Sie wollen, schließlich bin ich kein ›Verruchter‹: Nun, es gibt eine öffentliche Strafandrohung gegen Sie, mit einem hohen Kopfgeld ... Nehmen Sie sich in acht. Wenn jemand Sie sähe ...«

»Danke. Macht Euch keine Sorgen. Ihr werdet mich gewiß nicht verraten ...«

»Ich?«

Der Diener kehrte in den Palast zurück und war kurz danach wieder bei Blasco.

»Die Frau Herzogin erwartet Sie.«

»Was hat sie gesagt, als sie die Botschaft vernahm?«

»Sie ist blaß geworden, und mir schien, als wolle sie zunächst ablehnen.«

»Ist jemand bei ihr?«

»In diesem Augenblick ist sie allein.«

»Gut, danke.«

Er ließ den Diener stehen und schlüpfte durch das Tor. In der Eile sah er, wie eine Sänfte mit zwei Fackelträgern voran von der Piazza del Capo auf den Palast zusteuerte. Als er den Saal betrat, in dem Donna Gabriella ihre Besucher empfing, erfaßte ihn tiefe Bewegung. Donna Gabriella stand hinter einem Sessel und war wunderschön in den einander widerstreitenden Empfindungen, die über ihr Antlitz strichen wie Wolken über das Blau des Himmels. Schmerz, Zorn, Haß, Eifersucht, Verlangen prägten für einen Augenblick das schöne Gesicht, bevor es rasch wieder einen ernsten Ausdruck annahm. Dennoch reichte sie Blasco nicht die Hand, während sie in einer würdevollen, schmerzerfüllten Haltung stehenblieb, die den jungen Herrn verwirrte.

»Ich weiß«, sprach Donna Gabriella, bevor er noch ein Wort

hervorbringen konnte, »daß die Aufdeckung dieses furchtbaren Verbrechens Euer Verdienst ist, und ich bin Euch dankbar dafür, wiewohl ich mir nicht erklären kann, auf welchem Wege Ihr erfahren habt, daß auf den Herzog ein Mordanschlag verübt worden ist.«

Blasco war von dem kühlen Ton und der verhüllten Spitze dieser letzten Worte betroffen, fühlte sich aber gleichzeitig wieder frohen Muts, denn nichts half ihm besser aus einer Verlegenheit, als wenn er in die Offensive ging. So erwiderte er im selben kühlen Ton: »Ich war nur gekommen, um mich über den Zustand Eures Herrn Gemahls zu erkundigen und um Euch mein Mitgefühl auszusprechen, nicht um Danksagungen zu erheischen noch um Erklärungen abzugeben, welche, verzeiht mir, zumindest zu diesem Zeitpunkt nicht hierhergehören. Ich habe mich auch deshalb herbemüht, um mich davon zu überzeugen, daß der Herr Herzog von seinen Familienangehörigen versorgt wird ... von denen ich gehört hatte, daß sie verschwunden waren ...«

Donna Gabriella biß sich verärgert auf die Unterlippe.

»Wie Ihr seht, mein Herr«, sagte sie, »bin ich an meinem Platz.«

Sie betonte das ›ich‹, als wollte sie sagen: ›Es hat keinen Sinn, daß Ihr nach anderen Personen fragt‹. Eine dumpfe, kaum verhaltene Feindseligkeit stand zwischen ihnen. Da verkündete ein Lakai: »Der Herr Ritter della Floresta wünscht Eurer Hoheit die Hand zu küssen.«

Blasco konnte eine Regung tiefer Verblüffung nicht unterdrücken. Donna Gabriella gab mit einem Nicken ihr Einverständnis, und kurz darauf erschien Coriolano mit seiner kalten Miene, dem feinsinnigen und höflichen Lächeln, den vollkommenen Manieren und dem Stock mit der langen Schleife in der Hand, in der er auch seinen Hut hielt. Er ging auf die Herzogin zu, küßte ihr galant die Hand und begrüßte Blasco mit freundschaftlicher, geradezu vertraulicher Miene. Fassungslos starrte Blasco ihn an.

»Glaubt mir, Frau Herzogin«, sagte der Cavaliere della Floresta sanft und mit betrübter Stimme, »ich war furchtbar betroffen und schmerzlich berührt, als ich von dem Unglück erfuhr, das dem Herrn Herzog widerfahren ist ... Es ist einfach unerhört, und es trifft die ganze Stadt!«

Donna Gabriella setzte sich und bedeutete Coriolano, das gleiche zu tun. Blasco blieb stehen, eine Hand in die Seite gestützt. Er war kreidebleich im Gesicht. Mühsam nur konnte er seinen Zorn zurückhalten, und er biß die Zähne zusammen, um die Worte, die ihm auf der Zunge lagen, und das Toben in seiner Brust nicht herauszulassen.

Coriolano erkundigte sich nach dem Gesundheitszustand des Verletzten.

»Drei Wunden!« rief er mit deutlichem Abscheu aus, »aber das ist ja grauenhaft! Welchen Arzt habt Ihr gerufen?«

»Don Francesco Pignocco, den Leibarzt des Königs.«

»Daran habt Ihr gut getan. Und bestehen Hoffnungen?«

»Wenige ...«

»Mein Gott! Wenn man bedenkt, daß sie ihn hätten töten können! Und ohne das wunderbare Eingreifen des Herrn Blasco da Castiglione wäre der arme Herzog zu dieser Stunde schon tot ...«

Blasco ballte seine Fäuste so heftig, daß sich die Fingernägel ins Fleisch bohrten. Hinter der vorgetäuschten Bestürzung der letzten Worte Coriolanos hörte er die leichte Ironie, die Donna Gabriella völlig entging. Sie murmelte nur bitter überzeugt: »In der Tat, so ist es!«

»Und gibt es irgendeinen begründeten Verdacht?« erkundigte sich Coriolano.

»Die Justiz scheint den Tätern auf der Spur zu sein ...«

»Ja? Das freut mich.«

Bei diesen Worten warf der Ritter della Floresta Blasco einen forschenden Blick zu, der die Stirn runzelte, da er die Gedanken Coriolanos vielleicht erahnte. Stumm erwiderte Blasco seinen Blick. Eine Weile herrschte Schweigen. Donna Gabriella bemerkte, daß Blasco und Coriolano, die sie bislang als enge Freunde kannte, sich nun mit eisiger Kälte begegneten. Diese Entdeckung bereitete ihr ein gewisses Vergnügen, nicht weil es ihren Interessen entsprach, sondern weil es ihre Boshaftigkeit befriedigte. Ohne die Freundschaft Coriolanos war Blasco allein und schutzlos in Zeiten, in denen seine Freiheit und sein Leben bedroht waren. Ein hinterhältiger Gedanke blitzte in ihr auf: sollte sie heimlich den Hauptmann des Strafvollzugs rufen und ihm den jungen Mann ausliefern? Doch sie rührte sich nicht. Ihre Rachgier dämpfte plötzlich ein Gefühl des Abscheus vor einer niederträchtigen Handlung, und sie hegte auch den heimlichen Wunsch – warum sollte sie es leugnen? –, den jungen Mann wieder zu besitzen, nicht weil sie ihn liebte, sondern aus Trotz und Eifersucht. Coriolano nahm seinen Hut, warf mit vollendeter Höflichkeit noch einige wohlmeinende Sätze hin, verabschiedete sich dann mit Handkuß von Donna Gabriella und ging. Zu Blasco, von dem er sich im Vorübergehen mit einer Handbewegung verabschiedete, meinte er: »Man hat mir gesagt, daß Ihr abreisen werdet, mein Herr. Ist das wahr?«

Das war zwar eine Frage, doch der eigentliche Sinn dieser Worte war für Blasco nicht zu überhören: es war beinahe ein Befehl, umgehend aufzubrechen.

»Noch nicht, mein Herr«, entgegnete Blasco, »ich habe noch einige andere Aufgaben hier zu erfüllen . . .«

»Ja, richtig! Als guter Retter könnt Ihr Euer Werk jetzt nicht einfach so fahrenlassen. Ich wünsche Euch von ganzem Herzen, daß Eure Anstrengungen von Erfolg gekrönt sein mögen, doch . . . nehmt Euch acht, die Justiz ist Euch auf den Fersen.«

»Die fürchte ich nicht.«

Coriolano ging hinaus. Blasco näherte sich Donna Gabriella und sagte rasch zu ihr: »Gestattet mir, wiederzukommen, dann werde ich Euch sagen warum, doch ich warne Euch, das Leben des Herzogs steht auf dem Spiel.«

Die Herzogin schrak zusammen.

»Habt keine Furcht, ich werde gleich wieder hiersein . . .«

Er verließ den Saal, noch bevor Donna Gabriella etwas erwidern konnte. Er durchquerte das Vorzimmer und fragte die Dienerschaft, ob der Cavaliere schon gegangen sei.

»Nein, hochverehrter Herr. Er hat sich in das Zimmer des Herrn Herzogs begeben, um ihn zu sehen.«

»Ah!«

Mit einem Satz war Blasco in dem Zimmer, in das man den Herzog gebracht hatte. Es war ein großer, schmuckloser Saal, und in der Mitte war das Bett des Herzogs aufgeschlagen. Don Raimondo lag unbeweglich da, mit bleichem Gesicht und verbundenem Kopf, und starrte mit weit aufgerissenen Augen zur Zimmerdecke. Er wirkte eher wie eine Wachsfigur denn wie ein lebendes Wesen. In diesem Augenblick waren der Marchese von Regalmici und der Rechnungsführer des Hauses an seiner Seite, zwei Lakaien standen stramm vor dem Eingang und warteten auf Anweisungen. Coriolano ging auf das Bett zu. Seine Augen blickten kalt auf jenen Körper, über dem die Sichel des Todes schwebte. Sein Gesicht verriet nicht die geringste Rührung.

Blascos Stimme klang wie das Fauchen eines Raubtiers, als er flüsternd zu Coriolano sagte: »Mein Herr, meint Ihr nicht, daß es an der Zeit wäre, den Verletzten in Ruhe zu lassen?

Coriolano tat, als verstünde er die Bedeutung der Worte nicht, und erwiderte mit gespielter Ruhe: »In der Tat ... Wir sind zu viele hier ...«

Auch diese Worte hatten einen doppelten Sinn, der für Blasco offenkundig war.

»Ich begleite Euch«, sagte er.

Sie entfernten sich von des Herzogs Bett. An der Tür angelangt, konnte Blasco nicht mehr an sich halten und zischte zwischen den Zähnen: »Euer Benehmen ist eine Schande, mein Herr!«

»Glaubt Ihr?« bemerkte Coriolano kühl.

»Nichts in meinem Leben schmerzt und reut mich mehr und ist ein größeres Schandmal für mich, als Eure Bekanntschaft gemacht und Euch die Hand geschüttelt zu haben.«

»Was wollt Ihr damit sagen?«

»Daß jener Platz dort draußen menschenleer ist und die Nacht dunkel und daß zwei Leute guten Willens sich hier durchaus schlagen können ...»

»Ein Duell? Mit Euch? Hier? ... Wenn Ihr Lust habt, Euch mit mir zu schlagen, dann müßt Ihr die Wahl des Ortes und den Zeitpunkt schon mir überlassen. Jetzt habe ich zu tun. ... lebt wohl, Blasco.«

»Ihr werdet nicht gehen, bei Gott!«

»Hört mir zu, Blasco da Castiglione. Ich will Euch hiermit noch einen Beweis meiner Toleranz und Freundschaft geben, wie auch immer Ihr es nennen mögt ... Ihr wißt nicht, was Ihr tut. Hütet Euch aber«, und seine Stimme verdunkelte sich, »denn es liegt ein Gerichtsurteil gegen Euch vor, und Ihr wißt warum ... Und wenn Ihr jetzt hier seid, dann verdankt Ihr das einzig und allein Eurem Glücksstern, der Euch begleitet, und dem Interesse, das ich für Euch hege. Ihr wollt Euch also mit mir schlagen? Nun, ich werde Euch diese Befriedigung verschaffen und erwarte Euch morgen um fünfzehn Uhr im Vorort Colonna Rotta, in dem Garten, wo Ihr Euch bei Morgengrauen wiedergefunden habt. Doch nehmt Euch in acht, der Weg vom Palast Albamonte bis zum Schafott auf der Piazza della Marina ist kürzer, als Ihr glaubt. Und merkt Euch eines, weder das Duell noch irgendeine andere Sache, die Ihr zu Wege bringen mögt, werden den Lauf der Gerechtigkeit aufhalten! ... Bis morgen also, Blasco da Castiglione, bis morgen!«

Blasco wollte etwas erwidern, doch Coriolano deutete auf die Ecke des Platzes, aus der in der Dunkelheit eine Laterne schaukelnd näher kam, und sagte: »Schaut nur, dort kommt die Polizeistreife! Nehmt die Beine unter den Arm, wenn Ihr nicht wie eine Maus in die Falle gehen wollt.«

Blasco zog sich rasch in den schützenden Schatten zurück. Coriolano nutzte diesen Augenblick, um seine Sänfte zu besteigen, und machte sich umgehend auf den Weg.

»Bis morgen also, ich werde ganz sicher zur Stelle sein!«rief Blasco ihm nach, und mit diesen Worten betrat er den Palast, gerade noch rechtzeitig, um nicht von der Streife gesehen zu werden, die, mit den Piken auf die Pflastersteine schlagend, vorüberzog und auf die Kaserne zuhielt.

Er stieg die Treppe hinauf und eilte in den Saal, wo Donna Gabriella noch immer überrascht und neugierig auf ihn wartete.

»Frau Herzogin«, sagte er zu ihr, »gestattet mir, heute nacht hierzubleiben und am Bett Eures Gemahls zu wachen.«

»Warum das? Sind wir nicht genug? Reicht die Dienerschaft nicht aus?«

»Vielleicht nicht. Laßt mich Wache halten ... Ich werde Euch keinerlei Umstände bereiten. Im Gegenteil, ich könnte Euch vielleicht einen Dienst erweisen.«

»Ihr erschreckt mich. Was gibt es Neues?«

»Nichts, aber ist es nicht ein verständliches Bedürfnis, mein begonnenes Werk zu Ende zu führen?«

Donna Gabriella wollte sich mit dieser Antwort nicht zufriedengeben. Gewiß steckte hinter diesem Wunsch und der Beharrlichkeit Blascos etwas Verborgenes, und das machte ihr Angst. Plötzlich hatte sie einen Verdacht: Violante. Das Mädchen war für sie zu einer Wahnvorstellung geworden, die sie unablässig peinigte. Eine Woge von Eifersucht legte sich über ihre Angst vor dem Unbekannten und zeichnete sich auf ihren Gesichtszügen ab. Ihr Mund war voller Bitterkeit und ihr Blick finster, als sie sagte: »Dann werde ich mit Euch zusammen Wache halten.«

»Warum wollt Ihr Euch um den Schlaf bringen?«

»Warum, wollt Ihr etwa allein gelassen werden?«

Die Worte der Herzogin verrieten deutlich, welcher Verdacht in ihrem Herzen keimte. Er lächelte traurig.

»Warum wollt Ihr Euch quälen? Ihr haltet mich für so verwerflich, daß ich in der Lage wäre, ein Unglück auszunutzen, um mir einen Wunsch zu erfüllen, vorausgesetzt, ich hätte ihn? Ich dachte, ich hätte Euch den Beweis meiner Selbstlosigkeit gegeben und Euch erkennen lassen, daß ich angesichts einer großen Verpflichtung auch auf die Freuden des Lebens verzichten kann ... Geht und ruht Euch aus und laßt mehr Gerechtigkeit walten. Wenn Ihr erst einmal wißt, und vielleicht ist dieser Tag nicht allzu fern, welches das schreckliche Geheimnis der vergangenen Nacht ist und warum Euer Gemahl auf jenem Bett dort liegt, warum ich ihn gerettet und was ich mir vorgenommen habe zu tun, dann, Donna Gabriella, werdet Ihr gerechterweise anerkennen müssen, daß hier in dieser Brust ein ehrliches und selbstloses Herz schlägt ... auch auf Kosten seiner selbst, ja zum Schaden seiner selbst.«

Er schwieg eine Weile und schlug die Hände vors Gesicht, als wolle er seinen Schmerz nicht zu erkennen geben oder sich sammeln. Dann hob er den schönen Kopf, schüttelte sein dichtes Haar und fuhr mit einem bitteren Lächeln in den Mundwinkeln fort: »Wißt Ihr eigentlich, wer ich bin? Wißt Ihr denn, ob mich mit diesem Haus nicht noch anderes verbindet als reine Menschlichkeit? Vielleicht hat der Herzog es Euch verschwiegen. Aber warum solltet Ihr es nicht erfahren? Wozu ein Geheimnis daraus machen, was andere längst wissen? Mich wundert, daß Ihr noch nie das Porträt Don Emanueles, des verstorbenen Herzogs, betrachtet habt . . . Holt es Euch ins Gedächtnis . . . und schaut mich an, Donna Gabriella!«

Die Herzogin blickte ihn an, und erst da schien sie zum ersten Mal die Ähnlichkeit mit dem großen Bildnis zu erkennen. Staunend riß sie die Augen auf und murmelte: »Wie? . . . Seid Ihr etwa . . .?«

»Seid Ihr überrascht? In der Tat hätte wohl keiner vermutet, daß dieser namenlose Blasco dank einer Laune des Herzogs Don Emanuele das Blut der Albamonte in seinen Adern hat. Nicht einmal ich ahnte es bis vor wenigen Monaten . . . Ein Bastard bin ich, ja! Doch da auf meinem Geburtsschein der Name meines Vaters nicht verschwiegen ist und ich somit das Recht habe, wenn ich es will, den Namen Albamonte zu tragen, werdet Ihr wohl anerkennen müssen, daß ich die Pflicht habe, dieses Haus zu bewachen und zu verteidigen.«

Donna Gabriella sagte leise: »Ihr? In der Tat, es ist wahr! . . . Die gleichen Gesichtszüge, die gleiche Haltung! Oh, mein Gott!«

»Ja, mein Vater hat mir mit dieser Ähnlichkeit in der Tat ein Pfand der Liebe, der Weitsicht hinterlassen . . . denn diese Ähnlichkeit gibt vor der ganzen Welt die Schmach, die einem armen jungen Mädchen zugefügt wurde, und die Schande meiner Geburt preis! . . . Und Ihr befürchtet . . . Ihr dichtet mir ehrgeizige Ziele an? Welche Träume könnte ich schon hegen? Liebe, Reichtum, Macht? Das sind Dinge, die dem jungen Herrn und ehelichen Sohn Don Emanueles della Motta zustehen, seinem wahren Erben, dem Erben seines Titels und seines Vermögens!«

»Was?« rief Donna Gabriella und sprang auf. »Was sagt Ihr da? ... Der kleine Emanuele? Der verschwunden ist? ... Er ist am Leben?«

»Ja.«

»Er lebt! ... Wo denn? ... Wie?«

»Das ist eine lange Geschichte. Was braucht Ihr sie zu wissen? Sie ist blutig und schmerzlich. Bisher wurde Emanuele über seine Herkunft in Unkenntnis belassen. Doch bald schon wird er, geführt von denen, die ihn aufgezogen haben, mit seinem wirklichen Namen und dem Titel des Herzogs della Motta hier Einzug halten.«

Die Herzogin wurde leichenblaß und zitterte vor Schreck. Betroffen von dieser unerwarteten Enthüllung sah sie Blasco an. Die Lücken in seiner Erzählung hatte sie rasch mit den halben Geständnissen gefüllt, die sie von ihrem Gatten erhalten hatte und die nun in der Erinnerung sehr düster erschienen. Das verschwundene Kind war also noch am Leben, und der Mann, der verletzt und verbunden im Zimmer nebenan lag, war ein Usurpator und hatte sich durch ein Kapitalverbrechen diese Macht angeeignet ... Er war also nicht dem Haß zum Opfer gefallen, sondern er war ein Verbrecher, den die unerbittliche göttliche Gerechtigkeit eingeholt hatte. Und nun kam dieser Knabe, der Sohn Don Emanueles, und schrie das Verbrechen heraus, das der Onkel begangen hatte. Eine ganze Geschichte von Frevel und Schmach tauchte aus der Tiefe des Vergessens empor und würde ihn, Raimondo, der noch bis zum vorigen Tag über die Geschicke der Stadt entschieden hatte, zugrunde richten?

Sie hatte Angst. Gewiß nicht um ihrer selbst willen, da sie mit der Vergangenheit Don Raimondos nichts verband, aber aus jener bedrohlichen und furchtbaren Ungewißheit, die nun auf dem Haus lastete und von welcher der Verletzte im Zimmer nebenan eine erste Offenbarung war. Und dieser Bastard? Was wollte er nur? War er der Wegbereiter seines legitimen Bruders, oder arbeitete er gegen ihn?

So schien es zumindest. Doch warum trat er, anstatt die Nähe des Bruders zu suchen, jetzt als Beschützer an die Seite des Mannes, den er eigentlich hätte verabscheuen müssen? Hatte er ein Interesse für Don Raimondo? Oh, nein, gewiß nicht! ... Für sie, Donna Gabriella? Sie war eine Fremde, und ihr Leben und ihre Mitgift konnten keinerlei Schmähung ertragen. Dann also für Violante? Ja! Sie ahnte, sie spürte, daß hinter dem Schweigen Blascos die ständige Anstrengung steckte, den Namen des Mädchens zu verbergen. Wieder packte sie die Eifersucht, und ihr leicht beeinflußbares Gemüt wurde erneut von heftigeren Gefühlswallungen heimgesucht. Welche Bedeutung hatte schon die Existenz des legitimen Sohns des Herzogs della Motta; was konnte es schon ausmachen, wenn der junge Herr käme, um von seinem Palast Besitz zu ergreifen und die Usurpatoren aus ihm zu vertreiben? Konnte all das vielleicht Blasco daran hindern, Violante zu lieben und für sich haben zu wollen? Waren all diese Ereignisse seinem Bestreben nicht sogar förderlich? Violante war allein, wäre bald Vollwaise und würde sich sicherlich in die Arme des Cousins stürzen, der ihr wie ihr natürlicher Beschützer erschien.

Sie spürte ein Würgen im Hals. Mit erstickter Stimme sagte sie zu Blasco: »Ihr seid aber jetzt nicht seinetwegen hier ... wegen Don Raimondo, und auch nicht wegen Eures Bruders ... gesteht es!«

»Nein, nicht ihretwegen bin ich hier.«

»Aber auch nicht meinetwegen ...«

Blasco antwortete nicht sogleich. Seine Aufrichtigkeit hatte ihm die Antwort auf die Zunge gelegt, aber sein Zartgefühl und die Schicklichkeit verboten sie ihm. So erwiderte er ausweichend, um Donna Gabriella nicht vor den Kopf zu stoßen: »Wenn ich wüßte, daß Ihr in Gefahr seid, würde ich bestimmt nicht unterlassen, Euch meinen Schutz und mein Leben zu Füßen zu legen.«

»Es ist also ... wegen Violante!«

»Ja. Warum sollte ich es leugnen? Don Raimondo büßt jetzt für den Tod von Donna Aloisia. Ich habe ihn nicht seinetwegen, sondern seiner Tochter wegen zu retten versucht.

Violante wird allein zurückbleiben, und vielleicht wird die Schmach des Vaters auf sie übergehen. Man muß alles tun, damit sie nicht erfährt, wen sie eigentlich zum Vater gehabt hat. Von der Schande, die auf dem Haus liegt, in dem sie das Licht der Welt erblickte, möge nichts auf sie übergehen; möge sie die Herzogin della Motta bleiben.«

Donna Gabriella war verblüfft. »Was meint Ihr damit?«

Blasco fuhr fort: »Ihr tut unrecht, Donna Gabriella, Ihr solltet Euch mir anschließen, damit wir gemeinsam verhindern, daß das arme Mädchen für die Schuld des Vaters büßt.«

Die Herzogin zuckte nur flüchtig mit den Schultern. Was konnte ihr das bedeuten? Seine Worte konnten ihre Pein nicht mildern.

»Ihr liebt sie!« murmelte sie mit düsterer Stimme, die vor Haß und Schmerz bebte. »Ihr liebt sie! Das ist die Wahrheit! . . . Ihr wollt aus ihr eine Herzogin della Motta machen! Was soll das heißen? Wird Euch das vielleicht hindern, sie zu Eurer Geliebten zu machen?«

»Oh, Donna Gabriella!«

Ihr Blicke kreuzten sich, und der eine las in des anderen Augen die gemeinsamen Erinnerungen.

Blasco sprach mit gedämpfter und trauriger Stimme weiter: »In drei oder vier Tagen werde ich aufbrechen . . . und zwar für immer! Euer Verdacht ist also ungerechtfertigt.«

»Ihr reist ab?«

»Was sollte ich sonst tun?«

Donna Gabriella warf einen raschen Blick nach Don Raimondos Zimmer, und ein heimtückischer Gedanke ging ihr durch den Kopf. Ein kurzes Schweigen legte sich zwischen beide. Dann, als antworte sie laut auf eine ihrer Überlegungen, murmelte sie: »Nur ich werde allein und verlassen zurückbleiben!«

Aus ihren Worten sprach ein solcher Schmerz, daß Blasco tief betroffen war. Aber er sagte nichts. Seufzend neigte er das Haupt und ging in Don Raimondos Zimmer hinüber. Die Diener schliefen auf den Stühlen, der Rechnungsführer hatte sich auf einem Kanapee ausgestreckt und schnarchte leise. Der Verletzte hatte die Augen halb geschlossen, und sein

Aussehen war so erschreckend, daß Blasco das Ende befürchtete. Er stürzte an sein Bett, um ihn genauer zu betrachten. Als er sich etwas beruhigt wieder erhob, fiel sein Blick auf das Fenster, und ihm schien, als sähe er durch die Scheiben eine dunkle Gestalt, die sich rasch davonmachte. Er eilte zum Fenster und riß es auf. In der Finsternis war ihm, als sähe er jene Schattengestalt im Boden versinken. Er zog sich zurück, schloß das Fenster und verriegelte auch sämtliche Türen.

Donna Gabriella sah ihn weiß im Gesicht und mit schweißnasser Stirn zurückkommen.

»Was ist los?« fragte sie erschrocken.

»Nichts!«

»Der Herzog?«

»Der ruht. Geht schlafen, ich bitte Euch darum. Ich werde Wache halten.«

Aber Donna Gabriella fragte ihn zärtlich: »Nicht einmal in dieser Stunde wollt Ihr, daß ich an Eurer Seite bleibe? Bin ich Euch schon so verhaßt?«

Jede Weigerung Blascos war vergeblich. Er setzte sich neben einen kleinen Tisch, von dem aus man durch die offenstehende Tür Don Raimondos Bett sehen konnte. Donna Gabriella setzte sich neben ihn auf einen Armstuhl und betrachtete ihn schweigend. Dann murmelte sie verhalten und mit untergebenem Ton, als spräche sie zu sich selbst: »Wenn du abreist, werde ich dir folgen.«

XXV

Da kam, bereits in tiefer Nacht, Violante auf Zehenspitzen in den Raum geschlichen. Nun, da Ruhe im Haus eingekehrt war, wollte sie ihren Platz am Bett ihres Vaters wieder einnehmen.

Auf dem kleinen Tisch glimmte noch einer der Brenner der messingnen Öllampe, der andere war bereits erloschen. Das Flämmchen warf einen schwachen Lichtkegel, in dem die Umrisse der Dinge verschwammen. Violante sah neben dem kleinen Tisch eine Gestalt, mit den Schultern ihr zugewandt. Zögernd hielt sie inne, doch die Reglosigkeit und ihr langsames, tiefes Atmen ließen auf einen schweren Schlaf schließen; noch immer hatte sie nicht erkannt, wer es war. Wie ein Geisterwesen durchquerte sie den Raum und schaute hinter sich, da erkannte sie Blasco. Der junge Herr war eingeschlafen, sein Kopf war auf die Lehne eines Armsessels gesunken, sein Mund war halb geöffnet, auf seinem Gesicht lag eine tiefe Traurigkeit. Violante hielt einen Augenblick inne, legte die Hände ineinander, aber ihr Blick glitt am Körper des jungen Mannes entlang, der in Halbschatten getaucht war, dorthin, wo ein hellerer Fleck ihre Aufmerksamkeit auf sich zog ...

Vor Schmerz und Verwunderung wollte sie schreien, und sie mußte sich auf den kleinen Tisch stützen. Neben Blasco hatte sie die Herzogin in einer Haltung zärtlicher Hingabe erkannt, ihr Kopf lag auf dem Arm des Sessels, so daß ihre Haare beinahe Blascos Brust berührten. Auch sie schlief. Vielleicht hatte der Schlaf sie in jener hingebungsvollen Stellung übermannt.

Violante spürte, wie ihr Herz von eines kalten Messers Schneide durchbohrt wurde. Schrecken und eine unerklärliche Rührung überkamen sie, ein Weinkrampf schüttelte ihre Brust, doch konnte sie ihre Augen nicht von den beiden wenden. Sie machte eine große Anstrengung, das Schlafzimmer Don Raimondos zu betreten. Dabei hatte sie vielleicht nicht die Kraft, das Geräusch ihrer Schritte zu dämpfen, oder sie war gegen irgend etwas gestoßen. Donna Gabriella schreckte aus dem Schlaf, sah die Umrisse eines Mädchens, ohne sie gleich zu erkennen. Verwirrt sprang sie auf und näherte sich ihr.

»Du!« schrie sie, »du kommst hierher, um herumzuspionieren?«

Bei diesem Aufschrei war auch Blasco wach geworden. Verhängnisvolles befürchtend, war er wie vom Blitz getroffen in die Höhe geschnellt und hatte seinen Degen gepackt. Da sah er die beiden Frauen, ohne sich erklären zu können, was geschehen war und welcher neuerliche Grund die beiden gegeneinander aufgebracht hatte.

Violante schluckte ihre Tränen hinunter, hob den Kopf, und mit einer Erhabenheit, die von wesentlich größerer Reife zeugte, als ihrem Alter entsprach, entgegnete sie: »Nein, Signora, ich gehe meinem Vater Beistand leisten.«

Und sie betrat das Schlafzimmer und nahm ihren Platz am Fußende des Bettes wieder ein, ohne sich noch einmal umzudrehen. Doch Donna Gabriella, die vor lauter Eifersucht nicht mehr klar denken konnte, folgte ihr und sagte: »Deine Anwesenheit ist nicht erforderlich, wenn ich hier bin!«

»Ihr, Signora?« erwiderte Violante und sah ihr in die Augen.

»Geh in dein Zimmer zurück . . .«

»Ich hoffe, Ihr werdet mir das Recht zugestehen, hierzubleiben!«

Die Diener waren bei diesem Wortwechsel erwacht und standen nun verlegen da, weil der Schlaf sie übermannt hatte. Stotternd baten sie um Verzeihung, doch Violante entließ sie.

»Geht und ruht Euch aus, Ihr seid jetzt zu müde. Ich bleibe hier. Geht nur!«

Obwohl Donna Gabriella im ersten Moment sprachlos war über dieses unerwartete Verhalten, erkannte sie doch, daß dadurch ihre Autorität in Frage gestellt und sie vor der Dienerschaft gedemütigt worden war. Hochmütig sagte sie: »Du vergißt, daß ich da bin!«

»Nein, Signora«, erwiderte Violante, »ich vergesse nichts. Doch ich möchte Sie von der Bürde befreien, sich noch länger um meinen Vater kümmern zu müssen. Ich glaube, wenn er einen Wunsch äußern könnte, dann würde er niemand anderen an seinem Lager haben wollen als mich . . .«

»Geht«, sagte sie noch einmal, an die Dienerschaft gewandt, die wie versteinert dastand. »Auch die Frau Herzogin befindet es für angebrachter, daß Ihr Euch zur Ruhe begebt.«

Nachdem sie hinausgegangen waren, rückte Violante einen Stuhl ans Fußende des Bettes und nahm schweigend Platz. Donna Gabriella barst vor Kränkung, Haß und rasendem Verlangen, die Oberhand über dieses junge Mädchen zu gewinnen.

»Du wirst ja wohl nicht erwarten«, sagte sie, »daß ich dich allein lasse.«

»Was befürchten Sie denn, Hoheit?« entgegnete das Mädchen und drehte sich halb zu ihr hin. »Außerdem sind Sie ja im Zimmer nebenan . . . zusammen mit Herrn Blasco. Dort werden Sie sich bestimmt behaglicher fühlen als vor diesem Bett hier . . .«

Donna Gabriella biß sich auf die Lippen. Blasco, der die Gründe der schneidenden Ironie in Violantes letzten Worten nicht begriff, murmelte zärtlich, aber betrübt und mit einem leicht tadelnden Unterton: »Violante!«

»Und ich denke auch . . . voller Befriedigung . . ., daß Sie mich jetzt nicht mehr bezichtigen können, die Geliebte des Herrn . . .«

»Du Unglückselige!« fiel Donna Gabriella ihr schreiend ins Wort und schien sich auf sie stürzen zu wollen.

Doch Blasco ließ ihr dazu keine Gelegenheit. Er hielt sie zurück und sagte vorwurfsvoll: »Aber was macht Ihr denn da?«

Violante war plötzlich aufgestanden und deutete auf den Verletzten. Alle drei sahen, wie er die Augen aufschlug und sie mit all dem Schmerz ansah, den seine Stimme nicht zum Ausdruck bringen konnte. Sein Blick ließ Donna Gabriella erstarren, es fuhr Blasco bis ins Mark und brachte sie alle zum Verstummen.

Violante ging zum Bett und fragte sanft: »Haben Sie einen Wunsch, Herr Vater?«

Don Raimondo richtete seine Augen auf sie und sah sie lange an. Seine Lippen bewegten sich kaum merklich, aber nur ein Stöhnen drang aus seinem Mund. Das Mädchen stand da und betrachtete ihn mit Tränen in den Augen. Sie folgte dem Blick ihres Vaters, der auf die Herzogin und auf Blasco fiel. Sie glaubte zu verstehen, was er bedeutete.

»Mein Herr«, sagte sie zu Blasco, »ich bitte Euch, laßt ihn allein.«

Donna Gabriella hob verächtlich die Schultern.

»Begleitet mich, mein Herr«, sagte sie gebieterisch und faßte nach Blascos Handgelenk.

Blasco konnte sich nicht vom Fleck rühren. Die Gedanken überschlugen sich in seinem Hirn. In Violantes hartem, hochmütigem und unbeugsamem Verhalten ebenso wie in Donna Gabriellas Bestürzung lag ein Geheimnis, das er nicht ergründen konnte. Am liebsten hätte er eine Erklärung von dem Mädchen gefordert; doch die Herzogin wartete auf ihn, und ob seines Zögerns gereizt drängte sie: »Mein Herr, ich habe Euch gebeten, mich zu begleiten.«

»Verzeiht«, sagte Blasco, »aber was hier vor sich geht, ist so seltsam, ich fühle mich so verlegen, ohne etwas Genaueres zu wissen, daß es mir gerechtfertigt erscheint, um einige Erklärungen zu bitten ...«

Violante antwortete ihm kühl und nicht ohne eine gewisse Bitterkeit: »Die Frau Herzogin kann Ihnen das alles besser erklären als ich ... Seid so gut und folgt ihr ...«

Sie zwang ihn also ohne Umschweife zu gehen, aber warum? Worin bestand in den Augen des Mädchens seine Schuld? Er sah auf die Herzogin, die in vornehmer Haltung und mit einem Schimmer bösartiger Genugtuung in den Augen auf ihn wartete. Violante hatte sich wieder dem Vater zugewandt, der mit Entsetzen im Blick den Bewegungen der beiden folgte, als könne er ihre Worte nicht deutlich hören oder nicht begreifen, was sie bedeuteten.

Donna Gabriella war jetzt sichtlich verärgert über Blascos Unentschiedenheit und sagte voller Verdruß: »Ich warte auf Euch!«

Da erst reichte er ihr mit gesenktem Haupt, doch Aufruhr im Herzen seinen Arm und begleitete sie zurück in den kleinen Saal, wo sie die Nacht verbracht hatten.

»Setzt Euch«, befahl sie in herrischem Ton, als hätte sie ihn bei einem Vergehen ertappt. Blasco jedoch setzte sich nicht. Er empfand Entrüstung und dumpfe Auflehnung gegen diese Frau, die nicht einmal am Krankenlager ihres Gemahls, der mit dem Tode rang, soviel Anstand besaß, ihre blindwütigen Gefühlsausbrüche in sich zu verschließen.

»Ich habe hier nichts mehr zu tun. Ich hoffe, Don Raimondo wird genesen. Um mein Vorhaben zu Ende zu bringen, brauche ich nicht länger in diesem Haus zu verweilen, wo ich durch die vielen Besucher auch gar nicht sicher wäre. Noch ist es nicht Tag, die Straßen liegen beinahe noch im Dunkeln, ich will mich in Sicherheit bringen.«

»Ihr wollt abreisen? Ihr geht weg? Aber wie? Warum?« fragte die Herzogin hastig.

»Weil es notwendig ist.«

»Ich werde Euch nicht gehen lassen . . .«

»Ihr werdet Euch mir nicht widersetzen!« entgegnete Blasco standhaft..

Da war ihr, als müsse ihr Herz brechen, und ihre Augen füllten sich mit Tränen.

»Warum wollt Ihr mich verlassen?« schluchzte sie.

»Ich muß gehen. Ich habe noch andere Dinge zu vollbringen. Ich darf mein Werk nicht unvollendet lassen . . . Vielleicht werde ich kommende Nacht wiederkommen, wenn sich eine Möglichkeit bietet . . . Auf jeden Fall werdet Ihr von mir hören, habt keine Sorge. Und glaubt mir, ich werde über dieses Haus wachen.«

»Was bedeutet mir schon dieses Haus!« brach es heftig und voller Verachtung aus Donna Gabriella heraus.

Aber Blasco ging auf ihre Erwiderung nicht ein, nahm Mantel, Degen und Hut und verabschiedete sich von ihr. Höflich, aber kühl küßte er ihr die Hand und ging. Donna Gabriella vermochte nichts mehr zu sagen.

In seinen Mantel gehüllt und den Kragen hochgeschlagen, verließ er den Palast und machte sich auf den Weg zur Porta Carini, um so schnell wie möglich die Stadt zu verlassen. Der Tag war längst angebrochen. Einige Fensterläden wurden schon aufgestoßen, und so manches verschlafene Gesicht zeigte sich hinter den Fensterscheiben. Die Werkstätten und Läden begannen ihren Betrieb. Die Zöllner hatten bereits das Stadttor aufgeschlossen, vor dem Fuhrleute mit ihren Mauleseln, beladen mit Fässern oder Säcken, und Ochsengespanne warteten. Blasco mischte sich unter dieses Volk, und der Linie der Festungen folgend gelangte er bald zu den Gärten und über einen Saumpfad zurück in das Kloster der Kapuzinermönche, wo er die Stunde des Duells abwarten wollte.

Dem Frater, der ihn zu seiner Zelle begleitete, gab er nur ausweichende Antworten, und er warf sich aufs Bett, um einen klaren Gedanken fassen zu können. Violante mußte vor jeder Tücke und Gewalttätigkeit der Herzogin in Sicherheit gebracht werden, und gleichzeitig mußte ihre Zukunft bedacht werden. Dafür gab es nur einen Weg: er mußte die Familie der Ventimiglia und die der Branciforti, die Verwandten der beiden Waisen Emanuele und Violante, alles wissen lassen und sie unter deren Schutz stellen. So verfaßte er zwei kleine Briefe und unterzeichnete sie mit »Blasco Albamonte«. Dann rief er den Bettelmönch und bat ihn, auf seinem Weg in die Stadt die Briefe den angegebenen Empfängern zu überbringen.

»Saperlott! ... Das sind ja die vornehmsten Herrschaften«, sagte der Frater. »Sind das Freunde von Ihnen, Hochwohlgeboren?«

»Ja.«

Der Frater steckte die Briefe in seinen Beutel und ging weg. Blasco hatte die Oberhäupter der beiden Adelshäuser wegen allerdringlichster Angelegenheiten, die ihre Familien angingen, um eine Unterredung gebeten; und er bat sie zu verzeihen, daß er sich die Freiheit genommen habe, sie nicht persönlich in ihren Palästen aufzusuchen und ihnen seine Hochachtung darzubringen. Doch das sei ihm aufgrund höherer Gewalt nicht möglich. Er nannte den beiden Herren jeweils einen anderen Zeitpunkt, zu dem sie sich im »Wald der Kapuziner« einfinden sollten.

Die zwei adligen Herren trafen mit ihren Kutschen zur festgesetzten Stunde am Kloster ein, und jeder war nicht wenig überrascht, daß jener Blasco Albamonte, der sie hergebeten hatte und den sie nicht zu kennen meinten, der junge Blasco da Castiglione war, den sie für einen Abenteurer unbekannter Herkunft hielten. Beide Male mußte Blanco unwillig die Umstände seiner Geburt darlegen. Die wiederum erfüllten die Herren mit großem Staunen, und angesichts der Tatsache, daß auch in seinen Adern edles Blut floß, versöhnten sie sich mit ihm und betrachteten ihn nun mit einigem Wohlwollen. Aber ihr Staunen wurde noch größer, als sie erfuhren, daß der Erbe des alten Don Emanuele, der rechtmäßige Herzog und Sohn Donna Aloisias, am Leben und wie durch ein Wunder unversehrt war. Und sie vernahmen, daß er nunmehr der Vormundschaft seiner Retter entzogen und in seinen eigentlichen Stand wieder eingesetzt werden solle, zumal es eine Urkunde gebe, in welcher Don Raimondo den Neffen anerkenne und die Notar Di Bello in Gewahrsam habe. Jetzt, da Don Raimondo dem Tode nahe war, erscheine es ihm notwendig, daß die Verwandten des jungen Herrn mütterlicherseits dafür sorgten, daß er in seinen gesellschaftlichen Rang eingesetzt würde; doch aus Rücksicht auf die Familie und um jeglicher Ungebührlichkeit zuvorzukommen wie auch um das Vermögen beisammenzuhalten, schlüge er die Heirat zwischen Emanuele und Violante vor. Es läge nun an den Verwandten der beiden jungen Leute, nach gemeinsamer Absprache den zukünftigen Stand der Dinge zu regeln.

All diese Nachrichten und diese Empfehlungen lösten bei dem Marchese von Geraci, dem Großvater von Emanuele, keine Verwunderung aus; ihn überkam nur sanfte Rührung bei der Vorstellung, daß der Sohn seiner armen Tochter Aloisia noch am Leben war. Auch der Fürst von Butera zeigte sich nicht verwundert, da ihm die von Blasco vorgeschlagene Lösung als die schicklichste und folgerichtigste erschien. Für den Augenblick trafen sie jedoch noch keine Entscheidung; erst wollte man die Urkunde des Notars Di Bello in Händen haben und sämtliche Einzelheiten zusammentragen. Und auf jeden Fall sollte abgewartet werden, wie sich der Gesundheitszustands Don Raimondos entwickeln würde.

Blasco hatte bei seinen Enthüllungen alles verschwiegen, was Don Raimondo zum Schaden gereichen konnte und welche Rolle in all diesen Ereignissen die Beati Paoli gespielt hatten; nur eine Sache flüsterte er dem Fürsten von Butera noch ins Ohr, nämlich seine Enkeltochter Violante zu beschützen, die in ihrem Vaterhaus großen Gefahren ausgesetzt war.

Beim Abschied der zwei Herren, die am Ende doch noch aufeinandergetroffen waren, sagte der Fürst von Branciforti zu Blasco: »Aber welche verruchten Sachen habt Ihr, mein Sohn, denn begangen, daß dieser Bann über Eurem Haupt schwebt?«

»Keine, Herr Fürst. Ich habe Gutes tun wollen, was mir schlecht vergolten wurde, und dann habe ich mich verteidigen müssen. Das ist es, grob gesagt, was ich verbrochen habe. Wenn ich von einer öffentlichen Strafandrohung betroffen bin, so verdanke ich das allein Don Raimondo, den ich gerettet habe. Doch das ist nicht wichtig. Eure Hoheit wird mir eine Schiffspassage besorgen. Die Strafandrohung wurde gegen Blasco da Castiglione verkündet, ich jedoch bin Blasco Albamonte, aus dem Haus der Herzöge della Motta. Blasco da Castiglione ist von Rechts wegen tot ...«

»Teufel noch mal! Die Idee gefällt mir«, meinte der Fürst. »Laßt mich also machen.«

Blasco geleitete sie zu ihren Kutschen. Als er wieder allein war, fühlte er, wie ein schwerer Druck von ihm wich. Er atmete tief durch, und der Schmerz in seiner Brust brach in einem Schluchzen aus ihm heraus.

XXVI

»Sie haben die Beati Paoli gefunden!«

Der Morgen graute. Don Girolamo und Andrea kehrten nach dieser ereignisreichen Nacht durch die Porta Termini in die Stadt zurück und mischten sich unter das aufgeregte Volk, Fuhrleute, Händler, Gemüsebauern mit ihren vollbeladenen Eseln.

»Sie haben die Beati Paoli gefunden!«

»Ach was, den Teufel haben sie gefunden!«

»Aber wenn ich es Euch sage!«

»Sie sind in die Grotte eingedrungen!«

»Tatsächlich?«

»Wo ist denn die Grotte?«

»Stellt Euch so etwas vor, sie hatten sie genau vor der Nase!«

»In der Gasse der Waisenkinder . . .«

»Aber nicht doch, unter dem Haus des Richters Baldi ist sie.«

»Sie ist hier in der Gasse!«

»Man sagt, es gebe zwei Eingänge.«

»Wer hätte das gedacht?«

»Du guter Gott! . . . Und haben sie sie geschnappt?«

»Habt Ihr nicht den Krach gehört heute nacht?«

»Es war eine regelrechte Schlacht!«

»Die armen Kerle!«

»Ihr könnt Euch den Schreck nicht vorstellen. Ich schlief, als ich mit einem Mal die Schüsse hörte. Ich wachte auf und wollte hinaus, da sagt meine Frau zu mir: Aber nein, Beppe, laß sein, rühr dich nicht vom Fleck, das werden Diebe sein . . . man weiß das ja nie so genau, denn Schüsse sind Schüsse!«

»Und gibt es Tote?«

»Wer weiß das schon?«

»Bestimmt sind sie verpfiffen worden!«

»Ah, vor den Verrätern schützt einen nicht mal der liebe Gott!«

Die Kirchenglocken läuteten zur Messe. Die Anwohner verließen ihre Häuser, um ihrem Tagewerk nachzugehen. Die Absperrungen der Soldaten wurden durchbrochen, ohne daß es dazu einen Befehl gegeben hätte, und der Platz füllte sich mit Leuten, die kamen und gingen. Es hagelte nicht gerade schmeichelhafte Bemerkungen über das Eingreifen der obersten Justizorgane der Stadt, ein Amt, das in diesem Jahr der Herzog Don Luigi Gaetani innehatte.

»Eine gute Figur haben die uns da machen lassen!«

»Haben die etwa geglaubt, es mit Grünschnäbeln zu tun zu haben?«

»Die Beati Paoli sind wie Geisterwesen: man sieht sie, man hört sie und kriegt sie doch nie zu fassen!«

Die Beati Paoli hatten die Sympathie dieses Völkchens, das alles verehrte, was den Schein des Außergewöhnlichen an sich hatte oder aber Auflehnung gegen die Obrigkeit bedeutete, von der es schließlich nur Härte kannte und Gewalt. In seinen Augen übte die Sekte rächende Justiz zugunsten der Schwachen und war somit deren natürliche und rechtmäßige Verteidigung. Die allgemeine Befriedigung, als die Leute hörten, welche Niederlage die Ordnungshüter hatten hinnehmen müssen, war deshalb nur allzu verständlich. Es hagelte Spott von allen Seiten.

»Che mala figura! . . . Diese Blödmänner!«

Unter höhnischem Gelächter hörte man es in allen Ecken der Stadt. Jede weitere Suche war nutzlos, der Hauptmann mußte den Befehl zum Rückzug der Soldaten geben. Er hinterließ zwei Wachposten an den Eingängen zu dem Verlies und zog sich von seinem ruhmlosen Schlachtfeld zurück.

Don Girolamo stieg mit Andrea die Treppe zu seiner Wohnung hinauf, wo Francesca schon in größter Besorgnis auf ihn wartete. Sie war nicht zu Bett gegangen, um auf die Rückkehr ihres Mannes zu warten. Als sie die Gewehrschüsse hörte, war sie auf den kleinen Balkon gestürzt und hatte beim Schein der Windlichter das Treiben der Soldaten gesehen. Zitternd hatte sie die Schutzheiligen angefleht, ohne ihren Platz auf dem Balkon zu verlassen, denn sie fürchtete, ihren Girolamo jeden Augenblick tot oder gefangen inmitten der Soldaten zu erkennen. Die ganze Nacht hatte sie in dieser qualvollen Angst zugebracht, war bei jedem Geräusch zusammengezuckt, hatte jedes Grüppchen in Augenschein genommen und zu ergründen versucht, was geschehen war.

Erste Erleichterung verspürte sie, als sie Wachleute und Soldaten sich unter dem Gelächter und den Verspottungen der Menge zurückziehen sah. Als sie dann endlich ihren Ehemann erblickte, weinte sie vor Freude.

»Was war nur los? Was ist geschehen?«

»Nichts, nichts von Bedeutung. Wo ist Emanuele?«

»Ich glaube, er schläft noch . . . Ich habe nicht darauf geachtet. Meine Gedanken waren ganz bei Euch. Was für eine Angst! . . . Aber wie ist die Sache denn ausgegangen?«

»Wer kann das sagen? Jemand muß die Obrigkeit informiert haben.«

»Ist irgendein Unglück geschehen?«

»Nein.«

»Gott sei gedankt.«

Francesca wußte nicht, worüber in jener Nacht vor dem Gericht der Beati Paoli verhandelt worden war. Wenngleich sie die Stellung kannte, die ihr Mann darin innehatte, und um so manches Geheimnis wußte, besonders was Emanuele betraf, vertraute Don Girolamo ihr doch nie an, worüber das Gericht in seinen Sitzungen verhandelte, und er hatte ihr auch nie gesagt, wer seine Sektenbrüder waren. Sie wußte gerade nur, daß Antonino Bucolaro und Andrea zum Geheimbund gehörten. Doch die Anwesenheit Andreas zu so ungewöhnlicher Stunde und der Ausdruck in ihren Gesichtern gaben ihr zu verstehen, daß es um große Dinge ging. Sie war es jedoch gewohnt, sich ihrem Mann unterzuordnen, und wagte nicht, ihm Fragen zu stellen.

»Ich denke, meine Aufgabe ist nun erfüllt«, sagte Andrea. »Das, was ich mir geschworen hatte, habe ich ausgeführt, jetzt kann ich meinem jungen Herrn die Hand küssen; und selbst wenn mich der Blitz treffen sollte oder wenn sie mich an den Galgen brächten, ich würde dennoch zufrieden sterben.«

»Wir haben keine Angst, am Galgen zu sterben.«

»Verzeiht, aber jetzt, da wir diese Urkunde haben, was wird mit ihr geschehen?«

»Sakrament . . . die wird dem Vizekönig oder dem Großen Gerichtshof übergeben, . . . ich weiß es noch nicht! Das wird der Anführer schon sehen. Er weiß alles . . .«

»Ich habe nur einen sehnlichen Wunsch: meinen jungen Herrn in seinem Palast zu sehen und die Eindringlinge daraus zu verjagen.«

Don Girolamo schüttelte den Kopf.

»Wer weiß . . . Vergeßt den Bastard nicht.«

»Ah! Wäre er nicht vom selben Blut wie mein guter junger Herr, ich hätte ihn schon längst beseitigt! Was will der eigentlich? Was verlangt er? Habt Ihr gesehen, wie er den Schurken verteidigt hat? Da gehört Mut dazu . . .«

»Eine Glanzleistung!«

»Ihr habt recht.«

Don Girolamo erhob sich, um in Emanueles Zimmer zu gehen. Doch kaum hatte er die Türe geöffnet, fragte er verwundert: »Francesca, wo ist Emanuele?«

»Was heißt, wo ist er?« entgegnete Frau Francesca bestürzt, »in seinem Zimmer natürlich ...«

»Da ist er nicht.«

»Wie das?«

Don Girolamo legte die Stirn in Falten, blickte sich um und bemerkte, daß die Fenster zum kleinen Balkon hin nicht verriegelt waren. Er öffnete sie und sah hinaus. Der Balkon ging auf eine kleine Terrasse, die eine Art Lichtschacht bildete, auf den sich die Fenster des oberen Stockwerks öffneten; eine Sprossenleiter stand dort, die zum Küchenboden hinaufführte. Don Girolamo sah, daß die Leiter unter eines der Terrassenfenster gelehnt war; ein junger Bursche von Emanueles Größe konnte von dort leicht bis auf das Fensterbrett gelangen. Don Girolamo ahnte, was geschehen war.

»Den pack ich mir!« brüllte er.

Er stürzte ins Wohnungsinnere zurück, nahm einen Schlüssel, öffnete eine kleine Tür und stieg hastig eine Holztreppe hinauf. Kurz darauf hörte man lautes Gepolter, und Emanuele erschien, rot vor Wut und Zorn, gefolgt von Don Girolamo, der ihn lauthals zurechtwies.

»Ich habe es dir verboten, bei Gott! ... Es ist eine Schande ... Muß ich dich erst in ein Kloster sperren!«

»Wen wollt Ihr ins Kloster sperren? ... Hört doch auf mit diesen albernen Drohungen!«

»Ah, du ungezogener Bursche!«

»Nehmt Euch in acht!« schrie Emanuele in verletztem Stolz. »Hütet Euch!«

»Willst du mir drohen?« entgegnete Don Girolamo fassungslos und erbost zugleich. »Auch das wagst du?«

Er nahm eine Rute von der Wand und ging damit auf Emanuele los, als Andrea sich ihm in den Weg stellte.

»Das nicht! ... Das werde ich nicht zulassen!«

»Ihr? ... Macht, daß Ihr wegkommt! ... Was habt Ihr damit zu tun? Weg mit Euch!«

Don Girolamo sprühte vor Zorn.

»Hölle und Teufel! Solange du unter meinem Dach lebst, bist du mein Sohn, und ich habe das Recht, dich zu verprügeln!«

Er erhob die Hand, aber Andrea versuchte ihn am Arm zu packen.

»Don Girolamo, schlagt nicht zu!«

Da mischte sich Frau Francesca ein.

»Ihr habt ja recht, Don Girolamo, aber verzeiht ihm; er weiß nicht, was er sagt, und Ihr werdet sehen, daß er es bedauern wird . . .«

»Ganz im Gegenteil!« unterbrach Emanuele sie mit höhnischem Grinsen. »Es gibt nichts, was ich zu bedauern hätte!«

»Hört Ihr ihn! Aber ich will nicht Girolamo heißen, wenn ich . . .« Mit diesen Worten stieß er Andrea beiseite und ließ einen Schlag durch die Luft sausen, den Andrea jedoch mit dem Ellenbogen auffangen konnte. Frau Francesca stürzte sich mit einem Aufschrei zwischen sie.

»Don Girolamo!« flehte sie.

»Dieser undankbare Kerl, diese Schlange, die ich an meinem Busen genährt habe!«

»Wenn Ihr mich ernährt habt, macht Euch keine Sorgen: ich werde Euch Eure Ausgaben zurückerstatten, sobald ich im Besitz meines Vermögens sein werde!«

Don Girolamo war tief getroffen von diesen Worten. Sein Zorn war verraucht. Hinter dieser hochmütigen, grausamen Antwort steckte ja die Enthüllung des ganzen Geheimnisses!

»Was für ein Vermögen? . . . Was hat er gesagt?«

Frau Francesca erbleichte.

»Wie? Er weiß also alles!« rief Andrea.

»Ja«, sagte Emanuele triumphierend, »ich weiß, daß ich in diesem Hause in bescheidenen Verhältnissen aufgewachsen bin; ich weiß auch, daß ich ein Edelmann bin und mir ein anderer Rang zusteht. Ich weiß, daß man mir Achtung zollen muß, und wenn einer hier etwas zu sagen hat, dann bin ich es!«

»Ah, endlich!« rief Andrea voller Freude. »Endlich kann ich die Last dieses Geheimnisses von mir schütteln! Oh, Eure Hoheit, mein Herrscher!«

Er warf sich vor Emanuele auf die Knie, ergriff seine Hand und küßte sie ehrfürchtig. Der junge Mann staunte sehr und war freudig gerührt. Don Girolamo aber wiederholte fassungslos: »Wie weiß er das? ... Wer hat es ihm gesagt?«

Frau Francesca zitterte am ganzen Leib. Emanuele, der nicht mehr wußte als das, was Frau Francesca ihm angedeutet hatte, starb vor Neugier, zu erfahren, was Andrea und Don Girolamo denn meinten mit dem, was er wissen sollte.

Don Girolamo aber fing sich wieder.

»Ah! Mich bezahlen!« sagte er verbittert. »Eure Hoheit wollen mir bezahlen, was ich ausgegeben habe? ... Auch wenn du mir dein gesamtes Vermögen und alle deine Titel gäbest, könntest du mir nie vergelten, was ich für dich getan habe; welchen Gefahren ich mich unterzogen und wie oft ich mein Leben für dich aufs Spiel gesetzt habe. Nicht einmal dein eigenes Leben würde ausreichen, um mich dafür zu bezahlen! ... Geh! Deine Rasse läßt sich nicht verleugnen, jetzt begreife ich es. Du hast es richtig ausgedrückt: nur du hast das Recht, hier zu befehligen ... Wir sind es, die dich gerettet und dafür gekämpft haben, daß dir nicht alles genommen würde. Doch morgen werde ich dich zu den Verwandten deiner Mutter begleiten. Es gibt nichts mehr, was ich für dich tun könnte. Wenn du durch diese Tür gegangen sein wirst, werde ich sie zumachen, damit du auch ja nie in Versuchung kommst, sie wieder aufmachen zu wollen ... Dein Geld? Pfui! Wenn ich gewollt hätte, hätte ich dich für Säcke voller Geld verkaufen können ... an wen, das weiß nur ich. Mit Gold hätte man dich aufgewogen.«

»Don Girolamo!« flehte Frau Francesca.

»Don Girolamo«, sagte Andrea bittend, aber mit grollendem Unterton, »diese Reden erscheinen mir Eurer unwürdig ...«

»Laßt mich doch wenigstens reden! ... Sein Geld! Hätte ich ihn nicht vor dem Tode errettet, wäre es dann auch noch seines? Hätte ich ihn nicht versteckt und mich dafür allen Gefahren ausgesetzt? Dein Geld, behalte es, es würde mir nur großen Schmerz bereiten. ... Heute bist du noch hier, morgen schon anderswo, und wenn ich dir begegnen sollte, werde ich so tun, als kenne ich dich nicht! Aber solange du hier wohnst, wirst du mir gehorchen. Wenn deine Verwandten dir die Tochter eines Straßenfegers zur Frau geben wollen, geht mich das nichts an. Aber daß ich dabei mithelfen soll, daß du dich mit einer Hergelaufenen einläßt, das kannst du dir aus dem Kopf schlagen! Ich werde alles deinen Verwandten erzählen, ich will meinem Gewissen nichts vorzuwerfen haben ...«

Er schwieg. Bitterkeit lag ihm auf der Zunge, und seine Brust schwoll vor Schmerz und Zorn. Auch die anderen schwiegen betroffen, in ihren Augen war jener Ausbruch mehr als gerechtfertigt. Nur Emanuele stand finster grollend und hochmütig da, als hätte es ihn große Mühe gekostet, diese Worte über sich ergehen zu lassen. Nach einer Weile sagte er kühl: »Warum führt Ihr mich nicht bald zu meinen Verwandten? Schließlich war ich viel zu lange hier. Ihr hättet das auch schon früher machen können.«

»Francesca, hört auch Ihr, die Ihr ihn gestillt habt, was er sagt? Ihr, die Ihr mich nicht habt gewähren lassen, als ich ihn zum Fürsten von Geraci bringen wollte.«

»Ah!« rief Emanuele erfreut. »Ich bin also der Sohn des Fürsten von Geraci?«

»Wie das? Du wußtest also gar nicht, wessen Sohn du bist?«

»Er wußte es nicht?« meinte Andrea verblüfft. »Ja, dann ...«

»Nein, ich weiß nicht alles, aber jetzt werdet Ihr es mir sagen ...«, und mit herrischer Geste wandte Emanuele sich an Andrea.

»Ja, Eure Hoheit.«

»Nein, Andrea, noch nicht«, unterbrach Don Girolamo ihn finster.

»Warum! Es scheint mir nicht nötig, ihm das zu verschweigen. Außerdem ist er mein Gebieter, ich kann ihm den Gehorsam nicht verweigern ... Eure Hoheit, Sie sind der Sohn meines früheren Herrn, Don Emanuele Albamonte, Herzog della Motta, Frieden sei seiner Seele!«

»Albamonte!« rief Emanuele voller Erstaunen aus, obwohl auch eine gewisse Enttäuschung, kein Fürstensohn zu sein, in seinen Worten schwang. »Ich bin also ein Albamonte!«

Die Erinnerung an Don Raimondo wurde in ihm wach, und seine Nasenflügel bebten vor Zorn, seine Brust hob sich vor Wut und Rachlust, als er an die Folterung im Schloßgefängnis zurückdachte. Wie war dieser Mann denn Herzog geworden? Wie hatte er sich seinen Namen, seinen Adelstitel, seinen Reichtum aneignen können? Wenn er, Emanuele, den Herzogstitel auf rechtmäßige Weise geerbt hatte, dann mußte Don Raimondo also den Palast verlassen, ihm sein Vermögen aushändigen und in den Schatten zurückkehren wie ein ganz gewöhnlicher Mensch. Ah, diese großartige Rache würde er genießen, er würde ihn von den gleichen Dienern verjagen lassen, die ihn zuvor bedient hatten! Diese Vorstellung erfüllte ihn mit so lebhafter Freude, daß es ihn nicht länger dauerte, nur Herzog und nicht Fürst zu sein.

»Dann bin ich also der Herzog della Motta!«

Seine Augen funkelten vor Vergnügen, als er sich geringschätzig umsah und sich wunderte, wie er in diesem ärmlichen Haushalt, unter Leuten von so niedrigem Stand hatte leben können, die ihn obendrein noch duzten. Stille war eingetreten. Es schien, als habe sich ein Graben zwischen ihm und jenen drei Menschen aufgetan, die ihr Leben für ihn aufs Spiel gesetzt hatten. Der Unterschied des gesellschaftlichen Ranges hatte jegliche Bindung zwischen ihnen zunichte gemacht. Jeder von ihnen spürte, daß mit dem Namen Albamonte die alten Beziehungen zwischen ihnen ein für allemal erloschen waren.

Kühl wandte sich Emanuele an Don Girolamo: »Ich hoffe, Ihr habt meine Verwandten von meiner Existenz unterrichtet.«

Don Girolamo machte eine verneinende Geste. Er war verlegen, da er nicht wußte, wie er sich jetzt seinem früheren Pflegesohn gegenüber verhalten sollte; deshalb bediente er sich der Zeichensprache, für die es keiner Hofetikette bedurfte.

Emanuele sprach weiter: »Ich glaube, daß dies nun aber notwendig ist.«

Doch Don Girolamos Verlegenheit konnte nicht von Dauer sein. Er fand sein Selbstbewußtsein zurück und antwortete barsch: »Das werde ich tun, wenn der richtige Augenblick gekommen ist. Inzwischen wird sich ›deine‹ wohlgeborene Hoheit damit begnügen, das zu sein, was du bislang gewesen bist. Und dein Herr Andrea wird mir den Gefallen tun, zu gehen, da er nichts hier verloren hat, und dieses Haus nicht mehr zu betreten, solange ich es ihm nicht ausdrücklich sage . . .«

Vor Wut und Beschämung wurde Emanuele feuerrot im Gesicht. Andrea war tief bestürzt.

»Ihr verjagt mich, Don Girolamo?«

»Nimm es, wie du willst!«

»Aber ich will von meinen Dienern bedient sein!« brauste Emanuele auf.

»Und was sind wir gewesen, und was sind wir noch, wenn nicht deine ergebenen Diener?« sagte Don Girolamo mit beißender Ironie. »Anderer Diener bedarf es nicht in diesem Haus . . .«

Andrea nahm seinen Hut, drehte ihn in den Händen, als könne er sich nicht entschließen, und murmelte vor sich hin: »Es reicht . . . ich werde tun, was Ihr sagt . . . Ich verabschiede mich von Euch. Das heißt, wir werden uns wiedersehen . . . Und Sie, Hoheit, zweifeln Sie nicht, ich werde Ihnen genauso treu dienen, wie ich Ihrem Vater, dem Herzog, gedient habe. Ich küsse Ihnen die Hand.«

Emanuele war es nicht gelungen, Andrea aufzuhalten. Er folgte ihm mit den Augen, und als er weg war, fühlte er seinen Mut sinken. Don Girolamo warf die Rute auf den Tisch und bemerkte lediglich: »Der bedarf es nun nicht mehr, aber du gehst heute in mein Zimmer. Dort wirst du schlafen . . . keinen Widerspruch! . . . Noch bin ich der Herr hier. Auf!«

Das Gesicht des jungen Mannes überzog sich mit flammender Röte.

XXVII

Gegen Mittag begab sich Don Girolamo durch den üblichen Geheimgang zu Coriolano, wo er von niemandem gesehen werden konnte. Er traf den Ritter della Floresta in gereizter

Stimmung an, das Zucken seiner Unterkiefer verriet dumpfen Zorn.

»Nun! *Kaiphas ist draußen*«, zischte er zwischen den Zähnen, kaum war Don Girolamo eingetreten.

»Ach!« machte der Rechnungsführer nur verblüfft.

»Und er lebt noch!«

»Wie ist das möglich? . . . Mit drei Stichwunden!«

»Ihr habt einfach keine Kraft in den Händen! . . . Es ist eine Schande!«

Sie schwiegen eine Weile. Dann fragte Don Girolamo: »Und wie ist er herausgekommen? Allein?«

»Sie haben ihn herausgezogen.«

»Was? . . . Die sind da unten eingedrungen? Sie haben den Geheimgang entdeckt?«

»Nein. Sie sind vom Hof des Palastes della Motta hinuntergestiegen, sie haben den Boden aufgegraben . . .«

»Aber wie haben sie davon gewußt? Wer hätte die Stelle angeben können?«

Coriolano zuckte die Schultern, und Don Girolamo begriff. Mit kaum verhohlenem Vorwurf sagte er: »Ich habe verstanden. Das war gewiß dieser verdammte Bastard! . . . Ich hatte es Euch ja gesagt, daß er Unglück über uns bringen und uns Unannehmlichkeiten bescheren würde! . . . Aber Ihr wolltet nicht auf mich hören. Jetzt können wir wieder von vorne anfangen. Warum laßt Ihr mir nicht freie Hand? Ein Schuß mit dem Karabiner in der Dunkelheit, davor kann ihn nicht mal der liebe Gott bewahren!«

»Ihr rührt keinen Finger ohne meinen ausdrücklichen Befehl. Auch er ist ein Opfer des Unrechts.«

Don Girolamo brummte noch etwas Unverständliches und schwieg dann voller Sorge. Diese Nachricht durchkreuzte seine Pläne. Coriolano sprach kein Wort. Die Hände in den Taschen, starrte er in die Höhe, als suche er nach etwas oder sammle sich wieder.

»Und was macht man jetzt mit *Kaiphas*?« fragte Don Girolamo nach einer Weile.

»Nichts. Man muß die Augen offenhalten und die Lage abschätzen. Mehr denn je ist es notwendig, daß er kaltgemacht wird. Wenn er nämlich singt, dann kann er uns reinlegen ... Wir haben jetzt endlich alle Waffen in der Hand, aber einer von uns könnte dafür büßen müssen ... Ich werde ihm einen Besuch abstatten. Ihr begebt Euch unterdessen zum Notar Di Bello, Ihr tut so, als müßtet Ihr Euch in seiner Kanzlei aufhalten, und überwacht ihn ...«

»Oh, was den angeht, können wir sichergehen. Der Ärmste hat eine solche Angst, daß er sich nicht einmal auf die Straße wagt.«

»Ein Grund mehr, ihn zu überwachen. Die Angst ist der schlechteste Ratgeber. Unterdessen setzt den *Blinden* auf Nino Bucolaro an ...«

»Das habe ich schon getan.«

»Übrigens habe ich Nachrichten über Matteo Lo Vecchio.«

»Ja? Ist er tot?«

»Der Schuft ist noch am Leben; er befindet sich im Schloß des Fürsten und genießt die beste Pflege. Es sieht so aus, als werde er wieder gesund.«

»Na, schön. Dann werden wir ihm die Zähne ausbrechen, damit er nicht mehr beißen kann.«

»Darüber reden wir später. Für den Augenblick lassen wir ihn in Ruhe, er kann uns noch nützlich sein. Immerhin ist er ein Zeuge. Habt Ihr mir nichts zu sagen?«

Don Girolamo berichtete ihm, was zwischen ihm und Emanuele vorgefallen war und daß der junge Mann nun um seine wahre Identität wußte.

Coriolano hörte ihm schweigend und mit gerunzelten Brauen zu.

»Undank ist der Welt Lohn«, sagte er. »Emanuele hat die Laster des Vaters und die Seele des Onkels, das bedeutet: nicht eine ihrer Tugenden. Aber das ist seine Sache. Unser Vorhaben soll es nicht beeinträchtigen. Das heißt also, daß wir uns überlegen müssen, ob wir das Ganze beschleunigen.«

Er bedeutete Don Girolamo, daß ihre Unterredung beendet sei.

»Müssen wir den Rat einberufen?«

»Noch nicht gleich.«

»Euer Hochwohlgeboren wird mir Bescheid geben, wann es soweit ist ... Aber auf jeden Fall, wo soll die Versammlung stattfinden?«

»Vor dem Stadttor von Ossuna.«

»Ist in Ordnung.«

Als Don Girolamo gegangen war, ließ Coriolano die Kutsche anspannen und begab sich zur Herzogin della Motta. Dort traf er mit Blasco zusammen, und es kam zu jenem Wortwechsel und zur Herausforderung zum Duell. Obwohl Coriolano es verstand, jede Regung unter seiner kalten Maske zu verbergen, hinterließen diese Ereignisse eine tiefe Spur in seinem Herzen.

Längst war jede Bindung zwischen ihm und Blasco zerbrochen. Er hatte große Hoffnungen in den jungen Mann gesetzt und ihn zu seinem Nachfolger in jenem Schattenreich machen wollen, in dem man blindlings allen seinen Anweisungen folgte. Blasco war jung, allein, ohne Zukunftsaussichten, aus der Gesellschaft verstoßen, von Natur aus rebellisch, mutig, schön und unternehmungslustig – er besaß alle Eigenschaften, um ein ganzes Heer befehligen zu können. Nur die Vorsicht fehlte ihm. Aber Coriolano hoffte, sie ihm noch beibringen zu können, indem er ihn mitnahm in die Runde der Sektenmitglieder, ihn an die vielerlei Verstellungen und die ständig maskierten Gesichter gewöhnte. Er war sicher, daß es ihm gelingen würde, aus Blasco den unerschrockensten Feind der Gesetzesgewalt zu machen.

Nun aber entglitt ihm der junge Mann, ja er bot ihm sogar offen die Stirn, um ihn zu bekämpfen und seinem strafenden Arm Einhalt zu gebieten. Er entzog ihm die Verurteilten. Vielleicht gab er ungewollt sogar das Geheimnis der Sekte preis. Er war ein Gegner geworden, ein sehr gefährlicher obendrein, gegen den die Rächer schon die Dolche schärften. Um der Sicherheit der Sekte willen würde man von ihm verlangen, wenn nicht gar ihn zwingen, Blasco zu beseitigen.

Bei nüchterner Überlegung war Blascos Verhalten weder zu rechtfertigen, noch konnten die verheerenden und fürchterlichen Folgen verborgen oder abgeschwächt werden, die sich daraus ergaben. Aber ein Rest der alten Sympathie machte es ihm schwer, dieses Urteil zu fällen; und wenn jene frühere Bindung bei ihm schon keine Rechtfertigung oder Mitleid aufkommen ließ, so doch ein Gefühl des Schmerzes, das ihm lästig war. Vielleicht verspürte sein unbeugsames, grausames Herz das Bedürfnis nach ein wenig Zärtlichkeit, welche er, der Frauen gegenüber unduldsam war, in der Freundschaft mit Blasco gesucht hatte. Vom ersten Tag an hatten seine Eigenschaften tiefen Eindruck bei ihm hinterlassen. Und dieser so geliebte junge Mann, den er ohne sein Wissen unter den Schutz der Sekte gestellt hatte, den er in seinen ihm gebührenden Stand wieder hatte einsetzen wollen, der zückte nun den Degen gegen ihn mit der unbeugsamen und gestrengen Haltung des Rächers.

Schade! flüsterte er mit wehem Herzen.

Er muß sterben! lautete das Urteil, das sein unerbittlicher Verstand im Interesse der Sekte fällte. Er hat seinem Schwur zuwidergehandelt, er ist zum Verräter geworden. Er muß sterben, wie alle Verräter, vor ihm und nach ihm! So lautet das Gesetz!

Für jenen Abend berief er das Gericht ein. Don Girolamo überbrachte persönlich die Einladung an die einzelnen Mitglieder. Auch Andrea war geladen.

»Dort draußen, und wo auch immer wir uns sonst begegnen werden«, sagte Don Girolamo zu ihm, »kennen wir uns nicht, und ich will nichts mehr mit Euch zu tun haben. Aber die Belange der Gesellschaft sind eine andere Sache. Im übrigen ist es gut, wenn das Gericht eine Entscheidung über uns fällt, und wer den Schaden angerichtet hat, wird auch bezahlen.

»Wie Ihr wollt«, erwiderte Andrea.

Die Beati Paoli versammelten sich in den Katakomben vor der Porta d'Ossuna, von denen mit Ausnahme von Coriolano und Don Girolamo bis zu jener schrecklichen Nacht überhaupt keiner etwas gewußt hatte. Die Katakomben der Porta d'Ossuna wurden erst ein halbes Jahrhundert später offiziell entdeckt und erforscht; und wie man dann erkennen konnte, waren sie nicht isoliert. Sie waren durch unterirdische Gänge, die im Laufe der Zeit verschüttet wurden oder ganz verschwanden, mit einer Reihe anderer Katakomben verbunden, die sich unterhalb der Anhöhe von Capo hinzogen. Das Gewölbe unter der Gasse der Waisenkinder war nur einer der Ausläufer dieser Katakomben, und vielleicht ihr Eingang, der vom Hauptteil durch die Fundamente der darüber errichteten Fabriken so gut wie abgetrennt oder versperrt worden war. Coriolano hatte diese unterirdischen Gänge zuerst auf eigene Faust erkundet und entdeckt, daß der Tagungsort der Beati Paoli mit den Katakomben des Stadtviertels von Capo verbunden werden konnte; beim Graben in einer Nische war er dann auf einen Durchgang gestoßen, den er so getarnt hatte, daß selbst die Sektenmitglieder ihn nicht erkennen konnten.

Zusammen mit Don Girolamo hatte er jene unterirdischen Gänge erkundet und war immer weiter vorgedrungen, bis er auf eine in Tuffgestein gehauene Treppe stieß, über der sich eine Falltür befand, die durch Witterungseinflüsse und Schlammablagerungen im Türrahmen festgekeilt war. Zuerst hatten sie vorsichtig dagegen geklopft; nichts war zu hören gewesen, und mutiger geworden, hatten sie dann stärker dagegen geschlagen. Coriolano hatte sich mit ganzer Kraft gegen die Falltür gestemmt und mit den Schultern an dem fauligen Holz gerüttelt, das schließlich knarrend nachgab. So hatten sie sich in einem Raum wiedergefunden, der wie ein Keller oder ein verlassener Lagerraum aussah, voller Spinnennetze und Abfälle, und er war teilweise eingestürzt. Es handelte sich um die Kellerräume einer alten Häuserruine hinter der Noviziatskirche der Jesuitenpatres, die vor kurzem erst zur Kultstätte geworden war. Über diese Entdeckung war Coriolano sehr erfreut, da dieser Raum eine Art Notausgang darstellten konnte. Sie stiegen hinunter und nahmen ihren Rundgang durch die engen Verzweigungen, die Abflußgräben ähnelten, wieder auf und gelangten recht bald zu weiteren Katakomben. Ein Loch in einem Bogengang, der von Steinen und Erdbrocken verstopft war, verriet ihnen, daß es sich um eine Öffnung handelte. Das genügte. Sie besorgten sich Werkzeuge und kehrten an die Stelle zurück; sie legten die Öffnung frei und standen plötzlich in den Gärten am Rand des weitläufigen alten Sumpfgebiets des Papireto.

Hier also berief Coriolano das Tribunal ein. Im Tuffgestein steil über dem Flußbett war eine schmale Öffnung, wie eine Felsspalte, und durch diese stiegen sie ein; der Eingang war so gut getarnt, daß keiner ihn bemerkte.

Die Sitzung war ernst. Coriolano verdeutlichte die Lage, in der sich die Sekte befand. Eine öffentliche Strafandrohung, die am selbigen Morgen verkündet worden war, versprach dem eine reiche Belohnung, der die Mitglieder des Geheimbundes der Justiz auslieferte; weitere Bekanntmachungen dieser Art waren gefolgt. Der unterirdische Sitz der Sekte war zugemauert worden. Spitzel, Wachleute, die Gerichte, das Heilige Offizium, alle hatten sich in Bewegung gesetzt. Der Justizverwaltung waren bislang nur wenige Namen bekannt. Es erfolgten einige zweitrangige Verhaftungen, und durch Folterung oder Bestechung der Verhafteten gedachte man zu den Anführern der Sekte vorzudringen. Der Befehl erging, Blasco da Castiglione sowie Don Girolamo und Andrea zu verhaften.

An diesem Abend hatten die beiden noch ein Versteck für sich entdeckt; doch mußte ein Weg gefunden werden, wie sie das Königreich verlassen und in der Toskana oder in Rom untertauchen konnten; sicherer jedoch wären sie in Spanien. Was die Geheimgesellschaft anging, war es ratsam, nichts mehr von sich hören zu lassen, zu verschwinden, bis sich der Sturm gelegt hatte. Man mußte glauben machen, die Sekte habe sich vollständig aufgelöst. Jede Spur mußte verwischt werden. Wer dem Anführer eine Nachricht zukommen lassen wollte, konnte das mit dem folgenden Zeichen kundtun: er sollte eine brennende Kerze, mit einem Kreuzzeichen am unteren Ende, um acht Uhr früh vor das Standbild des Ecce Homo dei Biscottari stellen und um Mitternacht vor dem Eingang zu jenem unterirdischen Gewölbe warten.

Don Girolamo bat um das Wort.

»Für mich hat das unstete Leben wieder begonnen; doch

dieses Mal werde ich gemeinsam mit meiner Familie das Königreich verlassen. Hier habe ich nichts mehr zu tun ... Doch bevor ich mich von Euch trenne, stelle ich den Antrag, daß zwei der Männer, die wir bis gestern noch als unsere Brüder betrachtet und unter den Schutz des Bundes gestellt haben, zu Verrätern erklärt und der Rache der Sekte übergeben werden. Feierlich gebe ich hiermit ihre Namen preis: es sind der Herr Blasco da Castiglione, dessen Auflehnung alle mit angesehen haben, und Antonino Bucolaro, der Verrat an seinen Brüdern begangen hat und zum Spitzel für Matteo Lo Vecchio geworden ist. Dafür habe ich sichere Beweise.«

Zustimmendes Gemurmel folgte auf seine Worte. Aller Augen richteten sich durch die Schlitze der Masken auf das Oberhaupt, doch Coriolano rührte sich nicht. Er schwieg wie eine Götzenfigur, ohne ein Zeichen von Zustimmung oder Ablehnung zu geben.

Ein anderer der Beati Paoli ergriff das Wort.

»Wenn Antonino Bucolaro ein Verräter ist und der Beato Paolo, der ihn anklagt, die Beweise dafür erbringt, soll er verurteilt und bestraft werden. Doch was Blasco da Castiglione angeht, bitte ich meine Brüder, kein überstürztes Urteil zu fällen. Es ist wahr, er hat sich unserer Gerechtigkeit in den Weg gestellt und die Gesetze unserer heiligen Gesellschaft mißachtet, aber ist er darum zum Verräter geworden? Hat er unser Geheimnis verraten? ... Vielleicht hat er aus Herzensgüte, aus Mitleid gehandelt, ohne zu beachten, wohin ihn sein Tun führte. Ich denke nicht, meine lieben Brüder, daß er die gleiche Strafe verdient wie Bucolaro ...«

Ein anderer Bruder meldete sich.

»Unsere Statuten, auf die wir beim heiligen Kruzifix geschworen haben, sprechen eine klare und eindeutige Sprache, Ausflüchte gibt es nicht. Wer sich eines Verstoßes gegen sie schuldig macht, wird mit dem Tode bestraft. Blasco da Castiglione hat sie mißachtet und sich mit Waffengewalt gegen sie aufgelehnt ... Und obendrein hat er Don Raimondo aus dem unterirdischen Gewölbe befreit und unser Geheimnis verletzt.«

Andrea sagte: »Hören wir das Wort der ›Weisheit‹.«

Die ›Weisheit‹ war das Oberhaupt der Sekte, Coriolano. Er sagte: »Es gelte das Gesetz!«

Darauf mußten die Vollstrecker ernannt werden, aber Coriolano fuhr sogleich fort: »Ich selbst werde der Vollstrecker der Gerechtigkeit sein.«

Die Versammlung löste sich auf. Die Beati Paoli gingen einer nach dem anderen hinaus und verschwanden im Schatten der Nacht.

»Was beabsichtigt Ihr jetzt zu tun?« fragte Coriolano, zu Don Girolamo gewandt.

»Ich werde Emanuele zu seinen Verwandten bringen. Jetzt, da ich ihn nicht mehr überwachen und mich nicht mehr heimlich in mein Haus begeben kann, ist das die einzige Möglichkeit. Ihn in der Obhut meiner Frau zu lassen – jetzt, da er um seine Herkunft weiß und sie ihm zu Kopf gestiegen ist – bedeutete, die arme Frau an Herzeleid sterben zu lassen ... Ich werde ihn seinen Verwandten übergeben oder, besser noch, ich werde jemandem diese Aufgabe übertragen und dann mit Francesca nach Spanien aufbrechen ...«

»Gut so. Ich werde Euch die Mittel dafür zur Verfügung stellen. Um Antonino Bucolaro werde ich mich kümmern. Aber vor Eurer Abreise werden wir uns noch einmal sehen.«

Sie trennten sich. Nachdenklich ging Coriolano nach Hause. Er hatte die schwere Aufgabe vor sich, Blasco den Nachstellungen der Beati Paoli zu entziehen. Ihre Rechtsordnung forderte seine Bestrafung, und der Arm des Gesetzes mußte bewaffnet werden. Mit dem Urteilsspruch hatte er diese Aufgabe übernommen, der er sich nicht entziehen konnte. Indes sollte er sich um drei Uhr nachmittags des folgenden Tags auch mit Blasco duellieren. Genau das aber war die Lösung: Blasco im Duell zu töten würde ihn von dieser verhaßten Vollstreckung entbinden. Blasco hätte so die Möglichkeit, sich zu verteidigen. Unter Einhaltung der Regeln des Duells würde er Blasco töten oder ihn schwer verletzen (woran er keinen Zweifel hegte). Dieser Gedanke beruhigte ihn und ließ ihn fast bis Mittag schlafen.

Als es für ihn Zeit war, steckte er sich zwei kleine Pistolen in die Tasche seiner Weste, ergriff seinen biegsamsten und leichtesten Degen, zog sich seinen Mantel über und bestieg die Sänfte.

Am Palast della Motta erkundigte er sich mit der gewohnten Zuvorkommenheit nach dem Befinden des Herzogs, zeigte Zufriedenheit, daß dieser nahezu bei Bewußtsein war, und wünschte eine rasche Genesung. Dann bat er, der Frau Herzogin auszurichten, daß er wiederkommen würde.

Er verließ die Stadt durch die Porta d'Ossuna, ließ die Sänftenträger halten und schickte sie mit den Worten zurück, daß er zu Fuß heimkehren würde. Als er sicher war, daß die Diener ihn nicht mehr sehen konnten, machte er einen großen Bogen und betrat durch ein Loch in einer Hecke die Gärten. Er ging ein ganzes Stück, bevor er Blasco erblickte, der, mit verschränkten Armen auf einem Stein sitzend, auf ihn wartete. Blasco hob den Kopf und erkannte Coriolano. Er stand auf und begrüßte ihn kühl, konnte aber eine gewisse Ergriffenheit nicht verbergen.

Coriolano zog eine Taschenuhr aus seinem Gewand und sagte:

»Es ist genau drei Uhr, mein Herr. Ich hoffe, daß ich Euch nicht habe warten lassen.«

»Nein, Signore«, antwortete Blasco, »auch ich bin gerade eben angekommen.«

»Da die Angelegenheit, die wir zu bereinigen haben, durch die Umstände bedingt vertraulich ist, habe ich keinen Freund bitten wollen, mein Zeuge zu sein. Wie ich sehe, habt Ihr den gleichen Entschluß gefaßt.«

»In der Tat«, erwiderte Blasco.

»Ich stehe Euch zur Verfügung, wann Ihr wollt.«

»Auch ich«, entgegnete Blasco, nahm seinen Hut ab, zog Gehrock und Weste aus und stand in Hemdsärmeln da.

Coriolano tat das gleiche. Als sie den Platz ausgesucht hatten, stellten sie sich mit dem Degen in der Hand einander gegenüber. Coriolano sagte: »Ich mache Euch darauf aufmerksam, daß ich alles tun werde, um Euch zu töten. Ihr seid als Rebell und Eidbrüchiger zum Tode verurteilt worden. Ich habe Euch einen unehrenhaften Tod durch einen Dolchstoß oder Karabinerschuß in den Rücken ersparen wollen und mir selbst die Aufgabe vorbehalten, Gerechtigkeit zu schaffen. So werdet Ihr einen ehrenvollen Tod finden und wie ein edler Ritter sterben, da Euch alle Möglichkeiten zur Verteidigung gegeben sind. Das ist der letzte Gefallen, den ich Euch um meiner Hochachtung willen tun kann.«

»Tut, was Eure Pflicht ist«, sagte Blasco finster, »und glaubt mir, ich bin Euch dankbar für diesen Beweis Eurer Achtung. Redlicherweise muß ich Euch aber darauf aufmerksam machen, daß ich dem Fürsten von Butera und dem Marchese von Geraci die Existenz Emanueles enthüllt habe . . .«

»Daran habt Ihr gut getan. Ja, ich muß sogar zugeben, Ihr seid meinen Absichten zuvorgekommen. Nehmt Eure Position ein.«

Klirrend kreuzten sie ihre Degen, und ein eisiger Schauer lief ihnen den Rücken hinunter. Coriolano versuchte Blascos Taktik zu erraten, doch merkte er sofort, daß dieser gar keine hatte und nur schwachen Widerstand zeigte. Er wunderte sich sehr, da er ihn kannte, und ließ seine Waffe sinken.

»Mein Herr«, sagte er zu ihm, »ich bin nicht zu meinem Vergnügen hier.«

»Das weiß ich wohl«, erwiderte Blasco, »auch ich habe nicht die Absicht zu spielen.«

»Mir scheint, Ihr wollt weder angreifen noch Euch verteidigen!«

»Was kümmert Euch das? Ich fordere Euch ja nicht auf, das gleiche zu tun. Tut Eure Pflicht. . . .«

»Aber schlagt Euch doch, zum Teufel noch mal!«

»Ich tue, was mir gefällt.«

»Muß ich Euch also zwingen, Euch ernsthaft zu verteidigen?«

»Warum wolltet Ihr mich zwingen? Eure Aufgabe ist, mich zu töten, und ich mach sie Euch leichter. Glaubt Ihr vielleicht, daß das Leben eine so erstrebenswerte und wertvolle Sache ist? Los, geht in Stellung!«

»Aber ich will mich nach allen Regeln der Kunst schlagen. Ihr selbst habt dieses Duell gewollt, und ich habe es als eine für beide Seiten ehrenhafte Gelegenheit angesehen, um aus einer verworrenen und für mich wie für Euch mißlichen Lage herauszukommen.«

»Was wollt Ihr damit sagen? Bis vor wenigen Tagen waren wir wie Brüder, das Schicksal hat uns zu Gegnern werden lassen. Jetzt seid Ihr der Henker und ich der Verurteilte. Ich gebe zu, mich gegenüber Eurer Gesellschaft falsch verhalten zu haben, und suche nicht nach Ausflüchten; ich bestätige Euch sogar, könnte ich noch einmal von vorn anfangen, würde ich das gleiche tun. Es schmerzt mich nur Euretwegen. Ich weiß zu gut, wie sehr ich unter dem Bruch unserer Freundschaft gelitten habe und wieviel es mich gekostet hat, in Euren Augen zu einem Undankbaren zu werden. Doch erinnert Euch der Lektion, die Ihr mir einmal erteilt habt ... Ihr sagtet, Ihr habt eine hohe Vorstellung von Gerechtigkeit, und wäre es notwendig, würdet Ihr dafür auch das Leben Eures eigenen Bruders opfern. Ich dagegen hatte ein hohes Ideal von Barmherzigkeit gegenüber einem Besiegten, und ich habe nicht gezögert, dafür ein Freundschaftsband zu zerbrechen ...

Ich habe Euch gegenüber gefehlt, ich wiederhole es, und ich habe der Gesellschaft den Gehorsam verweigert. Bestraft mich also: ob ich durch einen Degenstreich oder einen Karabinerschuß sterbe, ist für mich das gleiche. Meine Reise ist zu Ende, ich habe nichts mehr zu tun auf dieser Welt. Wenn Ihr mir den Gefallen tun wollt, mich ins Jenseits zu befördern, werde ich Euch ein letztes Mal dankbar sein und betrachte es als einen Akt brüderlicher Freundschaft. Und Ihr stimmt sicher mit mir überein, daß es für mich wesentlich schmeichelhafter ist, von Eurer Hand zu sterben als von der eines Unbekannten. Ja, sogar auch schöner. Also tut es, und ziert Euch nicht so!«

Coriolano hörte ihm zu. Seine zusammengezogenen Augenbrauen und die angespannten Unterkiefer verrieten dumpfen Zorn, er konnte kaum an sich halten. Er war wütend auf Blasco, weil dieser es ihm mit seiner Haltung und seinen Worten unmöglich machte, die Kraft zu sammeln, um ihn umzubringen. Und er war wütend auf sich selbst, weil er keine Worte fand, die er Blasco hätte entgegenhalten können.

Da ließ ein Schrei sie innehalten: »Meine Herren! Meine Herren!«

Sie wandten den Kopf und erblickten auf dem Kamm der kleinen Anhöhe, hinter der die Katakomben verborgen lagen, einen schmächtigen kleinen Mann, der aufgeregt mit den Händen fuchtelte.

»Meine Herren! Meine Herren! Laßt ab davon . . . die Landwehr ist im Anzug . . . die werden Euch verhaften!«

Blasco sah erstaunt auf den kleinen Mann und erkannte in ihm Michele Barabino, den Schneider, der ihn schon einmal vor der Polizei in Sicherheit gebracht hatte. Er kam von der Anhöhe herunter und wiederholte atemlos: »Da ist eine Schar Landwehr, die die Gegend abgrast . . . ziehen Sie sich schnell wieder an! . . . Oh, Euer Wohlgeboren!« rief er, als er Blasco erkannte.

»Verstecken Sie sich! Verstecken Sie sich bloß!«

Coriolano sagte finster: »Kleiden wir uns wieder an, und tun wir so, als würden wir die schöne Aussicht genießen . . .«

Rasch zogen sie ihre Kleider über, steckten die Degen in die Scheide und schauten sich in der Gegend um, während der brave Michele an Blascos Seite stand und fragte: »Euer Hochwohlgeboren mögen mir verzeihen, aber was ist denn geschehen? . . . Ein so tapferer Herr wie Euer Wohlgeboren . . . und der Cavaliere della Floresta? Sie waren doch Freunde! Ach, wie mich das dauert! Wenn Ich etwas für Sie tun kann . . . Hören Sie?«

Er spitzte die Ohren. In der Tat war das Getrappel von Pferdehufen zu hören.

»Der liebe Gott hat mich geschickt«, sagte er. »Ich war wegen ein bißchen Suppe bei den Kapuzinermönchen . . . Doch genug. Ich komme immer hier vorbei. Ich habe Stimmen gehört und mich umgeschaut. Die Waffenbrüder gingen von Haus zu Haus und haben jedes einzelne durchsucht. Euer Hochwohlgeboren müssen sich verstekken . . . Sie wissen doch von der öffentlichen Strafandrohung?«

»Der Mann hat recht«, sagte Coriolano zu Blasco, »Ihr wißt ja, wo Ihr ungesehen untertauchen könnt.«

»Danke, aber gestattet mir, daß ich von diesem Angebot keinen Gebrauch mache. Wenn Ihr glaubt, gehen zu müssen, geht ruhig ... wir werden noch ein anderes Mal die Gelegenheit haben, uns zu sehen. Ich werde Euch wissen lassen, wo wir uns treffen können.«

»Schnell, schnell«, schrie der kleine Schneider wieder von der Anhöhe herab, »sie kommen von dieser Seite ...«

Coriolano hüllte sich in seinen Mantel und stieg zum Kamm hinauf, er mußte sich ja nicht verstecken.

»Guten Abend, hochverehrter Herr«, grüßte Hauptmann Mangialocchi, der mit der Muskete auf den Knien voraus-ritt. »Haben Euer Hochwohlgeboren jemanden in dieser Gegend gesehen?«

»Welcher Art?« fragte Coriolano mit einem Anflug von Boshaftigkeit in der Stimme.

»Gefährlicher Art.«

»Oh! ... Alles, was ich gesehen habe, ist ein Liebespaar, Herr Hauptmann, aber das war nicht gefährlich ... Ich würde Euch aber raten, die beiden nicht zu stören, wollt Ihr Euch nicht den Zorn der Liebesgöttin Venus zuziehen. Guten Abend und gute Arbeit wünsche ich.«

»Ich küsse Hochwohlgeboren die Hand.«

Der Hauptmann blieb eine Weile stehen und sah in den stillen Garten hinunter. Er schien beruhigt und sprach: »Da ist nichts, gehen wir. Da brauchen wir nicht hinunterzusteigen.«

Pfeifend ließ er sein Pferd wenden, und die Landwehr zog langsam von dannen in Richtung der Gärten von San Francesco di Paola.

Unten ihnen aber, in einer Art Grotte, die von Menschenhand ausgehöhlt oder vielleicht in uralten Zeiten von Meereswassern ausgewaschen worden war, hielt der Schneider Blasco am Arm, der ins Freie strebte, und flehte ihn an: »Euer Hochwohlgeboren, rühren Sie sich bloß nicht. Heilige Jungfrau! Die sind genau über uns! Wenn wir uns bewegen, wenn wir auch nur einen Schritt machen, können sie uns sehen, und dann sind wir mausetot! Bei San Bonomo! ich weiß, daß es Euer Hochwohlgeboren nicht an Mut fehlt, aber das hier wäre Ihr sicheres Ende!«

Er blieb noch eine Weile regungslos und lauschte, dann schlich er sich vorsichtig aus dem Versteck, kletterte nach oben und sah sich um.

»Sie sind weg! Euer Wohlgeboren, kommen Sie heraus!«

»Wohin gedenken Sie zu gehen, Euer Wohlgeboren?« fragte der Schneider, als sie aus der Grotte traten

»Zum Kloster der Kapuzinermönche.«

»Sind Sie sicher, daß der Weg dorthin frei ist? In der ganzen Gegend wimmelt es von Wachleuten und Polizei. Da muß man sich schlau anstellen. Wir werden es so machen: ich gehe voraus und spiele den Jagdhund. Wenn Gefahr droht, stimme ich ein Lied an, zum Beispiel die Ballade des Saltaleviti. Auf, gehen wir.«

Sie kletterten auf die Anhöhe und schlugen einen Saumpfad ein. Michele Barabino ging voraus mit seinem Töpfchen unterm Arm, in das er hie und da die Finger steckte, um gekochtes Gemüse herauszufischen, das er gierig verschlang. Blasco hielt sich hinter ihm, und sein Kopf war gedankenschwer. Da begann Michele Barabino zu singen. Blasco hielt inne und suchte mit den Augen die Gegend ab; er sah Michele Barabino, der immer noch singend nach rechts in die Gemüsefelder einbog. Auch Blasco hielt an und nahm eine Abkürzung, so daß er dem Schneider über den Weg laufen mußte.

»Da waren Polizisten«, sagte Michele Barabino. »Wir müssen einen anderen Weg nehmen, aber ich fürchte, das ganze Kloster ist umstellt. Wem haben Euer Hochwohlgeboren denn gesagt, daß Sie im Kloster wohnen?«

»Keinem.«

»Gar keinem? . . . Und haben Sie keine Botschaft, keinen Brief herausgeschickt?«

»Ja, doch. Dem Fürsten von Butera und dem Marchese von Geraci.«

»Durch wen?«

»Durch Frate Rosario . . .«

»Das reicht, mehr brauche ich nicht zu wissen. Rosario ist ein Klatschmaul. Ohne böse Absicht werden ihm ein paar

Bemerkungen herausgerutscht sein ... Es gibt ja überall Spitzel. Wegen dieser verdammten Fehde mit Rom werden die Klöster sowieso überwacht! Die Kapuziner muß man sich also aus dem Kopf schlagen.«

Blasco überlegte und schwieg, während er auf den abgerissenen kleinen Mann mit dem Töpfchen unterm Arm schaute, der diensteifrig hin und her trippelte und sich Gedanken machte. Es wurde Abend. Die Wolken hinter dem Monte Cuccio waren in die Glut der letzten Sonnenstrahlen getaucht und wurden nach und nach aschgrau.

Mit einem Ruck blieb Michele Barabino stehen.

»Wollen wir der Justiz eins auswischen? Ich besorge Ihnen eine Kutte, wie sie die griechischen Priester tragen, einen falschen Bart und eine Brille, und Euer Hochwohlgeboren wird nach Palermo gehen, als kämen Sie gerade aus Piana oder aus Contessa, ohne daß irgendein Mensch Sie erkennen wird. Das kann ich Ihnen versichern ... Sind Sie mit von der Partie? Also, sehen wir mal, wo Sie auf mich warten können. Dort unten in der Schlucht, wo wir vorhin waren. Gegen sechs Uhr werde ich wieder zurück sein, und noch bevor zur Sperrstunde geläutet wird, werden wir in der Stadt und bei mir zu Hause sein. Es ist nichts Besonderes, nicht mehr als ein Loch, aber es geht ja darum, das nackte Leben zu retten! Bei San Bonomo! Das war eine gute Idee.«

Er mußte Blasco beinahe gewaltsam hinter sich herziehen, um ihn in den Garten zu begleiten; dort ließ er ihn zurück und eilte mit kleinen, hastigen Schritten in Richtung Stadt. Blasco mußte an die Einzigartigkeit des Zufalls denken, der ihm diesen armen Mann zu seiner Rettung auf den Weg geschickt hatte.

Nach einer guten Stunde war Michele Barabino mit einem Kleiderbündel unterm Arm zurück. Rasch ließ er Blasco das Gewand eines albanischen Priesters über seine eigenen Kleider ziehen, schlang ihm den purpurfarbenen Gurt um die Hüften, maskierte sein Gesicht mit einem dichten Bart, und als er ihn begutachtet hatte, rief er laut: »Potzblitz! Den möchte ich sehen, der in der Lage wäre, Sie wiederzuerkennen!«

Sich selbst zog er Blascos Mantel über, unter dem er den Degen und den Hut versteckte, und sagte vergnüglich: »Auf, Frate, gehen wir!«

XXVIII

Der Fürst von Butera und der Marchese von Geraci standen schweigend im Krankenzimmer von Don Raimondo. Violante kauerte neben dem Bett des Vaters, und tiefe Angst sprach aus ihrem Gesicht. Donna Gabriella stand abseits, an der Seite des Marchese von Regalmici, ihres Bruders. Keine Spur von Schmerz, nur Verwunderung war in ihrer Miene zu erkennen. Emanuele stand steif an der Seite seines Großvaters, des Marchese von Geraci. Er trug kostbare neue Kleidung, hatte die Hand auf das Heft seines Degens gelegt und begutachtete ab und zu die reiche Spitzenverzierung seiner Ärmel. Manchmal warf er einen Blick auf Don Raimondo und hielt es den Umständen entsprechend für angebracht, einen gequälten Gesichtsausdruck zur Schau zu tragen.

Seit fünf Tagen schon befand Emanuele sich im Palast seiner Vorfahren, dessen Herrlichkeit ihn mit Entzücken und Verwunderung erfüllte und ihn glauben machte, im Paradies zu sein. Doch schon zwei oder drei Tage hatten ihm genügt, sich einzugewöhnen und ihn jene Posen eines Halbgotts annehmen zu lassen, die ihm für seinen neuen gesellschaftlichen Rang unerläßlich erschienen.

Der Marchese von Geraci hatte sich tags darauf in die Amtsstube des Notars Di Bello begeben, um die Erklärung zu lesen, von der Blasco gesprochen hatte. Der Notar lag mit Fieber zu Bett: der Schrecken jener Nacht und mehr noch seine Verhaftung als Helfershelfer der Beati Paoli hatten sein Blut vergiftet. Nur die Nachricht, daß Don Raimondo, den er am meisten von allen fürchtete, schwer verletzt aufgefunden und so gut wie tot war, hatte ihn ein wenig getröstet.

Die Ankündigung, daß der Marchese von Geraci gekommen sei, um ihn nach jenen Akten zu fragen, hätte den armen Notar beinahe unter die Erde gebracht: er glaubte nämlich, nun sei ihm das Königliche Prätorengericht auf den Fersen. Es bedurfte großer Überredungskunst, um den entsetzten Notar zu beruhigen. Dem Marchese von Geraci war das Ganze unerklärlich. Nachdem dieser das wertvolle Dokument gelesen und sich als Großvater des Jungen, dessen Vormundschaft er beanspruchen würde, eine Abschrift hatte anfertigen lassen, war er ins Haus Ammirata geeilt, um den Sohn seiner armen Tochter Aloisia zu umarmen. Frau Francesca, die von ihrem Mann die entsprechenden Anweisungen erhalten hatte, erzählte dem Marchese, auf welche Weise ihr Gatte die junge Donna Aloisia mit dem Kind gefunden und zu sich genommen hatte und wie sie gestorben war, ohne daß sie noch etwas hatte sagen können. Als sich damals in der Stadt die Nachricht von der Ermordung Maddalenas verbreitete und man erfuhr, daß die unbekannten Mörder obendrein die Herzogin und ihren Sohn geraubt hatten, hatten sie und ihr Mann geschwiegen, aus Angst, als Täter oder Mithelfer zu gelten. Sie hatten auch dann noch geschwiegen, als ihnen schon der heftige Verdacht gekommen war, daß das Leben des Knaben, den sie wie ihren eigenen Sohn aufzogen, in Gefahr war. Jetzt aber war das Geheimnis gelüftet, der Herzog Don Raimondo hatte seinen Neffen anerkannt. Die gute Frau übergab nun mit wehem Herzen den jungen Herrn, schön und kräftig und gesund wie er war, seinen vornehmen Verwandten.

Der Marchese von Geraci war von dieser Schilderung und dem Anblick Emanueles tief bewegt, in dessen Gesicht er einige Züge seiner Tochter zu erkennen meinte. Zu Francesca sagte er:: »Liebe Frau, Ihr werdet Euch nicht von dem jungen Herrn trennen müssen, den Ihr wie Euren eigenen Sohn aufgezogen habt. Im Palast der Geraci wird es auch für Euch eine Unterkunft geben . . .«

Doch Francesca lehnte dieses Angebot ab. Da bot der Marchese ihr eine beachtliche Geldsumme an, um sie für ihre Mühen zu entlohnen, aber auch diese wies sie mit Entschiedenheit zurück.

»Wollten wir einen Gewinn daraus ziehen, hätten wir uns schon längst bereichern können und hätten keine Leiden auf uns nehmen müssen. Und auch Don Girolamo würde jetzt nicht aufs neue von der Justiz gesucht und verfolgt.«

»So werdet Ihr zumindest meinen Schutz annehmen«, beharrte der Marchese.

Er nahm Emanuele in seiner Karosse mit. Der junge Mann umarmte Frau Francesca ohne innere Regung, ja ihre Tränen und die Heftigkeit ihrer Umarmungen waren ihm eher lästig. Er konnte es kaum erwarten, in jene große vergoldete Kutsche zu steigen, die vor dem bescheidenen Haus des Rechnungsführers wartete und das Interesse der gesamten Nachbarschaft auf sich zog. Die Nachricht, daß Emanuele der Sohn oder Enkel, auf alle Fälle ein Verwandter hochangesehener adliger Herrschaften war, hatte sich in Windeseile herumgesprochen. Alle waren herbeigeeilt, um ihn davonfahren zu sehen, und freuten sich über das Glück, das einem Menschen zuteilgeworden war, den sie gern hatten. Doch Emanuele schaute mit soviel Verachtung auf die armen Leute, daß jedes Gefühl von Zuneigung in ihnen erfror.

Er hob auch nicht den Blick zu dem Haus, wo im zweiten Stock ein junges Mädchen mit Tränen in den Augen ihn in die Karosse steigen und abfahren sah, ohne daß er einen Gruß oder irgendein herzliches Zeichen für sie gehabt hätte.

Der Marchese von Geraci hatte Donna Gabriella schon verkünden lassen, daß er den Enkel, den »wahren und rechtmäßigen Herzog della Motta« gefunden hatte, aber aus Rücksicht auf den Gesundheitszustand Don Raimondos fürs erste keine gerichtlichen Schritte zur Anerkennung seiner Rechte und zur Übertragung der Besitztümer auf ihn unternehmen würde. Er wollte aber den jungen Herrn seinem Onkel vorstellen, sobald dieser in der Lage wäre, Besuch zu empfangen. Bei Don Raimondo hatte eine Besserung eingesetzt, das zumindest versicherte Don Francesco Pignocco, sein Leibarzt. Der berühmte Arzt, der auch Präsident oder Fürst der Ärzteakademie war, hatte ein Konzilium einberufen, um den Zustand des Verletzten untersuchen zu lassen. Die einstimmige Meinung sämtlicher Ärzte war, daß der Herzog gesunden würde, da, wie es schien, keines der lebenswichtigen Organe in Mitleidenschaft gezogen war. Nur die Verletzung am Kopf war besorgniserregend; obwohl die Hirnschale nicht verletzt schien, hielt diese Wunde Don Raimondo in einem Zustand der Verwirrung. Voll stummen Entsetzens blickte er um sich und brachte nur einige unverständliche Murmellaute heraus. Manchmal schien es, als blitze ein Gedanke in seinen Augen auf und als erkenne er die Personen wieder, die um sein Bett standen. Heftiger Schrecken und lebhafte Besorgnis zeichneten sich dann auf seinem Gesicht ab. Doch meist verfiel er in einen Dämmerzustand ohne Wahrnehmung der Außenwelt und ohne Zeichen innerer Regung.

An jenem Tag begleitete der Marchese von Geraci, dem die Zeit dafür gekommen schien, Emanuele in den Palast, in dem er das Licht der Welt erblickt hatte und dessen wahrer und unumschränkter Herrscher er fortan war. Als er eintrat, war Don Raimondo, mit dem Rücken gegen einen Berg von Kissen gelehnt, gerade bei Bewußtsein und hatte etwas vernehmlicher einige Worte gemurmelt. Er schien den Marchese von Geraci wiederzuerkennen, dessen Anblick ihn in Erregung versetzte. Der Marchese näherte sich zusammen mit Emanuele seinem Bett und sagte: »Don Raimondo, erkennt ihr ihn nicht? Das ist Emanuele, Euer Neffe Emanuele, der Sohn Donna Aloisias . . .«

Der Herzog riß erschreckt die Augen auf und betrachtete den jungen Mann. Ein heftiges Zittern ging über sein Gesicht und erfaßte seine Glieder; seine dünnen Lippen zuckten nervös, seine Pupillen weiteten sich vor Entsetzen. Plötzlich zerriß ein gellender Schrei aus seinem Mund die Stille und ließ die Umstehenden schaudern. Seine Augen waren immer noch starr auf den jungen Mann gerichtet, und mit ausgestreckten, zitternden Händen, als wolle er sich verteidigen, schrie er mit einer Anstrengung, in der sich all sein Grauen vereint hatte: »Nein! Nein!«

Violante beugte sich erschrocken über ihn.

»Vater . . . Vater . . . Was haben Sie?«

Donna Gabriella schüttelte sich. Nur sie ahnte, was in der Seele ihres Mannes vor sich ging, und ihr Herz begann wild zu schlagen, da sie fürchtete, er könnte sich mit einem unbedachten Wort verraten. Der Marchese von Geraci, der nicht verstand, was das zu bedeuten hatte, sagte: »Don Raimondo, was habt Ihr? ... Ihr kennt ihn nicht? Er will Euch die Hand küssen.«

Doch hinter den schreckgeweiteten Pupillen des Herzogs schien eine Vision vorüberzuziehen, die die Erinnerung in ihm geweckt hatte und die ihn mit Grauen erfüllte. Kalter Schweiß glänzte auf seiner Stirn, und seine Hände fuchtelten im Leeren. Sein Mund bewegte sich, und mit erstickter Stimme, die wie ein Schluchzen war, schrie er: »Nein! Genug! ... Genug! Erbarmen!«

»Herr Vater!« flehte ihn Violante an.

»Rührt mich nicht an!« schrie Don Raimondo noch einmal, und seine Zunge löste sich. »Rührt mich nicht an!«

»Was fühlt Ihr denn? Was ist Euch, Don Raimondo?« fragte der Fürst von Butera.

Der Fiebernde sah jetzt niemanden mehr, er starrte in die Tiefe des Raums. In seinen Augen standen einzig und allein Schrekken und Abscheu.

»Sie kommen!« lallte er mit dünner Stimme. »Sie kommen! Dort!«

»Wer?«

»Die Beati Paoli! ... Dort sind sie! ... Dort! ... Die Dolche! Ah!«

Erneut jener Schrei, der den Anwesenden das Blut in den Adern gefrieren ließ. Die Beati Paoli, Symbol des Grauens – das war die Vision seines fiebernden Verstandes! Violantes Blick irrte hilfesuchend durch den Raum; sie nahm seine Hand, um ihn zu beruhigen. Doch kaum spürte Don Raimondo ihre Finger, stieß er erneut einen wilden Schrei aus: »Giuseppico! ... Giuseppico! ... Laß sie nicht entkommen!«

Der Name war für alle ein Rätsel. Donna Gabriella meinte beunruhigt: »Ich fürchte, der Anblick jenes jungen Herrn hat den Herzog so verwirrt.«

»Ja, das wird es sein«, bemerkte auch der Marchese von Geraci. Und er trat vom Krankenbett zurück. Doch diese Bewegung schien eine weitere schauerliche Vorstellung in Don Raimondos krankem Hirn auszulösen. Er fuhr in die Höhe und setzte sich im Bett auf, berührte mit den Füßen den Boden, als wolle er aufstehen, und schrie, die Hände wie zu Klauen gekrümmt: »Pack sie! ... Siehst du nicht, wie sie vom Balkon heruntersteigt? Töte sie! ... Wo ist sie? Wo ist sie hin? ... Nein, nein! ... Nein, bringt mich nicht um! ... Der andere? ... Ja ... Emanuele, wo ist Emanuele?«

»Hier ist er, Don Raimondo, aber beruhigt Euch doch.«

Sie glaubten, er suche den Neffen, aber die Augen des Herzogs sahen den jungen Mann nicht, den sie zu ihm hinschoben, und sein Verstand vernahm ihre Worte nicht.

»Wo ist Emanuele?« schrie er mit schäumendem Mund. Nach einem kurzen Schweigen brach er in ein kreischendes und unheimliches Gelächter aus. »Haha, haha! Mich wolltet Ihr packen? Herr Hauptmann! ... Herr Hauptmann, hier habt Ihr sie!« Und ein Weinkrampf würgte seine Brust. »Herr Hauptmann!« Dann fiel er röchelnd in die Kissen zurück, den Mund voller Schaum und die Augen weit aufgerissen.

Violante warf sich schluchzend auf das Bett des Vaters. Donna Gabriella und die anderen erstarrten, als habe sie etwas Grauenvolles, Unheimliches überwältigt, das sich ihrer Wahrnehmung entzog.

In dem Augenblick tauchte Don Francesco Pignocco auf, der nach einem Blick auf den Verletzten seinc schmerzliche Überraschung nicht unterdrücken konnte.

»Was ist geschehen?«

Er befühlte den Puls des Kranken und betrachtete ihn mit wachsender Unruhe. Der Fürst von Geraci erzählte in knappen Worten von Don Raimondos schrecklichem Ausbruch.

»Sein Puls geht rasend«, sagte der Arzt.

Er versuchte Don Raimondo anzuheben, der, das Gesicht in die Kissen gedrückt, noch immer wie ein verletztes Wild röchelte. Doch kaum hob der Herzog den Blick und gewahrte den Arzt, flackerte ein furchtbares Wüten in seinen Augen auf, er packte ihn am Arm und biß hinein.

»Ah! Hier bist du! ... Jetzt habe ich dich! ... Du Mörder! ... Du durftest doch nicht schreiben!«

Der verschreckte Arzt kam nur mit Mühe wieder frei.

»Das sind Anfälle von Wahnsinn! Von echtem Wahnsinn!« sagte er leise.

Bei diesem Gerangel waren die Verbände an Don Raimondos Kopf und an den Schultern verrutscht; die Gazestückchen waren heruntergefallen und die Wunden wieder aufgeplatzt. Ein Blutrinnsal lief ihm übers Ohr und tropfte auf seine Brust. Unwillkürlich faßte sich Don Raimondo an den Hals und an die Brust und zog seine Hände blutverschmiert zurück. Voller Grauen sah er sie an.

»Blut! Blut! Meine Hände triefen von Blut! ... Macht dieses Blut weg! Schafft diese Toten weg! ... Erbarmen! Erbarmen! Sie erdrücken mich ... sie zerstückeln mein Herz .... Ah! Soviel Blut! Ich ertrinke, ich ertrinke!« und er streckte die Arme von sich, wie um etwas Schreckliches von sich fernzuhalten; dabei stöhnte er, als wolle es ihm das Herz zerreißen. Seine Augen schauten leer und entsetzt.

Der Marchese von Geraci und der Fürst von Butera versuchten ihn mit sanften Worten zu beruhigen. Sie überzeugten ihn, daß da nichts wäre, wovor er sich zu fürchten hätte, daß er sich in ihrer Gesellschaft befände und ruhig bleiben solle.

»Don Raimondo, schaut her, da ist Eure Tochter! Schaut auf Violante, die Arme!«

Der Herzog ließ seine erstaunten Augen kreisen.

»Violante!« schluchzte er. »Wo ist Violante?«

»Sie ist hier, seht Ihr sie denn nicht?«

»Wo ist Violante?« fuhr er heftiger fort, »ich will Violante! Ich will meine Tochter! Gebt mir meine Tochter zurück! ... Violante!«

»Vater, mein Vater!« sprach das Mädchen flehentlich.

»Violante!« schrie Don Raimondo verzweifelt und fuhr wieder in die Höhe.

»Ich wage nicht, ihm einen neuen Verband anzulegen«, meinte der Arzt, »wenn nicht ein paar kräftige Männer neben mir sind, die ihn festhalten.«

Donna Gabriella läutete nach dem Kammerdiener und befahl, vier Sänftenträger kommen zu lassen. Als Don Francesco Pignocco diese neben sich wußte, begann er mit seiner Arbeit. Der Verletzte weinte noch immer, doch verhaltener jetzt, und ließ alles mit sich machen, neigte den Kopf nach der einen und der anderen Seite, wie um die Handgriffe des Arztes mitzuverfolgen. Sie wuschen ihm die Wunden, legten ihm neue Gaze auf und festere Verbände an. Sachte drückten sie ihn dann auf die Kissen zurück.

Auf die Bitte des Arztes hin brachte ein Diener überdies einige lange Gurte, die rasch am Bett befestigt, miteinander verkreuzt und um den Leib des Herzogs geschlungen wurden, damit er sich nicht mehr bewegen konnte. Don Francesco verschrieb einen Beruhigungstrank und ging.

»Gehen auch wir, mein Söhnchen«, sagte der Fürst von Geraci zu Emanuele, der von allem, was er gesehen hatte, sehr betroffen schien; und doch ging seine Betroffenheit nicht soweit, daß er seine hochmütige Haltung abgelegt hätte.

Er küßte seiner jungen und schönen Tante, die mit so großer Eleganz gekleidet war, die Hand, und folgte seinem Großvater, wobei er sich nicht enthalten konnte zu fragen, warum man ihm dieses Haus noch nicht überließ oder ihm zumindest gestattete, darin zu wohnen.

Der Fürst von Butera sagte zu Violante: »Du solltest dich ausruhen, mein Töchterchen. Du kannst nicht Tag und Nacht hier sitzen ... Es sind schon fünf Nächte, daß du kein Auge zutust. Du wirst noch krank werden ...«

»Oh, Hoheit, Sie werden mir verzeihen, aber ich lasse meinen Vater nicht allein!«

»Es ist richtig, was du da sagst. Du sollst ihn auch nicht verlassen, aber die Ruhe ist für dich auch deshalb notwendig, damit du ihm Beistand leisten kannst.«

»Warten Sie! ... Verzeihen Sie ... er sagt gerade etwas.«

Don Raimondo bewegte die Lippen, als versuche er zu sprechen. Der Fürst und Violante beugten sich zu ihm herunter.

»Was sagt Ihr?«

Nach und nach wurde sein Gestammel deutlicher.

»Alle ... bringt sie alle um! Man muß sie alle umbringen ... Auch Blasco! Ja, auch Blasco. Mein Neffe? Was bedeutet er mir schon ... Er ist doch ein Bastard! ... Auch Emanuele! ... Es ist alles meins! Alles meins! ... Nein, nein, rührt mich nicht an! ... Ich verbrenne! Ich verbrenne ... Es ist ein Krampf ...

Haltet meinen Kopf fest, sie bringen ihn fort! ... Sie nehmen ihn mir weg!«

Er zitterte unter den Bändern am ganzen Leib. Große Angst entstellte sein Gesicht. Mit aller Kraft, die ihm geblieben war, schrie er ein letztes Mal: »Haltet meinen Kopf fest! ... Laßt nicht zu, daß sie ihn wegbringen! ... Laßt es nicht zu!«

Den ganzen Tag und die ganze Nacht schreckte er in Abständen immer wieder aus seinem Dämmerzustand und schrie wirre Wörter heraus, Bruchstücke von Bildern, die durch seinen fiebernden Kopf rasten.

Diese Pein dauerte zwei Tage. Am dritten Tag, nach einem langen Dämmerzustand, in dem das Leben Stück um Stück aus ihm zu weichen schien, richtete er sich plötzlich ohne alle Zeichen von Verwirrung auf. Auf seinem Gesicht stand nur noch ein unaussprechlicher, stiller Schmerz, als sähe er dem Tod schon ins Antlitz. Erst als er seine Hand bewegen wollte, merkte er, daß er festgebunden war. Er sah sich um, erblickte Violante und fragte mit schwacher Stimme: »Warum habt Ihr mich gefesselt? ... Laßt mich losbinden! ... Was für eine Hitze!«

Sein Ton war so bittend und seine Miene so unterwürfig, daß Violante die Diener anwies, dem Herzog die Fesseln abzunehmen. Und sie gab ihm zu trinken.

An Don Raimondos Bett waren jetzt nur noch die Tochter, Donna Gabriella und zwei Diener. In diesem Augenblick aber trafen der Fürst von Geraci und Emanuele ein. Des Herzogs Augen fielen auf den jungen Mann, und ihm war, als hätte er dieses Gesicht schon einmal gesehen. Aber da er so vornehm gekleidet und in Begleitung des Fürsten von Geraci erschien, erkannte er ihn im ersten Augenblick nicht. Als der Fürst auf sein Bett zutrat, um sich nach seinem Befinden zu erkundigen, ließ er auch den Jungen näher kommen und rief ihn beim Namen. Da erinnerte sich Don Raimondo. Blitzschnell und mit außerordentlicher Klarheit begriff er alles und wurde leichenblaß.

»Emanuele! ... Emanuele!« murmelte er. »Oh, mein Gott!«

»Ja, er ist es«, sagte der Fürst, »er will Euch die Hand küssen.«

»Nein, nein«, sagte der Herzog erregt und mit dem Ausdruck tiefsten Abscheus. »Nein, habt Erbarmen mit mir ... Mein Gott, wie entsetzlich!«

Er schloß für eine Weile die Augen, öffnete sie wieder, schaute um sich und schrie, zähneklappernd vor Angst: »Ein Priester! ... Ein Priester! ... Habt Erbarmen mit mir! ... Ein Priester, ich sterbe!«

Ein Diener stürzte hinaus. Und wieder starrte Don Raimondo auf den Neffen und stöhnte. »Warum? ... Warum habt Ihr ihn hergebracht? Schafft ihn mir aus den Augen! Ich will ihn nicht sehen ... ich kann nicht. Ah, wie brennt das hier drinnen! Welch glühende Hitze!«

Verzweifelt preßte er die Fingerspitzen auf seine Brust. Man sah, wie sein Körper unter den Decken nervös zuckte und sich seine Gesichtsmuskeln schmerzlich verzerrten.

»Ein Priester ...«, stammelte er entsetzt, »ein Priester!«

Ziemlich bald kehrte der Diener zurück und schob einen albanischen Mönch vor sich her, der sich zu sträuben schien.

»Den hier habe ich gefunden«, sagte er. »Ich habe ihn hergeschleppt, schließlich glauben auch die griechischen Priester an Gott!«

Doch der Mönch weigerte sich.

»Nein, nein ... ich bin kein Beichtvater. Geht und holt einen anderen.«

Seine Stimme ließ Donna Gabriella und Violante zusammenzucken, und Don Raimondo schlug die Augen auf. Alle drei sahen auf diesen Geistlichen, der betroffen vom elenden Zustand des Herzogs am Bett stand. Erneut überkam den Herzog das Zittern, und er stammelte: »Was für eine glühende Hitze! ... Ach, es brennt so ... Es brennt so in mir! ... So helft mir doch, Pater! Leistet mir Beistand!«

Der Mönch trat neben ihn, und deutlich las man das Mitleid auf seinem Gesicht. Er neigte sich über Don Raimondo und flüsterte ganz leise, so daß kein anderer ihn hören konnte: »Möge Gott Euch alle Eure Freveltaten vergeben, so wie ich Euch die verzeihe, die Ihr gegen mich begangen habt!«

Don Raimondo sah ihn staunend und mit Schrecken an und stammelte: »Die Beichte! ... Die Beichte!«

»Ich kann Euch die Beichte nicht abnehmen. Es wird gleich ein anderer Pater kommen.«

Er erhob sich, ging vom Bett weg, während Don Raimondo seine Hände in die Decken krallte. Donna Gabriella und Violante betrachteten den Geistlichen; gewiß, die Augen, die Nase und die Stimme mochten noch angehen, aber in seiner Haltung, in seinen Bewegungen war nichts Würdevolles zu erkennen. Die forschenden Blicke machten den Pater verlegen, er deutete eine leichte Verbeugung an und wollte gerade hinausgehen.

»Sie gehen weg?« fragte der Fürst von Geraci. »Es scheint mir aber nicht sehr christlich zu sein, einen Mann in diesem Zustand im Stich zu lassen. Wenn Sie kein Beichtvater sind, so können Sie ihm doch wenigstens Trost zusprechen ...«

Der Pater zögerte einen Augenblick, dann riß er sich mit einem Ruck den dichten Bart vom Gesicht.

»Don Blasco!« rief der Fürst.

»Blasco!« wiederholte verblüfft Donna Gabriella.

Violante wurde blaß und wandte sich ab. Emanuele sah ihn hochnäsig an und fragte sich, wer denn dieser Blasco sei, der sich als griechischer Priester verkleidete und derart große Verwunderung hervorrief; doch mußte er zugeben, daß er das Gesicht schon einmal gesehen hatte.

Blasco erwiderte traurig: »Ja, ich bin es ... und Ihr werdet sicherlich verstehen, warum ich mich dieser Verkleidung bedienen mußte, um mich über den Gesundheitszustand des Herrn Herzogs zu erkundigen.«

Als Don Raimondo den Namen hörte und den jungen Mann ansah, überfiel ihn ein neuerliches und noch stärkeres Zittern.

»Alle«, keuchte er zwischen den Zähnen, »alle kommen sie jetzt heraus!«

Und wieder schrie er verzweifelt: »Ich brenne! ... Schickt nach einem Priester! ... Warum laßt Ihr mich als Sünder sterben? Warum? ... Seht Ihr nicht, wie viele Verbrechen ich begangen habe! Seht Ihr nicht, daß sie alle aus den Gräbern steigen ... ich sehe, wie sie gegen mich vorrücken ...

ich spüre, wie sie mich packen … mich wegschleifen … Einen Priester! Einen Priester!«

Das waren seine letzten Worte. Seine Stimme erstickte in einem Röcheln.

Im Morgengrauen starb er.

Zweiter Teil

I

Am Morgen des ersten Juli 1718 versetzte eine außerordentliche Nachricht, von der es in der Nacht schon erste Anzeichen gegeben hatte, die Bürger in große Aufregung. Die Feuer der Wachtürme hatten gemeldet, daß eine Flotte auf das Meer von Sizilien zusteuere, und ein Dienstbote des Fürsten von Carini hatte kurz darauf dem Vizekönig einen Brief überbracht, in welchem der Fürst mitteilte, daß besagte Flotte in den Golf von Castellammare eingelaufen sei.

Am Morgen war die Flotte in Sichtweite der Stadt. Sie war so groß, daß der Horizont schwarz von Schiffen war. Ohne Zweifel war dies die spanische Armada, von der man wußte, daß sie vor Sardinien lag, und die aus insgesamt vierhundertzweiunddreißig Schiffen, Schlachtschiffen und Landungsbooten, bestand und zweiundzwanzigtausend Mann Besatzung sowie fünfzigtausend Pferde mit sich führte, dazu Geschütze, Lebensmittelvorräte und alles für eine Invasion Notwendige. Befehligt wurde sie von dem Marqués de Lede, einem erfahrenen Heerführer.

Noch war aber ungewiß, ob die Armada sich in freundschaftlicher Absicht Sizilien näherte. Die Mehrheit der Bürger hätte es durchaus gewünscht, um sich der ungeliebten Herrschaft der Savoyer zu entledigen. Waren die Savoyer auch um Verbesserung der politischen Bedingungen des Königreichs und um die Wiederherstellung seiner vollständigen Autonomie bemüht wie um das Vorrecht der weltlichen vor der kirchlichen Macht in irdischen Angelegenheiten – wie in den guten alten Zeiten der Monarchie –, so hatten sie doch nicht immer die richtigen Mittel angewandt. Sie hatten gemeint, auf einen Schlag Vorurteile, Vorrechte und fest verwurzelte Besitzesprivilegien gewaltsam ändern zu können, und sie hatten vor allem den Untertanen Ämter und Würden genommen, um sie Piemontesern zu überlassen.

Sowohl die nun schon lange währende heftige Auseinandersetzung mit Rom, die die Gemüter erhitzte, als auch die strenge Steuergesetzgebung der Abgesandten der Regierung hatten Sizilien in solche Armut gestürzt, daß große Unzufriedenheit sich breitmachte. Erfinderische Köpfe hatten aus dem Namen *Victorius Amedeus* das Anagramm *Cor eius est avidum* – der mit dem gierigen Herzen – gebildet, und in einem Volkslied stand der Name des Hauses Savoyen für Zerstörung und Trostlosigkeit.

Der Klerus war mit schuld an jener Mißstimmung, hatte er doch in den Auseinandersetzungen zwischen Staat und Kirche bis auf wenige Ausnahmen offen für den Papst und gegen die jahrhundertealten Rechte der Monarchie Partei ergriffen, welche er andere Male tapfer verteidigt hatte. Aber vielleicht hielt der sizilianische Klerus dem Papst nicht aus hierarchischen und geistlichen Erwägungen die Treue, sondern mehr um sich dem Haus Savoyen zu widersetzen, das sich nicht bereit zeigte, den Klöstern und Kirchen jene Privilegien, Ausnahmeregelungen, Abgabenfreiheiten zu belassen, die die Spanier vor ihnen durchaus gewährt hatten.

All diese Dinge und die Unordnung, die ein Wechsel der Monarchie unweigerlich mit sich bringen mußte, hatte die spanische Herrschaft zu etwas nahezu Erstrebenswertem gemacht, denn die Spanier waren in Sizilien einem recht einfachen Grundsatz gefolgt: Geld machen, den Klerus und den Adel bereichern, möglichst viele Leute an den Galgen bringen und sich um nichts sonst kümmern. Die Herrschenden konnten tun und lassen, was sie wollten, und das Volk hatte seine Feste, seine Glaubensakte, Pozessionen und Karnevalsvergnügen, die Schurken konnten die Landbesitze unsicher machen und in den Städten ihr Unwesen treiben – warum also sollte man der Herrschaft der Spanier nicht nachtrauern?

Aus diesem Grund hatte der Anblick einer Flotte unter spanischer Flagge die Stadt in Aufregung versetzt, und viele Neugierige waren zum Hafen geströmt, unter ihnen auch manch einer, der beunruhigt war, nicht so sehr wegen einer mutmaßlichen ausländischen Invasion, sondern weil er fürchtete, die Stadt könnte zum Schauplatz von Kampfhandlungen werden. Groß aber war das Erstaunen, daß der Vizekönig nicht die geringste Besorgnis zeigte und auch die piemontesischen Soldaten mitten unter dem Volk standen und die spanischen Galeonen vorübersegeln sahen.

Gegenüber den Edelleuten, die wie gewöhnlich Seiner Hoheit ihre Aufwartung machten, hatte sich der Vizekönig beruhigend geäußert: »Wir haben keinen Grund zur Besorgnis, meine Herren. Der König, unser oberster Gebieter, Gott steh ihm bei, hatte mich durch einen Boten schon von dieser Flotte unterrichtet, die auf dem Weg nach Neapel unsere Gewässer durchqueren muß. Ich habe sogar Order, Erfrischungen zu reichen und was es sonst noch bedarf. Bewahren wir also Ruhe.«

Doch zur Stunde des Abendgebets verbreiteten sich ganz andere Nachrichten, die die Stadt in helle Aufregung versetzten. Der Fürst Lanza war eiligst von seinem Sommeraufenthalt in der Ortschaft Aspra zurückgekehrt und berichtete, daß Soldateneinheiten in voller Kriegerrüstung von den Schiffen an Land gingen; sein Bruder, ein Abate, habe sich einem der Befehlshaber genähert und auf die Frage, was das alles zu bedeuten habe, zur Antwort erhalten, daß Seine Majestät Philipp V. im Begriff sei, sein Königreich wieder an sich zu bringen, da König Viktor Amadeus sich nicht an die Abmachungen gehalten habe. Beinahe zur gleichen Zeit brachte ein Landhüter des Principe della Cattolica seinem Herrn eine gleichlautende Nachricht, die der Fürst schnellstens dem Prätoren, Graf von San Marco, weitergab, welcher unverzüglich zum Vizekönig in den Palast geeilt war.

Der arme Graf Maffei fiel aus allen Wolken. Ja, wie denn? Eine Landung? Eine Invasion? Aus heiterem Himmel, hinterrücks und ohne Kriegserklärung, was allen guten Gepflogenheiten widersprach? Da blieb nur noch, die Stadt aufzurüsten.

»Ich verfüge nicht über eine ausreichende Streitmacht, um einen Angriff abzuschlagen. Die Stadt müßte bewaffnet sein.«

»Aber, Eure Hoheit, eine Verteidigung gegen ein mit Kanonen ausgerüstetes Heer kann man nicht improvisieren!«

»Dann bleibt nur eine Lösung. Euer Hochwohlgeboren, treten Sie auf ehrenhafte Weise in Verhandlungen für eine Übergabe. Ich gebe inzwischen den Befehl zur Verteidigung des Königreichs.«

Noch am selben Abend ritt der Prätor durch die Stadt und erteilte den Vorsitzenden der Handwerkerinnungen den Befehl, die Bollwerke der Stadt besetzen. Der Klang der Trommeln hallte in der ganzen Stadt wider und verbreitete Furcht und Bangen wie vor großen Ereignissen.

Am Morgen waren die Bollwerke besetzt und die Geschütze aufgefahren, aber mehr zum Schein, als um echten Widerstand zu leisten. Der Vizekönig hatte noch in der Nacht die Truppen angewiesen, die Stärke des Feindes auszukundschaften. Doch fluchtartig und in wirren Haufen waren sie zurückgekehrt und berichteten, daß jede Verteidigung sinnlos sei, da die spanischen Soldaten in großer Überzahl seien. Die seltsamsten und unterschiedlichsten Gerüchte gingen von Mund zu Mund. Die Anhänger der Vergangenheit, alle, die unter der Herrschaft der Spanier ihren Vorteil gefunden hatten, und diejenigen, die bislang nicht gewagt hatten, ihre Abneigung gegen die Savoyer offen zu bekunden, schöpften nun Hoffnung und ließen ihrer Zunge freien Lauf. Mancher verglich den Marqués de Lede sogar mit Gideon.

»Sobald die Trompeten erklingen, werden die Mauern von Jericho fallen!«

»Und Don Gaspare Narbona? Wo ist der jetzt?«

»Aber der ist doch aufs Schlachtfeld gezogen. Der wußte schon immer alles besser, der alte Fuchs!«

Don Gaspare Narbona war im Namen des spanischen Königs der Verwalter der Grafschaft von Modica. Denn gemäß den Friedensverhandlungen von Utrecht behielt Philipp V. bei der Abtretung Siziliens an Viktor Amadeus jene ausgedehnte alte Grafschaft für sich und hatte dort eine Garnison und einen Verwalter stehen. Im Jahr zuvor war in Steuerangelegenheiten ein Streitfall entstanden. Don Narbona war der Ansicht, die Grafschaft sei von jeglicher Verpflichtung gegenüber dem Königreich Sizilien befreit. Der Steuerverwalter Don Ignacio Perlongo jedoch behauptete, da die Grafschaft Feudalbesitz des Königreichs sei, wäre König Philipp V., Graf von Modica, demzufolge Lehnsmann der sizilianischen Krone und ihr gegenüber zu sämtlichen Abgaben eines Vasallen verpflichtet. Sogar eine savoyardische Garnison sollte entsandt werden, aber die Einwohner von Modica protestierten: daher der Unmut des Vizekönigs gegenüber Narbona.

Verständlich also, daß der Verwalter des Königs von Spanien jetzt stolz sein Haupt hob und Vergeltung forderte.

Der Tag verging in großer Aufregung. Der Vizekönig berief den Adel in den Palast, um ihm zu seiner Rechtfertigung das Schreiben des Königs vorzuzeigen und ihm gleichzeitig seine Pläne zur Verteidigung zu unterbreiten, die man aber zurückwies, da es inzwischen viel zu spät dafür war. Hinter vorgehaltener Hand murmelte manch einer sogar, das Ganze sei eine Komödie.

»Ein Täuschungsmanöver, eine Komödie, um uns aus heiterem Himmel zu überraschen. Glaubt Ihr wirklich, König Viktor und König Philipp haben sich darüber nicht abgesprochen? Philipp sagt: ich tue so, als käme ich als Freund, und gehe mit meinen Truppen an Land; du tust, als wüßtest du von nichts und wärst hinters Licht geführt worden. Dann – vier Kanonenschüsse, und schon sind wir uns einig. Und die Trottel sind wir! . . . Verteidigung?! Was heißt denn hier noch Verteidigung?«

Die öffentliche Bekanntmachung des Vizekönigs erzielte auch keine bessere Wirkung: »Angesichts der dringlichen Notwendigkeit der Verteidigung des Königreichs« erging noch am selben Tag die Aufforderung an »alle Barone und Edelleute, die zum Militärdienst verpflichtet waren, sich ihren Auflagen gemäß innerhalb von zwölf Tagen mit Männern, Waffen und Pferden auszurüsten«; es wurde ihnen befohlen, sich »mit zwei Pistolen, Degen und Karabiner bewaffnet« auf der Piazza Armerina einzufinden, unter Androhung des »Unwillens Seiner Majestät« im Fall der Gehorsamsverweigerung. Keiner beachtete es mehr, weil noch vor dieser Bekanntmachung Boten vom spanischen Schlachtfeld nach allen Richtungen ausgesandt worden waren, um zu verkünden, daß man niemand anderem als König Philipp zu gehorchen habe. Außerdem verspürte niemand Lust, gegen die Spanier zu kämpfen, da ja die Befehlshaber sich schon im Senat zusammengefunden hatten, um über die Übergabe der Hauptstadt zu verhandeln.

Die Besorgnis, die aus der Ungewißheit der erregten Bürger erwachsen war, verflüchtigte sich. Das Volk, das aus dem Wechsel der Dynastien keinerlei Vorteile zog, richtete seine Aufmerksamkeit jetzt einzig und allein auf das zweifache Schauspiel: den Auszug der savoyischen Truppen und des Vizekönigs sowie den Einzug der spanischen Truppen.

Eine große Menschenmenge war jetzt am Hafen versammelt, die Leute wollten sehen, wie die Flotte in den Golf einzog und sich der Stadt näherte. Da waren Männer aus dem Volk mit Kind und Kegel, Damen in ihren Karossen oder Sänften, Edelleute zu Pferde. Schlichte Kleider und seidene Roben, Bauernjoppen und Livreen von Lakaien oder Läufern waren sich so nah wie sonst kaum. Gemüsekarren und herrliche Kutschen, von kräftigen friesischen Pferden gezogen, begegneten sich, bildeten für Augenblicke ein wirres Knäuel und trennten sich wieder.

Drei junge Herren, der Älteste mochte zweiundzwanzig Jahre alt sein, tummelten sich unter ihnen mit ihren Pferden, mal zurückweichend, dann wieder sich unter die Menge drängend, und versetzten vor allem die Frauen in großen Schrecken, die laut schreiend zur Seite wichen. Und dieses Schauspiel schien den drei Reitern großes Vergnügen zu bereiten.

»Nun«, fragte einer von ihnen, während er den Hals seines schönen Fuchses kraulte, »nun, Emanuele, wann werden wir denn diese süßen Hochzeitsmandeln essen?«

Der Angesprochene war Emanuele Albamonte, Herzog della Motta, der Jüngste von ihnen. Unwirsch antwortete er: »Was mich angeht, je später desto besser.«

»Dein Großvater ist aber nicht dieser Meinung ...«

»Nicht so sehr mein Großvater als der ihre.«

»Man sagt, sie sei schön«, sagte der Dritte.

Emanuele zuckte mit den Schultern.

»Ich habe sie nur kurz gesehen, zwei- oder dreimal, glaube ich, als ihr Vater starb ... Ja, vielleicht ist sie schön und anziehend, doch mir gefällt sie ganz und gar nicht.«

»Sie hat eine reiche Mitgift.«

»Ich weiß. Sie ist eine Branciforti, und das genügt.«

»Jetzt müssen wir erst einmal sehen, wie sich die kriegerischen Auseinandersetzungen entwickeln ...«

»Mein Großvater«, sagte Emanuele »hat den Aufruf des Vizekönigs ja in den Wind geschlagen, aber wenn ich schon volljährig wäre, hätte ich Männer von meinen Feudalbesitzungen zum Militärdienst eingezogen ... Es hätte mir wahrlich gefallen, in diesem Krieg zu kämpfen. Man hat mir erzählt, daß auch mein Vater so war ...«

»Hättest du König Viktor dienen wollen?«

»Ihm wie jedem anderen, das spielt keine Rolle. Der Krieg überhaupt gefällt mir!«

»Wie man weiß. Auf dem Turnierplatz bist du der Beste.«

»Aber das ist doch nur Spiel. Ich würde gerne im Ernst kämpfen. Doch wer weiß, wenn alles wahr ist, was man so hört, dann sollte es an Gelegenheiten ja nicht fehlen! ... Ah, einundzwanzig Jahre alt sein und frei und Herr seiner selbst, das eigene Vermögen nach persönlichem Gutdünken verwalten können, ohne den Vormund noch um einen Tari bitten zu müssen ... Doch da muß ich noch lange warten: sechs Monate und vierzehn Tage!«

»Potzblitz! Hast du gar einen Rechnungsführer in deinen Diensten, der dich immer über die genaue Anzahl der Tage auf dem laufenden hält?«

»Das mache ich selbst: jeden Tag ziehe ich einen ab, aber meiner Meinung nach sind es noch immer viel zu viele!«

Und unter solchem Geplauder trieben sie ihre Pferde mal hierhin, mal dorthin und lachten über die erschrockenen Bürger – mit der Dreistigkeit junger Leute aus reichen und mächtigen Familien.

Emanuele war groß und kräftig geworden und wirkte älter, als er tatsächlich war. Sein Großvater hatte ihm eine standesgemäße Erziehung angedeihen lassen, er hatte reiten, fechten und tanzen gelernt. Literarische Bildung war nicht vonnöten, da zum einen schon Don Girolamo dafür gesorgt hatte und zum anderen Emanuele sich nicht sonderlich zu den Büchern hingezogen fühlte ... Das einzige Wissen, zu dem es ihn drängte, war das genaue Wissen über sein Vermögen.

Die Dokumente über die Anerkennung Emanueles und seine Erbberechtigung waren gleich nach dem Tode Don Raimondos publik gemacht worden, und die Vormundschaft und die Verwaltung des ausgedehnten Besitzes wurden dem Fürsten von Geraci übertragen, der, außer daß er sein nächster Verwandter war, auch großes Ansehen genoß. Jedoch waren auch die Güter aus der Mitgift der ersten Ehefrau Don Raimondos, der Mutter Violantes, und derjenigen Donna Gabriellas anerkannt worden; um Streitereien zu vermeiden, hatte man sich sowohl mit den Branciforti als auch mit den La Grua gütlich geeinigt.

In einem Übermaß von Höflichkeit hatte der Fürst erklärt, daß Donna Gabriella, wenn sie es wünschte, weiterhin in dem Palast della Motta wohnen könne. Sie aber lehnte entschieden ab, Gast in einem Haus zu sein, in dem sie bis dahin Herrin und Besitzerin gewesen war, und zog sich vorläufig ins Haus ihres Bruders zurück. Doch schon bald erwarb sie einen kleinen Palast hinter dem Kloster von San Domenico und schloß sich dort mit allen Qualen ihres Witwenstandes ein. Ihre Mitgift und eine jährliche Zuwendung von seiten ihrer Familie sicherten ihr einen Wohlstand, der ihrer gesellschaftlichen Stellung entsprach.

Violante wurde der Vormundschaft des Fürsten von Branciforti unterstellt und kehrte ins Kloster zurück. Die beiden Adelsfamilien hatten es nur allzu natürlich gefunden, daß Cousin und Cousine, beides Waisen, deren Reichtum bislang in den Händen Don Raimondos gelegen hatte, heirateten, um das Vermögen beisammenzuhalten.

In den Unterhandlungen und der Entscheidung über diese

Eheschließung hatten die beiden jungen Leute sich in keiner Weise geäußert. Es war auch nicht notwendig; selbst wenn es dabei hauptsächlich um sie beide ging, geboten doch Anstand und gute Sitten, daß sie sich nicht darum kümmerten oder über ihre Neigungen befragt würden. Unter Adligen waren Liebesheiraten eher ungewöhnlich, Ehen wurden im Interesse und zum Vorteil der Familien geschlossen. Die zukünftige Braut lebte für gewöhnlich in einem Kloster, wo sie ihre Erziehung abschloß und das sie erst wenige Tage vor der Hochzeit verließ, um von der klösterlichen Zurückgezogenheit in das bewegte Leben einzutauchen.

Violantes Mitgift bestand zum einen aus der Erbschaft ihrer Mutter, zum anderen aus dem persönlichen Vermögen Don Raimondos, dem Ertrag aus seiner Arbeit, seiner sparsamen Lebensführung, so mancher geglückten Spekulation, besser gesagt aus seiner Tätigkeit als Wucherer, mit der er auf taktvolle Weise anderen Edelleuten Gelder geliehen hatte. Es war eine wahrlich reiche Mitgift, die den zukünftigen Gemahl zu einem der vermögendsten Herren der Stadt machen würde.

Anfangs hatte Emanuele an diesen Plänen nichts auszusetzen gehabt. Obwohl die Cousine auf ihn nicht den mindesten Eindruck gemacht und keinerlei Gefühlsregung in ihm ausgelöst hatte, erschien ihm der Gedanke an eine vornehme Heirat als die natürlichste Sache der Welt. Doch nach und nach hatte er Geschmack an seinem neuen Leben gefunden und sich mit der Gier eines kleinen Lüstlings recht bald in galante Abenteuer gestürzt. Den Rest bewirkte sein aufmüpfiger Geist, seine Überheblichkeit, seine Herrschsucht, und die geplante Heirat, die ohne seinen Willen ausgehandelt worden war, erschien ihm nun als etwas Lästiges, das er entschieden ablehnte.

Er verspürte keinerlei Zuneigung für diese Cousine, deren kühles und zurückhaltendes Äußeres ihn vor den Kopf stieß. Ein unüberwindlicher Abgrund trennte die beiden; sie waren und blieben einander fremd.

Im Frühling dieses Jahres hatte Emanuele seine Ländereien besichtigt. Die Gemeindevorsteher und Gutsherren waren ihm entgegengeeilt und hatten ihn unter grünen Laubgirlanden mit Böllerschüssen empfangen. Die Pfarrer in den Kirchen hatten ihm den Segen erteilt, verbunden mit der Hoffnung, daß er den gleichen Eifer in religiösen Dingen an den Tag legen werde wie seine Vorfahren. Im großen Saal des Schlosses wurden ihm vom Richterstand seiner Besitzungen Ehrenbezeigungen dargebracht, und die Handküsse wollten kein Ende nehmen. Stierkämpfe und Feuerwerk waren vorbereitet, und hie und da fand sich auch ein kleiner Literat, der Lobgesänge in lateinischer Sprache aufsagte, in welchen Emanuele mit Herkules oder einem anderen Helden der Antike verglichen wurde.

All diese Festlichkeiten ließen ihn seine Macht ermessen und führten ihm vor Augen, wie viele Menschen von ihm abhängig waren, für ihn arbeiten mußten, ihm Verehrung schuldeten wie einem Götterwesen, und er konnte sie durch von ihm selbst ernannte Richter an den Galgen bringen. All das hatte ihn in einen wahren Rausch versetzt. Wenn er so mächtig und Herrscher über Leben und Tod und sein Wille Gesetz war, warum sollte er sich da seinem Großvater beugen und eine Ehe eingehen, die er nicht wünschte?

An Pellegra hatte er sich, wenn überhaupt, nur als an ein vergnügliches Abenteuer erinnert, das in seinem Herzen keine Spur von Leidenschaft hinterlassen hatte. Nur wenn er sie mit der kühlen, abweisenden Violante verglich, fand er sie reizvoll und begehrenswert.

Das arme Mädchen hatte vergeblich auf ihren Prinzen gewartet, wenn auch das plötzliche Glück, das den Neffen eines kleinen Buchhalters in den Erben des Herzogs della Motta verwandelt hatte, ihrem Herzen einen heftigen Stoß versetzt und ihr alle Hoffnung auf die Zukunft geraubt hatte.

Und dennoch wartete sie auf ihn. Manchmal, wenn sie mit ihrem halbverrückten Vater auf die Straße ging, der sich auf wackligen Beinen dahinschleppte, sah sie ihn in der Kutsche oder zu Pferde oder in Begleitung anderer junger Leute vorübereilen. Ihr Herz schlug dann heftig, aber niemals würdigte er sie auch nur eines einzigen Blickes.

Zwei Jahre später reiste Pellegra zu ihren Verwandten mütterlicherseits nach Rom. Don Vincenzo war mittlerweile völlig umnachtet, und es war besser, ihn gegen einen Monatslohn in Pflege zu geben. In Rom begann Pellegra sich eifrig dem Studium der Poesie zu widmen und ihr Herz auf diese Weise zu erleichtern: sie dichtete Sonette, in denen sie Laura war, die Petrarca antwortete. Diese Sonette fanden das Interesse eines Prälaten, ebenfalls eines ihrer Verwandten, und brachten dem Mädchen später die Aufnahme in die Dichterakademie und die Hand eines römischen Advokaten ein. Als ihr Werk dann vollendet war, wurde es veröffentlicht und als ein Wunder der Dichtkunst gefeiert.

Nach ihrer Abreise dachte Emanuele hin und wieder an sie, doch immer nur, um sie mit Violante zu vergleichen. Sein Herz oder seine Eitelkeit strebte nach anderem, gab es doch so viele schöne Damen der neuen Gesellschaft, der er jetzt angehörte, zu bewundern. Jene Tante zum Beispiel, die so jung und so schön und jetzt so allein war ... Warum nur war sie aus dem Palast della Motta ausgezogen?

Sie begegneten sich so gut wie nie. Nur bei feierlichen Anlässen wie Silvester, Neujahr, Weihnachten oder Ostern und im allgemeinen bei sämtlichen Gelegenheiten, an denen es Sitte war, den älteren Verwandten oder den geistlichen Oberen die Hand zu küssen, trafen sie zusammen. Es waren dies immer nur kurze Besuche, die die Grenzen der Schicklichkeit nie überschritten. So wollte es Donna Gabriella, die sich wirklich außergewöhnlich zurückhaltend zeigte. Vielleicht fand sie den hochaufgeschossenen und kräftig gebauten jungen Mann unsympathisch und langweilig; in seinen Zügen entdeckte sie eine entfernte Ähnlichkeit mit Blasco. Sein ganzes Äußeres ließ keinen Zweifel an seiner Herkunft – der Albamonte war nicht zu verleugnen. Doch welch Unterschied zwischen ihm und Blasco! Sie konnte nicht umhin, sich einzugestehen, daß der Bastard sehr viel mehr taugte als der legitime Sohn, und vielleicht war es dieser Vergleich, der sie daran hinderte, sich Emanuele gegenüber herzlicher und zuvorkommender zu geben und damit größere Vertraulichkeit zwischen ihnen aufkommen zu lassen. So enthielt sich der junge Herr der Besuche im Hause seiner Tante, obwohl er sie schön und anziehend fand und sie obendrein keine Freier um sich geschart hatte.

Emanuele hatte inzwischen seine Volljährigkeit erreicht. Bei den Ausritten mit seinen Freunden, die sich mit einer Spur von Ironie ihm gegenüber äußerten, verspürte er erneut, wie lästig und störend die bevorstehende Eheschließung für ihn war, mit der seine Jugend ein für alle Mal zu Ende wäre.

II

Am 3. Juli wurde die Kapitulation der Hauptstadt unterzeichnet. Sie war in einem sechsteiligen Vertragswerk festgeschrieben, das zwischen dem Marqués de Lede und den Botschaftern des Senats, Don Francesco Gravina, Fürst von Palagonien, und Don Girolamo Gravina, Fürst von Montevago, abgeschlossen wurde. Am selben Tag verließ der Vizekönig, Graf Maffei, zusammen mit der Vizekönigin und seinen Familienangehörigen, dem Hofstaat und den Ratgebern die Stadt durch die Porta Nuova, wo ihn die Kavallerie und die Fußsoldaten erwarteten, mit denen er sich zur Piana dei Greci begab. Keiner der Edelleute hatte ihn höflicherweise ein Stück begleitet, niemand bedachte ihn mit einem Abschiedsgruß. Die Gemüter der Menschen hatten sich bereits dem neuen Gestirn zugewandt, das nach fünf Jahren endlich wieder über ihnen strahlte.

Der Platz vor dem Königspalast, auf dem nach der Abreise des Hofstaats kein einziger Soldat mehr zu sehen war, sah aus wie ein unbewohntes Dorf. Das Stadtviertel San Giacomo war menschenleer. Die Familien aller piemontesischen Angestellten und Soldaten waren an jenem Morgen mit ihrem Hab und Gut ausgezogen. Es war ein trauriger Auszug, über den niemand eine Träne vergoß.

Nur im Kastell am Meer blieb eine Garnison von vierhundert Soldaten zurück, die den Befehl hatten, die Stadt nicht in Gefahr zu bringen, wohl aber das königliche Banner zu verteidigen und erst dann zu weichen, wenn die Verteidigung tatsächlich unmöglich würde. Sechs Soldaten versuchten auszubrechen; zwei von ihnen wurden wieder eingefangen und zum Tode verurteilt.

Am Morgen des 4. Juli hielt das spanische Heer mit den Familien der Soldaten in seinem Gefolge Einzug in Palermo und wurde von der Bevölkerung mit Jubel empfangen. Die »Tyrannei des savoyischen Pharaonen« ging zu Ende, so schrie man begeistert; aber dieses jubelnde Volk ahnte nicht, daß mit seinen Hochrufen die unheilvollste aller Herrschaften ihren Anfang nahm, die das Vaterland zu ihrem Sklaven machen sollte.

Parallel zum Einzug der Truppen segelte in Gefechtsordnung die Flotte in den Golf ein. Ein heftiges Artillerieduell begann zwischen der Garnison des Kastells und den Schiffen. Die Bevölkerung eilte zum Hafen und auf die Wachtürme, um sich das Schauspiel dieser Kanonade nicht entgehen zu lassen.

Zur Eroberung des Kastells schlugen die spanischen Truppen inzwischen ihr Schlachtfeld auf der Piazza Santa Oliva auf, und um sich vor möglichen Angriffen zu schützen und den im Kastell Eingeschlossenen jegliche Verbindung abzuschneiden, verlängerten sie ihre Frontlinie bis unter das Kloster von Baida.

Ein junger Soldat einer spanischen Dragonereinheit hatte noch am selben Abend mit einer Sondergenehmigung des Heerführers durch die Porta Carini das Stadtinnere betreten und seine Schritte zum Viertel von Capo gelenkt, wo er einen Augenblick innehielt, um den Palast della Motta zu betrachten.

Die großen Fenster waren geschlossen, das Portal verriegelt. Der Palazzo wirkte düster und unheimlich, wie das sichtbare Zeichen einer finsteren und trüben Geschichte. Langsam ging er weiter auf der abschüssigen Straße, kam bei San Cosmo vorüber und warf einen Blick auf das Haus des Richters Baldi. Schließlich bog er linker Hand in die Gasse der Waisenkinder ein und blieb vor einem zugemauerten Türchen stehen. Kopfschüttelnd setzte er seinen Weg fort.

Die wechselnden Erinnerungen schienen Spuren auf seinem Gesicht zu hinterlassen.

Dann war er auf der festlich geschmückten Cassaro-Allee. Hie und da war ein Bildnis des Königs Philipp V. zu sehen. Geistliche standen in Gruppen und unterhielten sich lebhaft miteinander. Sie blickten zufrieden drein, wie jemand, der die Zeit nahen sieht, da alle Qualen ein Ende haben werden. Man setzte in der Tat große Hoffnungen in die Wiederkehr des alten Regimes, da dann das Interdikt und die Verfolgungen, deren Opfer sie zu sein glaubten, ein Ende haben würden. Eine Menge Leute, Adlige wie gemeines Volk, waren auf dem Weg zum Hafen, um sich das Schauspiel des Artilleriegefechts zwischen dem Schloß und den spanischen Schiffen nicht entgehen zu lassen. Einige Ältere meinten, es erinnere sie an die berühmte Seeschlacht zwischen Holländern und Spaniern auf der einen und Franzosen auf der anderen Seite, die vor über vierzig Jahren hier im Golf stattgefunden habe. Was war das für ein schreckliches und großartiges Schauspiel gewesen – und was dagegen dieses kleine Duell! Es war ja wohl eher ein Feuerwerk!

Dennoch mußte man es gesehen haben. Man konnte die Bahn der Kugeln verfolgen und sich ein Vergnügen daraus machen zu erraten, wo sie wohl einschlagen würden. Sowohl die von den Schiffen als auch vom Schloß abgefeuerten Kugeln fielen oft ins Wasser, und Fontänen aus Schaum und Rauch stiegen auf, was die Zuschauer am meisten belustigte.

Der Dragoner lief weiter die Cassaro-Allee entlang, bewundernde Blicke folgten ihm, und manch einer bekreuzigte sich sogar wie vor einem Befreier. Doch er bemerkte auch, daß einige Blicke hartnäckig an ihm haften blieben mit jenem besonderen Ausdruck, der bedeutete: ›Mir scheint, den kenne ich‹. Am Platz der Quattro Canti angelangt, hielt er inne und betrachtete die vier Straßen, die von ihm abgingen und die ihm so schön vorkamen. Doch während er noch in stummer Bewunderung versunken stand, fuhr er zusammen, und sein Gesicht lief feuerrot an. Eine ihm wohlbekannte Stimme schrie: »Halt!«

Aus einem Zweispänner, der mit lautem Getöse stehenblieb,

sah ein Augenpaar voller Staunen auf den Dragoner. Schweigend und starr, aber nicht ohne innere Bewegung tauschten die beiden einen Blick des Wiedererkennens, in dem einander widersprechende Gefühle lagen, am stärksten aber eine gewisse Abwehr, die ihnen jegliche Herzlichkeit verbot.

Der Herr der Karosse stieg aus und ging auf den Dragoner zu.

»Ich täusche mich also nicht, Ihr seid Blasco Albamonte?«

»Der bin ich«, entgegnete Blasco betont kühl.

»Nun, da der Zufall uns nach vier Jahren wieder zueinandergeführt hat, könnten wir ja, wenn Ihr wollt, das seinerzeit in den Gärten unterbrochene Duell fortsetzen. Ich stehe zu Eurer Verfügung.«

Aber das sanfte Lächeln auf Coriolanos Lippen und das Funkeln in seinen Augen straften seine Worte Lügen.

Blasco antwortete nicht gleich. Plötzlich aber schüttelte er den Kopf und sagte mit strahlendem Gesicht, wobei er dem anderen die Hände entgegenstreckte: »Blasco da Castiglione hatte mit Euch eine Rechnung zu begleichen. Doch Blasco Albamonte, Dragoner im Heer Seiner Katholischen Majestät, reicht Euch, Coriolano, wie einst die Hand zum brüderlichen Gruß, ohne Groll und ohne nachtragend zu sein.«

»Ah! Bravo! So erkenne ich Euch wieder. Umarmt mich, mein alter Freund.«

Jede Zurückhaltung war von ihnen gewichen, sie fielen einander in die Arme, drückten sich herzlich und küßten sich die Wangen.

»Wohin führt Euer Weg?« fragte Coriolano della Floresta.

»Ich . . . ich habe kein bestimmtes Ziel.«

»So steigt doch in meine Kutsche, da können wir ungestört miteinander reden.«

»Gern.«

Coriolano betrachtete Blasco mit Freude und Verwunderung.

»Ja, schau einer an! Das hätte ich mir nie vorgestellt, daß ich Euch einmal wiedersehen würde . . . Wie kommt es, daß Ihr diese Rüstung tragt?«

»Das Heimweh, mein Lieber. Ich verspürte eine solche

Sehnsucht, nach Palermo zurückzukehren, und die einzige Möglichkeit, die sich bot, um vor bösen Überraschungen sicher zu sein, war, diese Uniform zu tragen ...«

»Ihr wart also ganz sicher, mit Eurem Heer Sizilien wiederzuerobern?«

»Mehr als sicher ... Obwohl ich nur ein einfacher Soldat bin, hatte ich doch einen Freund bei Hof, durch den mir auch das strengst gehütete Geheimnis zu Ohren kam. So kann ich mit großer Sicherheit behaupten, daß ich als einziger im Heer um das Ziel dieser Expedition wußte, und zwar von Anfang an. Selbst der Marqués de Lede erfuhr erst auf hoher See davon, als er das vertrauliche Schreiben öffnete, das ihm übergeben worden war ...«

»Teufel noch eins! Da verfügt Ihr also über Beziehungen zu den allerhöchsten politischen Rängen?«

»Oh, nein ... Aber ich war und bin ein guter Freund Seiner Eminenz, des Kardinals Alberoni, Erster Minister des Königs.«

»Ah, vortrefflich! ... Jetzt begreife ich ... Und wo seid Ihr untergebracht?«

»Mein Regiment hat das Jagdschloß des Fürsten von Sperlinga besetzt, wo sich auch das Hauptquartier befindet.«

»Aber ich hoffe doch, Ihr kommt in mein Haus, dort werdet Ihr auch Euer Zimmer wieder vorfinden ...«

»Danke, Ihr vergeßt, daß ich nicht mehr Blasco da Castiglione, sondern ein Dragoner bin, der sich nicht von seinem Feldlager entfernen darf. Und dann«, fügte er lächelnd hinzu, »vergeßt Ihr den Artikel zwei des Kapitulationsvertrags, der dem Militär unter anderem verbietet, sich in den Häusern der Bürger einzuquartieren.«

»Ach, lassen wir das. Sicher ist es zwei guten Freunden ... Wir sind doch Freunde, nicht wahr?«

»Wie zuvor.«

»Gut! Ich meine also, es wird zwei guten Freunden doch wohl nicht untersagt sein, gemeinsam zu Mittag zu speisen ... Zumindest diesen Gefallen müßt Ihr mir erweisen. Wir haben uns so viele Dinge zu erzählen. Ich nehme an, Ihr wollt wissen, was sich in den vier Jahren Eurer Abwesenheit hier zugetragen hat.«

»Das könnt Ihr mir glauben! ... Wenn Ihr wüßtet, wo ich schon überall gewesen bin.«

»Ich kann es mir vorstellen. Zum Beispiel am Kloster von Santa Caterina!«

»Am Kloster von Santa Caterina?«

»Ja, aber nur um durch die Fenster zu schauen, denn *sie* ist Eurem Bruder versprochen, wie es Euer Wille war.«

Blasco erbleichte, faßte sich aber schnell wieder.

»Oh, nein, da täuscht Ihr Euch. Das Kloster von Santa Caterina? ... daran habe ich gar nicht gedacht, und ich wußte ja nicht einmal, daß *sie* dort ist. Aber ich habe andere Orte wiedersehen wollen ... Ich bin zur Gasse der Waisenkinder gegangen ...«

»Die ist zugemauert.«

»Das sah ich. So seid ihr jetzt also wie die Juden in alle Windrichtungen verstreut!«

»Nein! An Versammlungsorten mangelt es uns nicht, und die Mitglieder sind die gleichen ... doch sprechen wir von anderen Dingen. Habt Ihr noch kein bekanntes Gesicht gesehen?«

»Nein. Aber ich bin auch erst seit ein paar Stunden in der Stadt.«

»Da schaut!«

Zwei junge Ritter auf herrlich gerüsteten Pferden, gefolgt von Lakaien, kamen ihnen entgegen. Coriolano deutete auf den einen von ihnen: »Da ist er ja, Euer Bruder.«

Blasco konnten einen Ausruf der Verwunderung nicht unterdrücken.

»Der da? Wie groß er geworden ist! Ich hätte ihn weiß Gott nicht wiedererkannt ... Und was für ein schöner junger Herr.«

»Ja, das sagen alle. Ich glaube, er reitet zum Turnierplatz von Villafranca. Er ist ein guter Cavaliere und ein guter Fechter.«

»Ach, ja? ... Das freut mich.«

»Werdet Ihr ihn besuchen gehen?«

Blascos Miene verfinsterte sich, und er brachte nur ein knappes Nein heraus.

»Ihr habt recht. In Eurem Nein liegt zwar etwas viel Stolz, aber Ihr habt recht . . . Und habt Ihr die Absicht, einen Eurer früheren Bekannten wiederzusehen?«

»Nein, niemanden. Und warum auch? Mein Lieber, ich bin jetzt nur noch ein armer Dragoner, der von seinem Sold lebt, wenn er welchen kriegt, und für den der Krieg ein Vergnügen ist, weil er nur darauf wartet, daß ihm eine Kanonenkugel den Kopf abreißt, der ohnehin noch nie richtig in Ordnung war! . . . Doch lassen wir das! Meinen Familiennamen habe ich mir nur zu einem bestimmten Zweck zugelegt und damit Blasco da Castiglione in aller Augen tot sei, verbannt und verfolgt wie der Bandit Saltaleviti oder ein anderer Schurke seiner Art. Aber wenn ich allein bin, fühle ich mich noch immer wie der Blasco, der einst auf einer Schindmähre, für die sich sogar Don Quijote geschämt hätte, seinen Einzug in Palermo hielt und mit dem Fürsten von Iraci einen Streit vom Zaun brach! . . . Wenn ich könnte, würde ich jene zwei Jahre gern aus meinem Leben löschen! Was ist übrigens aus dem Fürstensohn von Iraci geworden?«

»Ich glaube, er ist in Rom in der Gesandtschaft König Viktors. Aber Ihr könnt darauf rechnen, daß er wieder nach Palermo zurückkehrt.«

»Der arme Teufel! . . . Und wie geht es der Frau Herzogin, Donna Gabriella?«

»Sie lebt höchst ehrenhaft ihren Witwenstand.«

»Als eine reuige Magdalena?«

»Vielleicht . . .«

»Und Eure Freunde? Don Girolamo?«

»Don Girolamo ist in Neapel unter einem anderen Namen untergetaucht; seine Frau ist an gebrochenem Herzen gestorben. Ihr Pflegesohn Emanuele hat sie nie wieder aufgesucht, nicht einmal einen Gruß hat er ihr jemals zukommen lassen . . .«

»Das ist doch nicht möglich!«

»Aber so ist es leider . . . Andrea steht im Dienst von Emanuele; dieser hat ihn nicht aus Dankbarkeit bei sich aufgenommen, sondern um sich als großer Herr vor ihm aufzuspielen.«

Mittlerweile waren sie am Palast della Floresta angelangt. Immer noch war in kurzen Abständen vom Meer her das bedrohliche Donnern der Kanonen zu hören. Die zwei Lager schienen nicht willens nachzugeben, obwohl die savoyische Garnison schwach und ihre Verteidigung ganz offensichtlich nur eine Formsache war.

Blasco machte Angaben über die Stärke des spanischen Heeres, über den Heerführer, die Offiziere, die Legionäre, von denen der größte Teil Italiener waren. Die Artillerie hatte Gräben zwischen den Gärten bis hin zur Porta San Giorgio gezogen. Nach dem offiziellen Einzug des Marqués de Lede und seiner Bestätigung im Amt als Vizekönig des Königreichs Sizilien im Namen König Philipps V. würde es zu der entscheidenden Kampfhandlung kommen und damit das Kastell erobert werden.

Zu diesen Nachrichten, die Coriolano sehr zu interessieren schienen, kamen Blascos Erzählungen über den eigenen Lebensweg in jenen vier Jahren. Er hatte eine Weile in Genua gelebt, von wo aus er sich Richtung Barcelona eingeschifft hatte. Später war er nach Madrid gegangen und hatte sich solange dort aufgehalten, bis Kardinal Alberoni beschloß, das Königreich Sizilien zurückzuerobern.

Als Grund gab er an, Viktor Amadeus sei seinen Verpflichtungen nicht nachgekommen, die ihm nach dem Friedensvertrag von Utrecht aus der Übernahme des Königreichs erwachsen seien. Blasco hatte sich seinen Lebensunterhalt als Fechtmeister verdient, und einer seiner Schüler im Fechtunterricht war der Sprößling einer adligen Dame, die mit dem Kardinal Alberoni befreundet war. Im Laufe der Zeit hatte sich ein solch vertrautes Verhältnis zwischen ihm und der Dame entwickelt, daß er am Ende gar eine List anwenden mußte, um dem spanischen Heer folgen zu können.

III

Nach acht Tagen ergab sich die savoyische Garnison des Schlosses bedingungslos, und die Stadt war nun vollkommen in der Gewalt des Marqués de Lede. Die Savoyer hatten sich in Festungsstädten wie Termini, Messina, Castel Mola und Siracusa konzentriert, wohin sich schließlich auch Graf Maffei zurückgezogen hatte.

In diese Zeit fielen die Festlichkeiten zu Ehren der Stadtheiligen Santa Rosalia, die aber dieses Jahr nichts Großartiges hatten; die Prozession konnte wegen starken Regens nicht stattfinden, und auch das Interdikt vergiftete die Atmosphäre. Der Streit zwischen der päpstlichen Kurie und der sizilianischen Monarchie hatte sich in den zurückliegenden vier Jahren derart zugespitzt, daß ein großer Teil des Klerus, wiewohl er auf seiten des Papstes stand, völlig unrechtmäßig mit dem Bannfluch belegt worden war. Der Papst sprach Exkommunikationen aus und versandte Bullen, die jahrhundertealte Vorrechte der Monarchie abschafften. Da griff der Staat zu den Waffen, um sich zu verteidigen. Der König richtete einen Ausschuß ein, dem unbeugsame Männer, meist hervorragende Gelehrte, angehörten und der dem Klerus gebot, sich entweder der weltlichen Herrschaft zu unterwerfen oder ins Exil zu gehen. Der größte Teil der Geistlichen zog das Exil vor, um nicht vom kanonischen Recht belangt zu werden. Ausführender Arm dieses Ausschusses war Matteo Lo Vecchio.

Der Scherge war nach seiner Genesung von der Verletzung, die ihm Blasco auf der Straße von Misilmeri beigebracht hatte, im Februar 1715 nach Palermo zurückgekehrt und hatte niemanden mehr angetroffen, mit dem er es zuvor zu tun gehabt hatte. Don Raimondo war tot, Blasco in die Ferne gezogen, Don Girolamo nach Neapel abgereist, Andrea stand im Dienst des Erben della Motta und somit im Schutz einer zweifach mächtigen Familie. Selbst Antonino Bucolaro war verschwunden, und niemand konnte sagen, wo er war. Die Beati Paoli schienen untergegangen zu sein, nicht das Geringste war mehr von ihnen zu hören. Nur Coriolano della Floresta führte weiterhin sein untadeliges und unverdächtiges Leben.

Matteo Lo Vecchio sah sich also jeder Hoffnung beraubt, ein reicher Mann zu werden, und das Geheimnis, das er sich angeeignet hatte, war für ihn gänzlich wertlos geworden. Emanuele war anerkannt, Don Raimondo war tot, und Donna Gabriella legte auf die Sache keinen Wert. Nur einer Person konnte noch daran gelegen sein, daß das Andenken Don Raimondos nicht geschändet würde, und das war Violante. Aber sie war noch ein junges Mädchen und im Kloster und verfügte damit nicht über das Geld, mit dem sie das Schweigen des Schergen hätte erkaufen können; überdies war sie mit Emanuele verlobt.

Wütend über diese Widerwärtigkeiten des Lebens, stürzte sich der Scherge Hals über Kopf in die Auseinandersetzungen zwischen Staat und Kirche. Keiner besaß größeres Geschick als er, die Priester aufzustöbern, die den seelsorgerischen Dienst verweigerten, um nicht von der Exkommunikation betroffen zu werden. Er hatte Verzeichnisse mit den Namen sämtlicher Geistlicher und Fratres angelegt, zog Erkundigungen ein, ob sie zum Gebet gingen, ob sie an den Prozessionen teilnahmen. Da sehr häufig Prozessionen stattfanden, war es ein leichtes festzustellen, wer fehlte. Dann stürzte er wie ein Raubvogel in die Häuser der Abwesenden und drohte ihnen, sie festzunehmen; wollten sie unbehelligt bleiben, gaben sie ihm Geld; wenn sie sich weigerten, belegte er sie mit Verbannung und verhaftete sie; dann führte er sie durch die stark bevölkerten Straßen davon und zwang sie, in einem Fischerboot unterzutauchen oder vor den Stadttoren zu bleiben. Oft wurden die, die sich die Ruhe erkauft hatten, schon am Tage darauf verhaftet und hatten so einen zweifachen Verlust.

Matteo Lo Vecchio trug ständig bündelweise Anordnungen zur Ausquartierung, Haftbefehle, Anweisungen zur Überführung in Gefängnisse bei sich und machte reichlich Gebrauch davon, während er sich an den Klagen seiner Opfer ergötzte. Und dabei machte er viel Geld und lebte in Saus und Braus.

Die Ankunft der spanischen Armee, die Übergabe Palermos, die Einsetzung der neuen Regierung hatten seiner vielversprechenden Laufbahn ein Ende gesetzt. Der Ausschuß wurde von dem neuen Vizekönig aufgelöst, und die Verfolgungen wurden eingestellt. Matteo Lo Vecchio kehrte zu seinem Amt als Geheimpolizist zurück und verlor dabei nicht nur die Quelle seiner ungesetzlichen Einnahmen, sondern auch jene Machtstellung, die er sich durch den Schrecken seiner Opfer geschaffen hatte. Ihm war die Rückkehr der Spanier also verhaßt, ja er betrachtete sich als geschädigt durch sie, wagte aber nicht, sich offen als Anhänger des savoyischen Königs zu bekennen. Lustlos und der Macht der Gewohnheit folgend ging er seinen Geschäften nach und hoffte, daß das Glück ihm wieder über den Weg liefe und er unter der neuen Ordnung eine neue Verdienstquelle finden könne.

Inzwischen bespitzelte er aus Gewohnheit, und um *seine* Leute nicht aus den Augen zu verlieren, weiterhin Emanuele, Donna Gabriella, Andrea und Coriolano della Floresta.

Am Tage des Einzugs des neuen Vizekönigs hatte Matteo Lo Vecchio somit alle Hände voll zu tun und stand an der Porta Nuova, als der Reiterzug durch das Tor kam, an seiner Spitze eine Schar Dragoner mit entblößten Degen. Zu seinem großen Erstaunen erkannte Matteo Lo Vecchio den Dragoner, der ganz außen in der ersten Reihe ritt und beim Vorbeireiten beinahe mit der Fußspitze gegen ihn gestoßen wäre: es war Blasco.

Nanu, nanu! Wen sieht man denn da wieder! . . . Bist du also zurück, mein schöner Herr? Da können wir ja miteinander abrechnen. Teufel noch mal, solchen Verpflichtungen muß man nachkommen!

Er erkundigte sich und erfuhr, daß die Soldaten zur ersten Schwadron der Dragoner von Numancia gehörten.

»Es sind sechs Schwadronen aus Numancia, sechs aus Lusitanien, drei aus Batavia und drei aus Tarragona.«

»Das reicht, danke!« unterbrach Matteo seinen Auskunftgeber, erschreckt von der ausführlichen Aufzählung. »Woher wissen Sie das alles?«

»Nun, ich bin der Schreiber des obersten Rechnungsführers.«

»Ach! Und Sie kennen auch die Soldaten?«

»Da gehörte viel dazu, es sind dreißigtausend.«

»Aber die Ausländer, zum Beispiel ... das werden doch nicht so viele sein ...«

»Oh, und wie. Es sind auch Sizilianer darunter. Der hochverehrte Herr Don Domenico Lucchesi, Feldmarschall, ist der vielleicht nicht Palermer?«

»Ja, das stimmt ... aber die Soldaten?«

»Es werden rund fünfzig sein, das ist sicher.«

»Auch unter den Dragonern gibt es Ausländer? Mir war, als hätte ich einen sogar erkannt ...«

»Auch bei den Dragonern. Der erste rechts, der gerade eben vorbeigeritten ist, stammt aus Palermo und heißt Blasco Albamonte.«

»Albamonte? Aber ich kenne ihn unter einem anderen Namen ...«

»Was sagt Ihr da?« fragte der Schreiber.

»Genau wie ich Euch sage.«

»Unter welchem Namen denn?«

»Oh, Ihr werdet sicher verstehen, daß ...«

»Dann handelt es sich gar um einen Ausgelieferten?«

»Oh, oh! ... Aber ich weiß nichts, lieber Herr ... Herr ...«

»Alonso Apuente, zu Euren Diensten, und Ihr?«

»Matteo Lo Vecchio, Befehlshaber der Polizei, zu Euren Diensten«, erwiderte der Scherge mit bösem Lächeln.

»Sehr gut! ... Eben deshalb müßt Ihr viele Dinge wissen, mein Lieber. Wenn es um den Dienst für Seine Majestät geht, Gott steh ihm bei, dann darf man nichts verschweigen ... Es könnte sich ja auch um einen Schurken handeln, der von der Justiz gesucht wird.«

»Nein, nein, das wird er nicht, aber ... Jedenfalls, mein lieber Herr Alonso, sind das Dinge, die ich Euch nicht sagen kann ...«

»Also dann, lebt wohl, Herr Matteo.«

»Auf Wiedersehen, Herr Alonso.«

Matteo Lo Vecchio rieb sich vor Zufriedenheit die Hände und folgte dem Reiterzug, scheinbar um sich den Gottesdienst nicht entgehen zu lassen, in Wirklichkeit aber um Blasco wiederzusehen. Er wußte, der Vizekönig war auf dem Weg zur Kathedrale, und so legte er einen schnelleren Schritt vor, um hinter der größer werdenden Menge nicht zurückzubleiben. Er erreichte die Kathedrale genau in dem Augenblick, als der Vizekönig den Eid ablegte, die Soldaten ihre Salven abfeuerten und die Artillerie von den Bastionen des Königspalastes schoß.

Matteo Lo Vecchio bezog an der Ecke zur Cassaro-Allee Stellung, so daß er die Straße des Erzbischofsitzes und das Hauptportal des Doms im Blick hatte. Blasco mußte zwangsläufig an ihm vorüberkommen, und so würde er ihn sich in Ruhe anschauen können. Der Zug bewegte sich mit den Dragonern an der Spitze vorwärts. Blasco ritt in der vordersten Reihe; er schien in Gedanken verloren, denn obwohl sein Blick auf Matteo Lo Vecchio fiel, erkannte er ihn nicht wieder oder war sich zumindest nicht deutlich bewußt, wen er da sah. Aha, sagte sich der Scherge, Hoheit wechselt den Namen, er trägt die türkisfarbene Uniform Seiner Majestät und hat die Stirn, nach Palermo zu kommen, ohne daran zu denken, daß hier noch eine kleine Rechnung zu begleichen ist. Aber sehr gut so! Endlich mal wieder eine amüsante Jagd! ... Soll ich dich umbringen? Nie und nimmer! Einen Soldaten Seiner Katholischen Majestät, der Teufel hole sie, umzubringen bedeutete in diesen Kriegszeiten das gleiche wie sich freiwillig erschießen zu lassen.

Und während er so mit sich redete, lief Matteo Lo Vecchio, als das Volk an ihm vorüber war, die Cassaro-Allee hinauf bis zur Piazza dei Bologna, wo der Palast des Fürsten von Geraci lag. An einen Pfeiler gelehnt, wartete er bis zur Abendandacht. Er nahm seinen Hut ab, bekreuzigte sich und sagte fromm das Ave Maria auf, wie es auch alle Vorübergehenden taten. Kurz darauf fuhr eine prächtige Karosse durch das Portal, der Läufer und Lakaien vorauseilten und zwei Sklaven folgten. Matteo grüßte ergebenst, und nachdem er eine kleine Frist hatte verstreichen lassen, ließ er um Erlaubnis bitten, dem Herrn Fürsten seine Aufwartung machen zu dürfen, um ihm eine Sache von größter Bedeutung mitzuteilen.

»Mir?« sagte der Fürst. »Was will dieser Exkommunizierte von mir? Weiß er nicht, daß man sich die kanonischen Strafen zuzieht, wenn man mit ihm verkehrt? Nein, ich empfange ihn nicht.«

»Es sei, wie Hochwohlgeboren befiehlt«, meinte der Sbirre, »doch sagt dem Herrn Fürsten, daß ich gekommen war, ihm einen großen Dienst zu erweisen, zur Verteidigung der Ehre seiner Verwandtschaft und besonders der seines Enkels Don Emanuele.«

Wutentbrannt ging er von dannen, ohne aber von seinem Vorhaben abzulassen, den Fürsten von Geraci gegen Blasco wegen unrechtmäßiger Aneignung des Familiennamens Albamonte aufzuhetzen. Der Fürst hatte ihn aus Angst vor dem Kirchenbann nicht empfangen? Gut, so würde er also auf der Straße, auf der Promenade, auf dem Turnierplatz von Villafranca, wo auch immer auf den jungen Herzog della Motta warten und es ihm sagen. Und der würde sich gewiß nicht scheuen, den Zorn des Großvaters auszulösen und den Einspruch des Vizekönigs zu bewirken.

Mit diesen Gedanken ging er nach Hause.

Blasco hatte nicht die leiseste Ahnung, daß gegen ihn Ränke geschmiedet wurden. So war er am folgenden Tag höchst überrascht, als er rund dreimal von Herrn Alonso Apuente, dem Regimentsschreiber, unter diesem oder jenem Vorwand angehalten wurde; und noch erstaunter war er, als sein Hauptmann ihn fragte, ob er, Blasco, denn Verwandtschaft in Palermo habe.

»Verwandte? . . . Nein, die sind alle im Himmel.«

»Freunde oder Bekannte zumindest . . .«

»Vielleicht . . . Überall hat man doch welche. Auch in Palermo werde ich wohl jemanden haben.«

»Sorgt also dafür, daß jemand, der Euch kennt, ins Lager kommt.«

»Warum das?«

»Das braucht Ihr nicht zu wissen. Ihr seid Soldat, gehorcht also!«

Blasco sagte nichts mehr. Er entbot den militärischen Gruß

und verzog sich unter sein Zelt, wo einer seiner Kameraden ihn fragte, was denn geschehen sei.

»Nichts ... Sie wollten mich zum Unteroffizier befördern.«

»Und Ihr?«

»Ich habe natürlich abgelehnt, zum Teufel noch mal!«

»Oh!«

»Wenn ich die Beförderung angenommen hätte, hätte ich nicht die übliche Runde Karten mit Euch spielen können! Das ist klar.«

Sie begriffen, daß er nicht darüber sprechen wollte, und holten die Karten heraus, doch Blasco schweifte in Gedanken immer wieder ab und kehrte zu den ihm gestellten Fragen zurück. Warum verlangte der Hauptmann nach einem seiner Bekannten? Das war etwas ganz Neues. Mußte er gar von jemandem vorgestellt werden? Oder hatten sie ihn wiedererkannt und als Ausgelieferten angezeigt? Irgendwas steckte dahinter. Er mußte auf der Hut sein. Bekannte konnte er beibringen, soviel er nur wollte, und alle waren Personen von Rang und Namen. Im Geiste zählte er sie auf: der Fürst von Butera, der Fürst von Geraci, Coriolano, Donna Gabriella ... und hundert andere adlige Herrschaften. Aber sollte er tatsächlich jemanden von ihnen herbemühen, ohne zu wissen, was man eigentlich von ihm wollte?

Am Tag darauf ließ der Hauptmann ihn rufen und fragte, ob er sich an einen Freund gewandt hätte.

»Hört, Herr Hauptmann«, entgegnete Blasco in achtungsvollem, aber bestimmtem Ton, »ich bin ein anständiger Edelmann und in diesem Heer obendrein hochdekoriert. Und hätte ich über die Mittel verfügt, hätte ich, anstatt mich als einfacher Dragoner anwerben zu lassen, eine Kompanie oder ein Geschwader gekauft und wäre Euch jetzt ranggleich. Deshalb sage ich Euch mit aller gebührenden Ehrerbietung, daß ich keinen meiner Bekannten oder Freunde behelligen werde, bevor ich nicht weiß, was Ihr von ihnen wollt.«

Der Hauptmann blickte finster.

»Ihr wißt«, sagte er zu ihm, »daß Eure Antwort mich eigentlich verpflichtet, Euch unter Arrest zu stellen?«

»Ich könnte nicht anders als eine solche Bestrafung schweigend über mich ergehen lassen, Herr Hauptmann, aber ich würde nicht von meinem Standpunkt weichen.«

»Gut. Kehrt in Euer Zelt zurück, und für heute werdet Ihr das Feldlager nicht verlassen.«

Blasco ging in das Zelt zurück, wo seine Kameraden ihn neugierig bedrängten.

»Und, wollten sie Euch immer noch zum Unteroffizier befördern!«

»Von wegen Unteroffizier! Zum Hauptmann wollten sie mich machen!«

»Und auch dieses Mal habt Ihr abgelehnt?«

»Gewiß doch, sonst hätte ich ja meine Kameraden als Untergebene behandeln müssen!«

Gegen Abend wurde Blasco in Ermangelung entsprechender Gefängnisräume unter dem Zelt in Fesseln gelegt und unter die Aufsicht eines mit Muskete bewaffneten Wachpostens gestellt. Diese Sache überraschte das ganze Geschwader nicht wenig, denn Blasco war wegen seines heiteren Gemüts, seines Muts und wegen zwei oder drei verwegener Degenhiebe, die er in den ersten Tagen ausgeteilt hatte, um zu zeigen, wer er war, sehr beliebt. Dieser Arrest aus heiterem Himmel war allen unerklärlich; man nahm an, Blasco habe sich beim Hauptmann etwas Schwerwiegendes zuschulden kommen lassen; doch in Kriegszeiten auf einen so guten Soldaten verzichten zu wollen, das war entschieden zuviel!

Blasco nahm die Angelegenheit gelassen. Da ihm als Gefangener nicht verboten war, zu trinken, zu spielen, und, so gut er konnte zu lesen und zu schreiben, ließ er sich einen Pokal Wein, ein Spiel Karten und Schreibsachen bringen; er trank, hatte sein Vergnügen, mit den Karten die Zukunft zu deuten, wie er es von einem Zigeuner gelernt hatte. Dann schrieb er eine Nachricht an Coriolano della Floresta, in der er sein Bedauern darüber ausdrückte, daß er sich nicht mehr bei ihm blicken lasse, doch sei er durch höhere Gewalt von einer außergewöhnlichen Form von Gicht befallen worden, die ihn gehunfähig mache.

Sein Bewacher war ein armer Katalane, der gerne tief ins Glas sah und sehr dienstbeflissen war. Sehnsüchtig hatte er schon auf den Becher Wein geschielt, und als Blasco dann trank, hatte es ihm einen Stich ins Herz versetzt. Um mit Blasco ins Gespräch zu kommen, fragte er ihn: »Schreibt Ihr Eurer Liebsten, Señor hidalgo?«

»Ja.«

»Ist sie hermosa?«

»Sie ist wunderschön.«

»Bueno! . . . Ich stelle mir vor, Ihr habt auf ihre Gesundheit getrunken.«

»Das ist wahr, potztausend! Ich habe vergessen, dich einzuladen . . . Auf so etwas muß man zu zweit trinken.«

»Ja, das ist wahr. Aber man kann ja noch einmal von vorn anfangen . . .«

»Das ist eine gute Idee. Bravo! Komm nur, es ist noch Wein da.«

Blasco reichte ihm den Pokal, der noch halb voll war.

Der Soldat trank das Glas bis auf den letzten Tropfen leer.

»Ein guter Wein!« sagte er und schnalzte mit der Zunge. Blasco überließ ihn eine Weile seinem Genuß und sagte dann: »Wann wirst du abgelöst?«

»In einer Stunde.«

»Gut. Du tust mir doch einen Gefallen . . .?«

»Auch zwei, Señor hidalgo.«

»Du wirst diesen Brief an die angegebene Adresse bringen.«

»Den Brief an die Liebste?«

»Was heißt hier Liebste! Der Empfänger ist ein Mann . . .«

»Euer Verwandter?«

»Nein.«

»Euer Freund also?«

»Nein.«

»Zum Teufel noch mal, weder Verwandter noch Freund! Wer ist es dann?«

»Einer, den ich nicht kenne, der aber mein Gläubiger ist.«

»Wollt Ihr, daß ich ihn verprügele?«

»Ganz im Gegenteil, mein Lieber. Es ist eine Person, die alle Hochachtung verdient.«

»Also dann ist es etwas anderes. Gebt den Brief nur her ... Wo wohnt dieser Herr?«

»Das kann ich dir nur schwer erklären, du kennst ja Palermo nicht ...«

»Von wegen! War ich vielleicht nicht im dritten Regiment von Sizilien, bevor die Savoyer das Königreich an sich gerissen haben? Ich kenne mich aus in der Stadt.«

»Also dann ist es einfach. Alle werden dir den Palast della Floresta in der Nähe von San Antonino zeigen können.«

»Seid unbesorgt. Soll ich auf eine Antwort warten?«

»Ich weiß nicht, es könnte schon sein, daß er dir eine mitgibt. Frage ihn am besten selbst.«

Nach knapp einer Stunde verließ der Katalane seinen Posten. Mit einer Handbewegung und einem Kopfnicken versicherte er Blasco, daß er seinen Auftrag ausführen werde, und Blasco begann zum Zeitvertreib Karten zu legen.

Er war weit davon entfernt, zu ahnen, daß an eben diesem Tag Emanuele ins Hauptquartier gekommen war, um dem Marqués de Lede seine Aufwartung zu machen und sich darüber zu beschweren, daß sich jemand zu Unrecht den Familiennamen der Albamonte angeeignet habe, der einzig und allein ihm zustehe. Der Marchese mußte zugeben, daß der junge Herr zu Recht grollte, und versprach, Nachforschungen anzustellen. Emanuele ging mit aufgeblähten Backen von dannen. In der Intendantur ließ er nachfragen, ob es unter den Sizilianern im Dienste des Heeres jemanden gäbe, der sich Albamonte nenne.

Der Herr Alonso Apuente glaubte, seinen Eifer unter Beweis stellen zu müssen, und bat um die Erlaubnis, persönlich die Nachrichten überbringen zu dürfen, nach denen Seine Hoheit gefragt hatte. Und er begab sich zum Marqués de Lede und erzählte ihm, was er von Matteo Lo Vecchio erfahren hatte. Das war zwar nicht viel, genügte aber, um Verdacht zu wecken. Und so kam es zu Blascos Arrest.

»Ihr werdet diesen Matteo Lo Vecchio aufsuchen«, ordnete der Vizekönig an, »und ihn mir herbeischaffen. Ich will ihn selbst befragen.«

Am nächsten Tag tauchte der Katalane am Eingang des Zelts auf und machte ein sehr bedrücktes Gesicht, über das Blasco bei anderen Gelegenheiten sicherlich hätte lachen müssen.

»Und?« fragte er ihn.

»Verzeiht, Señor hidalgo . . . aber ich erinnere mich nicht mehr recht, ob Ihr mir gestern abend einen Brief gegeben habt oder nicht . . .«

»Wie? Ob ich ihn dir gegeben habe? Aber sicher doch!«

»Wirklich?«

»Und ob ich das habe, zum Teufel noch mal!«

Der Katalane zog eine Grimasse und schüttelte den Kopf.

»Wenn Ihr es sagt, dann muß es wohl wahr sein. Aber wo zum Teufel habe ich den Brief hingesteckt?«

»Hast du ihn nicht überbracht?«

»Wenn ich nicht einmal sicher bin, ihn bekommen zu haben, heißt das doch wohl, daß ich ihn nicht überbracht habe . . . Das ist doch einfach zu verstehen!«

»Ah, du Gauner! Danke deinem Schutzheiligen, daß ich dir diese Ketten nicht über den Kopf schlagen kann.«

»Bemüht Euch nicht, Señor hidalgo. Ich habe das bestimmt nicht vorsätzlich gemacht . . . Aber der Wirt hatte einen verflucht guten Wein.«

»Welcher Wirt?«

»Verzeiht! Ich bin einen trinken gegangen, weil ich eine trockene Kehle hatte. Und je mehr ich trank, desto trockener wurde meine Kehle. Wenn ich den Brief bei mir hatte, so habe ich ihn bestimmt verloren . . . Könntet Ihr ihn nicht noch einmal schreiben?«

»Hau ab, ich brauch dich nicht! Wenn sie mir diese Ketten abnehmen, werde ich dir die Ohren abschneiden! Hau bloß ab!«

Doch kurz nach Mittag sah Blasco, wie anstelle des guten Freunds ein Unteroffizier ins Zelt trat, der ihm wortlos die Fesseln entfernte.

»Ah, endlich!« sagte Blasco aufatmend, zog die Beine an, die ganz steif geworden waren, und stand auf. »Ich kann Euch versichern, daß diese Stellung nicht besonders bequem ist.«

»Verzeiht«, sagte der Unteroffizier, während er eine Kette

mit zwei Ringen aus der Tasche zog, »aber statt der Beine habe ich den Befehl, Euch die Hände zu fesseln.«

Er deutete auf den Eingang des Zelts, und erst jetzt gewahrte Blasco einen Wachmann mit Hellebarde, der draußen wartete.

»Dann bin ich also verhaftet?«

»So scheint es. Es ist ein Befehl Seiner Hoheit. Was habt Ihr denn angestellt?«

»Wenn ich das nur wüßte!«

»Ach, wer soll Euch das denn glauben?«

»Wenn ich Euch sage, daß ich's nicht weiß, dann müßt Ihr mir glauben, bei Gott!«

»Wenn es Euch gefällt, werde ich Euch glauben ... aber irgend etwas muß vorliegen; ein Soldat wird nicht mir nichts dir nichts verhaftet, zum Donnerwetter noch mal! Na los jetzt, und leistet keinen Widerstand.«

Doch Blasco war von dieser Verhaftung so vor den Kopf geschlagen, die seinen Arrest in eine richtige Gefangenschaft verwandelte, daß er ganz und gar nicht an Widerstand dachte. Wenn er sich mit dem Unteroffizier und den vier Männern in einer abgelegenen Straße befunden hätte, dann hätte keiner ihm die Handschellen angelegt. Doch inmitten des Feldlagers war eine Flucht unmöglich und jeder Versuch reiner Wahnsinn. Er mußte sich also beugen, auch um zu ergründen, was dahintersteckte.

Sie brachten ihn in das Jagdschloß Sperlinga, wo das Hauptquartier war, und schlossen ihn in einen ebenerdigen Raum ein, der ein Fenster mit dicken Eisengittern zum Schlößchen hin hatte.

Ich bin also im Gefängnis! sagte er sich. Aber das ist nicht einmal schlecht, so kann ich wenigstens spazierengehen.

Er begann den nicht sehr großen Raum der Länge und der Breite nach abzuschreiten und schaute dabei gelegentlich aus dem Fenster. Da sah er mit einemmal ein paar Gestalten vor dem Gitter und hielt bestürzt inne. Was er sah, war nicht nur unerwartet, sondern unglaublich: es waren der Hauptmann der Schwadron, der Schreiber Alonso Apuente und Matteo Lo Vecchio, den er tot glaubte.

»Der!« rief er aus, »der!«

Der Hauptmann fragte den Schergen: »Erkennt Ihr den Soldaten?«

»Ja, Euer Hochwohlgeboren. Es ist ein gewisser Blasco da Castiglione, auf den ein Kopfgeld ausgesetzt ist, weil er einer der Sektenmitglieder der Beati Paoli ist und wegen einiger anderer Verbrechen, die er begangen hat.«

»Du, Hund, du verfluchter!« schrie Blasco, dem bei diesen Worten alles klar wurde. Doch gleich darauf brach er in schallendes Gelächter aus, das den Hauptmann und Matteo Lo Vecchio in Verwirrung brachte.

»Ha, ha, ha! Blasco da Castiglione? Sektenmitglied, und weiter und weiter!«

»Schweigt!« befahl der Hauptmann, »und sagt lieber aus, was Ihr darauf zu erwidern habt?«

»Nichts, Herr Hauptmann, nur dies: ich bin Don Blasco Albamonte, aus dem Geschlecht der Herzöge della Motta, und der da ist ein Schurke, für den der Galgen noch zuviel Ehre wäre.«

»Das werden wir noch sehen, wer hier gehenkt wird, mein Schöner!« sagte der Scherge übermütig, da er sich in Gegenwart des Hauptmanns und vor dem vergitterten Fensters sicher fühlte.

Aber der Hauptmann stieß ihn mit einer scharfen Rüge zurück.

»Schweig, Spitzbube! Immerhin ist er bis jetzt noch ein Soldat Seiner Majestät.«

Die beiden gingen und ließen Blasco mit seinem Zorn allein. Jetzt begriff er das Ganze: Der Scherge hatte ihn gesehen und ihn denunziert; und wenn ihm von maßgeblicher Seite her keine Hilfe zuteil würde, hatte er eine Verurteilung mit allen Auswirkungen zu erwarten. Aber die Aussicht, von Henkerhand zu sterben, hatte für ihn gewiß nichts Anziehendes oder Aufregendes.

Er verbrachte den Tag in Erwartung des Verhörs, um sich verteidigen und das Mißverständnis aufklären zu können. Aber außer dem Wachposten, den er hinter der Tür auf und ab gehen hörte, und dem Soldaten, der ihm zu essen brachte, bekam er niemanden zu Gesicht. Er mußte sich sobald wie möglich aus dieser mißlichen Lage befreien. Wiederholt hatte er daran gedacht, den Soldaten zu packen, ihn zu fesseln und zu knebeln, ihm den Schlüssel wegzunehmen, die Tür aufzuschließen, sich auf den Wachposten zu stürzen und ihn zu entwaffnen, dann über die Felder zu fliehen. Doch da sie sich in Kriegszeiten befanden, kam ihm eine solche Handlung unehrenhaft vor, und er ließ von der Versuchung ab.

Warten wir also! sagte er sich.

Es schien, als hätten sie ihn vergessen. Wahrscheinlich war der Vizekönig mit der Belagerung des Kastells, die sich hinzog, viel zu beschäftigt, um noch einen Gedanken an Blasco verschwenden zu können. Ihm genügte es, ihn in seiner Gewalt zu haben, und an alles andere würde man später denken. Wer jedoch ständig an Blasco dachte, war Herr Alonso Apuente, der darauf brannte, das Kopfgeld zu kassieren.

Zu diesem Zweck ging er zum Hauptmann, um sich zu erkundigen, ob der Gefangene schon verhört worden sei; und mit böser Zunge verstand er es, Argwohn zu entfachen und Gefahren anzudeuten. Er hatte viele Geschichten über jene Beati Paoli gehört und würde sich nicht wundern, wenn sie eines Tages den Gefängnisraum leer vorfinden würden. Darum wäre es besser, den Prozeß zu beschleunigen. Worauf mußte man denn noch warten? Die Zeugenaussage des Geheimagenten, der ein Justizbeamter war, mußte doch reichen. Wurde er nicht überdies steckbrieflich gesucht?

Aber der Hauptmann hörte nicht auf ihn. Eines schönen Tages sagte er ihm klar und deutlich, daß er seiner jetzt leid sei, er möge sich um andere Dinge kümmern. Das war der Grund, warum der werte Herr Alonso gedachte, selbst den Magistraten zu spielen und auf eigene Rechnung Unterlagen für den Prozeß zu sammeln. Er kehrte also zu Blascos Gefängnis zurück und heuchelte große Anteilnahme.

»Einen schönen guten Tag, Herr Dragoner. Nun, was treibt Ihr denn so?«

Eine dämliche Frage, aber er wußte nicht, wie er sonst mit ihm ins Gespräch kommen könnte. Blasco spazierte in diesem

Augenblick in seiner Zelle auf und ab; er wandte den Kopf und erkannte den Schreiber.

»Das seht Ihr doch, ich vertrete mir die Beine.«

»Armer junger Herr! . . . Ihr könnt Euch nicht vorstellen, wie sehr es mich dauert, Euch da drinnen sehen!«

Blasco zuckte die Schultern und dachte, daß dieser Alonso etwas wissen mußte, da er zusammen mit Matteo Lo Vecchio gekommen war. Ohne auf seine Mitleidsbekundungen einzugehen, fragte er also ausweichend, wie weit es denn mit der Belagerung sei.

»Sie sind dabei, Geschützbatterien an der Porta San Giorgio aufzubauen, um das Kastell aus nächster Nähe zu nehmen, aber das ist es nicht, was Euch bedrängen sollte. Ihr wißt doch, daß Ihr eine Dummheit angestellt habt?«

»Ah, so?« fragte Blasco. »Wißt Ihr, welche? Ich weiß es nämlich nicht.«

»Ach, hört doch auf. Einen falschen Namen zu tragen ist nicht gerade komisch. Und dann, habt Ihr das gehört? Beati Paoli, öffentliche Strafandrohung, Kopfgeld! Das reicht für eine Erschießung! . . . Man muß einen Weg finden, um Euch zu retten, Heilige Jungfrau von Pilar!«

»Wer sagt, daß mein Name ein Schwindel ist?«

»Wieso! Habt Ihr es nicht gehört? Der Geheimpolizist behauptet es . . . Er kennt Euren wahren Namen. Und außerdem ist der junge Herzog della Motta gekommen und hat sich beschwert: es gäbe keinen Albamonte außer ihm!«

»Ach, der junge Herzog?«

»Genau! . . . Ihr seht also, daß alles gegen Euch spricht . . .«

Blasco gab keine Antwort. Sein Herz krampfte sich zusammen: sein eigener Bruder war gekommen, um ihn zu verleugnen. Nachdenklich und traurig schwieg er.

»Sie werden Euch foltern, um aus Euch herauszupressen, welche Verbrechen Ihr begangen habt . . . wie schrecklich! Das könntet Ihr vermeiden, wenn Ihr gleich gesteht . . . Verzeiht, wenn ich es wage, Euch einen Rat zu geben, ich tue es zu Eurem Wohl.«

»Danke, wenn ich Euren Rat brauche, werde ich mich an Euch wenden, aber . . .«

»Aber was?«

»Ihr seid doch ein guter Freund, nicht wahr?«

»Zweifelt nicht daran.«

»Gut. Dann solltet Ihr mir ungefähr sagen, was man mir zur Last legt . . .«

»Ja, also . . . die genaueren Anklagen kenne ich nicht. Ihr habt doch selbst gehört. Der Scherge behauptet, daß Ihr Widerstand gegen die Staatsgewalt geleistet und versucht habt, ihn umzubringen.«

»Ach! Ist gut. Danke, mein Freund.«

»Und, ist es wahr?«

»Was?«

»Was der Mann sagt.«

»Das wollt Ihr von mir wissen?«

»Teufel noch mal, wer sonst sollte es wissen?«

Der Herr Alonso begriff, daß er nicht weiterkam.

»Wenn Ihr etwas braucht«, sagte er, »laßt es mich ruhig wissen.«

»Nichts, danke . . . das heißt, doch. Wenn es ein Gasthaus hier in der Nähe gibt, dann würde ich gern zu Mittag essen, wie ich es gewohnt bin . . .«

»Das könnt Ihr. Im Feldlager haben mindestens ein Dutzend Köche ihren Stand aufgeschlagen. Ihr werdet sie wohl gesehen haben.«

»Das ist wahr. Also, mit Erlaubnis des Herrn Hauptmann, laßt einen Wirt zu mir kommen, den ersten, der Euch einen sauberen Eindruck macht.«

»Zu Diensten. Gott steh Euch bei, Herr Dragoner.«

Ein paar Stunden später betrat ein spanischer Soldat mit einem jungen Mann Blascos Zelle und sagte auf spanisch: »Ihr habt nach einem Wirt gefragt? . . . Hier habt Ihr einen.«

Blasco betrachtete den jungen Mann voller Neugier und gab ihm mit den Augen ein kaum wahrnehmbares Zeichen, während er sich über die Stirn strich. Ihm schien, als mache das auf den jungen Mann einen gewissen Eindruck, und so fragte er ihn: »Aus welchem Stadtviertel seid Ihr?«

»Aus dem Capo . . .«

»Ach! . . . und *was liegt im Hafen?*«

Der junge Mann schaute verblüfft und antwortete: »*Geröstete Kichererbsen.* Wo ist Euer Hochwohlgeboren zur Welt gekommen?«

»Im Garten der *Cuncuma* ... Also, dann sagen wir mal: einen Teller gute Makkaroni ... und geh zum *Wächter* ... eine Scheibe Rindfleisch ... und sag ihm, daß einer *des Kollegiums hinter Gittern sitzt* ... dazu Käse und Brot mit einer *stumpfen Feile.*«

»Ihr werdet auf angemessene Weise bedient werden.«

Als der junge Mann weg war, rieb Blasco sich die Hände. Der Wachposten hinter der Tür wurde auf diese Geräusche aufmerksam und rief den Unteroffizier; dieser öffnete die Zelle, und erstaunt über Blascos Heiterkeit fragte er ihn: »Was ist mit Euch los?«

»Nichts, Herr Unteroffizier. Ich übe nur einen Tanz ein, einen neuen Bauerntanz, der sehr lebhaft und höchst reizvoll ist. Schaut mal zu ...«

»Ihr seid ganz schön verrückt!«

Als der Bursche kurz nach Mittag mit einem Korb wiederkehrte, dem verlockende Düfte entstiegen, genügte zur Verständigung ein Blickwechsel mit Blasco. Er wartete, bis er allein war, um als erstes das Brot zu nehmen und zu brechen. Sehr geschickt war darin eine kleine dreikantige Feile versteckt, die Blasco hinter seinen Strohsack schob. Zufrieden und glücklich speiste er mit kräftigem Appetit, während er darauf wartete, daß der Bursche seinen Auftrag ausführte.

IV

Schon seit mehreren Tagen hatte Coriolano della Floresta Blasco nicht mehr zu Gesicht bekommen; zuerst nahm er an, das Kriegsgeschehen halte ihn von einem Besuch bei ihm ab, doch dann kam ihm der Verdacht, daß ihm etwas Unheilvolles widerfahren sein könnte, und er begann Nachforschungen anzustellen. Aber es war ihm aufgrund strengster Anordnungen nicht möglich, bis in das Feldlager vorzudringen.

Er suchte sämtliche Hospitäler nach Blasco ab und gelangte schließlich zu dieser einzigen Gewißheit, daß er zumindest nicht verletzt war. Außerdem hatte er in Erfahrung bringen können, daß die Dragoner von Numancia das Feldlager nicht verlassen hatten.

Es gab nur einen möglichen Weg: beim Marschall Lucchesi um Nachrichten über Blasco anzufragen, der in einem Palast seiner Verwandten im Stadtviertel Kalsa wohnte. In dem Moment erreichte ihn die Nachricht, daß *»einer aus dem Garten der Cuncuma, ein Kreuz-As in einem Bund aus drei Blumen, in einem Haus festsitzt«*. Coriolano zweifelte nicht, daß es sich um Blasco handelte, und ging geradewegs den Marschall aufsuchen.

Dessen erste Worte, kaum hatte er Blascos Namen ausgesprochen, überraschten Coriolano.

»Er hat sich seinen Namen erschwindelt? Wie soll er sich den erschwindelt haben?«

Der Marschall erklärte ihm, was ihm an Anschuldigungen von seiten Matteo Lo Vecchios und Don Emanueles zu Ohren gekommen war.

Coriolano hörte lächelnd zu.

»Ich kann Euch versichern, daß der Dragoner, mein langjähriger Freund, tatsächlich Don Blasco Albamonte heißt und der natürliche Sohn des verstorbenen Herzogs Don Emanuele ist...«

»Wie? Was sagt Ihr?«

»Nichts als die Wahrheit. Und der Fürst von Butera wie der Fürst von Geraci können Euch meine Aussagen bestätigen...«

»Aber dann ist dieser Dragoner ja ein echter Edelmann?«

»Genau.«

»Oh, lassen Sie mich nur machen... Zumindest muß man ihm, solange nicht klar ist, was es mit jener öffentlichen Strafandrohung auf sich hat, ein angemessenes Gefängnis besorgen. Im Grunde hat er sich ja weder gegen die militärische Ehre noch gegen Seine Majestät den König vergangen. Und es handelt sich um Anschuldigungen aus der Vergangenheit, die uns nichts angehen.«

»Vortrefflich. Euer Hochwohlgeboren hat die Angelegenheit ins richtige Licht gestellt. Und versichern Sie bitte Ihrer Königlichen Hoheit, daß im gesamten Heer kein Offizier vom Verdienst eines Don Blasco Albamonte zu finden ist. Stellen Sie ihn auf die Probe, schicken Sie ihn in ein gefahrvolles Unternehmen, und Sie werden sehen.«

»Ich freue mich über Ihre Worte und danke Ihnen für Ihren Besuch.«

Am Abend jenes Tages, während Blasco sich pfeifend daran machte, das Fenstergitter durchzusägen, ging die Tür seiner Zelle auf, und der Unteroffizier rief ihn: »Auf, Dragoner, Quartierwechsel ... Man muß schon sagen, Beziehungen habt Ihr. Gehen wir!«

»Wohin?«

»In die Stadt ...«

»Wie bitte?«

»Jawohl, mein Herr. Der Herr Dragoner wird im Viertel San Giacomo Unterkunft beziehen.«

Blasco glaubte, daß der Mann sich einen Scherz mit ihm mache, aber als er vor dem Eingang eine Sänfte stehen sah, umgeben von Wächtern mit Musketen, fürchtete er, daß der Scherz grausiger Ernst wäre.

Nachdem die Sänfte die Außenstraßen hinter sich gelassen hatte, gelangte sie durch die Porta Nuova ins Stadtinnere, und die Träger lenkten ihre Schritte tatsächlich in das spanische Viertel, San Giacomo, wo sich die Unterkünfte der Offiziere und eine gute Garnison befanden. Neben der Kirche lag ein Gebäude, in dem ebenerdig die Gefängniszellen für die Soldaten und in den oberen Stockwerken die für die Offiziere waren, in denen es den Gefangenen nicht an gewissen Bequemlichkeiten mangelte, die ihnen die Haftbedingungen angenehmer machten. Dorthin wurde Blasco geführt.

Gott sei Dank, dachte er, hier lebt es sich besser, und man kriegt auch mal einen Christenmenschen zu Gesicht. Und ruhig verbrachte er die Nacht und verließ sich ganz auf seinen guten Stern.

Coriolano hatte inzwischen die Fürsten von Butera und von Geraci aufgesucht und ihnen Blascos Fall geschildert. Der Fürst von Geraci wunderte sich über den Schritt, den Emanuele ohne sein Wissen unternommen hatte, und verlangte von ihm eine Erklärung.

»Glaubt Ihr, Hochwohlgeboren, daß ich es mit meinem Ansehen vereinbaren kann, wenn ein hergelaufener Abenteurer, der von der Obrigkeit für wer weiß welche Untaten gesucht wird, sich widerrechtlich den Familiennamen der Albamonte aneignet?«

»Und wenn er ihn gar nicht usurpiert hat? Wenn er durchaus das Recht hat, diesen Namen zu tragen?«

»Gibt es vielleicht noch andere Albamonte?«

»Es gibt deinen Bruder, mein Junge. Er ist unehelich geboren, ich weiß, aber dennoch ist er dein Bruder, und er ist älter als du. Und es ist genau dieser Don Blasco, der sich eures Namens gleichwohl nicht bedient, um dich um die Krumen zu bitten, die von deiner Tafel fallen.«

Emanuele sah seinen Großvater verwundert an. Nie hätte er sich vorstellen können, daß gerade Blasco sein Bruder wäre, doch empfand er auch nicht den mindesten Gewissensbiß darüber, daß er sich beim Vizekönig über ihn beschwert hatte.

»Schließlich ist er kein legitimer Nachkomme und kann somit nicht als reiner Albamonte anerkannt werden, außerdem hat er Straftaten begangen«, erkühnte sich Emanuele.

»Schweig, du weißt nicht, was du da sagst. Du bist ein undankbares Geschöpf. Du solltest dir ein Beispiel an deinem Bruder nehmen.«

Der alte Herr ging zum Vizekönig – aufgrund seines Ranges als spanischer Grande brauchte er nicht auf eine Audienz zu warten, und er durfte vor königlichen Herrschern auch seinen Hut aufbehalten – und sagte zu Blascos Gunsten aus. Der Vizekönig, der schon von Feldmarschall Lucchesi die ersten Mitteilungen erhalten hatte, zeigte sich beeindruckt, warf jedoch ein: »Aber da liegt die Anzeige dieses Polizisten vor, wenn ich mich nicht täusche, und dann gibt es die öffentliche Strafandrohung . . .«

»Die Strafandrohung«, bemerkte der Fürst feinsinnig, »betraf Blasco da Castiglione, nicht aber Blasco Albamonte, der die Ehre hat, im Heer Seiner Majestät zu dienen. Und was den Agenten Matteo Lo Vecchio angeht, so ist es meine Pflicht, Eure Hoheit darauf aufmerksam zu machen, daß er exkommuniziert ist und zum Ausgestoßenen erklärt wurde.«

»Wie bitte!« rief der Maqués de Lede aus, »er ist ein Ausgestoßener? Und ich habe ihn empfangen!«

»Sehen Sie, Hoheit? Er darf gar kein Zeugnis ablegen oder einen Schwur leisten, er ist in der Gemeinschaft der Christen gar nicht zugelassen. Im übrigen ist er ein Erzgauner!«

Als glaubenseifriger Spanier und mit der dazugehörigen Portion Aberglauben war der Vizekönig von dieser Bemerkung sehr beeindruckt, die in seinem Gemüt mehr auszurichten schien als alle Beteuerungen zugunsten Blascos.

»Danke, Herr Fürst, danke. Ich werde die entsprechenden Befehle erteilen; ich hatte bereits angeordnet, daß er in einem anderen Gefängnis unterkommt. Jetzt aber werde ich ihn freilassen und ihn, der Empfehlung des Marschalls folgend, zur Eroberung des Kastells von Termini abkommandieren. Wenn er tatsächlich ein tapferer Krieger ist und eine gute Tat vollbringt, dann erwirkt er sich damit die Vergebung all seiner Vergehen. Wenn er jedoch im Kampf fällt, braucht man nicht mehr in seiner Vergangenheit zu forschen. Dann wird das Schicksal über ihn gerichtet haben. Was meint Ihr dazu, Hoheit?«

»Ich kann Eure Weisheit nur bewundern.«

So ging Blascos Gefangenschaft zu Ende. Kaum war er wieder ein freier Mann, eilte er zu Coriolano, um ihn dankbar zu umarmen.

Am Tag seiner Freilassung wurde das Kastell von den Spaniern mächtig beschossen; die Verteidigung war schwach, die weiße Fahne wurde gehißt, und die Garnison mußte sich bedingungslos ergeben. Man schrieb den 13. Juli, es war der erste Tag der Feierlichkeiten zu Ehren der Schutzpatronin Santa Rosalia. Blascos Begnadigung fiel zeitlich mit diesen zwei Ereignissen zusammen, was als günstige Fügung angesehen werden konnte.

Am 16. Juli machte sich der Vizekönig mit dem gesamten Heer auf den Weg nach Messina, um auch diese befestigte Stadt einzunehmen. Zuvor gab er noch seine Anweisungen zur Erstürmung des Schlosses von Termini und bestimmte dazu unter anderem die Schwadron der Dragoner von Numancia unter dem Befehl des Generals Graf Montemar.

Die Abreise der Truppen sollte jedoch erst in acht Tagen erfolgen, und Blasco nutzte die Gelegenheit, um ein wenig das Leben in der Stadt zu genießen, in der er so viele und so unterschiedliche Erlebnisse gehabt hatte.

Nachdem aller Kriegslärm verstummt war, hatte Palermo wieder sein gewöhnliches Aussehen angenommen. In den Abendstunden füllte sich die Uferstraße mit Karossen und Sänften, und auf der Bühne des schönen Freilichttheaters, das 1681 erbaut worden war, wurden Stücke aus den beliebtesten Opern gespielt. Im Sommer war diese Promenade der beliebteste Treffpunkt der Bevölkerung, die dort, wie auch heute noch, Abkühlung suchte und sich an der Musik ergötzte. Und in jenen Tagen war sie bevölkerter denn je, als wollten die Leute ihr langes, von den kriegerischen Ereignissen erzwungenes Fernbleiben wettmachen. Auch Blasco war unter ihnen. Er stand an das Gitter gelehnt, das das Standbild Karls II. umschloß, und bewunderte die prächtigen Equipagen, die, von der Porta Felice kommend, an ihm vorüberfuhren. An den Livreen der Läufer und Lakaien und an den Farben der Wappen erkannte er deren Besitzer. Manchmal waren Bekannte darunter, und er grüßte sie mit Anstand und lächelte über ihre Verblüffung, wenn sie in dem Dragoner in türkisblauer Uniform Blasco erkannten. Edelleute ritten vorüber, und auch unter ihnen waren alte Bekannte, mit denen er in den Zeiten, da er Donna Gabriella begleitete, in den großen Salons oder an den Spieltischen zusammengetroffen war. Jene Zeiten erschienen ihm jetzt in weiter Ferne, und die Erinnerung daran war voller Schwermut.

Was war er eigentlich? Ein armer Soldat ohne Zukunft, ohne Hoffnung, den man gerade eines Blickes würdigte. Gewiß, seine Uniform sah nicht zerrissen und schmutzig aus wie die der anderen Soldaten, seine ganze äußere Erscheinung unterschied ihn von den anderen und verriet seine Herkunft. Trotzdem war er doch nur ein Soldat ohne Rang und Namen, für den die aristokratischen Herrschaften nicht einmal einen Blick übrig hatten.

Bitterkeit stieg in ihm hoch. Wieviel zufriedener war er doch früher gewesen, als er über seine Herkunft im Ungewissen war und noch nicht vom Leben dieser höfischen Gesellschaft gekostet hatte; als er heiter und unbesorgt wie ein Vogel lebte, der sich seine Nahrung auf freiem Feld sucht. Ja, damals, als er noch nicht wußte, was Leid und Tränen bedeuteten! Er hatte versucht, wieder der zu werden, der er früher war, doch umsonst. Nur neue Erinnerungen, Schmerzen, Begierden, Freuden hatten sich in seiner Seele über die alten gelegt: die Quelle, aus der sich sein früherer Lebensmut speiste, schien versiegt zu sein.

Donna Gabriella!

Oh, jene Spazierfahrten in der Karosse, und sie beide darin allein! Jene nächtliche Fahrt über die Straßen vor der Stadt, als die Herzogin sich bebend vor Leidenschaft und Begehren in seine Arme warf! ... Doch hinter diesem Bild tauchte das nachdenkliche und ernste Gesicht Violantes auf. Nie hatte er sie vergessen können, obwohl er sich zwang, nicht mehr an sie zu denken. Jeder Gedanke an sie war von Schmerz begleitet. Manchmal fragte er sich, welcher Teufel ihm nur die Idee eingegeben hatte, eine Ehe zwischen Violante und Emanuele zu stiften, anstatt den Rat und den Vorschlag Coriolanos della Floresta zu befolgen. Dann wäre er jetzt wohl kein türkisgekleideter Dragoner, der allein und verlassen an einem eisernen Gitter stand – nein, dann wäre er bestimmt glücklich.

Er dachte daran, wie er sich wortlos von dem jungen Mädchen getrennt hatte, ohne sie je wiedergesehen, ohne ihr auch nur einen Gruß ausgerichtet zu haben. Sie mußte jetzt achtzehn Jahre alt sein und war gewiß eine richtige Frau und noch schöner geworden ... Oh ja, sie mußte jetzt noch viel schöner sein! Die Sehnsucht, sie wiederzusehen, erfüllte seine Seele mit Qual, doch das Gebot, das er sich selbst auferlegt hatte, hinderte ihn, seinem Herzen Gehör zu schenken.

Während diese Vorstellungen ihn quälten, folgten seine Augen dem Auf und Ab der Karossen und Sänften. Ob er wohl jemanden treffen würde? Coriolano, zum Beispiel. Statt dessen sah er den Fürstensohn von Iraci, kräftiger, ja fast dick geworden, in seiner Kutsche vorbeifahren. Dann erkannte er den Schneider Michele Barabino, noch winziger und ausgezehrter, in einem abgetragenen Gehrock und mit einem dünnen Spazierstock in der Hand. Blasco wagte nicht, ihn zu rufen. Er besaß ja nichts, womit er ihm hätte helfen können. Und beinahe im selben Augenblick gewahrte er Emanuele, seinen Bruder. Die Faust auf Hüfthöhe geballt, erhobenen Hauptes und mit hochmütigem Gebaren ritt er einher, gekleidet in einen höchst eleganten Seidenstoff mit reicher Spitzenverzierung an den Aufschlägen, Edelsteinen an den Knöpfen und Diamanten an den Schuhschnallen. Der Reitknecht, der ihm zu Pferde folgte, trug die Livree des Hauses Albamonte: grün mit goldenen Tressen, auf denen sich das grün und schwarz geviertteilte Wappen mit grünen und schwarzen Streifen wiederholte.

Was sein Herz bei Emanueles Anblick mit soviel Abneigung, Schmerz und Trauer füllte, konnte er sich nicht erklären: es war ein unbestimmtes Gefühl, in dem aber wahrlich keine Zuneigung schwang. Er mochte den Burschen nicht, mit dem ihn keine Vertrautheit, keine liebliche Erinnerung, keine Verpflichtung verband. Er hatte ihn verteidigt und beschützt und ihm auch den Weg zu jenem Glück geebnet, das er, Blasco, für das höchste hielt: die Heirat mit Violante. Doch all das hatte er mehr mit Rücksicht auf den Namen, vielleicht auch aus Eitelkeit, aber nicht aus Liebe getan. Er haßte Emanuele nicht, aber er verspürte einen gewissen Widerwillen gegen ihn.

Der Himmel hatte sich mit abendlichem Grau überzogen, Kap Zafferano schien wie mit Asche bedeckt. Das Meer schimmerte wie stahlgraue Seide. Die Nacht brach herein, und alle Glocken läuteten zum Ave-Maria.

Warum, so fragte sich Blasco, bin ich eigentlich zurückgekehrt?

V

Blasco ging gemächlichen Schrittes die Via Toledo hinauf, um zu seinem Quartier in San Giacomo zurückzukehren, als er kurz hinter der Piazza dei Bologna, ganz in der Nähe des Palastes der Geraci, auf einen Menschenauflauf aufmerksam wurde. Er trat näher und sah zwei Fackelträger, die einem armen Teufel übel zusetzten und ihn mit Stößen wegscheuchten. Der arme Mann schrie: »Das ist keine Nächstenliebe ... das ist keine Nächstenliebe ... so laßt mich doch!«

Die Leute blieben neugierig stehen, ohne zu wissen, um was es eigentlich ging. Der Anblick von Bediensteten, die einen armen Mann aus dem Volk mißhandelten, war für die Zeiten nichts Außergewöhnliches, ja es gehörte beinahe zu den Machtbezeugungen der adligen Herren. Keiner ergriff also Partei für den wagemutigen kleinen Mann, der sich den Schlägen dieser betreßten Grobiane widersetzte, anstatt sich davonzumachen.

»Weg! Weg mit dir! Der Herr Herzog will kein Ungeziefer!«

Blasco war näher gekommen, und seine Entrüstung verwandelte sich schnell in Zorn, als er in dem mißhandelten Mann Michele Barabino erkannte. Er bahnte sich einen Weg durch die Menge und gebot den beiden Dienern Einhalt.

»Laßt den Mann in Ruhe!«

Michele Barabino und die Diener sahen überrascht auf. Der alte Schneider glaubte seinen Augen nicht zu trauen.

»Der Herr Don Blasco! ... Der Herr Don Blasco!«

Gerührt ergriff er die Hand des jungen Herrn und küßte sie. Die beiden Diener aber musterten ihn von oben bis unten und fragten herablassend: »Wißt Ihr überhaupt, mit wem Ihr es zu tun habt? Kümmert Euch um Eure eigenen Sachen. Und was dich angeht, du Hungerleider ...«

Doch Blasco drehte dem Diener, der ihm am nächsten stand, den Arm herum und sagte mit zusammengebissenen Zähnen: »Ich sage die Dinge gewöhnlich nicht zweimal. Laß ihn los und hau ab, du Schuft!«

Auf das Geschrei hin waren andere Dienstleute aus dem Palast herbeigeeilt, einige von ihnen mit Stöcken bewaffnet. Zwei Reitknechte gingen giftig auf Blasco los und schrien: »Wir sind aus dem Haus des Herzogs della Motta und werden dir schon beibringen, was es heißt, sich in die Angelegenheiten des palermischen Adels einzumischen!«

»Tatsächlich?« meinte Blasco. »Es ist in der Tat nicht das erste Mal, daß ich den Dienern des Hauses della Motta Anstand beibringe!«

Blitzschnell hatte er bei diesen Worten Michele Barabino den dünnen Stock aus der Hand gerissen, und ohne daß die vier oder fünf Diener sich überhaupt verteidigen konnten, zischte auf sie ein Hagel von Stockschlägen nieder. Der Stock war aus gutem, knorrigen Haselholz und wurde in Blascos Händen zu einer mächtigen Keule.

Das Geschrei und der Lärm lockten die Herrschaften auf die Balkone. Emanuele, der in Begleitung zweier junger Edelleute war, des Fürsten von Iraci und des Grafen von Gisia, lehnte sich aus einem der Fenster seines Palastes, um zu sehen, was da vor sich ging. In der Dunkelheit konnte er niemanden deutlich erkennen, hörte aber, daß auch seine Dienerschaft beteiligt war.

»Ah, bei Gott! Und meinem Haus widerfährt eine solche Schmach!«

Er eilte die Treppen seines Palastes hinunter und trat hocherhobenen Hauptes und mit zornfunkelnden Augen vor Blasco hin.

»Wer hat Euch den Befehl erteilt, die Diener des Hauses Albamonte zu verprügeln?« schrie er ihn an.

Als Blasco ihn auf sich zukommen sah, konnte er eine gewisse Erregung nicht unterdrücken. Er sah seinem Bruder gerade in die Augen.

»Gewöhnlich frage ich niemanden um Erlaubnis, wenn ich gewalttätigen Leuten die christliche Nächstenliebe gegenüber Armen und Schwachen beibringen muß«, erwiderte er in gedämpftem Ton.

»Wißt Ihr überhaupt, wer ich bin?« zischte Emanuele, den diese Ruhe erboste.

»Ich weiß, Ihr seid der Herzog della Motta . . .«

»Nun, dann werdet Ihr wohl auch wissen, daß ich keine Beleidigung von wem auch immer dulde . . .«

»Sehr gut! So gefallt Ihr mir . . .«

»Dankt Eurem Schutzheiligen, daß Ihr kein Edelmann meines Ranges seid, sonst würde ich Euch lehren, wie man mir Achtung zollt! Ich werde Euch von Euren Vorgesetzten verprügeln lassen!«

»Da täuscht Ihr Euch, mein Junge!«

Bei dieser Anrede waren nicht nur Emanuele, sondern auch die beiden Herren vor Wut schäumend nach vorne getreten.

»Unverschämter Frechling!«

Doch der Fürstensohn von Iraci hatte ihn beim Schein der Fackeln wiedererkannt und schrie überrascht und nicht ohne haßerfüllten Unterton: »Blasco da Castiglione!«

»Ah, endlich ist da einer, der mich kennt!« erwiderte Blasco und erkannte nun seinerseits den Fürsten. Zum Spaß zog er seinen betreßten Hut und fügte nach einer Verbeugung hinzu: »Guten Abend, Herr Fürst, geht es Euch gut?«

Emanuele stand wie versteinert.

»Blasco! . . . Blasco!«

»Habt Ihr gehört? Der Herr kennt mich. Wir haben schon andere Male das Vergnügen gehabt, einander zu begegnen, als ich noch kein Dragoner Seiner Majestät war, und auch Ihr habt mich schon gesehen . . . Was wollt Ihr, es scheint mein Schicksal zu sein, immer wieder die Diener des Hauses Albamonte zu verprügeln . . . und genau an diesem Ort . . .«

Emanuele errötete, denn er erinnerte sich, wie Blasco ihn vor sechs Jahren hier auf der Piazza dei Bologna gegen die Reitknechte Don Raimondos verteidigt hatte. Diese Erinnerung verdroß ihn.

»Was immer Ihr da erzählt, mein Herr, ich kann keine Schmach meinem Haus gegenüber dulden . . . Es sei denn, Ihr bittet mich um Verzeihung . . .«

»Ich habe wohl nicht richtig gehört. Was habt Ihr gesagt?« fragte Blasco mit unschuldiger Miene.

»Daß Ihr um Verzeihung bitten sollt!« wiederholte Emanuele wütend.

»Ihr habt recht«, erwiderte Blasco, wandte sich nach Michele Barabino um und nahm ihn bei der Hand.

»Guter Mann, der Herr Herzog della Motta beauftragt mich, Euch in seinem Namen um Verzeihung zu bitten für das, was seine Diener Euch angetan haben.«

Mit schallendem Gelächter und Applaus wurden Blascos Worte aufgenommen. Michele küßte ihm zitternd die Hand.

»Was sagen Euer Hochwohlgeboren da!«

Emanuele und seine zwei Freunde spürten, wie lächerlich ihre eigene Lage war. Erbost rückten alle drei gegen Blasco vor und schrien: »Signore!«

Der Graf von Gisia, der schneller als die anderen war, zückte seinen Degen und schnaubte: »Das ist zuviel! Das kann man wirklich nicht mehr erdulden!« Und er stürzte auf Blasco los, der ihm rechtzeitig nach hinten auswich und, Michele Barabino den Haselstock aus den Händen reißend, rief: »Ich bin bereit, mein Junge!«

Der Graf von Gisia wich einen Schritt zurück und senkte den Degen.

»Mit einem Stock?« tobte er. »Einer meines Standes erweist Euch die Ehre, sich mit Euch zu schlagen, und Ihr zieht einen Stock heraus? Ausgerechnet mir wird eine solche Beleidigung zuteil!«

»Ach, du lieber Gott!« sagte Blasco mit gespieltem Bedauern, »ich glaubte nicht, Euer Mißfallen damit zu erregen, Signore. Ich habe die Waffe benutzt, die mir am vorteilhaftesten . . . für Euch erschien! Meinen Degen zücke ich gewöhnlich nur bei ernsthafteren Angelegenheiten.«

Der Fürst von Iraci und Emanuele griffen ein und zogen den wutschnaubenden Grafen von Gisia weg.

»Laßt es gut sein, er ist es nicht wert!« sagte der Fürst zu ihm, »er ist ein Unruhestifter, ich kenne ihn. Sollen sich die Diener mit ihm befassen!«

Auch Emanuele tröstete ihn.

»Kommt, kommt . . . Es findet sich schon noch die Gelegenheit, ihm gute Manieren beizubringen.«

Aber der Graf wehrte sich mit Händen und Füßen.

»Den Namen! Ich will seinen Namen wissen!«

»Mein Name, verehrter Herr? Der Herr Graf della Motta, glaube ich, kennt ihn schon, aber wenn es Euch gefällt, ihn aus meinem Mund zu vernehmen, bitteschön: Ich bin Blasco Albamonte, Dragoner der ersten Schwadron von Numancia ...«

»Albamonte!« rief der Fürst von Iraci verblüfft aus.

»Genau. Ich verstehe, daß der Herr Emanuele das bedauert, aber es ist nicht meine Schuld, daß ich bei meiner Geburt im Schloß des Herzogs della Motta diesen Namen erhielt ... Jetzt, da Ihr wißt, wer ich bin und wo ich mich aufhalte, verabschiede ich mich von den Herren, lebt wohl!«

Der Graf von Gisia und der Fürst von Iraci sahen erstaunt auf Emanuele, der sich auf die Lippen biß. Blasco ging indessen seelenruhig davon, gefolgt von der Menschenmenge, die sich über den Vorfall ausließ. Es hätte nicht viel gefehlt, und sie hätten den jungen Herrn im Triumphzug getragen.

»Er ist ein Verwandter von Euch?« fragte der Fürst.

Emanuele zuckte abfällig mit den Schultern.

»Ein Bastard ist er ...«

»Eures Onkels Don Raimondo?«

»Nein ... meines Vaters, wie es scheint.«

»Dann ist er also Euer Bruder?« riefen sie mit noch größerem Erstaunen aus.

»Das sagt er ... Doch wer kann das schon beweisen?«

Blasco zog Michele Barabino hinter sich her und hatte inzwischen die begeisterte Menge durchquert, als hinter ihm eine wohlbekannte Stimme rief: »Potzblitz! Ihr seid doch immer wieder der gleiche!«

»Ihr, Coriolano?«

»Ich habe alles gesehen. Bravissimo. Ich hatte Euch verloren geglaubt, meinen Blasco aus früheren Zeiten gab es nicht mehr ... und endlich habe ich ihn wiedergefunden!«

»Glaubt Ihr das?« sagte Blasco mit Bitterkeit. Da gewahrte er Michele Barabino an seiner Seite und fragte ihn: »Was hat Euch denn in den Palast der Geraci geführt?«

»Ach, hochwohlgeborener Herr, das, was arme Leute wie ich so machen! Ich bat um ein paar Almosen!«

Blasco wühlte in den Taschen, fand einige Bronzemünzen, die er dem Schneider in die Hand legte, und flüsterte ihm zu: »Mehr habe ich nicht, für heute abend werden sie Euch wohl reichen, kommt morgen früh in mein Lager ... Jetzt aber geht.«

Blasco und Coriolano legten schweigend ein Stück Wegs zurück.

»Wohin geht Ihr?« fragte Coriolano nach einer Weile.

»Zu meinem Lager, wie Ihr seht ...«

»Ist es Pflicht, im Lager zu schlafen?«

»Pflicht ist es nicht, und auch etwas unbequem, aber alle Unterkünfte sind von den Familien der Soldaten und der Angestellten besetzt.«

»Dann kommt doch zu mir, zum Teufel noch mal! Ich sehe keinen Grund, warum Ihr meine Gastfreundschaft ablehnt, besser gesagt, warum Ihr Euer einstiges Quartier nicht wieder beziehen wollt. Kommt doch mit, wir werden zusammen zu Abend speisen.«

»Aber ich habe Michele Barabino morgen früh zum Feldlager gebeten.«

»Oh, keine Sorge, dem werden wir ausrichten lassen, daß er zu meinem Haus kommt. Los also, und nach dem Abendessen werden wir unseren Auftritt in der Gesellschaft machen.«

»Oh, meint Ihr tatsächlich? Ich in dieser armseligen Uniform?«

»Aber nicht doch. Ihr habt ja ungefähr meine Statur und könnt ein Gewand aus meiner Garderobe auswählen. Also abgemacht. Wir werden zu einem Eurer Bekannten gehen, dem Butera. Er hat sich um Euch bemüht, und es ist angebracht, sich bei ihm zu bedanken. Vermutlich werden wir dort noch andere Bekannte treffen und uns an ihren erstaunten Gesichtern weiden.«

Nach dem Abendessen gingen sie also zum Fürsten von Butera, der schon seit einigen Jahren in einem Palast oberhalb der Stadtmauern bei der Porta Felice wohnte, der früher zum Besitz der Herzöge von Branciforti gehört hatte. Dort gab es eine schöne Terrasse, und der Fürst hatte aus ihr einen richtigen Garten gemacht; da gab es Bäume in riesigen Töpfen, die nach der Mode der Zeit beschnitten waren und zwischen deren Laubwerk eine große Anzahl von Lämpchen und Laternen ein schönes Licht verbreitete. In der Mitte sprudelte ein Brunnen. Der Fürst gab seine Empfänge an milden Sommerabenden, und alle bis auf die, die das Glücksspiel vorzogen, genossen auf der Terrasse die frische Brise, die vom Meer herüberwehte. Seinem hohen Adelstitel, der gewohnten Vornehmheit und dem Prunk des Hauses Branciforti entsprechend waren solche Abendgesellschaften sehr häufig, und oft wurden sie auch von einem jungen Virtuosen musikalisch untermalt, der frisch vom Konservatorium der »Verlorenen« oder des »Guten Hirten« abgegangen war, über die man sich viel Gutes erzählte.

Der Fürst empfing Blasco voller Liebenswürdigkeit und zeigte sich erfreut darüber, daß seine Mißhelligkeiten ein Ende gefunden hatten. Blasco bedankte sich, tauschte ein paar Worte mit ihm und verlief sich zusammen mit Coriolano unter den anderen Gästen. Jedesmal wenn Coriolano ihn seinen Bekannten als Blasco Albamonte vorstellte, erregte er große Neugier. Es war zu jener Zeit keine Schande, illegitimer Sproß eines adligen Herrn zu sein, besonders wenn man anerkannt war und das volle Recht besaß, den väterlichen Namen zu tragen. Nicht selten kam es sogar vor, daß bei Erbschaften in Ermangelung direkter Erben ein unehelicher Sohn mit dem Titel des Hauses und seinen Besitztümern belehnt wurde. Auch war man vornehmen Verlöbnissen mit unehelichen Söhnen adliger Herkunft durchaus nicht abgeneigt. Die kleinlicheren Gemüter fragten Coriolano leise, ob Blascos Mutter eine Adlige gewesen sei, was die ursprüngliche Schande sehr gemindert hätte, denn so besäße der junge Herr sämtliche Merkmale des Adelsstandes. Coriolano antwortete ausweichend: eine Adlige zwar nicht, aber dennoch auch keine Frau aus dem niederen Volk; ihre Familie seien kleine Landbesitzer in der Provinz gewesen, wenn auch noch keine Barone, doch fehlte ihnen nicht viel dazu. Eine so diplomatische Antwort vermochte die Bedenken zu zerstreuen und ließ die Herrschaften weniger mißtrauisch gegenüber Blasco sein.

So kehrte er denn nach vier Jahren Abwesenheit in diese Gesellschaft zurück, von der er sich gelöst hatte, und vielleicht mißfiel es ihm nicht einmal. Die Szene, die sich vor wenigen Stunden zugetragen hatte, hatte ihn in Unruhe versetzt und schwang noch kaum merklich in ihm nach. Ja, sie schien in ihm den Wunsch wachzurufen, die zwei jungen Edelleute und vielleicht auch seinen Bruder wiederzusehen, die sicherlich zu dem Empfang kommen würden.

Hie und da tauschte er einige Worte mit alten Bekannten, die geruhten, sich danach zu erkundigen, wo er gewesen sei, zu welchem Korps er gehöre, und sich wunderten, daß er nicht wenigstens zum Befehlshaber einer halben Schwadron ernannt worden sei. »So spielt das Leben nun einmal«, erwiderte er schlicht. Doch während er in der Nähe einer der großen gläsernen Türen, die auf die Terrasse gingen, unter den geschwungenen Blättern einer Palme plauderte, sah er den Fürsten von Iraci und den Grafen von Gisia aus dem Saal kommen. Als sie Blasco erblickten, blieben sie verdutzt stehen, sie konnten ihren Ärger und ihre Überraschung nicht verbergen. Blasco sah mit überlegener Gleichgültigkeit auf sie herab, als hätte er niemals ihre Bekanntschaft gemacht, und die beiden Herrchen gingen mit hochmütigem Gebaren an ihm vorüber, wobei sie ihm einen herausfordernden, haßerfüllten Blick zuwarfen.

Einen Augenblick später betrat auch Donna Gabriella den Saal, um auf die Terrasse zu gehen, wobei sie leicht die Fingerspitzen auf die Hand stützte, die Emanuele ihr galant reichte.

Sie war in schwarze Seide gekleidet, was die Schönheit ihres blassen Gesichts noch hervorhob und sie einfach bezaubernd erscheinen ließ. Die vier Jahre Witwenstand hatten ihrem Gesicht eine heitere Strenge verliehen, und ihre Figur war fülliger geworden, doch ohne ihr jene einzigartige Harmonie und Eleganz zu nehmen, die ihr ganzes Wesen und den Duft ihrer Weiblichkeit ausmachten. Blasco starrte sie an wie eine Erscheinung und konnte die Augen nicht von ihr wenden. Gleichwohl wagte er nicht, sich ihr zu nähern, um ihr wie die anderen seine Aufwartung zu machen.

Donna Gabriella hatte ihn nicht bemerkt und kam mit ihrem leichtfüßigen, schnellen Schritt näher, nach allen Seiten Begrüßungen tauschend. Doch als sie bei der Fenstertür anlangte, konnte sie einen Ausruf des Erstaunens nicht unterdrücken. Sie wurde kreidebleich und schien einer Ohnmacht nahe. Einige Umstehende eilten auf sie zu, um sie aufzufangen, und fragten, was ihr denn fehle. Jemand zog aus der Innentasche seiner Weste ein Fläschchen mit Riechsalz und reichte es der Dame. Diese Hilfeleistungen genügten schon, daß Donna Gabriella sich wieder faßte. Sie versuchte ihre Aufregung zu verbergen.

»Es ist nichts, danke!« sagte sie bestimmt.

Wieder fiel ihr Blick auf Blasco, und die anderen folgten ihm neugierig. Natürlich erinnerten sie sich jetzt, daß Blasco in der Vergangenheit der Kavalier (und laut vielen auch der Liebhaber) der Herzogin gewesen war. Er merkte, daß seine Lage in diesem Augenblick über alle Maßen peinlich war, er mußte sich rasch und so ehrenhaft wie möglich daraus befreien. So verließ er seinen Platz und ging auf Donna Gabriella zu, verneigte sich ergeben vor ihr, nicht ohne ein leichtes Zittern in der Hand, und sagte: »Frau Herzogin, gestatten Sie mir, Ihnen meine Ehrerbietung zu bezeigen?«

Donna Gabriella reichte ihm stumm die Hand. Mühsam brachte sie gerade die Worte über die Lippen: »Ihr seid ... hier!«

Und um dem Ansturm der Gedanken und Gefühle in ihrem Innern nicht nachzugeben, ging sie sogleich weiter, um die Fürstin und Herrin des Hauses zu begrüßen.

Der Zwischenfall war trotz der kühlen Worte und der Kürze der Unterhaltung aufgefallen. Deutlich hatte man den inneren Aufruhr bemerkt und arglistige, wenn nicht gar boshafte Bemerkungen folgen lassen.

Doch am meisten erstaunt von allen war Emanuele, der gänzlich im Unwissen über die Beziehungen war, die zwischen Blasco und der Herzogin bestanden hatten; er konnte sich nicht erklären, woher sie einander kannten noch warum seine schöne Tante so erregt war. Nicht einmal ein Kopfnicken hatte er für Blasco übrig. Die zwei Brüder sahen sich ausdruckslos und kühl an, zur Verwunderung derer, die schon wußten, welche Blutsbande zwischen ihnen bestanden. Jemand fragte Coriolano hinter vorgehaltener Hand: »Sagt, kennt der junge Herzog della Motta seinen Stiefbruder nicht?«

Coriolano bedauerte, nichts darüber zu wissen.

»Sie werden sich wohl kennen, doch weiß ich nicht, ob sie wissen, daß sie Brüder sind.«

Das war eine Lüge, um Blasco aus der demütigenden Lage zu befreien, in die Emanueles Kälte ihn gebracht hatte. Und sie schien zu gefallen, denn die Existenz dieser zwei Brüder, die sich nicht kannten und sich dennoch an ein und demselben Ort befanden, hatte für die Gesellschaft etwas Reizvolles, wie in einem Roman oder einer Komödie. Und was für ein schöner Zufall!

Emanuele hatte die Herzogin zunächst begleitet, und nachdem er die anderen Damen begrüßt hatte, war er zusammen mit seinen beiden Freunden, dem Grafen von Gisia und dem Fürsten von Iraci, zum Eingangssaal zurückgekehrt. Alle drei hatten sich offensichtlich dringend über etwa Wichtiges zu bereden, das war ihren aufgeregten Gesichtern abzulesen.

»Das ist eine Herausforderung! Eine regelrechte Herausforderung!« schnaubte der Graf von Gisia.

»Still doch! Beschwören wir hier keinen Skandal herauf!« warf der Fürst von Iraci ein. »Sprechen wir leise, damit er nicht merkt, daß wir über ihn reden. Ich kenne ihn gut.«

»Ihr kennt ihn?« fragte Emanuele. »Schon lange?«

»Leider ja. Ich habe vor vier oder fünf Jahren seine Bekanntschaft gemacht, als er, verzeiht, nichts weiter als ein Abenteurer war . . .«

»Und seit jener Zeit kennt er die Herzogin della Motta?«

»Das wißt Ihr nicht? Man sagt, daß er für Donna Gabriella sogar etwas mehr als ein Freund gewesen sei!«

»Was sagt Ihr da!« rief Emanuele, blaß geworden.

»Was alle wissen, mein Lieber!«

»Doch wir verlieren uns hier in belanglosen Dingen«, bemerkte der Graf von Gisia. »Mich empört vielmehr, daß dieser Herr hierhergekommen ist, um uns herauszufordern . . . und wir dürfen uns auf diese Weise nicht behandeln lassen.

Verzeiht, Herzog, wenn er Euer Bruder ist, aber die Dinge liegen so, wie ich sage ...«

»Oh, macht Euch um diese Verwandtschaft nur keine Gedanken, auf die ich, Ehrenwort, nichts gebe! Wenn mein Herr Vater in seiner Jugend seine Launen ausgelebt hat, dann bedeutet das noch lange nicht, daß ich irgendwelche Verpflichtungen gegenüber dem Ergebnis dieser Launen hätte. Stimmt's?«

Er lächelte über seine scharfsinnige Bemerkung und schaute seine Freunde Zustimmung heischend an.

»Man muß ihn zum Duell fordern.«

»Da er nun einmal ein Edelmann ist, wenn auch von unehelicher Geburt, können wir uns ohne weiteres mit ihm schlagen.«

»Stellen wir die Duellforderung auf«, sagte Emanuele in würdevollem Ton. »Aber Ihr versteht, daß es nicht schicklich wäre, wenn ich auch an der Unterbreitung dieser Herausforderung teilnähme. Ich werde mich für eine kurze Weile entfernen.«

Das aber war nicht der eigentliche Grund. Was ihn viel mehr bedrückte, war das Wissen, daß Blasco der Liebhaber der Herzogin della Motta, dieser wunderschönen und begehrenswerten Donna Gabriella, gewesen war, die sich ihm, Emanuele, gegenüber so abscheulich kalt verhielt. Die Dame erschien ihm jetzt in einem ganz anderen Licht, und er meinte, da er um dieses Geheimnis nun wußte, könnte er auch einen Nutzen daraus ziehen. Es war nicht Eifersucht aus Liebe, es war eine viel niedrigere, gemeinere Empfindung: Hinter einen Bastard gestellt zu werden hatte seine Eitelkeit tief verletzt. Und das Gefühl der Empörung brannte um so heftiger in ihm, als er sah, wie auch jetzt wieder Donna Gabriella auf Blasco zuging.

Sie starb nämlich bald vor Neugierde zu erfahren – nachdem der erste Augenblick der Aufregung vorüber und sie wieder ganz sie selbst war –, warum Blasco nach so vielen Jahren in der Ferne nach Palermo zurückgekehrt war; sie wußte nicht, daß er im spanischen Heer kämpfte. Da es nicht so aussehen sollte, als würde sie ihn zu sich rufen, sie aber wiederum auch nicht ihr Verlangen unterdrücken konnte, gesellte sie sich unter die verschiedenen hie und da verstreuten Gruppen von Damen unter dem Vorwand, ein Wort, einen Gruß, eine Aufmerksamkeit zur Unterhaltung beizusteuern. So würde sie ganz zwanglos auf Blasco stoßen, und aus der Nähe würde sich der Rest ergeben. Schön wie sie war, war sie viel zu erfahren in der Kunst der Verführung, als daß sie an ihrem Gelingen gezweifelt hätte. So zu tun, als achte man nicht auf das ersehnte Ziel, war das sicherste Mittel, es zu erreichen. So fand sie sich mit einemmal nur zwei Schritte von Blasco entfernt, als hätte der Zufall sie zu ihm geführt. Als sie sich zerstreut umwandte und ihr Blick sich mit dem seinen kreuzte, gab sie erneut ein reizvolles Überraschtsein vor, so daß Blasco lächeln mußte.

»Die Frau Herzogin ist also über meine Gegenwart erstaunt?«

»Du guter Gott, ja. Ich hätte mir nie vorstellen können, Euch nach so langer Zeit hier wiederzusehen.«

Er trat an ihre Seite, und da keiner ihnen lauschte, nutzte Donna Gabriella die Gelegenheit und sagte schnell zu ihm: »Befreit mich von diesem langweiligen und aufdringlichen Herzogssohn, Eurem Bruder, ich bitte Euch darum. Wenn ich gehe, begleitet mich zu meiner Karosse.«

Blasco hatte keine Zeit mehr, etwas einzuwerfen oder zu fragen; Donna Gabriella war schon weitergegangen. Er war also eine Verpflichtung eingegangen, ohne daß er sich dieser Einladung – daß es sich um eine solche handelte, war ihm klar – hätte entziehen können. Er suchte Coriolano auf, der sich gerade zum Gehen anschickte, und erzählte ihm, was ihm widerfahren war.

»Ich versichere Euch, daß es mich sehr dauert, Euch allein aufbrechen zu lassen, aber was soll ich tun. Ich werde nachkommen.«

»Macht nur, aber seht Euch vor. Kennt Ihr die Geschichte von Circe?«

»Ich werde Odysseus sein, keine Sorge.«

Sie verabschiedeten sich gerade voneinander, als zwei junge Herren auf Blasco zutraten und nach einer steifen Begrüßung das Wort an ihn richteten: »Wenn Euer Hochwohlgeboren uns eine Minute Gehör schenken wollten, wir hätten Ihnen von seiten des Herrn Grafen von Gisia etwas zu sagen.«

»Mir? Die Herrschaften mögen verzeihen, aber ich glaube nicht, daß ich den Herrn Grafen kenne, es sei denn, es handelt sich um jenen etwas lebhaften jungen Mann, der ... Also, sagen Sie ruhig.«

»Das hier erscheint uns nicht der geeignete Ort.«

»Wie wahr. Dann bitte ich also meinen Freund, den Cavaliere della Floresta, an meiner Statt diesen bedeutungsvollen Auftrag entgegenzunehmen.«

Er verbeugte sich leicht und ließ sie einfach stehen, während Coriolano mit seinem gewohnten Lächeln sagte: »Ich stehe den Herrschaften zur Verfügung.«

VI

Donna Gabriella verabschiedete sich kurz darauf und erwiderte Emanuele, der ihr seine Begleitung anbot: »Danke, Herr Fürst, aber ich hatte schon Herrn Don Blasco« – und an dieser Stelle senkte sie die Stimme –, »Euren Bruder, darum gebeten.«

Emanuele wurde aschfahl und schaute mit bösem Blick und rasend vor Eifersucht auf Blasco, der näher getreten war, der Herzogin seinen Arm bot und Emanueles Blick mit einem feinen Lächeln beantwortete.

»Aber wenn Ihr die Begleitung des Herzogs vorzieht«, sagte er zu Donna Gabriella, »dann nehmt keine Rücksicht auf mich.«

»Danke, Signore«, erwiderte Emanuele herablassend.

»Signore?« bemerkte Donna Gabriella mit größter Verblüffung, während sie die beiden Brüder anschaute. »Ihr redet Euch mit ›Signore‹ an?«

»Ich wüßte in der Tat nicht, wie ich ihn sonst anreden sollte«, sagte Emanuele gereizt.

Blasco zuckte nur achtlos mit den Schultern und sagte zur Herzogin: »Wenn Ihr also wollt, Donna Gabriella ...«

Sie legte ihre Hand auf Blascos Arm und schritt durch den Saal, während Emanuele ihr mit glühendem Blick nachsah und sich auf die Lippen biß. Auf der Treppe bemerkte sie: »Aber Euer Bruder Emanuele versetzt mich wirklich in Staunen.«

»Warum, Signora? Er hat keinen Grund, mich zu mögen, und ich selbst weiß auch nicht, warum wir uns als Brüder betrachten sollten und nicht einfach als Fremde.«

Der Lakai öffnete den breiten Wagenschlag, und Donna Gabriella stieg rasch und sichtbar zufrieden ein, während sie mit einer gewissen Koketterie sagte: »Der Junge hat wirklich nicht alle beisammen.«

Blasco gab keine Antwort, küßte Donna Gabriella die Hand und schloß den Wagenschlag, während er ihr eine gute Nacht wünschte.

»Werdet Ihr mir keinen Besuch abstatten?« meinte sie. »Seid Ihr immer noch wütend auf mich? Jetzt habt Ihr doch gewiß keinen Grund mehr dazu ... Und ich habe so sehr gelitten ... so sehr. Wir werden über vieles reden müssen.«

»Seid bedankt für die Einladung, doch in ein paar Tagen breche ich auf.«

»Ihr reist ab? Schon wieder? Warum?«

»Ja, habe ich Euch nicht gesagt, daß ich Dragoner der ersten Schwadron von Numancia bin? ... Ich muß zur Belagerung von Termini.«

»Oh, Gott! ... In den Krieg? ... Aber um so besser.«

Sie senkte die Stimme und sagte schnell: »Geht und wartet an der Ecke der Kirche della Catena auf mich, ich werde die Kutsche im Schritt fahren lassen. Ich habe Euch sehr viele Dinge zu sagen ... Geht ...«

Blascos Gesicht verdüsterte sich, doch abzulehnen wäre unhöflich gewesen. Er verneigte sich und verließ eiligst den Palast, während die Läufer Donna Gabriellas die Fackeln anzündeten. Die Karosse fuhr tatsächlich im Schrittempo, und bei der Kirche Santa Maria della Catena – einem kostbaren Juwel sizilianischer Kunst des fünfzehnten Jahrhunderts – war der Wagen auf Blascos Höhe und hielt an. Die Straße lag verlassen, die Häuser waren verschlossen, die Dunkelheit war nur schwach vom Schein der Fackeln der beiden Läufer erhellt. Außer den Dienern konnte keiner sehen, wie Blasco auf ein Zeichen der Herzogin in die Kutsche stieg. So war zumindest der Schein gewahrt, was für Donna Gabriella als Witwe von großer Bedeutung war. Die Dienstleute waren verschwiegen, zumindest nehmen die Herren es immer an, und im übrigen hatte die Herzogin ja keine Träume, die weiter als bis zu ihrer Haustür reichten. Und der Weg dorthin war nicht kurz, sie würde lange und ungestört reden können.

Einige Minuten vergingen in Schweigen. Donna Gabriella hatte sich ganz in eine Ecke zurückgezogen, doch der Schein der Fackeln, der ins Wageninnere drang, ließ ihre Augen funkeln. Das Krachen der Räder auf dem Kopfsteinpflaster der Cassaro-Allee übertönte das heftige Pochen ihres Herzens, nur ihre glänzenden Augen ließen die unausgesprochenen Worte ahnen.

Sie schien auf ein Wort von ihm zu warten, und auch er wartete, daß Donna Gabriella auf die Dinge zu sprechen kam, die sie ihm zu sagen hatte. Nach einer Weile seufzte sie und murmelte: »Wieviel Zeit vergangen ist!«

Und eine Minute später: »Wir sind im Zorn auseinandergegangen, und ich habe immer gefürchtet, Ihr würdet mich dafür hassen. Sagt mir vor allem, ob ich mich darin täusche . . .«

»Ja, Ihr täuscht Euch«, erwiderte Blasco. »Auch ich habe Euch gegenüber vielleicht manchen Fehler begangen und habe mich vom Groll leiten lassen. Aber seitdem ist viel Zeit vergangen, Ihr sagt es selbst . . . Ich hege keinen Groll Euch gegenüber . . . noch hasse ich Euch. Das ich hier bin, beweist es ja wohl.«

»Danke, ja, das stimmt. Doch sprechen wir nicht mehr von Unrecht. Ich war wesentlich mehr im Unrecht. Ich habe immer daran denken müssen, wißt Ihr? Aber ich war einfach blind vor Schmerz, vor Eifersucht! Doch schweigen wir darüber. Wenn Ihr wüßtet, wie ich diese vier Jahre gelebt habe! Als Witwe, ja, im strengsten Witwenstand – was so gut wie alle als ein Zeichen der Treue und Achtung gegenüber dem Andenken Don Raimondos deuten. Doch in Wirklichkeit war ich zur Witwe meiner Träume, meiner Hoffnungen geworden.«

Ihre Stimme bebte vor Ergriffenheit, und ihre tränenfeuchten Augen glänzten jetzt noch mehr in der Dunkelheit. Blasco schwieg. Er dachte an Circe. Donna Gabriella brannte eine Frage auf den Lippen, die sie nicht zu stellen wagte. Schweigend ließ sie einen Augenblick verstreichen und sagte dann mit gespielter Gleichgültigkeit: »Und . . . habt Ihr Eure Cousine schon gesehen?«

Blasco fuhr zusammen. Mit veränderter Stimme entgegnete er: »Ich habe sie nicht gesehen.«

»Wünscht Ihr sie zu sehen?« bohrte Donna Gabriella weiter. Sie hatte ihre ganze Seele in diese Frage hineingelegt.

»Nein«, erwiderte Blasco.

»Ihr habt recht . . . Wißt Ihr, daß sie jetzt verlobt ist?«

»Ja. Es war übrigens mein Wunsch.«

»Wißt Ihr, daß die Hochzeit Ende Januar stattfinden wird?«

»Nein«, sagte Blasco und konnte seine Erregung kaum mehr verbergen, »nein, das habe ich nicht gewußt.«

Donna Gabriella sah ihn forschend an. Sie spürte die Anspannung hinter den Worten, die von Schmerz und Leidenschaft herrührte und die in ihrem eigenen Herzen schlummernde Eifersucht, ja den Haß weckte, die nie ganz erloschen waren. Wieder schwieg sie und zerknitterte mit nervösen Handbewegungen die herrlichen Spitzen ihrer Ärmel. Also übte sie keinen Reiz mehr aus? Ihre Schönheit, mit der sie doch früher so große Erfolge gefeiert hatte, hatte keine Macht mehr über ihn? Sie rutschte ein Stück näher und fragte sanft: »Leidet Ihr?«

»Nein. Warum sollte ich leiden? Ihr habt mir seinerzeit etwas unterstellen wollen, das nie geschehen war, Ihr habt einen ganzen Roman geschaffen, der reine Erfindung war, und habt ihn selbst als Wirklichkeit genommen. Obendrein habt ihr damit ein unschuldiges junges Leben in Aufruhr gestürzt. Ihr habt drei Leben vergällt und gerade die Menschen von Euch gestoßen, die Eure besten und ehrlichsten Freunde gewesen wären. Oh! wenn ich an all das denke, was Ihr getan habt, Donna Gabriella, überkommt mich ein so heftiger Schmerz, daß ich Euch eigentlich hassen müßte ...«

»Und, haßt Ihr mich?«

»Nein, ich hasse Euch nicht. Ich bin überhaupt nicht zum Hassen geboren. Mein Vater muß mich in einem Augenblick großer Güte und Liebe gezeugt haben, daß ich ein solches Herz mitbekam! Ich hasse Euch nicht. Und doch habt Ihr hier in meinem Innern etwas zerstört, das nicht wiedergutzumachen ist!«

Sie ließ sich vor dem Sitz auf die Knie fallen und murmelte mit dem Ausdruck unendlichen Schmerzes: »Verzeihung! ... Verzeihung!«

Sie nahm seine Hand und küßte sie scheu.

»Was macht Ihr?« sagte er verwirrt. »Nein, nein, erhebt Euch! Ich bitte Euch!«

Doch da sie sich nicht rührte, beugte er sich von seinem Sitz herunter, ergriff sie und zwang sie, wieder aufzustehen und sich zu setzen. Doch Donna Gabriella war so erregt und außer sich, daß sie sich ihm an die Brust warf. Er spürte, wie sie zitterte und sich aufbäumte unter dem Ansturm ihrer Gefühle.

Blasco sah sich verloren.

»Donna Gabriella«, murmelte er. »Ich bitte Euch, tut es auch aus Achtung vor Euch selbst ...«

Sie schüttelte den Kopf. Tränen standen in ihren Augen, die unter Schluchzern hervorquollen und auf Blascos Hand fielen.

Sie lösten einen unbeschreiblichen Aufruhr in ihm aus. Eine Woge aus Mitleid, Zärtlichkeit, süßen Erinnerungen, seine Jugend und vor allem jenes unaussprechliche Begehren, sein eigenes Herz mit dem eines anderen zu verschmelzen, ließen ihn schwach werden. Das Wachs, mit dem Odysseus seine Ohren verschlossen zu haben meinte, schmolz dahin und übertrug alle Schwingungen dieser Liebe.

Sie schüttelte noch immer den Kopf. Ihre Augen funkelten hinter dem Tränenschleier wie Sterne am Regenhimmel. Ihre Worte klangen leidenschaftlich.

»Es sind jetzt fünf Jahre, daß ich Euch kenne, und kein anderes Gefühl hat mehr in meinem Herzen Platz gefunden. In diesen vier Jahren meines Witwenstandes hat keiner von denen, die mir den Hof machen und mir nachstellen, auch nur ein Lächeln von mir erhalten, weil mein Herz voll war von dem Schmerz, Euch verloren zu haben, auf immer vielleicht. Ein Schmerz, der jede Hoffnung ausschloß. Wie einen Fluch habe ich Euren Haß gespürt und hätte so gerne gewußt, wo Ihr wart, um dieses Land voll bedrückender Erinnerungen zu verlassen und Euch zu suchen, mich in Eure Arme zu werfen und Euch zu sagen: ›Jetzt bin ich frei, und ich liebe dich noch immer. Nimm mich!‹ Ich wollte Euch ein Wort entreißen, ein einziges süßes Wort, nach dem meine Seele dürstete! . . . Und jetzt seid Ihr hier neben mir, Blasco, ich spüre Euch, spüre Eure Hände in den meinen, sehe Euren Mund . . .«

Blasco meinte, seine Schläfen müßten zerspringen. »Gabriella! . . . Gabriella!« flehte er, aber er entzog sich ihr nicht, gab sich dem Triumph seiner Sinne hin, war glücklich, besiegt zu sein.

Inzwischen hatte der Wagen den Platz der Quattro Canti passiert, die Neue Straße hinter sich gelassen und bog nun in die Bandiera-Straße ein. Auf Anweisung Donna Gabriellas hatte der Kutscher einen großen Umweg gemacht, eben damit sie so lange wie möglich Blascos Gesellschaft genießen könnte. Jetzt aber näherten sie sich ihrem Palast, und mit Bangen dachte sie daran, daß er sie verlassen würde. Mit dieser Befürchtung im Herzen und trunken vor Freude und Verlangen hob sie wieder an zu sprechen, noch lieblicher, noch eindringlicher und fast mit jungfräulicher Keuschheit.

»In diesen vier Jahren habe ich ein Gelübde eingehalten und mich für Euch bewahrt, ohne tatsächlich auf Euch warten zu dürfen. Ich bin keinem anderen Mann begegnet, der Euch gleichkommt und sich mit Euch messen kann . . . Ich habe mein Leben, meine Jugend, meine Einsamkeit Euch schenken wollen, ohne die Hoffnung, Euch jemals wiederzusehen . . . Ihr, meine einzige und wahre Liebe. Und jetzt sehe ich Euch, fühle ich Euch, spüre Eure Küsse auf meinem Mund, und ich glaube zu träumen ... Träume ich? Ach, weckt mich nicht aus diesem Traum, ich flehe Euch an! Laßt mich träumen, hier auf Euren Lippen!«

Die Pferde verlangsamten ihren Schritt, und Donna Gabriella löste sich langsam aus Blascos Armen. Rasch flüsterte sie ihm zu: »Ich warte auf dich . . . Aber komm nicht gleich. Es darf dich keiner sehen. Komm in einer halben Stunde wieder, von dieser Gasse hier . . .«

Sie zeigte ihm ein kleines Gäßchen zwischen ihrem Palast und dem des Fürsten von Pantelleria.

»Und jetzt tu so, als gingest du weg.«

Die Kutsche hatte den Palast erreicht und fuhr in den Vorhof hinein. Einer der Lakaien öffnete den Schlag. Blasco sprang heraus, reichte Donna Gabriella die Hand und begleitete sie an den Treppenaufgang, wo er höflich, aber nicht ohne Verlangen ihre schöne Hand küßte. Er wünschte ihr eine gute Nacht, ging und verschwand sogleich in der Straße, die zur Piazza San Giacomo la Marina hinunterführte. Kaum aber hörte er das Hoftor zugehen, machte er kehrt und tauchte in die kleine Gasse ein. Das Abenteuer hatte ihm so den Kopf verdreht, daß die Nacht für ihn hell und voller Rosen war. Er bemerkte die dunklen Schatten nicht, die ihn beobachteten. Er hörte nur, wie eine Balkontür aufging und eine Stimme ihn leise rief: »Blasco!«

Fast im gleichen Augenblick fiel etwas vor seinen Augen nieder und schlug ihm gegen die Knie. Es war ein Seil.

Nicht umsonst hatte er in früheren Zeiten so manches Jahr auf einem Schiff verbracht. Blitzschnell zog er sich nach oben, kletterte über die Balkonbrüstung und fand sich in Donna Gabriellas Armen wieder, die ihn bebend vor Leidenschaft erwartete.

VII

Wütend und voller Eifersucht hatte Emanuele gesehen, wie Donna Gabriella sich in Begleitung Blascos entfernte. Einem heftigen Impuls folgend hatte er sich von seinen Freunden verabschiedet und den Palast verlassen. Doch anstatt seine Kutsche zu besteigen, hatte er einen ihm ergebenen Diener beiseite genommen und den Wagen weggeschickt. Gedanken an Rache und Vergeltung kreisten in seinem Kopf.

Nichts war beschämender für ihn, als um Blascos willen zurückgewiesen worden zu sein. Sein Ärger wäre vielleicht geringer gewesen, hätte Donna Gabriella einen anderen Begleiter gewählt. Er hätte Blasco zum Duell herausfordern, sich mit ihm schlagen und ihn ins Jenseits befördern können, ohne daß irgend jemand ihn daran gehindert hätte. Doch Blasco war sein Bruder, und wenn er auch keinerlei Achtung ihm gegenüber empfand, fürchtete er doch das Urteil der öffentlichen Meinung. Im übrigen war es kein Geheimnis, daß Blasco nie Streit mit ihm suchen würde. Und erneut war Blasco das Glück hold: die wundervolle Frau, die seit zwei Jahren schon seine, Emanueles, Jagdinstinkte reizte, suchte ihn, begehrte ihn, rief nach ihm. Als er jetzt ihre Karosse im Schritt davonfahren sah, fragte er sich, was das zu bedeuten hätte. Doch schon sah er, wie der Wagen bei der Kirche della Catena hielt und ein Mann einstieg, in dem er unschwer Blasco erkannte.

Vor Wut ballte er die Fäuste, aber da die Pferde jetzt schneller liefen, konnte er ihnen nicht mehr folgen. Doch nahm er an, daß sie ins Stadtviertel San Domenico fuhren, und wollte ihnen über Querstraßen den Weg abschneiden. Er schlug die Straße zur Porta Salvo ein und stand bald darauf vor dem Portal des Hauses von Donna Gabriella.

Ein schwaches Licht drang aus ihrem Zimmer und beleuchtete ihre Gestalt. Er sah, wie sie vor die Fenstertür trat und die Hände ausstreckte, sah den Lichtschein auf dem eisernen Balkongitter, sah, wie Blasco auftauchte, über die Brüstung kletterte und eintrat . . .

Da brach er in Fluchen aus, die geballten Fäuste zum Balkon erhoben. Er war drauf und dran, gegen das Tor zu schlagen, solange bis das Holz barst, und in das Haus einzudringen, um die Schande dieser Frau ans Licht zu zerren. Doch dann besann er sich. Rasch flüsterte er dem Diener voller Bitterkeit und Erregung einige Worte zu.

»Hast du alles richtig verstanden? Nun lauf!«

Er wartete. Hin und wieder sah er zu den Fenstern des kleinen Palazzos hinauf, und quälende Bilder überfluteten sein Gehirn. Je länger er wartete, desto größer wurde seine Pein.

»Endlich!« sagte er, als er nach einer knappen Stunde eine Gruppe von Personen näher kommen hörte.

Es war eine Schar von Halunken und Taugenichtsen, aufgelesen zwischen den Ständen des nahegelegenen Marktes; sie waren mit Steinen bewaffnet und lachten unverschämt. Ihnen voraus ging der Diener, der, auf Donna Gabriellas Haus deutend, zu ihnen sagte: »Das da ist es. Habt ihr verstanden: ihr lärmt, schreit alles, was ihr wollt. Die Namen brauche ich euch nicht zu wiederholen.«

Sie versammelten sich unter dem Balkon und begannen mit ihrer schauderhaften Musik. Sie schlugen die Steine gegeneinander und trompeteten in ihre hohlen Fäuste. Dann verstummten sie, und einer von ihnen begann mit gewaltiger Stimme zu singen:

»In dieser Welt, meine Schöne, kann man nichts tun,
weil alles ans Licht kommt,
das Verborgene ist in aller Munde.
Ich weiß sehr wohl, mit wem du zusammen bist,
hab ich ihn doch gesehen, wie er zu dir ging.
Aber ich finde schon Trost, macht nur weiter so,
denn für eine Frau zu sterben wäre wahrlich zuviel.«

Gleich darauf begannen sie wieder mit ihrem Höllenlärm. Einige Fenster gingen auf, und verschlafene, aber neugierige Gesichter erschienen und schauten hinunter.

Vereinzelte Kutschen, die auf dem Nachhauseweg von einem Empfang waren, hielten an. Die Insassen reckten die Köpfe aus den Wagentüren, beobachteten das Treiben und wunderten sich sehr. Der Name der Herzogin war bald in aller Munde.

Aber wie unwürdig dieses Spektakel auch war, so war es doch erheiternd, und mit dieser Feststellung setzte ein jeder seinen Weg fort. Emanuele tat, als ginge er weg, kam aber gleich darauf wieder zurück, um das Schauspiel zu genießen. Da ging plötzlich das Tor auf, ein Mann mit gezücktem Degen erschien auf der Schwelle und stürzte sich auf die Krakeeler und ihr höhnisches Publikum. Ein wahrer Hagel von Degenhieben mit der flachen Klinge ging auf sie nieder. Entsetzt liefen sie auseinander, Blasco hinter ihnen her, während er links und rechts auf die Flüchtenden einschlug.

»Verbrecher! .... Feiglinge!«

Zwei jener mächtigen Hiebe mit der flachen Klinge trafen den Diener Emanueles, der nicht aus Angst, sondern aus der Sorge, wiedererkannt zu werden, zurückwich und sich an der Hauswand entlangdrückte.

»Emanuele!« schrie Blasco plötzlich. Er hatte den Bruder erkannt.

»Laßt meinen Diener los!« erwiderte Emanuele hochmütig, trotz aller Verlegenheit. »Ich habe Euch nicht erlaubt, meine Dienerschaft zu verprügeln!«

»Ah, so! Euer Diener ist das? Nicht möglich, Herr Herzog, ich hätte nie angenommen, daß Ihr Eure Dienerschaft unter dem Gesindel vom Markt zusammensucht! Nun, da Ihr ihnen keinen Anstand beibringt, werde ich dafür sorgen. Hier nimm, du Feigling, hau ab und laß dich woanders aufhängen!«

Und bei diesen Worten gab er dem Diener einen so heftigen Tritt in die Nieren, daß der Unglückselige fünf Meter weiterrollte, ohne sich wieder erheben zu können. Emanuele zog den Degen: »Ah! Das ist zuviel!«

Er stürzte sich auf Blasco, der ihn mit einer blitzschnellen Bewegung und einem seiner meisterlichen Hiebe entwaffnete, so daß Emanueles Degen durch die Luft flog. Und noch bevor Emanuele wußte, wie ihm geschah, hatte Blasco ihn in die Höhe gehoben. Bei jedem Wort, das mit zornerstickter Stimme aus ihm herausbrach, schüttelte er ihn wie eine Marionette.

»Danke deinem Schutzheiligen, daß wir denselben Vater haben, weil ich dich sonst wie einen tollwütigen Hund abgestochen hätte. Aber wenn ich nicht Kain bin, so bin ich auch nicht Abel. Da ich jetzt die ganze Schändlichkeit deines Tuns kenne und mich deiner schäme, wirst du auf Knien um Verzeihung bitten, weil du den Namen deines Vaters entehrt hast . . .«

Und ihn immer noch in die Höhe haltend und heftig schüttelnd, trat er durch das Portal, stieg die Treppen hinauf und durchquerte die Säle, in denen die Dienerschaft stumm vor Staunen und Schreck das Geschehen verfolgte. Er betrat das Zimmer Donna Gabriellas, die vor Schmerz, Scham und Wut weinte, und setzte ihn zu ihren Füßen ab.

»Donna Gabriella, der Herzog della Motta, mein Bruder, bittet mich, Euch untertänigst um Verzeihung anzugehen . . .«

Donna Gabriella hob die Augen und sah erst auf Blasco, dann auf Emanuele und schlug die Hände vors Gesicht.

Auf der Türschwelle hatten sich mittlerweile die neugierigen und noch immer staunenden Bediensteten versammelt, und manch einer lächelte boshaft, als er die leichtbekleidete Herzogin und das zerwühlte Bett sah. Blasco aber blickte den Dienern fest in die Augen, reichte Donna Gabriella die Hand und sagte in würdevollem und überzeugendem Ton: »Hört mir gut zu, ihr alle. Die Frau Herzogin hat mir die Ehre erwiesen, meine Gemahlin werden zu wollen. Ab heute abend bin ich Euer Gebieter . . . Schafft den Herrn Herzog weg, behandelt ihn mit der gebührenden Achtung und schließt die Türen hinter euch zu.«

Zwei Lakaien waren flugs zur Stelle und hoben Emanuele vom Boden auf, trugen ihn hinaus und schlossen unter aufgeregtem Geflüster die Tür hinter sich. Donna Gabriella aber mit glückstrahlendem und noch tränennassem Gesicht legte ihre Hände ineinander und stammelte: »Was habt Ihr gesagt?«

»Das, was ich sagen mußte . . . Hätte ich Euer Ansehen zum Gaudium anderer Leute werden lassen, hätte ich Euch nicht verteidigen sollen?«

Sie stürzte sich Blasco zu Füßen, ergriff in leidenschaftlicher Dankbarkeit seine Hand, bedeckte sie wie von Sinnen mit unzähligen Küssen und flüsterte: »Danke! Danke!«

Doch mit einem Mal überzog ein Schatten ihr Gesicht. Sie spürte, daß Blasco ihre Leidenschaft nicht erwiderte, er war plötzlich nachdenklich und traurig geworden. Da durchfuhr eine eisige Woge ihren Körper. Nach einem Stuhl suchend, wich sie zurück.

»Warum ... warum wollt Ihr mich täuschen?«

Diese Worte brachten Blasco wieder zu sich. Er sah Donna Gabriella an und gewahrte ihre entstellten Gesichtszüge.

»Wer täuscht Euch? Sagt!«

»Ja ... Ihr ... Ihr habt vor der Dienerschaft etwas gesagt ... etwas, das nicht möglich ist. Es war eine Lüge, Ihr habt gelogen, um mich zu retten ... Ihr selbst habt es gesagt ... aber es ist ein Betrug.«

»Oh, nein, Gabriella, das dürft Ihr nicht denken.«

»Doch, doch, es ist ein Betrug, das spüre ich. Ihr könnt und dürft mich nicht heiraten. Ich weiß den Grund ... Oh, warum nur, warum?«

Schmerzerfüllt rang sie die Hände.

»Gabriella! Gabriella!« flüsterte Blasco mit unendlichem Erbarmen. »Ihr täuscht Euch ... das könnt Ihr doch nicht wirklich denken!«

Doch sie schüttelte den Kopf und gab sich ganz der aufs neue in ihr erwachten Eifersucht hin.

»Nein, ich täusche mich nicht. Ich kenne mich ... Ich bin nicht so, wie ich sein müßte, um Euch wirklich gehören zu können, um glauben zu dürfen, daß Eure so feierlichen Worte von der Liebe und nicht von Großmütigkeit diktiert sind.«

Ihre Stimme bebte.

»Nein, ich will Euren Edelmut nicht! Was kann er mir bedeuten? ... Eure Seele will ich ... und Eure Seele bekomme ich nicht ... Die ist anderswo!«

»Nein, Gabriella!«

»Die ist bei ihr, das sage ich dir! ... Das spüre ich. Sie ist noch unschuldig, ist noch ein junges Mädchen. Ich hingegen habe schon eine Vergangenheit. Ich bin eine Frau, die als frivol gilt ... und das stimmt. Ich bin leichtsinnig gewesen, du weißt es nur zu gut! Du nimmst mich, machst mich trunken mit deinen Küssen, aber dein Herz, dein Leben, sie sind nicht bei mir. Nein, nein!«

Blasco empfand unermeßliches Mitleid mit dieser armen

Frau, die in ihrer Leidenschaftlichkeit sogar gegen sich selbst ungerecht wurde. Er nahm ihre Hände, zog sie an sich und flüsterte ihr zärtliche Worte ins Ohr.

»Oh, Gabriella, warum quälst du dich nur so? Was bin ich denn schon, ein armer Bastard ohne Zukunft, ohne Glück, daß ich mir ernsthaft Hoffnungen machen könnte? . . . Habe ich mir zuviel angemaßt, bin ich zu weit gegangen? In jenem Augenblick fiel mir nichts anderes ein, um meine Anwesenheit hier zu erklären; das ist die Wahrheit. Und eben in dieser Minute dachte ich an Emanuele, den Unseligen . . . es waren wirklich traurige Gedanken, Gabriella. Warum peinigst du dein Herz mit Wahnvorstellungen, mit Dingen, die längst ausgelöscht und in Vergessenheit geraten sind? Vergifte doch diese Nacht nicht. Du hast mich bei dir haben wollen, hast mich mit offenen Armen empfangen, warum verschließt du dich mir jetzt? Willst du mich denn nicht mehr?«

Donna Gabriella sah ihm tief und leidenschaftlich in die Augen, dann breitete sie die Arme aus und sagte aufschluchzend: »Komm!«

Ihre Münder suchten sich erneut. Doch etwas Eisiges, Starres war zwischen sie getreten.

VIII

Nach dem Frühstück am nächsten Morgen ging Blasco zu Coriolano; er sah so bleich und mitgenommen aus, daß Coriolano die spöttische Bemerkung, die ihm auf der Zunge lag, schnell wieder hinunterschluckte.

»Was ist passiert? Ihr habt ein Gesicht wie bei einem Begräbnis!«

»Mein Lieber, ich bezweifle, daß es noch einen Menschen gibt, mit dem das Schicksal so tückisch umspringt wie mit mir!«

»Ihr seid wieder einmal der Justiz in die Fänge geraten?«

»Nein, das ist es nicht. Und ich gestehe sogar, Donna Gabriella zu Unrecht verurteilt zu haben. Ihre Liebe, die sie für mich hegt, ist seit fünf Jahren unverändert tief ... Sie hat mich sehr angerührt.«

»Sie hat Euch besiegt!«

»Vielleicht. Was bedeutet das schon? Eine von den Niederlagen, die keinem mißfallen.«

»Liebt Ihr sie? Sagt die Wahrheit.«

»Ich weiß es nicht. In manchen Augenblicken meine ich, eine tiefe Liebe und Zärtlichkeit für sie zu empfinden. Dann wieder spüre ich eher etwas Erdrückendes in mir, wie eine Last ... Aber nicht das ist der Grund, warum ich wie eine wandelnde Leiche aussehe, und deswegen hadere ich auch nicht mit dem Schicksal ...«

»Was ist Euch dann widerfahren?«

Blasco erzählte von den Ereignissen in der Nacht und von der heftigen Auseinandersetzung mit Emanuele. In seiner Stimme lag die ganze Bitterkeit, von der sein Herz voll war.

»Begreift Ihr, mein Freund? .... Und er ist mein Bruder, ich kann ihn nicht einfach bei den Füßen packen und ihm den Schädel an einer Mauer einschlagen! Eigentlich habe ich ihm gegenüber keine Verpflichtung, und ihn aus der Welt zu schaffen könnte vielleicht sogar bedeuten, daß ich die Menschheit vor einem Reptil bewahre, das sie eines Tages vergiften wird ... Und vielleicht würde damit auch ein armes Geschöpf wieder frei sein können, das ich für ihn auserwählt hatte – ich selbst, der ich für jenes Mädchen eine echte Zuneigung empfand und bis heute empfinde! Doch jetzt ist er ein Albamonte und der Herr des Hauses, der rechtlich anerkannte Herr und Gebieter!«

Coriolano hatte mit großem Erbarmen diesem Bericht zugehört; er wußte nicht, was er sagen sollte. Ein leichtes Beben der Nasenflügel und seine zusammengezogenen Augenbrauen waren die einzigen Zeichen seiner Empörung.

»Was kann ich für Euch tun?«

»Nichts.«

»Emanuele scheint mir nicht einer zu sein, der sich still in sein Geschick fügt. Er wird an Rache denken.«

»Ich rechne sogar damit.«

»Und er wird sich sicher nicht nur an Euch rächen wollen . . .«

»Ich weiß, und das gibt mir sehr zu denken, denn wie Ihr ja wißt, ruft mich die Pflicht, ich muß wieder weg.«

»Darum, Blasco, braucht Ihr Euch keine Sorgen zu machen: Donna Gabriella wird überwacht und beschützt werden.«

»Danke, Coriolano, Ihr nehmt mir eine schwere Sorge. Ihr könnt Euch nicht vorstellen, wie sehr ich heute nacht gelitten habe! Mir gefror das Blut in den Adern bei diesem Überfall!«

»Das glaube ich Euch. Doch was wollt Ihr jetzt tun? Die Hiebe des Schicksals sind für Euch längst eine Sache der Gewohnheit geworden, seid auf weitere gefaßt. Aber seid auch mal ein wenig weise, mein Freund. Anstatt an das zu denken, was schon geschehen ist, denkt doch lieber mal an das, was geschehen wird. Und ich betone das Wort *wird*, denn es scheint, als hättet Ihr vergessen, daß Ihr mit dem Herrn Grafen von Gisia noch eine Rechnung offen habt«.

»Ja, stimmt!«

»Und hinter ihm steht ein alter Bekannter von Euch: der Fürst von Iraci!«

»Das habe ich mir schon gedacht. Nun, habt Ihr Euch mit ihnen geeinigt?«

»Vollkommen.«

»Werden wir uns schlagen?«

»Wenn der Krieg zu Ende ist.«

»Wie? Wenn der Krieg zu Ende ist?«

»Aber ja, zum Teufel! Wollt Ihr, daß ich Seiner katholischen Majestät einen Soldaten wie Euch abspenstig mache? Das wäre ein schwerer Fehler. Und die Sekundanten des Herrn Grafen, zwei getreue Untertanen, sind notgedrungen damit einverstanden, das Duell zu verschieben.«

»Aber warum habt Ihr das gemacht?«

»Warum? Um auf Kosten dieser Herren mein Vergnügen zu haben. Wenn ich solche komisch-dreisten Gewaltmenschen vor mir habe, dann muß ich mir meinen Spaß mit ihnen machen. Laßt nur gut sein. Nach all dem, was Ihr getan habt, werden sie bestimmt nicht denken, daß es Euch an

Mut fehlt. Wir werden sie einfach auf Eis legen. Und wenn die Stunde gekommen ist, werden wir sie hervorziehen, um sie zu verprügeln, und damit hat es sich. Inzwischen habt Ihr ein Ärgernis weniger. Tut Euch das leid?«

»Ich habe keinen Grund, mich über Euer Tun zu beklagen. Doch vielleicht hätte ich die Angelegenheit lieber rascher erledigt. Und dann, stellt Euch vor, könnte meinem Leben in der Schlacht ja vielleicht durch eine Gewehrkugel ein Ende gesetzt werden. Ich würde von hinnen gehen und hätte meine Pflicht gegenüber dem liebenswerten Herrn Grafen nicht erfüllt.«

»In dem Fall werde ich mit den Herrschaften abrechnen. Werdet Ihr mit mir zu Mittag speisen?«

»Nein, ich danke Euch. Ich kann nicht . . .«

»Ich habe verstanden: das Hochzeitsmahl wartet.«

»Vielleicht sind Eure Worte gar nicht mal ein Spott, Coriolano . . .«

»Was meint Ihr?«

»Ich sage Euch jetzt, was ich Euch noch nicht gesagt habe: In all den Ereignissen dieser Nacht habe ich unter einem Ansturm von Gefühlen ein feierliches Versprechen gegeben. Nur daß ich ihr den Ehering erst dann anstecken werde, wenn ich wenigstens eine Kompanie Soldaten unter meinem Befehl haben werde!«

»Sakrament! Die Sache ist ernster, als ich dachte. Doch wenn Ihr meint, als vollkommener Edelmann diesen Schritt tun zu müssen, so will ich Euch nicht tadeln, sondern Euch meine Glückwünsche aussprechen. Geht also, ich möchte mir nicht den Zorn der Herzogin zuziehen.«

Blasco legte seine Uniformjacke an und begab sich zum Feldlager. Sein Weg führte ihn über die Cassaro-Allee und am Palazzo des Fürsten von Geraci vorbei, vor dessen Portal ein paar Diener sich aufgeregt miteinander unterhielten. Blasco gewahrte ein ungewöhnliches Treiben, etwas Außerordentliches mußte geschehen sein, und er konnte seine Neugier kaum unterdrücken. In dem Augenblick verließ eine lederne Sänfte, von öffentlichen Sänftenträgern getragen, den Palast; es war vermutlich ein Arzt.

Blasco trat an die Sänfte heran und fragte höflich, ob im Palast jemand erkrankt sei.

»Der junge Fürst ... Ein Gallenanfall.«

»Ist es schlimm?«

»Oh!« – Jenes *Oh* war so eindeutig, daß Blasco sich rasch von dem Arzt verabschiedete und mit umwölkter Miene von dannen ging.

Er hat's so gewollt, dachte er, warum mußte er mich bis an diesen Punkt treiben?

Diese Nachricht hielt er vor Donna Gabriella geheim. Aber vielleicht hätte er sie ohnehin verschwiegen, denn die Herzogin sah an diesem Tag so anziehend aus, daß er beim Eintreten mit ehrlicher Bewunderung ausrief: »Wie schön Ihr seid!«

Oh ja, auch sie hatte es bemerkt, als sie vor ihrem Spiegel stand und Toilette machte. Ihr Gesicht hatte einen sanften, perlweißen Schimmer mit einem zarten rosa und azurenen Hauch darüber, und ihre Augen funkelten voll Begehren und Versprechen. Sie strahlte Heiterkeit und eine tiefe Freude aus. An diesem Morgen hatte sie sämtliche Verführungskünste aufgeboten und ein Kleid aus leichter fliederfarbener Seide gewählt, dessen Schleier den Ansatz ihres schneeweißen Busens kaum verhüllten. Ihre Bewegungen waren von großer Anmut, und aus ihren Augen und ihrem Lächeln sprach ein solcher Zauber, daß Blasco wie gebannt war.

»Gefalle ich dir?« und ihre Stimme ging ihm unter die Haut.

Blasco antwortete mit Küssen.

»Oh, du weißt ja nicht«, sagte Gabriella bei Tisch, »du weißt nicht, wie mich deine Liebe verwandelt. Ich fühle mich gütig und empfinde Liebe und Barmherzigkeit für die Menschen, auch jene, die mir Böses angetan haben. Ich könnte alle Welt umarmen, um jedermann an meiner Freude teilhaben zu lassen. Und wenn ich an die Vergangenheit zurückdenke ... an eine häßliche Vergangenheit, dann frage ich mich, wie ich jemals habe so schlecht sein können. Wie glücklich bin ich jetzt! Und das ist einzig und allein dein Werk! ... Du, meine einzige und größte Liebe! ... Glaubst du mir nicht, daß du meine alleinige und einzige Liebe bist?«

»Aber ja, ich glaube es«, antwortete Blasco wie trunken. Und angesichts dieser wunderbaren Frau vergaß er alles andere: Violante, Emanuele, den Krieg, alles. Er stand auf der Schwelle zu einem Leben, das nur aus Sinnesfreuden bestand und in dem alles ein Traum war. Ein Leben, das noch ganz neu für ihn war, wenn er auch schon die Dreißig überschritten hatte. In einer Anwandlung höchsten Glücks sagte er zu ihr: »Mein ganzes Leben, Gabriella, genügt nicht, um dir für diese Augenblicke dankbar zu sein!«

Doch einige Stunden später vernahm man das Rollen der Kriegstrommeln, die durch die Straßen getragen wurden und zum Generalmarsch riefen. Blasco erhob sich.

»Was ist los?« fragte Donna Gabriella, und alle Farbe wich aus ihrem Antlitz.

»Hörst du es nicht? Das ist der Ruf zum Generalmarsch. Wir müssen uns trennen.«

»So früh?«

»Leider. Heute abend bricht meine Schwadron nach Termini auf.

»Ihr reist ab? ... Du ... Aber nein, das ist unmöglich! Ich will es nicht! Du mußt bei mir bleiben!«

»Ich kann nicht! Ich bin Soldat!«

»Dann gehe ich zu deinem Hauptmann, deinem Obersten ... Ich werde mit dem Feldmarschall reden ... Wer war es doch? Lucchesi? Montemar? Ich werde sagen, daß du erkrankt bist. Ich will nicht, begreifst du, ich will einfach nicht! ... Endlich habe ich dich gefunden, habe ich dich wiedergewonnen, und jetzt willst du, daß ich dich aus neue verliere? Ausgerechnet jetzt?«

»Aber nein, Gabriella, du verlierst mich nicht. Im Grunde gehe ich ja auch gar nicht weit weg. Von Termini sind es nur vier Stunden bis Palermo, und ich werde kommen ... ich werde kommen. Aber jetzt muß ich los. Hör gut zu, ich habe dir mein feierliches Versprechen gegeben, und das werde ich halten. Aber ich habe auch meinen Stolz ... Ich bin ohne Rang und Namen. Ich bin ein ganz gewöhnlicher Soldat! Laß mich meine Schärpe als Hauptmann verdienen.«

»Was bedeutet mir das? Was soll ich damit? Ich liebe dich! Bist du denn kein Albamonte? Was kümmert mich alles andere? Nein, nein, du darfst nicht weg, ich flehe dich an, ich beschwöre dich! Es wäre mein Tod!«

Schluchzend schlang sie ihre Arme um seinen Hals. Blasco litt, aber er blieb standhaft.

»Wäre ich ein Feigling, hieltest du mich dann für deiner würdig?«

Niedergeschlagen sah sie zu ihm auf.

»Siehst du?« entgegnete Blasco. »Und doch willst du, daß ich in aller Augen als Feigling dastehe, daß ich meine Ehre verliere und wegen Fahnenflucht unter Anklage gestellt werde.«

»Aber wenn ich dich doch verliere!« schluchzte sie.

»Hab keine Angst . . . Du weißt doch, daß die Gewehrkugeln den Weg zu mir nicht finden . . . Und von deiner Liebe umhegt und geschützt, fühle ich mich unverletzlich.«

»Laß mich dir wenigstens von ferne winken, wenn du abreisen wirst. Ich werde in der Kutsche an der Brücke des Ammiraglio auf dich warten.«

Kaum war Blasco gegangen, ließ sie sich heftig schluchzend auf einen Stuhl fallen. In tiefem Schmerz verharrte sie bis gegen Abend, als sie ihre Kutsche bestellte, denn die Stunde des Aufbruchs rückte näher. Sie begab sich an die vereinbarte Stelle, um auf den Vorbeizug der Dragoner zu warten.

Sie sah Blasco und streckte die Hand zwischen den Vorhängen hinaus. Er kam zu ihr und küßte ihr noch einmal die Hand.

»Was du auch immer während meiner Abwesenheit brauchen solltest, vertraue dich meinem einzigen Freund an.«

»Dem Cavaliere della Floresta?«

»Ja, Coriolano.«

Die Schwadron ritt ungeordnet davon, ihr folgten Karren und viel neugieriges Volk. Donna Gabriella schaute mit einem gewissen Bedauern diesem zusammengewürfelten Haufen hinterher, der nichts mehr von der Kavallerie vergangener Zeiten hatte, von denen man ihr erzählt hatte. Die zerfetzten

Uniformen waren notdürftig geflickt, die Soldaten hatten hagere Räubergesichter, und nur selten sah man einen Edelmann.

Ihr Herz zog sich zusammen, als sie Blasco in diesem Haufen sah, und sie dachte, daß man ihn da herausholen müsse. Wer, wenn nicht er, wäre dazu berufen, diese Schwadron zu befehligen? War er denn kein Albamonte? Ach, trüge er doch die Herzogskrone, die Emanueles Stirn schmückte!

Es läutete zur Abendandacht, und sie ordnete an, nach Hause zu fahren. Der Dienerschaft gab sie strenge Anweisung, weder heute noch die nächsten Tage niemanden, nicht einmal ihre Freundinnen vorzulassen – mit Ausnahme der Personen, deren Namen sie selbst ausdrücklich nennen würde. Sie schloß sich in ihr Zimmer ein, in dem für sie noch die süßen Worte und der Duft ihrer Liebe hingen. Sie verbrachte ihre Tage in großer Zurückgezogenheit und untersagte sich sogar die abendliche Spazierfahrt auf der Uferpromenade. Die einzige Freude, mit der ihre Einsamkeit lieblich unterbrochen wurde, waren die Briefe aus Termini, in denen Blasco ihr vom Kriegsgeschehen erzählte. Wieder und wieder las sie die zärtlichen Worte, mit denen Blasco ihr sein Herz öffnete, und es war ihr, als bräche ein neues Leben für sie an.

IX

Nach drei oder vier Tagen hatte sich Emanuele soweit erholt, daß er zum ersten Mal in geschlossener Kutsche das Haus verließ. Mit finsterem Gemüt sann er nur auf Rache. Keiner hatte aus ihm herausbringen können, was ihm tatsächlich geschehen war. Er hatte weder Verletzungen noch Blutergüsse, nicht eine Spur von Gewaltanwendung war zu erkennen, nur seine Kleidung sah sehr abgerissen aus. Nachdem sein Diener wieder auf die Beine gekommen war und ihn nirgends gesehen hatte, hatte er geglaubt, sein Herr sei schon nach Hause zurückgekehrt, und war zum Palast geeilt. Doch als er ihn auch dort nicht fand, hatte er andere

Diener zusammengetrommelt und war mit ihnen an den Ort zurückgekehrt. Sie fanden ihn ohnmächtig am Fuße der Treppen von San Domenico, inmitten einiger Landstreicher, die sich gerade daranmachten, ihn auszurauben.

Der ganze Palast war in heller Aufregung. Ärzte eilten herbei, Apotheker wurden geweckt. Emanuele kam wieder zu sich, aber heftige Krämpfe schüttelten ihn, die die ganze Nacht andauerten.

Sein Großvater, der Fürst von Geraci, war untröstlich. Der Diener wurde ausgehorcht, doch brachte er nur Entschuldigungen hervor, er wisse nichts: Sein Herr hatte ihn weggeschickt, und da er ihn nicht hatte zurückkommen sehen, hatte er sich Sorgen gemacht und nach ihm gesucht.

»Vielleicht«, meinte er, »ist er von Dieben überfallen worden.«

Doch diese Erklärung überzeugte den Fürsten nicht, vor allem da das Schweigen von Emanuele etwas Finsteres, Besessenes hatte, als würde eine innere Macht ihn zwingen, das Geheimnis für sich zu bewahren. Doch da kamen die ersten Gerüchte in Umlauf, zwei Ströme übelster Nachreden wälzten sich durch die Stadt. Der eine verbreitete mit vielen boshaften Ausschmückungen die Nachricht von dem unschicklichen Spektakel, das sich unter den Fenstern Donna Gabriellas zugetragen hatte. Die Geschichte war in den Salons rasch in aller Munde und rief Gelächter und spitze Bemerkungen vor allem bei denen hervor, die vergeblich versucht hatten, in selbigem Hafen zu landen. Man wußte jedoch nicht, wer das Verbot hatte brechen können, das sich die schöne Dame selbst auferlegt hatte, und man erfuhr auch nichts von dem neidischen, grausamen und enttäuschten Liebhaber, der diesen Klamauk angezettelt hatte.

Das andere Gerücht stammte, wie man sich leicht vorstellen kann, aus dem Mund der Dienerschaft Donna Gabriellas und brachte Einzelheiten über das Abenteuer in Umlauf, das den jungen Herzog della Motta ereilt hatte, der gezwungen war, die Herzogin auf Knien um Verzeihung zu bitten. Und durch die Verwandlungen, die wahre Tatsachen zu Legenden werden läßt, war das Versprechen zu einer Tatsache geworden: es hieß, Donna Gabriella habe heimlich einen Ritter namens Don Blasco Albamonte geehelicht. Dichtung wie Wahrheit aber waren in diesem Fall der Dame sogar von Nutzen; jeglicher Anlaß zum Tadel wich unerklärlicher Bewunderung.

Beide Gerüchte vereinigten sich, die beiden Geschichten ergänzten sich gegenseitig. Emanuele wurde zur Zielscheibe von Vorwürfen und Hohn, was ihn mit Scham und Zorn erfüllte. Das Maß war voll, als der alte Fürst und sein Großvater, dem diese Nachrichten bitter aufstießen, ihn beschimpfte und ihm drohte, ihn bis zum Tag der Eheschließung in ein Kloster einzusperren.

»Keiner in unserem Haus hat jemals eine derartige Niedertracht begangen! Dein Vater war ein vollkommener Edelmann. Welche Schande! Ich sage dir, daß man eine solche Gemeinheit nicht nur einer Dame nicht antun darf, sondern nicht einmal einem armen Weib aus dem niederen Volk! ... Und wenn es wahr ist, daß Blasco dich in den Palast hinaufgetragen und dich gezwungen hat, sie um Verzeihung zu bitten, dann hat er gut daran getan, bei Gott! Und wenn er aus dem Krieg zurückkehren wird, werde ich ihn aufsuchen und ihm meine Glückwünsche aussprechen. Ja, ich, der Fürst von Geraci. Jener Bastard darf sich ein größerer Edelmann nennen, als du einer bist! Diese Lektion hattest du verdient!«

Die Rüge war Gift für Emanueles Gemüt, und sein Haß und seine Rachsucht wuchsen. Ah, er würde sich rächen an dem Bastard und seiner schönen Dame, und zwar auf eine so aufsehenerregende Weise, daß die erlittene Beleidigung in Vergessenheit geräte. Über mehrere Tage ging er der Gesellschaft seiner Freunde aus dem Weg; er verließ in der Kutsche oder zu Pferd den Palast, fuhr aber aus der Stadt heraus und schlug Straßen ein, die in die Dörfer oder Gehöfte führten, die zu der Zeit vor den Toren Palermos nach und nach entstanden. Und überdies verbrachte er lange Stunden mit seinem Fechtmeister, der in Palermo für seine Kunst bekannt war.

Gegen Ende August, während er sich vor der Porta Nuova

in der Sänfte spazierentragen ließ, wurde er eines Abends sehr zuvorkommend von einem Mann gegrüßt, der ihm nicht gänzlich unbekannt zu sein schien.

Es war Matteo Lo Vecchio.

Emanuele erwiderte nur knapp seinen Gruß und setzte seinen Weg fort, doch der Scherge trat heran und sagte: »Hochwohlgeboren mögen mir verzeihen, wenn ich mich erkühne, mich Ihnen zu nähern ... aber es geschieht, um Eurer Hoheit einen Dienst zu erweisen. Im Palast will man mich ja nicht vorlassen, und doch, wenn ich Euch meine Dienste hätte anbieten können, wäre Euch gewiß nicht zugestoßen, was Euch zugestoßen ist. Vielleicht erinnert sich der verehrte Herr meiner nicht mehr ...«

Emanuele war zornig und wollte den Aufdringling verjagen, doch riefen seine letzten Worte eine gewisse Erinnerung in ihm wach. Er sah den Schergen mit verdrossener Miene an.

»Was wollt Ihr?«

»Erinnern sich Euer Hochwohlgeboren, daß ich mich aus Pflichtgefühl gegenüber Ihrem edlen Haus und aus Dienstbarkeit gegenüber dem verehrten Herr Don Raimondo, Gott hab ihn selig, beeilt hatte, Sie davon zu unterrichten, daß ein gewisser Soldat bei den Dragonern ...«

»Ah, ja! Ich erinnere mich. Was wollt Ihr also?«

»Ich hätte Ihnen viele Dinge mitzuteilen ... über ihn ... und auch über die Dame. Euer Hochwohlgeboren wissen ja, daß ich der Leiter der Geheimpolizei im Dienstgrad eines Korporals bin? Haben Sie noch nie von Matteo Lo Vecchio gehört?«

»Ah! Ihr seid das! Aber Ihr wurdet exkommuniziert!«

»Nein, Euer Hochwohlgeboren. Der Generalvikar hat diese Maßnahme wieder rückgängig gemacht. Sie können Erkundigungen darüber einziehen. Heute morgen zum Beispiel habe ich die Beichte abgelegt. Sehen Sie also, es besteht keine Gefahr mehr, mich zu empfangen.«

Emanueles Wangen hatten sich gerötet, und nach einem kurzen Schweigen meinte er: »Ihr sagt also ...?«

»Daß ich Hochwohlgeboren voll und ganz zu Diensten

stehe. Doch man sollte darüber nicht mitten auf der Straße verhandeln.«

»Ist gut. Kommt heute abend um sechs Uhr zu mir, ich werde Weisung geben, daß man Euch vorläßt.«

Matteo Lo Vecchio ging auf dem gleichen Weg in die Stadt zurück. Seit er erfahren hatte, daß Blasco freigelassen worden war, hatte ihn eine ohnmächtige Wut erfaßt, sich nicht mehr an ihm rächen zu können. Gewiß hätte er ihm des Nachts einen Karabinerschuß verpassen können, aber er wollte keine Gefahr eingehen, der Schuß konnte ja sein Ziel verfehlen: und inzwischen war er auch fast abergläubisch geworden, da er Blasco für unverletzbar hielt. Gleichwohl bespitzelte er ihn, folgte ihm auf Schritt und Tritt, um seine Gewohnheiten, seine Zeiten und die Möglichkeit herauszufinden, um sicher und ungestraft zuschlagen zu können.

So hatte er auch die nächtliche Szene zwischen Blasco und Emanueles Freunden mitverfolgt; dann war er ihm zu Coriolanos Haus und zum Palazzo Butera nachgegangen. Weiter hatte er erfahren, was zwischen Blasco und Emanuele wegen Donna Gabriella geschehen war, und vor allem darüber war er hocherfreut, denn das war die Gelegenheit, sich des gehaßten Gegners zu entledigen.

Emanuele war verliebt! Was konnte einen Mann unberechenbarer werden lassen als die Liebe? Das war der Boden, den er abklopfen mußte. Jetzt war Blasco in den Krieg gezogen, und Donna Gabriella war allein, das mußte er sich zunutze machen. Er entwarf einen teuflischen Plan, um Emanuele zu einem Sieg zu verhelfen, der einen Abgrund auftäte, in dem Blasco für immer verschwinden würde. Dazu aber mußte er Donna Gabriella eine Falle stellen.

In jenen Tagen waren zahlreiche Nachrichten über die Belagerung von Termini in Umlauf, die immer noch anhielt, ohne daß eine Entscheidung in Sicht war; die savoyische Garnison leistete tapfer Widerstand, und die Unbezwingbarkeit der Festung war ihr dabei von großem Vorteil. Die Savoyer hatten sich in der aufgewühlten Stadt im Schloß verschanzt und die Bürger verpflichtet, ihnen alles Lebensnotwendige herbeizuschaffen. Mit Kanonenschlägen hatten sie die ersten Dragoner, die sich an die Eroberung der Stadt machen wollten, in Empfang genommen und sie gezwungen, zurückzuweichen und ihr Feldlager eineinhalb Meilen vor der Stadtmauer aufzuschlagen, an einem Ort, der seinerzeit Impalistrato hieß. Doch sobald das übrige Heer eingetroffen und Artillerie und Granatwerfer von Bord gegangen waren, wurde das Feld in der Nähe des Kapuzinerklosters aufgeschlagen, und die Batterien wurden aufgestellt: die Granatwerfer an den Kollergang, die Kanonen ans Stadttor Porta Felice. Die Savoyer verhinderten mit gezielten Schlägen deren Aufstellung, so daß eiligst ein überdachter Gang gebaut werden mußte, um die Batterien zu schützen. Blasco war mit einer Schar Dragoner dazu bestimmt worden, unterdessen die Savoyer abzulenken.

Da die Savoyer, geschützt durch ihren Standort, die Spanier, die weit unter ihnen in Stellung gegangen waren, gefahrlos belästigen konnten, dachte Blasco daran, ihre Aufmerksamkeit durch einen Scheinangriff von einer anderen Seite her abzulenken. Nachdem er die Hügel im Süden der Stadt umgangen und in ihren höhergelegenen Teil, zwischen den Stadttoren Porta Girgenti und Porta Palermo eingedrungen war, schlich er sich zwischen den Häusern hindurch und kam auf den Domplatz, wo er seine Männer verteilte und alsbald ein dichtes Gewehrfeuer eröffnete, das die Truppen, die auf den Stufen des Doms in Stellung gegangen waren, in großes Durcheinander stürzte.

Ein heftiger Geschoßhagel ging von allen Seiten auf ihn nieder. Es sah so aus, als lache er darüber. Er zog seinen Hut und grüßte die Kugeln, die ihm um die Ohren pfiffen.

»Meine Herren Savoyer! Kommt aus Eurem Käfig heraus, zum Teufel noch mal!«

Seine Kameraden schrien: »Macht, daß Ihr aus dem Kugelhagel herauskommt! Geht in Deckung!«

Dann stoben zwei, drei, fünf Dragoner nach vorne, setzten sich mit ihren Pferden an seine Seite und galoppierten mit ihm unter der Feuerwand hindurch, schreiend, schießend, in einem Anfall von wahnwitzigem Heldenmut. Zwei von ihnen fielen. Blasco wurde von zwei Kugeln verletzt, eine davon streifte seinen Kopf oberhalb des Ohrs und riß ihm ein Büschel Haare weg; die andere zerschlug ihm die Schnalle des Schwertgehänges und verletzte ihn leicht oberhalb des Brustbeins.

»Das ist gar nichts, meine Herren Savoyer«, schrie er, »Eure Kugeln sind aus Butter!«

Doch die anderen Dragoner ergriffen die Zügel seines Pferdes und zwangen ihn, in Deckung zu gehen.

Am 29. August setzten die Batterien ein. Ein dichter Regen aus Bomben und Granaten fiel auf beiden Seiten nieder, was um so verwunderlicher war, da die Savoyer nicht mehr als dreihundert Mann und die Belagerer zehnmal so viele waren.

Trotz seiner Verletzungen hatte Blasco das Schlachtgetümmel nicht verlassen wollen, spornte die anderen an und vollbrachte selbst die gefährlichsten Unternehmungen. Zwischen den rauchenden Trümmern des Schlosses und dem Kampfgraben wollte er sich seine Hauptmannsschärpe verdienen oder aber in den Tod gehen. Er wartete darauf, daß eine Bresche geschlagen würde, um als erster zum Ansturm loszugehen, und verfolgte fieberhaft die Zerstörung des Zwischenwalls unter den furchtbaren Einschlägen der spanischen Granatwerfer.

Nachrichten darüber gelangten nach Palermo. Matteo Lo Vecchio, der seit einigen Tagen das Haus Donna Gabriellas im Auge behielt, war ein Fuhrmann aufgefallen, der alle zwei Tage dort eintraf – es mußte sich um einen Boten Blascos handeln! Der Spitzel beobachtete ihn. An dem Tag, an dem der Fuhrmann voraussichtlich wieder eintreffen mußte, lauerte er ihm an der Ecke der Materassai-Straße auf; kaum hatte er ihn erblickt, hielt er ihn mit den Worten an: »Verzeiht ... Ihr kommt aus Termini, nicht wahr?«

»Jawohl, mein Herr, aus Termini.«

»Euch schickt Don Blasco Albamonte, Dragoner aus Numancia ...?«

»Genau ... aber wie weiß der Herr das?«

»Wie klug! Genau auf Euch warte ich nämlich! Ihr kommt, um meiner Herrin, der Frau Herzogin, einen Brief zu bringen . . .«

»Ah!«

»Ich bin der Haushofmeister. Die Frau Herzogin, die ich, so kann man sagen, schon von Geburt an kenne, da ich schon ihrem Herrn Vater zu Diensten stand, hat mich vor einer Stunde zu sich gerufen und zu mir gesagt: ›Cosimo, tu mir einen Gefallen – sie sagte einen Gefallen, weil sie ein so gütiges Herz hat! –, ich muß zu meinem Bruder, dem Marchese, und kann nicht länger warten. Heute müßte ein Brief von Don Blasco eintreffen, warte du auf den Fuhrmann und laß dir den Brief aushändigen. Ich werde dann dafür sorgen, daß ihn noch heute eine Antwort erreicht.‹ Und hier bin ich. Ich habe Euch zuvor schon dreimal kommen sehen.«

Der Fuhrmann schöpfte nicht den geringsten Verdacht. Matteo Lo Vecchio machte ein so ernsthaftes Gesicht und wußte über alles so gut Bescheid, daß er nicht auf den Gedanken kam, ihm zu mißtrauen.

Er zögerte nicht, ihm den Brief zu übergeben. Matteo Lo Vecchio wickelte ihn in ein Tuch ein und steckte ihn in die Tasche.

»Kommt, ich gebe Euch einen aus«, sagte er zum Fuhrmann und führte ihn Richtung San Giacomo La Marina, wo es zahlreiche Schenken gab.

Eine Stunde später bestieg der angetrunkene Fuhrmann seinen Maulesel und ritt zur Fuhrmannskneipe, wohin Matteo Lo Vecchio ihm versprochen hatte die Antwort zu bringen.

Kaum war der Sbirre allein, zog er den Brief aus der Tasche und wollte gerade das Siegel erbrechen, da kam ihm aber eine andere Idee. Er steckte den Brief wieder weg und eilte zum Palast der Geraci.

Emanuele ließ ihn sofort vor.

»Was gibt es?«

»Ich habe schon einen Plan! Wäre Euer Hochwohlgeboren froh, einen der Briefe zu besitzen, die Don Blasco der Frau Herzogin schickt?«

»Einen Brief?« fragte er. »Wo habt Ihr den her?«

»Ich verdanke ihn der Gutgläubigkeit des Fuhrmanns, der den Boten spielt. In diesem Augenblick hat Euer Wohlgeboren den ergebenen Haushofmeister der Frau Herzogin und Vertrauten ihrer Geheimnisse vor sich ...«

Zitternd nahm Emanuele den Brief, den der Spitzel ihm reichte, doch als er das unbeschädigte Siegel sah, hielt er voller Gewissenszweifel inne.

»Euer Wohlgeboren, öffnen Sie ihn, potztausend! Es ist unbedingt notwendig, daß wir den Inhalt des Briefes kennen ... er ist wichtig für meinen Plan ...«

»Was für einen Plan?«

Matteo Lo Vecchio schien verärgert.

»Ich bitte Sie, Hoheit, wollen Sie die Herzogin in Ihre Gewalt bekommen? Wenn Sie es wollen, lassen Sie mich nur machen, und morgen wird die Frau Herzogin in Ihren Armen liegen.«

Wieder wurde Emanuele tiefrot, und seine Nasenflügel zitterten vor Gier.

»So geben Sie ihn mir, ich habe keine Gewissensbisse, und es kann keiner behaupten, Euer Wohlgeboren hätte das Siegel erbrochen.«

Matteo Lo Vecchio nahm den Brief, öffnete ihn und reichte ihn Emanuele.

»Lesen Sie, Euer Wohlgeboren.«

Kaum hatte der junge Herr einen Blick darauf geworfen, verfinsterte sich sein Gesicht. Mit dumpfem Zorn, als wäre er der betrogene Ehemann oder Liebhaber, und mit grollender Gier wie ein Halbverhungerter überflog er die Zeilen. Als er den Brief zu Ende gelesen hatte, fragte er gereizt: »Nun, was gedenkt Ihr jetzt zu tun?«

»Erraten Sie es nicht? Der Herr Blasco ist leicht verletzt worden; das sagt er zwar nicht in diesem Schreiben, aber ich habe es vom Fuhrmann erfahren. Nun gut, was ist schon Schlimmes dabei, wenn wir unterstellen, daß er schwer verletzt ist?«

»Und dann?«

»Und dann? ... Die Verletzung ist ernst, er ist allein ... Es ist also verständlich, daß er die Frau Herzogin an seiner Seite haben möchte, welche, höchst erschrocken, nicht lange zögern wird, ihre Koffer zu packen und in ihrer Sänfte zu ihm nach Termini zu eilen. Die Straßen sind heutzutage nicht sehr sicher, besonders nicht an der Portella oberhalb von San Niccola ...«

Emanueles Augen funkelten. »Potzblitz!« rief er freudig aus. »Ihr seid wirklich ein ausgemachter Gauner! Schreiben wir also diesen Brief, aber wer überbringt ihn?«

»Das werde ich besorgen. Kennt Don Blasco Ihre Schrift?«

»Nein.«

»Also schreiben Sie, Euer Wohlgeboren, und stellen Sie sich vor, ein Waffenbruder oder der Feldgeistliche der Schwadron zu sein. Schreiben Sie ganz die gleichen Sätze ... Wenn Euer Hochwohlgeboren es mir gestattet, dann diktiere ich Ihnen den Wortlaut.«

Emanuele hatte großen Gefallen an diesem Schurkenstreich gefunden, hinter dem er nur seine eigene Rache und Vergeltung sah. Er nahm ein Stück Papier und schrieb unter dem Diktat des Schergen, der Blascos Brief vor Augen hatte:

»*Erschreckt Euch nicht, mein Liebstes, wenn dieser Brief von fremder Hand geschrieben ist. Mir ist im Kampf ein Unglück widerfahren, ich habe eine Verletzung davongetragen, die mich daran hindert, mich meiner Hand zu bedienen. Erschreckt Euch nicht, mein Herz, es ist nichts Ernstes, auch wenn es mich ans Bett fesselt. Euer letzter, so zärtlicher Brief hat mich bezaubert und mich meine Schmerzen vergessen lassen. Ich stelle mir vor, welche Wirkung Eure weißen Hände hätten, wenn sie liebevoll über meine Wunden streichen könnten ... Das betreffend, was Ihr mir schreibt, habt keinen Zweifel an mir: ich sehne das Ende des Feldzuges herbei, um Euch mein Leben zu Füßen zu legen. Ich danke Euch für die Taschentücher und den Schal, den ich mir an die Seite gebunden habe wie einen Talisman.*

Ich küsse Euch die Hände mit all meiner Liebe,
Euer Sklave mit Leib und Seele. Blasco.
Termini, den 1. August 1718«

»Sehr gut!« rief der Spitzel voller Genugtuung aus. »Jetzt brauchen wir ihn nur noch zu versiegeln. Schauen wir uns doch mal das Siegel an. Sie haben bessere Augen, Hoheit.«

Emanuele überprüfte das Siegel und meinte: »Ein Wappen ist es nicht. Es sieht eher nach dem Abdruck eines Pistolenknaufs aus ... oder eines Knopfes.«

Auch Matteo nahm das Siegel sorgfältig in Augenschein. Dann kramte er aus einer seiner Hosentaschen eine Pistole mit kurzem Lauf heraus und verglich den metallenen Knopf, der den Kolben schmückte, mit dem Abdruck auf dem Siegelwachs.

»Auch mir scheint, daß es ein Knopf ist. Er ist dem hier zwar nicht gleich, aber zumindest ähnlich und kann durchgehen. Schließen wir also den Brief und versiegeln wir ihn.«

»Euer Wohlgeboren,« sagte der Scherge und nahm den Brief an sich, »besorgen Sie sich für morgen ein Dutzend fähiger Männer. Ich komme heute abend wieder ... mit der Antwort der Frau Herzogin.«

Eine halbe Stunde später erhielt Donna Gabriella einen Brief, der ihr großen Schrecken einjagte. Sie wollte den Mann sehen, der ihn gebracht hatte, und wunderte sich, daß dies nicht der Fuhrmann war, der üblicherweise kam. Was sollte das bedeuten? Er erklärte ihr, Gevatter Cosimo habe sich plötzlich nicht wohl gefühlt, vielleicht ein Sonnenstich, und er hatte in der Fuhrmannskneipe Rast machen müssen; er habe ihn, der aus dem gleichen Ort stammte, gebeten, den Brief zu überbringen und die Antwort entgegenzunehmen, die er, Cosimo, dann selbst dem Herrn Blasco überbringen werde.

Diese Auskunft schien so einleuchtend, daß Gabriella keinen Verdacht schöpfte. Sie ließ sich an ihrem Schreibtisch nieder, und mit zitternder Hand schrieb sie einige Zeilen, verschloß sie in einem Umschlag, versiegelte ihn und übergab ihn dem Boten zusammen mit einer schönen Zweitarimünze.

»Bring diesen Brief sogleich dem Gevatter Cosimo, sag ihm, er soll umgehend aufbrechen; ich werde ihn morgen mit einem schönen Geschenk bedenken, sobald ich weiß, daß er den Auftrag ausgeführt hat.«

Eine heftige Unruhe befiel sie, denn sie vermutete, daß Blascos Verletzung weitaus schlimmer wäre, als er sie glauben machen wollte. Am liebsten hätte sie sich sofort zu ihm auf den Weg gemacht und ihren verletzten Liebsten mitgenommen, um ihn mit liebevoller Fürsorge zu umgeben. Wie endlos war die Nacht! Sie ließ ihre Reisesänfte für Sonnenaufgang bereitmachen, und von ihrem Bruder ließ sie sich zwei bewaffnete Bedienstete zu Pferd mitgeben, die sie bis nach Bagheria begleiten sollten – so sagte sie, um ihre Verwandten zu täuschen –, wo sie ein paar Wochen in ihrem Landhaus verbringen wolle.

Ungeduldig zählte Donna Gabriella die Stunden und die Minuten. Endlich trat die Morgenröte über den Horizont. Unter ihrem Fenster hörte sie das Geklapper der Schellenhalsbänder, Zeichen dafür, daß ihre Sänfte bereitstand und die Maulesel sich ungeduldig schüttelten. Rasch kleidete sie sich an, hüllte sich in einen schwarzen Seidenmantel, der bis auf den Boden reichte, und ging auf die Straße hinunter. Die Sänftenträger und die beiden berittenen Diener warteten schon auf sie.

Es versprach ein schöner Tag zu werden. Die ersten Sonnenstrahlen funkelten am klaren, azurblauen Himmel. Ohne Zwischenfälle gelangten sie bis nach Bagheria. Dort legten sie bei einem Wirtshaus eine kurze Rast ein, wo die Sänftenträger ein kräftiges Frühstück zu sich nahmen. Dann ging es weiter über Feldwege die Hügel aufwärts, in eine felsige Gegend, in der hie und da Feigenkakteen und wilde Pflaumenbäume aus dem Gestein ragten. Diese einsame Wildnis rief ein schauriges Gefühl hervor.

Plötzlich hielten die Sänftenträger inne.

Donna Gabriella beugte den Kopf zum Fenster hinaus, um nach dem Grund des Halts zu fragen, doch zu ihrem großen Schrecken erblickte sie rechts und links des engen Pfads Männer mit gezückten Karabinern, die Tücher vor dem Gesicht trugen.

Offensichtlich war es ein Überfall von Straßenräubern.

Donna Gabriella sah sich schon verloren. Die zwei bewaffneten Diener in ihrer Begleitung hatten angesichts der Übermacht der Räuber auf den Einsatz ihrer Waffen verzichtet; sie wären ohnehin gleich ermordet worden.

Da tauchte ein maskierter Mann aus dem Dickicht auf und näherte sich der Sänfte, öffnete den Schlag und konnte seine Erregung nicht verbergen, als er sagte: »Haben Sie keine Angst, Signora, Sie brauchen uns nur zu folgen, und Ihnen wird kein Leid geschehen.«

Donna Gabriella faltete die Hände wie zum Gebet, sie meinte den Verstand zu verlieren bei der Vorstellung, daß sie ihre Reise nicht fortsetzen könnte.

»Nehmt alles, was Ihr wollt, und ich verspreche, Euch noch mehr zukommen zu lassen, doch ich flehe Euch an, laßt mich gehen!«

Darauf brach der Maskierte in schallendes Gelächter aus.

»Ha, ha, ha! Haltet Ihr uns tatsächlich für Straßenräuber? Danke der Ehre! Aber wir haben es nicht auf Euer Geld abgesehen! Eure Begleitung wollen wir. Schweigt und gehorcht. Im übrigen ist jeder Widerstand sinnlos.«

Und damit schloß er den Schlag wieder; mit einer Pistole in der Hand blieb er daneben stehen und befahl den Sänftenträgern, die Zügel der Maulesel zu nehmen, welche mit gesenktem Kopf dastanden und warteten. Seinen Männern befahl er, auf die zwei Diener deutend: »Die beiden da fesselt und bringt sie weg, ihr wißt schon wohin ... Beim geringsten Anzeichen von Widerstand oder Fluchtversuch schneidet ihnen die Kehle durch.«

Vergeblich flehte Donna Gabriella die Männer an, sie erhielt nur Drohungen zur Antwort. Sie nannte jeden einzelnen ihrer Verwandten, die ganz gewiß eine solche Beleidigung nicht hinnehmen würden. Doch der maskierte Mann lachte nur. Wieder und wieder sah sie ihn aufmerksam an; der kräftige Körperbau, die Haltung, die Gebärden, ja selbst der Klang der Stimme, auch wenn sie verstellt war, schienen ihr nicht unbekannt zu sein. Und trotz der bäuerlichen Kleidung wirkte der Mann nicht von niederem Stand, er durfte wohl keiner von jenen Banditen sein, die auf dem freien

Land ihr Unwesen trieben. Seine Hände waren zart und sein Hemd aus feinstem Gewebe. Der Mann schien ein Edelmann zu sein, dem die Justiz auf den Fersen war und der sich ein Schäferstündchen verschaffen wollte.

Wie konnte sie sich nur vor ihm schützen?

Verzagt wanderten ihre Augen die Straße entlang, die sie mit der Sänfte zurücklegten, und sie dachte an Blasco. Es zerriß ihr das Herz, wenn sie daran dachte, daß er fern von ihr vielleicht im Sterben lag und sein einziger Wunsch war, sie bei sich zu haben! Statt dessen entfernte sie sich immer weiter von ihm, nun zum Beutegut eines anderen geworden, der jegliche Gewalt anwenden würde, um sie zu besitzen.

Der Anblick des Meeres und die frische Brise, die sie verspürte, ließen sie erschauern. Würden sie sie vielleicht auf ein Boot schaffen? Sie dachte zurück an ihre Entführung durch die Beati Paoli. Bei jener Gelegenheit hatte man sie mit Achtung und Zuvorkommenheit behandelt, und vielleicht war ihre körperliche Unversehrtheit zu keiner Zeit so wenig in Gefahr gewesen wie unter jenen Leuten. Doch damals war nicht sie, sondern Don Raimondo Ziel des Anschlags gewesen, sie und Violante waren nichts weiter als unantastbare Geiseln. Aber jetzt? Jetzt spürte sie deutlich, daß die rohen Triebe des Mannes ihr galten; er hatte ihr an jenem Paß aufgelauert, um sie in seine Gewalt zu bekommen.

Wie konnte sie sich nur verteidigen?

Das Meer lag unmittelbar vor ihnen. Ein kleines Boot schaukelte lustig auf den Wellen, halb verborgen in einer natürlichen Felsenbucht. Auf einer felsigen Anhöhe erhob sich ein kleines Schloß mit einem schönen, runden Wachturm. Dorthin brachten sie sie also?

Es war das Schloß San Nicola, das im sechzehnten Jahrhundert von Tomaso Crispo erbaut worden und jetzt im Besitz eines gewissen Gastone war, eines Freundes von Emanuele und Gefährten in brutalen wie in galanten Abenteuern.

Sollte ihr Entführer der junge Baron von San Nicola sein? Auch er war seinerzeit einer ihrer Verehrer gewesen, auch er hatte sie begehrt und ihr nachgestellt, doch die Statur des maskierten Mannes entsprach nicht der seinen, nein, gewiß nicht.

Die Sänfte passierte das Schloßtor; die zwei Träger wurden in einen ebenerdigen Raum mit einem einzigen vergitterten Fenster eingeschlossen. Donna Gabriella wurde beinahe mit Gewalt aus der Sänfte gezerrt und ins obere Stockwerk getragen.

Das Schloß wirkte verlassen. Sie rief nach Hilfe, aber kein einziges Fenster ging auf, nicht ein einziges Gesicht zeigte sich in den Türöffnungen. Die Treppen, über die sie von zwei Schurken getragen wurde, waren wie verwaist.

Sie wurde auf einem Sofa in einem Zimmer abgesetzt, in dem auf einem Podest ein schmiedeeisernes Bett mit roten Damastvorhängen stand. Der Maskierte blieb mit ihr allein, die Diener verschwanden auf sein Zeichen hin.

»Jetzt«, sagte er zu ihr, »seid Ihr in meiner Gewalt!«

Doch die unmittelbar drohende Gefahr flößte Donna Gabriella genau den Mut ein, der ihr bislang gefehlt hatte; ihre Lebensgeister kehrten zurück. Rasch maß sie ihre eigenen Kräfte und Möglichkeiten, um sich dem Mann widersetzen zu können. Doch sie ahnte, daß sie diesem jungen, kräftigen Kerl nicht lange Widerstand leisten würde. Sie mußte also ihren Scharfsinn einsetzen. Innerlich zitternd, wappnete sie sich mit all ihren Verführungskünsten. Erschütterung vorzutäuschen war für sie in ihrem augenblicklichen Geisteszustand nicht schwer. Selbst das Zittern und Beben, mit der sich die Angst in ihrem Körper und in ihrer Stimme ausdrückte, verlieh ihrem bestürzten Gesichtsausdruck etwas Reizvolles und Anziehendes.

Mit einer Entrüstung, die im Grunde ja echt war, sagte sie: »Mein Herr, ich könnte sämtliche Verwegenheiten verstehen, aber nicht diese Gewalt, die einem Straßenräuber ähnlich sieht! Euer Verhalten ist das denkbar Unedelste, und eine Dame von Stand kann nichts anderes als Abscheu bei der Berührung Eurer Hände empfinden.«

Emanuele war ob dieser unerwarteten Regung der Dame etwas ratlos. Wie sehr er auch in galanten Abenteuern geübt war, hatte er sich doch nie so außergewöhnlichen Umständen und einer Dame wie Donna Gabriella gegenüber befunden. Die Aufregung, die ihn überkommen hatte, jetzt Herr der Lage zu sein, hatte ihn zugleich auch entwaffnet. Stotternd brachte er hervor: »Signora, glaubt Ihr, daß ich gewagt hätte, Euch zu entführen, würde ich Euch nicht mit der ganzen Leidenschaft eines feurigen Herzens lieben? Verzeiht einem Herzen, das für Euch schlägt!«

»Euch verzeihen?« sagte sie, »Ihr wollt, daß ich Euch verzeihe? Wer seid Ihr überhaupt? Ich kenne Euch nicht, eine so unedle oder zumindest unsittliche Handlung könnte ich nur einer Person verzeihen, von der ich weiß, daß sie meiner Vergebung würdig wäre.«

Emanuele stand unschlüssig da. Er fühlte sich getroffen, und im übrigen wünschte er nichts mehr als sich zu erkennen zu geben.

Donna Gabriella bemerkte seine Unschlüssigkeit.

»Auch wenn ein Edelmann sich bei einer Dreistigkeit bis zur Gewalt treiben ließe, wie Ihr es gemacht habt, würde er doch keinen Augenblick zögern, sich zu erkennen zu geben ... und aufrichtig und ohne Scheu die Verantwortung für sein Handeln zu übernehmen.«

Da riß Emanuele sich die Maske vom Gesicht und fiel vor der Herzogin auf die Knie, die vor Empörung und Verachtung am ganzen Leib zu zittern begann.

»Ich bin es, verzeiht mir.«

»Ihr!« rief sie aus. »Ihr!«

Unter allen Mutmaßungen, die ihr durch den Kopf gegangen waren, hatte sie an diese naheliegende Möglichkeit in keinem Augenblick gedacht. Sie wußte, daß Emanuele ein anmaßender und brutaler Kerl war. Sie war von ihm überfallen und belästigt worden, er hatte sie in aller Öffentlichkeit beleidigt, und doch wäre ihr seine Person nie in den Sinn gekommen; wahrscheinlich hatte sie geglaubt, er schäme sich seiner Niedertracht oder er sei gar nicht fähig, eine so abenteuerliche Entführung zu planen und sich ihr erneut zu nähern.

Aber ihre Empörung übertraf bei weitem ihre Verwunderung.

»Ihr!« wiederholte sie fassungslos.

Sie vergaß ihre Schwäche, vergaß, daß sie in der Gewalt eines Burschen war, der zu jeder, auch der schmutzigsten Untat fähig war, und schrie: »Ihr wagt mir unter die Augen zu treten! Hinaus! Hinaus! Ich schäme mich, einem so niederträchtigen Wesen, wie Ihr es seid, gegenüberzustehen! Ich ekle mich vor Euch! . . . Hinaus!«

Emanuele war erst blaß, dann rot geworden. Donna Gabriellas Worte ließen ihm das Blut zu Kopf steigen, in seinem Gesicht stand plötzlich wieder tierische Begierde. Seine Adern schwollen an, seine Augen glänzten, er ballte die Fäuste.

»Das sagt Ihr mir?« brüllte er. Vergeßt Ihr, daß Ihr in meiner Gewalt seid? Ah, Frau Herzogin! Glaubt Ihr, daß einer wie ich, ein Albamonte, Eure Verachtung hinnehmen würde? Ich werde Euch besitzen, nicht aus Liebe, denn so verrückt bin ich nicht nach Euch, sondern um Euch und Euren Liebhaber zu lehren, wie man Personen meines Standes zu behandeln hat! Das ist meine Rache, Frau Herzogin, und auf die werde ich nicht verzichten.«

»Feigling!« schrie sie ihm ins Gesicht, »Elender Feigling! Ihr wollt Euch an einer schwachen und schutzlosen Frau rächen, umgeben von Meuchelmördern, wie Ihr selbst einer seid! Ach, wenn Blasco hier wäre . . .«

»Dann wäre mein Glück doppelt so groß, Euch beide zu meinen Füßen zu sehen . . . Es wäre für mich das allergrößte Vergnügen, Euch unter seinen Augen zu besitzen. Das wäre die einzige wahre Vergeltung für die Schmach, die ihr mir angetan habt.«

Er stürzte sich auf sie, um sie zu fassen, doch Donna Gabriella war schneller als er, sie glitt unter ihm weg und stellte einen Lehnstuhl zwischen sich und Emanuele, als könnte sie sich dahinter schützen. Heiße Tränen standen ihr in den Augen, als sie ihm drohte: »Paßt auf, was Ihr tut! Nehmt Euch in acht! Jede Eurer Freveltaten wird Euch teuer zu stehen kommen.«

Doch keines ihrer Worte erreichte mehr Emanueles Ohr, er war ganz in der Gewalt der gierigen Bestie in ihm. Mit einem Sprung war er bei Donna Gabriella, ergriff sie, packte ihre Handgelenke, drückte sie in seinen Fäusten zusammen, damit sie sich nicht mehr rühren konnte, und zwang sie, den Oberkörper nach hinten zu beugen. Verzweifelt wand sie sich hin und her, versuchte ihm in die Hände zu beißen, stemmte ihre Knie gegen diesen Leib, der sich an sie preßte. Ihr Herz schrie, denn sie spürte seine zunehmende körperliche Überlegenheit. Heiße Tränen füllten ihre Augen, und ihr Atem ging in ein Röcheln über. Noch eine weitere Minute, und sie würde die Schande über sich ergehen lassen müssen . . . Nur noch Sekunden.

Da ertönte vom Hof ein Gewehrschuß, und die Fensterscheiben zersprangen.

Emanuele hielt inne, richtete sich auf und schaute mit zorniger Verwunderung um sich. Ein zweiter Gewehrschuß war zu hören, und weitere Fensterscheiben gingen zu Bruch.

»Verflucht noch mal!« schrie er und stürzte ans Fenster. Donna Gabriella sprang auf die Beine, Hoffnung erhellte ihr Gesicht. Sie preßte ihre Hände gegen die Brust, als wolle sie die Schläge ihres Herzens unterdrücken, und murmelte: »Mein Gott! Mein Gott!«

Die Schüsse waren noch nicht verklungen, als heftig gegen die Zimmertür geschlagen wurde. Emanuele zog sein Schwert.

»Wer ist da?«

Statt einer Antwort wurde heftiger gegen die Tür geschlagen, die schließlich nachgab und aufsprang. Drei Männer mit Gewehren standen auf der Schwelle. Ihre Gesichter waren hinter Masken verborgen, an den Gürteln trugen sie Pistolen und Dolche. Hinter ihnen war einer, der ihr Anführer zu sein schien: mit beißendem Spott sagte er: »Es sieht so aus, als würden wir den Herrn Herzog bei seinem Vergnügen stören. Das dauert mich wirklich sehr, aber ich bin sicher, daß die Frau Herzogin ebendieses Vergnügen gar nicht nach ihrem Geschmack findet. Darum bitten wir Euch freundlichst, sie freizulassen.«

In einer mächtigen Aufwallung von Freude legte Donna Gabriella die Hände ineinander und rief laut: »Danke, danke! Ah! Ich bin gerettet!«

»Wer seid Ihr? Was wollt Ihr?« brüllte Emanuele, bleich vor Wut über seine Ohnmacht angesichts der schaurigen schwarzen Gewehrmündungen, die auf ihn gerichtet waren. »Wie könnt Ihr es wagen, in mein Haus einzudringen?«

»Langsam, mein Herr. Ich wette, wenn Herr Gastone, der sich übrigens bisher kaum als Straßenräuber betätigt hat, erfährt, zu welchem Zweck Euch sein Schloß dienen sollte, wird er sicherlich etwas zu dem Begriff ›mein Haus‹ zu sagen haben. Und was das Wort ›wagen‹ angeht, sollte der Herr Herzog wissen, daß wir überall hineinkommen ... Es ist unsere Pflicht und auch unser Recht.«

Zu Donna Gabriella gewandt, fügte der Maskierte hinzu: »Wenn Frau Herzogin wollen, Ihre Sänfte wartet vor der Tür.«

»Ihr kommt hier nicht mehr lebend raus! Weder ich noch ein anderer!«

Emanuele schickte sich an, Donna Gabriella mit dem Degen zu durchbohren, doch da war der Maskierte schon behende wie ein Leopard auf ihm drauf, packte ihn, hieb ihm den Degen aus der Hand, bevor Emanuele überhaupt Widerstand leisten konnte.

»Ihr seid ein widerlicher Kerl!«

Emanuele wand sich hin und her, um sich aus diesem stahlharten Griff zu befreien, aber der Mann zog ihn zu den drei Bewaffneten hin.

»Eines, Herzog, laßt Euch sagen«, sagte er lächelnd hinter der Maske, »die Frauen der anderen sollte man nicht anrühren.«

Mit einemmal spürte Emanuele, der wie ein wildes Tier, das in die Falle geraten ist, kämpfte, daß er in einem Netz aus Seilen gefangen war und weder Arme noch Beine mehr rühren konnte. Dann wurde er hochgehoben und in den Hof hinuntergetragen. Als er dort seine Männer mit Händen und Füßen an die Ringe eines steinernen Pflocks gefesselt sah, an denen gewöhnlich die Zugtiere festgebunden wurden, schäumte er vor Zorn. Vor ihnen standen weitere maskierte und bewaffnete Männer.

Rasende Wut auf seine eigenen Leute überkam ihn, und

da er nicht wußte, wie er sich sonst Luft machen sollte, spuckte er auf sie und schrie: »Ihr Feiglinge!«

Aber die Männer, die ihn trugen, ließen ihm keine Möglichkeit zu weiteren Äußerungen. Nachdem sie ein Ende des Netzes in einen der großen Ringe eingeführt hatten, die einst dazu dienten, die Ketten der Zugbrücke zu halten, zogen sie ihn hoch und ließen ihn mit ausgestreckten Armen neben dem Eingangstor baumeln und lachten ihm gröhlend ins Gesicht.

Emanuele brüllte, stöhnte, fluchte, und Schaum stand ihm vor dem Mund, wilde Anfälle schüttelten seinen ganzen Körper. Sein Gesichtsausdruck hatte nichts Menschliches.

Er mußte zusehen, wie Donna Gabriellas Sänfte das Schloß verließ und der Anführer der Maskierten neben ihr herlief. Im Vorübergehen faßte er Emanueles Kinn, sah ihn mit einem spöttischen Lächeln an und sagte: »Viele Grüße und guten Aufenthalt, Don Emanuele!«

Im Schloß, in dem nun kein Laut mehr zu hören war, blieben nur noch seine an die Ringe gefesselten Männer zurück, gelb vor Entsetzen im Gesicht. Und er, Emanuele, baumelte wie ein Gehenkter am Tor.

Der Fürst von Geraci sah ihn, wie er am Abend auf einer Bahre zurückkehrte, getragen von seinen Bauern. Seine Armgelenke waren ausgerenkt.

Zur gleichen Zeit überbrachte ein Diener ihm einen geheimnisvollen Brief:

»Hochverehrter Herr Fürst,
aus Rücksicht auf Eure Person haben wir uns darauf beschränkt, Eurem Herrn Enkel nur eine kleine Warnung zu erteilen. Überzeugt ihn davon, daß die Zeiten der Gewalt und der Anmaßung vorbei sind.«

Der Brief trug keine Unterschrift, nur ein kleines Siegel mit einem Kreuz, über das diagonal zwei Schwerter gelegt waren.

»Die Beati Paoli!« flüsterte der Fürst entsetzt.

X

Am Nachmittag des 8. August kehrte Blasco aus Termini zurück.

Das Schloß hatte sich bedingungslos ergeben, da die Savoyer zu weiterem Widerstand nicht in der Lage waren. Die dreihundert Verteidiger kehrten nun, unbewaffnet und von Dragonern und spanischen Fußsoldaten umringt, als Gefangene in die Stadt zurück, in der sie als Sieger vier Jahre zuvor Einzug gehalten hatten.

Blasco eilte sofort zum Haus von Donna Gabriella.

Die schöne Frau hatte sich von der heftigen Aufregung dieser Entführung noch nicht erholt und lag zu Bett. Das wunderte Blasco nicht wenig, der nichts von dem Vorgefallenen wußte.

»Warum habt Ihr mich denn nicht benachrichtigt? Was tut Euch denn weh? . . . Ungezogene, Ihr, wenn ich das gewußt hätte, wäre ich flugs an Eure Seite geeilt!«

Zu keiner Erklärung fähig und am ganzen Leib zitternd, drückte sie Blasco stumm an sich. Die Freude, den Geliebten wiederzusehen, und die zugleich neu aufkeimende Angst erschütterten sie so sehr, daß sie kein Wort herausbrachte.

Blasco wunderte sich über ihr Schweigen und ihre stille, schmerzerfüllte Umarmung.

»Was habt Ihr denn? Warum sagt Ihr nichts?«

Da erst kamen zaghafte Worte über ihre Lippen.

»Ich bin sehr krank gewesen und habe Angst gehabt, Euch zu verlieren . . . Euch für immer zu verlieren!«

»Habt Ihr so etwas denken können?«

»Ja . . .«

Sie erschauerte am ganzen Leib, als die Bilder wieder in ihr wach wurden, die sie sechs Tage lang gepeinigt hatten. Ihre Arme klammerten sich mit solcher Heftigkeit an den geliebten Mann, als wolle sie ihn nie mehr wieder loslassen.

»Ihr seid ein kleines Mädchen«, sagte Blasco und streichelte sie. In scherzhaftem Ton sprach er weiter: »Und warum hättet Ihr mich verlieren sollen? Sollte ich derjenige gewesen sein, der Euch verließ?«

Diese Frage brachte Donna Gabriella wieder zur Besinnung, und rasch erklärte sie: »Ja, ja, ... Ihr verließet mich, um einer anderen Frau nachzueilen, die schöner ist als ich.«

Sie war sich nicht bewußt, daß sie damit in Blascos Erinnerung eine Tür geöffnet hatte, hinter der er die Vergangenheit unter Verschluß hielt. Ein Schatten legte sich auf seine Stirn. In Gedanken sah er ein Gitter und dahinter das ernste, leidvolle Gesicht Violantes. Violante, die allein und verloren in jenem riesigen Kloster, ohne Liebe, ohne Schutz, Opfer des selbstsüchtigen Handelns anderer geworden war wie ein unschuldiges Lamm. Violante, die er selbst in wahnwitziger Verblendung oder weil er sich einbildete, etwas Nobles damit zu tun, beinahe ihren Schlächtern ausgeliefert hatte. Violante, die er geliebt hatte wie die Verkörperung der reinen und heiteren Freude, wie einen Traum.

Warum schloß Donna Gabriella das Türchen zu diesem Schrein in seinem Herzen auf, in dem er das Bild Violantes verwahrte? Warum?

»Habe ich Euch mit meinen Worten Kummer bereitet?« fragte Gabriella zärtlich.

»Nein, nein, aber was habt Ihr nur für Ideen!«

Beide schwiegen für eine Weile. Ahnte Gabriella, daß sie einen Fehler begangen hatte? Sie kniete im Bett auf, mit ihrem durchsichtigen, halb verrutschten Nachthemd, drückte Blasco mit ihren schönen nackten Armen an sich und flüsterte, zitternd vor Argwohn und Leidenschaft: »Sag mir, daß du nur mich liebst, und mich immer lieben wirst ... Sag es mir!«

»Ja, ja, ich liebe dich allein!« antwortete Blasco, und er klammerte sich an diese Antwort wie an ein rettendes Seil, um aus dem Meer jener schmerzlichen Bilder aufzutauchen.

Donna Gabriella hatte nie etwas über ihr gefährliches Abenteuer an Blasco geschrieben. Als sie das Schloß San Nicola verließen, hatte ihr maskierter Begleiter gesagt: »Frau Herzogin, ich bitte Euch, Herrn Blasco nichts über die Sache zu schreiben und auch zu schweigen, wenn er zurückkommt.«

Erstaunt hatte sie ihn angesehen, und er hatte lächelnd hinzugefügt: »Wir sind seine besten Freunde: wir haben das Vergnügen und das Glück, Euch zu beschützen und zu verteidigen. Den Beweis dazu haben wir Euch geliefert. Vielleicht hätten wir früher eintreffen sollen, aber die Schuld lag nicht bei uns. Andererseits sind wir ja noch rechtzeitig eingetroffen ...«

»Oh, mein Herr, wer auch immer Ihr und Eure Gefährten seid, ich bin Euch überaus dankbar. Ich bitte Euch jedoch, mich nach Termini zu begleiten.«

»Wieso nach Termini?«

»Ja, wißt Ihr denn nicht, daß Blasco schwer verletzt ist und im Sterben liegt?«

»Blasco verletzt? Im Sterben? Aber nicht doch! ... Wer hat Euch das gesagt?«

»Er hat es mir geschrieben ...«

»Unmöglich!«

»Hier habe ich seinen Brief ... Lest selbst!«

Sie zog den Brief aus ihrem Busen und gab ihn dem maskierten Mann; der aber hatte nach einem knappen Blick darauf rasch verstanden und rief aus: »Ist Euch nicht klar, daß dieser Brief eine Fälschung ist und geschrieben wurde, um Euch in die Falle zu locken?«

»Was sagt Ihr?«

»Aber das ist doch ganz offensichtlich, du guter Gott! Blasco fehlt überhaupt nichts, ich habe gestern Nachrichten von ihm erhalten.«

»Ach!«

Lebhafte Freude überzog Donna Gabriellas Gesicht, und sie sah ihren Retter an.

»Ja, ich erkenne Euch wieder, Ihr seid ...«

»Still! Es ist unwichtig, wer ich bin. Euch reicht es, zu wissen, daß Ihr einen getreuen Freund an Eurer Seite habt, der mit Sorge über Euch wacht. Ich bitte Euch jedoch, Blasco gegenüber alles zu verschweigen; es ist gut, wenn er nichts davon erfährt. Und was jenen anderen angeht, so habt Ihr ja selbst gesehen, welche Lektion wir ihm erteilt haben.«

Dann erzählte er ihr, auf welche Weise er ihr überhaupt hatte zu Hilfe eilen können, wobei er natürlich verschwieg, was es zu verschweigen galt. Der Diener, den er ausgeschickt hatte, um sich in der Nachbarschaft zu erkundigen, ob die Nacht ruhig verlaufen sei, hatte ihm mitgeteilt, daß die Herzogin sich zum Aufbruch nach Termini vorbereite. Zusammen mit einigen seiner Männer war er losgeritten, um sie einzuholen, da er befürchtete, daß überall Straßenräuber auf der Lauer lagen. In der Nähe der Schlucht von San Nicola war er auf die zwei gefesselten Diener in Begleitung einiger Schurken gestoßen: er hatte sie wiedererkannt, sie befreit und alles von ihnen erfahren.

Noch einmal sprach er die Bitte aus, Blasco dies alles zu verschweigen.

»Der Haß zwischen den beiden Brüdern würde sich nur verschärfen, und das will ich nicht«, sagte Coriolano abschließend. »Es ist vielmehr notwendig, daß Emanuele seinen älteren Bruder, der eigentlich der Herzogskrone viel würdiger wäre, anerkennt und ihm zu einem angesehenen Rang verhilft.«

»Oh, ja, das ist wahr! Blasco ist ein Königreich wert!«

Coriolano lächelte über diesen Ausspruch einer verliebten Frau.

In jenen Tagen, als Donna Gabriella zu Bett lag, wollte der Fürst von Geraci ihr seine Aufwartung machen, aber sie hatte ihrer Dienerschaft strenge Anweisung gegeben, keinen außer dem Cavaliere della Floresta vorzulassen. Ihren Verwandten, die sich über ihre verfrühte Rückkehr wunderten, hatte sie erzählt, daß ein plötzliches Unwohlsein sie überkommen habe, und ihr Fieber bestätigte diese Erklärung. Die Männer, die sie begleitet hatten, hatten ein Schweigegeld von ihr erhalten und geschworen, daß kein Wort über das Vorgefallene jemals über ihre Lippen kommen würde. Auch Emanuele hatte keine Silbe verlauten lassen.

Licht in die Sache konnte also nur jener geheimnisvolle Brief der Beati Paoli bringen, der den Fürsten von Geraci in Furcht und Schrecken gestürzt hatte. Doch war auch dies nur ein schwaches Licht.

Er suchte den Fürsten von Carini, Generalvikar der Gemeinde Val di Mazara auf, um ihm jenen Brief zu lesen zu geben und das schwere Verbrechen anzuzeigen, das die Beati Paoli gegen seinen Enkel begangen hatten.

»Wie Hochwürden selbst sehen, ist die Sekte alles andere als aufgelöst, wie man geglaubt hatte. Und jetzt wagt sie nicht nur, unsere Söhne zu ermorden, sondern auch den Geist der Auflehnung gegen unsere Herrschaft weiter zu verbreiten.«

Der Fürst von Carini war betroffen. Gewiß, man mußte Ermittlungen anstellen und sich um die Angelegenheit kümmern, aber dazu mußte man zunächst Genaueres von Emanuele selbst erfahren. Er ahnte nicht, daß es genügt hätte, seine Nichte Donna Gabriella zu befragen, um den Schlüssel des Geheimnisses zu haben und den Beati Paoli Dank zu sagen, statt sie zu bestrafen.

Aber Emanuele schwieg.

»Ich brauche die Justiz nicht«, sagte er, »ein Herzog della Motta verschafft sich eigenhändig Recht.«

Da muß eine Frau dahinterstecken, dachte sein Großvater. Und um zu verhindern, daß Emanuele in seiner unstillbaren Rachsucht in noch größere Schwierigkeiten geriet, sah er keinen anderen Weg, als ihn auf Reisen zu schicken und ihn bei seiner Rückkehr mit Violante zu verheiraten, wenn es nicht sogar ratsam erschien, die Hochzeit zu beschleunigen. Er besprach sich mit dem Fürsten von Butera, der seine Zustimmung gab. Die beiden Großväter waren überzeugt, damit die Sache auf großartige Weise zu lösen, und setzten für den 8. Dezember, das Fest der Unbefleckten Empfängnis, die Hochzeit an. Sobald Emanuele genesen wäre, sollte er Violante den Verlobungsring ins Kloster von Santa Caterina bringen und dann abreisen.

»Schickt ihn nach Neapel oder nach Rom«, schlug der Fürst von Butera vor, »wir werden ihn dem Botschafter Seiner Majestät empfehlen. Ihr seid doch spanischer Grande.«

Doch die Genesung Emanueles zog sich hin.

Während dieser Zeit waren aus Messina Nachrichten über einen Volksaufstand gegen den Fürsten von Lardaria eingetroffen sowie Einzelheiten über die Belagerung der Zitadelle und der Festung Forte Salvatore, die immer noch in der Hand der Savoyer war. Da der Vizekönig die militärischen Operationen vorantreiben mußte, um Milazzo einzunehmen, forderte er die Reiterschwadron an, die bei der Eroberung Terminis dabeiwar, und Blasco erhielt erneut den Befehl zum Aufbruch.

»Oh, ich werde dich nicht allein reisen lassen,« sprach Donna Gabriella bestimmt. »Ich komme mit . . .«

»Aber nein, meine Liebe«, warf Blasco ein, »ich hätte Angst um dich.«

»Und ich will nicht hierbleiben, allein und in weiter Ferne von dir. Hat mein Liebster verstanden? . . . Nein, nein! . . . Ich hätte nur Angst. Wenn du wüßtest, welche Angst ich ausgestanden habe! Nimm mich mit. Du wirst sehen, ich werde dir keinen Ärger bereiten. Und du wirst eine Freundin an deiner Seite haben, die sich um dich kümmern wird. In deiner Nähe fühle ich mich mutiger.«

Er mußte nachgeben.

Die Schwadron brach auf dem Landweg auf. Der Seeweg war nach der Schlacht von Messina nicht mehr sicher; die spanische Flotte war bei dem Überfall durch die Engländer schwer angeschlagen worden.

England war ganz unvorhergesehen gegen Spanien zu Feld gezogen, das, von dem unruhigen Kardinal Alberoni in Aufruhr versetzt, den Frieden in Europa gefährdete. Eine vierfache Allianz war gegen Spanien zustande gekommen. Während die englische Flotte mit achtundzwanzig Schiffen unter dem Befehl des Admirals Bing von Neapel gen Sizilien in See stach, eilten österreichische Regimenter den Savoyern in der Zitadelle zu Hilfe.

Die englische Flotte war, ohne feindliche Absichten kundzutun, in den Meerbusen von Faro vorgedrungen. Doch nach einem ersten Wortwechsel erklärten die Engländer, daß sie Weisung hätten, die Neutralität der Halbinsel und die Einhaltung der Vertragsbedingungen von Utrecht zu gewährleisten, was einer Kriegserklärung gleichkam.

Darauf griff die spanische Kriegsflotte in das Geschehen ein. Sie verfügte über siebenunddreißig Schiffe, neun mehr als die Engländer, aber die Spanier konnten nur auf 7142 Mann und 1038 Kanonen zählen, während auf englischer Seite 9063 Männer und 1440 Kanonen standen. Sie waren eindeutig in der Übermacht und besaßen auch größere Erfahrung. Die spanischen Schiffe standen unter dem Befehl des Admirals Castañedo, eines unfähigen und unentschlossenen Mannes, der zuließ, daß seine Flotte überfallen und besiegt wurde, was er damit entschuldigte, daß die Engländer wie *asesinos, fuera de toda regla de milicia nacional** gewesen seien. Die spanischen Schiffe, die gerettet werden konnten, suchten im Hafen von Palermo Zuflucht, aber das Meer blieb den Feinden überlassen. Sich mit Kriegsschiffen dorthin zu wagen kam einer sicheren Gefangennahme durch die Engländer gleich. Und so erging der Befehl, die spanischen Truppen auf dem Landwege aufbrechen zu lassen, was zwar sehr viel länger, aber auch wesentlich sicherer war.

Die Fuhrleute, die gewöhnlich diese Straße benutzten, oder wer auch immer sich in eine der Ortschaften zwischen Palermo und Messina begeben mußte, nutzten diesen günstigen Umstand, um eine sichere Reise zu haben, so daß den Truppen eine ganze Karawane von Zivilisten folgte. Die Sänfte von Donna Gabriella war also nicht die einzige, und sie brauchte sich nicht einmal von ihren Dienern begleiten zu lassen. Ja, um zu vermeiden, daß irgend jemand erfahren könnte, wohin sie fuhr, hatte sie eine öffentliche Sänfte gemietet und nur ihre getreue Kammerzofe mitgenommen.

Zu Hause ließ sie verlauten, daß sie den Herbst auf einer ihrer Landbesitzungen, in der Nähe des Schlosses von Brucato verbringen werde.

Als Emanuele soweit genesen war, daß er das Haus wieder verlassen konnte, und sich umgehend auf die Suche nach Matteo Lo Vecchio machte, mußte er also von diesem erfahren, daß Donna Gabriella abgereist war. Er kochte vor Zorn.

»Abgereist? Mit welchem Ziel?«

»Nun, sie wird dem Geliebten gefolgt sein, das liegt doch

* (span.) – etwa: Mörder, die sich an keine militärische Regel halten.

auf der Hand. Und in Messina wird sie weder für Euer Wohlgeboren noch für andere zu erreichen sein.«

»Das werden wir noch sehen!«

Er wußte jedoch nicht, welchen Entschluß sein Großvater und Vormund für ihn gefaßt hatte.

XI

Am ersten Sonntag im Oktober, dem Fest der Madonna del Rosario, war die Straße von Butera voll von herrschaftlichen Karossen, Sänften und Dienern in reichverzierten, betreßten Uniformen, die sich vor dem großen Tor versammelten und über ihre Herrschaften klatschten.

Bei jedem Gefährt, das sich, von Läufern umringt, näherte, teilte sich die Schar der Bediensteten in zwei Flügel, um Platz zu machen; man verbeugte sich tief, man zwinkerte einander zu und gab ironische Kommentare zum besten. Wer in die Chronique scandaleuse eingeweiht war, wartete mit Neuigkeiten über die Brautleute auf.

»Eine Ehe ohne Liebe . . .«

»Es heißt, als sie zum Kloster gingen, um die Braut abzuholen, sei die Arme leichenblaß geworden.«

»Ist er vielleicht kein schöner Ehemann? . . .«

»Er ist bloß reich.«

»Und ein Galgenvogel.«

»Habt ihr gehört, was ihm zugestoßen ist?«

»Ach ja! Er wurde verprügelt.«

»Halb aufgehängt haben sie ihn!«

»Die Beati Paoli.«

»Da muß er ja was angestellt haben.«

»Wer weiß, gegen wen.«

»Vielleicht irgendein armes junges Mädchen.«

»Ja, vor dem ist keine sicher . . . »

»Der wird noch mal von Mörderhand enden.«

»Und die Braut, ist sie schön?«

»Wie eine Madonna!«

Die Säle des Palastes füllten sich mit vornehmen Damen. Der Fürst von Butera, in der großzügigen Tradition seines Hauses stehend, wollte zu erkennen geben, daß er seine Enkelin, die ja Vollwaise war, nicht weniger prunkvoll zu verheiraten gedachte als eine eigene Tochter; und so fand die Verlobungsfeier in einem glanzvollen Rahmen statt, der seinem gesellschaftlichen Rang wie auch dem der Familie des Bräutigams würdig war.

Doch aller Prunk und Glanz stand in erschreckendem Gegensatz zu Violantes Gesichtsausdruck.

Das arme Mädchen wartete in ihrem Zimmer inmitten ihrer schon verheirateten Tanten auf den Augenblick, da sie der aristokratischen Gesellschaft vorgestellt werden würde; ihr Aussehen glich dem einer zum Tode Verurteilten, die zitternd und zugleich ungeduldig auf den schicksalsschweren Augenblick wartet, da sich die Türen öffnen werden und sie zum Schafott schreiten wird. Sie hatte erst an diesem Morgen das Kloster verlassen, um den Verlobungsring in Empfang zu nehmen; doch schon seit dem Vortag wußte sie, daß sie sich für das Opfer bereiten mußte.

Ihr Großvater war gekommen, es ihr zu verkünden.

Kaum hatte sie die ersten Worte aus seinem Mund vernommen, wurde sie totenbleich.

»Warum denn so früh?« fragte sie.

»Das ist doch nicht früh, im Gegenteil«, meinte der Fürst, »in deinem Alter solltest du längst schon verheiratet sein. Wir haben den Zeitpunkt hinausgezögert, um dir ein Vermögen zu verschaffen, aber jetzt ist es an der Zeit, meine Tochter. Du kannst nicht länger hier eingeschlossen bleiben.«

»Aber mir geht es gut hier, ich habe keine anderen Wünsche, ich habe die guten Nonnen hier ins Herz geschlossen ... Warum wollen Euer Wohlgeboren mich verheiraten?«

»Zum Teufel noch mal! Du bist geradezu verpflichtet dazu. Du besitzt ein beachtliches Erbe, das nicht in fremde Hände, nur in die deiner eigenen Kinder kommen darf...«

»Oh, Signore, ich flehe Sie an, verschieben Sie die Hochzeit noch um ein Jahr, lassen Sie mir noch ein wenig Zeit, es ist doch eine ernste Angelegenheit!«

»Albernheiten! Was sollen diese Bitten? Es ist beschlossene Sache. Ich bin sicher, dem Willen deines Vaters gemäß zu handeln.«

»Aber wenn ich mich zum Klosterleben berufen fühlte?«

»Das wird dir schon vergehen.«

»Und wenn ich gar keine Berufung zur Ehe fühlte?«

»Die wird dir schon kommen.«

»Nein, Fürst, die kommt nicht. Ich schwöre Ihnen, die Ehe ist etwas, was mich in Angst und Schrecken stürzt. Lassen Sie mich hier im Kloster bei meinen Tanten.«

»Nun reicht's aber! Seit wann mischt sich ein junges Mädchen in solche Dinge ein? Morgen früh werden wir dich abholen, morgen abend bringen wir dich wieder zurück, und hier wirst du bis zum Tag deiner Hochzeit bleiben. Und jetzt reden wir nicht mehr davon.«

»Nichts als Albernheiten!« murmelte der Fürst, als er ging.

Violantes Blicke folgten ihm durch die Gitterstäbe, dann brach sie in Tränen aus, und schluchzend warf sie sich in die Arme ihrer beiden Tanten.

»Mutter Rosalia, Mutter Concezione, Ihr müßt mich retten! Ihr müßt mich retten!«

Die zwei Nonnen erschraken.

»Was ist denn geschehen?«

»Ich bin verloren, wenn Ihr mich nicht rettet, meine guten Tanten! Tut es dem Andenken meines Vaters zuliebe!«

»Aber so sprich doch! Heilige Jungfrau des Rosenkranzes! Was ist denn passiert?«

Blaß und verwirrt gab sie die Unterredung mit dem Großvater wieder, ihre Erzählung wurde immer wieder von Schluchzern unterbrochen.

»Ich will ihn nicht heiraten! Ich will einfach nicht!« rief sie heftig und schüttelte den Kopf.

Die zwei Schwestern zeigten sich besorgt.

»Aber Kindchen, man muß gehorchen . . . wenn der Herr im Himmel will, daß du in das weltliche Leben eintrittst, mußt du seinen Willen ausführen. Dein Großvater will nur dein Bestes!«

»Ach, auch Ihr laßt mich im Stich?«

»Aber nein, wir lassen dich nicht im Stich, Kindchen. Doch man muß vernünftig sein. Empfiehl dich Gott und der Heiligen Jungfrau, und du wirst Trost finden.«

»Oh, mein Gott, mein Gott! Warum nur wollt Ihr meinen Tod?«

Die Schwestern versuchten sie zu trösten, aber was konnten sie schon tun? Besaßen Sie doch keinerlei Macht, die vom Großvater beschlossene Hochzeit zu verhindern.

»Ich will Nonne werden!« schluchzte Violante, »ich will das Kloster nicht verlassen.«

Ja, die beiden wären glücklich gewesen, ihre Nichte an ihrer Seite zu haben; mit Freuden hätten sie das Mädchen als Nonne gesehen, aber wie konnten sie sich dem Willen des Fürsten widersetzen, der nie von einem Vorhaben abließ, wenn er es sich einmal in den Kopf gesetzt hatte?

Violante verbrachte die Nacht in tiefer Verzweiflung. Die Erinnerung an die Vergangenheit wurde wieder wach, und Bilder, die sie versucht hatte zu vergessen, traten ihr vor die Augen.

Emanuele? Den verachtete sie doch. Sie hatte ihn nur flüchtig einige Male gesehen und sogleich eine unüberwindliche Abneigung empfunden. Auch wenn sie sich selbst geschworen hatte, Blasco zu vergessen, jenen Blasco, der eine Nacht sein Haupt neben sie gebettet hatte, jenen Blasco, der so sanft und zärtlich zu ihr gewesen war und den sie dann beinahe in den Armen der Stiefmutter überrascht hatte – wie auch immer, sein Bild stand wieder vor ihren Augen wie ein heftig begehrtes Gut, das auf unwiederbringliche Weise verloren war!

Was war aus ihm geworden? Sie wußte nichts mehr über ihn. Eifersüchtig hatte sie vier Jahre lang das Geheimnis dieser Begegnung gehütet und nicht gewagt, irgendeine Nachricht über Blasco zu erfragen. Der Tag, an dem der Marqués de Lede seinen feierlichen Einzug in Palermo hielt, zuckte sie plötzlich zusammen, als sie vom Balkon, der auf die Via Toledo ging, die vorbeireitenden Dragoner betrachtete und darunter einen sah, der Blasco ähnelte. Doch war sie weit von der Annahme entfernt, daß ihr schöner Kavalier einer dieser ausländischen Soldaten sein könnte.

Wo war er? War er überhaupt noch am Leben? Sie wußte es nicht. Unter den heftigen Qualen dieser Erinnerungen verbrachte Violante die Nacht. Wie allein und verlassen war sie doch auf der Welt!

Am Morgen holten die beiden Großväter sie ab und begleiteten sie in den Palast. Violante war bleich wie ein Gespenst.

Der Fürst spottete ein wenig über ihr blasses Gesicht, aber hinter seinen scherzhaften Worten war deutlich sein gebieterischer und unwiderruflicher Wille zu spüren, der dem Mädchen jede Hoffnung und jeden Mut nahm.

Willenlos, ohne die geringste Anteilnahme ließ sie sich ankleiden, ihre Bewegungen waren mechanisch wie bei einer Puppe. Ihre Augen starrten ins Leere und schienen sich in der Tiefe ihres düsteren Schicksals zu verlieren.

Totenblässe lag über ihrem Gesicht, als sie von der Großmutter in den Salon mit den zahlreichen Gästen geführt wurde. Sie sah so jammervoll aus, daß ein erstauntes und mitleidvolles Raunen über die Lippen der Gäste kam. Es kostete Violante eine übermenschliche Kraft, nicht ohnmächtig zu Boden zu sinken und eine ruhige, würdevolle Haltung zu bewahren.

Auch Emanuele, der an der Seite seiner Großeltern hereintrat, war erschreckend blaß, und sein Gesicht drückte überdeutlich die Abneigung aus. Schon von weitem gewahrte Violante, daß sich in seinem Innern der gleiche Widerwille regte wie in ihr. Auch er also wünschte diese Heirat nicht? Er liebte sie nicht, ebensowenig wie sie ihn liebte? Diese Tatsache ließ Violantes Herz vor Freude hüpfen. Wenn Emanuele sie nicht liebte, sie vielmehr haßte, dann war er für sie die beste Stütze. Eine verrückte Idee ging ihr durch den Kopf: sie könnte den jungen Herrn, den man ihr als Gefährten fürs Leben auserkoren hatte, fragen, ob es für sie beide denn nicht besser wäre, sich entschlossen dieser Heirat zu widersetzen.

Emanuele kam auf sie zu.

Als er vor ihr stand, nahm der Fürst von Geraci ihn bei der Hand, stellte ihn dem Fürsten von Butera vor und bat diesen, ihm die Ehre zu erweisen, seinem Enkel Don Emanuele Albamonte, Herzog della Motta, die Hand seiner Enkelin Donna Violante Albamonte zu gewähren.

Nachdem ihm mit steifer Würde die Antwort erteilt worden war, forderte der Fürst von Geraci seinen Enkel auf, Donna Violante zu bitten, sie möge geruhen, den Verlobungsring als Treuepfand entgegenzunehmen, wie es der Brauch sei.

Violante mußte ihm ihren rechten Ringfinger reichen, um sich den Ring anstecken zu lassen. Schweißperlen standen ihr auf der Stirn, und ihre Hände waren eisig. Aber ihr Stolz hielt sie zurück, sich unter den Augen Hunderter von Gästen ihrem Schmerz hinzugeben. Sie sprach kein einziges Wort, gab keine Antwort, erwiderte nichts weder auf die reizenden Worte der Verwandten noch auf die Glückwünsche, die ihr von allen Seiten zuflogen.

Eine Schar von Dienern in großer Livree reichte Erfrischungen, während in einem Nebensaal der Hausnotar gemeinsam mit den zwei Großvätern und den Zeugen den Ehevertrag aufsetze. Emanuele stand finster da und nahm schweigend all diese Komplimente entgegen.

»Was seid Ihr für ein glücklicher Mann, nun besitzt Ihr Schönheit und Reichtum!«

»Ich habe Donna Violante noch nie zuvor gesehen, sie ist wirklich wunderschön, das muß ich Euch sagen! Meine Glückwünsche!«

»Ihr werdet ein beneidenswertes Paar sein!«

Alle diese meist von der Etikette diktierten Floskeln verdrossen Emanuele. Manchmal warf er einen Blick auf Violante, um jene Schönheit zu entdecken, die alle hochpriesen. Und er mußte zugeben, daß sie wirklich schön war. Trotzdem übte sie nicht die mindeste Anziehung auf ihn aus. Seine heftige Abneigung galt jedoch nicht so sehr der für ihn auserwählten Braut, sondern der Ehe als solcher, die ihm als eine Art Gefängnis vorkam.

Er war noch so jung! Und er wollte doch das Leben genießen! Sein Vater hatte sich erst mit über vierzig Jahren verheiratet; warum wollten sie jetzt schon seiner Jugend durch einen unerwünschten Ehebund ein Ende setzen? Damit hatte es doch noch Zeit!

Nur eins konnte ihn jetzt noch trösten: seine Reise nach Rom, die ihn nicht nur von den Pflichtbesuchen bei seiner Verlobten im Kloster entband, sondern vielleicht auch unvorhersehbare Folgen haben konnte.

Vom Großvater aufgefordert, hatte Emanuele sich Donna Violante genähert, um mit ihr einige Worte zu wechseln. Aber das Mädchen rührte sich nicht. Blaß stand sie da, die Augen starr zu Boden gerichtet. Diese Haltung ärgerte Emanuele und weckte in ihm die gewohnte Grobschlächtigkeit, Ergebnis seiner Erziehung unter einfachem Volk.

»Es scheint«, bemerkte er in einem günstigen Augenblick, »daß diese Hochzeit nicht in Eurem Sinn ist . . .«

Violante erwiderte nichts, es schien, als habe sie ihn überhaupt nicht gehört.

»Im übrigen!« fügte er in aufsteigendem Jähzorn hinzu, »ist sie auch nicht in meinem Sinn!«

Er kehrte ihr den Rücken, zufrieden, daß er ihr diese beleidigenden Worte ins Gesicht geschleudert hatte – die in Violantes Herz jedoch eine unerwartete Hoffnung aufkeimen ließen. ›Danke‹, flüsterte es in ihr. Wer beobachtete, wie sich ihre Wangen rosig färbten, mußte glauben, sie sei vor Scham über einen Satz des Verlobten errötet. Gewiß erriet keiner den wahren Grund: sie errötete aus Freude über die Entdeckung, daß sie von diesem so verhaßten Mann weder geliebt noch begehrt wurde.

Am Morgen danach kehrte sie ins Kloster zurück. Ihre Seele war hin und her gerissen zwischen der schwachen Hoffnung, Emanuele selbst möge dieses Eheversprechen brechen, und dem Schmerz, überhaupt ein solches Bündnis eingegangen zu sein. Ein Trost war es ihr schließlich, ihren Verlobten für einige Zeit nicht zu Gesicht zu bekommen, da er ja nach Rom abreisen sollte.

Emanuele brach am Abend mit zwei toskanischen Galeerenschiffen auf, die Kurs auf Civitavecchia nahmen, von wo aus er nach Rom weiterreisen würde. Er war in Begleitung dreier Diener und ausgestattet mit Empfehlungsschreiben an den spanischen Botschafter, aber auch an Seine Eminenz, den Vikar, und an Pater Antonino Inguaggiato, einen der zahlreichen Geistlichen, die unter der Regierung der Savoyer ins Exil gegangen waren und wie die meisten Exilpfarrer in Rom lebte.

Pater Inguaggiato sollte Emanueles Beichtvater während seines Aufenthalts in Rom sein.

XII

Die Zitadelle von Messina hatte sich am 29. September den Spaniern ergeben, und groß war die Freude im gesamten Königreich. Doch waren immer noch einige nicht unbedeutende Festungsstädte wie Siracusa und Milazzo in der Gewalt der Savoyer, und es war strategisch günstig, sie alsbald zu unterwerfen, um so die ganze Linie zwischen den beiden größten Städten der Insel befreit zu haben.

Der Marqués de Lede ließ also alle zur Verfügung stehenden Kräfte gegen Milazzo aufmarschieren; schon im Juli war um die Stadt herum eine Blockade errichtet worden, und die Zähigkeit der Belagerer verhinderte, daß sie neue Verteidiger hinzuziehen konnte.

Anfang Oktober marschierte das spanische Heer in mehreren aufeinanderfolgenden Etappen gegen Milazzo. Auf dem Seeweg nahten deutsche Truppen zur Unterstützung der savoyischen Garnison. Es sah aus, als sollte in Milazzo über das Schicksal des Königreichs entschieden werden.

Die Spanier begannen ihre Kanonen aufzustellen, die der Festung gewiß große Schäden zufügen würde. Das erkannten die Befehlshaber der savoyischen und der deutschen Truppen, die beschlossen, die Spanier sofort anzugreifen und ihre Batterien zu zerstören.

Im Grunde genommen konnte die Garnison von Milazzo sich nicht mehr savoyisch nennen, da die Savoyer nur noch eine kleine Minderheit in ihr darstellten. Von elf Regimentern Fußsoldaten standen zehn unter österreichischer Flagge.

Unter dem Vorwand, König Viktor Amadeus zu Hilfe zu eilen und ihn bei der Einhaltung des Friedensabkommens von Utrecht zu unterstützen, trachtete Kaiser Karl VI., der schon Herrscher von Neapel war, danach, auch Sizilien unter seine Hoheit zu bringen.

Die Unterlegenheit der Spanier war bemerkenswert. Sie mußten die Schützengräben verlassen, den Rückzug antreten und konnten dabei doch nicht aufhören zu schießen. Plötzlich aber kam heftige Bewegung in die Reihen der Kämpfer, wie ein Wildbach, der über die Ufer tritt und alles auf seinem Wege mit sich reißt. Die Spanier gingen zum Gegenangriff über: der Marqués de Lede war mit sieben Bataillonen Fußsoldaten und zwei Regimentern zu Pferd in das Kampfgeschehen eingetreten.

Es wurde ein schreckliches Gemetzel.

Eine österreichische Reiterschwadron, die das piemontesische Regiment Susa auf der rechten Flanke unterstützte, richtete unter den Spaniern ein großes Blutbad an. Da befahl der Marqués de Lede zwei Schwadronen von Numancia, die kaiserliche Reitereinheit zurückschlagen und nach Möglichkeit das Fußheer einzukreisen.

Die zwei Schwadronen warfen sich, ihre prächtigen Schwerter über den Häuptern schwingend, in die Schlacht.

Blasco ritt in der ersten Reihe. Mit geblähten Nasenflügeln, den Leib über den Hals des Pferdes gestreckt, wählte er die Stelle für den Angriff.

Im Galopp ritten ihnen die Österreicher entgegen. Der Zusammenstoß war schrecklich. Blasco fand sich von der Wucht seines Angriffs bis hinter die feindlichen Linien geworfen und war rasch von kaiserlichen Reitern umzingelt. Einen streckte er mit einem Pistolenschuß zu Boden, einen anderen mit einem Degenhieb. Zwei Dragoner eilten ihm zu Hilfe. Die Schlacht hier an der Spitze des Heeres war heftig und grausam: Männer und Pferde schienen von rasender Vernichtungswut besessen. Schwerthiebe wechselten mit Schüssen. Dichter Rauch hüllte alles ein. Klingen blitzten auf, Flammen schlugen in die Höhe, Reiter und Pferde stürzten zu Boden, und weithin hallten Schreie und Stöhnen.

Die kaiserliche Schwadron wich geschlagen zurück, aber die piemontesische Infanterie hielt stand und brachte mit ihrem Feuer die Dragoner für eine Weile in Bedrängnis. Blasco sagte sich: Hier werde ich mir meine Auszeichnung als Rittmeister holen oder aber sterben!

Er warf sich erneut ins Getümmel. Sein Pferd wurde von einer Kugel getroffen. Geistesgegenwärtig sprang er aus dem Sattel, während das Tier zu Boden ging. In dem Augenblick lief ein Pferd ohne Reiter an ihm vorüber, er packte es bei den Zügeln, war mit einem Satz im Sattel und nahm die Jagd wieder auf. Die gesamte Schwadron hatte sich nach anfänglichem Zögern auf die Infanterie gestürzt.

Blasco war zur Fahne vorgedrungen, um die sich Reiter und Fußsoldaten zur Verteidigung zusammendrängten, und der Kampf tobte heftiger denn je. Blutend und mit zerrissener Uniform verteilte er rechts und links fürchterliche Degenhiebe und schlug sich seinen Weg frei.

Die Fußtruppe wich zurück; nur eine Gruppe von Reitern und Offizieren hielt stand. Da sah Blasco einen savoyischen Offizier, der, von Dragonern umzingelt, sich verzweifelt verteidigte. Es fehlte nur wenig, und der Mann war tot.

»Castellamonte!« schrie Blasco und warf sich unter die Dragoner.

Es war in der Tat der einstige königliche Leibwächter und jetzt Anführer einer Kompanie Fußsoldaten. Der Ritter Castellamonte sah auf, und auch er schien Blasco zu erkennen: er reichte ihm seinen Degen und ergab sich.

»Führt ihn zum Feldlager und behandelt ihn mit gebührender Achtung; es ist ein tapferer, loyaler Ritter.«

Nach vierstündigem Kampf suchten Österreicher und Piemonteser, zersprengt und bis unter die Stadtmauern zurückgedrängt, Zuflucht in Milazzo. Die Spanier aber besetzten erneut die Bastionen. Blasco wurde auf einer behelfsmäßigen Krankenbahre nach San Pietro geschafft; in seiner Hand hielt er die piemontesische Fahne.

Er hatte zwei tiefe Stichwunden und eine Kugel in der rechten Wade. Recht und schlecht verbunden, wurde er mit den anderen in den Ort Barcellona geschafft, wohin Donna Gabriella geeilt war, um ihn zu versorgen.

Sei es wegen der Jahreszeit, sei es wegen der Schwere der Verletzungen, seine Heilung zog sich hin. Blasco erhielt seine Ernennungsurkunde zum Oberleutnant der Dragoner von Numancia, und zugleich wurde er unbegrenzt, bis zur vollständigen Genesung freigestellt. Diese Gelegenheit nutzte er, um Anfang Februar nach Palermo zurückzukehren, während seine Schwadron noch vor Milazzo die Stellung hielt; Nachschub an Verteidigung und an Lebensmitteln war eingetroffen und, obwohl die Belagerung schon über fünf Monate dauerte, leisteten die Tapferen noch immer Widerstand.

Da Blasco in der kritischen Zeit seiner Krankheit befürchtete, dem Tode nahe zu sein, hatte er vor Donna Gabriella den Wunsch geäußert, sein Heiratsversprechen einlösen zu wollen. Sie jedoch lehnte ab.

»Nein, nicht jetzt«, sagte sie zu ihm, »ich will nicht, daß wir unsere Ehe unter dem Vorzeichen der Trauer eingehen. Wir werden warten, bis du wieder ganz gesund bist.«

»Und wenn ich sterben sollte?«

»Oh, nein, du wirst nicht sterben! Nein, nein! Das spüre ich, ich bin mir ganz sicher.«

Aus diesem Grund war Donna Gabriella, mit der Feluke von Messina kommend, als erste an Land gegangen und allein in ihrer Kutsche nach Hause gefahren. Blasco war eine halbe Stunde später in die Karosse Coriolanos gestiegen, der ihn am Hafen erwartete. Als er im Palast della Floresta anlangte, verspürte er trotz seiner Müdigkeit das dringende Bedürfnis, dem Freund seine Abenteuer zu erzählen. Donna Gabriella gegenüber empfand er sanfte Zärtlichkeit und große Dankbarkeit; das kam der Liebe zwar sehr nahe, doch empfand er nicht dieses gewisse Etwas zwischen Traum und Selbstvergessen, diese geheimnisvolle Schwermut und liebliche Verzückung, die das Wesen und den Zauber der Liebe ausmachen.

Coriolano hörte ihm aufmerksam zu. Als unverbesserlichem Junggesellen waren ihm diese Geheimnisse des menschlichen

Herzens fremd. Als Blasco geendet hatte, sagte er lächelnd: »Ihr könnt Euch nicht vorstellen, wie froh ich um Euer Glück bin! Auch ich muß der Frau Herzogin dankbar sein und bitte Euch, ihr meine Glückwünsche zu überbringen. Und ich bin um so glücklicher, da ich nun sicher bin, daß Ihr gewisse neue Nachrichten ohne Aufregung aufnehmen werdet.«

»Was für Nachrichten?«

»Etwas, womit Ihr eigentlich rechnen müßtet ...«

»Das heißt?«

»Die Hochzeit von Emanuele ...«

»Sie hat also stattgefunden?« fragte Blasco, und plötzlich war alle Farbe aus seinem Gesicht gewichen.

»Oh, nein, noch nicht. Erst in einigen Tagen wird es soweit sein, am letzten Karnevalssonntag, dem 19. dieses Monats.«

Blasco schwieg. Schwermut hatte sich wie ein Schleier über seine Augen gelegt.

»Sie hätten schon am Fest der Unbefleckten Empfängnis heiraten sollen, aber Emanuele hatte sich eine Krankheit aus Rom mitgebracht ... die ihn fürs erste daran gehindert hat. Ich weiß gar nicht einmal, ob er jetzt ohne Gefahr in der Lage dazu ist ...«

»Was für eine Krankheit denn?« fragte Blasco, wenn auch ohne allzu große Neugier.

Coriolano erklärte es ihm.

»In Rom ist nichts leichter, als sich eine solche Krankheit zu holen; es ist die verdorbenste Stadt ganz Italiens. Und ich glaube, Emanuele hat sich nicht geschont. Wie man sich erzählt, hat er in Rom ein richtiges Lotterleben geführt. Kurtisanen, Glücksspiele, Duelle ... Zweimal wurde er sogar in der Engelsburg eingesperrt. Der Fürst von Geraci hat jedes Mal den Geldbeutel ziehen müssen, bis er zuletzt den Enkel nach Palermo zurückgerufen hat. Bei seiner Ankunft war er in einer derartigen körperlichen Verfassung, daß es keiner strengeren Maßnahmen gegen ihn mehr bedurfte – die im übrigen auch nicht viel ausgerichtet hätten, da Emanuele ja nun volljährig ist.«

»Ach ja?«

»Der Fürst hat ihm schon die Rechnungsbücher übergeben und ihn in sein Vermögen eingesetzt.«

»Er ist also jetzt das Oberhaupt des Geschlechts der Albamonte!« sagte Blasco nicht ohne bitteren Unterton.

»In der Tat!«

Einen Augenblick herrschte Schweigen. Dann fragte Blasco mit einer gewissen Bewegung: »Und Violante ist glücklich über diese Hochzeit?«

»Ich würde lügen, wenn ich das behauptete.«

»Das arme Mädchen!« murmelte Blasco.

»Da habt Ihr recht!«

Und wieder senkte sich das Schweigen wie ein Vorhang zwischen sie, und auch dieses Mal war es Blasco, der es brach.

»Oh, Coriolano, ich denke, als ich seinerzeit Violante gegen Emanuele verteidigte, war ich nicht im Unrecht. Eure strenge Vorstellung von Gerechtigkeit hat einen Schurken geschützt und ein unschuldiges Mädchen geopfert.«

»Wer hätte vorhersehen können, daß sich dieser Waisenjunge, der verstoßen, seines rechtmäßigen Besitzes beraubt, verfolgt und vom Tode bedroht war, unseres Schutzes unwürdig erweisen würde? Und im übrigen, mißt die Gerechtigkeit mit der Elle des Verdienstes? Die Gerechtigkeit sieht nicht auf die Person, sondern auf die Taten, und wo eine Rechtsverletzung vorliegt, heißt ihre Aufgabe Schutz und Verteidigung. Die Gerechtigkeit ist nicht unfehlbar und kann auch einen Mann wie Emanuele unter ihren Schutz stellen. Das bedeutet aber noch nicht, daß den Schützling von heute nicht morgen schon ebenfalls die Härte des Gesetzes treffen kann.«

»Und doch bleibt das Opfer . . .«

»Das ist Schicksal. Aber ihr könnt sichergehen, daß ich über das Mädchen wachen werde.«

Und kurz darauf fügte er hinzu: »Ihr werdet doch nicht eifersüchtig sein, wenn ich an Eurer Stelle die Rolle des Beschützers übernehme?«

»Eifersüchtig? Warum sollte ich?« erwiderte Blasco bitter. »Alles ist längst zu Ende. Das Schicksal hat jedem den Weg gewiesen; ich gehe meinen Weg und beklage mich nicht, denn sonst würde ich mich einer Frau gegenüber als undankbar erweisen, die sich mit ihrer Hingabe und Leidenschaft nahezu geläutert hat und an die mich heute mehr bindet als ein bloßes Eheversprechen: auch Dankbarkeit und tiefe Zuneigung. Gewiß war das nicht mein Traum. Aber ich armer Bastard, zum Abenteuerleben gezwungen, ich durfte ja einfach keine Träume haben! Jetzt werdet Ihr sicher begreifen, daß ich mich aus Taktgefühl jeglicher Handlung zugunsten Violantes enthalten muß. Euch aber schulde ich Dank für das, was immer Ihr für sie tun werdet.«

»Seid unbesorgt! Ihr habt mein Wort . . .«

Traurig und nachdenklich brachte Blasco den Rest des Tages zu. Die ganze Zeit hatte er qualvoll das Bild Violantes vor Augen: wie sie zu dieser Hochzeit gezwungen und diesem verdorbenen, lasterhaften Bengel in die Arme geworfen wurde, der schlecht war an Leib und Seele. Donna Gabriella spürte seine Trauer und wagte nicht, in ihn zu dringen. Aber auch sie sah den Schatten, der sich auf sie legte und den sie nicht zu benennen wagte.

Sie hatte von der bevorstehenden Hochzeit Violantes erfahren, der sie als Witwe Don Raimondos Albamonte eigentlich verpflichtet war beizuwohnen. Die Nachricht hatte sie verstört, da sie das Bild Violantes, die sie nicht vergessen hatte, wieder in ihr hatte aufleben lassen. In den vier Jahren ihres Witwenstandes hatte sie ihre Stieftochter nur an hohen Festtagen aufgesucht, und dies auch mehr aus Anstand denn aus einem inneren Bedürfnis heraus. Seit dem Neubeginn ihrer Liebe zu Blasco aber hatte sie Violante nicht mehr zu Gesicht bekommen, und ihre Abwesenheit von Palermo konnte dafür eine hinreichende Begründung sein. Doch da sie nun einmal in die Stadt zurückgekehrt war, kam sie um ihre gesellschaftlichen Verpflichtungen nicht mehr herum.

In Wahrheit war sie zufrieden, daß Violante heiratete, und vor allem, daß sie Emanuele heiratete. Hinter dieser Zufriedenheit steckte auch ein klein wenig Bosheit, denn sie wußte, daß die beiden sich nicht liebten und daß es um Emanueles Gesundheit sehr schlecht bestellt war; diese Ehe würde für beide ein unerträgliches Joch bedeuten. So konnte sie, ohne eigenes Zutun, Rache an dem Mädchen nehmen.

Aber trotz ihrer selbstsüchtigen und boshaften Genugtuung war Donna Gabriella aufgeregt: Blascos trauriges Schweigen beunruhigte sie und wühlte sie auf.

An jenem Abend waren sie beide recht schweigsam bei Tisch. Blascos Umarmungen waren nicht von derselben Glut wie die anderen Male, und sie spürte, wie sich ihre Augen mit Tränen füllten.

»Warum bist du so traurig?« fragte sie ihn.

»Nein, nein, ich bin nicht traurig«, entgegnete Blasco, »vielleicht bin ich müde.«

Donna Gabriella gab nicht auf. Sie setzte sich auf seine Knie, schlang ihre Arme um seinen Hals mit jener Selbstverlorenheit und Zärtlichkeit, die sie unwiderstehlich machten, und lehnte schluchzend ihr Haupt an seine Schultern.

»Du hast mich nicht mehr lieb!«

Aber die Tage vergingen schnell, und der letzte Karnevalssonntag stand bevor. Donna Gabriella hatte eine gedruckte, mit Schmuckrahmen verzierte Einladung erhalten, auf der geschrieben stand:

»Aus hochwillkommenen Anlaß der Vermählung von Herrn Herzog della Motta und Fräulein Donna Violante Albamonte und Branciforti wird Ihre Hoheit gebeten, am Sonntag, dem 19. Februar, mit Ihrer Anwesenheit den Glanz des Festes zu erhöhen. Ihre getreuen Diener . . .«

Diese Karte half ihr aus der Verlegenheit. Umgehend schrieb sie eine Antwort, in der sie sich für die reizende Einladung bedankte, aber zu ihrem großen Leidwesen ließe ihr Gesundheitszustand es nicht zu, »persönlich« ihre »geschuldete Zuneigung« darzubringen.

Als sie diesen Brief abgeschickt hatte, fiel ihr ein Stein vom Herzen, denn in Wahrheit hätte ihre Anwesenheit bei der Hochzeit auch andere Gäste verwirrt; es war längst für niemanden mehr ein Geheimnis, was sich zwischen ihr und Emanuele zugetragen hatte.

Blasco gegenüber verlor sie kein Wort. Sie hatte in seiner Seele gelesen, sie hatte die verborgene Unruhe darin entdeckt, und ihr liebendes Herz hatte deren Grund erraten. Mißtrauisch beobachtete sie ihn, während sie sich in ihrem Schmerz verschloß. Manchmal aber loderten wieder die alten Flammen in ihren Augen, und ein Gedanke voller Haß und Rache blendete ihren Verstand.

Der Sonntag kam.

Donna Gabriella war in fieberhafter Erregung. Sie ließ die Kutsche anspannen, als wolle sie eine Spazierfahrt machen oder gar den Karnevalsumzug bewundern, der an jenem Tag über die Cassaro-Allee tobte, in Wirklichkeit aber wollte sie Einzelheiten über die Hochzeit in Erfahrung bringen.

Immer wieder wurde ihr Wagen von der Menschenansammlung zum Halten gezwungen. Das machten sich einige Kostümierte zunutze, sie gafften, geschützt hinter ihren Masken aus Pappmaché oder Seidenstoff, schamlos durch das Wagenfenster und gaben einen ihrer karnevalistischen Spottgesänge zum besten.

Donna Gabriella drückte sich in die hinterste Wagenecke, während ihre Läufer versuchten, die dreisten Figuren abzuschütteln, die nun von der Herrin abließen, um den Dienern nachzusetzen und hinter deren Rücken mit Luft gefüllte Schweinsblasen platzen zu lassen.

Mühsam nur erreichte die Karosse über die Cassaro-Allee das Krankenhaus San Bartolomeo in der Nähe der Porta Felice. Bei San Nicolò hielt sie an, und Donna Gabriella neigte den Kopf aus dem Fenster, um das Ende der Via Butera einsehen zu können.

Sie sah, daß die Straße voller Kutschen und Sänften stand, und vor Aufregung färbten sich ihre Wangen rot.

In diesem Augenblick wäre sie gerne in einer Ecke des Palastes gewesen, um das Brautpaar sehen zu können; und diesem Wunsch war boshaftes Rachegelüst beigemischt, denn sie stellte sich vor, daß es noch nie eine so düstere und traurige Hochzeit gegeben hatte wie diese.

Sie gab Anweisung, die Cassaro-Allee wieder zurückzufahren, doch da sah sie einen Karnevalszug näher kommen, der einem Schiff ähnelte, mit einem Mast in der Mitte und eingezogenem Segel. Ein Dutzend Matrosen in prächtigen türkischen Uniformen stand auf der Brücke und warf kandierte Mandeln und feineres, in Goldpapier verpacktes Konfekt unter die Menge und auf die Balkone.

Donna Gabriella versteckte sich im hintersten Winkel ihres Wagens, um ja nicht gesehen zu werden, bemerkte aber, daß das Schiff, anstatt einen Bogen zu machen, um wieder auf die Cassaro-Allee oder auf die Via Toledo zurückzukehren, nach rechts in die Via Butera einbog.

Das Schiff hielt unter den Balkonen des Palastes Butera. Die im Unterdeck versteckten Musikanten stimmten mit Geigen und Gitarren eine Weise an, die die Leute auf die Balkone lockte. Und während die Musikanten spielten und sangen, sprangen die Türken mit gezückten Krummsäbeln vom Schiff und stiegen die mit kostbaren Teppichen ausgelegte Prachttreppe hinauf.

Donna Gabriella war freudig überrascht, und als sie schließlich maskierte Damen und Ritter aus Kutschen und Sänften steigen sah, begriff sie, daß der Fürst, einem seiner ungewöhnlichen Einfälle folgend, einen Maskenball gab. Plötzlich kam ihr ein Gedanke, bei dem sie unweigerlich lächeln mußte. Sie befahl dem Fuhrmann, die bevölkerten Straßen zu meiden und auf schnellstem Wege nach Hause zurückzufahren.

Eine Dreiviertelstunde später stieg am Fuß der Prachttreppe aus einer reich geschmückten Sänfte eine Dame, die ein himmelblaues Dominokostüm mit einem großen weißen Band über den Schultern und eine kleine schwarze Maske vor dem Gesicht trug, die gerade nur den rosigen Mund frei ließ.

Rasch stieg sie die Treppe hinauf, doch als sie in dem großen Saal anlangte, hielt sie schüchtern und unentschlossen inne. Der Fürst kam ihr entgegen und reichte ihr die Hand. An den Handschuhen wie an den schmalen Füßen des Gastes erkannte er, daß er es mit einer Dame von Rang zu tun hatte, aber als Herr des Hauses war er von allzu verständlicher Neugier getrieben und schaute forschend diesen Domino an, als könne er erkennen, wer sich dahinter verbarg.

»Hochwohlgeboren«, sprach der Domino ihn an, »werden mir gestatten, auch vor Ihnen unerkannt zu bleiben . . .«

»Ich werde nicht wagen, Ihr Inkognito zu enthüllen. Im übrigen ist deutlich zu spüren, daß Ihr eine der anbetungswürdigsten Damen unserer Stadt seid, und das genügt mir . . .«

Sie bedankte sich mit einer Handbewegung und verschwand in der Schar der zahlreichen Gästen, die die Salons belebten.

Und dort stand Violante in ihrem weißen Brautkleid mit dem langen Schleier, der von einem Blütenkränzchen auf dem Kopf zusammengehalten wurde. Ihr Antlitz war weißer als der Schleier; nur die schwarzen, tief umschatteten Augen bildeten einen dunklen Fleck in all diesem Weiß und verliehen ihrem Aussehen etwas Gespenstisches.

Stocksteif und wie in Pose stand Emanuele an ihrer Seite; auch er war in weißen Atlasstoff mit Gold- und Perlenstikkerei gekleidet. Sein Gesicht aber war hochrot, als würde ihm der Kragen den Hals zuschnüren, und es stand ein Groll darin zu lesen, ein haßerfülltes Verlangen, seiner Gewalttätigkeit Luft zu machen und sich für etwas zu rächen. Keine Spur von Freude, kein Funke von Sinnlichkeit waren darin zu entdecken.

Die Brautleute hatten gerade ihren Tanz beendet, mit dem sie ihre Pflicht erfüllt und den Ball eröffnet hatten. Ihre Tanzschritte waren weder von Liebe noch von Vergnügen gelenkt. Ja, beide konnten es kaum erwarten, sich zurückziehen zu können. Es schien, als bereiteten die Geigentöne ihren Nerven unsägliche Qual.

Die Masken waren ausgelassen und voll sprühender Heiterkeit wie ein Schaumwein, sie verspotteten Damen und Ritter, tanzten, machten Sprünge, lachten und verteilten Zuckerwerk und spitze Bemerkungen. Sie hatten es auf die Brautleute abgesehen und insbesondere auf Emanuele, dem sie Lustiges oder Zweideutiges oder freizügige Empfehlungen ins Ohr flüsterten. Emanuele hatte sich zunächst verteidigt, sich dann mitreißen lassen, und nachdem er Violante, die sich nichts Besseres wünschen konnte, um Erlaubnis gebeten hatte, hatte auch er sich in das lustige Treiben gestürzt, weniger um seines Vergnügens willen als um sich aus der peinlichen Situation an der Seite einer Braut zu befreien, die bislang noch mit keinem Zeichen zu erkennen gegeben hatte, daß sie ihn überhaupt wahrnahm.

Da trat der Domino auf Violante zu. Er musterte sie von Kopf bis Fuß und sagte sehr leise zu ihr: »Du armes kleines Ding ... wie du mich dauerst!«

Violante zuckte zusammen. Es gab also jemanden, der erriet oder in ihrem Gesicht las, was in ihrem Herzen vorging?

Und mit noch leiserer Stimme flüsterte er ihr ins Ohr: »Diese Heirat hast du zwei Menschen zu verdanken: deinem Vater, Gott verzeih ihm, und Don Blasco da Castiglione ...«

Bei diesem Namen überzog eine flüchtige Röte Violantes Wangen. Sie schüttelte sich, schaute nachdrücklich den Domino an, als könne sie an den funkelnden Augen unter der Maske das Gesicht erkennen. Was wußte er? Wie konnte er so etwas behaupten? Woher kannte er Blasco?

Nicht nur Neugier, auch ein Herzensbedürfnis belebte jetzt Violantes Gesicht: es schien, als wäre die Statue zum Leben erwacht; das verschlossene Herz öffnete sich plötzlich einem wahren Ansturm von Gefühlen. Wer war dieser himmelblaue Domino? Warum hatte er ihr diese Worte zugeflüstert? Aber sie wagte ihn nicht zu fragen, denn sein Aussehen war undurchdringlich, und es bedurfte einer scharfen Beobachtungsgabe, um in seinen Mundwinkeln ein Lächeln grausamer Genugtuung zu entdecken.

»Wunderst du dich darüber?« flüsterte er ihr mit eindringlicher Stimme zu, aus der eine leichte Erregung herausklang. »Es ist, wie ich dir sage: ohne die Schandtaten deines Vaters und ohne die Großmütigkeit des Herrn Blasco, der diese Ehe gestiftet hat, wärest du jetzt glücklich ...«

Diese Worte waren für sie noch dunkler als die vorherigen, sie legten sich aber auch mit eisigem Griff um ihr Herz. Der hellblaue Domino entfernte sich mit der Gewißheit, Violante in große Unruhe versetzt zu haben.

»So wartet doch ... hört mir zu ...!«

Aber der Domino schüttelte den Kopf und verschwand in der Schar der Gäste. Violante blieb bestürzt und sorgenvoll zurück. Blasco hatte diese Ehe gestiftet? Warum hatte er sie in Emanueles Arme getrieben? Welches Interesse verfolgte er damit? ... Sie wußte, daß Blasco ein Albamonte war. Da kam ihr ein Gedanke: War diese Ehe vielleicht eine Gegenleistung, die der Bastard dem legitimen Sohn als Entschädigung erwiesen hatte? War der Mann, den sie mit der ganzen Verträumtheit ihrer Jugend geliebt hatte, ein so niederträchtiger Mensch? Und Emanuele? Er ekelte sie an. Nie zuvor hatte sie den Mann so abstoßend gefunden wie in diesem Augenblick.

Der Domino hatte auch Emanuele gesucht und sich vor ihn gestellt, während einige seiner Freunde ihn stichelten.

»Lassen Sie ihn in Ruhe, Signori. Der Herr Herzog ist in diesem Augenblick schon beunruhigt genug.«

»Tatsächlich? Worüber denn? Liebe Maske, wir wollen wissen, warum er beunruhigt ist.«

»Oh, nein, meine Herren! Das ist ein Geheimnis, das ich nicht verraten darf ...«

Emanuele zwang sich zu einem Lächeln und fragte: »Nicht einmal ich darf es wissen?«

»Von mir wollt Ihr es erfahren? Aber das Geheimnis ist doch allein Eures. Ha, ha, ha!«

Und lachend ging der Domino weg. Emanuele hatte überhaupt nichts begriffen und war sichtlich verwirrt. Doch seine Verwirrung wurde von den anderen als Geständnis aufgefaßt, daß er tatsächlich ein Geheimnis hütete, und so umringten sie ihn und fuhren mit ihren Sticheleien fort.

Unwillig befreite er sich aus dem Kreis seiner Freunde, um diesem hellblauen Domino nachzugehen. Er erreichte ihn in dem Augenblick, als er zu Coriolano della Floresta, der gerade vorüberging, sagte: »Reicht mir Euren Arm, mein Herr, und beschützt mich vor dem Herrn Herzog della Motta ...«

Emanuele sagte mit dem Anflug eines Lächelns: »Verehrte Maske, ich greife für gewöhnlich keine schönen und so reizenden Damen an ...«

»Ach!« unterbrach ihn der Domino mit Nachdruck. »Seid Ihr sicher, daß Eure Behauptung nicht widerlegt werden kann?«

Emanuele biß sich auf die Lippen.

»Wer seid Ihr?« fragte er. »Ich sterbe vor Neugier . . .«

Aber der Domino wich dieser Frage geschickt aus.

»Mein Gott, wie könnt Ihr Eure anbetungswürdige Braut nur solange allein lassen? Seht Ihr? Eure Abwesenheit schmerzt sie so sehr, daß sie schon leichenblaß im Gesicht ist! Geht und tröstet sie . . . Ich will ihr nicht den Bräutigam wegnehmen.«

»Oh, seid unbesorgt.«

»Sie könnte eifersüchtig werden.«

»Das dürft Ihr nicht glauben.«

»Sie ist nicht eifersüchtig wegen Euch?«

»Aber gewiß nicht!«

»Nein? Dann liebt sie Euch also nicht? Ach, armer Herzog! Wie leid Ihr mit tut! Nehmt Euch in acht: sie ist die Tochter Don Raimondos . . . Fragt doch mal Girolamo Ammirata, wer Eure Mutter umgebracht hat.«

»Wer seid Ihr?« Emanuele ließ nicht nach. Er konnte seinen Zorn und seine Verärgerung, aber auch eine gewisse Angst nicht unterdrücken.

Der Cavaliere della Floresta hatte diese letzten Worte gehört und war sichtlich betroffen. Er betrachtete den Mund und die Hände des Dominos, und ein Verdacht kam ihm. Er beugte sich nieder und sagte mit kaum vernehmbarer Stimme: »Seid auf der Hut, Frau Herzogin. Ihr könntet erkannt werden.«

Der Domino zuckte zusammen.

»Schweigt!«

Er war jetzt bei Violante angelangt.

»Leb wohl, kleine Braut, du wirst mich nicht wiedersehen, aber ich will dir eine Warnung hinterlassen.«

Und die Herzogin trat dicht an sie heran und flüsterte ihr ins Ohr: »Hüte dich vor allem vor den Freunden . . . Und erinnere dich, daß dein Vater ermordet wurde.«

Mit diesen Worten flüchtete sie und ließ Violante in tiefer

Bestürzung zurück. Vor ihren Augen stand das Bild des Vaters, wie er mit dem Tode ringend auf dem Bett lag.

Emanuele griff sich rasch einen Diener.

»Zehn Scudi für dich, wenn du jenem Domino folgst und mir sagst, wer er ist.«

Eine halbe Stunde später war der Diener zurück. Emanuele ging ihm ungeduldig entgegen.

»Und?«

»Eure Hoheit, es war die Frau Herzogin Witwe della Motta.«

»Donna Gabriella! Sie war's!« rief Emanuele mit haßerfüllter Stimme, in der Zorn und Scham und ein mächtiges Verlangen nach Vergeltung schwangen.

XIII

Die Hochzeitsfeierlichkeiten dauerten zwei volle Tage. Am zweiten Tag wurden sie im Palast des Fürsten von Geraci fortgesetzt, der nicht hinter seinem vornehmen Verwandten zurückstehen wollte. Und der Tradition ihrer Häuser folgend, wollten die beiden adligen Herren, daß auch das Volk an ihrer mehr oder minder großen Freude teilhabe. So wurden auf der Piazza dei Bologna Springbrunnen, aus denen Wein sprudelte, und mit Körben behängte Frühlingsbäume aufgestellt, die alles enthielten, worauf ein armer Teufel in den letzten Tagen des Karnevals Lust verspürte. Aus vollen Händen wurden von den Balkonen Münzen unter die Leute geworfen, die sie sich mit Fausthieben und unter dem lauten Gelächter der vornehmen Herrschaften streitig machten.

Am Montag dann, zwei Stunden nach Mitternacht, wurde das Brautpaar in den Palast della Motta geleitet, der nach so langer Zeit wieder seine Säle öffnete. Violante kehrte in ein Haus zurück, dessen Herrin sie nach dem Recht der Erbfolge gewesen wäre und worin sie jetzt nur noch die Gemahlin des Herrn war. Nichts war an der alten Aufteilung der Räume und ihrer Einrichtung verändert worden. Das große Eheschlafzimmer mit dem Alkoven, der mit Verzierungen und Stuckwerk eingefaßt war, das große Bett mit seinem schmiedeeisernen Laubwerk und den blauen, rosafarbenen und goldenen Verzierungen; die karmesinroten Damastvorhänge, der Reliquienschrein aus Silberfiligran mit der Schatulle aus Schildpatt und Gold; der Intarsienschrein mit den vergoldeten Bronzegriffen, der abschließbare Schreibtisch, das kleine Damastkanapee, der ovale Spiegel in seinem vergoldeten Rahmen, das leicht nachgedunkelte Gemälde der Muttergottes – alles war an seinem Platz, wie sie es in ihrer Kindheit gesehen hatte, an jedem dieser Stücke hafteten Erinnerungen.

In jenem Zimmer hatte sie das Licht der Welt erblickt, und dort war auch ihre Mutter gestorben. Eine kleine Miniatur war das einzige, was sie noch von ihr besaß.

Die ganze Vergangenheit wurde wieder lebendig wie auf einem jener großen Bilder alter Meister, auf denen um die Hauptfigur herum einzelne Szenen gemalt sind, die ihr Leben von der Geburt bis zum Tod erzählen. Ihre unschuldige und glückliche Jugend im Kloster von Montevergini; ihre Stiefmutter, die Entführung, das unerwartete und wunderbare Eingreifen Blascos; das Schloß, wo sie und Donna Gabriella als Geiseln gefangen waren; der Tod des Vaters von Mörderhand. Und hinter jedem dieser Bilder wurden Blasco und mit ihm ihre Stiefmutter sichtbar. Ein heftiger Schmerz durchbohrte ihr Herz, das sich in den vier Jahren mit der Vorstellung abgefunden zu haben meinte, das alles vorbei und vergessen wäre. Die Wunde, die sie verheilt glaubte, brach wieder auf, genau in diesem Zimmer, vor diesem Bett, auf dem sie die beiden Gesichter, das von Donna Gabriella und das von Blasco, im Schlummer gesehen hatte, so wie sie selbst an einem Morgen, dem lieblichsten Morgen ihres Lebens, in einem Landhaus erwacht war.

Jetzt betrat auch sie dieses Zimmer, aber mit einem anderen Mann. Und Blasco war es, der sie hierhergeführt hatte! Blasco, den sie geliebt, Blasco, der sie verraten hatte. Hatte er sie an Emanuele verkauft, vielleicht als Gegenleistung dafür, sich ein Albamonte nennen zu dürfen? Vielleicht, um einen

Rang in der Gesellschaft einzunehmen? Die Worte des Dominos klangen ihr noch in den Ohren: Den Untaten ihres Vaters und dem Willen Blascos habe sie es zu verdanken, daß sie in Emanueles Armen gelandet war. Welchen Untaten? Welche Schuld hatte ihr Vater auf sich geladen? Hie und da aufgeschnappte Worte und halbe Sätze fügten sich zusammen. Sie erinnerte sich, was bei Emanueles Erscheinen in der aristokratischen Gesellschaft gesagt worden war: Emanuele, der legitime Sproß, der aus dem Schatten aufgetaucht war genau an dem Tag, als ihr Vater ermordet wurde. Wörter wie »Usurpation«, »Verbrechen«, »Beati Paoli«, die sie damals gehört und deren Bedeutung ihr unklar geblieben war, kamen ihr wieder ins Gedächtnis und brachten ihr Blut zum Stokken. Ihr war, als seien weder Emanuele noch Blasco an diesen schrecklichen Ereignissen unbeteiligt, durch die sie zur Waise geworden und aus diesem Palast vertrieben worden war, in den sie jetzt als Gattin des einen zurückkehrte, während der andere sein Helfershelfer war.

Leid und Verzweiflung legten sich auf ihre Seele. Diese Verbindung erschien ihr verhaßter denn je, aber zugleich brach auch der so lange in ihr angestaute Aufruhr mit aller Macht aus ihr heraus und gab ihr Mut.

Da betrat Emanuele des Zimmer. Er stand so dicht hinter ihr, daß sie sich beinahe berührten. Aber auch er schien einem Gedanken nachzuhängen. Die Vorstellung, sein ganzes Leben mit diesem jungen Mädchen zubringen zu müssen, das in ihm nicht die geringste Sinnesregung auslöste, erschreckte ihn. Diese Schwelle zu überschreiten, diese Frau zu umarmen, nur weil es von ihm verlangt wurde und zumindest fürs erste Mal notwendig war, erschien ihm unzumutbar. Dieser Palast, den er jetzt als Herrscher und Besitzer betrat, war für ihn voller Erinnerungen an Donna Gabriella. Und wütendes Begehren gegenüber jener Frau, die er nicht hatte besitzen dürfen, flammte in ihm auf.

Keiner von beiden brachte ein Wort heraus; vielleicht las jeder die Worte von den stummen Lippen des anderen ab.

Emanuele brach als erster das Schweigen.

»Ich glaube, es ist überflüssig, Euch zu sagen, daß ich diese

Heirat nicht gewünscht und noch weniger vorangetrieben habe. Einzig und allein der Wille unserer Familien hat uns zu diesem Schritt gezwungen.«

»Ich weiß es, Signore«, erwiderte Violante und war zufrieden über den Ton, den er angeschlagen hatte.

»Gut, das wird mir Erklärungen ersparen . . . Zwischen uns besteht keinerlei gefühlsmäßige Bindung. Es tut mir leid, das sagen zu müssen, aber ich empfinde für Euch nichts, was als Liebe bezeichnet werden könnte, und ich möchte Euch von diesem Augenblick an darauf aufmerksam machen, daß unsere Beziehungen nur die sein werden, die zum Erhalt des Geschlechts der Albamonte streng erforderlich sind.«

Violante begriff nicht.

»Ich weiß nicht, was Ihr meint«, sagte sie, »aber es ist besser, wenn ich Euch offen sage, daß auch ich Euch nicht liebe und Euch niemals lieben werde . . .«

Emanuele wurde rot, das verletzte seine Eitelkeit. Ihm allein stand es zu, das Mädchen zurückzustoßen und abzuweisen. Ihre Erklärung brachte ihn aus der Fassung.

»Das interessiert mich nicht«, sagte er, »ich verlange nicht nach Eurer Liebe. Abgesehen von den genannten Beziehungen werden wir wie Fremde nebeneinander leben. Ich beabsichtige, meine ganze Freiheit zu genießen, ohne daß Ihr das Recht haben werdet, Euch darüber zu beklagen.«

»Als Fremde nebeneinander zu leben, danach verlangt es auch mich. So bitte ich Euch denn, mir mein Mädchenzimmer herrichten zu lassen. Dieses hier überlasse ich Euch, es ruft in mir nur schmerzliche Erinnerungen wach.«

Emanuele machte ein Zeichen mit dem Kopf.

»Das ist mir gleichgültig. Dieses oder jenes Zimmer, das ist für mich einerlei, auch wenn es mir angemessener erscheint, daß Ihr hier bleibt, doch darüber werden wir später reden. Nun sind wir uns ja einig, und ich bitte Euch, da ich nicht annehme, Ihr wollt die Nacht auf der Zimmerschwelle verbringen, Euch auszukleiden und ins Bett zu gehen.«

Violante errötete vor Scham: unwillkürlich hatte sich ihr ein Stück Wirklichkeit offenbart. Zitternd sagte sie: »Aber ich bin nicht müde, Signore. Ich kann gut hier sitzen bleiben.«

»Es geht nicht um Müdigkeit«, entgegnete Emanuele mit frechem Grinsen.

Er wartete vergeblich auf ihre Antwort. Wieder sagte er: »Wir können nicht die ganze Nacht hier sitzen bleiben und reden.«

Das Mädchen ahnte die Gefahr. Glühende Scham überkam sie, und zugleich Abscheu und Widerwille.

»Ich begreife nicht, warum ich nicht ...«

»Das werdet Ihr später begreifen, zum Teufel! Im übrigen sind das keine Dinge, über die man redet ... auf, geht ins Bett.«

Violante wurde zornig und sagte kurz entschlossen: »Nun gut, dann laßt mich allein, Signore ...«

Emanuele lächelte und sagte barsch und mit abfälligem Schulterzucken:

»Ziemlich albern zwar, aber sei's drum. Ich werde Eurem Wunsch nachkommen.«

Er verließ das Zimmer und fügte hinzu: »Beeilt Euch. Ihr werdet mich ja wohl nicht draußen warten lassen.«

Geschwind schloß Violante die Tür und legte die Kette davor. Aus Furcht vor den Nachstellungen der Beati Paoli hatte Don Raimondo zur Sicherheit an sämtlichen Türen und Fenstern seines Hauses Eisenstangen anbringen lassen. Violante legte die Eisensparren vor den Ausgang und dankte im stillen dem Herrn für diese Verteidigung.

Emanuele vernahm das Geräusch des Schlüssels und das Rasseln der Kette und lachte nur; dann aber hörte er, wie auch die Eisensparren vorgelegt wurden, und wurde argwöhnisch.

»Was macht Ihr da?«

Violante antwortete nicht. Er wartete eine Weile, dann klopfte er und sagte: »Donna Violante ... also bitte, warum öffnet Ihr nicht?«

Aber er erhielt keine Antwort. Violante hatte sich in einer Ecke zusammengekauert und drückte die Hände gegen ihr Herz, das vor Aufregung raste. Die Tür würde standhalten, und auch die Fenster waren zugesperrt. Um mit Gewalt einzubrechen, müßte er die Fensterläden mit der Axt zerschlagen, und ein solcher Lärm würde den ganzen Palast wecken.

Emanuele wartete noch eine Weile, rüttelte vergeblich an der Tür und rief mit zorniger Stimme: »Donna Violante! Donna Violante! Zum Teufel noch mal, macht auf!«

»Laßt mich in Frieden«, antwortete sie schließlich. »Ich werde nicht aufmachen. Es ist sinnlos, daß Ihr da draußen herumschreit und die Dienerschaft weckt. Gebt keinen Anlaß zu Gerede.«

Fluchend ballte er die Fäuste, drauf und dran, die Tür einzutreten, doch er begriff, daß er sich damit der Lächerlichkeit preisgeben würde: die Dienerschaft wäre herbeigeeilt, alle hätten sofort begriffen, was vor sich ging, und wären in irres Gelächter ausgebrochen, und die Geschichte hätte sich, zusätzlich zu seinen Mißgeschicken mit Donna Gabriella, in Windeseile in der Stadt verbreitet.

Er verharrte noch eine Weile und faßte dann einen Entschluß, der am wenigsten Aufsehen erregen und ihn nicht dem Tratsch der Dienerschaft aussetzten würde. Er durchquerte leise zwei oder drei Zimmer, betrat Don Raimondos altes Arbeitszimmer, in dem zwischen hohen Bücherschränken noch der strenge Geruch der Wissenschaft hing, und versank in dem tiefen Sessel vor dem Tisch, als schicke er sich an, einen entscheidenden Gedanken zu Papier zu bringen.

Eine Öllampe mit drei Dochten, die er auf das Tischchen gestellt hatte, warf ein rötliches Licht in die Zimmermitte, während der übrige Raum im Halbdunkel blieb. An der Decke war in einer großen Stuckeinrahmung das Wappen der Albamonte aufgemalt; zwischen den Bücherschränken hing ein Porträt Don Raimondos, auf dem er den Talar des Obersten Richters trug und eine Hand auf ein Buch, vielleicht die Statuten des Königreichs, gelegt und die andere in herrischer Haltung in die Seite gestützt hielt. Im Halbdunkel waren seine Gesichtszüge nur undeutlich zu erkennen, doch ahnte man in der schmalen Linie des Mundes und im Ansatz der Kinnlade jenes Raubtierhafte und Heimtückische seines Wesens, das einem das Blut gefrieren ließ.

Emanuele erkannte ihn wieder. Ja, das war der Mann, der

ihn so schmählich ins Schloßgefängnis hatte werfen lassen und dessen Tochter er nun, welche Ironie des Schicksals, geheiratet hatte. Emanuele hatte nie die furchtbare Folter vergessen, die er erlitten hatte, und jedesmal, wenn die Erinnerung daran lebendig wurde, stieg ihm das Blut zu Kopf.

Verglich er jetzt Violantes Gesicht, das ihm kalt und unangenehm erschien, mit dem Don Raimondos, so hatten beide etwas gemein: den selben scharfen und bedrohlichen Ausdruck. Hatte die Tochter ihn vom Vater geerbt? Wäre sie vielleicht in der Lage, ihm ein Messer in die Lenden zu stoßen, während sie so tat, als empfinge sie ihn in ihrer Umarmung?

Morgen, dachte er, werde ich dieses Porträt entfernen und auf den Speicher werfen lassen.

Das war die einzige Rache, die er an dem Mann nehmen konnte. Aber die Braut? Einen tiefen Groll wegen ihrer Geste hatte er nicht auf sie. Sie begehrte ihn nicht? Darin waren sie sich einig, auch er wollte sie nicht. Es war allein die Demütigung durch das Mädchen, für die er sich aus vielerlei Gründen rächen wollte, und die Rache mußte vollkommen und eindeutig sein.

Indes durfte die Dienerschaft nichts von dieser peinlichen Hochzeitsnacht erfahren; allenfalls mußte er das Gegenteil des Vorgefallenen glauben machen. Er grübelte nach, wie er das anstellen könnte, und schlief darüber ein, unter dem reglosen Blick Don Raimondos, der ihn zu überwachen schien.

Beim Glockengebimmel der Ziegen, die zu früher Morgenstunde in die Stadt zogen, um Milch zu bringen, schreckte er aus dem Schlaf. Er fürchtete, von der Dienerschaft überrascht zu werden, und kehrte schnell in den Vorraum des Schlafgemachs zurück, so als habe er gerade in diesem Augenblick seine junge Gemahlin verlassen. Er zog an der Klingelschnur.

Sein Kammerdiener eilte herbei und wunderte sich, seinen Herrn noch mit dem Gewand vom Vorabend statt mit dem Hausrock zu sehen, aber noch mehr wunderte er sich, als ihm aufgetragen wurde, die Sänfte bereitmachen zu lassen.

»Hoheit fahren aus? Um diese Uhrzeit?«

»Still!« zischte Emanuele mit vielsagendem Lächeln, »die Frau Herzogin schläft. Sie darf nicht geweckt werden. Laß die gewöhnliche Sänfte bereitmachen.«

Eine Viertelstunde später verließ er den Palast und ließ sich zu Frau Nina Manfredini, der berühmten Primadonna begleiten, die während des Karnevals im Theater von Santa Lucia dei Travaglini gesungen hatte – wie damals das Theater Bellini hieß –, das freilich nicht mit dem Theater Santa Cecilia, dem ersten Operntheater am Platz, wetteifern konnte, aber dennoch recht schöne Vorstellungen gab.

Emanuele hatte der Primadonna schon eine Weile hartnäkkig den Hof gemacht, und sie hatte ihn schließlich erhört. Bis zum Vorabend seiner Vermählung hatte er sie immer wieder aufgesucht, um einige angenehme Stunden in ihrer Gesellschaft zu verbringen. Scherzhaft hatte sie zu ihm gesagt: »Was gäbe ich darum, Euer Hochwohlgeboren im Hochzeitsanzug zu sehen!«

Und Emanuele waren die Worte herausgerutscht: »Warum eigentlich nicht?«

Mit einem Mal war ihm dieses Versprechen wieder in den Sinn gekommen: das war die Rettung! So würde er zwar als zügelloser Lebemann, nicht aber als verhöhnter Bräutigam gelten.

Signora Manfredini hatte in dieser Saison mit ihrer Schönheit und ihrer Stimme die ganze adlige Jugend Palermos in Verzückung versetzt, und nicht wenige hatten sich um ihre Gunst beworben. Doch Emanuele hatte schon in Rom ihre Bekanntschaft gemacht, und so war er ganz selbstverständlich zu ihrem Begleiter erkoren worden – was seine Eitelkeit sehr befriedigt hatte.

Die Signora Nina schlief, als sie von seinem Klopfen an der Tür geweckt wurde. Verschlafen wie sie war, staunte sie nicht schlecht, als sie Emanuele vor sich sah, der lächelnd und mit galanter Geste zu ihr sagte: »Hier also seht Ihr mich im Hochzeitsanzug . . .«

Das Staunen der Dienerschaft, als man erfuhr, daß der Herzog della Motta die Nacht im Haus der Sängerin zugebracht und dafür seine Gemahlin eingeschlossen hatte, kannte keine

Grenzen. Die Kammerzofen meinten über das Unglück ihrer Herrin in Tränen ausbrechen zu müssen. Dann erst bemerkten sie, daß Violante, die noch immer nicht nach ihnen gerufen hatte, sich von innen eingeschlossen hatte und sich weigerte, die Tür zu öffnen.

Inzwischen trafen die ersten Verwandten ein, um dem Brautpaar ihren Morgengruß und alle guten Wünsche für männlichen Nachwuchs zu überbringen. Erst als Violante die Stimmen ihrer Großeltern hörte, riegelte sie die Zimmertür auf. Und ohne sie zu Wort kommen zu lassen, stürzte sie auf sie zu.

»Bringt mich ins Kloster zurück, ich beschwöre Euch!«

Der Fürst lachte, da er die Bestürzung und die Bitte des jungen Mädchens auf seine Weise auslegte.

»Was sollen diese Kindereien? Es ist doch klar, daß es so sein mußte . . . und jetzt ist alles überstanden.«

Auch die Fürstin umarmte sie lächelnd und flüsterte ihr etwas ins Ohr, als sie plötzlich verdutzt innehielt.

»Aber wo ist denn dein Gemahl?« fragte sie die Enkelin.

»Mein Gemahl? Den habe ich nicht gesehen. Er hat nicht hier geschlafen. Und ich will nicht, daß er hier schläft.«

»Oh . . .«

Da sahen sie, daß das Ehebett unberührt war.

»Was soll das bedeuten?«

XIV

Ein Verfahren zur Annullierung der Ehe wurde vom Fürsten Butera im Einvernehmen mit Emanuele della Motta eingeleitet. In der Zwischenzeit wohnte Violante im Haus des Großvaters. Die Ereignisse hatten ihre Gesundheit erschüttert, sie wurde krank, und die Ärzte hatten es für ratsam befunden, sie nicht ins Kloster zurückzubringen, was der eigentliche Wunsch Violantes war.

Emanuele konnte sich nichts Besseres wünschen. Endlich war er sein eigener Herr und konnte nach Belieben schalten und walten. Die Annullierung der Ehe würde ihm seine volle

Freiheit zurückgeben, und die gedachte er zügellos zu nutzen. Erneut hatte er auch die Nähe Matteo Lo Vecchios gesucht, um dessen Scharfsinn er wußte; von ihm wollte er bis in alle Einzelheiten erfahren, welche Stellung Blasco im Geheimbund der Beati Paoli innehatte und wer hinter dem Tod Don Raimondos stand.

Der Scherge erzählte ihm, was er wußte; natürlich ergänzte er von sich aus so einiges und bestätigte, was bislang bloße Mutmaßung war.

»Eure Hoheit«, schloß er nicht ohne Bosheit, »Sie sollten den Beati Paoli und Ihrem Bruder, dem Bastard, durchaus dankbar sein, denn wer weiß, wie es ohne sie gekommen wäre! Gewiß wären Sie heute noch immer der Sohn des bettelarmen Don Girolamo Ammirata.«

Aber das verletzte Emanuele in seinem Stolz, und unwillig entgegnete er: »Ich wäre dennoch Herzog.«

»Gestatten Sie mir, Hoheit, daran meine Zweifel zu haben. Die Sekte hat einen schwerwiegenden Prozeß gegen Don Raimondo eröffnet, und diesem Prozeß allein ist es zu verdanken, wenn der Herzog aus Furcht vor dem Henkersbeil jene Anerkennungsurkunde unterzeichnete, durch die Sie in den Besitz der Erbschaft gelangten.«

»Die Prozeßakten enthielten also schreckliche Dinge?«

»Es waren die Zeugenaussagen zahlreicher Personen, die die Verbrechen Don Raimondos kannten oder sie in seinem Auftrag sogar ausgeführt hatten, damit er die Erbschaft Albamonte und die Herzogskrone unrechtmäßig an sich bringen konnte.«

»Wie? Was soll das bedeuten?«

»Es ist die reine Wahrheit . . .«

»Ich wäre also . . .?«

»Wie Sie wissen, Hoheit, hat man Sie auf der Straße aufgelesen. Aber vielleicht wissen Sie nicht, daß Ihre Frau Mutter über den Balkon geflohen ist, um zwei Giftanschlägen zu entkommen und ihr eben geborenes Kind in Sicherheit zu bringen. Sie irrte in jener kalten Nacht durch die Straßen, verlief sich und wurde von Girolamo Ammirata gefunden. Hätte dieser auch nur ein wenig gezögert, wäre sie wieder in die Gewalt Don Raimondos geraten, welcher gewiß beide, Mutter und Kind, umgebracht hätte ...«

Emanuele fuhr ein Schauer über den Rücken, dann sagte er: »Und ich Blöder sollte der Tochter zurückgeben, was der Vater mir gestohlen hat! Ja, kann man sich denn Schlimmeres vorstellen? Warum habt Ihr mir diese Dinge nicht schon früher erzählt?«

»Eure Hoheit hat mir nicht mehr die Ehre erwiesen, mich rufen zu lassen.«

»Und die Prozeßunterlagen?«

»Die hatte der Herr Don Blasco ...«

»Der?«

»Ich könnte jetzt nicht behaupten, daß er sie noch immer hat ... Aber er oder ein anderer in dieser ehrenwerten Gesellschaft hat sie in Händen.«

»Matteo Lo Vecchio, ich gäbe ein Auge dafür, sie zu besitzen.«

»Ein Auge ist zuviel für Eure Hoheit und bedeutet für mich nichts. Wir müssen in Erfahrung bringen, wer nun wirklich diese Dokumente besitzt, und uns bemühen, sie entweder auf gütigem Wege an uns zu bringen oder sie zu entwenden.«

»Und wie kriegen wir das heraus?«

»Wir werden es versuchen. Wäre Girolamo Ammirata hier, wüßten wir mehr ...«

»Wo ist Don Girolamo?«

»In Neapel. Er wagt nicht nach Palermo zurückzukommen. Vielleicht wäre er uns von Nutzen. Um der Zuneigung willen, die er für Eure Hoheit hatte, würde er, glaube ich, alles tun. Sie sollten um seine Begnadigung bitten: bestimmt würde man Ihnen das in Anbetracht Ihrer einstigen Beziehungen nicht abschlagen.«

Der Scherge besaß nicht genügend Feingefühl, um zu begreifen oder anzunehmen, daß Emanuele eher bestrebt war, die Vergangenheit zu vergessen, und nicht die geringste Dankbarkeit gegenüber dem Buchhalter des Städtischen Hospitals verspürte.

Ausweichend antwortete er darum: »Ich werde es versuchen«.

Er verabschiedete den Geheimpolizisten, nachdem er ihm ein Säckchen voll Münzen gegeben und ihm aufgetragen hatte, weitere Erkundigungen für ihn einzuziehen.

Grübelnd ging Matteo Lo Vecchio nach Hause. Keiner konnte ihm weismachen, daß Blasco jene berühmten Papiere nicht der Sekte zurückgegeben hatte; mit großer Wahrscheinlichkeit befanden sie sich jetzt in den Händen Don Girolamos oder Coriolano della Florestas, denn ganz bestimmt hatte auch der Cavaliere etwas mit der Sekte zu tun. Für diese Vermutung hatte er zwar keinen Beweis, und er hätte ihn auch nicht ohne weiteres anzeigen können, und doch war er felsenfest davon überzeugt: seine Freundschaft für Blasco war ein hinreichend verdächtiger Grund.

Wie aber sollte er sich ihnen nähern? Er war viel zu bekannt in der Öffentlichkeit und hatte sich viel zu oft in dieser Angelegenheit sehen lassen, als daß er jetzt persönlich hätte in Erscheinung treten können. Wenn er den Namen Don Girolamos ins Spiel gebracht hatte, dann weil der ihm als das einfachste und sicherste Mittel für sein Vorhaben erschien. Doch unterwegs kam ihm ein anderes Gesicht in den Sinn: Andrea. Warum hatte er nicht schon früher an ihn gedacht?

Andrea stand noch immer in Emanueles Diensten, was nichts Außergewöhnliches war, denn in jenen Zeiten konnte sich ein Bediensteter sicher wähnen, bis ans Lebensende in dem Haus zu bleiben, in dem er von Jugend an gedient hatte. Doch Andrea war nicht zufrieden damit. Er hatte gehofft, Emanuele würde ihn aufgrund der erwiesenen Leistungen und weil er der getreue Diener seines Vaters gewesen war, zu seinem Haushofmeister machen und ihm dadurch einen gewissen Wohlstand ermöglichen. Emanuele hingegen war der Ansicht, Andrea in seinem Haus behalten zu haben sei schon großzügig genug. So war er nur einer unter vielen Dienern, ohne die geringste Auszeichnung. Und aus lauter Groll darüber war er duckmäuserisch und faul geworden. Er wurde fett und fand immer neue Vorwände, um sich aus dem Palast zu schleichen und durch die Straßen zu schlendern; auch ein Gläschen Wein in einer Schenke, wenn ein

Lastträger oder ein Handwerker ihn einlud, schlug er nie aus.

Die vollkommene Hingabe aber, jene uneingeschränkte Ergebenheit und Opferbereitschaft, die er seinem früheren Herrn in der Stunde des Todes geschworen hatte, war aus seinem Herzen verschwunden.

Manchmal verspürte Andrea, wie sich dieses Gefühl von neuem in ihm regte, dann nämlich, wenn Emanuele irgendein Mißgeschick widerfuhr. Und das erzürnte ihn.

Warum beachtet er mich nicht? Warum läßt er sich nicht von mir begleiten? Ich bin doch keiner von denen, die sich vor der Gefahr drücken! Ich habe schließlich gegen die Türken gekämpft.

Seine Verärgerung erreichte ihr Höchstmaß, als Emanuele nach Rom abreiste und ihn nicht in seinem Gefolge mitnahm.

Jetzt reicht's! sagte er sich verbittert. Wenn ich eine Anstellung in einem anderen Haus fände, ginge ich auf und davon. Aber in welches Haus soll ich gehen, da dieses mir doch ans Herz gewachsen ist?

In einer der Schenken, in denen er verkehrte, machte er eines Tages die Bekanntschaft Michele Barabinos, der immer noch arm war, aber nicht mehr bettelte. Jetzt schneiderte er hin und wieder für arme Leute, da er nicht soviel besaß, um eine richtige Werkstatt aufzumachen und auf bessere Kundschaft zu hoffen. Einmal, als er Blasco vorübergehen sah, begann er Andrea mit Begeisterung von ihm zu erzählen.

»Das ist ein Mann! Das ist ein Mann!«

»Ich kenne ihn«, warf Andrea trocken ein.

»Ah! Ihr kennt ihn? Das freut mich. Ja, das ist ein Mann, und ein Herz hat er! Wenn Ihr wüßtet, was er für mich getan hat!«

So erzählte er Andrea all die Abenteuer, in die Blasco, einmal auf dieser, dann auf jener Seite stehend, verwickelt worden war, und aus seinen Worten sprach die tiefe Bewunderung der schlichten Seelen.

»Glaubt mir, er verdiente es, Herzog della Motta zu sein, nicht jener Hampelmann Don Emanuele! Ja, er! Er ist viel schöner, viel großartiger, weitherziger und tapferer ... Was könnte man sich Besseres wünschen?«

Und der gute Alte war so glücklich darüber, daß Andrea seinen Don Blasco kannte, daß er immer neue Gründe fand, über ihn zu reden, und voller Begeisterung immer wieder die gleichen Dinge erzählte.

»Ja, richtig: das allererste Gewand, das er besaß, habe ich ihm verkauft!«

Langsam fand auch Andrea, daß Blasco größeres Verdienst und mehr Würde als Emanuele besäße, um die Erbfolge anzutreten und den Adelstitel zu tragen. Blasco war ganz sein Vater: die gleiche Tapferkeit, das gleiche großzügige und ritterliche Wesen, die gleiche edle Uneigennützigkeit, die gleiche Kühnheit. Emanuele hingegen hatte einen schlechten Charakter, und etwas fehlte ihm.

Er erinnerte sich, wie er früher, als er so leidenschaftlich gegen Don Raimondo vorgegangen war, um Emanuele in sein Erbe einzusetzen, ein beinahe eifersüchtiges Mißtrauen gegen Blasco verspürt hatte, ja daß er ihn hätte töten können. Nun aber, wenn man sah, was aus Emanuele geworden war, stellte sich die Frage, ob es überhaupt der Mühe wert gewesen war, Don Raimondo umzubringen.

Just in einer Schenke im Stadtviertel Capo, wo er gerade mit Michele Barabino einen becherte, stöberte Matteo Lo Vecchio Andrea auf. Er trat ein und bestellte ein Glas Wein, das er am Schanktisch stehend trank, während er so tat, als habe er Andrea nicht gesehen.

Andrea aber warf seinem Gefährten einen vielsagenden Blick zu und bemerkte leise: »Da ist ja unser oberster Häscher!«

»Libera nos domo!« sagte Michele Barabino, der seine Reden gern mit einem lateinischen Zitat schmückte.

Matteo Lo Vecchio trank gemächlich seinen Wein und blickte sich gleichmütig im Schankraum um. Dann tat er so, als bemerke er Andrea, und machte ihm ein Zeichen mit dem Kopf, als wolle er sagen: Da haben wir ja den Kerl!

Aber er zahlte und ging hinaus.

Einige Tage später kam er ein zweites Mal in die Schenke

und wiederholte seine ausdrucksvolle Zeichensprache, was Andrea argwöhnisch werden ließ. Was will dieser Hundesohn? fragte er sich.

Als sie sich das dritte Mal begegneten, sah Andrea ihn herausfordernd an: »Habt Ihr mir etwas zu sagen?«

Matteo Lo Vecchio zuckte mit den Schultern. »Ich? Nein. Hätte ich Euch etwas zu sagen, dann würdet Ihr jetzt nicht hier herumstehen und einen trinken.«

»Was wollt Ihr damit sagen?«

»Nichts, mein Freund. Ihr seid doch so klug! Laßt es Euch gut gehen.«

Er ging, aber Andrea erhob sich und eilte ihm nach.

»Ich will wissen, was Ihr mir zu sagen habt.«

Matteo Lo Vecchio sah ihn höhnisch an: »Wenn Ihr es genau wissen wollt, dann könnt Ihr es Euch vom Herrn Hauptmann des Strafvollzugskommandos sagen lassen oder, besser noch, vom Staatsanwalt. Ihr braucht gar nicht so zu schauen und die Hände in die Taschen zu stecken. Ihr müßtet eigentlich wissen, mein Freund, wenn ich gewollt hätte, dann stündet Ihr jetzt nicht hier vor mir und unterhieltet Euch mit mir. Ihr hättet nämlich schon längst Bekanntschaft mit dem Galgen gemacht.«

Andrea wurde blaß, und mit leiserer Stimme warf er ein: »Ich glaube, da täuscht Ihr Euch.«

»Oh, gewiß nicht! Das wäre ja etwas, wenn ich Euch nicht kennen würde, Andrea Lo Bianco. Ihr habt bei mir noch eine Rechnung offen, etwas Persönliches, abgesehen von dem Rechtsspruch des Großen Kriminalgerichtshofs. Doch hätte Euch auffallen sollen, daß ich Euch mit einem Lächeln angeschaut habe, das ist ein eindeutiger Beweis dafür, daß ich Euch nicht feindlich gesonnen bin ... Ganz im Gegenteil! Außerdem hättet Ihr mich auch im Palast sehen können, da doch der Fürst, Euer geliebter Herrscher, mich schon wiederholt zu sich gerufen hat.«

Er hat recht, dachte Andrea. Wollte er mich anzeigen, dann hätte er es längst schon getan, und wenn er jetzt schlechte Absichten hätte, würde er nicht so mit mir reden.

Aber er machte einen letzten Versuch, sich zu wehren.

»Ich weiß nicht, wovon ihr sprecht: ich habe mit Euch nichts mehr zu bereinigen, und im Palast habe ich Euch auch noch nicht gesehen.«

»Ah, was für ein Lügner!« erwiderte Matteo Lo Vecchio und gab ihm einen Klaps auf die Schulter. »Lassen wir das. Gehen wir einen trinken, aber nicht hier. Hier hockt das Klatschmaul von Schneider, den kenne ich nur allzugut.«

So zog er ihn mit in eine Schenke bei San Cosmo, von der aus man das ehemalige Haus Ammiratas und die Gasse der Waisenkinder sah. Wie zufällig wies er ihm einen Tisch mit Blick nach draußen zu. Beim Einschenken machte ein Zeichen mit dem Kopf zu dem Haus hin und meinte: »Erinnert Ihr Euch, he? Der arme Don Girolamo! Er ist jetzt Witwer, nicht wahr?«

Andrea nickte. Diese Erinnerung an Personen und Umstände, die so weit zurücklagen, verwirrte ihn sichtlich.

Matteo Lo Vecchio fuhr fort: »Wahrlich, ich hätte nie gedacht, daß der junge Herzog seinen Retter nicht bei sich behalten oder ihm nicht zumindest ein Vermögen übereignen würde.«

Andrea schrak zusammen: Woher wußte er das?

»Schließlich verdankt er Don Girolamo nicht nur seinen gesellschaftlichen Rang, er hat für ihn auch sein Leben aufs Spiel gesetzt. Das weiß ich nur allzugut. Und auch Ihr, Andrea. Und ebenso Don Raimondo . . . Jetzt kann man ja über all diese Dinge sprechen. Schwamm drüber. Aber damals! Erinnert Ihr Euch noch an diese Gasse? Eines Nachts, da fehlte nicht viel, und ich hätte Euch verhaftet. Der Bastard Don Blasco hat Euch davor bewahrt. Erinnert Euch daran. Ich hatte Euch im Griff, und Don Raimondo wußte alles . . . er wußte auch von dem Prozeß, den ihr mit allen Zeugenaussagen eröffnet habt, der von Peppa, von Giuseppico, . . .«

Andrea war immer unsicherer geworden; er wußte nicht mehr, was er sagen sollte.

»Ich war beauftragt, nach Euch zu suchen und Euch zu verfolgen, aber ich wußte damals nicht, darauf habt Ihr mein Ehrenwort, daß Don Raimondo ein solcher Schuft war! Ich hielt ihn für ein Opfer. Als ich jedoch die Prozeßunterlagen las . . .«

Andrea sprang vom Stuhl auf, weiß wie ein Tuch.
»Ihr habt sie gelesen? Wie das?«
»Ich hatte sie einmal für kurze Zeit in Händen.«
»Ihr? ... Deshalb also hat man sie nicht mehr gefunden. Ihr habt sie?«
»Ich? Nein. Ich habe sie nicht.«
»Dann also hatte Don Raimondo sie?«
»Ach was! Der hätte eine Million dafür bezahlt, um sie zu kriegen! Aber ich nehme an, Don Girolamo hat sie ...«
»Nein, der hat sie nicht, er hat sie nie wiederbekommen«, entgegnete Andrea verdrießlich.
Er bekam es mit der Angst zu tun. Aus diesen Papieren leitete sich eindeutig seine Mitgliedschaft in der Sekte der Beati Paoli ab, und auch wenn er sich vor vier Jahren von ihnen losgesagt hatte, hatte er Grund, zu fürchten, daß die Justiz ihn wegen des Mordes an Don Raimondo und wegen anderer unaufgeklärter Verbrechen belangen würde. Und wenn Matteo Lo Vecchio ihn nun übers Ohr gehauen und ihn in eine Falle hatte gehen lassen, um ihm das Geständnis zu entlokken, das ihm unabsichtlich entschlüpft war? Er sah den Spitzel an, aber Staunen und Bedauern in seinem Gesicht schienen so ehrlich, daß er sich wieder ein wenig beruhigte.
»Aber wer hat die Unterlagen denn nun?« fragte der Spitzel.
»Ich habe keine Ahnung, aber man muß sie um jeden Preis wiederfinden!« sagte Andrea.
Matteo Lo Vecchio überlegte eine Weile.
»Ich habe einen Verdacht, aber ich kann ihm nicht nachgehen ...«
»Was heißt das?« fragte Andrea heftig.
»Ich möchte wetten, daß Don Blasco sie hat.«
»Er? Wie sollte er an sie herangekommen sein?«
»Aus sicherer Quelle habe ich erfahren, daß er sie schon einmal hatte. Also, entweder hat er sie Don Girolamo zurückgegeben, oder er hat sie noch immer, es sei denn, er hat sie vernichtet – was die beste Lösung wäre. Wenn Euch das am Herzen liegt, solltet Ihr der Sache auf den Grund gehen.«
»Wieso ich?«
»Oh, ich bestimmt nicht. Erstens weil sie mir nichts bedeu-

ten, und zweitens weil ich mich auf diese Weise nur verdächtig machte. Aber bei Euch ist das etwas anderes. Man könnte sagen, es sei im Interesse Eures Herrn. Aber dazu müßte man ganz sicher sein, daß Don Girolamo sie nicht wieder hat. Und Don Girolamo ist in Neapel!«

Hiermit war ihre Unterhaltung fürs erste beendet. Mit Aufruhr im Herzen kehrte Andrea in den Palast zurück und ahnte dunkel, daß er zum Spielball des Spitzels geworden war. Das freundschaftliche Getue Matteo Lo Vecchios und die Tatsache, daß er bislang noch nicht behelligt worden war, konnten ihn nicht beruhigen. Das Gespräch war eindeutig mit Absicht eingefädelt worden: der Spitzel hatte etwas in Erfahrung bringen wollen und wußte es nun vielleicht schon. Andrea ging in Gedanken ihre Unterredung noch einmal durch, um zu prüfen, ob ihm irgendein verräterisches Wort entschlüpft war.

Von dem Tag an hatte er keine Ruhe mehr. Gegen seinen Willen setzte er sich auf die Spuren Matteo Lo Vecchios, oder er richtete es so ein, daß sie sich begegneten; so meinte er ihn im Auge zu behalten und sich besser vor ihm in acht nehmen zu können. Der Spitzel behielt seine gutmütige Miene und sein geradezu beschützerisches Gebaren bei, aber er sprach nie mehr über die Vergangenheit. Er erkundigte sich meist über den Verlauf des Annullierungsverfahrens der herzoglichen Ehe, für das sich die ganze Stadt brennend interessierte.

»Das verschlingt Geld, mein Lieber. Da muß man mit einem großen Sack Geld nach Rom gehen, wie ihn der Bronzekönig auf der Piazza dei Bologna zeigt. Die Monsignori haben große Hände und sehr tiefe Taschen.«

Aber die Verschwiegenheit Matteo Lo Vecchios und die strenge Sorgfalt, mit der er jedes Gespräch über die berühmten Papiere vermied, machten Andrea immer argwöhnischer. Der Gedanke, daß der Scherge dabei war, eine riesige Gaunerei auszuklügeln, wurde zu einer Zwangsvorstellung für ihn. Er wurde immer jähzorniger und mißtrauischer; bei der geringsten Kleinigkeit verfinsterte sich sein Gemüt, und er glaubte, überwacht und bespitzelt zu werden.

Sein Verdacht verstärkte sich, als einen Monat später sein alter Freund Ammirata vor ihm stand.

»Don Girolamo?«

»Ja, der bin ich! Gerade heute morgen bin ich angekommen.«

»Begnadigt?«

»Begnadigt!«

»Oh, welche Freude! ... Das heißt, ich weiß gar nicht mal, ob ich froh darüber sein soll, mein Lieber, oder ob es besser für Euch gewesen wäre, in Neapel zu bleiben!«

»Nanu, warum sagt Ihr so etwas?«

»Wißt Ihr, wer Euch begnadigt hat?

»Aber gewiß weiß ich das, und ich bin eben gekommen, um Emanu ... um dem Herrn Herzog für seine Güte zu danken, daß er sich meiner erinnert hat.«

»Und seid Ihr sicher, daß die Begnadigung vom Herrn Herzog ausging?«

»Wer, zum Teufel, hätte sich sonst darum bemühen sollen?«

»Matteo Lo Vecchio, zum Beispiel.«

»Wie?«

»Es ist, wie ich Euch sage. Wir sind in seinen Händen. Der Schurke kennt die Unterlagen jenes Prozesses, den wir gegen Don Raimondo eröffnet haben. Und die enthalten unsere vollen Namen. Er hat uns hier zusammenkommen lassen, um uns allesamt der Justiz auszuliefern. Hört auf mich, wir müssen uns in Sicherheit bringen.«

Don Girolamo war bestürzt über die Nachricht, nach einigem Nachdenken aber erschien sie ihm etwas fragwürdig. Daß er der Sekte angehörte, wußten sie, hatte er doch genau deshalb fliehen müssen. Und wenn sie ihn jetzt begnadigten, dann sprachen sie ihn damit doch genau von der Schuld frei, derentwegen er sich in Sicherheit gebracht hatte. Der einzige Weg, um sich Klarheit zu verschaffen, war, mit Emanuele zu sprechen.

Der war nicht im Hause, und Don Girolamo nahm im Zimmer der Dienerschaft Platz, um auf ihn zu warten. Er unterhielt sich mit Andrea und erkundigte sich nach tausend Nebensächlichkeiten. Andrea berichtete ihm von der Hochzeit, von den letzten Skandalen, von dem Annulierungsverfahren, aber zu alledem sagte Don Girolamo nur: »Ich weiß.«

»Wie könnt Ihr das wissen?« fragte Andrea ihn verdrossen.

»Wie ich das weiß? . . . Na, wo lebt Ihr denn?«

»Also auch in Neapel?«

»Aber gewiß doch! Ich begreife Eure Verwunderung, Ihr seid ja jetzt ›Türke‹, aber . . .«

Das Geräusch einer Karosse im Hof, die Bewegung, die sogleich unter die Dienerschaft kam, und die ehrfürchtige Haltung, mit der sie sich im Saal aufstellten, deuteten darauf hin, daß der Herzog eingetroffen war. Andrea stellte sich eilig zu den anderen Dienern und sagte: »Da kommt der Herr des Hauses.«

Don Girolamo erhob sich und schaute nicht ohne Ergriffenheit zur Tür. Obwohl er sich mit Verbitterung im Herzen von Emanuele getrennt und nie ein einziges Wort von ihm erhalten hatte, konnte er doch in seinem Inneren nicht einfach auslöschen, daß er ihn sechzehn Jahre wie einen leiblichen Sohn aufgezogen hatte. Sein Herz klopfte heftig, und seine Augen wurden feucht.

Er sah zwei Lakaien mit Fackeln in der Hand vorauseilen, als begleiteten sie das Viatikum, hinter ihnen schritt steif und mit stolz erhobenem Haupt, ohne den Blick zu senken, Emanuele in höchst eleganter und kostbarer Aufmachung, gefolgt von zwei weiteren Lakaien. Er lief zwischen den zwei Reihen von Dienern hindurch, die sich bei seinem Anblick weniger aus Unterwürfigkeit, denn in echter Anbetung vor ihm verneigten. Er ging an Don Girolamo vorüber, würdigte ihn eines knappen Blickes und betrat dann seine Gemächer. Sogleich schlossen sich hinter ihm die Türen.

Don Girolamo spürte einen Stich im Herzen: nur einen Blick und nichts weiter hatte er für ihn übriggehabt! Ja, hatte er ihn nicht wiedererkannt? Oder hatten Hochmut und Eitelkeit jedes Gefühl in seinem Herzen erstickt? Er wartete, daß ihm gestattet werde, vor den Herrn Herzog zu treten. Doch nach einer Dreiviertelstunde kam ein Lakai, um ihm mitzuteilen, daß Seine Hoheit zwar die Aufmerksamkeit des Herrn Don Girolamo zu schätzen wisse, ihn aber im Augenblick nicht empfangen könne, da er sich umziehen müsse, um sich zu einer Gesellschaft zu begeben.

Don Girolamo ging gesenkten Hauptes die Treppen hinunter und begab sich zum Palast des Cavaliere della Floresta.

Er berichtete Coriolano, was ihm widerfahren war, und schloß mit einem tiefen Seufzer: »Und das ist der, für den wir Gerechtigkeit geschaffen haben!«

XV

Violantes Heirat hatte Blasco noch schweigsamer werden lassen, und am Hochzeitstag hatte er sich unter einem Vorwand sowohl Coriolanos als auch Donna Gabriellas Gesellschaft entzogen und war aufs Land gegangen. Erst am Aschermittwoch kehrte er wieder zurück, als sich die Neuigkeit in der Stadt verbreitete, daß Emanuele, leichtsinnig wie er war, die Nacht im Hause der Primadonna des Santa Lucia verbracht hatte.

Blasco war empört, konnte aber zugleich seine Freude nicht verhehlen und wollte von Coriolano alle Einzelheiten über das wissen, was schon in aller Munde war.

Noch freudiger war er, als er erfuhr, daß Violante dem Bräutigam den Zutritt zu ihrem Zimmer verwehrt hatte.

»Was wollt Ihr?« schloß Coriolano mit einem Lächeln. »Emanuele hatte Hunger, in seinem Haus war kein Mahl für ihn angerichtet, und so ging er nach draußen. Das ist verzeihlich, und ich glaube, er hat es mit Humor genommen.«

»Sehr gut!« rief Blasco, der gewiß nicht an Emanueles Hunger dachte. »Ist Euch jetzt klar, daß das Mädchen Charakter hat? Das hätte ich nicht vermutet! Oh, wie mich das freut!«

»Verzeiht, worüber frohlockt Ihr? Über ihren Charakter, wenn Ihr es so nennen wollt, oder über die verriegelte Schlafzimmertür?«

Blasco errötete. Coriolano schenkte ihm einen heiteren, aber zugleich forschenden Blick und sagte: »Es ist nur ein kurzweiliger Trost. Das sind Belagerungszustände, die früher oder später immer mit einer bedingungslosen Niederlage enden. Sollte der Zustand fortdauern, würde er die handelnden Personen nämlich lächerlich machen, und die Lächerlichkeit würde auf die Ehestifter zurückfallen. Es ist also nur natürlich, daß die Riegel zurückgeschoben werden und die Türen sich öffnen.«

»Glaubt Ihr das?«.

»Gewiß doch! . . . Aber verzeiht«, fügte Coriolano hinzu, »warum werdet Ihr so blaß?«

»Ich? Aber nein . . .«

»Aber ja! Sagt mir die Wahrheit, seid Ihr noch immer in Donna Violante verliebt?«

Blasco schüttelte den Kopf, wagte aber nicht nein zu sagen. Die Worte Coriolanos riefen zu viele Erinnerungen und schlummernde Gefühle in ihm wach, als daß er etwas Unwahres hätte behaupten mögen. Aber er wollte es nicht eingestehen. Inzwischen war er kein freier Mann mehr: er hatte sein Leben an das Donna Gabriellas gebunden, und es erschien ihm unwürdig und feige, wenn er sein Versprechen nicht einhielte, das er in einem heiklen und außergewöhnlichen Augenblick gegeben hatte. Wenn Donna Gabriella bis zu diesem Tag noch immer nicht rechtmäßig seine Gemahlin geworden war, dann einzig und allein, weil sie selbst es nicht gewollt hatte.

»Ich will von dir frei und ohne jegliche Verpflichtung, die nicht die des Herzens ist, geliebt werden . . . Ich fürchte, mein liebster Freund, daß an dem Tag, an dem ich deine Gattin werde, ich zwar das Recht erwerbe, an deiner Seite in die Öffentlichkeit zu gehen, doch dafür deine Liebe verlieren werde. Und ich will deine Liebe und sonst nichts.«

Diese Worte hatten ihn stärker an Donna Gabriella gebunden, als jeder priesterliche Segen es vermocht hätte. Und doch wußte er längst, daß es in seinem Herzen etwas gab, das er nicht hergeben durfte.

Coriolano schüttelte den Kopf und sagte leise: »Oh, Blasco, wie habt Ihr Euch verändert! Wo ist der Kerl, den ich vor Zeiten auf der Strada Colonna in eine Auseinandersetzung mit dem Fürsten von Iraci verwickelt sah?«

Auch Blasco lächelte bei dieser Erinnerung, aber es war ein trauriges Lächeln. Wahrlich, er war nicht mehr der von einst. Ein düsterer Fluß hatte die lichten Haine seiner Sorglosigkeit überschwemmt.

»Ich werde alt, mein Freund.«

»Mit dreißig? So etwas dürft Ihr nicht einmal denken. Ich weiß nur zu gut, von welcher Art Euer Altern ist. Aber sprechen wir von etwas anderem.«

Einige Tage später zirkulierte in den Abendgesellschaften die Nachricht von der Gerichtsverhandlung über die Annullierung der Ehe des Herzogs Emanuele, und Coriolano setzte Blasco darüber in Kenntnis.

»Wie!« rief dieser freudestrahlend. »Eine Annullierung?«

»Gewiß. Das ist die beste Lösung. Sie werden zweihundert Unzen bezahlen, und jeder wird seine Freiheit zurückerhalten.«

»Oh, Gott, was sagt Ihr da!«

Blasco konnte seine tiefe Ergriffenheit nicht verbergen. Wie durch einen Zauberstreich überzog sich sein Gesicht wieder mit der gewohnten Heiterkeit. Violante gewann ihre Freiheit zurück, Violante war noch immer ein junges Mädchen, unberührt, rein!

»Aber das ist ja wohl etwas ziemlich Ungewöhnliches!«

Er fand keine andere als diese unpassende Bemerkung, aber was tat das schon? Er wollte ja nur, was er eigentlich hätte sagen wollen, hinter nichtssagenden Worten verbergen.

Gewiß wagte er nicht, sich Hoffnungen zu machen, doch allein der Gedanke, daß Emanuele das Mädchen nie besitzen und keinerlei Recht über sie haben würde, genügte, um ihn glücklich zu machen.

Als Donna Gabriella ihn an jenem Tag so offenherzig, so heiter, fast aufgeregt sah, wie er es schon seit Tagen nicht mehr gewesen war, wunderte sie sich erst sehr, wurde dann aber stutzig und begann den eigentlichen Grund zu erahnen. So war es jetzt an ihr, finster und verschlossen zu werden. Es war offensichtlich, daß die Nachricht von Violantes Trennung ihn mit Freude erfüllte, er liebte sie also noch immer.

Was bislang nur ein unbestimmter Verdacht war, wurde zur Tatsache und ließ ihr Herz vor Eifersucht anschwellen. War das Verhalten der Brautleute in der Hochzeitsnacht nicht vielleicht sogar die Auswirkung des Giftes gewesen, das sie selbst in ihre Seelen geträufelt hatte?

Der Frühling war in jenem Jahr mild und heiter; im März wähnte man sich schon im Mai. Die Promenade auf der Cassaro-Allee und auch die vor der Porta Nuova waren stark besucht, ja manche Kutschen fuhren nachmittags sogar bis zum Hafen hinunter; und auch einige einsame Seelen flohen den Lärm der Stadt, um die Stille am Meeresufer zu genießen, wo das Geräusch der wenigen Kutschen sich verlor.

Eines Tages nach dem Mittagsmahl ließ sich auch Donna Gabriella, traurig und düster, zum »Witwenufer« fahren. Sie kleidete sich noch immer in Schwarz, aber ihre Sänfte trug keinen Trauerflor mehr. In der Mitte des Walls stieg sie aus, um den herrlichen Anblick des Meeres zu genießen, das in der ganzen Breite des Golfs vor ihren Augen lag. Zu ihrer Rechten schob sich das Bollwerk mit der großen eisernen Artillerie nach vorn. Hinter ihm erhob sich die breite Fassade des Palastes Butera mit seinen Terrassen.

Donna Gabriella warf einen Blick hinüber und zuckte zusammen. Dort stand Violante, in einen Umhang gehüllt, an eine Balkonbrüstung gelehnt, und betrachtete das Meer und Kap Zafferano und die winzigen Wölkchen am zart purpurnen Himmel.

Sie sah eine Weile auf das Mädchen, wie es gedankenverloren dastand, und schon hatte sie seine Aufmerksamkeit auf sich gezogen. Violante richtete ihren Blick auf sie und zeigte sich erstaunt; da machte Donna Gabriella ein Zeichen mit der Hand zum Gruß, und ein schwaches Lächeln spielte um ihren Mund.

Das Lächeln hatte sie große Anstrengung gekostet; ihr Herz war voller Verbitterung, als sie sie noch schöner als zuvor und in einer Haltung sah, die in all ihrer Schwermut eine rätselhafte Anziehungskraft ausstrahlte.

Violante schien verwundert über den unerwarteten Gruß, den sie dennoch, den guten Sitten folgend, mit einer höflichen und zurückhaltenden Verbeugung erwiderte.

Eine ganze Weile schauten die beiden Frauen einander an. Donna Gabriella stand unter dem Ansturm rasch wechselnder und widerstreitender Gedanken und Pläne. Sie wollte und wollte doch wieder nicht. Faßte sie plötzlich einen kühnen Gedanken, so ließ sie ihn im nächsten Augenblick entmutigt fallen. Die Eifersucht brannte in ihren Augen, ihre Liebe peinigte sie; die Begierden, der Haß hielten sie zurück, das Interesse aber trieb sie wieder nach vorn. Violante ihrerseits sah sie an, als erwarte sie eine Erklärung für diesen Gruß. Es war das erste Mal nach langer Zeit, daß sie sich sahen. Donna Gabriella war bei der Hochzeitsfeier nicht zugegen gewesen, und nicht mit einem einzigen Wort hatte sie seitdem von sich hören lassen. Warum grüßte sie sie jetzt? War sie eigens gekommen, um sie zu sehen? Als Violante merkte, daß Donna Gabriella sich nicht entschließen konnte, etwas zu sagen, verneigte sie sich ein weiteres Mal und trat ins Haus zurück, um sich aus einer Lage zu befreien, die sie ein gewisses Opfer kostete.

Tags darauf wagte die Herzogin nicht gleich wiederzukommen, obwohl sie das Mädchen sehen wollte – denn sie hegte die schwache Hoffnung, aus einer Unterredung mit Violante etwas Nützliches zu erfahren, um Blasco erneut für sich zu gewinnen. Einige Tage später ließ sie sich wieder an das Meeresufer geleiten, aber Violante sah sie dieses Mal nicht. Statt dessen lief ihr Matteo Lo Vecchio über den Weg und grüßte die Herzogin ehrfürchtig. Der Anblick des Schergen löste Widerwillen in ihr aus. Sie erinnerte sich, daß er im Gefängnis von Messina versucht hatte, Blasco zu vergiften, und in einer plötzlichen Anwandlung kam ihr der Gedanke, ihn deshalb verhaften zu lassen, auch wenn nun schon fünf Jahre seither vergangen waren.

Der Scherge ging bis zum Ende des Walls, machte kehrt und kam dabei wieder an der Sänfte vorbei, wo er sich ein zweites Mal verbeugte und einen gehässigen Blick auf die Herzogin warf. Er hatte bemerkt, daß Donna Gabriellas Augen ungeduldig zur Terrasse des Palastes Butera hinüberwanderten.

Bereits am Abend erfuhr Emanuele davon.

Was zum Teufel macht sie unter der Terrasse der Butera? fragte er sich.

Ihm kam nicht in den Sinn, daß sie sich dorthin begeben könnte, um Violante zu sehen; seine Vermutung ging in eine ganz andere Richtung, und dumpfer Zorn erhitzte sein eifersüchtiges Blut. Im Geiste schmähte er die Herzogin mit den schlimmsten Beleidigungen. Nie hatte er ihr die erlittene Demütigung verziehen, und obendrein hatte er nicht einmal die Genugtuung gehabt, sie zu küssen. Der Gedanke, sich auf aufsehenerregende Weise an Donna Gabriella zu rächen und sie zum Gespött der ganzen Stadt zu machen, hatte ihn nicht mehr losgelassen. Im Geiste überschüttete er sie mit Unflätigkeiten, da er glaubte, irgendeine neue wollüstige Laune führe sie zu jener Terrasse. Allein die Vorstellung, daß ihr Tun Blasco zur Schande gereichen könnte, erfüllte ihn mit Freude.

Verflucht noch mal! Der Bastard des Teufels soll seinen Teil davon abkriegen! Das ist ganz nach meinem Geschmack. Oh, könnte ich mir nur irgendein Beweisstück verschaffen!

»Matteo Lo Vecchio, ich will wissen, was die Herzogin am ›Witwenufer‹ macht.«

»Eure Hoheit wird es erfahren.«

Einige Tage später kam der Spitzel mit der gewünschten Auskunft.

»Die Frau Herzogin treibt die Liebe dorthin.«

»Ah! Sagte ich es doch!«

»Nur, daß es nicht ein Mann ist.«

»Wie?«

»Sie macht der Stieftochter schöne Augen.«

»Donna Violante?«

»Genau.«

»Ihr beliebt wohl zu scherzen . . .«

»Ich habe noch nie so vernünftig gesprochen. Mit eigenen Augen habe ich die Frau Herzogin im Gespräch mit Donna Violante gesehen . . . Die Frau Herzogin stand auf der Stadtmauer und die Stieftochter auf der Terrasse des Palastes Butera.«

Emanuele gab sich damit nicht zufrieden. Vielleicht waren sie sich rein zufällig begegnet, denn gewiß würde sich Donna Gabriella nicht um der schönen Augen Violantes willen dorthin bemühen, für die sie noch nie ein Herz gehabt hatte. Matteo Lo Vecchio hatte nicht richtig beobachtet. Er sollte noch einmal hin.

Der Spitzel verneigte sich.

»Wenn Eure Hoheit es mir befiehlt, werde ich gehorchen, aber ich versichere Ihnen, daß die Frau Herzogin aus keinem anderen Grund dahin geht.«

Zwei oder drei Tage später berichtete er das gleiche. Die Herzogin habe die Stieftochter gefragt, ob sie ins Kloster zurückkehren werde oder die Tanten besuchen wolle. Sie hätte ihr tausend Dinge unter vier Augen zu sagen.

Emanuele war darüber sehr erstaunt. Also standen die beiden ja in gutem Einvernehmen miteinander? Da erinnerte er sich an den blauen Domino und seine giftige Worte: ein Spiel war's, um ihm seinen Eintritt in das Ehegemach zu verwehren und jenen Skandal der Annullierung heraufzubeschwören! Eine Rache Donna Gabriellas war's! Es schien ihm so klar, so sinnfällig, daß er keinerlei Zweifel mehr hatte.

»Ah! Die Frau Herzogin ist also noch immer nicht zufrieden? Sie nimmt mir, nachdem sie mich in aller Öffentlichkeit lächerlich gemacht hat, auch noch die Gemahlin weg? Sie also ist die Urheberin allen Übels, das mir widerfahren ist? Sehr gut, verehrte Signora, sehr gut! Wir werden noch sehen, ob ich tüchtig genug bin, Euch eine Lektion zu erteilen, die Euch Euer ganzes Leben lang reichen wird ... bei allem Schutz durch die Beati Paoli!«

Schutz der Beati Paoli? Matteo Lo Vecchio spitzte die Ohren. Gab es also etwas, was er nicht wußte? Da schau einer an, auch die Frau Herzogin war möglicherweise ein Sektenmitglied! Aufgepaßt, Matteo!

Wutschnaubend ging Emanuele auf und ab und hielt dann vor dem Spitzel inne.

»Und Ihr? Was macht Ihr? Ich habe Girolamo Ammirata

zurückkommen lassen und Euch Handlungsfreiheit gegeben, aber diese Prozeßunterlagen ... Und jetzt wären sie mir sehr nützlich für dieses Luder von Violante! Um sie ihr vors Gesicht zu halten und ihr sagen zu können: ›Euer Vater war ein Verbrecher, und ich werde es in alle Winde schreien; ich werde sein Andenken in den Schmutz ziehen und mich und meine Mutter retten! Wo sind die Papiere? Ich will die zwei Frauen erniedrigen, mit Schmach und Schande überhäufen, ich will sie zu meinen Füßen sehen ... ich will sie besitzen und dann den Hunden zum Fraß vorwerfen! Habt Ihr verstanden? Ich werde aus Euch einen reichen Mann machen, wenn Ihr mir zu meiner Rache verhelft. Aber ich werde Euch umbringen lassen, wenn Ihr mich hinters Licht führt ... und wenn Ihr glaubt, Ihr könnt Euer Spielchen mit mir treiben.«

Matteo Lo Vecchio ließ ihn toben und stand eingeschüchtert da, als sei er ganz Ohr, aber in seinem Gesicht war ein Anflug von Spott nicht zu übersehen. Als Emanuele geendet hatte, sagte er: »Eure Hoheit, gestatten Sie mir zu reden?«

»Was habt Ihr zu sagen?«

»Daß die Papiere kommen werden. Haben Sie Geduld. Wir dürfen uns nicht der Gefahr aussetzen, als Diebe gefaßt zu werden: das würde bedeuten, alles bloßzustellen, und vor allem Eure Hoheit. Lassen Sie mich nur machen. Auch ich habe noch eine Rechnung mit den Beati Paoli zu begleichen; wenn ich für Eure Hoheit Rache nehme, räche ich mich selbst.«

Insgeheim überlegte er: Die Herzogin steht unter dem Schutz der Beati Paoli, ein richtiggehendes Mitglied wird sie wohl nicht sein; aber dieser Schutz kommt Ihr bestimmt von seiten des Bastards. Sie wird folglich viele Dinge über die verdammte Sekte wissen, und auch über diese Prozeßakten. Es kann sogar sein, daß sie sie als ein kostbares Erinnerungsstück an ihren edlen Gemahl, der Teufel möge ihn holen, in Verwahrung genommen hat. Man muß sich also die Herzogin vorknöpfen und ihr das Geheimnis entreißen. Und wie? Nichts leichter als das: um eine verliebte Frau nach seiner Pfeife tanzen zu lassen, muß man sie nur eifersüchtig machen ...

Und so ersann der Scherge gegen Don Girolamo, Andrea, Blasco und Coriolano einen ausgeklügelten Racheplan, dem gewiß auch Donna Gabriella und Violante ohne eigenes Verschulden zum Opfer fallen würden – doch das konnte Matteo Lo Vecchio nicht rühren. Und ob Emanuele sein Ziel erreichte, nämlich die beiden Damen zu erniedrigen und zu schänden, war ihm gleichgültig; ob seine Rache ihm gelänge oder nicht, war für ihn unbedeutend. Emanuele war für ihn nur ein Banner, das er zeitweilig beschützen und im geeigneten Augenblick, falls notwendig, auch ins Feuer werfen würde.

Während er den Herzog della Motta besänftigte, legte er ihm so manchen schönen Streich nahe. Andrea, zum Beispiel, war ein Mann, dem man unbedingt einen heiklen Auftrag anvertrauen sollte. Hatte er doch bei hellichtem Tag an der Ecke der San Antonio-Gasse auf Don Raimondo geschossen; dann war er Mitglied der Beati Paoli geworden und stand hinter den Intrigen, die gegen Don Raimondo geschmiedet wurden. Oh ja, ihn kannte er nur allzu gut! Mit dem Messer war er geschickt wie kaum ein anderer. Und Blasco konnte er nicht ausstehen: einmal wollte er ihn sogar umbringen, und er wäre auch der Mann dafür gewesen.

Emanuele hörte zu und überlegte. Teufel noch mal! Warum habe ich ihn dann so wenig eingesetzt? Und wenn ich jetzt ...

»Sehr gut! Sehr gut!« sagte er beim Abschied zu Matteo Lo Vecchio.

Beim Hinausgehen traf der Scherge im Vorzimmer auf Andrea, nahm ihn kumpelhaft beiseite und flüsterte ihm ins Ohr: »Ich habe mit Seiner Hoheit über Euch gesprochen. Ihr werdet sehen, von jetzt an wird er Eure Verdienste anerkennen.«

Andrea dankte ihm. Doch ein waches Auge hätte im Gesicht des alten Dieners im Hause Albamonte eine Spur von spöttischem Mißtrauen entdeckt.

XVI

Wie durch Zufall traf Donna Gabriella im Sprechzimmer des Klosters Santa Caterina auf Violante, die in Begleitung des Fürsten Butera ihre Tanten aufgesucht hatte. Da Ostern vor der Tür stand, wollte auch Donna Gabriella den beiden alten Schwägerinnen einen Besuch abstatten.

Sie begrüßten einander kühl, aber mit ausgesuchter Höflichkeit und tauschten einige belanglose Worte aus, dann lenkte Donna Gabriella das Gespräch auf den Annullierungsprozeß und tat, als wolle sie Neues darüber erfahren.

»Ich denke, in vier oder fünf Monaten haben wir alles hinter uns«, meinte der Fürst.

Donna Gabriella gab sich schmerzlich betroffen.

»Ja, ist die Sache tatsächlich so unversöhnlich?«

Der Fürst von Iraci und Violante machten ein Gesicht, als wollten sie sagen: Eine dümmere Frage konnten Sie wohl nicht stellen? Doch Donna Gabriella ließ sich nicht davon beeindrucken und begann, durch ihr heimliches Motiv redselig geworden, mit einer erbaulichen Predigt. Sie lobte Emanuele in den hellsten Tönen, er sei reich, schön und tapfer und besäße somit doch alles, um einen beneidenswerten Ehemann abzugeben. ... Sie liebten sich nicht? Aber die Liebe würde bestimmt später kommen. Und Emanuele sei ja in Wirklichkeit heftig in Violante verliebt, auch wenn er es nicht zeigte, er würde am Ende noch etwas Verrücktes anstellen ...

Violante hörte ihr mit immer größerem Erstaunen zu und dachte an die Spaziergänge Donna Gabriellas am »Witwenufer«: hatte sie gar einen Auftrag von Emanuele erhalten? Da griff der Fürst von Butera ein. Die Dinge hatten längst ihren Verlauf genommen, es sei nicht ratsam, noch einmal umzukehren. Schade für Don Emanuele. Doch statt die Nacht im Haus einer Primadonna zu verbringen, hätte er im eigenen Hause bleiben sollen. Schluß damit! Und er bat Donna Gabriella, auf einer für alle Beteiligten derart peinlichen Unterredung nicht weiter zu beharren.

Die Herzogin zeigte großes Bedauern. Im Innern aber war sie rasend vor Zorn. In jenen Tagen hatte sie anonyme Briefe erhalten, die ihr nahelegten, die Augen offenzuhalten, eine Zeit großer Schmerzen stünde ihr bevor. Einige Briefe enthielten auch Anspielungen auf Untreue und Verrat, die von Personen begangen worden seien, die ihrem Herzen sehr nahestünden.

Mit einem scherzhaften Wort, das sie Violante beinahe ins Ohr flüsterte, versuchte sie zurückzuschlagen: »Bist du etwa in jemanden verliebt? ... Sei ehrlich.«

Violante sah sie, feuerrot im Gesicht, an. Donna Gabriellas Züge waren verzerrt.

»Nein«, erwiderte sie knapp und schwieg. Beide hatten verstanden, worum es ging.

»Signora«, sagte sie, jede Silbe einzeln betonend, »wenn meine Ehe annulliert sein wird, werde ich hinter diesen Klostermauern den Frieden suchen, der mir, seit meine Mutter tot ist, nie wieder beschert war!«

Donna Gabriella verweilte noch eine Minute, verabschiedete sich und ging mit aufgewühltem Herzen davon. Als der Schlag der Kutsche hinter ihr zufiel, brach sie in Tränen aus. Keiner konnte sie davon abbringen, daß zwischen Blasco und Violante nicht doch ein Einvernehmen bestand.

»Aber ich werde es hintertreiben!« schluchzte sie. »Ich werde es hintertreiben!«

Ihre Augen schienen flammende Schwerter, als sie vor Blasco trat.

»Nimm dich in acht! Ich habe den Beweis, daß du mich nicht liebst, mich nicht lieben kannst. Es ist sinnlos, das zu leugnen. Ich könnte dir einfach nicht glauben. Aber hüte dich, sage ich dir noch einmal. Ich habe alles hinter mir gelassen, ich habe die Welt verachtet, damit ich dein werden konnte! Ich habe mit dir zusammengelebt und tue es noch immer. Aber ich kann dich auch eigenhändig töten!«

Und wieder brach sie in Tränen aus, es bedurfte aller Güte und Zärtlichkeit Blascos, um sie zu beruhigen. Dennoch begann für sie ein Leben voller Mißtrauen, Ängste und Ausbrüche von Wahnsinn. Sie verzehrte sich innerlich und verlor alle Heiterkeit und Leidenschaftlichkeit, die sie so anziehend machten.

Ein weiterer, von unbekannter Hand geschriebener Brief teilte ihr in diesen Tagen mit:

»Eine Euch ergebene Person, die nicht in Erscheinung treten will, könnte Euch einige wichtige Nachrichten über Dinge zukommen lassen, die Euer Herz bedrängen. Laßt kein Wort über diesen Brief verlauten. Wollt Ihr aber wissen, welches der Schlüssel zu Eurem Leid ist, so kommt morgen nachmittag in der Kutsche auf die Strada Colonna. Ein Mann neben dem Brunnen wird sich Euch nähern und Euch um Almosen für die frommen Seelen im Purgatorium anbetteln. Verschwiegenheit und Umsicht sind geboten.«

Der Brief ließ ihr keine Ruhe. Die ganze Zeit bis zum nächsten Nachmittag verbrachte sie in höchster Aufregung. Kaum hatte ihr Wagen das Stadttor passiert, näherte sich ihr ein Mann in Mönchskutte, die Kapuze bis über die Augen gezogen. Ein Almosenkästchen schüttelnd, flehte er sie an: »Für die heiligen Seelen!«

Donna Gabriella schickte sich an, ihm etwas zu geben. Der Mann reichte ihr das Kästchen und murmelte: »Die Signora möchte, daß Don Blasco ihr treu sei! Dazu müßte man zuerst herausfinden, wo er einen Umschlag mit einigen alten Schriften aufbewahrt, die einem Abaten gehörten und die äußerst wichtige Dinge enthalten. Es ist ein kleines, vierfach gefaltetes Bündel, das in einen Bogen Papier eingeschlagen und mit einer Kordel zusammengebunden ist . . .«

»Was sind das für Schriften?«

Sie fürchtete eine Falle und fügte hochmütig hinzu: »Ich wüßte nicht, Signore, was mir die Papiere des Herrn Blasco bedeuten sollten.«

Sie gab dem Kutscher Weisung, die Fahrt fortzusetzen, aber der Klosterbruder flehte sie an: »Einen Augenblick, Hoheit. Jagen Sie mich nicht einfach so weg. Ich komme um Euretwillen und verlange kein Entgelt dafür. Gott sei gelobt, daß ich mir mein Brot selbst verdiene. Mich dauert einfach nur, Sie in solch betrüblichem Zustand zu sehen! In diese Papiere sind einige Personen verwickelt, mehr kann ich nicht sagen . . .«

Violante! dachte Donna Gabriella in einer Aufwallung von Haß. Und der Mann mit der Kapuze fuhr fort: »Wenn Eure Hoheit sich also rächen und Herrn Blasco zurückerobern wollen, finden Sie heraus, wo er sie aufbewahrt ...«

Was treibt den, sich um mich zu sorgen? fragte sich Donna Gabriella insgeheim.

»Übermorgen werde ich um die gleiche Stunde hier am Bollwerk vorübergehen. Kommen Sie, Hoheit. Ich beschwöre Sie, bleiben Sie nicht fern.«

Donna Gabriella blieb nachdenklich zurück. Einerseits schenkte sie der Sache Glauben, andererseits wieder nicht. Aber die Eifersucht ließ sie alles verzerrt sehen, und die unwahrscheinlichsten Dinge wurden glaubhaft. Wie sollte sie es anstellen? Blasco offen danach zu fragen hieße, ihn Verdacht schöpfen zu lassen, was alles noch schlimmer machen würde. Ein Name fiel ihr ein: Coriolano. War er nicht Blascos großer und einziger Freund? Wußte er nicht um alle seine Geheimnisse?

Kaum war sie zu Hause angelangt, ließ sie Coriolano eine Nachricht zukommen, in der sie ihn freundlich bat, ihr seine Aufwartung zu machen. Der Ritter della Floresta war nicht wenig erstaunt über diese Bitte, zögerte jedoch keinen Augenblick, der Einladung einer schönen Frau Folge zu leisten.

Nach einer etwas verworrenen, wortreichen Einleitung begann Donna Gabriella, Coriolano von einem geheimnisvollen Päckchen zu erzählen, das Blasco einem Abaten entwendet habe, und Coriolano wurde ernst. Doch als sie schließlich behauptete, diese Papiere enthielten Beschwörungen und Zauberformeln, wie ihr der Bettelmönch zu verstehen gegeben hatte, konnte er vor Lachen nicht mehr an sich halten: »Wer hat Euch denn das gesagt? Verzeiht ...«

Donna Gabriella zögerte, doch Coriolano bedrängte sie, und so berichtete sie ihm alles.

»Wo ist dieser Brief?«

Sie suchte ihn und gab ihn Coriolano. Er warf nur einen Blick darauf, rieb mit dem Finger über das Papier, roch daran und steckte den Brief in die Tasche.

»Was macht Ihr?« fragte die Herzogin.

»Ihr gestattet, aber den Brief brauche ich nun einmal, um herauszufinden, wer ihn geschrieben hat.«

»Das könnt Ihr in Erfahrung bringen?«

»Ja. Aber das ist meine Sache, kümmert Euch nicht darum. Ich will Euch nur eines sagen: Blasco besitzt solche Papiere nicht.«

»Wie könnt Ihr so sicher sein?«

»Ich bin mir mehr als sicher. Er besaß einmal ein einziges Bündel, aber das ist schon lange her.«

»Ah! Seht Ihr?«

»Ja, aber jene Papiere enthielten alles andere als Beschwörungsformeln. Es waren vielmehr schreckliche Enthüllungen über eine Person, die inzwischen tot ist, und damit sind sie wertlos geworden.«

»Ihr sprecht mit einer Kenntnis darüber, die mich überrascht.«

»Das erklärt sich daher, daß diese Papiere einigen Bekannten von mir gehörten, ihnen aber von einem niederträchtigen Menschen gestohlen wurden ...«

»Waren sie denn nicht im Besitz eines Geistlichen?«

»... von einem niederträchtigen Menschen gestohlen wurden, der sich als Geistlicher verkleidet hatte, um den Schurkenstreich zu begehen. Blasco nahm dem Gauner das Bündel wieder weg und gab es seinen eigentlichen Besitzern zurück. Das ist alles.«

Donna Gabriella war sprachlos und starrte ihn mit offenem Munde an. Coriolanos Rede war so klar und enthielt so viele Einzelheiten, daß kein Zweifel möglich war.

»Warum aber«, bemerkte sie mehr aus Verwunderung, »warum sollte der Klosterbruder der Heiligen Seelen mich betrogen haben?«

»Das werde ich bald herausfinden, verlaßt Euch darauf.«

In jener Nacht sah man an den Mauern der Piazza Santi Quaranta Martiri Schatten entlanghuschen und in der Dunkelheit einer kleinen Türöffnung verschwinden, die sich geheimnisvoll neben dem Kirchenportal öffnete.

Donna Gabriella hatte an diesem Abend Blasco vergeblich gebeten, bei ihr zu bleiben. Er hatte all ihren Verführungskünsten widerstanden und dringliche Gründe angeführt, die die Herzogin mißtrauisch machten. Die Kirchturmuhr von San Domenico schlug elf. Donna Gabriella zählte jeden einzelnen Glockenschlag, und ihr Gehirn verdüsterte sich unter ihren Wahnvorstellungen. Für sie stand fest, Blasco war gegangen, weil er einer anderen Frau versprochen hatte, die Nacht bei ihr zu verbringen. Diese Vorstellung nahm so vollkommen Besitz von ihr, daß sie in Tränen ausbrach. Und plötzlich läutete sie nach der Kammerzofe und befahl ihr, die Sänfte bereitstellen zu lassen.

Die Kammerzofe war sprachlos. Was hatte ihre Herrin denn? War sie verrückt geworden? Donna Gabriella mußte den Befehl wiederholen, um sie zum Gehorsam zu bewegen.

Kurz darauf verließ sie den Palast. Sie hatte angeordnet, daß man sie zum Haus des Cavaliere della Floresta bringe. Sie wollte sich davon überzeugen, daß Blasco dort war, sie wollte den handfesten Beweis, daß er in Wirklichkeit kein Verräter war, obwohl sie ihn des Verrats bezichtigte.

Just in dem Augenblick, als ihre Sänfte dort eintraf, ging das Tor des Palastes auf, und zwei Männer traten heraus. Von den Fackeln ihrer Läufer kurz beschienen, erkannte Donna Gabriella Coriolano und Blasco. Sie unterdrückte einen Aufschrei, um sich nicht zu verraten. Und kaum waren die beiden vorüber, ordnete sie an, kehrtzumachen. Zu einem ihrer Läufer sagte sie: »Hast du die beiden Herren erkannt?«

»Ja, Hoheit.«

»Gut. Folgt ihnen, aber ohne Verdacht zu erregen.«

»Ganz zu Befehl, Eure Hoheit.«

Die schlicht ausgestattete Sänfte fiel niemandem auf. Nachts konnte man häufig Sänften oder Tragstühlen dieser Art begegnen, Ärzte, Hebammen und Beichtväter eilten darin durch die Stadt, denn das Rad des Lebens drehte sich weiter, Geburt und Tod waren zu keiner Stunde etwas Außergewöhnliches. Coriolano und Blasco konnten also nicht auf den Gedanken kommen, daß ihnen jemand folgte.

Doch kurz hinter der Kirche Santa Orsola verschwanden die beiden in der Dunkelheit eines Gäßchens, die beiden Läufer hatten nicht bemerkt, wo sie hineingegangen waren. Der kleine Platz lag menschenleer in der nächtlichen Stille; die niedrigen Häuser, über denen sich der alte Turm des Palazzo Marchese mit seinem schönen Arabeskenfenster erhob, waren verschlossen und ließen kein Lebenszeichen nach außen dringen.

»Kehren wir nach Hause zurück«, sagte Donna Gabriella enttäuscht.

Es war tiefe Nacht, und Angst kroch in ihr hoch. Die ganze Sinnlosigkeit ihrer nächtlichen Ausfahrt kam ihr zu Bewußtsein, die zu keinem Ergebnis geführt hatte.

Kaum war sie zu Hause, rief sie einen der Läufer und trug ihm auf: »Geh zum Palast della Floresta und beobachte, um wieviel Uhr der Ritter Albamonte zurückkehrt, auch in wessen Begleitung. Und paß auf, daß keiner dich sieht. Bei deiner Rückkehr laß mich wecken, gleich, welche Stunde es ist.«

Der Läufer machte sich auf den Weg.

Er verbarg sich in einer Türöffnung und wartete. Es schlug Mitternacht, es schlug ein Uhr, es schlug zwei Uhr, da sah der Läufer in der Finsternis zwei Gestalten, die sich dem Hause näherten. Er schärfte seinen Blick, um zu erkennen, wer sie waren. Der eine von beiden mochte Don Blasco sein, und wer konnte im übrigen zu einer solchen Stunde den Palast betreten, wenn nicht der Herr des Hauses selbst oder sein Gast? Er wartete noch eine Minute, um zu sehen, ob die zwei wieder herauskämen, dann verließ er seinen Posten.

Eine Stimme ließ ihn zusammenfahren.

Blitzschnell drehte er sich um und sah Matteo Lo Vecchio vor sich, der ihn teuflisch angrinste.

»Wer seid Ihr? Was wollt Ihr von mir?«

»Wer ich bin, ist für dich unwichtig. Was ich von dir will, ist schnell gesagt: Was machst du hier? Und paß auf, daß du mir auch die Wahrheit sagst, denn ich habe die Möglichkeit, sie dir im Carbonera- oder im Vicaria-Gefängnis unter Peitschenhieben zu entlocken. Du hast die Wahl.«

»Was ich machte? ... Aber das habt Ihr doch selbst gesehen, ich schaute um mich.«

»Ich verstehe. Du bist ein armseliger kleiner Dieb und hast einen Anschlag auf den Herrn della Floresta im Schilde geführt.«

»Ich? Ein Dieb? Mit wem glaubt Ihr es zu tun zu haben?«

»Schrei nicht so. Wie heißt du? Was für einem Gewerbe gehst du nach?«

Der Läufer versuchte, sich aus dem Griff zu befreien und zu flüchten, aber Matteo Lo Vecchio zog rasch eine Pistole aus der Tasche und hielt sie ihm auf die Brust.

»Du kennst mich also nicht? Du weißt nicht, wer ich bin? Schau mich doch an.«

Der Läufer starrte ihm ins Gesicht.

»Matteo Lo Vecchio!«

»Jetzt wirst du reden, hoffe ich ...«

»Ich bin ein Läufer ... ein Läufer der Frau Herzogin della Motta.«

»Ah!«

Der Scherge ärgerte sich, es war unvorsichtig gewesen, sich zu erkennen zu geben, aber jetzt konnte er nicht mehr zurück. Rasch überlegte er, daß die Herzogin ihren Diener ausgeschickt haben mochte, Blasco aufzulauern, und er ahnte den Vorteil, den er daraus ziehen konnte.

»Komm mit mir ... los!«

»Wohin?«

»Komm mit und sei still!«

Er schob ihn vor sich her, ohne ihn loszulassen. An der Straßenmündung der Via del Bosco stießen sie auf eine Streife. Matteo Lo Vecchio stieß einen Pfiff aus, und die Männer eilten herbei.

»Hängt den Schurken auf«, sagte er. »Er läuft herum und verbreitet Nachrichten gegen Seine Majestät, er sagt, daß die Kaiserlichen in Milazzo an Land gegangen seien und anrücken, um Palermo zurückzuerobern.«

»Aber das ist nicht wahr!« schrie der Läufer.

»Sei ruhig, du Schuft. Er ist ein Feind des Königs! Schafft ihn ins Vicaria-Gefängnis und laßt ihn nicht entwischen.«

In jenen Tagen verschlechterte sich die Lage wieder für die spanischen Truppen. Die österreichischen Einheiten, die zur Unterstützung Milazzos herbeigeeilt waren, machten die Belagerung der Stadt sinnlos. Die Nachricht, daß Karl VI. im Januar den Grafen Mercy zum befehlshabenden General der kaiserlichen Truppen in Sizilien ernannt hatte und ein Kontingent von dreißig- oder vierzigtausend Mann im Anmarsch war, verbreitete sich in der Stadt und beunruhigte die Leute. Noch größere Angst aber hatte die Regierung, die allerstrengste Anordnungen gegen die erlassen hatte, die solche Nachrichten verbreiteten.

Matteo rieb sich die Hände vor Befriedigung und sprach zu sich selbst: »Liebe Frau Herzogin, es tut mir leid für Sie, aber dieser Streich war allzu verlockend!«

XVII

Donna Gabriella wartete vergeblich auf den Läufer, die ganze Nacht und auch den folgenden Tag, und wußte sich sein Verschwinden nicht zu erklären. Statt dessen erhielt sie eine weitere anonyme Nachricht, die sie in großen Aufruhr versetzte:

»Vergeblich wartet Ihr auf Euren Läufer. Personen, die ein Interesse daran hatten, die von Euch angeordnete Bespitzelung zu vereiteln, haben ihn verschwinden lassen: Erinnert Euch an das, was Ihr wißt, und vertraut auf den, der Euch ein Freund ist und für Euch betet ... im Namen der Heiligen Seelen.«

Es war die gleiche Handschrift wie in den voraufgegangenen Briefen. Nach dem Mittagsmahl traf die Herzogin Vorbereitungen, um sich zum Treffen mit dem Kapuzenmann zu begeben, als Coriolano vor ihr erschien.

»Ihr seid im Gehen?« meinte er. »Wie schade. Ich wollte Euch gerade meine Aufwartung machen.«

Donna Gabriella war verlegen. Coriolanos Blick war durchdringend und schien ihre geheimsten Gedanken zu erraten. Sie wagte weder, ihn wegzuschicken noch ihn hereinzubitten. Der Cavaliere lächelte freundlich.

»Ich sehe schon, ich bin im falschen Augenblick gekommen, aber ich hatte Euch etwas zu sagen. Wenn Ihr gestattet, werde ich Euch begleiten, es sei denn, ich falle Euch damit zur Last.«

»Nein, nein ... das dürft Ihr nicht glauben«, stotterte sie verlegen, da sie nicht unhöflich sein wollte.

»Also laßt uns gehen.«

Als sie in der Kutsche saßen, fragte Coriolano: »Herzogin, verzeiht meine Neugierde, aber es ist in Eurem Interesse ... Wohin fahrt Ihr?«

Donna Gabriella errötete, antwortete jedoch nicht.

»Dann werde ich es Euch sagen: Ihr fahrt zu einer Verabredung mit dem Klosterbruder der Heiligen Seelen ...«

»Wie kommt Ihr darauf?«

»Ich sehe es an Eurer Verlegenheit ... und der gute Frate wartet schon auf Euch.«

»Woher wißt Ihr das?«

»Ich weiß es eben. Unwichtig, wie ich es erfahren habe. Und ich weiß noch viele andere Dinge. Zum Beispiel, daß Ihr zugelassen habt, daß Euer armer Läufer verhaftet wurde, aus einer Laune, die ... ich weiß nicht wie ich das nennen soll ...«

»Pietro verhaftet?« rief Donna Gabriella aus.

»Ob er Pietro heißt, weiß ich nicht, jedenfalls befindet er sich im Vicaria-Gefängnis mit der Beschuldigung, aufrührerische Parolen verbreitet zu haben.«

»Pietro!«

»Und das, weil er den Auftrag hatte, auszuspionieren, um wieviel Uhr der Herr Blasco zurückgekehrt ist – da es Euch nicht gelungen war, ihn rechtzeitig zu beobachten und herauszufinden, wohin er sich in Begleitung des Ritters della Floresta begeben hat.«

Donna Gabriella errötete, erbleichte und starrte Coriolano entsetzt an. Der aber lächelte fein, und sein Ausdruck war korrekt und maßvoll wie immer.

»Wer hat Euch all dies gesagt?« murmelte sie zitternd.

»Ich weiß es, Frau Herzogin; ich hatte Euch doch versprochen, daß ich Erkundigungen einziehen würde über das, was Euch am Herzen liegt, und wie Ihr seht, habe ich dabei allerhand herausgefunden, für dessen Wahrhaftigkeit Ihr selbst der beste Bürge seid.«

Die Herzogin starrte voll abergläubischen Staunens diesen Mann an, der mit soviel Sicherheit zu ihr sprach. Coriolano fuhr fort: »Ich kann Euch sagen, wer dieser Frate von den Heiligen Seelen ist.«

»Wer ist es?« fragte die Herzogin aufgeregt.

»Matteo Lo Vecchio!«

»Der!« rief sie entsetzt.

»Und ich kann Euch auch sagen, wer Euren Läufer heute nacht hat verhaften lassen, mit dieser gefährlichen Beschuldigung noch dazu . . .«

»Wer?«

»Matteo Lo Vecchio.«

»Matteo Lo Vecchio . . . Matteo Lo Vecchio!« Sie stotterte in solcher Verwirrung, daß Coriolano lächeln mußte.

Sie war also in den Händen dieses elenden Schergen! Was wollte er von ihr? Warum hatte er ihr all diese Geschichten über Blasco erzählt? Warum hatte er ihren Läufer verhaften lassen? Sie war verzagt. Verzweifelt rang sie die Hände und sagte leise: »Was war ich verrückt! Was war ich verrückt!«

Wie von einem Zweifel übermannt, fragte sie dann: »Aber seid Ihr dessen sicher, was Ihr sagt?«

»Zweifelt Ihr noch immer? Dann sage ich Euch alles, was Ihr gestern abend gemacht habt . . .«

»Nein, ich glaube Euch. Oh, mein Gott! Mein Gott! Das ist mein Untergang.«

»Habt keine Angst, auch deshalb bin ich ja hier.«

»Und Blasco weiß alles?«

»Alles.«

»Mein Gott! Was wird er sagen? Ist er wütend? Ist er traurig? Sagt mir die Wahrheit.«

»Wütend ist er nicht, traurig ja, sehr sogar . . .«

Donna Gabriella verharrte eine Weile schweigend. Die Karosse fuhr durch das Stadttor, und beim Anblick des Meeres erinnerte sich die Herzogin wieder ihrer Verabredung.

»Was soll ich nur machen, und was soll ich ihm sagen?« fragte sie, als spräche sie mit sich selbst.

»Tut so, als wüßtet Ihr nicht, wer er in Wirklichkeit ist, und einigt Euch mit ihm.«

»Und wenn er mich nach den Papieren fragt?«

»Hier sind sie.« Er kramte ein umschnürtes Bündel heraus. »Gebt ihm die hier; es sind Papiere mit Beschwörungen und Zauberformeln. Ihr werdet ihm sagen, daß Ihr sie Blasco abgenommen habt, während er schlief. Wenn Ihr sie ihm gegeben habt, fragt ihn, was Ihr tun sollt. Ich werde Euch dann aufsuchen und mich danach erkundigen.«

Donna Gabriella nahm das Päckchen. Der Gedanke an die Begegnung mit Matteo Lo Vecchio und an die Rolle, die sie zu spielen hatte, ließ sie ganz aufgeregt sein.

Der Scherge stand am Fuß des Bollwerks, das Gesicht unter der Kapuze verborgen, und schüttelte sein Almosenkästchen.

»Für die Heiligen Seelen!«

Kaum hatte er die Kutsche der Herzogin erblickt, trat er auf sie zu und wiederholte seinen Bettelspruch: »Für die Heiligen Seelen!«

Während er ihr das Kästchen reichte, sagte er in mitleidsvollem Tonfall: »Oh, Hoheit, Ihnen ist ja ein so schmerzliches Unglück zugestoßen! Der arme junge Mann! Ich habe ihn heute morgen gesehen . . .«

»Von wem sprecht Ihr?«

»Von Eurem Läufer . . . der Ärmste, er dauert mich sehr!«

»Wo habt Ihr ihn denn gesehen?«

»Im Vicaria-Gefängnis. Aus Verbundenheit mit der Frau Herzogin bin ich hingegangen, und ich habe ihn wiedererkannt. Der Arme war gerade gefoltert worden. Zehn Streckungen mit dem Strang, das ist nicht zum Scherzen.«

»Was sagt Ihr?«

»Die Wahrheit! Der Ärmste hat versucht, sich zu verteidigen! . . . Aber es war klar, daß es soweit kommen mußte! Raten Sie mal, wem er das zu verdanken hat?«

»Wem?«

»Wen haben Sie denn beobachten lassen?«

Donna Gabriella zuckte zusammen: Blasco? Sollte es Blasco gewesen sein? Sprach der Scherge die Wahrheit? Obwohl sie wußte, wie sich die Dinge in Wirklichkeit verhielten, war sie doch einen Augenblick unsicher geworden. Matteo Lo Vecchio fügte hinzu: »Aber jetzt werden wir alles in Ordnung bringen. Haben Hoheit nichts wegen jener Papiere ausrichten können?«

»Doch«, erwiderte Donna Gabriella und besann sich auf die Rolle, die sie zu spielen hatte, »ich habe sie sogar hier ...«

»Tatsächlich?« rief der Scherge, vor Freude auffahrend.

»Ja, es war ein reiner Zufall, daß ich sie an mich nehmen konnte. Er trug sie auf dem Leib,«

»Ah, habe ich's mir doch gedacht!« sagte er leise. Und lauter fügte er hinzu: »Wenn Eure Hoheit sie mir geben wollen, werden wir eine Gegenbeschwörung aussprechen.«

»Hier habt Ihr sie.«

Matteo Lo Vecchio erkannte die Schnur, erkannte den Umschlag, und er bemerkte auch, daß er an den Ecken ein wenig angesengt war. Sein Gesicht überzog sich mit lebhafter Freude; er nahm das Bündel an sich, steckte es in seine Brusttasche und sagte: »Wenn die Frau Herzogin gestatten, werde ich ihr alsbald die Gegenformeln bringen und ihr sagen können, wer die Person ist, die der Herr Blasco liebt, und was man dagegen unternehmen kann.«

Donna Gabriella hatte einen genialen Einfall.

»So kommt doch morgen abend zu mir nach Hause.«

Wäre Matteo Lo Vecchios Gesicht nicht unter der Kapuze verborgen gewesen, hätte die Herzogin seine spöttische Grimasse bemerkt.

»Hoheit«, sagte er, »das sind Dinge, über die man nicht in einem Hause spricht: die Wände haben Ohren. Wenn Sie jedoch so gütig wären, sich hier oder in Mezzo Monreale oder wo auch immer einzufinden, würde ich kommen, um Ihnen das Notwendige zu bringen.«

»Bei mir zu Hause ist man sicher wie in einer Kirche, aber sei es, wie Ihr wünscht: morgen zu dieser Stunde werde ich in den Stadtteil Terre Rosse fahren.»

»Also gut, in Terre Rosse. Einverstanden. Ich küsse Eurer Hoheit die Hand.«

Während Donna Gabriellas Karosse in die Stadt zurückkehrte, machte Matteo Lo Vecchio sich auf den Weg zur Porta di Termini.

Kaum war er unter dem Torbogen, zog er voller Ungeduld das Päckchen heraus, das er zu einem so günstigen Preis erhalten hatte. Er löste die Schnur, faltete den Umschlag auseinander und zog eines der Blätter heraus. Doch kaum hatte er es glatt gestrichen, stieß er einen Schrei der Verwunderung aus. Das Papier war voll von magischen Zeichen, Dreiecken, Kreisen, aufgerissenen Augen, ungeheuerlichen Tierwesen, einem Kreuz und seltsamen, kaum leserlichen Formeln, von denen manche in einem lächerlichen Latein abgefaßt waren.

Nachdem er das Blatt wieder und wieder angeschaut hatte, faltete er es langsam zusammen, nahm ein anderes, bog es auseinander und machte eine ärgerliche Geste. Auf diesem waren noch komischere Zeichnungen als auf dem ersten. Er wollte kein weiteres Blatt mehr ansehen. Wütend wickelte er das Päckchen zusammen und fluchte leise zwischen den Zähnen: »Da hat sie mir aber eins ausgewischt! So richtig eins ausgewischt! ... Doch da muß noch jemand anderes seine Hand im Spiel haben.«

Und ohne Umschweife begab er sich zum Palast della Motta.

Am Abend sagte Blasco zu Donna Gabriella: »Warum nur mißtraust du mir so und quälst dich? Wie konntest du dich dem Schwindel eines Schurken aussetzen, der ein bestimmtes Ziel verfolgt? Und dann der arme Läufer!«

Donna Gabriella ließ sich auf einen Stuhl sinken und murmelte: »Verzeih mir! Ich bin ja verrückt ... aber ich liebe dich so sehr!«

»Jene Papiere, die der Scherge von dir wollte, gehören weder mir noch dir noch sonst jemandem: Matteo Lo Vecchio hatte sie einem Mann gestohlen, der sein ganzes Leben dafür geopfert hat, daß Emanuele sein gesellschaftlicher Rang und sein Vermögen zurückerstattet werde.«

»Don Girolamo Ammirata!«

»Ja, Don Girolamo. In diesen Papieren steht die lange Geschichte eines Verbrechens.«

Donna Gabriella senkte traurig ihr Haupt. »Ich kenne sie«, sprach sie.

Blasco schwieg eine Weile. Die schreckliche Vergangenheit, deren Geheimnis sie kannten, lastete schwer auf ihnen beiden. Er zog einen angesengten Umschlag aus der Brusttasche und sprach weiter: »Matteo Lo Vecchio hatte diese Papiere gestohlen, ich weiß nicht, aus welchem Grund, aber sicherlich zu unlauteren Zwecken; durch einen Zufall konnte ich sie ihm entwenden und habe sie aufbewahrt. Ich war schon im Begriff, sie zu zerstören, doch ich wurde daran gehindert. Jetzt, da der Mann, dessen Verurteilung sie bedeuteten, tot ist, gibt es keinen Grund mehr, sie länger aufzubewahren. Sie könnten nichts weiter anrichten, als die lauteren Gefühle eines unschuldigen Mädchens zu verletzen, und daraus würde keiner einen Gewinn ziehen. Der Schurke hätte dich, wenn er sie mit deiner Hilfe wieder an sich gebracht hätte, zur Komplizin einer Niedertracht gemacht. Wolltest du das?«

Donna Gabriella sah ihn stolz an.

»Ich wußte es«, fuhr Blasco fort. »Hier hast du die Papiere, vernichte du sie!«

»Oh, nein«, wehrte sie ab.

Da näherte sich Blasco einer der Kerzen und setzte das Bündel in Brand. Donna Gabriella spürte eine heftige Versuchung, die Papiere doch noch an sich zu reißen, aber sie tat es nicht. Als die letzten schwarzen Fetzen leicht zu Boden sanken, fuhr sich Blasco mit den Händen übers Gesicht, als wolle er einen Schatten vertreiben, und setzte eine heitere Miene auf. Er ließ sich neben Donna Gabriella nieder und nahm ihre Hände in die seinen. Mit seiner schönen, kräftigen und vor Freude schwingenden Stimme sagte er: »Warum schenkst du mir kein Lächeln? Warum schweigst du?«

Gabriella lauschte der traurigen Stimme in ihrem Innern, die ihr erneut zuflüsterte: »Er ist heiter, weil er Violante gerettet hat!« Sie spürte, wie sich ihr Herz zusammenzog und ihre Augen feucht wurden. Doch plötzlich schlang sie ungestüm ihre Arme um seinen Hals und zog ihn an sich.

»Nein! Du gehörst mir! Mir allein!«

XVIII

Matteo Lo Vecchio war außer sich vor Zorn über den Streich, den ihm, wie er glaubte, Donna Gabriella gespielt hatte. Doch als geschickter Heuchler hatte er mit vorgetäuschter Unterwürfigkeit die Wutanfälle Emanueles über sich ergehen lassen, der wiederum glaubte, von dem Spitzel betrogen worden zu sein, und ihn mit Fußtritten die Treppe hinunterjagte.

Matteo Lo Vecchio wiederholte wieder und wieder: »Eure Hoheit haben ja recht, ich bin von dem Teufelsweib reingelegt worden!«

Aber in seinem Herzen schwor er ihm und Donna Gabriella bittere Rache.

Eines Morgens in der Kirche San Domenico, Donna Gabriella saß in Andacht versunken vor der Kapelle des Kruzifixes, näherte sich ihr schlurfend eine über ihren Stock gebeugte und den Rosenkranz betende Alte und bettelte um ein Almosen. Die zwei Lakaien, die in gebührendem Abstand hinter ihr standen, traten vor, um die aufdringliche Person wegzuscheuchen. Doch sie wehrte sich voller Entrüstung: »Weg mit Euch! Wir sind doch im Hause Gottes und vor ihm alle gleich . . . und außerdem«, und an dieser Stelle sprach sie so leise, daß nur Donna Gabriella sie hören konnte, »könnte Eure Hoheit von mir etwas erfahren, was von Bedeutung für sie wäre. Ich komme aus dem Kloster Santa Caterina.«

»Ach!«

Donna Gabriella sagte zu einem der Lakaien: »Gib ihr ein paar Tari und laß sie in Ruhe.«

Die Alte nahm die Münze, bekreuzigte sich, und während

sie niederkniete, murmelte sie: »Mögen der heilige Domenico und die Madonna des Rosenkranzes Eurem Leib und Eurer Seele Gesundheit spenden, und möge Gott es Euch vergelten, jetzt und in der Stunde des Todes. Amen. Heilige Maria, Muttergottes ...«

Die Herzogin wurde ungeduldig.

»Was habt Ihr mir zu sagen?«

»Folgendes, Hoheit: ich gehe immer zum Kloster Santa Caterina, um Almosen zu erbitten ... und die Enkelin des Fürsten von Butera, die gute Seele, die Ihre Verwandte ist, hat mich ins Herz geschlossen. Gestern, kurz vor Schließung des Kirchenportals, rief sie mich von einem Fenster der Kapelle aus: ›Anna‹, rief sie – ich heiße so, Hoheit –, ›Anna, könnt Ihr mir einen Gefallen tun?‹ – ›Befehlen Sie mir nur, Hoheit‹, sage ich. Darauf sie: ›Könntet Ihr die Frau Herzogin della Motta aufsuchen, die Euch ein Almosen geben wird, und ihr sagen, daß ich ihr Grüße schicke ...‹ Und hier bin ich, Hoheit.«

Donna Gabriella war leicht verstimmt. Um eines Grußes willen wäre es nicht nötig gewesen, sich diesen Sermon anzuhören. Sie entließ sie mit einer Handbewegung, und den Rosenkranz murmelnd schlurfte die Alte davon.

Am nächsten Morgen ging sie zum Kloster Santa Caterina, ließ Frau Violante Albamonte rufen und erzählte ihr das gleiche Märchen mit Grüßen von Donna Gabriella; und so ging es mit den Grußbestellungen über mehrere Tage von San Domenico nach Santa Caterina und zurück. Doch am fünften Tag traf die Alte Violante nicht an. Das Mädchen war erneut in ihrem Kummer versunken, und der Fürst von Butera hatte sie, um sie aufzuheitern, in seine Villa nach Bagheria bringen lassen.

Die Alte tat bestürzt, doch als sie das Kloster verließ, rieb sie sich sichtlich erfreut die Hände.

»Um so besser! Das fügt sich ja wunderbar. Wüßte ich, wer der behandelnde Arzt ist, würde ich hingehen und ihm einen feurigen Kuß geben!«

Matteo Lo Vecchio wartete an diesem Abend, bis Emanuele den Turnierplatz verließ, dann sagte er rasch zu ihm: »Man muß den ganzen Plan ändern. Eure Hoheit mögen selbst urteilen.«

Und mit wenigen Worten erklärte er ihm, was er ausgeklügelt hatte. Der Herzog strahlte vor Freude.

»Sakrament! Ihr seid ein Genie!«

Der Juni verging lieblich und duftend, er war wie eine Verlängerung des Frühlings. Die Wiesen grünten, die hochgewachsenen, blonden Getreidefelder wogten und warteten auf den Schnitter. Nach der Rückkehr der Priester und der Fratres aus dem Exil und da auch die Beziehungen zwischen dem Königshof und der Kurie wieder freundlicher geworden waren, wurde das Fronleichnamsfest in diesem Jahr mit größerem Aufwand gefeiert, zur Freude der kleinen Ortschaft, die um die herrschaftlichen Landhäuser lag.

Violante genoß dieses Leben auf dem Land, zwischen den wildwüchsigen Hügeln, der fruchtbaren Ebene und dem azurblauen, heiteren Meer. Aus den Wäldchen, die das kleine Schloß umgaben, drangen morgens und abends das lebhafte Getschilpe der Spatzen oder die sanften, schwermütigeren Töne der Nachtigallen. Manchmal aber wurde die tiefe Stille von dem fernen Gekrächze der Raben unterbrochen, und dann erschauerte sie wie unter dem Eindruck düsterer Vorahnungen.

Der Fürst von Butera hatte eine Woche zusammen mit der Enkelin in der Villa verbracht und war wieder nach Palermo zurückgekehrt; Violante hatte er in Gesellschaft zweier unverheirateter alter Cousinen zurückgelassen, die in seinem Hause lebten und für gewöhnlich auch einige Monate auf dem Landsitz verbrachten. Alle Damen waren unter den Schutz des Gutsverwalters und seiner Untergebenen gestellt worden.

Die ganze Umgebung war in den letzten Jahren gut besiedelt worden. Die Fürstenhäuser Valguarnera, Palagonia, Santa Flavia und Furnari hatten hier ihre Landsitze errichtet. Der Fürst von Butera konnte also beruhigt sein, seine Frauen waren in der Villa vollkommen in Sicherheit, mehr noch, als sie es in seinem Stadtpalais gewesen wären.

Eines schönen Tages hörte Violante eine rasche Folge von

Schüssen aus dem nahegelegenen Wald. Sie fragte, was das zu bedeuteten hätte. Man erklärte ihr, es seien Edelleute aus Palermo, die zur Jagd gekommen wären. In der Tat hatte der Hügel einen großen Bestand an Wildkaninchen, und an dem nahen Fluß, dem alten Eleuterio, der noch nicht von der Sommerhitze ausgetrocknet war, lebten zahlreiche Wildenten. Die Jagd lohnte sich hier. Und nach einer kurzen Unterbrechung, vielleicht für ein Mittagsmahl, begannen die Jäger wieder zu schießen, und die Schüsse waren jetzt bedeutend näher zu hören.

Violante schaute zum Fenster hinaus und sah, wie die beiden alten Damen, auf den Arm eines Begleiters gestützt, den Weg zum Wald einschlugen, wahrscheinlich um der Jagdgesellschaft beizuwohnen. Eine flüchtige Versuchung streifte sie, zu rufen: »Wartet, ich komme mit!« Aber sie tat es nicht, als hätte eine unbekannte Hand ihr den Mund verschlossen. Im übrigen fühlte sie sich ja wohl in ihrer Einsamkeit! Und es schien, als habe die Jagd die Aufmerksamkeit aller auf sich gezogen, das Haus war in Schweigen getaucht, Violante sah keine Menschenseele mehr. Nachdem auch die Damen in der Dichte des Waldes verschwunden waren, wirkte der Ort wie ausgestorben.

Sie setzte sich wieder und versank aufs neue in jenen träumerischen Geisteszustand, in dem sie nun so oft war und in dem ein einziger beherrschender Gedanke ihr Herz zu erfüllen begann, gegen den sie machtlos war: Blasco. Sie dachte an Blasco, ohne Bitterkeit, ohne quälende Eifersucht, sie dachte an ihn wie an einen auf immer verlorenen Traum, in stillem, verzweifeltem, unaufhörlichem Schmerz. Ihr Zimmer befand sich wie die anderen Schlafgemächer in der Villa fast zu ebener Erde, ein Mensch, der auf einen Stuhl oder Stein kletterte, konnte mühelos das Fensterbrett erreichen. Das Fenster stand offen. Violante ging an den Nachtschrank und nahm ein Gebetbuch heraus, ihr einziger Trost in dieser Einsamkeit.

Mit einem Mal schien ihr, als habe sich etwas vor das Licht geschoben; rasch drehte sie sich um und schrie vor Entsetzen auf, doch noch bevor sie wieder ganz bei Sinnen war, war schon ein Mann in ihrem Zimmer, der eilends die Tür verriegelte. Es war Emanuele.

Violante war gefangen. Es gab nur einen einzigen Fluchtweg – das Fenster. Sie stürzte hin, doch unter dem Fenster stand ein bewaffneter Mann mit dem Gesicht eines Galeerensträflings. Sie sah sich verloren.

»Was wollt Ihr?« fragte sie zitternd.

Auch Emanuele war verwirrt, doch seine Verwirrung gab ihm etwas Wildes, Grausames.

»Was ich will? Oh, fast nichts, nur habe ich noch eine Rechnung mit Euch zu begleichen, wenn es Euch nichts ausmacht . . .«

»Ich habe keine Rechnung mit Euch offen . . . Was sich zwischen mir und Euch abspielt, liegt in den Händen des Monsignore Richters der Monarchie. . . . Geht, sonst rufe ich Leute!«

»Ich begreife ja, liebe Donna Violante, daß ich nicht die korrekteste Art und Weise des Eintretens gewählt habe, aber sie ist gewiß die schnellste und erspart mir viele Unannehmlichkeiten. Andererseits mache ich Euch darauf aufmerksam, daß es völlig sinnlos ist, nach jemandem zu rufen, es würde Euch sowieso keiner hören. Die Villa ist verlassen; Eure Bauersleute bestaunen die großartige Jagdpartie, die ich seit den frühen Morgenstunden eigens zu diesem Zweck habe veranstalten lassen . . . zu Euren Ehren . . . Ihr seid also ganz in meiner Gewalt, und ich habe mir gegenüber die unaufschiebbare Verpflichtung, Vergeltung für die Lächerlichkeit einzufordern, der Ihr mich preisgegeben habt.«

Violante meinte nicht recht zu hören. Fassungslos starrte sie Emanuele an, versuchte seine Absichten zu erraten. Wieder schweifte ihr Blick zum Fenster, das ihre Rettung hätte sein können und in Wirklichkeit ein weiteres Hindernis war.

Sie vermeinte zwischen den Bäumen eine dritte bedrohliche Gestalt zu erkennen; sie vermutete, noch andere Männer standen um das Haus herum, womit sie von allen Seiten eingekreist war. Diese Ahnung nahm ihr allen Mut. Sie konnte auch nicht auf die Möglichkeit hoffen, daß ihr Schrei von den Bauern in der Ferne gehört werden würde, und in ihrer vollkommenen Verlassenheit fühlte sie ihre Kräfte schwinden. Kalter Schweiß trat ihr auf die Stirn. Zaghaft versuchte sie sich zu verteidigen.

»Ich habe Euch doch nichts getan ... Ich bin nur eine arme Waise! Was Ihr sagt, ist frevlerisch, ist ungeheuerlich! ... Laßt mich gehen, ich flehe Euch an!«

Emanuele nahm einen Stuhl und setzte sich rittlings darauf. Herausforderung und Hohn standen in seinem Gesicht.

»Ha, ha, ha! Ihr fleht mich an? Wie rührend! Aber ich bin doch gut, ich bin großzügig ... Kommt doch her zu mir ... Setzt Euch neben mich ... Ich bin doch kein Ungeheuer ... Nein? Ihr rührt Euch nicht von der Stelle? Ihr wollt nicht kommen? Also dann werde ich zu Euch kommen, wie Mohammed zum Berge sprach. Die Zeit vergeht, und ich erwarte noch einen weiteren reizenden Besuch!«

Er stand auf und ging auf Violante zu.

Mit flehend erhobenen Händen ließ sie sich zu Boden gleiten.

»Habt Erbarmen! Im Andenken an Eure Mutter!«

Ein Schatten glitt über Emanueles Gesicht.

»Warum ruft Ihr gerade in diesem Augenblick die Erinnerung an meine Mutter wach? So erinnert Ihr mich nur daran, daß ich auch meiner Mutter Rache schuldig bin. ... Wißt Ihr, Donna Violante, wer meine Mutter getötet hat und auch mich umbringen wollte? Ihr wißt es nicht? Nun, dann sage ich es Euch: Es war der Mann, der sich meinen Titel und mein Vermögen widerrechtlich angeeignet hat, es war Don Raimondo, Euer Vater!«

Violante lief vor Entrüstung rot an, ihre Augen flammten. Sie sprang auf und schrie: »Das ist nicht wahr! Ihr lügt!«

Doch Emanuele zuckte verächtlich mit den Schultern.

»Eure Entrüstung ist fehl am Platz, Donna Violante, es brauchte mehr als das, um die Wahrheit zu vernichten. Meine Rache an Euch wird zugleich eine Rache für meine Mutter sein. Oh, fürchtet Euch nicht, ich werde Euch nicht töten, das wäre schade ... vielmehr ...«

Und er packte sie mit raubtierhafter Schnelligkeit und zog sie an sich, während er leise zu ihr sagte: »Ihr seid so schön und begehrenswert, daß die einzige Waffe, die man gegen Euch richten kann, Küsse sind ...«

Violante spürte den Atem Emanueles auf ihrem Gesicht, sie sah die aufblitzende Begierde in seinen Augen.

»Hilfe!« schrie sie verzweifelt.

Das Geräusch einer Kutsche, die schnell näher kam, klang von der Straße herauf. Man hörte drei Peitschenhiebe. Emanuele zählte die Schläge.

»Ah, da ist ja die andere! Aber sie kommt viel zu früh!«

Violante begriff den Sinn der Worte nicht, denn ihr Herz hatte plötzlich wieder Hoffnung geschöpft und trübte ihr Wahrnehmungsvermögen. Wer war da gekommen? Bedeutete es Rettung? Sie sah in Emanueles Gesicht eine grausige Freude aufleuchten. Demnach war die eingetroffene Person jemand Befreundetes, vielleicht ein Gefährte seiner Freveltaten.

»Los!« schrie Emanuele, »vergeuden wir keine Zeit!«

Und mit einem heftigen Ruck riß er das Mädchen an sich und warf sie aufs Bett. Violante nahm alle ihre Kräfte zusammen und stemmte ihre Beine gegen ihn, doch Emanuele war ihr an Stärke überlegen und hielt sie fest in seinem Griff.

»Stellt Euch nicht so an«, sagte er, »es nützt ja doch nichts.«

Da wurde heftig gegen die Tür geklopft.

Violante schlug um sich, wand sich hin und her, vielleicht war es doch die Rettung ...

»Laßt mich los! Ihr seid ein Feigling! ... ein Feigling!«

Zwei weitere Schläge erdröhnten an der Tür, dann warf sich jemand dagegen. Emanuele hatte inzwischen ein Handtuch an sich gerissen und es um Violantes Arme und ihren Leib geschlungen; er hatte sie so fest zusammengeschnürt, daß sie ihre Hände nicht mehr bewegen konnte. Da flog die Tür auf, und eine Frau stürzte wie eine Furie ins Zimmer. Wie angewurzelt blieb sie vor Violante und Emanuele stehen und schrie: »Wo ist er?«

Violante erkannte sie. Eine leiser Hoffnungsschimmer überzog ihr Gesicht, und flehentlich rief sie: »Signora! Rettet mich!«

XIX

Es war Donna Gabriella.

Zorn und Eifersucht und Verblüffung verzerrten ihr Gesicht, als sie um sich blickte und wiederholte: »Wo ist er denn? ... Was soll das alles bedeuten?«

Doch Emanuele, der mittlerweile die Tür verschlossen hatte, erwiderte höhnisch: »Um die Wahrheit zu sagen, ich habe Euch nicht so früh erwartet. Gewiß habt Ihr die Pferde bis zur Erschöpfung angetrieben!«

»Ich verstehe Euch nicht ...«

»Mutter, Frau Mutter, rettet mich!« flehte Violante.

Donna Gabriella verstand wirklich nichts. Ein Brief, der ihr vor einigen Stunden zugestellt worden war, hatte sie nahezu um den Verstand gebracht:

»Verehrte Signora, ein Freund, der Euer Glück wünscht und entrüstet ist über die Beleidigungen, die Ihr derzeit erhaltet, teilt Euch mit, daß Ihr aufs niederträchtigste verraten worden seid: wenn Ihr den Beweis dafür wollt, laßt Eure Kutsche anspannen, eilt nach Bagheria, dort werdet Ihr den Herrn Blasco in den Armen Donna Violantes finden.«

Wie eine Wahnsinnige hatte sie die Kutsche anspannen lassen.

»Treibt die Pferde an, was das Zeug hält!« hatte sie dem Kutscher zugerufen. Die Straße erschien ihr endlos lang und die Pferde viel zu langsam. Ein finsterer Gedanke hämmerte in ihrem Gehirn: »Ich werde sie töten! Ich werde sie beide auf einen Schlag töten!«

Kaum am Ziel, sprang sie aus der Kutsche. Es fiel ihr nicht einmal auf, daß kein Diener herbeieilte, um sie zu empfangen. Sie lief ins Haus, öffnete jedes Zimmer, warf einen Blick hinein, bis sie schließlich von einem wirren Schrei zu Violantes Zimmer geleitet wurde. Aber Blasco war nicht dort; und was sie sah, vermochte sie nicht zu deuten. Violante, die mit zusammengebundenen Armen auf dem Boden kniete und wie gehetzt um sich blickte, und Emanuele, der dreist und höhnisch dazu grinste. War es eine Falle? Aber warum hatte man sie da hineingezogen, wenn doch Violante, wie es schien, das Opfer war?

Noch einmal fragte sie: »Was soll das alles bedeuten?«

Emanuele trat zu ihr hin und sagte, immer noch höhnisch lächelnd: »Die Frau Herzogin hatte wohl erwartet, hier eine andere Person vorzufinden? Ihre Enttäuschung tut mir leid, aber besagte Person hat mir für den Augenblick ihre Stelle überlassen. Donna Gabriella, dies ist die Stunde der Vergeltung. Und ich wollte auch Euch an meiner Rache teilhaben lassen: Ihr werdet Zeuge meiner Hochzeit sein!«

Errötend trat Donna Gabriella einen Schritt zurück. Jetzt war ihr klar, sie war in eine Falle geraten, aber noch immer hegte sie keinen Verdacht, daß Emanuele auch gegen sie etwas im Schilde führe. Sie sah nur ein einziges Opfer, Violante, die sie bleich und entsetzt anschaute; aus ihren Augen sprach alles Bitten, alles Hoffen und alle Angst ihres Herzens. Besorgt verfolgte Violante jede Geste dieser Frau, die die Gattin ihres Vaters gewesen war und jetzt die Liebhaberin des Mannes, den sie selber liebte – ihre grausamste Feindin.

Emanuele war zufrieden über die Wirkung seiner Worte, neigte sich zu Violante hinunter, hob sie vom Boden auf und legte sie wieder aufs Bett.

»Signora! Signora!« schrie das Mädchen verzweifelt.

Donna Gabriella litt. Und einer neuen Regung ihres Herzens nachgebend, sagte sie: »Was Ihr tut, Herzog, ist eines Edelmanns unwürdig ... Ich habe nichts damit zu tun ... Laßt wenigstens zu, daß ich gehe.«

Doch Emanuele hielt sie fest und erwiderte frech lachend: »Ihr wollt weg? Wißt Ihr noch nicht, daß auch Ihr jetzt meine Sklavin seid? Oh, Signora, ich habe zuviel Schmach hinnehmen müssen, um auf diese Stunde der Rache verzichten zu können. Ihr seid beide in meiner Gewalt, ich werde Euch beide besitzen ...«

Was zunächst nur eine dunkle Ahnung in Donna Gabriellas Kopf gewesen war, enthüllte sich nun in all seiner schmutzigen Niedertracht. Sie sah, wie Emanuele sich suchend im Zimmer umschaute. Er würde sie wehrlos machen wie Violante, sie würden beide eine schreckliche Schändung über sich ergehen lassen müssen. Die Gefahr, in der sie sich befand, und der Zorn, der noch in ihren Adern glühte, ließen sie über sich selbst hinauswachsen. In dem Augenblick, da Emanuele sich auf sie stürzte, um sie zu umfassen, stieß er einen Schrei aus und taumelte zurück. Blitzschnell hatte Donna Gabriella einen Dolch aus ihrem Busen gezogen und ihm in die Brust gestoßen.

»Mörderin!« stöhnte er und fiel mit einem gurgelnden Geräusch zu Boden.

Donna Gabriella schien wie aus einem Traum zu erwachen, bestürzt über ihren eigenen Wagemut.

Violante rief entsetzt und unter Tränen: »Mein Gott! Mein Gott! Frau Mutter, was habt Ihr getan?«

Bei diesen Worten schüttelte sich die Herzogin: kreidebleich starrte sie auf den blutigen Dolch in ihrer Hand und sah Violante an. Dann warf sie mit einem Mal die Waffe weg, löste die Fesseln von Violantes Leib, packte das Mädchen heftig, zog sie mit sich und schrie: »Komm, laß uns fliehen!«

Ein unklares Geräusch drang von unterhalb des Fensters ins Zimmer und versetzte die beiden Frauen in Panik; schnell rannten sie zum Hauseingang, vor dem noch die Kutsche stand. Donna Gabriella drängte Violante ins Wageninnere, schlüpfte selbst hinein und schrie dem Kutscher zu: »Gebrauch die Peitsche, schinde die Pferde zu Tode ... aber fliege!« Und zu ihrem Reitknecht sagte sie: »Bring jeden um, der uns aufzuhalten versucht.«

Lärmend setzte sich die Karosse in Bewegung, während sich um das Haus ein riesiges Geschrei erhob und Gewehrschüsse hallten.

Im Innern des Hauses herrschte großes Durcheinander, Stimmen gingen erregt hin und her, Menschen rannten durch die Korridore, bestürzt und unsicher, was zu tun sei.

Emanueles Stöhnen hatte die Aufmerksamkeit des Mannes unter dem Fenster auf sich gezogen, der einem zwischen den Bäumen versteckten Kumpan ein Zeichen gegeben hatte und dann auf die Fensterbrüstung geklettert war, um ins

Zimmer zu schauen. Als er seinen Herrn röchelnd auf dem Boden liegen sah, stieß er einen Schrei des Entsetzens aus und floh. Fast zur gleichen Zeit waren aus dem Dickicht der Bäume zwei Gewehrschüsse gefallen, und der Gutsverwalter erschien, gefolgt von einigen Knechten, die, noch weiter um sich schießend, zur Villa zurückliefen, wo mittlerweile auch die beiden entsetzten alten Damen eingetroffen waren.

Ihren Augen bot sich ein erbarmungswürdiger Anblick: Ein junger Mann lag dort zu Boden gestreckt, einen Blutklumpen auf den Lippen, die Augen aufgerissen und in heftigem Schmerz erstarrt.

»Violante! Violante!« schrien die beiden Alten.

»Hoheit, wo seid Ihr?«

Keine Antwort. Eine unsägliche Angst überkam ihre Herzen. Vergeblich hatten ihre Augen jeden Winkel abgesucht und sahen nun erschrocken einander an. Da lag dieser junge Mann, den keiner kannte, unbeweglich in seiner tragischen, grauenvollen Einsamkeit. Niemand wußte, wie er hierhergekommen war noch wer ihn getötet hatte. Alle drängten sich, ihn zu sehen, und doch wagte keiner, eine Vermutung laut werden zu lassen. Der Verwalter kniete sich neben ihn und sagte: »Er lebt noch.«

Jemand sagte: »Lauft und holt den Gemeindepfarrer.«

Behutsam hoben sie Emanuele vom Boden auf und legten ihn auf jenes Bett, auf dem er seine zweifache Rache hatte ausführen wollen. Er gab kein Lebenszeichen von sich, sein Puls war schwach. Plötzlich aber ging ein Zucken durch seine Glieder, der Körper erschlaffte, und der Kopf fiel auf die Schulter.

»Er ruhe in Frieden!« murmelte der Verwalter mit feierlicher Stimme, während er sein Haupt entblößte.

XX

Donna Gabriella zitterte am ganzen Leibe, als sie ihren Palast erreichte. Wenn auch ihre Tat zu rechtfertigen war, ließ allein der Gedanke, einen Menschen getötet zu haben, sie schaudern. Sie glaubte, die Häscher seien ihr schon auf der Spur; der Geheimpolizist Matteo Lo Vecchio hatte sie gesehen, als sie vom Schloß Butera geflohen waren; er mußte um diese Stunde längst das Verbrechen rekonstruiert und sie auch schon angezeigt haben.

»Schließt das Tor!« befahl sie und begann bei dem mindesten Geräusch zu zittern.

Violante war ihr schweigend gefolgt und wagte nicht einmal, ihr ein tröstendes Wort zuzusprechen. Auch in Violantes Augen stand deutlich die schauderhafte Vision: Emanuele lag rücklings auf dem Boden mit diesen starren Augen, in denen der Tod stand. Ein so junges Leben, das mit einem Schlag zu Ende war.

Dennoch spürte sie und gestand es sich ein, daß Donna Gabriella sie gerettet hatte. Sie verdankte ihre Unberührtheit dieser Frau, die ihre grausamste Feindin gewesen war, deren Herz so voller Haß und Eifersucht auf sie gewesen war. War es Zufall, Glück, Vorsehung des Schicksals, göttlicher Wille? Aber was bedeutete es auch schon? Hatte die Stiefmutter nicht in einer spontanen Regung von Barmherzigkeit die Stimme des Hasses in sich erstickt und ihr die Hand zur Befreiung gereicht, auch um den Preis des Blutes?

Als Donna Gabriella, Violante hinter sich herziehend, totenbleich und noch immer zitternd in ihrem Schlafgemach angekommen war, warf sich das Mädchen in ihre Arme, und beide Frauen begannen zu weinen.

Im gleichen Augenblick betrat Coriolano della Floresta Blascos Zimmer in seinem Haus und fand ihn auf einen Sessel hingestreckt, mit verlorenem Blick seinen Gedanken nachhängend. Aus Coriolanos besorgtem Aussehen schloß Blasco, daß etwas Schwerwiegendes vorgefallen sein mußte.

»Was ist passiert?«

»Emanuele ist getötet worden.«

Blasco sprang auf.

»Was sagt Ihr ...? Ermordet?«

»Es ist die Wahrheit. Ich habe gerade eben die Nachricht erhalten und bin sogleich zu Euch geeilt.«

»Aber wie?«

»Er wurde in Bagheria ermordet.«

»In Bagheria? Aber dann ist er ...«

»Ja, er gab vor, zur Jagd zu gehen, und ist in das Schloß der Butera eingedrungen in einem Augenblick, als niemand im Hause war außer Violante ...«

»Oh, mein Gott!«

»Es war eine abgekartete Sache, die so geschickt und im verborgenen vorbereitet worden war, daß ich nichts mitbekommen habe. Ich habe jedoch angeordnet, daß die Vertrauensmänner bestraft werden, die mich von Emanueles Aufbruch nicht unterrichtet haben – weshalb ich ihn nicht überwachen lassen konnte.«

»Laßt diese Einzelheiten ... Sagt lieber ...«

»Donna Violante ist in Sicherheit ... Emanuele wurde ermordet, noch bevor es zu einer Untat kam ...«

»Ah! Danke! Aber haltet mich nicht länger hin, erzählt!«

»Ich kann Euch nichts Genaueres sagen, das sind die ersten Nachrichten, die ich überhaupt bekommen habe. Ich will nur hinzufügen, daß er von einer Frau getötet wurde.«

»Von einer Frau?«

»Von Donna Gabriella.«

Blasco schrie auf vor Erstaunen.

»Von Donna Gabriella? Wie? Wo? Seid Ihr sicher, daß Ihr Euch nicht täuscht?«

»Donna Gabriella war zum Landhaus des Fürsten gelockt worden, aus welchen Gründen weiß ich nicht, bekannt ist lediglich, daß sie Emanuele einen Dolch in die Brust gestoßen hat und dann mit Violante geflohen ist. Aber geht doch selbst und sucht die Herzogin auf, sie wird inzwischen schon zurück sein.«

Coriolano hatte seine Rede noch nicht beendet, als Blasco schon Hut und Degen nahm und zur Tür stürzte.

»Wir sehen uns später.«

Eilig machte er sich auf den Weg zu Donna Gabriellas Haus. Sein Herz war in Aufruhr über das Gehörte und in angstvoller Erwartung dessen, was er noch erfahren würde. Donna Gabriella empfing ihn nicht. Als der Page ihr durch die Zimmertür Blascos Ankunft meldete, warf sie Violante, die erbleichte, einen scheelen Blick zu; sie steckte den Kopf durch die halbgeöffnete Tür und sagte zu Blasco: »Geh! Geh! Du kannst jetzt nicht herein. ... Ich will dich jetzt nicht ... Geh zum Fürsten von Butera. Sag ihm, er soll sofort kommen. Geh! ... Komm morgen wieder. Jetzt nicht, ich will nicht! Begreifst du, ich will nicht!«

Und in ihrem Blick lag soviel flehentlicher Schmerz, daß Blasco es nicht fertigbrachte, weiter zu beharren. Er ging. Donna Gabriella schloß die Tür und trat zu Violante, die regungslos dasaß, mit umdüsterter Stirn.

»Was denkst du?«

Ihre Stimme hatte einen gewollt scharfen Ton, doch es gelang ihr trotzdem nicht, den tiefen Schmerz zu verbergen, von dem ihr Herz übervoll war.

Violante hob ihre großen Augen und antwortete sanft: »Nichts, Frau Mutter.«

»Hast du gehört, mit wem ich gesprochen habe?«

Violante errötete leicht.

»Ja, Signora«, sagte sie leise.

Zorn blitzte in Donna Gabriellas Augen auf, erlosch aber gleich wieder. Sie nahm Violantes Hand und fragte sie mit banger Stimme: »Liebst du ihn noch immer?«

Wieder überzog sich Violantes Gesicht mit flammender Röte, aber sie blieb stumm.

»Hör zu. Ich habe einen Mann getötet ... ich habe ihn deinetwegen getötet. Für einen Augenblick hatte ich mit dem Gedanken gespielt, er sollte dich schänden, denn so meinte ich mich an dir rächen zu können, und ich hätte ihm fast geholfen ... dich zu erniedrigen, zu beleidigen, zu vernichten. Doch dann ... dann habe ich dich retten wollen und habe ihn getötet!«

Sie schlug die Hände vors Gesicht.

»Frau Mutter!« flüsterte Violante flehentlich.

Die Herzogin hob den Kopf, und Tränen standen in ihren Augen.

»Ich habe getötet! Jetzt hör mir zu ... und für das, was ich getan habe, für dieses vergossene Blut ... für dieses Leid in meinem Herzen flehe ich dich an, mir die Wahrheit zu sagen. Wirst du sie mir sagen? Wirst du sie mir sagen?«

»Was wollen Sie, daß ich Ihnen sage?« fragte Violante mit hauchdünner Stimme.

»Sag mir, ob du ihn noch immer liebst. Der Gedanke läßt mich nicht los. Du weißt ja, er gehört jetzt mir; mein Leben ist in seiner Hand ... Jetzt, da ich zur Mörderin geworden bin, wird er mich vielleicht mit Grauen ansehen ... aber, siehst du ... dadurch habe ich dich gerettet, ich habe dich von diesem Ungeheuer befreit, und das habe ich für ihn getan, weil ich spürte, daß es ihm Freude bereiten würde ... für ihn, der mir jetzt dankbar sein müßte. Sag es mir also. Der Zweifel ist quälender als die Wahrheit, sag mir, ob du ihn noch liebst ...«

Violante spürte, wie sich ihr Herz zusammenzog. Die Barmherzigkeit gebot ihr zu lügen, ihre Aufrichtigkeit aber zwang sie, dieser Frau, die sie so innig anflehte, nichts zu verbergen.

»Oh! Frau Mutter, warum quälen Sie sich so? Nun, ich werde Ihnen alles sagen, es ist für mich und für Sie wohl besser. Ich liebte ihn ... ich liebte ihn wie einen Traum, wie etwas Erhabenes, wie etwas Großes, etwas Herausragendes, beinahe wie ein göttliches Wesen!«

»Ja! Ja!« stammelte Donna Gabriella, »ja genau, so ist er.«

»Doch jetzt ...«

»Jetzt?«

»Jetzt habe ich feierlich geschworen, mich Gott zu weihen. Ich werde ins Kloster zurückkehren und den Schleier nehmen ... Er hat noch nie aus meinem Mund ein Wort vernommen, er hat nie erfahren, was ich für ihn fühle ... und er wird es nie erfahren! Das ist alles, was ich Ihnen sagen kann.«

Donna Gabriella ergriff ihre Hände; ein Gefühl der Dankbarkeit und wahrer mütterlicher Zärtlichkeit glänzte in ihren

Augen, aber ein Schluchzen in ihrer Brust versagte ihr zu sprechen.

Violante verließ noch am selben Abend in der Kutsche ihres Großvaters das Haus Der Fürst war außer sich, nicht nur über den Anschlag auf seine Enkelin, sondern auch und mehr noch, weil sich so etwas dreisterweise in seinem Haus zugetragen hatte.

Er drohte, den Verwalter und die Knechte hängen zu lassen, die sein Haus diesem Eindringling überlassen hatten, und er bedauerte, daß er Emanuele nicht mehr selbst beibringen konnte, welche Achtung man ihm schuldete. Ein Glück, daß die Herzogin das besorgt hatte! Was für eine Frau! Jetzt galt es, sie vor den Verfolgungen der Justiz zu schützen, denn es war nicht zu erwarten, daß der Fürst von Geraci untätig bleiben und den Tod seines Enkels nicht rächen würde.

Den ganzen Weg vom Hause Donna Gabriellas bis zum Palast Butera sprach der alte Herr von nichts anderem, und seine Stimme wechselte zwischen Zorn, Entrüstung, Bewunderung und Mitleid für seine Enkelin, die, so jung noch, schon soviel Leid erfahren hatte.

Violante schwieg, aber in ihrem Herzen weinte sie. An diesem Abend hatte sie Verzicht auf alles geleistet, als habe eine höhere Macht sie dazu verpflichtet. Doch die Redseligkeit des Großvaters ließ sie jetzt das ganze Ausmaß ihres Opfers erkennen. Sie hatte nie gehofft, Blascos Herz erobern zu können, von ihm geliebt zu werden, auf immer an seiner Seite zu leben, wie sie in der ersten Blüte ihrer Jugend geträumt hatte. Das Wissen darum, daß er der Geliebte ihrer Stiefmutter war, hatte die Glut ihrer Liebe unter Empörung und gekränktem Stolz beinahe erstickt. So meinte sie. Jetzt aber, da sie verzichtet hatte, spürte sie, daß die Liebe in ihrem Herzen noch immer lebendig war, und der Traum, die Hoffnung noch nicht erloschen. Und leise schluchzte sie in ihrem Schmerz.

Nach Violantes Aufbruch überkam Donna Gabriella von neuem die Angst. Warum hatte sie Blasco weggejagt? Wäre es nicht besser gewesen, ihn zur Rückkehr zu bewegen? Die Einsamkeit ihres Zimmer, Ihre traurigen Visionen, sie flößten ihr kaltes Entsetzen ein! Und wenn sie nach Blasco schickte? Ja, das sollte sie tun. Sie verspürte das Bedürfnis, einen ihr wohlgesinnten Menschen an ihrer Seite zu haben, einen Trost, ein liebes und sanftes Wort zu hören, gestreichelt zu werden. Sie läutete der Kammerzofe und befahl ihr: »Schick sofort einen Läufer zu Don Blasco Albamonte; er soll ihm sagen, daß ich ihn erwarte und ihn brauche. Geh, eile!«

Blasco speiste mit Coriolano zu Abend. Düster und schweigend saß er bei Tisch, wie erschlagen von der Wucht der Ereignisse dieses Tages. Auch der Ritter della Floresta hatte seine Stimmung nicht zu heben vermocht. Doch als ein Diener Blasco die Nachricht des Läufers überbrachte, sprang er auf und sagte: »Ich komme sofort ... wenn Ihr gestattet, Coriolano.«

In wenigen Minuten war er im Palast Donna Gabriellas. Die Herzogin saß zusammengekauert auf einem Sessel in ihrem Schlafgemach, die Augen starr auf die Tür geheftet, und zuckte bei dem mindesten Geräusch zusammen. Als sie die Tür aufgehen sah, erhob sie sich und lief mit ausgestreckten Armen auf ihn zu wie auf ihren Erlöser.

»Blasco! Mein Blasco!«

Schluchzend sank sie ihm an die Brust. Sanft legte er sie auf das Kanapee nieder, nahm ihre Hände und tröstete sie mit leiser, zärtlicher Stimme.

»Hab keine Angst! ... Du hast recht gehandelt ... Keiner wird dir ein Haar krümmen ... Dafür bin ich doch da.«

»Und du wirst nie wieder weggehen! Nicht wahr? ... Du wirst immer bei mir bleiben ... Ich will dich nicht mehr verlassen!«

»Ja, ja ... aber beruhige dich! Du hast doch nur getan, was du tun mußtest!«

»Weißt du alles? Weißt du, wie es sich zugetragen hat? Deinetwegen nämlich ging ich dorthin ... ich glaubte, dich überraschen zu können ... ich war wie wahnsinnig. Man hatte mir gesagt, daß du dort wärest ...«

»Ich? Wie das? Ich weiß nichts davon. Erzähle!«

Und sie erzählte ihm von dem Brief, den sie erhalten hatte, von ihrer rasenden Fahrt nach Bagheria und wie sie in Violantes Zimmer eingedrungen war.«

»Ich hatte beschlossen, Euch beide zu töten. Statt dessen fand ich den anderen . . . und Violante mit gefesselten Armen auf dem Bett . . . Er hatte sie noch nicht berührt, aber noch einen Augenblick, und sie wäre verloren gewesen. Dann warf er sich auf mich, da verlor ich den Verstand und stach zu. Ich wollte sofort fliehen, doch da sah ich das Mädchen, Mitleid überkam mich, und ich riß sie mit mir fort. Als du heute kamst und ich dich nicht habe eintreten lassen, war sie hier . . . das war der Grund, warum ich nicht wollte, daß du hereinkämst. Du darfst sie nicht wiedersehen! Ich habe sie gerettet . . . ich weiß selbst nicht warum . . . ich kann es mir nicht erklären. Doch wenn ich dir damit ein Geschenk gemacht habe, so schwöre mir, daß du sie nicht wiedersehen wirst!«

Gabriellas Erzählung hatte in Blascos Herz einen Wirbelsturm von Gefühlen ausgelöst. Zwischen ihren Worten ahnte er, wieviel Überwindung sie ihr Opfer gekostet hatte, und eine Woge der Dankbarkeit überflutete ihn. Denn in dem Mädchen Violante gab es für ihn etwas noch Kostbareres als das Leben selbst: die makellose Reinheit, die sie in seinen Augen zu einem Traumgeschöpf machte. Für sie war Gabriella zur bewaffneten Beschützerin geworden, Gabriella, deren krankhafte Anfälle von Haß und Eifersucht er immer so gefürchtet hatte. Wie war dieser Wandel zustande gekommen? Welche Güte war in der geheimnisvollen Tiefe einer so wilden Seele verborgen? Wie groß mußte ihre Liebe sein, wenn sie so weit ging, daß sie die verhaßte Nebenbuhlerin rettete, nur weil diese Tat den geliebten Mann erfreuen konnte?

Blasco gab sich geschlagen. Er drückte Donna Gabriellas Hände und küßte sie mit zärtlicher Ergebenheit.

»Oh, Gabriella!« flüsterte er, »wer könnte dir, was du getan hast, gerecht entlohnen? Gäbe ich auf der Stelle mein Leben dafür, es würde noch lange nicht dein Werk aufwiegen!«

Der Klang seiner Worte verriet etwas Ungewohntes, und seine Küsse waren von einer Zärtlichkeit, wie sie sie bislang nie gespürt hatte. Ein Schatten von Traurigkeit glitt über Donna Gabriellas Gesicht. Auch in der Nacht war Blasco liebevoller als sonst; in all seiner Aufrichtigkeit gab er sich der Freude seines Herzens hin, für das es kein größeres Glück geben konnte, als Violante unversehrt zu wissen, und er meinte Donna Gabriella mit seiner Liebe glücklich zu machen. Doch die Herzogin wurde immer schwermütiger. Diese Zärtlichkeiten gelten nicht mir, nicht mir allein, dachte sie. Er liebt mich nicht um meiner selbst willen, sein Herz ist nicht ganz und gar mein. Nie werde ich ihn wirklich besitzen! Ich habe seine Liebe nicht! Es ist zu Ende!

»Meine geliebte Freundin«, sagte Blasco voller Hingabe, »ich muß dir eine schmerzliche Mitteilung machen. Ich hatte nicht den Mut, es dir früher zu sagen.«

Donna Gabriella schrak zusammen.

»Ich habe Befehl, sofort ins Feldlager von Francavilla aufzubrechen.«

In einer ersten Regung wollte sie sagen: Ich komme mit dir! Doch die Worte erstarben ihr auf der Zunge. Stumm neigte sie ihr Haupt, und ihre Augen füllten sich mit Tränen.

»Es könnte die letzte Nacht sein«, fügte er nach einer Weile hinzu, »die wir miteinander verbringen. Morgen um die Mittagszeit werde ich aufbrechen.«

Da überfiel sie ein gräßlicher Gedanke.

Und wenn ich ihn tötete! Dann gehörte er keiner anderen mehr . . .

Ihn töten? . . . Da tauchte vor ihrem Auge das Bild des jungen Emanuele auf, wie er mit dem blutigen Loch in der Brust und dem leeren Blick vor ihr am Boden lag.

»Nein!« schrie sie gellend und sank in Blascos Arme zurück.

XXI

An einem Abend im Juni standen zwei Männer, ins Gespräch vertieft, an der Ecke einer Gasse, die heute den Namen Brugnò trägt, gegenüber dem Platz der Kathedrale.

Eine Polizeistreife kam vorüber: da gaben die Männer sich die Hand, verabschiedeten sich voneinander und gingen, auch den Polizisten grüßend, in verschiedene Richtungen davon. Es war kurz vor acht Uhr. Die Straßen leerten sich, die Cassaro-Allee lag in der Dämmerung, die nur schwach vom Lichtschein des sternenübersäten Himmels erhellt wurde. Hin und wieder schaukelte eine Laterne in Bodennähe durch die Dunkelheit.

Die Patrouille marschierte weiter die Cassaro-Alle hinunter, um zu überprüfen, ob Schenken und Läden geschlossen waren, wie eine Senatsanordnung es verlangte. Als sie außer Sichtweite war, kehrten die beiden Männer, vorsichtig an den Häuserwänden entlangschleichend, wieder an jene Ecke zurück, wo sie zuvor gestanden hatten. Jetzt trugen sie trotz der Wärme schwarze Übermäntel. Einer von ihnen flüsterte: »Komm. Er ist stehengeblieben und spricht mit der Patrouille.«

Weiter unten auf der Cassaro-Allee sahen sie im Licht einer Laterne die Polizisten im Gespräch mit einem dunkelgekleideten Mann. Dann trat dieser Mann aus dem Lichtschein, und die Laterne setzte sich wieder in Bewegung.

Die beiden Männer warfen ihre Mäntel über die Schulter zurück, entblößten den Karabiner, den sie darunter verborgen hielten, und drückten sich in zwei Türöffnungen zu beiden Seiten der Gasse.

Sie hörten seinen Stock auf das Pflaster schlagen, das Geräusch kam langsam näher. Der Mann ging an ihnen vorüber, er bemerkte sie nicht, denn es war so finster in dem schmalen Gäßchen, daß auch das schärfste Auge nichts erkennen konnte.

Zwei Feuer zerrissen die Dunkelheit, und die Schüsse hallten in der Stille entsetzlich wider. Der Mann brach, ohne einen Laut von sich zu geben, zusammen. Die beiden eilten zu ihm und beugten sich über ihn.

»Er ist tot. Los, weg!«

Wieder im Schutz der Dunkelheit, rannten sie bis zur Biscottari-Straße, wo sie dann gelassenen Schritts ihren Weg fortsetzten wie zwei brave Bürger, die nach Hause zurückkehren.

Jetzt trugen sie weder Mäntel noch Karabiner mehr, geheimnisvolle Hände hatten sie in der Gasse verschwinden lassen. Jede Patrouille hätte sie nun anhalten können, ohne auch nur Verdacht zu schöpfen. Am Ende der Biscottari schlüpften sie in einen Torbogen. Einer der beiden ahmte den Ruf der Wachtel nach. Ein gleicher Ruf antwortete ihm. Da traten sie auf den kleinen Platz der Santi Quaranta Martiri hinaus und verschwanden in einer Tür, die sich lautlos hinter ihnen schloß.

Inzwischen hatten die zwei Karabinerschüsse, die die nächtliche Stille wie Donnerschläge erschüttert hatten, die Straße belebt, und überall waren die Lichter angegangen. Es war die Stunde des Abendessens, die Familien saßen bei Tisch. Die Männer traten auf die Balkone hinaus, Fenster wurden geöffnet, einige Werkstätten gingen auf, mißtrauische und neugierige Gesichter zeigten sich.

»Da ist einer ermordet worden!«

Doch keiner wagte sich auf die Straße, nicht so sehr aus Angst vor weiteren Schüssen als vor möglichen Unannehmlichkeiten mit den Ordnungshütern. Erst als die Polizeipatrouille eintraf und ein paar Soldaten eilends herbeigerannt kamen, die noch im Laufen ihren Degen einsteckten, traten aus Häusern und Werkstätten die ersten Neugierigen, mit Öllampen oder Laternen versehen. Sie scharten sich um den Mann, der mit ausgebreiteten Armen und dem Gesicht nach unten in einer Blutlache lag.

»Zurück mit euch! Zurück! ... Platz da!« brüllte der Patrouillenführer, und er beugte sich über den Erschossenen und drehte ihn um. Der Schein der Laterne fiel auf sein staubbedecktes Gesicht. Ein Aufschrei entfuhr allen Mündern.

»Matteo Lo Vecchio!«

»Der Scherge!«

Es war Erschrecken, Erstaunen, aber unverkennbar auch tiefe Befriedigung.

»Endlich!« ließ sich eine Stimme in der Menge vernehmen.

»Es wurde aber auch Zeit!«

»Er ist tot. Sakrament! Zwei Karabinerschüsse, Gott sei mit ihm! . . . Wir brauchen ihn gar nicht mehr ins Spital zu bringen. Besorgt eine Leiter.«

Zwei Wachmänner eilten in den nahe gelegenen Dom und kehrten bald mit einer kurzen Sprossenleiter zurück. Sie betteten den Leichnam darauf, hoben die Leiter auf ihre Schultern und schlugen den Weg zum Albergheria-Viertel ein, wo das Haus des Schergen lag. Eine laut grölende, heitere Menschenmenge folgte ihnen und rief den Leuten an den Fenstern im Vorübergehen zu: »Matteo Lo Vecchio ist ermordet worden!«

»Ist das wahr?«

Die Prozession wurde immer länger, bald schon hatte der Tote ein richtiges Geleit, das ihm zu seinem Haus in jene verwinkelte Gasse folgte, die heute noch den Namen des Häschers trägt.

»Werft ihn doch in den Straßengraben, dieses Aas!«

»Der verdient keine Beerdigung!«

»Er ist ja exkommuniziert.«

»Wenn die Klageweiber kommen, bringen wir sie um!«

Der Lärm und das Geschrei dauerten bis tief in die Nacht, als sich die Menschen, von Müdigkeit übermannt, schließlich auf den Heimweg machten. Da erst betraten drei schwarzgekleidete Frauen mit gelösten Haaren das Haus. Der Tote wurde ausgezogen, gewaschen und neu eingekleidet. Schuhe bekam er jedoch keine an, denn es ziemte sich nicht, mit Schuhen an den Füßen vor den Herrn zu treten. Die Frauen legten ihn aufs Bett, zündeten am Fußende die Kerzen an, und auf dem Boden kauernd begannen sie zu weinen und zu klagen und die guten Taten des Toten heraufzubeschwören.

Am Morgen kamen weitere Wachmänner, um das Haus vor möglichen Übergriffen zu schützen. Der oberste Richter, Don Antonino Negri, der sofort über den Mord unterrichtet worden war, hatte Anweisung gegeben, daß der Polizeispion, der scharfsinnigste, fleißigste, schrecklichste seiner Untergebenen, wie jeder andere brave Bürger sein christliches Begräbnis erhalten sollte.

Bei Morgengrauen hatte sich die Nachricht von Matteo Lo Vecchios Ermordung schon im ganzen Stadtviertel verbreitet und in den Gemütern freudige Genugtuung hervorgerufen. Der Schrecken, den der Häscher zeit seines Lebens in der Stadt verbreitet hatte, der Haß, der sich gegen ihn in so vielen Jahren angestaut hatte, die Tränen Hunderter von Opfern, all das mündete jetzt in ein Gefühl gewaltiger Erleichterung, es war wie eine Tag für Tag herbeigesehnte Befreiung, die nun endlich eingetroffen war.

»Gesegnet seien die Hände, die das vollbracht haben!«

»Das waren die Beati Paoli!«

»Sie haben ihn zum Tode verurteilt!«

»Gelobt seien sie, jetzt und immerdar!«

Im Albergheria-Viertel brodelte es. Man sprach von nichts anderem als vom Tode Matteo Lo Vecchios. Und nun wartete man auf das Begräbnis. Die Leute wollten sehen, ob ein Leichenzug zustande kommen würde, ob sich Menschen finden würden, die den Mut hätten, den Exkommunizierten und Verbrecher auf seinem letzten Weg zu begleiten.

Gewiß, der Generalvikar hatte ihn freigesprochen und ihm erneut den kirchlichen Segen erteilt. Aber was bedeutete das schon? War er darum von all den Schandtaten gereinigt, die er begangen hatte und die jetzt nach Vergeltung schrien?

»Wie? Der soll wie ein guter Christenmensch begraben werden?«

Schließlich traf die Pfarrgemeinde ein. Der arme Priester warf argwöhnische Blicke um sich, als wollte er sagen: Der Herr stehe mir bei! Der Zug setzte sich in Bewegung. Die Träger nahmen den Sarg auf ihre Schultern; die Bewohner des Armenhauses und die Pfarrkinder gingen ihm voraus; es folgten die Innungsmitglieder und eine ganze Schar von Bütteln und Wachleuten. Doch kaum verließ der Zug die Gasse, erhob sich ein Gezischel und Gemurmel unter dem Volk und schwoll zu einem Sturm von Pfiffen, Schreien, bösen Schmähungen.

Ein Haufen halbnackter Burschen setzte sich an die Spitze der schaurigen Prozession und sang einen Gassenhauer.

»Catameo, catameo, tot ist der Scherge Matteo!«

Manch einer verfluchte den Gerichtspräsidenten, der, statt den Leichnam des Nachts, ohne Pomp und in aller Stille zu überführen, den Schergen mit einem richtigen Begräbnis hatte beehren wollen.

»Könnt ihr euch diese Frechheit vorstellen, sie wollen ihn auf dem Friedhof von San Antonio begraben!« riefen die Leute.

»Auf San Antonio, diesen Höllenbraten?«

»Laßt ihn los! Laßt ihn los!« erklang es drohend. »Löscht die Fackeln! Es ist eine Schande!«

Der Anführer der Polizisten wandte sich bittend an die Menge.

»Meine Herrschaften, so laßt doch Milde walten. Schließlich war er ein Christenmensch und ist mit der Absolution des Monsignore Vikar gestorben ... Zeigt doch ein klein wenig Nächstenliebe!«

»Nächstenliebe? Hat der vielleicht welche für uns arme Leute gehabt?«

Das Getöse nahm zu, schon flogen die ersten Krautstrünke durch die Luft. Die Menge begann gegen den Leichenzug zu drücken und zu stoßen. An der Ecke der Bosco-Straße nahmen die Vertreter der Handwerkerinnung die Beine unter den Arm und machten sich davon.

»Sehr gut! Sehr gut!« schrie das versammelte Volk und klatschte Beifall, doch dieser Applaus stellte für die Zurückgebliebenen eine neue Bedrohung dar. Denn nun sahen sich Polizisten und Wachmänner dem allgemeinen Zorn ausgesetzt. Eine Weile hielten sie ihm noch stand, doch als sie merkten, daß das Unheil jeden Augenblick über sie hereinbrechen könnte, suchten sie einer nach dem anderen unauffällig das Weite.

Als der Zug am Kloster der Assunta vorüberkam und der Pfarrer die Kirchtür offenstehen sah, drehte er sich totenblaß im Gesicht um, murmelte zwei unverständliche lateinische Worte, machte mit dem Weihwedel rasch das Kreuzeszeichen über dem Sarg und schlüpfte in die Kirche. Und er war sehr zufrieden, so gut davongekommen zu sein.

Da beschleunigten die acht Sargträger ihren Schritt. Das Kloster von San Antonio war nicht mehr weit, in wenigen

Minuten waren sie dort, noch immer gefolgt von der tobenden Menge, die grölte: »Catameo, catameo, tot ist der Scherge Matteo!«

Das Tor des Klosters war geschlossen. Die Träger stellten den Sarg ab und klopften. Ein Frate schaute heraus und erklärte kurz und bündig: »Hier werden keine Polizeibüttel begraben!«

Sagte es und schlug die Tür wieder zu.

Das war ein schöner Streich. Der Gerichtspräsident hatte zehn Unzen bezahlt, um Matteo Lo Vecchio in dieser Kirche begraben zu lassen. Das Geld hatten die Fratres bedenkenlos eingestrichen, jetzt hatten sie auch die Verpflichtung, den Toten aufzunehmen.

»Bleibt uns bloß vom Leibe mit ihm!« riefen die jedoch von drinnen. Und plötzlich wurde die Tür aufgerissen, die Klosterbrüder stürzten sich mit Knüppeln in der Hand auf die armen Träger und schlugen auf sie ein, wobei sie immer wieder schrien: »Bleibt uns bloß vom Leibe mit ihm!«

So wurde der traurige Sarg ein letztes Mal hochgehoben und setzte, über den Köpfen schwankend, seinen Weg fort. Am Ufer des Oreto, wo sich heute Eisenbahnwerkstätten befinden, gab es einen Friedhof für die ganz armen Seelen, mit einer dürftigen kleinen Kapelle, die von einem Einsiedler unterhalten wurde. Dorthin machten sie sich auf den Weg. Doch der Einsiedler schloß das Tor und legte schwere Ketten davor.

»Seid ihr von Sinnen! Hier ist kein Platz für diesen Frevler! Werft ihn doch in den Fluß!«

Die Träger sahen sich verdrossen an. Sollten sie vielleicht den ganzen Tag mit dem Toten auf der Schulter durch die Gegend ziehen? Sie beratschlagten miteinander, dann öffneten sie den Sarg, nahmen den steifen Leichnam heraus, der gruselig aussah mit seinem verzerrten Gesicht, sie zogen ihm die Kleider aus, und nackt, wie er war, hievten sie ihn die Friedhofsmauer hoch und auf der anderen Seite wieder hinunter. Dort wußten sie einen ausgetrockneten Brunnen. Sie packten ihn und warfen ihn mit einem unflätigen Gruß hinein.

Aus der Tiefe hallte dumpf der Aufschlag des Körpers auf den Steinen.

XXII

Am 23. Juni kehrte der Ritter Albamonte mit zwei Kurieren des Marqués de Lede vom Schlachtfeld in Francavilla nach Palermo zurück, um dem Marchese di Montemar die Mitteilung über den Sieg des spanischen Heeres zu überbringen.

Der in spanisch geschriebene Brief wurde kurz darauf in der Druckerwerkstatt des Francesco Cichè in Palermo gedruckt und veröffentlicht. Wie zu erwarten war, wurde der Sieg mit einem Lichterkorso und viel Gepränge auf der Cassaro-Allee gefeiert, in den Kirchen erschallte das Tedeum, und Salven wurden von Bollwerken und Schlössern abgefeuert.

Blasco hatte um die Ehre gebeten, Überbringer dieser scheinbaren Siegesnachricht sein zu dürfen, um die Gelegenheit zu haben, nach Palermo zurückzukehren: Er hatte Donna Gabriella in einem so niedergeschlagenen Gemütszustand zurückgelassen, daß sein Herz trotz des Kriegsgeschehens und der Gefahren einer blutigen Schlacht keine Ruhe gefunden hatte.

Bei seinem Aufbruch hatte er Donna Gabriella der Obhut Coriolanos anempfohlen. Der Ritter della Floresta hatte ihm versichert: »Eure Empfehlungen sind überflüssig. Sie wird nichts zu fürchten haben. Keiner wird die Herzogin anklagen . . .«

»Aber jene Schurken, die miterlebt haben, wie . . .«

»Die sind schon gewarnt und werden es nicht wagen, auch nur ein Wort verlauten zu lassen. Das hat Don Girolamo besorgt.«

»Ah! Das ist gut, aber da ist noch dieser Scherge . . .«

»Um den macht Euch keine Sorgen. Matteo Lo Vecchio ist gestern nacht von uns hingerichtet worden . . . Im übrigen habe ich den Fürsten von Carini über alle Einzelheiten unterrichtet, und Ihr werdet mir wohl glauben, daß der kein Mann ist, der irgendeine Gewalt gegen eine Frau aus seinem Hause zuläßt: kein Richter wird es wagen, Donna Gabriellas Verhaftung anzuordnen. Ihr könnt also beruhigt ins Feld ziehen.«

Beruhigt? Oh nein, Blasco hatte seine innere Ruhe verloren. Viel zu traurig und schmerzlich waren die Dinge, die sich zugetragen hatten und jetzt auf seinem Gemüt lasteten, als daß er hätte Ruhe bewahren können! Noch eine Bitte lag ihm auf der Zunge, doch hatte er nicht gewagt, sie auszusprechen. Coriolano, der ihn beobachtete, lächelte auf seine gewohnt feinsinnige Art.

»Ihr braucht Euch nicht zu quälen, ich werde auch über Donna Violante wachen und Euch über alles Wesentliche auf dem laufenden halten.«

Blasco hatte guten Grund zur Aufregung. Der Tod Emanueles hatte einiges Aufsehen erregt, vor allem durch die außergewöhnlichen Begleitumstände. Es blieb unerklärlich, warum seine Leiche in Violantes Zimmer in der Villa des Fürsten von Butera gefunden worden war. Doch als das Mädchen ihrem Großvater den Überfall in allen Einzelheiten erzählte, fiel das Urteil nicht zugunsten des Ermordeten aus. Und selbst der Fürst von Geraci, der des liederlichen Treibens seines Enkels müde war, zuckte nur müde die Schultern und erwiderte dem erzürnten Fürsten von Butera: »Was kann ich machen? Sie können keine größere Befriedigung haben als die, daß ich keinen Schritt unternehmen werde, um Vergeltung für den Tod meines Enkels zu fordern.«

So begann die Justiz ihre Ermittlungen gleich mit der Annahme, daß die Mörderhand ganz und gar nicht die einer Frau gewesen sein könnte. Keiner wagte die Wahrheit zu ermitteln, weil sie den ersten drei Adelsfamilien des Reiches zum Schaden gereicht hätte. Doch wenn all das auch die Gefahr verringerte, die über dem Haupte Donna Gabriellas schwebte, konnte es ihr dennoch nicht die Ängste und die Qualen nehmen, die sie in ihrer Einsamkeit noch stärker umtrieben.

Liebte er Violante? Und liebte sie ihn?

Bei Gelegenheit hatte sie Violante im Palast des Fürsten, ihres Großvaters, einen Besuch abgestattet und war herzlich empfangen worden. Der Fürst eilte ihr entgegen, küßte ihr gestreng nach dem Hofzeremoniell, aber mit lebhafter Begeisterung die Hände und begrüßte sie: »Unsere Heldin, hier ist sie ja!«

Doch diese Anspielung, die die Erinnerung an die blutige Szene wachrief, vor der ihr graute, legte sich mit eisigem Griff um ihr Herz.

Auch Violante zeigte Donna Gabriella gegenüber nicht mehr jenes schroffe Gebaren, jene stolze und verschlossene Haltung wie zuvor. Jetzt küßte sie ihr die Hand und nannte sie »Frau Mutter«. Sie befand sich in einer ganz ungewöhnlichen Situation: sie war Witwe, ohne jemals Gattin gewesen zu sein. Emanueles Tod hatte das Annullierungsverfahren überflüssig gemacht. Doch wenn sie dadurch auch von jener unglückseligen Ehe befreit worden war, empfand sie doch nicht die mindeste Freude. Ihr ganzes Sinnen und Trachten ging dahin, sich in ein Kloster einzuschließen, und ohne den entschiedenen Einspruch ihres Großvaters wäre sie längst wieder hinter Klostermauern. Eines Tages, während eines Besuchs von Donna Gabriella bei ihrer Stieftochter, war die Rede auf das Kloster gekommen.

»Was heißt hier Kloster! Was heißt hier Nonne!« rief der Fürst von Butera lachend, »hier braucht es etwas ganz anderes als den Schleier. War die erste Hochzeit nur ein Scherz, muß die zweite die richtige sein, es wird sich schon ein schöner Ritter finden . . .«

»Oh, nein! Hoheit, verzeihen Sie mir, aber ich werde nicht heiraten; mein Entschluß steht unwiderruflich fest. Warum wollen Sie sich mir in den Weg stellen? Warum wollen Sie mich unglücklich machen?«

»Nun höre sich einer solche Ideen an! In deinem Alter! Wenn du erst einmal einen schönen jungen und reichen Edelmann gefunden haben wirst . . .«

Violante war blaß geworden. Die Hände flehentlich erhoben, hatte sie geflüstert: »Eure Hoheit, Sie fügen mir Leid zu. Ich werde nie wieder einen Mann ansehen können.«

Der Fürst hatte darauf gelacht, doch Donna Gabriella hatte die Tragödie jener Seele verstanden, die sich zu gleicher Zeit der Liebe geöffnet und sich ihr verschlossen hatte. Violante liebte ihn, ja sie liebte ihn noch immer! Und sie legte ihre Liebe mit einer solchen Willenskraft unter Verschluß, die sie, Donna Gabriella, in schmerzliches Staunen versetzte. War es Stolz? War es Notwendigkeit? Oder Dankbarkeit ihrer Retterin gegenüber, daß Violante für immer auf ihr höchstes Glück verzichtete? War dieses Mädchen so heldenhaft? Sie erschien ihr nun noch großartiger. Und mit Bestürzung dachte sie daran, daß diese innere Größe sie in Blascos Augen noch schöner, noch begehrenswerter erscheinen lassen mußte.

Nachdem Blasco beim General Graf von Montemar gewesen war, um ihm das Schreiben zu überreichen, war er zu Donna Gabriella geeilt und hatte sie in großer Besorgnis vorgefunden. Die Nachricht, daß in Francavilla eine blutige Schlacht geschlagen worden war, in der es auf beiden Seiten zusammen annähernd siebentausend Tote und Verletzte, darunter auch Generäle und hohe Offiziere, gegeben hatte, hatte sich rasch in der Stadt verbreitet. Man sagte, daß im spanischen Heer der Generalleutnant Caracciolo und der Unteroffizier Tauchur gefallen waren, die sich mit den Dragonern beim Kapuziner-Kloster befunden hatten, wo es zum blutigsten Zusammenstoß mit den Österreichern gekommen war. Das hatte ausgereicht, daß Donna Gabriella um Blascos Schicksal zitterte, von dem sie lange keine Nachricht mehr erhalten hatte.

Als sie ihn eintreten sah, sprang sie auf und eilte ihm mit offenen Armen entgegen. »Mein Blasco!« und in ihrem Aufschrei lag ihr ganzes glühendes und gequältes Herz.

Er war zärtlich und liebevoll, doch Donna Gabriella spürte in seinen Küssen nicht die leidenschaftliche Glut, von der sie in der Zeit des Wartens geträumt hatte. War es bloßer Argwohn, oder war es Wirklichkeit, doch es genügte, um all ihre stille Pein wieder zu wecken. Ihr ganzer Schwung war dahin, das Blut stockte ihr in den Adern.

Sie fragte ihn mit bebender Stimme: »Wirst du hierbleiben?«

»Nur wenige Tage, und dann werde ich ins Feld zurückkehren.«

Sie senkte den Kopf, und nach einem bedrückenden Schweigen fragte sie noch einmal: »Warum nimmst du mich nicht mit?«

»Aber das ist nicht möglich, mein Liebes. Das Leben dort spielt sich in Zelten ab, man schläft auf Stroh auf dem nackten Boden und ist vor keiner Überraschung sicher ... Und was für Leute, die Soldaten! ... Ich bin sicher, ich müßte mich zwanzigmal am Tag deinetwegen schlagen; nicht daß mich das erschreckte, doch es würde dich in ständiger Angst halten. Nein, nein, diesen Gedanken laß fallen. Im übrigen dauert der Krieg nicht mehr lange. Wir können keinen Widerstand leisten: die Heere des Kaisers sind in der Übermacht. Milazzo ist in ihrer Gewalt, sie haben schon halb Messina unterworfen, sie spielen sich als die Herrscher der Meere auf, jetzt, da die Engländer sie unterstützen ... Du wirst sehen, die Insel wird bald ganz dem Kaiser gehören, wir werden die Savoyer bekriegt haben, um es den Österreichern leichtzumachen, sich unsere schöne Insel zu nehmen. Von der Hand eines Herrn in die eines anderen. So ist es immer!«

Und er verstieg sich in eine Rede über Krieg und Politik, die ihr nichts bedeutete. Ob Spanier oder Österreicher oder Savoyer, keiner hätte ihr Blascos Herz, seine Liebe und ihren Frieden zurückgegeben. Wenn sie weit weggegangen wären, fern von der Insel, in eine fremde Stadt, sie beide allein, dann hätte sie die Macht über seine Seele, die vor ihr flüchtete, vielleicht zurückgewinnen können. Zurückgewinnen? Aber hatte sie sie überhaupt jemals besessen? Leise sagte sie: »Was bedeuten mir schon Unannehmlichkeiten? Was heißt das schon, auf dem Boden schlafen? Ich werde immer an deiner Seite sein, immer ... Ich werde mich als Mann verkleiden, als wäre ich dein Page.«

Blasco lachte. Er strich ihr zärtlich übers Haar.

»Und diese schönen Haare, in denen ich so gern meine Finger versinken lasse?«

Ein Erschauern ging über ihre Haut, Ahnungen und Erinnerungen wurden wach. Sie neigte ihr Haupt auf Blascos Brust und murmelte in tiefer Verzweiflung: »Ach, du liebst mich nicht mehr wirklich!«

Blasco fuhr zusammen. Das schien nicht die Stimme Donna Gabriellas zu sein, sondern die eigene innere Stimme, die ihn zwingen wollte, zu gestehen, was er vergeblich vor sich selbst zu verbergen suchte. Und noch einmal zwang er sein Gewissen zu lügen, rief er in seinem Herzen die lieblichsten Erinnerungen wach, Bilder der Trunkenheit, die er auf diesem Mund erfahren hatte, der jetzt von Schmerz entstellt war. Aber ich werde dich nie mehr verlassen! gelobte sein Herz. Bis zum Tode werde ich dir ein zärtlicher Freund sein.

Doch Blasco war nicht glücklich, er war nicht einmal heiter. Coriolano stichelte ihn ein wenig und sagte dann beiläufig: »Ich muß Euch etwas sagen, was von Wichtigkeit für Euch sein könnte.«

»Für mich?«

»Ja. Habt Ihr eigentlich jemals daran gedacht, daß Ihr durch Emanueles Tod nun der letzte aus der direkten Linie der Albamonte seid?«

»Ich, ein Bastard?«

»Es ist nicht das erste Mal, daß nach dem sizilianischen Erbrecht einem unehelichen, aber anerkannten Sohn die Rechte des legitimen Nachfolgers übertragen werden und er Titel und sämtliche Privilegien des Hauses erhält. Manfredi III. vom Geschlecht der Chiaramonte war ein unehelicher Sohn und wurde der mächtigste Chiaramonte, er konnte sich sogar mit dem König verschwägern. Eure Geburt stellt also kein Hindernis dar. Wenn Don Raimondo noch am Leben wäre, hätte er vermutlich ein Recht über Euch, und Donna Violante als Erbin ihres Vaters könnte das Vermögen der Familie della Motta für sich beanspruchen. Doch Donna Violante verzichtet darauf, sie will ins Kloster gehen.«

»Violante?«

»Ja, was soll sie Eurer Meinung nach denn tun? Das arme Mädchen hätte vielleicht ihr Glück gefunden, wäre ihr die Hand gereicht worden, auf die sie wartete. Jetzt bleibt ihr nichts anderes übrig, als sich und ihren Schmerz in der Stille des Klosters zu begraben.«

»Man hätte ihr den Vater lassen sollen . . .«

»Nein. Der Arm der Gerechtigkeit kennt kein Erbarmen, er bestraft. Der Liebe ist es überlassen, die Wunden zu lindern. Ihr, Blasco, habt es nicht gewollt ... Doch lassen wir die Vergangenheit, reden wir von der Zukunft. Don Girolamo Ammirata ist vor acht Tagen nach Madrid aufgebrochen mit der Vollmacht, dem König das Bittgesuch für Eure Anerkennung zu überbringen.«

»Oh!« entfuhr es Blasco, und er errötete.

»Dem Bittgesuch ist eine gerichtlich anerkannte Aussage beigefügt, die unser Feudalrecht auslegt und ergänzt, sowie ein Schreiben des Grafen von Montemar für den Kardinal Alberoni.«

»Aber all das ...«

»... entspricht ganz und gar den Vorschriften. In ein oder zwei Monaten werden die königlichen Antwortschreiben vorliegen. Dann wird der Investiturprozeß angesetzt, und Ihr werdet der Hochwohlgeborene Don Blasco Albamonte, Herzog della Motta, sein.«

»Mit dem Blut zweier Opfer und den Tränen eines dritten ... Nein, das will ich wirklich nicht!«

»Ihr seid immer noch derselbe jugendliche Hitzkopf! Wollt Ihr Euch ein Gewissen daraus machen, Euch zu nehmen, was Euch zusteht, nur weil ein Dieb und ein Frevler unter dem Gewicht ihrer Schuld den Tod fanden? An so etwas dürft Ihr nicht einmal denken! Wie ich sehe, habe ich gut daran getan, ohne Eure Zustimmung zu handeln, Ihr wäret imstande gewesen, mich daran zu hindern.«

»Wer aber bezeugt meine Herkunft?«

»Ach, glaubt Ihr vielleicht, daß ich keine Beweisstücke zusammengetragen habe? Ihr habt mir mehr als genug von Euch erzählt, so daß ich mir diese Beweise mit der Zeit besorgen konnte. Außerdem sollte es Euch nicht schwerfallen anzunehmen, daß mir die Mittel nicht fehlen, mir alles zu besorgen, was ich brauche.«

»Das stimmt.«

Blasco spürte, wie sich sein Herz mit unerwarteten Hoffnungen und zugleich mit Niedergeschlagenheit füllte. Herzog della Motta? Was aber sollte er damit anfangen? Was nützten ihm jene Reichtümer? Wäre er dann vielleicht ein anderer Mann? Hätte seine Seele damit etwas erworben oder verloren? Und würde erst dann das Glück ihm seine Tore öffnen? Blasco da Castiglione würde sterben und zur bloßen Erinnerung werden? Und wie auf einer Bühne sah er sein vergangenes Leben an sich vorüberziehen, das aus Abenteuern bestand, aus Armut, Degenhieben, Gefängnishaft, Flucht und kurzen Liebesaffären, und alles war von einer wunderbaren Heiterkeit durchwoben. Er liebte diese Vergangenheit, liebte jenes Leben, das längst in weiter Ferne lag, liebte diesen ausgesetzten, in der Welt verlorenen Jungen, der sich dem Leben mit einem Degen an der Seite, einem halben Laib Brot im Ranzen und einem Lied auf den Lippen gestellt hatte!

Als er am Abend zu Donna Gabriella zurückkehrte, lag ein düsterer Schatten auf seiner Stirn. Die Herzogin bemerkte es, aber sie wagte nicht, ihn auszufragen. Sie verbrachten die nächsten Stunden in tiefer Beklemmung, wie unter dem Eindruck eines nahenden Unheils. Und sie verabschiedeten sich voneinander mit einem blassen Lächeln und einem lauen Kuß, wie zwei, die sich trennen, um auf verschiedenen Wegen in die Ferne zu gehen, auf denen sie sich nie wieder begegnen werden.

XXIII

So vergingen die Tage wie in einer lange währenden Agonie. Blasco sorgte sich aufmerksam, fürsorglich und zärtlich um Donna Gabriella, doch sie gewahrte hinter all dem sein Bemühen, die Wahrheit zu verbergen, die sie nur zu gut kannte.

Eines Morgens, da sie Blasco beim Grafen von Montemar wußte, ließ sie Coriolano rufen. Der Cavaliere eilte unverzüglich herbei.

»Ich habe Euren reizenden Befehl erhalten, und hier bin ich. Doch gestattet mir zu fragen, was Euch bedrückt: Euer schönes Antlitz ist so voller Schmerz, daß ich bestürzt bin.«

Donna Gabriella lächelte traurig, und ihre Augen wurden feucht.

»Ich brauche Euch, ich brauche Eure Hilfe und Euren Rat.«

»So sprecht, und ich bin glücklich, wenn ich Euch nützlich sein darf.«

Sie saßen im Halbschatten eines großen, stillen Saals, sie auf einem Kanapee und Coriolano auf einem Sessel mit dem Rücken zum Licht, so daß sein Gesicht im Dunkel blieb, während das ihre hell beleuchtet war. Donna Gabriella schien sich zu sammeln, um das Wort zu finden, mit dem sie ihre Rede beginnen könnte.

»Ihr seid der Vertraute Blascos und kennt seine verborgensten Gedanken . . .«

»Das stimmt, wenn auch mit aller gebotenen Zurückhaltung und Verschwiegenheit, die eine wahre Freundschaft verlangt.«

»So daß Ihr, verzeiht, Cavaliere, wenn ich in Eure Seele dringe, mir gar ein Geheimnis verraten könnt . . .«

Coriolano lächelte. »Ich sollte ein Geheimnis verletzen?«

»Lacht nicht. Es könnte das Glück eines Menschen bedeuten . . .«

»Und wenn dem nicht so wäre?«

»Es wird so sein. Des einen Schmerz ist immer die Freude eines andern.«

»So sagt. Wenn ich die Freundschaft damit nicht verletze, will ich nicht auf dem Schweigen beharren.«

»Della Floresta, Blasco liebt mich nicht . . .«

»Oh!«

»Blasco liebt eine andere Frau.«

»Ihr erstaunt mich! Was gibt Euch Grund zu dieser Annahme?«

»Annahme? Ich weiß es sicher . . .«

»Und was verschafft Euch diese Sicherheit?«

»Habt Ihr jemals einen Menschen sehr geliebt?«

»Dem Himmel sei Dank, nein. Ich bin für die Liebe nicht empfänglich . . .«

»Dann könnt Ihr auch nicht verstehen, welche kleinen, kaum wahrnehmbaren Zeichen einer Frau verraten können, daß sie nicht mehr geliebt wird. Ich spüre es, ich höre es im Klang seiner Stimme, sehe es an seinem Lächeln, am Aufblitzen seiner Augen, merke es an seinem Händedruck, an einem Streicheln, an allem! Blasco liebt mich nicht mehr ... und Ihr wißt darum!«

»Ich?«

»Ja, Ihr seid der Vertraute seiner Geheimnisse ...«

»Das bin ich zwar, aber ich versichere Euch, Frau Herzogin, Blasco hat mir noch nie irgend etwas zu erkennen gegeben, das auf eine andere Leidenschaft hindeutete.«

»Aber Ihr habt es dennoch erraten.«

»Oh, verzeiht mir.«

»Sagt nicht nein; ich lese es in Euren Augen. Er ist nicht mehr so fröhlich wie zuvor, ein Gedanke bedrückt ihn, ich kenne ihn. Und auch Ihr wißt darum, ja Ihr wißt es! Zu anderen Zeiten, da ich meiner sicherer war, hätte ich nicht geweint und Euch angefleht. Ich hätte mich gerächt ... Doch jetzt ... kann ich nicht mehr! ... weiß ich nicht ... will ich nicht ...«

Coriolano sah sie erstaunt hat. Donna Gabriella rang die Hände; ihre Augen funkelten, aber keine Tränen standen darin, und ihr Mund war hart.

»Cavaliere, ich verlange keine Hilfe von Euch, ich will nicht, daß Ihr auf Blascos Herz irgendwelchen Druck ausübt. Ist die Liebe einmal zu Ende, kann sie nicht mehr neu entfacht werden. Das verbrauchte Holz brennt nicht, die Asche gibt keine Flamme mehr. Nein, sagt ihm nichts, doch sagt mir wenigstens, daß ich mich nicht täusche, gebt mir die Gewißheit, daß für mich alles zu Ende ist!«

»Warum wollt Ihr Euch einen solchen Schmerz zufügen?« fragte Coriolano bewegt, doch noch immer beherrscht und ohne seine gewohnte ruhige Ausstrahlung zu verlieren.

»Warum quält Ihr Euch? Nehmen wir an, es sei so, wie Ihr sagt. Und? Dauert irgend etwas auf dieser Welt in alle Ewigkeit fort? Ihr selbst habt gesagt, verbrauchtes Holz brennt nicht mehr. Auch die Liebe ist ein brennendes Holz, und Ihr habt es zu früh verbrennen lassen ... Ich folge nur Eurer eigenen Rede, ich will nichts behaupten, wofür ich keinen Anlaß habe. Aber ich will auch nicht leugnen. Macht Euch die Mühe und geht die Geschichte dieser Liebe noch einmal durch, und Ihr werdet selbst die Gründe für ihr Ende entdecken ... genauer, für ihre Verwandlung in eine zärtliche Freundschaft, wie zwischen Eheleuten ... Ihr habt Euch berauscht, und jeder Rausch, auch der der Liebe, verfliegt einmal ... Seid stark. Aus dem Scheiterhaufen der Liebe steigt die ehrliche, ergebene Freundschaft, die Euer Leben erfüllen, Euch Erschütterungen und Freuden geben kann, die vielleicht nicht mehr so heftig, dafür aber unbeschwerter und dauerhafter als die Liebe sein werden ...«

Hörte Donna Gabriella ihm überhaupt zu?

»Ihr seid eine Frau von Verstand, Frau Herzogin. Ihr glaubt, Blasco liebt Euch nicht mehr. Dann versucht nicht, den Geliebten wiederzuerwecken, begnügt Euch mit dem Freund: es wird für Euch und für ihn besser sein.

Es heißt, wahre Liebe bedeute Hingabe, Selbstverleugnung, Opfer. Wenn Ihr ihn also so sehr liebt, wie ich an Eurem Schmerz erkennen kann, dann habt die Kraft, Eure Illusionen, Eure Sehnsucht, Euren Traum zu opfern, und im Opfer werdet Ihr die Freude finden.«

Also liebt Violante ihn mehr, als ich ihn liebe? dachte Donna Gabriella bei diesen Worten. Sie hat die Kraft zur Selbstverleugnung und zum Opfer, die ich nicht habe, weil sie ihn mehr liebt ... Mehr noch als ich? Sie ist die Märtyrerin – und hätte doch nur die Hand ausstrecken müssen, um glücklich zu werden! Sollte es möglich sein, daß meine Liebe, die mich verzehrt, die mich umbringt, nicht so stark ist wie die Liebe von Violante?

Finster schloß sie sich in diesen Vorstellungen ein, und der Gedanke an das Opfer ließ sie nicht mehr los.

Nach einer Weile des Schweigens streckte sie dem Cavaliere della Floresta ihre Hand entgegen und sagte: »Danke! Sagt Blasco nichts von dem, was ich Euch anvertraut habe. Eure Worte sind nicht auf unfruchtbaren Boden gefallen. Danke, mein Freund!«

Coriolano hielt sanft ihre Hand in der seinen und sah ihr forschend in die Augen, als könnte er in ihnen lesen.

»Darf ich also annehmen, daß Ihr stark sein werdet?« fragte er sie zärtlich.

»Ich verspreche es Euch«, entgegnete sie mit verhaltener Stimme.

»Darf ich wiederkommen, um Euch zu sehen?«

»Ja ... heute abend ... Kommt auf ein Sorbet zu mir ... Ihr werdet sehen, es wird alles gut werden.«

Als Coriolano gegangen war, stützte Donna Gabriella ihr Haupt in die Hände und versank in Gedanken, bis sie plötzlich einen Entschluß gefaßt hatte, der ein seltsames Licht in ihren Augen aufflackern ließ. Sie erhob sich und ließ die Kutsche anspannen.

Der Abend brach herein. Als sie die Glocken läuten hörte, durchfuhr ein Schauder sie vom Scheitel bis zur Sohle. Sie schüttelte ihr schönes Haupt, als könne sie die finsteren Gedanken vertreiben, die sie bewegten.

An diesem Abend ließ sie sämtliche Kerzen des kleinen Barocksaals anzünden, in dem sie gewöhnlich ihre Freunde empfing. Auf ihrem Gesicht stand eine lebhafte und feierliche Anmut, hinter der ein geschärfter Blick jedoch etwas Fieberhaftes erkannt hätte.

Das Geräusch eines Wagens ließ sie zusammenfahren. Sie eilte zur Tür, um den Fürsten von Butera und Violante zu empfangen. Sie nahm die Hände des Mädchens und zog sie an sich, während sie ihr voller Freude sagte: »Oh, wie dankbar bin ich dir, daß du gekommen bist!«

»Wie schön Sie heute abend sind, Frau Mutter!« sagte Violante schmerzlich überrascht.

Heiter erwiderte die Herzogin: »Oh, mein Töchterchen, wer könnte so schön sein, um dich zu übertreffen?«

Auch der Fürst machte ihr ein vollkommenes Kompliment und fügte hinzu: »Ich lasse sie Euch hier, ich werde sie später abholen. Gerne hätte ich ein Sorbet oder eine Tasse von Eurem Kaffee angenommen ... ich weiß ja, daß auch Ihr ihn in Eurem Haushalt verwendet. Doch leider muß ich zum Königspalast ... Ihr gestattet.«

Galant küßte er ihr die Hand und ging.

»Komm«, sagte Donna Gabriella zu Violante und führte sie zu einem kleinen Sofa, »wir werden ein paar Stunden zusammen verbringen, ich habe dir so viele Dinge zu sagen ... vor meiner Abreise!«

»Sie reisen ab?« fragte Violante erregt.

»Ja.«

»Für lange Zeit?«

»Sehr lange ... vielleicht werde ich überhaupt nicht wiederkommen. Es ist ein Abschiedsabend.«

Violante war bleich geworden und dachte: Gewiß reist sie mit Blasco. Ein heftiger Schmerz peinigte ihr Herz, doch ihr Gesicht verriet keinerlei Regung.

Donna Gabriella sprach weiter.

»Es tut mir nicht leid, weißt du. Hier ist alles schrecklich, finster, voller Tränen, Seufzer, Qualen ... Sag, ist es nicht so?«

Violante sah auf, und mit einem Beben in der Stimme erwiderte sie: »Man muß die Dinge ertragen können ...«

»Ja«, stimmte Donna Gabriella finster zu. Dann kehrte die Heiterkeit auf ihr Gesicht zurück. Sie setzte sich an ein kleines hellblaues, mit Blumenranken bemaltes Cembalo und ließ ihre nervösen Finger über die Tasten gleiten. Das Instrument erklang in hellen Tönen, die sich nach einer Weile in wehklagende Wellen auflösten.

»Kennst du kein Stück von Porpora? Zum Beispiel aus *Berenice?*«

»Nein, Signora.«

»Ach ja, du bist ja ein Nönnchen, das hatte ich ganz vergessen.«

Sie sah, wie das Mädchen erbleichte und schwankte, und drehte sich um: auf der Türschwelle standen Blasco und Coriolano. Blasco war erregt stehengeblieben. Er glaubte seinen Augen nicht zu trauen. Violante war allein mit Donna Gabriella in diesem Haus? Er begriff nichts mehr. War es ein Wunder oder eine Sinnestäuschung? Violante! das Mädchen, das er nicht mehr wiedergesehen, das er nicht mehr gesucht, ja vor dem er beinahe geflohen war, Violante, die er in seinem Herzen mit sich trug, doch deren Namen er nicht einmal heimlich auszusprechen wagte – hier stand sie, vor seinen Augen, lebendig, zitternd, tief bewegt und als böte Donna Gabriella sie ihm eigenhändig dar! Das überstieg sein Fassungsvermögen, er konnte sich nicht entschließen, über die Schwelle zu treten.

Auch Coriolano war sehr überrascht. Er hatte das erlesen schöne Kleid Donna Gabriellas bemerkt, die ungewöhnliche Illumination des Saales, die Gegenwart Violantes, und fragte sich im stillen, was das zu bedeuten hatte. Jetzt dreht sie durch, dachte er.

Donna Gabriella genoß eine Weile ihr Staunen, dann ging sie heiter auf die beiden zu.

»Nun, meine Herren, wollt Ihr auf der Schwelle stehenbleiben?«

Blasco faßte sich und küßte ihr die Hand, voller Bewunderung, wie schön und anziehend sie an diesem Abend war. Ein einzigartiger, seltsamer Glanz war in ihren Augen. Und wie trunken trat er dann auf Violante zu und begrüßte sie mit einer Zurückhaltung, aus der deutlich seine Verwirrung sprach.

Coriolano, der seine Beherrschung schnell zurückgewonnen hatte, brachte einige Komplimente vor, die das Eis jenes Augenblicks zum Schmelzen brachten und das Gespräch in Gang setzten. Aber er blieb abwartend, wie es seine Art war, stiller Beobachter dieser drei gequälten Seelen, die ihren Schmerz voreinander verbargen.

Violante litt unsagbar. Warum mußte sie Blasco gerade hier wiederbegegnen, im Hause der Stiefmutter, die ihr das Herz des jungen Mannes entrissen, die ihren Traum zerstört hatte, ihren ersten und zugleich letzten Mädchentraum! Oh, warum kam der Großvater nicht, damit sie fliehen, sich zurückziehen könnte, um den unsichtbaren Schmerz, der ihre Seele zerriß, herauszulassen? Sie konnte ihre Erschütterung nicht mehr verbergen, der Kampf in ihrem Innern zeichnete sich auf ihrem Gesicht ab.

Blasco schwieg, es war ein Schweigen voll unaussprechlicher Schmerzen. Alle Bilder der Vergangenheit, alle Träume, die er einst geträumt hatte, alle seine Illusionen und die schwere Entscheidung, die ihm bevorstand, versetzten seine Seele in Aufruhr.

Doch der heftigste Sturm tobte in Donna Gabriellas Herzen. Coriolano erkannte es an ihren nervösen Handbewegungen, an der fiebrigen Lebhaftigkeit ihrer Rede, an ihren blitzenden Augen, die die einer Wahnsinnigen zu sein schienen. Sie saß wieder am Cembalo und spielte, doch Coriolano gewahrte die Zuckungen, die durch ihren Leib gingen. Gewiß zeigte sie große Selbstbeherrschung, aber es war etwas Fiebriges in dieser Beherrschung, das Unheilvolles ahnen ließ.

Sie spielte und sprach heiter, öfter mit Coriolano, seltener mit Blasco und Violante.

»Du sagst nichts, mein Mädchen?«

Nein, sie konnte nichts sagen. für sie war das alles viel zu gewaltig!

»Und Ihr, Don Blasco, habt Ihr die Sprache verloren? Sagt doch zumindest Violante etwas Freundliches!«

Wieviel Bitterkeit, wieviel Gift lagen in dem Lächeln, mit dem Donna Gabriella diese Worte sagte!

Dann läutete sie und befahl dem Lakaien: »Tragt auf.«

Eine Minute später kam er mit einem silbernen Tablett zurück, auf dem vier kleine Schälchen aus feinstem Porzellan standen, und setzte es auf einem Tischchen ab. Dann kehrte er mit zwei kleineren Tabletts zurück, das eine war voller Kekse, auf dem anderen standen zwei Flaschen und Gläser.

»Geht«, befahl ihm Donna Gabriella, während sie sich mit einem Taschentuch den Schweiß vom Gesicht tupfte.

Sie selbst reichte ihren Gästen die Sorbetschalen. Coriolano, der ihre Bewegungen verfolgte, sah, daß ihr Gesicht einen erschreckenden Ausdruck angenommen hatte und ihre Stimme wie entstellt war, während sie noch lebhaft und fröhlich weitersprach.

Dann nahm Donna Gabriella eine der beiden Flaschen und sagte: »Die hier ist für die Damen.«

Sie füllte zwei Gläschen und trat zu Violante. Coriolano machte einen Schritt, die Augen fest auf Donna Gabriella geheftet. Er war blaß geworden, ein grauenhafter Verdacht war ihm gekommen. Er sah Donna Gabriellas leicht zitternde Hand, mit der sie Violante eines der Gläser überreichte. Er sah ihr Gesicht sich verwandeln, hörte ihre heisere, tiefe Stimme: »Trink, Violante, auf unsere Freude ...«

Violante nahm das Glas. In diesem Moment sah Donna Gabriella auf. Coriolano stand vor ihr mit funkelndem Blick, unerbittlich wie ein Richter. Seine Augen durchbohrten sie wie zwei Messer und drangen bis auf den Grund ihrer Seele. Violante führte das Glas an die Lippen.

Coriolanos Augen blickten noch schrecklicher.

Da zuckte Donna Gabriella zusammen. Mit einer raschen Bewegung schlug sie Violante das Glas aus der Hand und schrie: »Nein!«

Und sofort leerte sie das ihre in einem Zug.

»Unglückselige!« schrie Coriolano.

Blasco, der wie betäubt in einer Ecke stand, schüttelte sich.

»Mein Gott, was ist?«

Er sah auf Violante, die wie erstarrt dastand. Er sah auf Donna Gabriella, die sich mit den Händen übers Gesicht fuhr, wankte und auf einem Sessel zusammenbrach.

»Gabriella! Gabriella!« schrie er entsetzt. »Mein Gott! Was ist passiert?«

Coriolano nahm die Flasche, versteckte sie schnell und rief ins Vorzimmer hinaus: »Einen Arzt! Schnell, einen Arzt!«

Blasco stürzte zu ihr hin, hielt ihren Kopf, nahm eine ihrer Hände, schüttelte sie, fragte keuchend: »Was hast du? Was hast du getan? Sprich! ... Mein Gott! Sag doch etwas!«

Violante, die Hände gefaltet, sah entsetzt auf Blasco und Coriolano. Coriolano sprach tröstend auf sie ein. Ein Schrei ließ sie zusammenfahren.

»Coriolano! Coriolano! Sie stirbt!«

Da brach Violante in Tränen aus, und auf die Knie fallend rief sie: »Gott ... oh, Gott! Habt Mitleid mit ihr!«

Donna Gabriella hob den Kopf. Suchend irrte ihr Blick durch den Raum, fiel auf Blasco, dann auf Violante, und ihre Augen füllten sich mit Tränen. Ein Flüstern kam über ihre Lippen: »Verzeiht ...! Lebt wohl ...!«

»Gabriella! Nein! ... Nein!« schrie Blasco wie ein Wahnsinniger.

»Signora, Signora!« schluchzte Violante.

Donna Gabriella hob mühsam den Arm, suchte Violantes Kopf und legte eine Hand darauf, suchte Blasco, und für eine Weile ruhten ihre kalten, vom Todeshauch schon berührten Hände auf den gebeugten Häuptern der beiden. Flüsternd wiederholte sie: »Erinnert . . . erinnert Euch an mich . . .«

Ein Krampf zuckte durch ihren Leib, ein Schrei zerriß ihre Brust.

Sie hob Blascos Kopf, ihr Mund suchte den seinen, sie flüsterte: »Leb wohl! . . . Küß mich!«

Blasco küßte sie weinend.

»Was hast du getan? . . . Was hast du nur getan? Warum?«

»Es mußte sein!« hauchte sie.

Das waren ihre letzten Worte. Ein letztes Aufbäumen des Körpers, dann war es still.

Blasco fiel auf die Knie, er betrachtete ihr Gesicht und schrie noch einmal auf.

Violantes Schluchzer überdeckten seine Stimme. So verharrten sie kniend, über diesen Körper gebeugt, der noch eine halbe Stunde zuvor von Leben und Schönheit gesprüht hatte.

Coriolano trocknete mit einem Stoffetzen die Lippen, die nicht mehr lächelten, schloß die Augen, die nicht mehr sahen, und küßte die Stirn, hinter der auf immer Träume, Gedanken und Schmerzen verschwunden waren.

Epilog

Violante wurde krank. Schreckliche Alpträume suchten sie in ihren Fiebernächten heim. Als sie wieder gesund war, wollte sie ins Kloster zurück, entschlossener denn je, den Schleier zu nehmen.

Das Bild der sterbenden Gabriella ließ sie nicht mehr los. An Blasco zu denken erschien ihr wie eine Entehrung, ein Sakrileg, wie ein schändliches Ritual, das über einem Grab vollführt würde, das der Schmerz, das Opfer, das Erbarmen heiligten.

In der Zwischenzeit waren die königlichen Antwortschreiben eingetroffen, mit denen Blasco als rechtmäßiger Erbe des Hauses Albamonte anerkannt wurde. Er wurde Herzog della Motta, was ihn im übrigen noch trauriger und einsamer werden ließ.

Sein Glück erregte Neid und Mißgunst. Der Graf von Gisia und der Fürst von Iraci nahmen dies zum Anlaß, schreckliche Verleumdungen gegen ihn in Umlauf zu bringen, indem sie ihm unterstellten, er wäre an der Ermordung Don Raimondos und Emanueles beteiligt gewesen, um Herzogstitel und Reichtum an sich zu reißen.

Diese Gerüchte kamen Blasco zu Ohren, der die beiden Herren eines schönen Nachmittags auf der Hafenpromenade öffentlich ohrfeigte.

»Ich will hoffen«, sagte er zu ihnen, »daß Ihr unter all den Lügen, die Ihr herumerzählt, zumindest auch diese eine Wahrheit berichtet.«

Das hatte natürlich verschiedene Duelle zur Folge. Denn da viele junge Edelleute Blascos Glück nicht ertragen konnten, richteten sie es so ein, daß er sich am Ende fünfmal schlagen mußte. Das Abenteuer verschaffte ihm wieder gute Laune. Mit einem Degenhieb auf die Hüfte verhalf er dem Fürsten von Iraci zu zweimonatiger Bettruhe. Den Grafen von Gisia entstellte er, indem er ihm die Nase abschlug und die Lippen bis zum Kinn hinunter spaltete. Einem dritten Gegner durchtrennte er einige Sehnen am Arm, so daß er sein Leben lang behindert blieb. Den vierten entwaffnete er schlicht. Der fünfte Herausforderer hielt es für klüger, sich keiner Gefahr auszusetzen, und erklärte in Anbetracht der erlittenen Verwundungen – seiner Vorgänger –, bereits Genugtuung erhalten zu haben.

Diese Duelle erregten großes Aufsehen, und sie bereiteten Blasco einige Unannehmlichkeiten. Doch die Krönung Kaiser Karls VI. zum König von Sizilien brachte ihm die Begnadigung. Er wurde zum Helden der adligen Kreise, und viele Damen suchten ihn für sich zu gewinnen. Doch Blasco ließ sich nicht verführen. Zwei Frauen oder, besser, zwei Frauenbilder verehrte er in seinem Herzen: Donna Gabriella und Violante, beide vereint in jenem verhängnisvollen, tragischen Abend.

Mehrmals machte er den Versuch, Violante zu sehen, doch das Mädchen weigerte sich jedesmal. Endlich richtete es der Fürst von Butera, der Blasco geneigt war und ihn gern als Violantes Gemahl gesehen hätte, so ein, daß sich die beiden jungen Leute für einen Augenblick allein in einem Zimmer des Palastes befanden.

Das Mädchen zitterte, als sie Blasco gegenüberstand. Er sagte zu ihr: »Wollt Ihr Euch immer noch dem Wunsch einer Toten verweigern, die nur für uns, für unser Glück aus dem Leben schied?«

Violantes Augen füllten sich mit Tränen. Blasco nahm ihre Hände, und sie ließ sie in den seinen.

»Violante, um des heiligen Andenkens dieser armen Frau willen schwöre ich Euch, daß ich nie eine andere Frau mehr geliebt habe als Euch, Euch allein, von dem Augenblick an, da ich Euch als Klosterschülerin in einer Sänfte auf der Brücke des Ammiraglio sah ... Ich habe Euch ohne jede Hoffnung und tief in mir verborgen all die Zeit geliebt ... Wollt Ihr meine Frau werden?«

Errötend neigte sie ihr Haupt, aber ihre Augen leuchteten voll inniger Freude.

Einige Monate später heirateten sie.

Das Jahr darauf bekamen sie ein Töchterchen. Violante sagte zu Blasco: »Ich will sie Gabriella nennen.«

* * *

Coriolano brach in die Fremde auf.

Don Girolamo übernahm die Leitung der Beati Paoli. Eine der ersten Entscheidungen, die er traf, war, daß über Nino Bucolaro Gericht gehalten wurde. Er wurde zum Tode verurteilt. Don Girolamo selbst vollstreckte das Urteil eines Nachts an der Ecke der Kirche des Carmine.

Doch wurde er gestellt und im März des Jahres 1723 gehängt.

Andrea nahm seinen Dienst im Hause della Motta wieder auf.

Und Michele Barabino?

Der gute Schneider machte mit dem Geld, das Blasco ihm geschenkt hatte, eine Werkstatt auf, und jeden Tag erzählte er seinen Gehilfen die Geschichte von dem jungen Mann, der auf dem kleinen Platz vor der Schenke einst die Polizisten verprügelt hatte.

»Das hättet ihr sehen müssen!« schloß er. »Aber schon damals, als ihn noch keiner kannte, sagte ich mir: ›Der kann nur ein Fürst sein!‹

Ihr seht, ich habe einen guten Riecher.«